Het vorige leven

Vertaald door Leo Huisman en Kees Helsloot

Claire Messud

Het vorige leven

2000 Uitgeverij Bert Bakker Amsterdam

Voor J.W.

Oorspronkelijke titel *The Last Life*
© 1999 Claire Messud
© 2000 Nederlandse vertaling Uitgeverij Bert Bakker, Leo Huisman en Kees Helsloot
Omslagontwerp Mariska Cock
Omslagillustratie Host®
ISBN 90 351 2150 3

Uitgeverij Bert Bakker is een onderdeel van Uitgeverij Prometheus

Wie wijsheid verwerft, verwerft verdriet;
En een begrijpend hart snijdt als roest door de botten.

Augustinus

Het is slechts vanwege de dromen die de wereld van de werkelijkheid bezoeken, dat deze een zekere waarde voor ons heeft. Zullen de dromen niet
doorgaan wanneer de werkelijkheid voorbij is?

William Hurrell Mallock,
Is het leven het waard om geleefd te worden?

1 —————

Ik ben nu een Amerikaanse, maar dat is niet altijd zo geweest.

Ik ben hier al lang – zes jaar alleen al op Columbia University, en wat een eeuwigheid lijkt daarvóór – en ik heb iets opgebouwd wat een fraaie gelijkenis vertoont met een echt leven. Maar de waarheid is dat ik tot nu toe voornamelijk van binnen heb geleefd. Deze kamertjes in de Upper West Side van New York City zijn mijn veilige haven: een slecht verlichte chaos van boeken en voorwerpen, een vage geur die thuis betekent. Ik heb gewacht, hoewel ik dat niet kon, tot hij verscheen, heb een aardse vorm gegeven aan datgene waarop ik wachtte. 'Door te smachten, zijn we er al; we hebben onze hoop als een anker op die kust neergelaten. Ik zing over elders, niet over hier: want ik zing met mijn hart, niet met mijn vlees en bloed.'

Het is niet zo dat ik een Amerikaanse ben omdat er niets anders op zat. Het is een keuze. Maar ook een masker. Wie in de overvolle straten van Manhattan weet dit niet? Het is voor de verkoopster uit Korea of de zakenman uit Bangladesh of de student uit Nigeria, voor de verpleegster uit Iowa en de secretaresse uit Montana hetzelfde als het voor mij is: Amerikaans zijn trekt een sluier, het vormt een schild om het leven dat wij van binnen leiden.

Waar we ook vandaan komen, daar was geen ruimte meer, of geen woorden of geen lucht; alleen hier is het mogelijk om te ademen. De schuld vervliegt niet: ik leef – hoe zou het anders kunnen? – met de last van mijn erfzonde. Maar in Amerika, waar de toekomst het enige is wat ons verbindt, kan ik tenminste ongedwongen, nieuw lijken. En een tijd lang was lijken voldoende.

Nu merk ik dat ik de binnenwereld wil vertalen, te beginnen met het huis dat eens mijn huis was, aan de Franse zuidkust, met de geuren en echo's van het Bellevue Hotel van mijn grootvader, gelegen boven de uitgestrekte Middellandse Zee met zijn steeds veranderend palet van groen-, blauw- en grijstinten; en met het hoogseizoen van 1989 als vertrekpunt.

2

Het begin – zoals ik het zie – was de zomeravond toen ik vijftien was en mijn grootvader op mij schoot. Op deze manier wordt elk verhaal verteld, krijgt het zijn vorm: het begin was niet echt toen, evenmin als het begin de dag van de geboorte van mijn broer was, of zelfs maar die van mijzelf. Ook is het strikt genomen niet waar dat mijn grootvader op míj schoot: ik bevond mij toevallig niet in het schootsveld, en hij wist niet eens dat ik daar was. Maar het was een gebeurtenis, de eerste in mijn herinnering, waarna niets meer hetzelfde was.

Die zomeravonden waren allemaal hetzelfde. Zoals Marie-José altijd zei: we moesten iets doen om de tijd te laten verstrijken. Vanzelf deed de tijd dat niet, of wilde deze dat niet: de dagen bleven hangen als overrijpe vruchten, zacht en sterk geurend, wegsmeltend in de zeegroene schemer. We kwamen bij elkaar bij het zwembad van het hotel, boven op de heuvel, na het avondeten en keken hoe de lucht aarzelend in pruisischblauw veranderde, en dan in blauwzwart, en hoe de maan opkwam boven de Middellandse Zee, die zich fluisterend en gerimpeld voor ons uitstrekte. Iedere avond trok de witte, verlichte massa van de veerboot die op het eiland voer, een spoor door het water en verdween aan de horizon, het enige teken dat er weer een dag voorbij was.

Hoewel we nog bijna kinderen waren, moesten we niets hebben van krijgertje of rovertje spelen, de spelletjes waar de jongere kinderen gek op waren en waarbij ze van de ronde banken bij de parkeerplaatsen uitwaaierden naar het gebladerte in de verste uithoeken van het terrein. In plaats daarvan hingen we wat rond en rookten en praatten we, terwijl we ons zo verveelden dat we van onze verveling een deugd maakten. En we flirtten – hoewel de meesten van ons elkaar al jaren kenden en iedere zomer samen zwommen en speelden en dat al zo lang deden dat we de huid en lach en illusies van de anderen even goed kenden als die van onszelf, flirtten we. Het deed de tijd verstrijken.

Ik kan me niet meer herinneren wie het eerst op het idee kwam om 's avonds te gaan zwemmen. Overdag waren we altijd in het water, in het donkere zilte nat van de baai met zijn dobberende boten, of in het helder indigoblauwe water van het zwembad waarvan het oppervlak bedekt was met een olieachtig en regenboogkleurig vliesje. We leefden in onze zwemkleding, kleurige driehoekjes, en werkten (van alles wat we deden, leek dit het meest op werken) aan onze huid, die een gelijkmatige, diepbruine kleur moest krijgen, zodat hij zelfs in de winter zijn tint bleef behouden. We liepen in ganzenpas van het strand naar het zwembad en weer terug naar het strand, de slingerende paden op en af, langs de aloë's, in de stekelige, rubberachtige bast waarvan we in eerdere jaren onze initialen hadden gekerfd. Waarom we de behoefte voelden om weer te gaan zwemmen, weet ik niet; misschien omdat onze waterspelletjes nog steeds dezelfde waren als die we altijd hadden gespeeld, een wereld waarin nog geen plaats was voor geremdheid. We stoeiden in tweetallen aan de rand van het bad en probeerden uit alle macht elkaar in het water te duwen, we sprongen vanaf de overhangende balustrade in het ondiepe (hoewel dit kunstje strikt verboden was sinds een gast een schedelbasisfractuur had opgelopen toen hij dit probeerde), we maakten een elegante show van onze sprongen van de duikplank en zaten elkaar achterna over de lengte van het bad, met als beloning voor de winnaar dat hij de ander met een stevige duw op het hoofd proestend kopje onder deed gaan.

Onze spelletjes weergalmden in de bomen. Hoe hoger onze stemmen klonken, hoe meer we het gevoel hadden dat we ons vermaakten. Overdag hielden de volwassen gasten zich vol afkeer op bij de rand van het bad en verwensten ze ons met ons gespetter en de regen van chloorwater die dat teweegbracht. Of ze trokken onverstoorbaar en met gefronst voorhoofd dwars door onze groep met een gelijkmatig baantje borstslag, waarbij het spoor van schuim dat ze achterlieten onmiddellijk opgeslokt werd door onze maaiende armen en benen. Maar 's avonds lag het bad, dat van onderen verlicht werd, er leeg bij met zijn trillende water. De volwassenen bleven er dan uit de buurt en hingen wat rond in de verafgelegen bar van het hotel of rekten hun eindeloze avondmaaltijden, waarbij ze met elkaar in discussie gingen en hun stemmen op en neer gingen in de lucht die vol was met zingende cicaden. Wie nog het meest op zwemmers leken, waren de vleermuizen die in een duikvlucht vlak over het water schoten op zoek naar insecten die aangetrokken werden door het licht.

En zo gebeurde het dat op een avond in juli, rond een uur of tien, of misschien nog wel later, Thierry – de zoon van de boekhouder, een jongen die nooit groter leek te worden en bij wie maar niet de baard in de keel wilde komen, die zijn geringe lengte compenseerde met een vervelend soort arrogantie en met klierige streken – ons voorstelde om de vleermuizen te verjagen en de glinsterende diepten voor onszelf op te eisen. Zo vertrouwd als het zwembad was in het zonlicht, in het donker was het een avontuur met een ander aanzien door alle schaduwen eromheen. We hadden geen handdoeken en onder onze kleren droegen we geen zwemkleding, dus we trokken alles uit en met de welvingen en holten van ons lichaam verborgen door het donker doken we het water in.

We waren met zijn achten of negenen, de kinderen voor wie het hotel hun huis was en degenen voor wie het elke zomer als zodanig diende. Ons gefriemel en kopje onder duwen en gespetter waren opwindender omdat we naakt waren en overeenkomstig daaraan klonken onze kreten scheller. We dachten niet aan de volwassenen; waarom zouden we? We dachten niet eens aan de tijd. Het zwemmen bij avond was een heerlijke ontdekking, ook al waren ons hoofd en onze armen koud wanneer ze boven het water uitstaken en ook al hadden we overal kippenvel. Tien minuten, misschien twintig. We waren niet lang in het water en het is nog steeds moeilijk te geloven dat we zo veel lawaai maakten, toen mijn opa op zijn balkon verscheen, een donkere gestalte tegen de lichten van de woonkamer, met de bollende plataan als een paleolithisch monster dat naar zijn voeten hapte.

Hij ging tekeer, zijn stem klonk schor en woedend. De mensen probeerden te denken, te slapen. Ze kwamen hier voor hun rust, en het was een schandalig tijdstip… Kortom, we hadden het recht niet om te zwemmen. Al watertrappelend bleven we op dezelfde plek, een ogenblik lang zo overdonderd dat we niets konden zeggen, totdat iemand – vast en zeker Thierry – half lachend en onhoorbaar voor mijn opa me begon toe te sissen hoe we die ouwe zak stil konden krijgen.

'Zeg tegen hem dat jij hier bent,' fluisterde hij. 'Zeg gewoon dat jij hier bent en dan houdt hij zijn kop wel. Vooruit. Anders gaat dat gezeur de hele avond door. Toe dan!'

Anderen – Marie-José en Thibaud en Cécile en de rest – namen deze aansporing over: 'Toe dan, Sagesse, toe dan.' Hun stemmen klonken als het gekabbel van golven die mijn opa, die een beetje doof was en nog steeds stond te tieren, niet kon onderscheiden.

'Opa,' schreeuwde ik ten slotte met een stem die luid klonk als een klok. 'Wij zijn het. Ik ben het. Het spijt ons. Het was niet onze bedoeling u te storen.'

'Kom er onmiddellijk uit,' schreeuwde hij terug. 'Kom er uit, kleed je aan en ga naar huis. Het is midden in de nacht.' Iedereen moest hierom giechelen: we geloofden dat mensen die naar bed gingen, 's ochtends opstonden en naar hun werk gingen belachelijk waren. 'Weet je vader dat je hier bent?'

'Ja, opa, dat weet hij.'

Mijn opa snoof verachtelijk en theatraal. 'Ga naar huis, jullie allemaal,' zei hij, en liep terug, het licht in, waardoor zijn gelaatstrekken en zijn hoge, grijze voorhoofd weer terugkwamen.

We klauterden uit het bad, een druipend en mopperend groepje. 'Die opa van jou,' zei Thierry, op en neer springend met zijn handen om de schaduw van zijn geslacht geklemd, 'die is niet van zijn gezond.'

'Sagesse kan er niets aan doen,' zei Marie-José, terwijl ze een vochtige arm om me heen sloeg. 'Maar het is echt een zak.'

'Het is een ellende om voor hem te werken, zegt mijn vader,' zei een mager meisje dat Francine heette, met klapperende tanden. Haar vader was de terreinopzichter.

'Dat zegt mijn vader ook,' zei ik. Iedereen lachte, en net op dat moment dook een vleermuis omlaag en scheerde rakelings over onze hoofden. We slaakten tegelijk een kreet en barstten toen uit in een schuldbewust gegiechel.

'Pas op,' zei Thibaud, een van de zomergasten, de zoon van de nieuwe welgestelden uit Parijs en de jongen op wie ik een oogje had. 'Direct komt hij weer naar buiten.' Hij gromde. 'Rottweiler.'

We gingen weer uit elkaar.

3

Dat was de eerste avond. Marie-José zette me thuis af op haar brommer; mijn kleren plakten klammig aan mijn huid en mijn lange haar was vochtig en zat hopeloos in de war door de wind. Ze zwaaide en wierp me een kushandje toe van onder haar bolle helm, en terwijl ze over het witte grindpad terugtufte naar de weg, deed mijn moeder de deur open.

In ons huis, het huis waarin ik het grootste deel van mijn leven gewoond had, hing dezelfde marmeren stilte als in het hotel en het bood dezelfde mogelijkheden voor echo's en licht. Je kon er de aanwezigheid van mensen in voelen, of, wat waarschijnlijker was, hun afwezigheid, zelfs als je in de hal stond voor het naakte standbeeld van Venus op haar voetstuk, met naast haar als een tweede kunstwerk de opgewreven aluminium liftdeur. De hal was twee verdiepingen hoog en bovenin leek de lucht te trillen en op verstoring te wachten.

Mijn moeder kon zich door het huis bewegen zonder die lucht te beroeren, als ze dat verkoos te doen. Ook haar gezicht kon onbeweeglijk blijven

– wanneer ze sprak, wanneer ze nerveus was – als een angstig masker met scherpe vlakken en donkere, halfgeloken ogen.

'Niet in bed?' vroeg ik, zo nonchalant als ik maar kon. Ik plukte aan mijn kleren met mijn vingers, terwijl ik langs haar de woonkamer in glipte.

Ze pulkte aan de knopen van haar blouse en sprak tegen me in het Engels, haar taal en die van mijn vroegste jeugd, die nu alleen nog tussen ons gebruikt werd als de taal van vertrouwelijkheden en standjes. 'Je grootvader heeft gebeld.'

'O ja?' Ik liet me zakken op het middendeel van de enorme, lijkwitte bank, me ervan bewust dat mijn spijkerbroek twee natte bobbels onder mijn billen zou achterlaten. Ik sprak Frans. 'En hoe ging het met hem?' Ik legde mijn voeten op het salontafeltje, ervoor zorgend dat ik bij het begaan van deze oorlogsdaad niet te ver ging: ik legde ze op een groot boek dat met uiterste zorgvuldigheid was neergelegd, en raakte het blinkende glas niet aan, laat staan dat ik het vuil maakte.

Mijn moeder nam er zwijgend nota van. 'Hij was des duivels.'

Ik wachtte, druk in de weer met mijn haar, waarin ik knopen legde, die ik weer uithaalde als Penelope aan haar weefgetouw.

'Hij is woedend op jou en je vrienden. Al die herrie! Midden in de nacht, Sagesse! In hemelsnaam, het hotel zit vol gasten.'

'Zo laat was het niet. We gingen alleen maar zwemmen. Het is een van de regels dat we dat mogen. Hij hoefde niet zo tegen ons tekeer te gaan.'

'Je grootvader staat onder zware druk.'

'Een zak is het, die tegen mensen tekeer gaat, alleen maar omdat hij dat kan. Sommigen van hen – Renaud of Thibaud of Cécile en Laure – dat zijn gasten in het hotel. Met welk recht doet hij dat?'

'Je grootvader…' In de ogen van mijn moeder lag een smekende blik. Haar handen hield ze met de palmen naar boven naar het plafond gekeerd, en klapte deze vervolgens opeens met een scherpe zucht van ergernis tegen haar zij. 'Ik wil het niet hebben over je grootvader en wat er met hem aan de hand is. Daar gaat het niet om.'

'O nee?'

'Waar het om gaat is dat er misbruik van een privilege is gemaakt.'

Mijn moeder was klein en elegant en ze had haar best gedaan om er als een Française uit te zien: haar donkere haar was naar achteren getrokken in een net knotje, ze droeg blouses en rokken naar de laatste mode, en ze had een voorkeur voor keurige, marineblauwe vesten, die goed deden uitkomen dat ze smalle schouders had. Maar iets in haar gezicht, in de vorm van haar hoofd of de manier waarop ze haar hoofd hield, verraadde dat ze een buitenlandse was, zoals een travestiet zich verraadt door haar polsen of door hoe ze haar rug houdt. Misschien was het alleen maar ongerustheid: mijn moeder was voortdurend ongerust. Maar het resultaat was een onvermogen om de leiding te nemen. Standjes gaf ze altijd op een halfslachtige manier, alsof ze er niet echt in geloofde, alsof ze het zichzelf kwalijk nam en het als een verschrikkelijke plicht zag.

En dan was er de gênante manier waarop mijn moeder probeerde zich de stem van haar schoonvader aan te meten: te lang, altijd al, had ik het gescheld, het gejammer, het getier aangehoord en afgeluisterd – het scala aan melodramatische verwijten dat kenmerkend was voor de wijze waarop mijn moeder haar emoties uitdrukte – de meeste van die verwijten gericht tegen de familie van haar echtgenoot, tegen dezelfde man die ze nu gedwongen was te vertegenwoordigen; en anders wel tegen heel Frankrijk, met een groots, metonymisch gebaar waar niemand in trapte. De kritiek was nooit gericht op datgene waarop we allemaal, zwijgend en wanhopig, wisten dat deze gericht moest worden, op de sleutel tot haar gevangenschap: mijn broer Etienne.

4 ———

Ik had met mijn broer kunnen beginnen, net zo gemakkelijk als met de nacht dat de scherpe geweerknallen van mijn opa de familie spleten (hoewel ze dit effect niet onmiddellijk hadden; het was eerder zo dat ze voor haarscheurtjes zorgden, die een verraderlijker en misschien blijvender effect hadden dan een afgeronder, beslissender daad zou hebben gehad). Ik had trouwens ook kunnen beginnen met mijn ouders, met hun ontmoeting in een café in Aix-en-Provence op een middag in april, toen de zon onderging en de stoet van excentriekelingen, in navolging van de hoofdstad, over de boulevard liep als poppen in een theater en dat uitsluitend deed voor deze enthousiaste, jonge Amerikaanse, die een jaar verlost was van de universiteit voor vrouwen waar ze op zat en waarin het rumoer van het decennium zijn tentakels niet had weten te slaan, en voor de knappe (dat was hij, zo verzekert ze me), galante jonge Fransman, die zich voorover boog om de verrukking in haar ogen te zien. Ze waren in het bijzonder gecharmeerd van de zeventigjarige vrouw met platinablonde krullen die op haar tenen haar dagelijkse wandeling over het trottoir maakte, met over een van haar schouders een paar roze balletschoenen waarmee ze zwaaide en met tegen haar borst een poedeltje geklemd dat krullen had die bij de hare pasten.

Of ik had kunnen beginnen met het krijsen toen ik zelf geboren werd, ten tijde van de val van Saigon, die voor elk van mijn ouders op hun eigen manier memorabel was. Voor mijn vader, omdat zijn koloniale bloed hem deed treuren om het uiteindelijke verlies van alweer een voormalige buitenpost van de Franse glorie, op een moment dat de laatste smartelijke gevechten in zijn eigen verloren gegane Algerije maar nauwelijks tien jaar achter hem lagen. Terwijl mijn moeder – wier belangstelling voor en begrip van politiek altijd op zijn best vaag waren – het moment daarentegen zag in een opwelling van heimwee naar Amerika, dat weidse en slechts bij vlagen vertrouwde land, dat net zo veel pijn leed en innerlijk verscheurd was als zij in haar ballingschap was. Ze kwam tenslotte uit het golvende en gerieflijke Massachusetts, en had nooit verwacht, zoals ook Amerika dat niet verwacht had, dat ze zo in verwarring zou zijn; kortom, er was bij haar sprake van identificatie. En toch zou ik op de een of andere manier, schreeuwend en onhandelbaar, opgroeien in het geloof dat niets van dat alles – de oorlog niet, Amerika niet, de oude vrouw die met gespeelde nonchalance met haar balletschoenen zwaaide niet – ook maar iets met mij van doen had. Verhalen bestaan tenslotte evenzeer uit wat er wordt weggelaten.

Waarom was de geboorte van mijn broer des te belangrijker, toen ik al rondkroop in mijn box, als incarnatie van de zware fout van mijn ouders? Omdat sommige dingen meer waar zijn dan andere, meer onontkoombaar, minder afhankelijk van de krankzinnige of gefantaseerde samensmeltingen van de geest. En wat er gebeurde bij de geboorte van mijn broer was een van die onontkoombare dingen. Die kostbare minuten tussen de eerste perswee die het hoofd van het kind naar beneden drijft, de baarmoeder uit, en het verschijnen van dat hoofd in het brute licht dat het begin van het leven inluidt – in het geval van mijn broer gingen die kostbare minuten over in een tweede interval dat langer en angstaanjagender was en waarin de dokter en de vroedvrouw in paniek raakten, en mijn naar adem snakkende broer waarschijnlijk ook, en allemaal, ook mijn moeder, wanhopig maar zonder zich ervan bewust te zijn, uit alle macht probeerden hem de wereld in te trekken. Misschien aarzelde hij zelf, voorvoelde hij de kwellingen die hem te wachten stonden, voelde hij dat hij het leven niet wilde, niet kon voortzetten. Hij kan het ons niet vertellen. Te lang zonder zuurstof, krulden zijn kleine, blauw geworden ledematen zich tegen zijn lijfje, werd zijn voorover vallende babynekje slap, en ging zijn geest... wie weet waar zijn geest heenging, of waar deze is, of deze misschien nog woedt achter zijn grijnzende ogen? In die kostbare minuten gaf hij elk vermogen tot taal prijs: niemand zal ooit weten wat Etienne wellicht denkt, terwijl hij daar, vastgebonden bij zijn middel en ook bij zijn borst, vrolijk hangt te schokken in zijn rolstoel, met altijd een dunne, glinsterende draad speeksel die als een nat spinnenweb tot op de grond reikt. De artsen verklaarden bijna onmiddellijk dat hij niet in staat was tot coördinatie van zijn motoriek en dat hij geestelijk zwaar onvolwaardig was: niet veel meer dan een plant, naar de maatstaven van de wereld.

Voor mijn ouders betekende dit het dichtslaan van de deur van hun gevangenis. Maar voor mij, twee jaar oud toen ze met hem thuiskwamen, was mijn pad al uitgestippeld. Wij waren hetzelfde, besloot ik, kirrende geluidjes makend boven de stille wieg en ik zou hem in ieder geval niet in de steek laten. Als hij niet kon leren praten, dan zouden we alle woorden die ik bezat delen. Ik zou mij ook in zijn plaats bewegen en voor hem de geuren van het park, het strand, het schoolplein mee naar huis brengen. We zouden het goed hebben. En vanaf dat moment verachtte ik hem ook evenzeer als ik van hem hield: hij was – en is – wat mij beperkt.

Mijn ouders aanvaardden hun lot met katholieke waardigheid, tegen het advies van velen in – onder wie, zo zou ik uiteindelijk vernemen, hun pastoor. Hij bleef bij ons en we hielden van hem, probeerden dat althans; en aangezien ze zijn naam van tevoren hadden uitgekozen – een naam die nu zo weinig toepasselijk is dat hij lachwekkend is – hielden ze die aan, en daardoor ging mijn broer Etienne Parfait heten. Voor mij, en als ik met hem sprak, was hij *plus-que-parfait*, meer dan volmaakt, plusquamperfectum, een werkwoordstijd die niet ongedaan gemaakt kan worden in de taal die hij nooit zou spreken.

5 —————

Om de preek van mijn moeder te onderbreken, vroeg ik – heel goed het antwoord kennend – waar hij was.

'Je broer slaapt natuurlijk,' zei ze.

'En papa?'

'Je vader moest weg.'

Ik knikte. Ik was moe, en zij ook.

'Luister, Sagesse,' waagde ze in verzoenend Frans, terwijl ze haar hand uitstak om mijn verwarde haren glad te strijken. 'Doe het niet meer. Zeg tegen de anderen dat ze het niet meer moeten doen. Ik verzeker je dat je grootvader... het is niet zo'n goed moment. Hij is niet... Je vader zegt dat het met het hotel slechter gaat. Zakelijk gezien niet, maar... Je grootvader staat onder zware druk. Hij doet moeilijk. Tegen iedereen.'

'Ik begrijp het.'

Ik begreep het niet echt. Hoe kon dat ook, wanneer alle dagen voor mij bestonden uit het vermoeid najagen van pleziertjes? Ik ging naar boven en gaf Etienne een kus, terwijl hij lag te slapen. Zijn raspend op en neergaande adem leidde af van het geërgerde gevoel dat ik bij mijn ouders had. Ik drapeerde mijn haar als een beschermend net om zijn smalle, verfomfaaide hoofd en ademde met hem mee. Zijn geur van glycerinezeep en flauwtjes ook van urine vermengde zich met mijn eigen geur van chloor en zweet. Ik stopte de waarschuwende woorden van mijn moeder weg in de met een hangslot afgesloten doos in mijn hoofd waarin ik dit soort informatie opborg. Dat wil zeggen, ik vergat ze.

6

Ik had een goede reden om ze te vergeten. In de daaropvolgende dagen was de aandacht van allemaal – van mij, van mijn moeder en vader, van iedereen uit het Bellevue Hotel, van de hele stad – afgeleid door een gebeurtenis van plotseling nationaal belang. Onze stad, die al tijden lang aan belangrijkheid aan het inboeten was, het lelijke eendje van de Middellandse-Zeekust, kwam niet vaak voor vermelding in de verre Parijse kranten in aanmerking. Gewend als we eraan waren een provinciestadje te zijn, gingen we onze gang alsof we onzichtbaar waren, ons af en toe vreselijk opwindend over de hoofdstedelingen, maar ons er totaal niet van bewust dat onze onderlinge spanningen elders hun weerklank konden hebben. In dit geval – bij deze bomaanslag in de zomer, of juister gezegd, bij deze mislukte bomaanslag – bezorgden we onszelf een aandacht die niet verwacht en evenmin welkom was.

De ochtend na onze gewraakte zwempartij sleepte ik me tegen negenen de trap af en trof mijn vader nog thuis aan. Hij zat te ontbijten in een waaier van zonnestralen en hield de *Figaro*, waarover door het licht strepen getrokken werden, dicht voor zijn glimmende, pasgeschoren gezicht.

Met mijn ogen nog halfdicht van de slaap, in ochtendjas, op blote voeten (wat niet mocht: schoenen waren verplicht in ons huis, al waren het maar espadrilles), mompelde ik een groet en liep zonder verder notitie van hem te nemen de keuken in, waar de tegels van de vloer koel aanvoelden aan mijn voetzolen. Daar stond mijn moeder, met haar armen in haar zij, te kijken naar de broodrooster, waarin haar favoriete Amerikaanse *pain de mie* hoorbaar knisperde.

'Waarom is hij hier nog?' vroeg ik, terwijl ik een koffiepot met water vulde. 'Wil jij nog meer koffie?'

'Hij is heel laat thuis gekomen. Ik slief zelf al. Administratie, zoiets.'

Ik trok een wenkbrauw op.

'En dan die tragische gebeurtenis...'

'Wat voor tragische gebeurtenis? Toch niet weer een hartaanval?' Het vorig jaar was een gast uit het Bellevue in zijn badkamer in een weinig elegante houding bezweken aan een fatale hartbeklemming.

'De bomaanslag. Er is een bomaanslag geweest.'

'Waar?'

'Hier. In de stad. Het is ongelooflijk. Precies hier.'

'Jeetje.' Ik trok de ceintuur van mijn ochtendjas strakker aan.

'Net als in Algerije, toen hij jong was – het is het eerste wat hij zei.'

'Wat is er gebeurd?'

'Het staat in de krant. Ze zijn er niet helemaal zeker van, maar ze denken dat ze weten...'

Wat ze in het begin dachten dat ze wisten en waarvan ze uiteindelijk besloten dat het zo was, kwam hierop neer: twee jongemannen en een jonge vrouw, alle drie uit de buurt, doodgewone types, geen van drieën boven de twintig en het meisje nog maar net achttien, hadden een bom gemaakt in het souterrain van het huis van een van de jongens. De bom was bedoeld, zo bleek, voor een nachtclub in de oude wijk bij de haven die vaak bezocht werd door Arabieren. Er bestond geen twijfel – gezien de activiteiten van de jongemannen in de voorafgaande maanden, waaronder hun ordeverstorende aanwezigheid tijdens een bijeenkomst van het Front National en, wat nog erger was, hun arrestatie vanwege het zinloos geweld tegen een jonge Fransman van Marokkaanse afkomst – over waar ze op uit waren. Het meisje, zo dacht men, was alleen maar een vriendin: over haar betrokkenheid bij het Front National waren er geen gegevens.

Hoe het ook zij, het drietal had voor hun snode bedoelingen met hun leven betaald. Of nu het tijdmechanisme verkeerd was afgesteld, of dat de bedrading van de bom te gevoelig was en losgeschoten was door een gat in de weg of doordat ze plotseling moesten remmen, ze hadden alleen zichzelf en hun zwarte Fiat Uno opgeblazen net buiten het winkelcentrum in de binnenstad, om 13.12 uur, zoals aangegeven werd door het horloge van een van de jongemannen dat op die tijd was blijven stilstaan. De terroristen waren in stukken gereten, net als hun auto, en in het wegdek onder hun auto had zich een krater als een kleine steengroeve gevormd.

De moeder van het dode meisje, een vrouwtje met een door roken en drank aangetast lijf en een verweerd, knokig gezicht, waar haar haar in sluike, gebleekte slierten om heen hing, vertelde aan de plaatselijke krant – waaruit ik mijn informatie haalde – dat haar dochter nog nooit problemen had gehad, een lief en zachtaardig karakter had en – misschien haar grootste fout – een volgzaam type was geweest. 'Ze kende het verschil tussen goed en kwaad,' zei haar moeder, 'maar ze was te goed van vertrouwen. Ze geloofde wat men haar vertelde.' Ze had twee volle jaren achter de kassa van de supermarkt in het centrum gewerkt en werd daar met genegenheid herdacht door haar collega's van alle rassen. Deze tragische gebeurtenis kwam als een vreselijke schok voor haar moeder.

Deze zelfde ochtend was het ook duidelijk een vreselijke schok voor mijn vader. Toen ik, terwijl ik mijn mok koffie met beide handen voorzichtig neerzette, schertsend opmerkte dat er weinig reden was tot verdriet – 'Nou ja, het geboefte heeft zichzelf opgeblazen. Erg hoor' – keek mijn vader mij van boven zijn krant aan met een duistere uitdrukking op zijn gezicht, zijn ogen wijdopen en somber, zijn huid glimmend schoon geboend, en zei met krassende stem: 'Praat niet over zaken waarvan je geen verstand hebt.'

'Neem-me-niet-kwalijk.' Ik rolde met mijn ogen naar mijn moeder, die heel druk was met de kruimels rond haar bord.

'Als jij gezien had wat ik heb gezien…' zei mijn vader. Ik wist, zo jong als ik was – zelfs Etienne wist het hoogstwaarschijnlijk, als hij het maar had kunnen zeggen – dat mijn vader bijna nooit over zijn jeugd sprak, vooral niet over die donkere laatste jaren ervan, voor hij Algerije verliet om naar Frankrijk te gaan, in ieder geval niet waar zijn kinderen bij waren; en ik dacht, hoopte zelfs, dat hij nu meer zou zeggen. Maar hij verviel weer in stilzwijgen en liet zijn voorwaardelijke bijzin als een Tantaluskwelling in de lucht zweven. Vervolgens trok hij zich heel even terug achter zijn krant, maar vouwde deze alleen met een driftig gebaar slordig dicht. Daarna stond hij met een ruk op van tafel, waardoor de melk in de kan klotste en een kleverige lepel die wankel lag te balanceren in een jampot uit de pot kletterde.

'Ik ben laat,' zei hij. 'Ik ben vanavond waarschijnlijk weer laat. Morgen is het diner bij Joxe. En denk eraan, de dag erna zijn we bij Maman.'

'Hoe zou ik dat kunnen vergeten?' zei mijn moeder, die de lepel had schoongelikt en deze op haar bord had gelegd.

Hij kuste ons, droge, plichtmatige kussen. Over zijn onbeweeglijke gezicht lag – was het iets in de kleur, was het een kwestie van perspectief of van schaduw? – een ondefinieerbaar masker van verdriet.

Mijn moeder wachtte tot ze de motor van zijn zwarte BMW en het geknars van de banden op het grind van de oprit hoorde, voordat ze opsprong en met grote snelheid de tafel begon af te ruimen.

'Er is geen tijd te verliezen. Etienne is vast al uit bad. Magda heeft hem dadelijk aangekleed. Gauw-gauw!'

'Waar ga je heen?'

'Hij moet om half elf voor controle bij de dokter zijn en daarna dacht ik dat hij het fijn zou vinden om een wandeling over de boulevard te maken. Je weet hoe leuk hij de meeuwen vindt. Heb je zin om mee te gaan?'

Ik schudde mijn hoofd.

'Niet zo, hè? Vroeger was je dol op je broer.'

'Dat ben ik nog steeds. Zit toch niet zo op me te vitten. Is het zo vreselijk dat ik mijn eigen leven wil leiden?'

'Je hoeft niet zo'n toon tegen me aan te slaan.'

Ik zuchtte. Zij zuchtte.

'Ik heb wat later met Marie-Jo afgesproken. Ik heb het haar beloofd.'

'Lunch bij je grootmoeder dan?'

'Ik heb het haar gisteren gezegd.'

'Hou de vrijdag dan voor mij.'

'Oké. Hoezo?'

'De markt in de stad. Ik dacht, misschien kunnen we bij de parfumerie een paar lippenstiften uitzoeken, elk één, voor het nieuwe seizoen.'

7

Op vrijdag waste ik mijn haar voor het uitstapje en vlocht het terwijl het nat was, in de wetenschap dat het, als ik het tegen bedtijd losmaakte, in prachtige, nog vochtige golfjes over mijn rug zou uithangen.

Ik was gek op onze uitstapjes naar de markt. Meestal ging mijn moeder er even snel op uit naar de kleinere varianten ervan in de buurt van het strand, een paar kraampjes met een luifel op een parkeerterrein, met slechts overal een of twee van – een bloemenstalletje, een zuivelkraam, een vrouw alleen die afgeprijsde lakens en handdoeken verkocht. Het was handiger voor mijn moeder als ze Etienne in de auto had: ze kon parkeren, hem in de auto laten en hem zelfs zien terwijl ze haar boodschappenmanden vulde. Om de stad in te gaan moest ze Etienne achterlaten bij Magda, zijn verzorgster. Het was een onderneming, iets feestelijks, en ze wilde liever met mij samen gaan.

De markt in de stad strekte zich uit over de hele lengte van een smalle straat in de oude wijk, die van een kleine fontein vlakbij het winkelcentrum schuin afliep naar het plein tegenover de kade. De kramen stonden aan weerskanten van het asfalt, en achter de kramen lagen de winkels er, zelfs wanneer er geen markt was, vergeten bij: stoffige, merkwaardige spelonken waar ze Chinese kruidenmiddeltjes of gordijnroeden en bezemstelen of spiegelglas en spiegels in elk formaat verkochten.

De bezoekende marktkooplui stelden zich op voor de slaperige winkelpuien in een onverbiddelijke volgorde die door een lange traditie was voorgeschreven en waarvan de niet-ingewijden niets begrepen. Er waren groentemannen en fruitvrouwen en kraampjes waar zowel groente als fruit verkocht werd, blozende stapels perziken naast stevige en paarse aubergines, weelderige kroppen krulsla dicht aanliggend tegen sappige, vuurrode kersen, breed uitlopende venkelknollen die hun geribbelde stengels en veervormige uiteinden aanduwden tegen de met suiker bespikkelde, gerimpelde karkassen van Noord-Afrikaanse dadels. Er waren de anemonen en rozen van de bloemenverkopers, die glinsterden alsof ze beslagen waren met ochtenddauw, en de rijpe stapels van de kaasverkopers, producten waarvan de verlokkende stank van achter glas tot de menigte doordrong. Er waren mannen met olijven en mannen met kruiden, emmers met doordringend geurende rozemarijn en stekelige laurierbladeren, van kaasdoek gemaakte zakjes met lavendel, blauwe flessen rozenwater en sinaasappelwater, en theesoorten tegen elke kwaal – tegen spanningen en een slechte huid en slapeloosheid en verstopping. Er stonden tafels met kandelaars en slakommen en uientangen; er lagen grote strengen knoflook en wasbleke piramiden van citroenen. Aan het einde van de straat, bij de kade, verkochten de visverkopers hun bologige, zilverachtige vangst, van bloed doortrokken filets en ronde, ingekeepte moten, melkachtige sint-jakobsschelpen en oesters met een korst, allemaal uitgestald in bakken met ijs in de ochtendzon, de sterke visgeur toenemend naarmate de temperatuur van de dag opliep; terwijl tegenover hen, in hun eigen hoekje, jonge broers aan het venten waren met goedkope dameskleding en blinkende snuisterijen, glimmende oorbellen en vergulde enkelringen, leggings met een luipaardmotief en felgekleurde, synthetische T-shirts met lovertjes in de vorm van leeuwinnen, of witte, mouwloze, met franje afgezette vesten van polyester met bijpassende cowboylaarzen, allerlei snufjes op kledinggebied waarvan het buitensporige succes afgemeten kon worden aan wat de vrouwen die inkopen deden droegen.

We vonden het leuk om aan het begin van de straat te beginnen en, langzaam afdalend, de geuren op te snuiven, de waren in te duwen, te keuren en te kletsen te midden van de zachtjes voortkabbelende stroom van de andere huisvrouwen, het enkele onderdeurtje van een echtgenoot of de enkele verschrompelde grootvader die tussen ons net zo opvielen als de keffende honden. Het was bovenal een stoet van vrouwen: jonge Arabische moeders met koolzwarte oogschaduw, met zich aan hun knieën vastklemmende kleuters; mediterrane boerenvrouwen met zware boezems en strakke nylon jurken, vrouwen die net zo breed als lang waren, hun blote armen zo stevig en marmerwit als eersteklas kwaliteit varkensvlees; elegante Afrikaanse vrouwen in meetrillende, lange blouses, hun haar kunstig bedekt met een tulband, met een benijdenswaardig glanzende huid en hooghartige, amandelvormige ogen; groepjes snaterende meisjes van mijn eigen leeftijd die volwassenheid uitbeeldden met hun voeten in pumps met naaldhakken geperst, hun onder kleine topjes duidelijk afgetekende ontluikende borsten, hun monden als leeftijdloze, nat gekleurde strepen die meestal de raarste standen aannamen om plaats te bieden aan een sigaret of kauwgum of allebei tegelijk. Wanneer ik in mijn eentje geweest zou zijn, zou ik misschien naar zo'n groepje geglimlacht hebben om zo hun verdraagzaamheid of zelfs hun goedkeuring te winnen, maar nu aan mijn moeders arm keek ik een beetje bedenkelijk in hun richting, als om haar op bedekte wijze te kennen te geven dat ik niets van doen had met zulke dellen.

We hadden die ochtend geen rekening gehouden met de begrafenissen van de bommenmakers. We hadden er geen seconde aan gedacht. Niet dat de begrafenissen in het centrum, of ook maar in de buurt van de markt, zouden plaatsvinden; maar de nachtclub, het openlijk erkende doelwit (zoals bevestigd werd door in het huis van de maker van de bom aangetroffen notitieboekjes), bevond zich op een afstand van slechts een paar huizenblokken van de marktkramen. Er heerste grote emotie in de stad en voor een groot deel waren de gevoelens verdeeld ten aanzien van de bomaanslag. Naast het gewone scala aan Franse burgers, waren er velen die, net als onze familie, blanke vluchtelingen uit Algerije waren en van wie er sommigen hartstochtelijk sympathiseerden met de bommenmakers; en vele *harkis*, die bevreesd waren voor het opnieuw oplaaien van oude spanningen; en vele Noord-Afrikaanse immigranten van recentere datum die zich plotseling angstig en woedend voelden. Als om dit vuurtje aan te wakkeren had het Front National (echt iets voor mijn moeder, stel ik achteraf vast, om zich daar zelfs niet van bewust te zijn geweest!) vertegenwoordigers naar de begrafenissen gestuurd, een delegatie van buiten de stad die uit solidariteit met de moeder van het meisje en de andere treurende ouders in de stoet meeliep. Ze noemden de dode jongeren nog net geen helden, maar de uitdrukking 'Morts pour la France' was her en der te horen geweest en was zelfs al, zoals we gezien zouden hebben als we maar door de straatjes achter de markt waren gelopen, overal in de voornamelijk door moslims bewoonde wijk samen met hakenkruisen met verf op de bakstenen en het pleisterwerk gespoten.

We hadden er niet aan gedacht en dachten er ook niet aan, maar terwijl we ons in het gewoel aan het begin van de marktstraat begaven, merkten we dat er iets niet pluis was. Degenen die inkopen aan het doen waren, wendden zich tot elkaar in hun afzonderlijke groepjes en gingen daarbij degenen die anders waren – bijna onmerkbaar – uit de weg. Sommige kraamhouders voerden gesprekken op sissende toon; andere negeerden hun buren opzichtig. Zelfs de kinderen van de markt leken zich bewust rustig te houden.

Mijn moeder met haar verzorgde kleding, haar Vuitton tas aan haar arm en haar strakke knotje, leek niet op veel van de andere marktbezoekers. Het was niet zo dat ze op die dag uitstraalde dat ze geen Française was; veeleer was het een kwestie van een te succesvolle imitatie van een bepaald type Française. We bemerkten tijdens onze langzame en vrolijke bestudering van de tafels een zekere koelte bij degenen die erachter stonden, maar schreven deze toe aan het feit dat we te lang keken en te weinig kochten.

Het was de olijvenvrouw halverwege aan de rechterkant die ons verbaasde: de olijvenvrouw naast de kraam waar alleen Spaanse meloenen verkocht werden. We bleven wat staan om haar uitgestalde waren te bekijken en snoven de ziltige, knoflookachtige geur van de olijven op. Ze had dikke, groene olijven bespikkeld met rode pepers, en stevige, ovale kalamata's, en kleine, verschrompelde en van olie doordrenkte zwarte olijven die eruitzagen als een groot soort rozijnen, en piepkleine, flinterdunne bruine olijven die meer op pitten dan op olijven leken, en ze had grote kommen met *tapenade*, zowel groen als zwart, en ook grote kommen met *anchoiade*, puur zout, waar ik gek op was. Mijn moeder en ik delibereerden op gedempte toon over welk van die lekkernijen we mee naar huis zouden nemen. Mijn moeder wilde één soort olijf die ze niet kende – bolvormig, groot en tegen rood aan – proeven, maar de boze blik van de olijvenvrouw bracht haar daar vanaf.

De olijvenvrouw was een enorme vrouw met haar brede boezem die onder een vaalzwart T-shirt trilde en met haar maanbleke armen vol putjes over haar buik gevouwen. Haar zwarte haar omsloot precies haar bolle wangen, en haar kin, die groot en knokig uit het vlees van haar gezicht stak, weerstond de druk van de zwaartekracht naar het golvende kussen dat haar hals vormde. Boven haar lip trilde een donkere, rupsachtige snor, waardoor ze er nóg angstaanjagender uitzag. Haar ogen, die glansden als haar zwartste olijven, straalden vijandigheid uit.

Mijn moeder was de vriendelijkheid zelve en vroeg alleen maar hoelang de roodachtige olijven in de koelkast bewaard konden blijven.

De olijvenvrouw verhief zich in haar volle lengte en antwoordde: 'U bent niet van hier, hè?'

Mijn moeder trilde lichtjes, terwijl ze met klem zei: 'Dat ben ik wel.'

'Dat bent u niet. Ik heb u hier nog nooit gezien.'

'Ik doe mijn inkopen altijd op de andere markt, die kleine bij het strand.'

De olijvenvrouw snoof verachtelijk. 'Als u hier woont, waar dan?'

'Aan de kustweg. Op de heuvel.'

'O ja? Welke straat? Zeg op! Ik wed dat u dat niet kunt. Nou, zeg op dan.'

Mijn moeder, die al meteen een terugtrekkende beweging was gaan maken, bleef staan. 'Ik geloof niet dat u dat iets aangaat.'

'Misschien niet. Goed dan. Het komt door uw kleren.' De mond van de olijvenvrouw hing grimmig open. Ze miste een paar tanden. 'Ik dacht dat u bij die lui hoorde. Met het vliegtuig hier gekomen om herrie te trappen.'

'Welke lui?' vroeg mijn moeder verbijsterd.

'Bij het Front National. Zoals u gekleed gaat. Hier voor de begrafenis. Weet u zeker dat u niet bij het Front National hoort?'

Mijn moeder schudde haar hoofd een paar keer krachtig, terwijl ze wegliep van de olijvenvrouw en haar koopwaar. Ik had de indruk dat de mensen om ons heen hun oren spitsten en luisterden zonder de indruk te willen wekken dat ze dat deden en hun mening voor zich hielden, maar zich wel klaarmaakten voor een gevecht, als dat nodig mocht zijn. Terwijl mijn moeder terugliep, en ik met haar verdween in een opening die door de menigte voor ons gemaakt werd, trok de olijvenvrouw een woedend gezicht en bracht ze met een rauw gerochel speeksel omhoog in haar keel. Ze spuugde krachtig op het smerige trottoir. 'Dat vind ik van het Front National,' riep ze ons na.

Mijn moeder beefde en was bijna in tranen.

'Trek het je niet aan,' bemoedigde ik haar en ik gaf haar een arm terwijl we onze weg naar beneden vervolgden. 'Dat mens was niet goed snik.'

'Die felheid van haar verbaasde me,' zei mijn moeder. 'Ze was zo kwaad, maar waarom?'

'Alleen omdat je mooie kleren aan hebt. Denk er niet verder over na, mam. Wat ga je doen, je kleren hier op de markt kopen, alleen om haar een plezier te doen?'

Mijn moeder werd vrolijk bij de gedachte. 'Een rode minirok met lovertjes en discolaarzen – hoe lijkt je dat?'

'Ik zou het maar bij het kopen van vis houden.'

8

Die avond gingen we naar het appartement van mijn grootouders om daar te dineren. Het was altijd een heel gedoe om Etienne daar mee naartoe te nemen, omdat bij de bouw van het Bellevue Hotel, en zeker het personeelsgedeelte, geen rekening gehouden was met rolstoelen. Welke route je ook nam – of je nu met een omweg via de oprit langs het hotel zelf en het zwembad ging of regelrecht van het hek naar de achter het hotel gelegen parkeerplaats en het personeelsgebouw daarachter ging – er waren trappen. Mijn moeder en ik konden Etienne met zijn tweeën in zijn rolstoel optillen, maar door de inspanning raakten we vreselijk bezweet en kregen we vieze handen en raakten onze blouses verfomfaaid, en mijn grootmoeder keek ons dan zwijgend en afkeurend aan. Het gesjouw met Etienne ging veel beter als mijn vader en ik het deden – of beter nog, mijn vader en een van de tuinmannen, of Zohra, het dienstmeisje van mijn grootouders.

Die dag was mijn vader echter regelrecht van zijn kantoor in het hotel naar het appartement gegaan, dus mijn moeder en ik hijgden en zwoegden terwijl Etienne kwijlend op zijn mooie witte overhemd tegenspartelde en kraaiende geluiden maakte en probeerde ons haar of onze armen of onze glimmende halskettinkjes te pakken, en we kwamen allemaal verhit en verfomfaaid bij de deur van mijn grootouders aan.

'Kom binnen, *chéries*,' zei mijn grootmoeder met aandrang in haar stem en gehuld in een wolk van Guerlain (een parfum dat toepasselijk genoeg speciaal voor keizerin Eugénie was gemaakt). Hoewel wij de enige gasten voor het diner waren en het een avond *en famille* was, had ze poeder en rouge opgedaan en haar hals omhangen met sieraden en haar lichaam in een gebloemd zijden gewaad gehuld. 'De mannen zijn net bezig met de drankjes.'

Aperitiefjes waren een vast ritueel bij deze familiebijeenkomsten: zelfs Etienne had zijn beker jus d'orange, een speciale rode plastic beker die een klep had met een rietje erdoor, zodat zijn gekwijl min of meer onder controle gehouden kon worden.

Ik had mijn grootvader niet gezien sinds de keer voor het incident bij het zwembad, al had mijn grootmoeder me wel namens hem de volgende dag stevig de mantel uitgeveegd. Ik wist niet zeker of ik meteen mijn verontschuldigingen zou aanbieden om de lucht te klaren maar dan mogelijk een verontwaardigde tirade over mij zou afroepen of dat ik net zou doen alsof er niets gebeurd was en er maar het beste van zou hopen.

In de woonkamer stonden mijn vader en mijn grootvader naast elkaar naar het uitzicht te staren en ze keken toe hoe een stel kleine zeilbootjes keerden en terug naar de haven gingen, terwijl de kleuren van de vroege avond, zacht en rozerood, als stof dwarrelden over de langzaam verdwijnende landtongen en de grote kom van de hemel. Beide mannen hielden hun handen op hun rug; bij alle twee lag de onderlip een beetje over de bovenlip heen, hetgeen vagelijk zelfvoldaanheid uitdrukte, alsof het prachtige uitzicht door hen gemaakt was en de leuke witte zeiltjes alleen als vermaak voor hen dienden.

Daarmee hield de gelijkenis op. Mijn grootvader was een kop kleiner dan zijn zoon. Hij zag er keurig uit met zijn ouderwetse pak en zijn blauwe pochet. Hij was tenger gebouwd en zijn levendige, bijna lelijke gezicht leek te groot voor zijn lichaam. Zijn knolvormige neus stak indrukwekkend uit boven zijn brede mond. Ook zijn oren waren groot en vlezig met de roze lellen die veel te uitgerekt naar beneden hingen. Hij had een lichte huid en zijn grijze lokken waren kortgeknipt. Mijn vader, die er naast hem donker, kolossaal en behaard uitzag, straalde overdaad uit. Vroeger een gespierd man, was hij nu in de schouders en nek alleen nog maar dik, met het begin van een afhangende onderkin. Donkere krullen kropen omlaag langs zijn nek en onder zijn kraag, van onder zijn manchetten over de rug van zijn handen – als een weerwolf, zo had ik hem geplaagd toen ik jonger was, tot mijn moeder me vertelde dat hij zich schaamde voor zijn behaardheid. De ogen van mijn vader waren groot en hadden dikke wimpers, maar zij waren het enige deel van zijn gezicht dat te groot genoemd kon worden: zijn neus was mooi en recht en van gemiddelde lengte (de neus van zijn moeder); zijn mond vormde een sensuele, maar beheerste boog; en zijn oren – hij was trots op zijn oren – lagen klein en plat tegen de omtrek van zijn schedel, waar ze leken te slapen. De twee mannen zagen er tegelijk volslagen verschillend en hetzelfde uit, zoals ze daar voor de oceaan stonden.

'Inspecteurs van gene zijde?' vroeg mijn grootmoeder met een zwak gekraai en een rinkelend geluid met haar armbanden makend. 'Wil geen van mijn twee mannen voor ons een klein glaasje port inschenken? We zijn uitgedroogd!'

We gingen naar onze eigen plaatsen rond de salontafel, mijn vader en grootvader tegenover elkaar in fauteuils, mijn moeder en ik op de bank – die bijzonder hoog was, of diep, waardoor we beiden moesten kiezen tussen met onze voeten boven de grond bengelen en helemaal naar voren zitten op de gladde kussens: ik koos altijd voor het eerste en zij voor het laatste – en mijn grootmoeder, met Etienne naast haar neergezet, sloot de kring, gezeten op een met tapestry beklede stoel met bewerkte poten en petieterige armleuninkjes: een damesstoel.

Voordat ik ging zitten, kuste ik mijn grootvader ter begroeting. Hij leek in gedachten en gaf geen blijk van ongenoegen. Hij leek zelfs nauwelijks in de gaten te hebben wie ik was. Maar toen de drankjes waren ingeschonken en ik stilletjes chips zat te knabbelen die ik uit een blauwe kom pakte, zag ik hem mij ineens afkeurend bekijken. Zijn wenkbrauwen, die vreselijk borstelig waren (de haartjes waren erg lang), gingen op en neer, alsof het zien van mij op die afstand hem een nare herinnering had bezorgd.

Mijn grootmoeder was bezig een verhaal te vertellen over een ouder wordende Italiaanse operazangeres die al tien jaar lang elk jaar het hotel bezocht – een vrouw die we allemaal kenden, die indrukkende wijde gewaden droeg en die mij ieder jaar in mijn wangen kneep met haar merkwaardig sterke vingers – toen mijn grootvader haar onderbrak.

'Er is in ons land op dit moment iets mis met de manieren,' begon hij. 'Het is niet een probleem dat uniek is voor Frankrijk – in feite vindt het voor een deel, zoals ik, en velen met mij, zou willen poneren, zijn oorzaak in de invloed van jouw land' – hij knikte naar mijn moeder – 'zij het natuurlijk niet in de elegante invloed die van jou uitgaat. Wat me echter bezighoudt als nationalist – en ik ben niet bang om dat woord te gebruiken, omdat ik daarmee slechts doel op een genegenheid en eerbied voor mijn natie, cultuur en geschiedenis die uitgaat boven die voor elke andere natie, cultuur en geschiedenis, hetgeen een uiterst logische zaak is en geenszins wijst op gebrek aan respect voor die andere – hoe het ook zij, als nationalist en als Fransman maak ik mij zorgen over de manieren en zeden in dit land en van de mensen van ons land. En het lijkt mij toe' – hier bleef zijn dwalende bezittersblik, die als olie over het gezelschap was gegleden en verder was gegaan, naar de Provençaalse borden aan de muur en het donker wordende stukje zee dat hij vanuit zijn stoel kon zien, op mij rusten – 'dat het verlies van een bepaalde elementaire wellevendheid bij de burgers van ons land, en met name bij de jongste burgers, geen uiting is van een tamelijk onschuldige ongedwongenheid, zoals goedbedoelende progressieven ons willen doen geloven. Nee. Het is, daarvan ben ik overtuigd, een symptoom van een vergaande en waarlijk verontrustende culturele ineenstorting, waarin het individu zijn eigen wil en verlangen plaatst boven het algemeen belang op een wijze die wij, die nu oud worden, ondenkbaar zouden hebben gevonden. Ongemanierdheid is, zo betoog ik, een symptoom van de totale anarchie waarmee onze cultuur nu geconfronteerd wordt, maar waarvan zij het bestaan weigert te erkennen, een chaos waarin iedereen zijn plaats uit het oog verloren is in een natuurlijke – of beter gezegd een beschaafde, wat een veel groter compliment inhoudt dan natuurlijk, daar beschaving datgene is wat ons onderscheidt van het louter dierlijke – hiërarchie. Wat goed gedrag bevordert…' Hij wachtte even en nam een slokje van zijn whisky, met een slurpend geluid dat luider klonk door onze stilte; zelfs Etienne, wiens rollende ogen naar het plafond keken en wiens voeten krampachtige bewegingen maakten, voelde dat het betoog van onze grootvader aandacht vereiste. 'Wat goed gedrag bevordert en wat uitmuntendheid bevordert, is één en hetzelfde ding: angst. Angst voor God, angst voor de roede, angst voor mislukking, angst voor vernedering, angst voor pijn. En dat is een feit. En in onze maatschappij van vandaag de dag heeft niemand ergens angst voor. Schande, berispingen, gevangenschap – die dingen betekenen voor niemand meer iets. Kinderen moet geleerd worden,' zei hij, terwijl hij nu naar mijn vader keek, die erin slaagde hem recht aan te kijken zonder hem kennelijk te zien, 'dat hun daden gevolgen hebben, echte gevolgen. Kinderen zouden heel wat meer angst moeten hebben dan het geval is.'

'Niet alleen kinderen,' zei ik knikkend, terwijl ik het zout van mijn vingers likte.

'Zou jij willen dat ik geloofde dat wij' – de woede van mijn grootvader was van een staalharde heftigheid, hoe rustig zijn toon ook bleef – 'dat wij, zoals we hier in deze huiskamer bij jou zitten, net zo weinig respect voor anderen tonen als jij en je kleine vriendjes?'

Ik liet me er bijna toe verleiden om te beweren dat mijn vrienden niet 'klein' waren, maar wist maar al te goed wat de prijs was voor een dergelijke provocatie, en zei dus met mijn onschuldigste en kinderlijkste stemmetje: 'O nee, dat bedoel ik helemaal niet. Nee, ik bedoelde die vrouw op de markt vandaag. Dat klopt toch, Maman?'

Mijn moeder, die slechts probeerde deze avonden stilletjes en onzichtbaar door te komen, wierp me een woedende blik toe en perste haar lippen op elkaar.

'Welke vrouw?' vroeg mijn grootmoeder.

'Ja, wat is er gebeurd?' Mijn vader klampte zich aan elke strohalm vast die zijn eigen vader van zijn georeer zou kunnen afleiden.

'Het had niets te betekenen,' zei mijn moeder met klem.

Etienne maakte een kronkelende beweging. Mijn grootmoeder bracht zijn beker met sap naar zijn glibberige lippen.

'Dat is niet waar, Maman. Je was er helemaal ondersteboven van.'

'Carol, wat is er gebeurd?' Mijn vader leunde naar voren in zijn stoel. De blik van mijn grootvader brandde zich van onder zijn borstelige wenkbrauwen in de wangen van mijn moeder.

'O, Sagesse maakt van een mug een olifant. Het was een van de marktkooplui. Mijn gezicht stond haar om de een of andere reden niet aan.'

'Ze spuugde naar ons,' legde ik uit.

'Waarom in hemelsnaam?' vroeg mijn grootmoeder.

Mijn moeder haalde haar schouders op. 'Gewoon geen manieren, denk ik. Het was een akelig, agressief oud mens.'

'Ze beschuldigde Maman ervan dat ze bij het Front National hoorde en in de stad was vanwege de begrafenissen.'

'Waarschijnlijk een communiste,' zei mijn grootmoeder snuivend. 'Je hebt het je toch niet aangetrokken?'

'Natuurlijk niet. Maar ze deed heel onaangenaam.' Mijn moeder deed haar rok goed.

'Alsof…' Mijn grootvader haalde adem en zei toen met stemverheffing: 'Alsof de problemen van ons land veroorzaakt worden door het Front National! Alsof dat een belediging zou zijn! Wat belachelijk!'

'Wat bedoelt u, opa?'

'Ik stem niet op Le Pen,' zei mijn grootvader, 'maar ik zou ieders recht daartoe verdedigen. Om te beginnen omdat wij – ook jij, kleine meid, hoewel je niet het flauwste benul van geschiedenis hebt – wij allemaal in deze kamer bij die man in het krijt staan. Tot het laatst toe heeft hij voor ons land gevochten, hij geloofde in ons volk, hij begreep wat het was, wat het betekende.'

'Algerije.' Ik fluisterde het.

'Ja, meisje. Algerije. En al degenen die op hem stemmen, misschien doen ze dat alleen om die schuld in te lossen. Toevallig ben ik het niet eens met veel van zijn politieke ideeën, en ik vind het politieke zelfmoord als vertegenwoordigers van het Front National hier komen om zich in te laten met een stel ongedisciplineerde kinderen, kinderen die een illustratie zijn van precies die anarchistische vernietiging – in dit geval, zelfvernietiging – waarover ik net sprak. Links, rechts – de politieke richting doet er niet toe. Het is chaos, het is wanorde, en wie maar een beetje verstand heeft, moet zich er verre van houden. Maar het Front National is niet het probleem. Wie dat denkt, heeft het bij het verkeerde eind. Dat is alleen maar een symptoom van het probleem. Van de problemen. Meervoud. De problemen waarmee dit land geconfronteerd wordt, overspoeld als het wordt door immigranten – Arabieren, Afrikanen, de Engelssprekenden, allemaal – onze cultuur wordt van alle kanten geattaqueerd. Jezus christus, onze kinderen die zonder enige reden bommen gooien! En onze regering – die aftandse, lachwekkende leugenaar die denkt dat hij keizer is – onze regering heeft er niets op te zeggen, helemaal niets!'

Mijn vader hoestte en staarde in zijn glas.

'Le Pen tenminste – hij zegt de verkeerde dingen, denk ik, voor de tijd waarin wij leven, maar hij heeft tenminste iets te zeggen. Hij weet tenminste wat hij wil. Dat had je tegen die rooie visvrouw moeten zeggen.'

'Ze verkocht trouwens olijven,' mompelde mijn moeder.

'Olijven, vis, knoflook, wat doet het er toe. Dat had je tegen die proleet van een vrouw moeten zeggen – hij wacht tenminste niet op raadgevingen uit Moskou over hoe hij op een plaatselijke crisis moet reageren. Hij heeft tenminste een eerlijke reactie – een Franse reactie.' Mijn grootvader gromde en nam een slok van zijn whisky, waarbij hij de ijsklontjes liet rinkelen.

Ik zat helemaal naar achteren op de bank. Ik zwaaide lichtjes met mijn voeten en keek toe hoe mijn broer, die vastgebonden zat in zijn stoel tegenover mij, zich kronkelde en met zijn lichtgrijze ogen rolde. Ik was erg onder de indruk van de voetzoeker die ik zo losjes had afgestoken in ons midden: ik had niet geweten dat ik zo'n buitensporige reactie zou teweegbrengen, zo gemakkelijk de aandacht zou afleiden van die onbenullige zwempartijen bij avond in het zwembad van het Bellevue.

Tijdens het eten zei mijn grootvader bijna niets, alsof hij uitgeput was. Hij zag er klein uit, zoals hij daar ingezakt zat boven zijn *pissaladière* en daarna boven zijn reepjes lamsschouder. Hij nam onverschillig slokjes van zijn rosé en staarde naar buiten, naar de zee die nu donker was, en toen mijn vader hem vroeg wat hij van een bewakingsbeambte bij het hek aan de voorkant dacht, leek hij het niet te horen. Mijn vader keek naar mijn moeder als wilde hij zeggen: 'Heb ik het je niet gezegd?', en zij trok haar wenkbrauwen op in een fraaie boog.

'Wie wil er nog wat aardappels?' drong mijn grootmoeder aan, van haar kant van de tafel. 'Wie nog wat erwtjes?'

9 ⸺

Toen we die avond thuiskwamen, hielp ik mijn moeder Etienne in bad doen en naar bed brengen, omdat Magda die avond vrij was. Etienne lag er slap en half in slaap bij, terwijl wij hem zijn nachthemd aantrokken. Zijn ledematen waren zwaar en een tikkeltje vochtig in de hitte en we lieten hem achter in de koele lucht die met de geur van de zee zijn verduisterde kamer binnenstroomde.

Ik zei ook welterusten, en mijn moeder keerde terug naar mijn vader in de woonkamer op de benedenverdieping. Haar hakken maakten een klikkend geluid op de stenen trap. Terwijl ik mijn tanden poetste, liep ik met mijn mond vol pepermuntschuim op mijn tenen naar de overloop om te luisteren naar het geruzie van mijn ouders.

'… Die eindeloze betutteling, alsof we allemaal net zo oud zijn als Sagesse – jezus, nee, alsof we het verstand van Etienne hebben!'

Ik kon het antwoord van mijn vader niet verstaan, maar kon het afleiden uit wat er volgde.

'Hoeveel jaar zeg je dat nu al? "Hij is moeilijk", "Het is een moeilijke tijd", "Ik zou hem nu niet in de steek kunnen laten" – schei toch uit, Alex, hoe zit het met ons leven? Met jouw leven?'

Het gebekvecht was zo vertrouwd als een droom. Ik keerde terug naar de badkamer om te spugen en te spoelen, en haalde mijn nachthemd uit mijn kamer zodat ik me tegelijk kon uitkleden en luisteren. Het zou pas afgelopen zijn als mijn vader tot een uitbarsting kwam, en het won. Ik kon bijna de ijsklontjes horen in de whisky die hij na de avondmaaltijd dronk en wist dat hij het glas vasthield, en neerzette en weer vasthield, terwijl hij met grote passen door de kamer liep, om de meubels heen, zich opwindend als een dier tot hij in een gebrul zou moeten uitbarsten.

Ik stond daar op blote voeten in mijn onderbroek, met mijn dunne nachthemd in mijn hand, en leunde voorover. Mijn hart ging tekeer en ik voelde het kloppen in mijn handen en voeten; ik kon mijn nek niet bewegen. Ik voelde hoe mijn aderen zich spanden. Zo ging het altijd. Door getuige te zijn van hun geruzie, door hen in het verborgene de biecht af te nemen, geloofde ik onbewust dat ik macht over hen had en hen in de hand hield; ik zou pas weggaan als hun stemmen minder luid begonnen te klinken, als ik er zeker van was dat ze niet handtastelijk waren geworden (dat was nooit het geval), dat er niets, niets tastbaars en niets ontastbaars, echt gebroken was.

'Zo is het genoeg! Dat onophoudelijke gekrijs van jou,' donderde de bas van mijn vader. Ik stelde me hem voor met zijn hoofd rood aangelopen, zijn krullen trillend en zijn handen tot vuisten gebald en stijf tegen zijn lichaam aangedrukt alsof ze hem zouden kunnen ontsnappen. 'En hoe denk je dan wel dat we zouden kunnen leven – jij die zo gesteld bent op dienstmeisjes en verzorgsters en overal luxe? Denk je dat het zo gemakkelijk is?'

Mijn moeder slaakte zachtjes een jammerklacht. Ze zou weldra gaan huilen.

'Verwend! Je bent niets anders dan een verwend Amerikaans vaderskindje, nog steeds, na al die jaren. Denk je dat het gemakkelijk is? Het is werken, elke seconde ervan is werken, werk waar je vuile handen van krijgt en dat je afstompt. Denk je dat ik het leuk vind? Je hebt er geen idee van. Ik verdraag het. En hij heeft me dat geleerd – en dat is niet niets – en we hebben iets opgebouwd. Jezus, ík heb iets opgebouwd, een deel ervan, een groot deel, ook al staat het nu allemaal op zijn naam. Maar zijn naam is mijn naam, het is onze naam, het is het enige wat een leven enige betekenis geeft…'

Mijn moeder zei iets anders, onhoorbaar; maar de verzoening zat er aan te komen.

'Het zal ons leven zijn; het is het enige leven, de enige plek die we hebben. Hij zal niet eeuwig zo doorgaan. Het is van mij – het komt jou toe. Voor de kinderen, voor onze familienaam. Jezus, Carol, er vandoor gaan? Je wilt er vandoor gaan? Ga dan...'

Ik kon horen dat ze huilde; ze zou nu proberen hem in haar armen te sluiten.

'Ik heb deze jaren niet voor niets weggegooid. Niet al deze jaren. En het is ons hotel. Het zal ons hotel zijn, en we zullen het tot ons hotel maken.'

'Natuurlijk doen we dat,' zei mijn moeder. 'Natuurlijk doen we dat.'

Ze klonken minder luid.

'Het zal van ons zijn,' zei mijn vader op bijna normale toon. 'Als je maar geduld hebt.'

Ik trok mijn nachthemd over mijn hoofd en stond klaar om me terug te trekken. Ze zouden nu de lichten uitdoen. Ze zouden naar boven komen, misschien wel samen.

'Of ik het met hem eens ben?' zei mijn vader. 'Vraag me dat niet. Ik luister verdomme niet eens naar hem. Ik luister er niet naar, dus hoe zou ik het moeten weten?'

Als ze doorgingen, stelde ik voor mezelf vast, dan zouden ze dat doen over het betrekkelijk rustige onderwerp van de politiek, waarvoor ze geen van beiden erg veel venijn konden opbrengen. Ik had de storm doorstaan. Ik ging naar mijn bed en hield alleen even stil bij de kamer van Etienne om daar het zachte, natte gesnurk te horen en er zo zeker van te zijn dat ook hij veilig was.

10 ———————

De tweede zwempartij bij avond, een week later, vond plaats zonder mij. Ik zou deze niet voorkomen kunnen hebben, en kon er alleen maar om lachen toen Marie-José mij erover vertelde. Ze zat met uitgestrekte benen op de vloer van haar slaapkamer met haar spatel en een honingachtig goedje van gesmolten was. Ze streek het met gelijkmatige halen uit over haar benen en trok met een overdreven pijnlijk gezicht aan de onzichtbare blonde haartjes. Ze vertelde me het verhaal tussen de geluiden van het uittrekken door en zwaaide met de kleverige spatel om haar woorden kracht bij te zetten.

'Je grootvader – jezus, meid, die man is gek. Het was vroeger, weet je, dan de vorige keer, dus ik denk dat we dachten dat het wel zou kunnen. Het moet voor tienen geweest zijn, zelfs half tien, en we probeerden – we zagen dat bij hem het licht brandde – we probeerden om zachtjes te doen. Maar ik geloof dat het Cécile was, die gilde in het water als een mager speenvarken. Ik geloof –' Ze stopte even om de achterkant van haar linkerkuit dik in te smeren. 'Ik geloof dat ze een oogje op Thierry heeft. Lach niet; het ligt er dik bovenop. Je kunt je niet voorstellen dat iemand op hem valt, dat onderdeurtje. Maar ze is zelf ook geen fotomodel uit *Vogue*.'

'En ze is klein,' zei ik.

'En hij is ouder dan zij. En ze kent hem vast niet erg goed. Nou ja, hoe het ook zij – dat kind werkt op mijn zenuwen – iedere keer dat hij in haar buurt zwom, begon ze te gillen, ook al probeerde de rest van ons uit alle macht om haar haar mond te laten houden. Hij vond het natuurlijk prachtig.'

'Denk je dat hij haar ziet zitten?'

'Waarschijnlijk wel. Ik bedoel, hoe vaak krijgt hij de kans tot inkijk? Niemand van ons wil hem aanraken. En op school wordt hij door iedereen uitgelachen.'

'Direct krijg ik nog medelijden met hem.'

'Wacht dan maar even. Want dat krijg je echt. Zelfs ik had een beetje met hem te doen. Het was zo grappig. Zie je, we probeerden allemaal, op die twee na, om stil te zijn. Nou ja, stiller. Ik bedoel, we praatten wel en zo, maar de meesten van ons gilden niet. En we waren al een tijdje in het zwembad, weet je, en hij – je grootvader – hij kwam niet naar buiten. Ik bedoel, hij hoefde alleen maar tegen ons te zeggen dat we stil moesten zijn.'

'Nou, wat gebeurde er?'

De was was koud en gestold op het been van Marie-José, maar ze ging te zeer op in haar verhaal om het in de gaten te hebben.

'Nou, plotseling klonk daar die stem op de brug' – er was een loopbrug boven het zwembad vanaf de bovengelegen binnenplaats, met een trap naar het water – 'die zei: "Oké, wie zijn jullie?" En toen: "Ik weet wie jullie zijn" en "Kom uit het water". En dat deden we, ik bedoel we hadden geen keus. We hadden hem niet horen aankomen, weet je. Het was zo griezelig.'

'Wat deed hij toen?'

We lagen allebei naar voren gebogen, met ons lichaam weggezakt in het groezelige roze hoogpolige tapijt dat zo lang ik haar kende altijd op de vloer van de slaapkamer van Marie-José had gelegen.

'Hij deed een kanjer van een zaklantaarn aan. Een enorm geval, als een zoeklicht, en hij scheen daarmee over onze gezichten, en toen, toen hij bij Thierry aangekomen was – ik bedoel, mij heeft hij nooit gemogen, hij vindt mij slecht opgevoed, maar Thierry, die ziet hij als beleefd, weet je, omdat Thierry altijd op die slijmerige manier "Dag meneer" zegt. Hij schijnt dus met de zaklantaarn op Thierry en zegt "Kom hier", en Thierry stapt naar voren. En dan doet je grootvader denk ik een stapje naar achteren, omdat wat er dan gebeurt, is dat hij Thierry helemaal beschijnt. Hij zet hem bloot en wel te kijk.'

'Gossiemijne. Jezus nog aan toe.'

'Daar staat die kleine Thierry dus met zijn handen voor zijn ballen rond te springen en te jammeren, tot op de bodem toe vernederd.'

'O jezus.'

'Ik had echt met hem te doen. Dat zou zelfs jij gehad hebben, dat zweer ik je. Je grootvader stond daar met die grote lichtstraal te schijnen op die magere Thierry en hij begint hem te ondervragen. Dat ging zo: "Weet je vader dat je hier bent?" en "Heb je geen huiswerk van de zomerschool en moet je dat niet maken?" en "Is iedereen hier een hotelgast of zijn dat vriendjes uit de stad?" en "Heb je enig idee hoe het is om in deze herrie te proberen om te slapen of te lezen?" En Thierry probeerde erop te wijzen dat we ons vlak bij de personeelsappartementen bevonden, dat de hotelgasten honderden meters verderop waren en ons onmogelijk hadden kunnen horen, maar dat leek je grootvader alleen nog maar meer te ergeren.'

'En toen?'

'Ten slotte deed hij de zaklantaarn uit en konden we ons aankleden. Het verbaast me nog dat we niet allemaal een longontsteking hebben opgelopen, we hebben daar zo lang naakt gestaan. Niet normaal. Eigenlijk deed Thierry er nog wel grappig over. Maar ik denk dat Cécile geen belangstelling meer had, toen ze hem eenmaal goed had kunnen bekijken. Ik vraag me af of het, als jij er bij was geweest, met jou was gebeurd.'

'Met mij?'

'Met de zaklantaarn. Of je grootvader jou als een kerstboom verlicht had.'

'Naakt? Doe normaal.'

We sloegen dubbel van het lachen. Marie-José haalde met een gil de laag was van haar been en ook dat vonden we buitensporig grappig.

'Hoe was je avond trouwens?'

Ik was niet bij het zwembad geweest, omdat Thibaud me eindelijk mee uit had gevraagd. Ik zeg 'eindelijk', omdat hij al drie zomers lang met zijn ouders in hun dure witte Mercedes uit Parijs naar het hotel kwam om daar een maand te logeren. En drie zomers lang keek ik al naar zijn zwarte krullen en zijn ondeugende lichtbruine ogen, was ik vol bewondering voor het patroon dat zijn sproeten op zijn bruine rug maakten, tutte ik mij op voor hem en probeerde ik geïnteresseerde maar bedekte blikken in zijn richting te werpen, maar ging daarbij op twaalf- en dertienjarige leeftijd op tamelijk primitieve manier te werk, zodat Thibaud mijn verliefdheid niet kon ontgaan. Maar toen ik twaalf en dertien was, was ik nog broodmager en had ik nog geen borsten, en hij, die twee jaar ouder was, toonde geen belangstelling.

Marie-José was een jaar ouder dan ik. Ze had al borsten gekregen toen ze elf was en was op die leeftijd al volgroeid en indrukwekkend lang. Op jonge leeftijd had ze geleerd haar goudbruine, golvende haar naar achteren te gooien met een onverschillig, maar verleidelijk gebaar en ze zou later in datzelfde jaar in haar meisjeskamer met het roze hoogpolige tapijt betrapt worden met een achttienjarige rekruut. Marie-José was al een paar jaar bezig de aandacht van Thibaud te trekken en met hem te flirten. Ze sprak met de stem van de ervaring tegen mij die magerder, minder rondborstig en jonger dan zij was en had me een aantal keren verzekerd dat 'het niet klikte': 'Hij zou best eens homo kunnen zijn,' had ze gezegd, haar lippen een tikkeltje afkeurend tuitend. 'Mannen hebben een bepaalde manier van kijken, van keuren, zelfs als ze niets van plan zijn. Ik bedoel, zelfs je váder kijkt zo naar mij.'

Ik had haar om haar mysterieuze kracht zolang benijd en gevreesd dat ik meestal haar oordeel – dat wil zeggen, waar het om seksuele kwesties ging – zonder aarzelen accepteerde. Maar ten aanzien van Thibaud bleef ik heimelijk vertrouwen houden, en ik bleef mijn huid bruinen met de gedachte aan de aanraking van zijn vingertoppen, en ik ging door met het met zorgvuldig gevouwen proppen witte tissues opvullen van mijn beha, die uit zichzelf niet snel genoeg vol leek te komen zitten.

Die zomer sprak hij eindelijk tegen mij, toen we op een middag op de terugweg van het strand de heuvel opklommen. Ik was niet verbaasd, hoewel het zo verbazend was. Ik had me het moment zo vaak voorgesteld dat het op het hete grindpad leek dat ik het verkeerd verstaan had kunnen hebben. Toen ik later in mijn eigen kamer ons korte gesprekje in mijn hoofd terugspeelde, hoorde ik bij iedere herhaling andere nuances, en ik voelde trillingen door mijn lichaam gaan die gedeeltelijk van genot en gedeeltelijk van angst waren. Hij had me gevraagd of ik iets met hem wilde gaan drinken en ik had met gespeelde ongedwongenheid gewoon gezegd: 'Natuurlijk, waarom niet.'

Ik had het niet aan mijn moeder verteld. Maar zelfs door zondigen door iets niet te doen kun je tegen de lamp lopen, en toen ze van mijn grootvader over de gebeurtenissen van de avond ervoor hoorde en verwachtte dat ze mij zou moeten straffen vanwege mijn deelname eraan, ontdekte ze dat ik niet bij het hotel was geweest, of althans niet meegedaan had aan de zwempartij.

Mijn avond met Thibaud was overigens teleurstellend onschuldig verlopen. Ik weet niet wat ik verwacht had, maar ik had mijn hart tekeer voelen gaan als een grote roffeltrom onder mijn met kant afgezet t-shirt. Ik had mijn lievelingsshirt aan, dat de kleur had van een roze schelp en dat mijn slanke armen het best deed uitkomen (het was nog maar kort geleden dat ze mager waren en helemaal niets te bieden hadden). Ik had mijn meest fatsoenlijke spijkerbroek aan, met de pijpen volgens de laatste mode bij de enkels afgeknipt, en had daarin een dikke leren riem. Ik had mijn sandalen aan, mijn nieuwste, met allemaal riempjes, en over mijn schouder droeg ik een marineblauw vest dat ik van mijn moeder gestolen had. Ik dubde een tijdje over mijn haar en besloot uiteindelijk het los te laten hangen, omdat ik wist dat ik er, ook al had het dan niet de prerafaëlitische golven van Marie-José, toch nonchalant mee kon spelen en dat het, wanneer de wind er doorheen speelde tijdens de rit naar de stad, als het gewassen was een zwoele indruk zou maken in plaats van op een rattenkop te lijken. Ik had mijn lippen glanzend gemaakt.

Toen we elkaar bij de hekken van het hotel troffen, zei Thibaud niets van mijn uiterlijk. Hij vroeg me of ik de brommer van Marie-José had kunnen krijgen en toen ik ja zei, vroeg hij of ik wilde rijden. Hij was niet nors, alleen maar zwijgzaam, en ik wist niet of hij nerveus was of dat hij spijt had van zijn uitnodiging. Hij was een jongen uit Parijs en hij was rijk; en dit was maar een zomerbadplaats en ik maar de kleindochter van de hoteleigenaar, een weinig bevallig meisje in spijkerbroek dat het hele jaar door niets uitvoerde in deze prachtige, maar lege omgeving. Ik was slim genoeg en bang genoeg om deze feiten onder ogen te zien en de mogelijkheid te erkennen dat hij van gedachten veranderd was.

Maar veertien is geen leeftijd waarop je zonder omwegen om antwoorden vraagt: nog niet. Die tussenjaren vormen een waas van achteraf beter weten en van dialogen die geheel en al in de geest gevoerd worden. De mogelijkheid dat mensen elkaar nabij zijn, lijkt groter dan deze ooit weer zal zijn, doordat de wolken zonder reflectie uit de kindertijd nog worden meegevoerd, de intieme dialoog zonder zinnen van lachen of van spelletjes. Kinderen hebben de woorden niet om te vragen en kunnen zich dus niet voorstellen dat ze dat doen; door niet te vragen en door zich daarvan geen voorstelling te maken bannen zij afstand uit: zij nemen als vanzelfsprekend aan dat alles ooit begrepen zal worden.

De puberteit is dus een merkwaardige fase op de weg van onwetende communicatie naar ons uiteindelijk isolement, de plek waar woorden en stiltes zich als betekenisvol aandienen en waar we, te jong als we zijn om te erkennen dat we die betekenis niet kunnen doorgronden, ons deze toch voorstellen en ons gedragen alsof we het weten. Slechts met het verstrijken van de jaren nemen we, moe geworden, onze toevlucht tot het stellen van vragen. Met de ontoereikendheid van de vragen en de ontoereikendheid van de antwoorden komt het besef dat hetgeen waarvan we dachten dat we het begrepen geen relatie met de werkelijkheid heeft, zoals we bij het zien van de verfilming van een boek dat we gelezen hebben tot onze ontzetting constateren dat de heldin een struise blondine is en niet de kleine brunette die wij ons al die jaren hadden voorgesteld; en dat haar huis, dat wij zo duidelijk en pittoresk aan de rand van een paarse hei hadden zien liggen, een onherkenbare bouwval is met geen kamer op de goede plaats.

Terwijl ik met de brommer de kustweg afreed in de richting van de stad – Thibaud met zijn hand voorzichtig om mijn middel en ik zonder rijbewijs – terwijl we steeds sneller gingen op de heuvel, gingen alle mogelijke interpretaties van zijn zwijgzaamheid, variërend van bewondering tot nervositeit tot afkeer, door mijn hoofd, elk zo helder en klaar als vuurwerk en op het moment zelf volledig en onontkoombaar waar. Maar tegen de tijd dat we het café aan de zeedijk bereikten, had ik het hele scala doorgenomen en was ik zonder enige zekerheid weer opnieuw begonnen, terwijl hij niet meer gedaan had dan in de scherpe bochten van de weg mij steviger vasthouden en zorgen dat de opwaaiende slierten van mijn haar niet in zijn mond kwamen.

Het café, dat aan de promenade lag die direct boven het strand gelegen was, was populair bij de leerlingen van mijn school. Het was feestelijk verlicht met veelkleurige lantaarns en er hingen overal stukken van boten en vissen van gips, waardoor het meer weg had van een toneelschikking dan van een café, en het trok jongere bezoekers. Thibaud en ik kozen een tafeltje uit op het terras en we gingen zitten in ongemakkelijke witte plastic stoelen waarop we het zand nog voelden knarsen van de zwemkleding van de bezoekers van overdag. Hij bestelde een biertje en ik een cola, en we voerden een van de hak op de tak springend, bijna saai gesprek over het hotel en de hotelgasten en onze vrienden. Alleen op het moment dat zijn vingers, op weg naar de asbak, de rug van mijn hand aanraakten voelde ik door mijn hele lichaam een stroomstoot gaan en daar een tintelend gevoel achterlaten, als gevolg waarvan dat moment opzwol tot buiten alle natuurlijke proporties.

We zaten er nog niet lang toen vier jongens en meisjes die ik kende – een klas boven mij op het lyceum – binnenkwamen en, na begroetingskussen en nadat iedereen aan elkaar was voorgesteld, bij ons kwamen zitten. Meer dan een uur lang wisselden we de roddels van de zomer uit: wie voor zijn examen was gezakt en nu thuis tijdens de lange zomermiddagen opgesloten zat met zijn boeken; wie tijdens een vakantie in Corsica een motorongeluk had gehad en gewond was geraakt; wie, naar we allemaal vermoedden, zich aangesloten had bij de groep drugsgebruikers en heel vaak met rode ogen en verdwaasd rondliep; en wat er met hen allemaal zou gebeuren als het september was (alsof september het einde van het echte leven was, of het begin ervan; met de zomertijd wist je het nooit helemaal zeker); en welke leraren ik zou kunnen krijgen bij wie zij vieren het zwaar gehad hadden, en over de verschrikkelijkste van allemaal, een zekere monsieur Ponty, wiens rode neus het ergste voorspelde en die er geen been in zag om wie er niet op voorbereid was met zijn metalen liniaal een tik op de vingers te geven.

Thibaud hield tijdens deze roddels vrijwel zijn mond en zijn meestal levendige gezicht was verstard tot een afwezig soort van glimlach. Ten slotte, nadat hij zijn tweede biertje op had, boog hij zich voorover en stelde mompelend voor een stukje langs het strand te lopen. We verlieten mijn schoolgenoten en de bonte schittering van de lantaarns en gingen op weg naar het donkere gefluister van de kust. De strandstoelen stonden te schommelen in het halfduister, de witte canvas achterkanten ervan waren als de zeilen van heel kleine scheepjes. Af en toe passeerden we andere stelletjes of groepjes mensen die daar liepen en wisten dat ze eraan kwamen door de vuurvliegjes van hun brandende sigaretten. We kwamen langs een groepje zigeuners die tussen de rotsen aan het eind van de baai om hun kampvuur heen op hun gitaar tokkelden, en een van hen riep naar ons en bood ons iets te drinken of te roken aan.

We raakten elkaar tijdens het lopen niet aan, een verzuim dat doelbewust leek te zijn: ik voelde mijn zelfbeheersing omdat ik wist dat de lichtste aanraking binnen in mij een reactie teweeg zou brengen die zo krachtig zou zijn als een geweerschot en dat ik de draad van het gesprek dat we uiteindelijk dan leken te hebben zou verliezen. Deze gevoelens waren nieuw in zoverre dat ze echt in plaats van ingebeeld waren (hoewel ze nog steeds alleen maar in mijn hoofd rondfladderden): ik liep daar echt te wandelen in het ruisende zand met deze lange, serieuze jongen, met zijn tweetjes, net als andere stelletjes. Mijn broer, Etienne Parfait, zou nooit bij avond en met de maan in het water drijvend over een strand lopen, met het scherpe zout van de zee in zijn neus en in elke vezel benieuwd en vol afwachting van een aanraking van de huid die zo sterk gevoeld werd zonder dat deze plaatsgevonden had dat hij het karakter kreeg van een droom bij klaarlichte dag.

Toen Thibaud en ik terug waren in het hotel, was het niet laat, maar geen van tweeën stelden we voor de anderen te gaan opzoeken. We draalden wat in de betonnen uithoek van de parkeerplaats, onder het flikkerende, kleurloze fluorlicht, en als serenade hadden we het gedrup van een vergeten tuinslang en af en toe het geritsel van een hagedis die langs de muur schoot. Ik friemelde wat aan mijn haar (waarvan ik wist dat dat er nu als een rattenkop uitzag) en hij schopte wat, met zijn handen in zijn zakken, met zijn tenen tegen de grond. Ten slotte zei ik dat ik moest gaan, hoewel dat nu niet echt het geval was. Hij liep met me mee, langs de rij palmbomen, tot aan de hekken van het hotel; en bleef daar staan onder de schaduw van de straatlantaarn, terwijl ik de weg insloeg en mij op weg naar huis begaf.

12

Deze reeks van onuitgesproken en onbenutte mogelijkheden resulteerde erin dat mijn moeder haar grote teleurstelling in mij uitsprak. Het was een teleurstelling – evenzeer omdat onze vriendschap was verbroken, de vriendschap tussen haar en mij, een verbintenis waaraan we ons zo lang gehouden hadden, als omdat ik de regels overtreden had – waarvan ik de hevigheid enigszins kon zien in haar beslissing om niet alleen niets tegen mijn vader te zeggen, maar daarmee zelfs niet te dreigen.

'Je had het alleen maar hoeven vragen,' zei ze met van woede vertrokken mond, terwijl wij de volgende avond de tafel dekten, nadat ik het verhaal over het zwembad van Marie-José en mijn moeder het van mijn grootvader gehoord had. 'Hoe ben je in de stad gekomen? En wie is die jongen?'

'Het heeft niets te betekenen. Hij is gewoon een vriend. Ik wil het er niet over hebben.'

'Ik weet niet wat erger is, dat je lawaai schopt met die kinderen bij het hotel of dat je er stiekem vandoor gaat met... hoe oud is die jongen eigenlijk?'

'Net zo oud als ik. Maman, het stelt niets voor. We hebben met een paar vrienden koffie gedronken in een café aan de kustweg, meer niet. Ik had gedacht...'

Mijn moeder wierp mij een woedende blik toe. Uit haar halfdichte ogen, die ik van haar geërfd had, schoot vuur. Ze zwaaide in haar linkerhand met een mes, voelend hoe zwaar het was. 'Wat had je precies gedacht? Echt waar, Sagesse, ik heb er onderhand genoeg van. Je kunt je niet voorstellen wat... dit is wel het laatste wat je vader kan gebruiken, dat hij zich zorgen moet maken om jou. Het laatste wat ik kan gebruiken. Ik weet het de laatste tijd niet meer. Ik weet niet wat ik moet doen.'

Van het ene moment op het andere ging haar woede over in wanhoop, een vertrouwd melodrama. Het mes ging omlaag, het was plotseling zo zwaar in haar hand dat ze het met een meelijwekkende klap (waaruit ook zelfmedelijden sprak) op de tafel liet vallen. En zoals het draaiboek van al die jaren vereiste, was ik in een tel naast haar, met mijn armen om haar heen, en wist ik, ook al kon ik haar gezicht niet zien, dat haar kin zich samengetrokken had en op een wafel leek en dat haar ogen troebel van tranen waren. Als ik mijn moeder tegen me aandrukte, was ik me er altijd van bewust hoe klein ze was, hoe dicht haar botten onder de oppervlakte lagen en hoe haar schouderbladen als stekelige vleugels waren, die zich trillend opmaakten om weg te vliegen.

'Niet huilen,' zei ik troostend. Ik streelde haar volmaakte haar en rook haar parfum en daaronder de vage, verfijnde geur van haarzelf. 'Niet huilen. Het stelt niets voor, Het was niets. Je hoeft je nergens druk over te maken.' Ik deed een stap terug en zag hoe haar gelaatstrekken zich met moeite tot een aarzelende, vochtige grimas vormden, iets wat op een glimlach begon te lijken.

'Er is niets aan de hand met mij,' zei ze, evenzeer tegen zichzelf als tegen mij. Ze bette haar ogen met de punt van haar mouwen en ging door met bestek op zijn plaats leggen.

'Ik denk dat het beter is,' begon ze na een ogenblik opnieuw, 'als je een tijdje 's avonds niet uitging. Je bent hier bijna nooit. Hoeveel tijd heb je deze zomer met je broer doorgebracht? En je vader en ik – nou ja, je vader heeft het erg druk, dat weet ik, maar toch, hij zou graag het gevoel hebben dat hij wist hoe zijn eigen dochter eruitziet. Op jouw leeftijd werkte ik...'

'Je werkte in de zomer. Dat weet ik. Je had een vakantiebaan. Maar dat was in Amerika, Maman. Hier is het anders. Het is bijna een andere eeuw.'

'Soms denk ik dat je naar een zomerkamp zou moeten, als je vader niet wil dat je werkt.'

Ik snoof verachtelijk. 'Niemand gaat naar een zomerkamp, Maman.' Ik bedoelde dat alleen arme kinderen naar zo'n kamp gingen, en niemand uit onze stad: wie zou hier weggaan, als voor ons de verlokkingen van de open zee zich uitstrekten, wanneer we al op de plek waren waar het hele land voor vakantie naar toe wilde? 'En niemand die ik ken, heeft een baantje, Niemand.'

'Jullie hebben geen discipline. Geen van jullie.'

'Papa zegt dat daar later tijd genoeg voor is, dat het nu de tijd is om te leren.'

Mijn moeder haalde haar schouders op. 'En alles, zoals we weten, gebeurt altijd op de manier van je vader. We leiden immers het leven van je vader.'

'Dat doe jij.'

'Geloof me, jij ook. Alleen weet je het niet.'

Uiteindelijk kwam mijn moeder terug op wat ze wilde: ik moest een week lang thuis blijven. Ze was niet krachtig genoeg om het me op te leggen, dus ze kreeg mijn belofte aan haar met veel gevlei los, een overeenkomst tussen vriendinnen, waaraan schuld ten grondslag lag. Maar ik stemde toe.

Op dat moment besefte ik niet dat ik loog. Ik had niet de bedoeling om te liegen. Hoewel, als ik het vooruitzicht om zeven lange avonden te lopen ijsberen over de marmeren vloeren of met de lift van Etienne op en neer te gaan serieus tot me had laten doordringen; als ik de tijd genomen had om mij voor te stellen dat ik platgedrukt zou zitten in de donkere, benauwde uren die mijn ouders 's avonds na het eten doorbrachten, dan had ik geweten dat ik het niet zou kunnen, ondanks alle liefde die ik voor mijn moeder kon opbrengen. Voor Etienne misschien, maar de avonden waren niet de tijd van Etienne. Bijna direct na het eten werd hij door de hal gereden en naar bed gebracht, omdat iemand geloofde dat zijn stomme, spastische lichaam meer slaap nodig had dan de rest van ons; of omdat de avond en de nacht de enige tijd waren dat mijn moeder haar ogen voor haar last kon sluiten; of omdat mijn vader, behalve een onhandige, kleverige omhelzing en een reeks blikken vol afschuw over de tafel heen, niet echt de aanblik van zijn zoon kon verdragen.

Ik zou het zeker niet voor mijn vader gedaan hebben, voor de zware, innemende, opvliegende man die zo af en toe eens bij ons kwam binnenlopen en dan weer vertrok. Als hij in een liefdevolle stemming was, dan strekte hij zijn behaarde, geparfumeerde armen uit om mij tegen zich aan te drukken en dan werden zijn sentimentele ogen wazig van ontroering – en ik vond het vreselijk. Toen ik kleiner was, was ik overal in kamers en op grasvelden naar hem op zoek gegaan om op zijn brede schoot te zitten en mij tegen zijn borst te vlijen. Maar ergens had ik gemerkt dat hij zijn liefde alleen maar gaf na een woedeaanval of om een afschuwelijke afwezigheid goed te maken, en ik moest er niets meer van hebben. Veel later zou ik spijt hebben van mijn verbittering, van mijn onvermogen om mee te gaan met het grootse gebaar waarmee hij zich met zijn grote gestalte op mij stortte en in te gaan op de tedere woordjes die hij tegen me zei – 'ma belle,' 'mon petit ange,' 'mon trésor' – om toe te geven aan de enige liefde die hij vermocht te geven. Maar toen was het te laat. En met veertien had geen woord van mijn vader, behalve als dat een bevel geweest zou zijn, en misschien zelfs dan niet, mij er toe kunnen brengen het plezier van het gezelschap van mijn vrienden op te geven, evenals enige vorm van liefde voor hem dat had kunnen doen. Hoe dan ook, hij vroeg het niet: hij was die zomer bijna nooit thuis; en het was alleen een contract tussen mijn moeder en mij.

13

Ik had het beloofd, en ik probeerde het. Ze vroeg me immers niet om de dingen op te geven die ik overdag altijd deed. Die bleven in elkaar overgaan, badend in het zonlicht en het lied van de krekels, ruikend naar zonnebrand-olie en de droge, hete geur van de pijnbomen, met alleen een onderbreking voor het stille lunchuur, dat ik meestal aan de tafel van mijn grootmoeder doorbracht. Voor het eerst op mijn figuur lettend, at ik met lange tanden van de lasagne of van de grote stukken biefstuk die opgediend werden door Zohra, de bejaarde Arabische dienstmeid van mijn grootmoeder, van wie de rimpels op haar voorhoofd en kin blauw getatoeëerd waren.

De handen van Zohra waren verweerd en knoestig van het werken, en als ik mij de lunches bij mijn grootmoeder herinner, dan zijn, behalve de halfgesloten jaloezieën waar doorheen de meedogenloze schittering van zon en zee trachtte door te dringen, en behalve de krachtige, natte smakgeluiden van mijn grootvader, de donkere, trillende handen van Zohra wat ik mij het duidelijkst herinner, zoals ze de porseleinen dienschalen van mijn grootmoeder omsloten hielden en er zelf eetbaar uitzagen, wratachtige worstjes aan de rand van een berg bonen of prikkend in aardappelpuree of vettig glimmend aan de vingertoppen als ze even in de plas jus op de schaal waren gegleden. Zohra was altijd goed voor mij, gedienstig en heimelijk dingen voor mij doend: sinds mijn vroegste jeugd had ze mij chocola en snoepjes toegestopt in mijn begerige handen. Ze liet dan vol pret haar slechte gebit zien en mompelde 'Arm kleintje, dit is voor jou' – een armoe-de die voor haar niet zat in mijn persoon, maar in de treurige toestand van mijn broer en in de soberheid van mijn grootouders.

Mijn grootmoeder was een formidabele vrouw met een grote neus, wier scherp getekende adelaarsprofiel de aandacht afleidde van de zachte omvangrijkheid van haar taille. Hoewel ze mij in mijn jeugd voortdurend vergast had op sappige versies van de geschiedenis van onze familie, waar ik dol op was, was zij niet het soort grootmoeder die alles wat ik probeerde prachtig vond en aan wier boezem ik een welkom onthaal vond. Haar betrokkenheid toonde ze veeleer door kritiek: 'Rechtop zitten', 'Niet met je mond open kauwen', 'Niet door de gangen hollen'. Ze geloofde dat maaltijden in alle rust moesten plaatsvinden en dat er dan volop genoten moest worden van het eten en van het geluid van de stem van haar man.

Als hij er was en in een goede bui was, vertelde mijn grootvader grappen of verhalen die boordevol zaten met anekdotes van zijn werk of uit hun lange, buitengewoon lange levens; of anders wist hij als een ervaren parelvisser bijzonderheden uit mij los te krijgen over hoe ik mijn dagen doorbracht. Als hij boos was, trilde de tafel van zijn woede, of die nu hoorbaar was of slechts waarneembaar in de heftige manier waarop hij het porselein en het tafelzilver hanteerde. Als hij er niet was – en in die sombere week van mijn huisarrest, de week voor de schietpartij, was hij er niet één maal, te druk als hij het in zijn bezetenheid had om zijn bureau te verlaten, of, als hij dat wel deed, dan alleen om overal op het terrein van het hotel zijn werknemers te bespioneren – dan zaten mijn grootmoeder en ik daar vrijwel zonder iets te zeggen, met als enige achtergrondgeluid het geneurie en het afwassen van Zohra in de keuken. Ik keek toe hoe mijn grootmoeder at, hoe ze haar vork heel precies naar haar mond bracht en in een grommend gebaar haar lippen achterwaarts over haar tanden trok om haar lippenstift te beschermen, hoe onder haar wangen het eten en haar mond een krachtig gevecht aangingen en hoe ze ten slotte als een kikker kordaat het eten doorslikte. Ze pauzeerde altijd tussen twee happen, en in haar ogen kwam dan een geconcentreerde schittering terwijl ze haar bord inspecteerde, of dat van mij, of de streep die het zonlicht op het tapijt trok. Als we maar met zijn tweeën waren, haatte ik die lunches en wist ik me er slechts doorheen te slaan door, zo vaak als dat maar op discrete wijze kon, naar de turkooizen strook van het zwembad onder het balkon te turen en de minuten af te tellen tot mijn vrienden zo een voor een in zicht kwamen.

'Grand-mère,' vroeg ik dan, vaak mijn eerste woord in dat uur, 'mag ik alstublieft van tafel?'

Ze knikte dan langzaam, alsof ze mijn verzoek in overweging nam, en soms glimlachte ze daarna. 'Ga maar. Veel plezier, liefje. Maar denk erom, een uur lang niet zwemmen. Het eten moet verteren. Denk erom.'

En terwijl ik mijn handdoek pakte en aanstalten maakte om weg te rennen, vouwde zij voorzichtig en elegant haar servet op en begon zij zich klaar te maken voor haar siësta.

Iedere dag volgde er in dat appartement een diepe stilte, zo diep als de dood. Zohra sloop weg en liet de kamers met de gesloten luiken aan het op en neer gaande ronkende gesnurk van mijn grootmoeder. In de weekends lag mijn grootvader naast haar met een tijdschrift tot ook hij het niet meer volhield en ze met zijn tweeën onder het met een rozenkrans gedrapeerde kruisbeeld aan de muur lagen als opgerolde offergaven, met de immer barmhartige ogen van Christus op hun gerimpelde lichamen gericht. Het was angstaanjagend voor een kind om te ontdekken dat de wereld bij daglicht zo stil kon zijn: ik had de stilte moeten verdragen toen ik kleiner was en mijn moeder mij overdag aan hun zorgen toevertrouwde; of in de wintervakantie, zelfs toen ik veertien was – maar in de winter maakte de wind tenminste boze sprongen tegen de raamkozijnen en spetterden de regendruppels tegen de ruiten, waardoor het oneindige ritme van hun slaap onderbroken werd.

14

Maar in die zomer was die week het lunchuur straf genoeg: ik werd vóór de siësta voorwaardelijk in vrijheid gesteld, een misdadigster die vrijgelaten werd op de achterafweggetjes naar het strand of een beetje lag te slapen – een slaap die op de een of andere manier meer leven in zich had door de wind op onze huid – op de brug boven het zwembad. Iedereen wist dat ik mijn avondprivileges was kwijtgeraakt, en ze wisten waarom. Mijn afspraakje met Thibaud, dat anders misschien aanleiding tot roddels en gissingen was geweest achter zijn rug en die van mij, was nu de favoriete grap van iedereen. Zelfs Marie-José wilde me niet verdedigen. Thierry begon er het meeste over: 'Opgesloten vanwege je geliefde, hè? Als Raponsje in haar toren. Thibaud, je zult de jonkvrouw in nood moeten gaan redden. Ik zou maar hopen dat de grootvader niet de wacht houdt.'

'Te veel gevrij en je kop komt vrij van je romp!' was een van Thierry's andere grappen. Marie-Jo wist dat er geen sprake van gevrij was geweest, maar zij hield deze wetenschap meesmuilend voor zich. Later zei ze: 'Schei toch uit, Sagesse, het is goed voor je reputatie. Wil je dat ze denken dat je een frigide trut bent?' Ze lachte, geen vriendelijke lach. 'Het is voor hem ook goed. Jezus, wat is er met hem? Hij heeft het niet eens geprobeerd?

Zelfs geen kus? Ik zei het je wel, het is een homo, die jongen. Je zult het zien.'

Ze likte aan haar wijsvinger en gebruikte die om er haar boogvormige wenkbrauwen mee glad te strijken. We waren in haar slaapkamer, zij aan haar kindertoilettafel en in de spiegel starend, ik op de rand van het bed, terwijl ik met mijn tenen de polen van het tapijt recht deed. Ze was zich zogenaamd aan het verkleden voor het tennissen, maar zat daar tijden lang in haar bikini, een vrouw op een kinderkrukje die gezichten trok tegen haar spiegelbeeld.

'Eigenlijk wel een slimme streek. Met een homo trouwen die rijke ouders heeft en dan minnaars te kust en te keur hebben, rijke of arme, allemaal fantastisch en vreselijk verliefd op je... En dan zou je hem kunnen chanteren: "Liefste, ik wil een bontjas. Anders vertel ik je arme Maman over Félix of Jean of Paul of hoe hij ook heet"... "Liefste, een diamanten halssnoer" – fantastisch!'

'Hij is geen homo. Alleen bij jou komt zoiets op.'

'Omdat ik een vrouw van de wereld ben,' zei Marie-José, terwijl ze het bovenstukje van haar bikini verruilde voor een met kant afgezette beha, waarbij ze als bewijs voor haar bewering haar bruine puntborsten voor mij ontblootte. 'Seks zou wel een probleem zijn. Ik bedoel, in verband met de zoon die zijn ouders zouden willen dat jij hem schenkt. Het zou weleens onmogelijk kunnen zijn, als hij zelfs niet...'

'Hou op.' Ik stond op en liep met grote passen naar de deur. Marie-Jo kon niet genoeg krijgen van haar grap terwijl ze in haar la naar haar tennisrokje zocht.

'Arm schatje,' riep ze en ze rende onhandig op me af om me te omhelzen op één blote voet en de andere in een witte tennisschoen, haar lange lijf bruin afstekend tegen het witte ondergoed. 'Je vindt hem echt aardig.'

'Dat is het niet. Natuurlijk vind ik hem aardig. Dat weet je. Maar het is ook zo dat ik gewoon...' Ik wist niet hoe ik verder moest gaan.

'Laat maar zitten. Vooruit, ik kom te laat. Mijn racket ligt onder het bed – pak het even voor me, wil je?'

Het was zo dat Thibaud zich had teruggetrokken. Het leek alsof hij zelfs niet meer naar me keek, laat staan dat hij probeerde in mijn buurt te zwemmen of naast me te lopen. En omdat ik niet deelnam aan de bijeenkomsten in de avonden, en alleen op de verslagen van Marie-José moest afgaan, had ik geen idee wat Thibaud dacht. Een grotere kwelling dan mijn afschuwelijke lunches of de diepe zuchten van mijn moeder als ze 's avonds haar Engelse romans las, was het beeld dat ik in mijn hoofd had van al mijn vrienden op de trap onder de oudste plataan; en de bijbehorende soundtrack, de gesprekken die in mijn afwezigheid heel goed – heel zeker – over mij zouden kunnen gaan, de vragen die Thierry of Renaud Thibaud zouden stellen: 'Kan ze zoenen? Te veel tong of te weinig? Haar tieten stellen niet veel voor, hè?' Door de jaren heen – diezelfde zomer nog – had ik meegedaan met de kruisverhoren van andere meisjes, zelfs van jongens; ik wist dat ik het me niet verbeeldde.

Ik hield me één nacht, twee, drie, vier, verborgen in de met leer beklede bibliotheek van mijn ouders en lag languit op de gladde zwarte Deense divan in het waterige licht van de televisie naar oude Amerikaanse politieseries te kijken en naar cowboyfilms in zwart-wit die onhandig in het Frans waren nagesynchroniseerd. Gewoonlijk probeerde ik dan te liplezen en onder de sonore Franse stemmen de Amerikaanse dialoog eruit te halen, mij erover verkneukelend dat dit mijn geheime taal was, die woorden van tweehonderdenvijftig miljoen mensen die echter allemaal ver weg woonden. Een zin eruit halen was een triomf, het bewijs dat ik ooit zou ontsnappen aan mijn zwoele gevangenis vol palmbomen en een echt leven zou leiden, met mijn Amerikaanse ik (dat tot dusver slechts in alle beslotenheid in mijn badkamerspiegel bestond) en in het Engels. Maar op die avonden – één, twee, drie, vier – zag ik het scherm nauwelijks, en zeker niet de lippen van de Amerikanen op dat scherm. Ik staarde urenlang en zag alleen maar mezelf, wandelend langs het strand bij de stad met mijn hoofd tegen de schouder van Thibaud of alleen maar hand in hand zittend in het café aan de kust. Als een tovenares met een glazen bol zag ik ook het schreeuwende, druk gebarende gezelschap bij het zwembad in hun wolk van sigarettenrook en ik hoorde ze grappen over me maken.

Op de vijfde dag besloot ik zelf het initiatief te nemen. Ik zag het niet als ingaan tegen mijn moeders wensen of haar vertrouwen beschamen. Ik wist dat mijn ouders die avond samen te dineren gevraagd waren bij een eerzuchtige politicus aan de andere kant van de stad. Mijn moeder had bij het ontbijt al last van een van haar zenuwkwalen. 'Zijn vrouw is een vreselijk kil mens,' vertrouwde ze me toe. 'Ze tut zich op als een pauw. Haar haar is zo onnatuurlijk paars als het maar kan zijn – aubergine, weet je. Een van die vrouwen die aan het uitdrogen zouden moeten zijn van al die jaren in de zon, maar bij wie dat op de een of andere manier niet het geval is. God, als ik zo in de zon zou liggen als zij, dan zou ik eruitzien als een gedroogde pruim. Maar het is een of ander Frans gen.'

'Een slecht gen natuurlijk, zoals alle Franse genen.'

'Hou op, Sagesse. Dat kan ik er niet bij hebben.'

Omdat ik wist dat ze weg zouden zijn, dat ze het nooit te weten zouden komen en omdat ik er zeker van was dat ik met iedere dag die verstreek de kans op een romance met Thibaud meer verspeelde, greep ik mijn kans. Die dag wachtte ik aan mijn grootmoeders tafel niet tot ik de groep zich onder mij aan de waterkant zag verzamelen. Nauwelijks had Zohra de twee lekkende rumtaartjes binnengebracht als ons dessert (daar bofte ik mee: het was bekend dat ik die niet lustte) of ik schoof mijn stoel naar achteren en stopte mijn servet in de ring.

'Nu al?' vroeg mijn grootmoeder, verrast door mijn verzoek.

'We waren van plan naar het strand bij de stad te gaan,' loog ik. 'En dan *pédalos* te huren. Als je er niet vroeg bij bent, zijn ze allemaal weg.'

'Als je dat eerder gezegd had, zou ik de lunch verzet hebben. Maar goed. Wees voorzichtig. Hoe kom je er?'

'Met de bus. Maakt u zich geen zorgen.' Ik stond al. Ik wist dat ik, als ze ons wanneer ze wakker werd uit haar slaapje bij het zwembad zag, alleen maar hoefde te zeggen dat de toeristen ons vóór geweest waren en dat we liever teruggekomen waren dan op onze beurt te wachten.

'Niet gaan zwemmen, schat. Niet binnen het uur.'

'Natuurlijk niet.'

Terwijl ik de kamer uitliep, zat zij met een nogal treurig gebaar het vettige deeg van haar taartje naar binnen te lepelen.

Ik holde via de kortste weg door de bosjes naar het achterpad, naar het hotel. Het was een risico om in de lobby rond te hangen – mijn grootvader of zelfs mijn vader zouden langs kunnen komen, Cécile of Laure zouden kunnen arriveren vóór Thibaud. Ik kon hem zien door de glazen deuren van het restaurant op de binnenplaats, aan een grote tafel onder een parasol met zijn ouders. Zijn moeder droeg een gele strooien hoed met een enorm brede rand en een zonnebril met vierkante glazen en zijn vader zat met zijn brede rug naar mij toegekeerd; beiden zaten gebogen over het laatste deel van hun maaltijd. Ik zag Thibaud en profil. Hij zat daar zwijgend en zonder uitdrukking op zijn gezicht en keerde zich van de ene ouder naar de andere terwijl zij spraken, als een scheidsrechter bij een tenniswedstrijd, en veegde af en toe met een geïrriteerd handgebaar zijn haar uit zijn gezicht. Hij schopte doelloos met zijn tennisschoenen tegen de poten van zijn stoel. Zijn moeder vroeg hem iets en net voor ze sprak kringelde uit elk van haar neusgaten een fijn sliertje rook, afkomstig van de sigaret die ze tussen haar gelakte rode klauwen geklemd had. Onder haar hoed, zo wist ik, had ze auberginekleurig haar dat glansde en keurig in model bleef zitten: zij was het type vrouw waarvoor mijn moeder bang was.

Thibaud schudde zijn hoofd in antwoord op haar vraag en stond op om weg te gaan. Achteraan op het terras zag ik Cécile en Laure langs de tafeltjes lopen en vervloekte mijn pech; maar ze gingen het restaurant in. Hij kwam alleen binnen, het koele marmer opgelopen vanuit de hitte buiten. Hij wist niet dat hij bekeken werd, maar op zijn gezicht stond nog steeds niets te lezen. Hij stond op het punt door te steken naar de liften toen ik hem riep.

'Jij komt hier niet vaak,' zei hij.

'Te veel risico. Ik zou mijn vader en grootvader tegen het lijf kunnen lopen.'

'Waarom vandaag dan wel?'

Ik had me niet voorbereid op een leugen. 'Ik heb nooit de kans gehad om je te bedanken voor die avond toen. Door al dat gedoe over het zwemmen...'

'Nee. En al dat gedoe over mij. Dat vind ik vervelend voor je.' Het leek bijna of hij lachte, dus ik lachte ook.

'Ach, ouders. Ze zijn allemaal hetzelfde.'

'Die van mij kan het niet schelen wat ik doe.'

'Jij bent een jongen. En je bent ouder. Een beetje.'

'Zou kunnen.'

Hij speelde wat met zijn kamersleutel en liet het metaal tegen het doorzichtig plastic vierkantje klikken waarop het kamernummer en in vergulde hoofdletters HOTEL BELLEVUE stond.

'Ben je op weg naar het zwembad?'

'Natuurlijk. Wat moet je nu anders doen? Alleen ik eh... ik vroeg me af... ik vroeg me af of we vanavond kunnen afspreken.'

'Vanavond? Maar je hebt toch huisarrest?'

Ik haalde mijn schouders op, bewust het nonchalante schouderophalen van Marie-José imiterend. Ik speelde wat met de punten van mijn haar en draaide een plukje om mijn wijsvinger. 'Nou en?'

Thibaud maakte een vreemd blazend geluid, dat als een poging tot gegrinnik klonk. Ik zag dat hij zulk gedrag niet van mij verwachtte. 'Wat wilde je gaan doen?'

'Het is moeilijk voor mij om de stad in te gaan. Ik zou iemand tegen kunnen komen, mijn ouders zouden het dan kunnen horen. Ik dacht, misschien kunnen we hier afspreken en gaan wandelen. Ik weet het niet.'

'Waarom niet? Ik zou trouwens niet weten of ik nog een avond het gezelschap van Thierry zou kunnen verdragen.'

'Is het geen lul? Je zou bijna met hem te doen hebben.'

'Misschien wel.'

We spraken een tijd af en een plaats – bij de ronde bank, waar de kleine kinderen speelden; niemand van onze groep zou daar ooit naartoe lopen – en toen verliet ik hem, een schaduw die tussen de van spiegels voorziene kaken van de lift verdween. Ik slaagde erin de lobby uit te glippen net op het moment dat Cécile en Laure de trap afkwamen van de eerste verdieping.

15

Terwijl mijn ouders zich klaarmaakten voor hun avondje uit, was ik zeldzaam vriendelijk en behulpzaam. Ik ritste de jurk van mijn moeder dicht en slaakte bewonderende kreetjes over haar nieuwe schoenen. Ik schonk voor mijn vader een whisky met sodawater in (het getinkel van de ijsblokjes, het kleverige drankje, het sissende schuim) en zette het glas voorzichtig neer naast zijn tandenborstel terwijl hij zich stond te scheren. Ik zette me op de rand van het bad en keek naar hem, zoals ik als heel klein kind had gedaan, op en neer wippend in de dampige lucht. Mijn ogen hielden het vlees in de nek van mijn vader in de gaten, zoals zich dat samentrok en ontspande en de vochtige krullen verschenen en verdwenen, terwijl zijn kind schuin omhoogstak voor het scheermes. Ik was enthousiast en mijn enthousiasme voelde volledig zuiver aan: een uur lang was ik hun lieve meisje. Ik stelde vragen over het diner, en over wie er zouden zijn. Ik maakte grapjes over de volwassenen die ik kende: de man met de rare schoenen; de geile man wiens tastende handen, als warmte zoekende raketten, op de borsten van vrouwen belandden wanneer hij zich naar hen boog om hen op de wangen te kussen. Ik gaf een imitatie van de uit een mijnbouwgeslacht afkomstige erfgename met het uilengezicht die, omdat ze een beetje hardhorend was, alles wat tegen haar gezegd werd nazei om zeker te weten dat ze het verstaan had. Ik voelde hoe verrast mijn ouders waren, en hoe blij. Mij leek dit een soort goedkeuring, omdat ik niet helemaal kon geloven dat ze niet van mijn plan afwisten en mij het vergaven vanwege mijn liefdevolle gedrag.

Bij de deur streelde mijn vader mijn wang (een gebaar van tederheid waarom ik op dat moment van hem hield) en omhelsde mijn moeder mij bijzonder krachtig. 'Braaf zijn, hoor,' zei ze. 'Veel plezier,' zei ik.

Tegen de tijd dat ik zelf klaar was om weg te gaan, sliep Etienne allang – ik ging controleren – en had Magda zich in haar appartement teruggetrokken, waaruit de smartelijke, overspannen herriegeluiden van een of andere variétéshow klonken. Ik stond een tijdje in de keuken naar het ritme ervan te luisteren. Het zou zo gemakkelijk geweest zijn om niet te gaan: de sprong in de wegsijpelende avond leek een enorme inspanning, een vraagteken.

Thibaud liet mij wachten. Terwijl ik me nog klein maakte in de schaduw van de dwergpalm tegenover de afgesproken bank en me afvroeg of ik naar huis moest gaan, kwam hij schuchter aangelopen, geheel in het duister gehuld.

'Je bent er.' Ik glimlachte ondanks mezelf.

'Natuurlijk.'

'Wat wil je doen?'

'Doen?'

'Nou, we kunnen hier blijven of naar het strand wandelen of – ik kan beter niet het hotel binnengaan omdat...'

'Stel je voor,' zei hij. 'Laten we gaan wandelen.'

Hij nam mijn hand in de zijne. Mijn droge hand wriemelde daar even en lag toen stil, wat mij vreselijke hartkloppingen bezorgde. Ik kon geen woord zeggen. Hij zei geen woord. Hij nam mij mee, of we namen elkaar mee (alles tussen ons leek plotseling vanzelfsprekend) langs de grootst mogelijke omweg naar de *chemins de la plage*, naar waar deze onder het zwembad begonnen, waar aan de onderkant van het zwembad een patrijspoort als het oog van een cycloop uitzicht bood op het golvende, verlichte water. Misschien vijftien meter boven ons lagen de anderen te kletsen; delen van zinnen en hele zinnen dreven omlaag – de lach van Marie-José, de stem van Thierry, die af en toe in zijn aanhoudend gekwetter uitbrak.

Vanaf een in de rots uitgehouwen bank konden we de kust en de zee voor ons in kaart brengen – hetzelfde uitzicht als boven, op dit lagere niveau onderbroken door uitsteeksels en golvingen van de bomen. De patrijspoort achter ons keek met ons mee.

'We kunnen ze afluisteren,' zei Thibaud, terwijl hij zachtjes met zijn nagels mijn handpalm krabde. 'Laten we hier een tijdje blijven zitten. Eens kijken of ze zich afvragen waar ik ben. Eens kijken of ze het raden.' We giechelden, opgewonden door de kans dat we ontdekt zouden worden, om ons eendrachtig gespioneer. De stemmen, het ruisende op en neer gaan van de zee, mijn bloed, het woordeloze spel van onze vingers: ik luisterde maar.

Het duurde niet lang of hij boog zich voorover naar mij en fluisterde 'Mag ik?' en kuste mijn hals. Toen ging het niet langer om de tijd, of om de anderen, of om mijn ouders: te direct en alles beheersend voor wat dan ook vond zijn tong zijn weg naar mijn oor en naar mijn oogleden en in mijn mond (als een kat, bedacht ik, die haar jongen schoonlikt). Het was een intimiteit die nieuw en opwindend voor mij was; ik maakte deel uit van het moment en tegelijk ook niet, waardoor ik kon registeren hoe ik zijn speeksel op mijn wang voelde afkoelen en drogen, hoe zijn kin lichtjes ruw aanvoelde, hoe zijn krullen verrassend ruw aanvoelden, hoe hij naar citroen rook en hoe ik ondanks de vurigheid waarmee ik zijn omhelzingen beantwoordde erover in zat dat mijn kussen te onstuimig of te passief waren of te vol zaten met spuug.

Tegen de tijd dat we de anderen naar de rand van zwembad boven ons hoorden stappen, lagen wij languit op de bank, ik onder hem, met mijn T-shirt opgetrokken zodat zijn vlugge vingers er beter bij konden en met in mijn rug een paar scherpe kiezeltjes. De nabijheid van onze vrienden verontrustte me, en ik probeerde rechtop te gaan zitten; maar Thibaud verijdelde mijn poging en legde mij eerst het zwijgen op met zijn hand over mijn mond en vervolgens met zijn lippen op de mijne. Ons onhandige puberale gefriemel ging onhandig verder, maar voor mij drongen de geluiden buiten onze lichamen zich nu op. We konden het geschuifel van hun voeten horen en het neerkletsen van hun uitgetrokken kleren op het hek boven ons. We konden hun gefluister horen (zouden zij dan niet dat van ons kunnen horen?) en daarna de watervalreeks van plonzen waarmee ze met de vakkundige timing van meisjes in een revue de een na de ander in het water doken. Een paar waterdruppels spetterden door het latwerk bij het zwembad en die kregen we over ons heen.

Thibaud liet zich niet van de wijs brengen. Uit angst dat een van hen onder water naar de patrijspoort zou zwemmen om naar het uitzicht te kijken (ook zo'n spelletje waar we nooit genoeg van kregen) en in plaats daarvan onze verstrengelde lichamen in het oog zou krijgen, pleitte ik voor een andere plek, wilde ik dat we op onze tenen verder in de richting van de zee zouden gaan en ergens een onzichtbaar plekje in de bosjes zouden vinden. Maar Thibaud, die druk in de weer was met de knopen van mijn gulp, wilde er niets van horen.

'Ze horen ons als we opstaan,' siste hij. En toen vroeg hij weer, op vriendelijker toon en met zijn hand wegglijdend van mijn navel: 'Mag ik?'

'Ik weet het niet.'

'Wat weet je niet?'

'Of je mag.'

'Heb je nooit…?'

'Dat is het niet,' zei ik, hoewel dat wel zo was, althans voor een deel.

'Mochten andere jongens het van je?'

'Nou, ik…' Er bestond, wist ik, het goede antwoord op deze vraag, iets tussen preuts en slettig in, tussen 'nee' en 'ja'. Eerlijkheid had er niets mee te maken. 'Dat is voor jou een vraag en voor mij een weet,' zei ik.

'Mag ik dus? Doorgaan?'

'Sst.' De anderen waren bezig uit het water te klimmen en spetterden ons daarbij onaangenaam nat. Ze lachten luid en jouwden Laure uit, van wie Thierry de kleren in een gebaar van liefde (arme Cécile) in het diepe had gegooid. De sluwe Thibaud besloot mijn zwijgen als toestemming te beschouwen: hij gleed met zijn hand onuitgenodigd in mijn onderbroek en begon met zijn vingers onhandig de plooien van mijn geslacht te bewerken, een manoeuvre die hij combineerde met het volstoppen van mijn mond met zijn vurige tong.

'Dat is lekker, hè?' mompelde hij in mijn oor, terwijl zijn vingers als slakken bij mij naar binnen kropen. 'Je hebt er geen spijt van?'

Zijn heupbeen vermorzelde mijn dij. Zijn vingers waren koud in zo'n warm plekje en zijn vingerbewegingen deden onderzoekend, zelfs klinisch aan; of misschien was het alleen maar het onwaarschijnlijke van de hand van deze jongen in deze positie – van mij, van ons, in deze positie. 'Dit is het dus,' dacht ik. Bang als ik boven alles voor ontdekking was, maakte ik geen geluid.

We werden pas wakker van de knal van het geweer. Het was een oerharde knal. Later hoorden we dat de kogel het houten hek vlak boven onze hoofden had geraakt.

Die eerste explosie groeide uit tot wilde kreten en een symfonisch geweeklaag. Ik hoorde mijn grootmoeder gillen: 'Mijn god, mijn god, Jacques!' en de stem van Cécile, slechts herkenbaar door de toonhoogte ervan, een klagelijk gekreun dat boven het gejammer van de anderen uitsteeg: 'Verdomme, verdomme, verdomme.' Ik hoorde mijn grootvader helemaal niet. Zijn woede was volledig geconcentreerd in het geweerschot; een andere stem had deze niet.

Thibaud lag niet langer bovenop me en ik worstelde met mijn spijkerbroek, nog natintelend en met een vol gevoel van binnen. 'Jezus,' zei hij, en hoewel niemand acht op ons sloeg, gebaarde ik naar hem dat hij stil moest zijn. 'Wat is er gebeurd?'

Tot mijn latere schaamte ging ik niet naar mijn vrienden. Ik kon het niet. Van alle kanten verdoemd: door mijn ouders, als ik ontdekt zou worden; door mijn leeftijdgenoten, als een moordenares vanwege de familierelatie. Thibaud ging er vandoor, maar niet voordat hij beloofd had mij niet te zullen verraden. Het was ongelooflijk, de zwarte zee glinsterde in de verte, onverminderd op en neer gaand, en ik stond daar verscholen bij de patrijspoort te luisteren.

'Hij is gek. Volkomen gek.'

'Hij zal hiervoor boeten.'

'Reken maar.'

'Jezus, Cécile, gaat het met je?'

'Ik ben geraakt – in mijn arm' – Thierry, in tranen – 'ik bloed.'

'Moet je verdomme de rug van Cécile eens zien!'
'Je maakt toch geen grapje? Zie je iets?'
'Kun je lopen? Ik geloof dat ze kan lopen.'
'Net aan.'
'Haal verdomme de politie. Moordenaar. Ik haal mijn moeder.'
'Waar zou hij heen gaan?'
'Waar kan hij heen gaan? Ze krijgen hem wel. We hebben hem allemaal gezien. Christus nog aan toe.'
'Hij is krankzinnig. Hij gaat hiervoor de gevangenis in.'
'Ik bloed.'
'Het is een schrammetje, Thierry. Cécile, kun je lopen? Waar zijn haar kleren? We kunnen haar niet naakt meenemen.'
'We kunnen haar helemaal niet meenemen. We moeten op een ziekenauto wachten.'
'Doe niet zo belachelijk. Dit is idioot. Ik kan niet geloven dat dit echt is.'
'Moeten we haar schoonwassen?'
'In het zwembad? Doe normaal. Cécile, Cécile, liefje, zeg wat tegen me. Kun je zelf naar de oprit lopen naar de ziekenauto?'
'Wie gaat het aan haar ouders vertellen?'
'Jezus, haar ouders. Waar zijn die?'
'In het hotel, stommerd. Hou op met janken.'
'Ik ga denk ik ook maar naar het ziekenhuis.'
'Je doet maar – kijk toch eens, ik kan het niet geloven, mijn god.'

En toen het geluid van de moeder van Marie-Jo, buiten adem, bijna hysterisch, en vlak erachter andere stemmen, van mannen en vrouwen; boven mijn hoofd werd wild gezwaaid met grote zaklantaarns en lichtte het op als bij het ochtendgloren, terwijl ze de bebloede rug van Cécile in het schijnsel bekeken.

'Er is geen kogelgat. De kogel zit er niet in bij haar,' zei een man, iemands vader. 'Haal in godsnaam haar ouders.'

Ik sloop weg, vlak langs de paden, wegduikend in de bosjes bij het geluid van voetstappen en me verborgen houdend achter een oleanderstruik bij het hek toen de ziekenauto luid toeterend en met allemaal zwaailichten langs me scheurde.

Eenmaal op de weg aangekomen, begon ik te rennen. Ik snelde over de driekwart kilometer alsof ik onzichtbaar was, alsof ik er helemaal niet was, alsof de weg er niet was, alsof ik schuldig was, met het speeksel van Thibaud nu als bloed in mijn mond en een stem die bij iedere voetstap in mijn hoofd dreunde: 'Het is niet gebeurd. Het is niet gebeurd. Dit is nooit gebeurd. Het is niet gebeurd.'

En de deur in en de trap op en eerst kroop ik onder mijn bed en huilde, en toen stond ik op en deed ik mijn kleren uit en ging mijn badkamer in en poetste als een bezetene mijn tanden zonder het water te laten lopen (het is niet gebeurd, het is niet gebeurd); ik deed mijn nachthemd aan en lag in mijn bed te staren naar de afnemende maan en ik wilde dat het er allemaal niet was en ik deed alsof ik sliep. Maar de citroengeur van Thibauds huid zat op mijn huid; en toen mijn moeder me de volgende ochtend wekte (voorzichtig, heel voorzichtig, zo erg was het allemaal) wist ik dat het allemaal waar was.

2 ———

1 ————

Het Hotel Bellevue was het op rotsgrond gebouwde huis van mijn grootvader. Het had er niet altijd gestaan, het was hem niet in de schoot geworpen, in zijn ijsjeskleurige glorie, met zijn in de rots uitgehouwen paden en zijn daar uiterst precies bij passende fauna, met de blik geheel op de zee ervoor gericht. Aan het eind van de jaren vijftig had hij het land gekozen, toen hij reeds een volwassen man was en tegen mislukking vocht. Het was toen een terrein dat niets voorstelde, een kale rotstop aan een deel van de kust dat weinig populair was, met in de buurt alleen een militaire kazerne en een fort en verder langs de weg hier en daar een villa die verscholen lag achter cipressen.

Hij was ook niets, althans dat beweerde hij later, een man die nog maar net van middelbare leeftijd was, en de beloften die hij toen hij jong was had ingehouden, waren gedwarsboomd en ondermijnd – door zijn moeder, door de oorlog, daarna door zijn vrouw en kinderen. Toen hij op de top van de rots stond en zich zijn hotel daar voorstelde, sloeg hij het boek met duizend teleurstellingen dicht en keerde hij het land dat hij liefhad, de rug toe. (Dit is alleen bij wijze van spreken, natuurlijk, omdat hij zich ten doel stelde zichzelf en zijn toekomst het verleden onder ogen te laten zien: vanuit zijn hotel had hij, als hij het gezichtsvermogen van een god had gehad, kunnen turen over de golvende Middellandse Zee, en als zijn blik dan weer land gevonden had, zou deze gerust hebben op de kusten die hij nog maar zo kort tevoren had achtergelaten, waar zijn zoon (mijn vader) en dochter en vrouw en neven en nichten nog waren. Die blik zou gerust hebben – en zou dat nog doen, als iemand van ons zo ver zou kunnen kijken – op Algerije.)

De vader van mijn grootvader was bakker, zijn moeder onderwijzeres, beiden geboren op de verre grond van wat toen nog maar net Frankrijk was.

59

Mijn grootvader was daar ook geboren, in 1917, als jongste van vier kinderen, hoewel ik jarenlang te horen kreeg dat het er maar drie waren. Hij werd grootgebracht in Blida – een stad die ik mij lang voorstelde als stoffig en verlaten, maar die in werkelijkheid beroemd is om zijn weligheid – en groeide grotendeels vaderloos op: zijn papa met de vierkante kaken was, getroffen door een hartaanval, in zijn meel gevallen, toen de kleine Jacques nog maar negen jaar was. Mijn grootmoeder kwam niet ver van daar ter wereld, maar wel in een heel ander milieu: zij was de dochter van een redelijk welgestelde ambtenaar en zijn frêle vrouw die in de stad Algiers woonden. En mijn vader: toen hij ter wereld kwam, terwijl de Tweede Wereldoorlog moeizaam ten einde liep, had hij van beide kanten Afrika in zijn bloed. De grond waarop hij zijn eerste stappen zette, was Frankrijk en toch ook niet Frankrijk; en hij groeide op in de overtuiging dat hij er altijd zijn thuis zou hebben.

Mijn grootvader verloor dat geloof, niet zo vroeg, maar vroeger dan vele anderen. Hij sprak nooit over het waarom, over hoe twijfel in zijn botten sloop en zich verder verbreidde tot die twijfel de zekerheid van een andere lotsbestemming werd; maar de geschiedenis doet voor hem het woord. In het voorjaar van 1958 stak hij over naar Marseille om er op zoek te gaan naar een stuk land. Hij zegde zijn baan als onderdirecteur van het St. Joseph Hotel op, dat ook op een heuveltop lag en uitkeek over de baai van Algiers, en hij deed dat als directe reactie op de verschrikkingen die sindsdien bekend staan als de slag om die stad. Hij zei tegen zijn familie niets van zijn plan, maar nam aan dat ze het te zijner tijd zouden begrijpen, al was het maar omdat zij het geweld gezien hadden, omdat de dochter van een vriendin van hen – de vriendin was een struise matrone met een suikerspinkapsel, met wie mijn grootmoeder regelmatig bridgede – haar slanke benen verloren had toen de bom in het casino ontplofte (dezelfde bom die de buik openreet van de onfortuinlijke bandleider met de verkeerde naam, Lucky Starway), en nog steeds, maanden later, rechtop in een ziekenhuisbed zat, waar zij probeerde zich haar toekomst voor te stellen in de metalen omsluiting van een rolstoel.

De transactie, die geheel gebeurde met geleend geld en waarbij een rijke universiteitsvriend van mijn grootvader als stille vennoot optrad, vergde enige tijd; en het optrekken van het gebouw – stijlvol naar de maatstaven van die tijd, een vroege voorloper van die moderne bouwsels met terrassen die zich meester gemaakt hebben van de hele kuststrook van Monte Carlo tot Marseille – vergde heel wat meer tijd, drie jaar waarin mijn grootvader heen en weer reisde tussen de kolonie en de *métropole*. In 1961 had hij officieel zijn baan opgezegd in het een kwijnend bestaan leidende bastion van de Algerijnse *hôtellerie.* (De werknemers van het St. Joseph Hotel hadden allemaal zogenaamd hun opleiding in Zwitserland gehad; maar dit was een leugen en was dat altijd geweest, en inmiddels liep de korte geschiedenis van de Franse kolonie zozeer op zijn einde dat geen belofte van Zwitsers dienstbetoon voldoende was om toeristen naar die onzekere kusten te lokken. De in opschudding verkerende stad trok journalisten van over de hele wereld, maar deze gingen op zoek naar bescheidener onderkomens en bekommerden zich niet om de hoeveelheid stijfsel in hun linnengoed. Alleen de voetstappen van een stel geheimzinnige Amerikanen, die qua kleding en soberheid op mormonen leken, klonken in de stille gangen van het hotel, waar ze op gedempte toon hun zaken deden.) Mijn grootmoeder, mijn tante Marie en hij namen hun intrek in het personeelsgedeelte in de speciaal ontworpen dakwoning – dezelfde als nu – van waaruit zij toezicht hielden op de voltooiing van de het grootse plan van mijn grootvader.

Alexandre, mijn vader, voegde zich niet meteen bij zijn ouders. Juist omdat zijn vader hem daartoe het bevel gaf, weigerde hij, ook toen al, te accepteren dat dat misschien wel zou moeten. Dit was niet het begin van zijn rebellie: die was veel eerder begonnen, en zelfs met mijn kinderogen kon ik de sporen ervan waarnemen in de voortdurende onderhuidse conflicten tussen vader en zoon. Mijn grootvader wilde van het begin af aan niet dat mijn vader, zijn eerstgeborene, een belemmering vormde voor zijn vrijheid en voor het flauw opdoemende succes waarvan de nog zo jonge Jacques met de oorlog bijna voorbij droomde. En als hij later van gedachten veranderde en zijn erfgenaam voor zich opeiste en hem in zijn armen trachtte te sluiten (louter speculatie van mijn kant – want wie zou in onze familie ooit over zoiets praten?), dan was het inmiddels te laat. Ten opzichte van zijn vader was het hart van mijn vader, als dat van het jongetje bij Hans Christian Andersen, in een ijsklomp veranderd.

Mijn vader, die op zestienjarige leeftijd de reputatie van *beau garçon* had en naar wie de mooiste Algerijnse meisjes voortdurend aan het lonken waren, en die bovendien als een bezetene voor zijn examen zat te blokken, weigerde de onderbreking – nee, de stopzetting – van zijn leven te accepteren. Hij kuste zijn moeder en zijn jongste zus (die hij met puberale wreedheid 'La Bête' noemde) en schudde zijn vader grimmig de hand; daarna draaide hij zich om en nam zijn intrek in het huis van zijn grootmoeder van moederskant (haar Franse elegantie was allang vervlogen en net als een katholieke bekeerling was ze Afrikaanser dan haar kinderen en zou ze moeilijker te verplaatsen zijn dan het beeld van de zwarte maagd in de Notre Dame d'Afrique), aan wier welwillende zorgen hij bleef toevertrouwd tot het einde, en haar einde, dat min of meer op dezelfde tijd kwam.

Op nieuwe bodem en als herboren wilde Jacques LaBasse, mijn grootvader, in vijf jaar tot stand brengen waarvoor anderen tien jaar nodig hadden. Omdat hij te maken had gehad met onvoorziene tegenslag, besloot hij dat de tweede helft van zijn leven de bescheiden eerste helft zou moeten goedmaken. Het was zijn wens, zijn roeping, om het bouwen van het driesterren-hotel Bellevue niet tot het werk van één man te maken, maar van een dynastie; om de mensen – alle mensen: de plaatselijke bevolking, de toeristen, zelfs degenen die zich nooit aan de Middellandse-Zeekust waagden – te laten geloven dat het er altijd had gestaan en er altijd zou staan, als een toevluchtsoord van orde en rust voor de *bonne bourgeoisie* van Frankrijk. En tot op zekere hoogte slaagde hij daarin.

In die zomer, toen ik veertien was, had het hotel meer dan vijfentwintig jaar de wisseling der seizoenen meegemaakt en waren de drieënvijftig kamers vol en leeg gestroomd met de regelmaat van eb en vloed; elke verandering in het aanzien van de natuur bracht een ander soort gasten: de Britten en de bejaarden in het laagseizoen, wanneer de mimosa bloeide of de herfstwinden raasden; elegante Parijzenaars en hun drukke kinderen in de hitte van de zomer; een paar excentriekelingen, vaak in hun eentje, en de weduwen in de wintermaanden. Elk jaar kwamen in juli de vertrouwde families terug om er, afhankelijk van de dikte van hun portemonnees, een aaneengesloten periode van een week, veertien dagen of een maand te logeren. Veel van de kinderen met wie ik in de zomer speelde had ik, zo leek het mij toe, altijd gekend, al was het zo dat de groep als een amoebe uitdijde en kromp en van samenstelling veranderde. Enkelen van hen kwamen al zo lang in het Bellevue Hotel dat ze in datzelfde zwembad hadden leren zwemmen, bij het beneden gelegen rotsstrand voor het eerst gestoken waren door zee-egels, en de geheime schuilplaatsen op het terrein net zo goed kenden als ik. Ze waren er al toen het extra parkeerterrein achter de tennisbanen – dat nu al minstens vijf jaar geleden verhard was – een speelveld was met gras en er leuk uitzag met een schommel en een glijbaan, en toen de *patronne* met het aardappelgezicht van de tijdschriftenwinkel verderop aan de weg nog met haar ene hand snoepjes uitdeelde en met haar andere hand Milou omklemde, haar chihuahua, die van die rare ogen had en maar drie pootjes. Het was nu al meer dan drie jaar geleden dat een gele *deux chevaux* het einde van het hondje had betekend, een tijdsspanne die toen een eeuwigheid leek.

2

De motieven van mijn grootvader waren, waar het de meeste dingen betrof, niet duidelijk voor de familie. Hij was altijd door degenen die van hem hielden beschouwd als een moeilijk iemand en daardoor als briljant, een opvliegend iemand, iemand die belaagd werd door ongekende demonen. (Niet dat de familie zo in elkaar zat dat ze die demonen wilde kennen: zijn geheimen waren zijn kracht, en ze wilden hem die maar al te graag laten houden.) Familieverhalen brachten hem tot leven, verhalen die mijn groot-moeder met toegeeflijke eerbied vertelde of mijn moeder smalend herhaal-de. (Mijn vader sprak nooit over zijn vader, behalve in de tegenwoordige tijd. Zoals: 'Ik moet van papa overwerken', of 'Papa slaapt de laatste tijd niet goed'. Ik vroeg me soms af of hij die verhalen überhaupt kende, of dat hij ervoor gezorgd had dat hij ze niet kende.) Uit die anekdotes zou ik, het kleinkind, het ware wezen van die man halen, die als persoon zelf daarin absoluut niet te herkennen was. Wat ik zo vreemd vond, was dat twee vrou-wen hetzelfde verhaal konden vertellen en er zo totaal andere conclusies uit konden trekken.

Maar diezelfde zomer, zo ongeveer een maand voor de schietpartij, had mijn grootmoeder een zo'n verhaal verteld, dat nieuw was en waarvoor ik nu, op veertienjarige leeftijd, net oud genoeg was. Toen ik het verhaal op-nieuw vertelde, aan mijn moeder, maakte zij het heel anders, en minder vriendelijk, af, en ik lag nu na te denken over de twee versies, alsof zij een verklaring zouden kunnen bevatten van het wezen van die gebroken, onge-schoren man die zich de ochtend na de schietpartij gedwee kwam melden op het politiebureau.

Die middag had mijn grootmoeder tijdens de hele lunch, alleen die van haar en mij, verhalen verteld over het verleden van mijn grootvader, terwijl hijzelf met dikbuikige zakenrelaties de maaltijd gebruikte in het restaurant van het hotel en daarbij met knoflook gevulde olijven uitzoog, die hij weg-spoelde met rosé. Hoewel ze gewoonlijk niet sentimenteel was, werd ze dromerig en raakte ze vertederd door het beeld dat ze opriep van haar ge-liefde toen hij jong was. Ik zou graag zeggen dat ik aan haar lippen hing, zoals ik gedaan had toen ik kleiner was ('Doorgaan, oma, doorgaan met vertellen!'), maar ik zat te draaien op mijn stoel en mijn servet te verfrom-melen en hield door het raam mijn blik gericht op de turkooizen strook, popelend om me weer bij mijn vrienden te voegen.

Toch luisterde ik, beter dan ik toen meestal deed, omdat mijn grootmoe-der begon met iets schokkends te zeggen.

'Je grootvader,' zei ze, 'was niet de jongste van drie kinderen. Ik vind dat je nu oud genoeg bent om dat te weten.'

Ik giechelde. Het leek zo'n belachelijke mededeling. Haar boze blik was grimmig en haar huid vlekkerig. Als ze kwaad was, werden de witte plekken witter en werden de bruine stukjes huid donkerrood.

'Je grootvader was de jongste van vier. Zijn broer Yves was de oudste, en Paulette – je hebt over haar gehoord –'

'Ja natuurlijk.'

'Was het meest van zijn leeftijd. Maar ze hadden ook een andere zuster, Estelle.'

'Estelle?'

'Ze was flink wat ouder dan je vader –'

'Grootvader.'

'Ja. En ze is verdwenen toen hij negen jaar was.'

Het verhaal ging niet over de verdwijning van Estelle, maar over een hereniging, hun hereniging vele jaren later, toen mijn grootvader in Parijs studeerde.

'Zij vroeg hem te komen,' legde mijn grootmoeder uit. 'Anders zou hij haar – kon hij haar – nooit gevonden hebben. Hij deed zelfs geen poging. Hij wist natuurlijk dat Paulette en zij met elkaar schreven, heimelijke brieven waarvan hun moeder niets wist; dat had hij altijd geweten. Maar thuis – en Paulette, Yves, en hun Maman – was zover verwijderd van het leven waaraan hij kort tevoren begonnen was, en Estelle was nog verder verwijderd, niet meer dan flauwtjes aanwezig in zijn herinnering.'

Die middag, zo vertelde ze me, een natte middag in november, de lucht nog somberder door de loodgrijze motregen waarin Parijs zo goed is, had hij ervan afgezien om met zijn vrienden mee te gaan op hun zaterdagse tocht langs de cafés en was hij de andere kant uitgegaan, in de richting van de Jardins du Luxembourg.

Hij liep volop te denken aan thuis, maar niet aan Paulette of Yves of Maman, niet aan het overvolle huisje in Blida dat hij maar al te graag was ontvlucht. Nee, zijn ogen lichtten op door de gloed van Algiers: de stralend witte gebouwen die achter de haven tegen de heuvel lagen, de azuren schittering van de baai, de trapvormige straatjes die kronkelend tot de lucht reikten, en de paden van de Jardin Marengo, geurend naar jasmijn en passiebloem en overhangen met het gebladerte van bananenbomen – al die plekken doortrokken van de gloedvolle eerste liefde.

'Ik was zijn eerste echte liefde,' ging mijn grootmoeder verder, met haar blik op de wazige horizon van de zee gericht. 'Dat heeft hij tenminste altijd gezegd. En ik werd zijn vrouw. Hij leek jong toen we elkaar voor het eerst ontmoetten – hij is drie jaar jonger dan ik, weet je. Ik gaf les op een kleine kleuterschool in de stad. Hij logeerde bij een neef en nicht in de hoofdstad. Ik had onder anderen hun dochter, de dochter van die neef en nicht, onder mijn hoede, en hij – hij studeerde toen voor zijn speciale universitaire examens – bood op een middag aan om haar op te halen. Dat weet je. Ik heb je dat al eerder verteld.'

Daarna werd zijn wandeling naar de school een dagelijkse onderbreking van zijn studie, en het kleine knuistje van het kind in zijn hand een dagelijks terugkerend genoegen. Een genoegen ook om met de schooljuf van het kleine meisje te praten en te proberen om met zijn geestige opmerkingen haar afgewende blik te trekken. Mijn grootmoeder was smoorverliefd; hoe zou dat anders kunnen? Hij was zo knap en donker en fel, en ze wist meteen dat zijn intellect als een grote kracht, een stormwind was. Ze wist dat hij voor zijn examens zou slagen, al beweerde hij dat hij daar niet zeker van was.

Uiteindelijk gingen ze samen vroeg in de avond uit wandelen, twee jonge volwassenen, en hij leerde de kronkelingen en hellingen van de stad kennen met haar hand, en niet die van het kleine meisje, in de zijne. Toen hij terugkeerde naar Blida schreven ze iedere dag; en toen hij aangenomen werd op zijn *grande école* in Parijs, was die triomf voor beiden gemengd met verdriet, bijna pijn, bij de gedachte dat hun gezamenlijke toekomst uitgesteld zou worden.

Ze namen afscheid aan de kade, hij met droge ogen en vol hoop, popelend om naar Frankrijk te gaan. Die eerste herfst in Parijs waren zijn brieven slechts gevuld met verlangen naar mijn grootmoeder, zei ze, en in dat verlangen legde hij al zijn heimwee naar hun geliefde land. Parijs was donker, zo overtuigde hij zichzelf, niet omdat het een stad in het noorden was waar de zon maar zelden scheen, maar omdat zij er niet was. (Later zou hij erachter komen dat het er donker was gewoon omdat het donker was, dat in de winter de dagen er verkort werden als een onderdrukte niesbui; maar dat in juni, wanneer de gouden avondschemering tot bijna elf uur duurde, ook die stad haar wonderen ontvouwde, liefde of geen liefde.)

Die zaterdag was het gewone lawaai van kinderen en ouders en geliefden in het park niet te horen. Het geklater van de fonteinen was niet te onderscheiden van de klaterende regen, en Jacques stond een tijdje te kijken naar het spatten van de druppels op het wateroppervlak van de vijver. Zwaar van de regen bogen de bomen door, de takken wenkend in de wind, de bladeren als was. Dikbuikige banken hurkten in het grind en dropen van het water alsof ze een dierbare verloren hadden.

Zijn melancholie was zelfgewild, maar hij gaf er niettemin aan toe. In Algiers, zo dacht hij, zou Monique thuis zijn met haar moeder, misschien

weggedoken in de fluwelen leunstoel bij het raam, gebogen over haar bor-
duurwerk of over een boek. ('Ik had hem niet lang daarvoor over Proust
geschreven,' legde mijn grootmoeder uit, 'die ik net ontdekt had en wiens
ingewikkelde zinnen ik prachtig vond. Toen hij mijn brief ontvangen had,
rende hij meteen naar de tweedehands-boekverkopers aan de rivieroever en
kocht daar een vierdelig exemplaar met ezelsoren. Elke avond las hij een
bladzijde of tien in bed, en had dan het gevoel dat hij ze samen met mij las.
Ik had dat gevoel ook. In Gilberte, in Albertine, zo anders dan zijn geliefde,
vond hij mijn gezicht en mijn ogen, die de kleur hadden – zo zei hij altijd
– van de Middellandse Zee.') En zat ze te lezen? Waarschijnlijk wel, met de
bleke, geelbruine kat snurkend op de kussens van de divan tegenover haar
en haar moeder in haar kousenvoeten languit in haar slaapkamer op haar
hoge bed dat er uitzag als een schip. Later, als de zon wat lager aan de hemel stond, zouden Monique en haar moeder misschien gearmd gaan wandelen, of misschien zouden ze bezoek krijgen van nichten en tantes met wie
ze een middagje gingen kletsen, en Arabische honinggebakjes eten. Hij
stelde zich voor dat zij er met haar gedachten niet bij was en zich uit het
pratende gezelschap terugtrok om op het balkon heen en weer te lopen en
dan te blijven stilstaan, met haar kin in haar hand, om naar de haven te
staren, naar Frankrijk.

Toen hij bij zijn gebouw aankwam, werd hij volledig verrast door het
stadstelegram dat de huisbewaarster hem met een glimlach overhandigde.

'Misschien een vriendinnetje?' opperde ze met een knipoog. 'Denk erom
dat je haar niet hier mee naar binnen neemt. Ik heb een fatsoenlijk huis.'
Met haar stofdoek gaf ze hem een klapje op zijn schouder en giechelde,
alvorens zich terug te trekken achter haar glazen deur waarvoor een gordijn
hing en terug te gaan naar het luide gekraak van de radio en haar echtgenoot, die in zijn hemd zat.

Hij kon niet bedenken wie hem uit Parijs zelf zou kunnen schrijven en
was bang dat de brief slecht nieuws zou bevatten: hij had immers geen gedachte gewijd aan zijn moeder, of zijn zuster of broer. Hij was vergeten dat
zijn vierjarige neefje ziek was, van welk droevig nieuws zijn moeder hem
in haar vorige brief op de hoogte had gesteld: 'Die arme Henri,' had ze geschreven, 'is door een verschrikkelijke koorts getroffen. De dokter is hier
geweest, en we houden de jongen in koele doeken gewikkeld, die onmiddellijk heet worden en die direct verwisseld worden; maar zijn koorts lijkt niet
te willen dalen. Alles komt aan op de eerste paar dagen en de wil van God.
Een eerstgeboren zoon verliezen is iets tragisch, zoals ik maar al te goed
weet. Yves en zijn vrouw maken zich zorgen en kunnen niet slapen; we
bidden allemaal en ik weet dat jij ook met ons bidt.'

Maar toen bedacht hij dat er niemand in Parijs was die hem het nieuws van een sterfgeval zo ver weg kon brengen, als er al sprake van was geweest. Behalve zijn klasgenoten – die nooit boodschappen per post stuurden – kende hij weinig mensen in de stad.

Hij kende het handschrift met zijn vele halen en krullen niet. Toen hij naar de naam onder de brief keek, besefte hij aanvankelijk niet dat deze van zijn zuster was: Estelle was een naam die al zo lang niet uitgesproken was in het gezin LaBasse dat hij haar als dood was gaan beschouwen. Pas toen hij weer naar de aanhef keek – 'Mon cher frère' drong het tot hem door; waarna hij de brief oppakte en zich achterover op de rand van zijn bed liet zakken. Later kon hij niet zeggen of hij geluid had gemaakt om uiting te geven aan zijn schok of bij wijze van voorzorgsmaatregel eenvoudig zijn hand voor zijn mond had geslagen.

'Lieve broer,' smeekte het frivole handschrift, 'hoelang is het geleden? Welke herinneringen kun je aan mij hebben? Ik zie jou alleen als een jongen in korte broek. Maar het lot heeft ons beiden naar Parijs gevoerd, en daarom zullen wij elkaar weerzien, zo hoop ik. Ik ben hier niet lang. Ik ben net uit Nice aangekomen en vertrek maandag naar Londen en vandaar naar Amerika. Broertje, we hebben niet veel tijd. Kom om acht uur vanavond alsjeblieft naar mijn hotel. Kamer 426, het Ritz, Place Vendôme. Je ziet dat het leven me niet zo slecht behandeld heeft. Er is veel te vertellen en er is zo weinig tijd. Stel me niet teleur. Je liefhebbende zuster, Estelle.'

3

Jacques had haar in bijna elf jaar niet gezien. Kort na de dood van hun vader, toen Jacques negen jaar was en hij net voor het eerst blijk had gegeven van zijn intellectuele voorlijkheid, was Estelle ervandoor gegaan. Zij was zeven jaar ouder dan hij en het tweede in leven gebleven kind van hun ouders, net zo verschillend in temperament van hun oudste broer Yves als Jacques zelf was. Paulette, die toen dertien was en tussen Estelle en Jacques in zat, aanbad haar zus en had geweigerd haar te verloochenen. Estelle was alles wat Paulette niet was, hetgeen kwaad bloed had kunnen zetten bij het jongere, minder aantrekkelijke meisje, maar in plaats daarvan bij haar grote trouw, zelfs trots, had opgewekt. Paulette was niet bijzonder intelligent, maar ze was overtuigd van de genialiteit van Estelle. Hoewel ze als alle leden van de familie LaBasse vroom was, veroordeelde ze daarom de misstappen van Estelle nog niet: ze bad eenvoudigweg voor haar zus en stak kaarsen voor haar op en genoot van de brieven die zij af en toe stuurde, een kostelijk geheim tussen Paulette en de vrouw van het plaatselijke postkantoor.

Jacques had van deze brieven geweten en had tijdens puberale ruzies met Paulette meer dan eens gedreigd hun moeder ervan te vertellen. Maar hij had er nooit een gelezen en had zodoende geen idee wat Estelle al die jaren uitgevoerd had en evenmin waar ze had gewoond. Terwijl hij zich omkleedde voor hij vertrok, scheen het hem opeens opmerkelijk toe dat hij zo weinig nieuwsgierigheid naar zijn zuster aan de dag had gelegd, dat hij, nadat ze uit hun leven verdwenen was en nadat er aan de stortvloed van tranen van hun moeder langzamerhand een einde gekomen was, het verlies van haar had geaccepteerd, net als dat van zijn vader, als een onherroepelijk noodlot.

Zijn gezicht bestuderend in de gevlekte spiegel van het bureau, zat hij daar nu over na te denken. Hij was donker, maar herinnerde zich de krullen van zijn oudere zus als blond, de kleur van het strand. Hij herinnerde zich haar plotselinge lach, de manier waarop ze hem door de lucht zwaaide toen hij klein was, de kantachtige randjes van haar twee voortanden.

Hoewel Estelle lang was voor een meisje, had ze, net als Jacques, de lichte botten van hun grootmoeder geërfd, en in de keuken strekte ze vaak haar polsen of enkels en stond die dan, met omhooggehouden hakmes of pollepel, te bestuderen. 'Je zou toch niet zeggen dat ik van gewone komaf was, hè?' vroeg ze dan met gespeelde overdrijving. Waarop Paulette, net zo stevig in alle gewrichten als hun vader was geweest, goedig glimlachte en antwoordde: 'Jij bent als een koningin, *chérie*. Een koningin. Geboren voor paleizen en heren.'

De kleine Jacques rende in en uit tijdens deze gesprekken en ging dan helemaal op in het koninkje en oorlogje spelen. Estelle pakte hem soms beet als hij langskwam, een slanke bruine arm om zijn middel geslagen, of een hand op zijn schouder. Ze liet hem dan ronddraaien tot hij tegenover Paulette stond en zei dan: 'Hij is net als ik. Wij zijn de ondergeschoven kinderen, zie je het niet?'

Toen was ze, net zo plotseling als haar lach, verdwenen. Na school – het was in het begin van de zomer en al ontzettend heet – was hij gaan spelen met zijn vriend Didier. Ze waagden zich in het moerasgebied met moerbeibomen en olijfbomen, niet ver van het heiligdom van de maraboe, waar ze niet heen mochten, en brachten de middag door met het graven van tunnels in een open stuk grond, bouwden ingewikkelde forten voor hun denkbeeldige legers en tekenden met stokken in de modder de invasiestrategieën van

Arabische horden. Hierdoor werden hun huid en schoenen en handen vuil; maar pas nadat de jongens besloten hadden de strijd die ze getekend hadden na te spelen en de stokken als zwaarden ter hand hadden genomen, ontdekte Jacques – of hij nu was blijven haken achter een van de zilverachtige doornstruiken waartussen ze speelden of geveld was door een sluwe tegenstoot van Didier – een scheur in het kruis van zijn broek, een grote tweekantige winkelhaak die voor een loshangend stuk stof zorgde dat er bij hing als een hondentong, waardoor zijn witte onderbroek te zien was. Hij slenterde bij het vallen van de avond naar huis, waar schande hem wachtte: zijn Maman sloeg hem met de vlakke kant van haar eeltige hand op zijn ontblote achterste, weigerde hem zijn deel van het avondeten te geven en stuurde hem naar de zolderkamer die hij deelde met Yves. Daar huilde Jacques zich in een vroege en hongerige slaap.

In de opwinding over zijn vergrijp merkte Jacques niet dat Estelle er niet was. Nog steeds overvol – in die tijd woonde hun Tata Christine bij hen, een gerimpeld vrouwtje van boven de tachtig, die het huwelijksbed van Maman deelde – voelde het huis niet leger aan zonder haar. En hij schreef de stemverheffingen die hij van onder de dekens hoorde toe aan de teleurstelling van zijn moeder en broer over zijn ondeugendheid. Maar toen hij de volgende morgen voor het ochtendgloren wakker werd, merkte hij dat Yves, die vreselijk snurkte, niet in zijn smalle bed onder het raam lag, en dat het in de kamers onder hem bijzonder stil was. Het koude zweet brak hem uit, een kinderlijke angst verlaten te zijn beving hem: hij rende in zijn blootje en kreunend de smalle trap af, met twee treden tegelijk; hij haalde zich in zijn hoofd dat zijn familie 's nachts ervandoor gegaan was naar een ander leven, zonder hem. De recente verdwijning van zijn vader was tenslotte even plotseling in zijn werk gegaan: Monsieur LaBasse, een brede, vierkante beer van een man, was op een ochtend, net als iedere dag behalve zondag, bij zonsopgang de straat uitgewandeld, met zijn voorschoot over zijn arm, en was thuisgekomen in een kist op een kar, zijn dikke handen over zijn borst gekruist en zijn gelaatstrekken voor eeuwig verstard in een woeste blik.

Yves zat onderuitgezakt in een stoel bij de keukenhaard, zijn behaarde huid zo grauw als de uitgedoofde sintels aan zijn voeten, zijn ogen potdicht. Hij snurkte niet. De kleine jongen schudde zijn broer door elkaar, zonder iets te zeggen, bang de vreemde stilte te verstoren en het leek een hele tijd voordat de oudere jongen wakkerschrok, in een reflexbeweging met een voet over de tegelvloer schoppend.

'Is ze hier?' zei hij.

'Maman? Waar is Maman? Waar ís iedereen? Wat is er?'

Yves wreef zijn wazige ogen uit en tuurde naar de kleine Jacques, die in zijn blootje rillend op en neer hupte. 'Je bent op,' zei hij.

'Het is ochtend. Kun je dat niet zien? Waar is iedereen? Wat is er mis?'

'Wat niet, *mon petit*?'

'Is Maman ziek? Is ze gestorven, net als Papa? Waar is ze?'

'Ze slaapt nu. Maak je geen zorgen.'

'Maar – we moeten haar wakker maken, we moeten...' Jacques stotterde. Zelfs toen zijn vader was gestorven, had er niet deze overweldigende sfeer van wanorde geheerst: de volgende dag was gekomen, de koffie was gezet, Jacques' haar was – zo mogelijk nog tederder – gekamd door zijn moeder. 'Waarom slaap je hier?'

Yves stond nu. Hij stroopte zijn mouwen op, deed zijn broek goed en werd zijn oude zelf. 'Het was een lange nacht, *petit*. Ik ben pas een paar uur geleden thuisgekomen. We hoopten dat er in ieder geval enig nieuws zou zijn.'

'Nieuws? Waarover?'

Yves legde zijn handen op de schouders van zijn kleine broer. 'Estelle is weggegaan,' zei hij kalm en keek Jacques daarbij recht in zijn gezicht aan.

'Bedoel je dat ze gestorven is?'

'Nee... Ik bedoel dat ze weggegaan is. Maar ze komt terug. Gauw, dat beloof ik.'

'Waar is ze naartoe?' Jacques' toon was agressief. Hij voelde zich geërgerd, hoewel hij niet zeker was waarover, of over wie: zijn wereld was geen spelletje waar zo lichtzinnig mee omgesprongen kon worden.

'Dat weten we niet.'

'Wat bedoel je, dat weet je niet? Waar is ze naar toe?'

'Ze komt gauw terug, dat beloof ik.'

Dat was alles wat zijn broer tegen hem zei, behalve dat hij hem nog beval er niet met hun Maman over te praten. Paulette kwam niet lang daarna uit de meisjeskamer, haar wangen opgezwollen van de tranen, haar lippen opgezet, en ze maakte zwijgend hun ontbijt klaar. Jacques zag zijn Maman die dag pas na school, toen hij de keuken kwam binnenstormen, zwaaiend met zijn schooltas. Hij trof haar rechtop in de hoge stoel bij de haard, in haar zwarte weduwendracht, haar ogen vreemd klein en uitdrukkingsloos. In de volgende weken huilde ze op vreemde ogenblikken: niet alleen tijdens de mis, maar op de markt, bij het zien van sinaasappelen, en één keer toen ze stond te kijken naar de buurtkinderen die op straat voetbalden. Ze sprak de naam van haar dochter niet meer uit, althans niet waar Jacques bij was: ze had het over Estelle slechts één keer toen hij het kon horen: 'Het meisje is dood,' zei ze. 'Wat dit leven aangaat, is ze dood en ik treur alsof ze gestorven was.'

In het hoofd van de kleine Jacques werden vertrek en dood voor eeuwig met elkaar verbonden. Net zo goed als hij de rokerige zweetlucht van zijn vaders overhemden vergat, vergat hij de elegante polsen en enkels van zijn zus, en de manier waarop ze hem op zijn bed vasthield en hem kietelde tot hij huilde van het lachen. Hij had Didier om mee te spelen en ontdekkingen te doen: hij piekerde niet over wat verdwenen was.

Van Paulette kwam hij wat te weten: hij wist dat Estelle niet alléén weggelopen was en dat daarin, om de een of andere reden, de grootste schande voor zijn moeder lag. Ze was meegegaan met een soldaat, een jongeman met borstelhaar uit de *métropole*. Ze bleven een tijdje in Algiers: daarvandaan kreeg Paulette haar eerste, dunne brief. Al die jaren later in Parijs werd Jacques er alleen door getroffen dat Estelle Algiers ontdekt had zoals hij, in een liefdesroes in het begin van de zomeropwinding; dat ze gelopen had in de Rue Michelet en wijn gedronken in de cafés net als hij had gedaan en dat ze waarschijnlijk, net als hij, het gevoel had gehad dat zij en haar vent de eersten waren die dat deden. Ze had ongetwijfeld met haar minnaar langs de stranden gewandeld, gezwommen in de Bains Padovani en 's avonds gedanst in het casino op de rotstop (een vermaak waaraan hij zich, in zijn tijd, nimmer had overgegeven) en achter trams aangehold, ademloos giechelend, zoals hij dat, korter geleden, met zijn geliefde gedaan had. Enkele maanden later – hij wist niet hoeveel – was ze haar minnaar naar Frankrijk gevolgd, en daar, in een land waarvan haar jongere broer zich toen geen voorstelling kon maken, was ze echt verloren geraakt.

4

Om acht uur precies meldde Jacques zich bij de ingang van het hotel. Hij was nooit in zo'n deftige hotellobby geweest (misschien was hij zelfs nog nooit in een hotellobby geweest). En het veranderde zijn leven voorgoed. De kroonluchters verlichtten zelfs het plein, waar vrouwen in bontmantels en mannen in avondkleding zich ophielden en lange zwarte auto's op de glinsterende keien stopten. Een geüniformeerd broederschap bewaakte de deuren; zij glimlachten niet en hun handen staken in leren handschoenen waarnaar Jacques – zijn vingers koud van de lange wandeling – stilletjes verlangde. Hij voelde zich opgelaten met zijn doorweekte hoed, die helemaal uit de vorm was door de eerdere regen, en met zijn soppende schoenen. Hij hield zijn ogen neergeslagen en glipte naar binnen achter drie dames in nertsmantels aan, die gehuld waren een wolk van parfum die enige bescherming leek te bieden. Toen hij bij de marmeren ontvangstbalie stond en wachtte tot hij werd aangesproken, leken de kamersleutels aan de muur voor hem op zich al kostbaarheden, zwaar en glanzend. Het oosterse tapijt onder zijn voeten, de doordringende rookwolk van de sigaar van de man naast hem, de strenge blik van de hooghartige receptionist, dit alles zei Jacques dat hij deze plek niet waardig was. Hij had zich nog nooit zo gevoeld en was gewend aan de trots die hij ontleende aan intelligentie en aan de beloning voor hard werken: hij mocht dan misschien van nederige afkomst zijn, toch had hij geloofd dat die afkomst geen rol meer speelde nu hem een briljante toekomst wachtte. Voor de eerste keer wilde hij dat hij een zichtbare waarde had in de wereld van het geld.

Maar nadat hij gebeld had met kamer 426, glimlachte de receptionist, of glimlachte hij bijna, terwijl hij hem de weg wees naar de lift. Jacques vatte de glimlach op als vriendelijk en bedacht pas veel later dat deze misschien wel boosaardig bedoeld was, een commentaar op de deugdzaamheid van zijn zus. De liftjongen zwaaide de liftkooi dicht met zijn apenarm en noemde Jacques 'm'sieur'. Op de vierde verdieping maakte een kamermeisje met een maagdelijk wit schortje voor een haastig buiginkje voor hem dat het idee van een revérence moest benaderen.

Wat breed was de deur waarop in sierlijke krullen het nummer 426 geschilderd was. Wat breed waren alle deuren in de brede en stille gang. De verf had de kleur van verse room, en de randen waren van goud. Gouden randen. Hoe kon hun Maman zoiets verrukkelijks afwijzen? Hoe kon Jacques er niet voor door de knieën gaan, zelfs voordat de deur naar het leven van zijn zus – waarop hij klopte, drie keer, met een mengeling van aarzeling en zelfopgelegd gezag – was opengegaan?

De vrouw die hem begroette, kwam hem aanvankelijk niet vertrouwd voor: ze zag eruit als iedere andere hotelgast, lang, slank en duur, haar lichaam in die ietwat gebogen houding die toen in de mode was. Om haar hals hingen allemaal smaragden, haar blonde krullen lagen tegen haar voorhoofd geplakt, haar hartvormige gezicht was bedekt met poeder en rouge. Haar lippen waren glanzend rood, haar groene ogen koud als glas. Maar toen ze glimlachte, herkende Jacques haar aan haar tanden.

Ze nam hem bij de hand – haar zachte, ringloze vingers voelden koel aan op zijn pols – en nam hem mee de kamer in. 'Laat me naar je kijken, mijn lieve jongen.' Ze draaide zich met een dramatisch gebaar om; het gele gaas van haar jurk wapperde op en de ingewikkelde kralenversiering schitterde in het licht. 'Ik zou je overal herkennen.'

'O ja?'

Ze hield zijn kin vast en draaide zijn gezicht de ene kant op en toen de andere kant op. 'Zeker. Je lijkt op Grand-mère. Je lijkt – op mij. Donker, natuurlijk; maar we zijn een tweeling. Zou je mij niet herkend hebben?'

'Ik zou het niet weten. Misschien.'

Estelle lachte. 'Nou,' zei ze, opnieuw een draai makend, 'wat vind je? Niet slecht, hè, voor iemand uit Blida die is weggelopen?'

'Geboren voor paleizen en heren. En hiervoor.'

'En hiervoor.'

De kamer was werkelijk prachtig, een salon met groenblauwe sofa's en antieke dressoirs op gebogen pootjes, verlicht door schemerlampen. Door een halfopen deur kon hij een glimp opvangen van haar bed, een wat vage, grote paddestoel van donzen dekbedden en kussens. Er hing een doordringende geur van kaslelies – er stond een grote bos van in een vaas boven op de marmeren schoorsteenmantel; hun gele stampers staken nat uit hun tollende hoofdjes.

'Champagne?' Ze nam zijn jas aan. 'Ga zitten.'

Jacques ging op een van de sofa's zitten en keek om zich heen. Overal naar behalve naar zijn zus, die hem met haar gepraat en haar schoonheid uit zijn doen bracht. Hij had zulke vrouwen nooit ontmoet, vrouwen vol gratie maar zonder de ware beschaving, elegant, maar op de een of andere manier niet helemaal echt. Het lichte trillen van haar wimpers, de korte zinnetjes, hij hield dat voor nervositeit vanwege zijn aanwezigheid; ze speelde op een bepaalde manier met de smaragden in het kuiltje van haar sleutelbeen, en zelfs dat vond hij charmant. Hij was bang dat hij, als hij te lang keek, misschien verliefd zou worden.

'Het gaat dus goed met je.' Hij kon niet bedenken hoe hij anders moest beginnen, en Estelle, die nog steeds in het midden van de kamer stond, leek zich er tevreden mee te stellen hem alleen maar koket op te nemen, waarna ze haar lippen van elkaar deed en veelbetekenend giechelde.

'Moet je dat vragen? Kun je dat niet zien?' Ze begon plotseling aan een gracieus dansje, met haar glaasje met gouden champagne als partner, en ze zong in het Engels terwijl ze om de sofa's heen zwierde: 'I'm sitting on top of ze world, just rolling along, just rolling along…' Ze stopte en lachte en nam een slok. Jacques keek heimelijk naar haar lange, bleke hals. 'Zo gaat het met me. Dat kun je ze allemaal vertellen. Ik ga naar Amerika. Ik ga trouwen met een Amerikaan.'

Ze dronk haar glas leeg en kwam naast hem zitten. Ze nam zijn tintelende handen in de hare en leunde dicht tegen hem aan; net als de kamer rook ze naar lelies. 'Maar hoe gaat het met jou?' vroeg ze. 'En met Paulette? Is ze verliefd? Hoe draagt ze haar haar? Werkt ze nog steeds in de kledingwinkel – hoelang is het nu geleden? Drie jaar? En Yves – hij is toch getrouwd? Is hij dik, net als papa? En zijn vrouw? Heeft hij een kind? En hoe –' ze keek naar zijn schoenen, die er afschuwelijk uitzagen – 'en Maman?'

Jacques bleef een uur: Estelle had maar een uur voordat haar verloofde – de Amerikaan – terug zou komen en haar mee uit eten zou nemen. Naarmate de tijd voor Jacques' vertrek dichterbij kwam, werd Estelle geagiteerder; ze liep met grote passen door de kamer en stond stil voor de spiegel om haar haar en de kraag van haar jurk goed te doen. Toen de klok op de schoorsteenmantel negen sloeg, hield ze hem zijn jas voor en kuste hem, en toen hij verslag deed van de gebeurtenis, was 'dapper' het woord waarmee hij haar glimlach beschreef. Jacques glipte het hotel uit, de kille novemberavond in, en liep terug naar zijn kamer zonder gegeten te hebben, halfdronken van de smaak van de champagne en het parfum van zijn zus. Toen hij de volgende ochtend na de mis thuiskwam, had die avond al het karakter gekregen van iets wat hij zich verbeeld had. Later zou hij zich niet herinneren waarover ze gepraat hadden, wat hij toen te weten was gekomen en wat hij later te weten was gekomen over hoe haar leven geweest was en zou zijn. Hij zou zich alleen herinneren dat ze zich bewoog in schoonheid, dat in haar melodieuze, nerveuze stem nog steeds die plotselinge lach zat en dat haar kantachtige tanden haar eruit deden zien als een elfenkind wanneer ze glimlachte. Hij zou zich altijd haar verfijnde polsgebaar herinneren – dat ze in haar jeugd geoefend had in de keuken in Blida, maar vervolmaakt had in de elegante suite van het Ritz Hotel – en haar nadrukkelijke, bijna wanhopige vreugde bij het vooruitzicht van Amerika.

Hij had er geen idee van dat de mate van gretigheid waarmee zij naar de toekomst blikte overeenkwam met die van de moeilijkheid van haar verleden, of dat de nervositeit die hij toeschreef aan zijn aanwezigheid, voortkwam uit de inspanning, de voortdurende inspanning om gewoon te zijn wat ze geworden was. Hij stelde haar zich niet voor op een andere plek dan in kamer 426 van het Ritz Hotel aan de Place Vendôme, een mooie, sierlijke vrouw, volkomen in de watten gelegd, bedekt met kralen en juwelen: hij stelde haar zich altijd voor als gracieus walsend. Jarenlang was haar liedje het enige Engelse liedje dat hij kende, en hij bewaarde het voor momenten van het grootste geluk: 'I'm sitting on top of the world, just rolling along…'

'En eerlijk waar,' zei mijn grootmoeder, 'ik geloof dat nog maanden daarna het niet ik maar Estelle was die met hem hand in hand liep in zijn dromen over Algiers, wier grote ogen hem in geamuseerde bewondering aanstaarden, wier stem "voor altijd" in zijn slapende oor fluisterde. Hij dacht aan mij en hoorde Estelle, voelde haar koele vingers op zijn pols, die hem

74

meenamen naar de plekken van uiterste vervulling.

'Hij heeft zijn zus nooit meer gezien,' zei mijn grootmoeder tot slot. 'Ze ging naar Amerika, en ze verdween. De vrouw die zo lang voor hem verloren is. Dus toen jouw moeder in ons leven kwam, was hij niet zo verrast als ik. Voor hem leek het gerechtigheid. Hij is een geduldig iemand, je grootvader, ondanks wat jij misschien denkt, en iemand met een goed geheugen. Hij heeft de herinnering aan die avond zijn hele leven bewaard, als een juweel in zijn hand.'

5

Het verhaal leek mij iets voor een film, en ik stelde mij mijn verdwenen oudtante voor als Greta Garbo, en mijn grootvader ging in mijn verbeelding de trap naar het Ritz op en stapte van een korrelig zwart-witte wereld een wereld in technicolor binnen, waarna hij weer terug ging, toen de fantastische avond voorbij was.

Ik ging mijn eigen felkleurige namiddag binnen vol van deze beelden, geïntrigeerd door het vooruitzicht van onbekende Amerikaanse neven en nichten (ik kende de neven en nichten die ik wel kende, de kinderen van de zuster van mijn moeder, toen ook niet zo goed), maar voelde er niet veel voor hun mogelijke bestaan met mijn vrienden te delen. Voor Marie-José of Cécile zou van mijn grootvader nooit een beeld opgeroepen kunnen worden als jong en knap: ze zouden alleen maar spottend gelachen hebben.

Dus ik wachtte en vertelde het mijn moeder, in de verwachting dat haar vreugde de mijne zou weerspiegelen: meer Amerikanen onder ons, meer van ons onder de Amerikanen – iets dergelijks. Een verleden dat zich vertakte als een konijnenhol langs niet verkende gangen, wat van alles en nog wat zou kunnen opleveren.

Mijn moeder luisterde, maar ze was niet verrukt. Toen ik uitgesproken was, nam ze haar hand van de pols van Etienne en legde die doelloos in haar schoot. We zaten op de binnenplaats, in de schaduw van de vroege avond, en de cicaden overschreeuwden het gezoem van het verkeer in de verte.

'Daar is ze opgehouden? Dat is alles wat ze je verteld heeft?' Mijn moeders stem was een en al minachting. 'Geloof het als je wilt. Op die manier verteld, is het een mooi verhaal.'

'Wat bedoel je?'

'Niets.' Ze stond op om de riemen van Etienne goed te doen en kietelde hem daarbij van achteren onder zijn armen. Hij grinnikte luidruchtig; zijn mond stond wijd open van vreugde en zijn armen strekten zich uit in lome, ongecontroleerde bewegingen. Ze veegde een vlieg van zijn gezicht. 'Deze jongeman moet gauw zijn eten hebben,' zei ze, en ze ging met haar voet naar de rem van de rolstoel in een geroutineerde, onbewuste beweging.

Ik kreeg de versie van mijn moeder alleen uit haar getrokken door te zeuren en te smeken. Het onderhandelen erover werd onderbroken door de terugkeer van mijn vader en door het avondeten; pas toen we daarna op-ruimden, terwijl het bedwelmende ritme van de vaatwasmachine klonk en mijn vader onderuitgezakt in zijn leunstoel in de woonkamer zat te luiste-ren naar *Aïda* op volle sterkte, zwichtte mijn moeder.

'Als je het dan per se weten wilt,' zei ze ten slotte – alsof haar minach-ting voor mijn bekoorlijke oudtante het mij niet onmogelijk had gemaakt het níet te weten.

Volgens mijn moeder, die het, zo beweerde ze, van mijn vader wist, had mijn grootvader Estelle nog één keer gezien, veel later, in de jaren vijftig, toen ze dood was. De Amerikaan die haar mee naar New York genomen had, had haar in de steek gelaten. Niet langer 'sitting on top of the world', met haar schoonheid tanende en met haar visum bijna verlopen, en terwijl de oorlog in Europa op het punt stond te beginnen, zocht Estelle in wan-hoop naar iemand om mee te trouwen. Ze vond hem in een bescheiden weduwnaar, een winkelbediende of een verzekeringsagent uit het minder florissante deel van New Jersey. Na een haastige en weinig feestelijke plechtigheid trok ze bij hem in in zijn houten huis in een voorstad; zij ver-zorgde het grasveld dat de grootte had van een zakdoek, en kleedde en voedde zijn drie kinderen die, toen ze ouder werden, er geen misverstand over lieten bestaan dat ze haar net zo weinig mochten als zij hen. Ze gaf zelfs niet om de weduwnaar, hoewel hij misschien geen slecht iemand ge-weest is, en ze was niet ingenomen met het eelt op haar verfijnde handen en voeten, die bovendien nu winterhanden en -voeten waren. Uiteindelijk, zei mijn moeder, schraapte Estelle, toen de oorlog in Europa had gewoed en was weggeëbd, al het geld dat ze kon bemachtigen bij elkaar en vluchtte ze. Niet naar Parijs – dat was *après guerre* berucht om zijn naargeestigheid – en niet naar Blida, of zelfs naar Algiers, waarheen haar zus Paulette, die nog steeds (en voor altijd) ongetrouwd was en inmiddels bedrijfsleidster in een chique schoenwinkel in de binnenstad was, haar vroeg te komen. Ze vermeed die stad omdat daar haar moeder die niet tot vergeving bereid was, de scepter zwaaide over de familie LaBasse, en het te laat was om het weer goed te maken – en in plaats daarvan richtte ze zich op Tanger.

Wat ze deed om in Marokko in haar levensonderhoud te voorzien, in de weinige jaren die haar nog restten, dat wist mijn moeder niet precies. Maar dat ze haar dagen in armoede eindigde, zonder bezocht te worden door haar familie, onbemind en alleen – dat wist mijn moeder zeker. Ze stierf aan kanker, maar waarschijnlijk was haar geest – de elfachtige dansende geest die in de jaren dertig over de vloeren van grote hotels en restaurants zwierde – al lang gestorven.

'Je grootvader wist vanaf 1948,' vertelde mijn moeder me, 'precies waar ze was, en precies hoe ellendig ze eraan toe was. En deed hij ook maar iets? Stak hij ook maar een hand uit?'

Ik wachtte.

'Ha. Je weet dat hij dat niet deed. Ze waren te bang – die brave christenen – dat die trieste, gescheiden, gevallen vrouw de zeden van hun dierbare kinderen zou bederven.'

'Van Papa?'

'Precies. Je zou gedacht hebben dat die arme vrouw aan lepra leed, zo liepen ze met een wijde boog om haar heen.'

'Maar je zei dat Grand-père haar teruggezien heeft.'

'Bij de begrafenis. De begrafenis! Ze was dood. Het geld van de LaBasses is wel of niet genoeg geweest voor een steen op haar graf, dat weet ik niet. Dat zou je je vader moeten vragen. Ze hebben misschien niets eens eeuwigdurende grafrechten gekocht, godnogaantoe. Niet dat het er nu toe doet, maar daar ligt ze, of haar botten liggen er, helemaal alleen op de begraafplaats in Tanger. Of ze zijn opgegraven en in zee gegooid om plaats te maken voor iemand anders. Niemand is er ooit heen gegaan om maar een bloemetje op haar graf te leggen.'

'Ik snap het.'

'Het is niet – dat is het niet. Uiteindelijk niet. Het is dat ze niets deden toen ze nog leefde. Ze deden alsof ze niet bestond.'

'Hoe weet je dat?'

'Dat heeft je vader me verteld. Het eerste wat hij over haar hoorde, was de begrafenis – hij zal wat jonger zijn geweest dan jij, misschien een jaar of negen, en zijn vader wipte even over naar Marokko. "Nooit geweten dat reizen zo gemakkelijk gaat," zei hij bij zijn terugkomst. "Het is helemaal niet ver. We moeten er een keer met vakantie gaan." Of iets dergelijks. Hij zei iets dergelijks.'

We waren allang klaar met schoonmaken en zaten te praten bij het fornuis, zij met haar rug tegen de koelkast. We hoorden de voetstappen van mijn vader in de gang, de eetkamer.

'Je praat er toch niet over met hem? Dat brengt hem alleen maar uit zijn doen. Misschien als je ouder bent, of wanneer – ik weet het niet.'

'Wat zitten jullie met zijn tweeën hier te doen?' vroeg mijn vader vanuit de deuropening. 'Luister, *chérie*, ik denk dat ik maar eens terug naar het hotel ga – alleen een paar stukken doornemen – dat vind je toch niet erg, hè?'

'Nee, natuurlijk. Doe maar. Natuurlijk.' Maar de gelaatstrekken van mijn moeder waren opnieuw verstard in wezenloze paniek, en haar vingers schoten over het kraakheldere aanrecht op zoek naar denkbeeldige kruimels. Ik kuste hen allebei en aangezien mijn vader me geen lift aanbood, ging ik te voet op weg naar mijn vrienden.

6

Ik kon voor mezelf niet uitmaken of mijn grootvader sentimenteel of harteloos was. Ik kon niet bepalen wiens versie de ware was. Ik kon me een voorstelling maken van de romantische jonge Jacques in Parijs, en van Jacques de rechtschapen katholiek en vader die zijn gezin beschermde, en ik kon me zelfs de kleine jongen voorstellen die zorgeloos speelde in de straten van Blida: maar ik kon deze beelden niet in één persoon, mijn grootvader, samenbrengen. En evenzo kon ik bijna een maand later niet zeggen wat ik voelde in de dagen die volgden op de schietpartij. Moest ik hem haten – hij had een afschuwelijke misdaad van razernij en onverschilligheid begaan, het zekerste teken van een gevoelloos hart – of moest ik van hem houden en medelijden met hem hebben, een gebroken en zieke man wiens ziel tijdelijk in de greep was geweest van een zelfvernietigende waanzin? Ik werd heen en weer geslingerd door deze extreme opvattingen; dat ze beide tegelijkertijd mogelijk zouden kunnen zijn, kwam nooit bij me op. Het was een kwestie van een kant kiezen en het daarop houden.

Mijn familie en mijn vrienden namen de beslissing voor mij. In de eerste nasleep van het 'Bellevue-incident' zoals de plaatselijke krant het noemde (met een vaag, tien jaar oud kiekje van mijn grootvader op de voorpagina, in kleding van eind jaren zeventig, met revers die doorliepen tot de zijkant van zijn lichaam en zijn gestreepte das zo dik als een vis) merkte ik dat mijn gewone leventje ernstig verstoord was. Dat gold ook voor het Bellevue Hotel, wat misschien erger was.

Cécile werd binnen vierentwintig uur ontslagen uit het ziekenhuis – haar rug was een ingewikkelde kaart van hechtingen en pleisters en hier en daar staken er nog splinters in waarvoor de artsen het geduld niet hadden gehad om ze weg te halen – en opgehaald door haar woedende ouders en mee teruggenomen naar Parijs, maar niet voordat deze een bezoek hadden gebracht aan de *préfecture* om een aanklacht in te dienen en daarmee zeker stelden dat ze terug zouden komen en er een proces zou komen. De kogel, die vastzat in de houten balustrade bij het zwembad, werd losgepeuterd door deskundige politieagenten, een karwei dat het zwemmen een dag onderbrak en waardoor, vanwege het fladderende plastic lint waarmee de plek werd afgezet, mijn vaste speelterrein in een pelgrimsoord voor plaatselijke bewoners veranderde. Ook Laure verdween zonder plichtplegingen: haar vader betaalde de rekening pas na het houden van een woedende toespraak tot de receptionist. De vader van Thierry – heen en weer geslingerd, zo leek het, tussen afgrijzen over de daad van zijn werkgever en plezier om het feit dat zijn afschuwelijke zoon, die geschokt was, maar niet noemenswaardig gewond, voor het eerst in jaren met harde hand het zwijgen was opgelegd – dacht er heel sterk over om ontslag te nemen, totdat mijn eigen vader met hem met een fles whisky om de tafel ging zitten en op de man af met hem praatte over de veranderingen die op til waren, waarbij er mogelijk ook een open chequeboek aan te pas kwam. De vader van Thierry bleef, en Thierry ook.

Niemand van het personeel nam trouwens ontslag: het was te laat in het seizoen om ander werk te zoeken, en mijn vader had ze met een plotseling gezag dat door niemand voor mogelijk was gehouden meteen de volgende ochtend bij elkaar geroepen; hij had over zijn vader gesproken met respect en spijt, alsof de oude man degene was geweest die gewond was geraakt, een dappere generaal die tot ontslagname gedwongen werd door een onvoorzienbare en tragische verwonding. Tegen mijn verwachting in keek mijn moeder niet handenwrijvend toe, maar bleef ze de ouders die haar aangenomen hadden trouw en bracht ze lange uren door in de afzondering van onze woonkamer met mijn grootmoeder, die geen traan stortte, en tante Marie, die uit Genève overgevlogen was, om de strategie te bespreken, hoe de stroom van boosaardige roddel het best gestopt kon worden en de familienaam gered kon worden. Zelfs Etienne leek de verhoogde spanning die er heerste, aan te voelen, hoewel dit bij hem niet leidde tot sobere grimassen, maar tot enge lachbuien op speciale momenten – wanneer hij in bad gedaan werd, of wanneer de zon onderging en mijn moeder, verwoed rokend, ijsberend door de gangen liep van het huis dat ze voor hem gebouwd hadden.

Maar het Bellevue Hotel had averij opgelopen. In dit drukste seizoen druppelden de gasten weg. Niet allemaal, maar genoeg om voorhoofden te doen fronsen en de last van kamermeisjes te verlichten. Tegen de wensen van zijn eigen vader in, stelde mijn vader zich te weer tegen opzeggingen door, voor het eerst in de geschiedenis van het hotel, een Duits reisgezelschap toe te laten, een groep die bestond uit identieke, lawaaiige echtparen van in de veertig en begin vijftig. Hun bleke en onvriendelijke kinderen namen het terrein, en met name het zwembad, over voor hun Germaanse spelletjes, waarbij ze met hun keelklanken tegen elkaar schreeuwden en – zoals wij dat ook, naar ik aanneem, gedaan hadden – zich klierig gedroegen. Maar ze zwommen 's avonds niet: mijn vader gaf opdracht om de lampen uit de onderwaterverlichting te halen en bij iedere ingang van het bad liet hij een lelijk bord plaatsen waarop de zwemtijden beperkt werden van zonsopgang tot 8 uur 's avonds.

7

Niet dat al die veranderingen voor mij veel uitmaakten. Vanaf de eerste keer dat ik na het gebeuren wakker werd, had ik een fobie voor de plaats van de misdaad. Ik kon mijzelf er niet toe brengen met mijn vader mee te gaan naar het hotel; en nadat mijn grootvader officieel gearresteerd was en op borgtocht was vrijgelaten en voor onbepaalde tijd zijn intrek genomen had in een van de logeerkamers aan het eind van de gang van mijn kamer om er te 'rusten' (gevreesd werd dat zijn aanwezigheid in het hotel, als die van een geest, slecht voor de klandizie zou zijn), merkte ik dat ik nog meer gebukt ging onder een schuldgevoel.

De eerste dag wachtte ik – naïef, zou ik later vinden – tot Marie-José zou bellen of langskomen. Ze was mijn beste vriendin. Ze wist niet dat ik onder haar voeten had liggen luisteren naar hoe het drama zich boven mij voltrok; ze zou, zo redeneerde ik, de eerste willen zijn om mij te vertellen hoe het echt gegaan was, wat ze allemaal gedacht en gevoeld hadden. Ze zou erom lachen. Wij zouden lachen – een ontsteld, gulzig lachen. Ze zou me willen overhalen haar kant te kiezen, de kant van de zwemmers, de kant van Cécile, waar ik hoorde.

Ze belde niet.

Toen ik die nacht niet kon slapen, bedacht ik dat Marie-Jo niet wist wat ze van mij moest denken; dat juist omdat ze niet wist dat ik erbij geweest was, en dacht dat ik daarom de lezing die de LaBasses van de gebeurtenissen gaven misschien wel zou geloven, ze vast zat te wachten tot ik zou bellen. Ik sprong die ochtend vroeg uit mijn bed en wilde heel graag alles uitleggen en goedmaken. Ik draaide – niet zonder schroom – precies om halfnegen het nummer. Ik stelde mij voor hoe mijn mooie vriendin zich als een kat uitrekte onder haar lakens en de roze telefoon naast haar bed pakte. Maar de telefoon ging maar één keer over, en aan de ander kant van de lijn klonk de stem van de moeder van Marie-Jo.

'O, Sagesse. Natuurlijk. Ik ben bang dat ze er niet is.'

'Ze is er niet?'

'Tennissen met haar vader, een vroeg partijtje. Ja, ze is er niet. Ik zal zeggen dat je gebeld hebt.'

Ik wist meteen dat het gelogen was. En toen ik bij het vallen van de avond, het tijdstip waarop onze groep altijd uit elkaar ging om naar huis te gaan, belde, kreeg ik van dezelfde blikken volwassen stem, waarin geen poging tot overtuiging klonk, te horen: 'Ik weet niet waar ze is. Het spijt me.'

Ik wachtte weer, anderhalve dag. In die anderhalve dag bezweek ik – mijn behoefte aan de zee was als aan een verdovend middel – en nam ik de bus naar het openbare strand. Ik zwom daar in mijn eentje te midden van luidruchtige groepjes kinderen en verstopte me als ik dacht dat ik mensen van school zag. Ik sleepte me daarna naar huis en probeerde het weer tegen het middaguur. Marie-Jo nam zelf op.

'O, jij bent het.'

'Ik heb je gebeld – misschien heeft je moeder het niet doorgegeven – een aantal keren.'

'Dat weet ik.'

'Gaat het goed met je?'

'Ik dacht het wel, Ja, wel goed.'

'Het hotel zie ik niet zo zitten, maar ik dacht dat – nou ja, we hebben zoveel te bepraten, Mijn grootvader, weet je – het is krankzinnig.'

'Ja.'

'Hoe is het bij jullie?'

'Wat zal ik zeggen? Luister, Sagesse, ik heb het nu echt druk. Lunch, begrijp je? Ik bel je nog wel, goed?'

Wat ze niet deed. Uiteindelijk hoorde ik – van Thibaud nota bene – dat Marie-Jo als getuige à charge zou moeten optreden in het proces tegen mijn grootvader. En daarom hadden zij en haar moeder besloten dat het het beste zou zijn als ze met mij niet zou spreken over de gebeurtenis, als ze helemaal niet met me zou spreken.

Als ik het nu beschrijf, lijkt het iets onbelangrijks. Maar voor de veertienjarige die ik toen was, was het een eerste verlies, een verraad dat ik mij niet had kunnen voorstellen, een radicale verandering in mijn leventje van alledag. Marie-Jo was immers niet weggegaan; ze was alleen van mij weggegaan. Ik wist dat haar vertiertjes een verloop hadden dat maar minimaal verschilde van daarvoor; maar door dat piepkleine verschil werden onze wegen bruut en definitief van elkaar gescheiden. Ik miste de gloed van haar huid, haar lach, haar schuine opmerkingen tussendoor, de muffe geur van het vloerkleed in haar slaapkamer. Ik zou in het openbaar een veroordeling hebben uitgesproken over mijn grootvader – die, onder de kalmeringsmiddelen, zo stil in de kamer verderop in de gang zat te lezen en te bidden, zonder zijn uitzicht op de zee, stiller dan Etienne, zo stil als was hij er niet – als ik daarmee mijn leven, en Marie-Jo, terug had gekregen. Maar samen hadden zij – hij (eenvoudig door zijn aanwezigheid) en zij (eenvoudig door haar afwezigheid) – voor mij gekozen aan welke kant ik stond.

Lange tijd hongerde ik letterlijk naar haar gezelschap: ik voelde hoe mijn verlangen calorieën verbrandde, mijn maag uitholde en aan de maagwand klauwde. Maar zo'n verlies kent een einde: we zijn niet gemaakt voor voortdurende en acute pijn, net zoals we verbazing of zelfs teleurstelling niet blijvend kunnen volhouden. Omdat we mensen zijn, vormen we littekens. En Marie-Jo zou net zo ver, net zo onkenbaar, gaan lijken als ieder ander. Toen ze, veel later, een poging deed onze vriendschap te herstellen, kon ik geen emotie voor haar opbrengen. Dit was een blijvende les in mijn grilligheid, mijn alleen zijn. Mettertijd zou ik het slechts gaan zien als een kwestie van het verfijnen van de overgang van de ene toestand naar de andere, van het deze overgang doeltreffender en minder pijnlijk maken.

Thibaud, zo bleek, was mijn onwaarschijnlijke redder. Hij belde nog diezelfde middag, na de lunch, van onze vroegere groep de enige met een helpende hand, of beter gezegd, stem. Onze moeizame vrijpartij onder het zwembad verbond ons wellicht op een manier die daarboven uitstak. Of misschien was het voor hem eenvoudigweg de wellustige kracht van een jongen in de puberteit.

De lunches in het huis van mijn ouders waren plotseling oneindig veel afschuwelijker geworden dan die in het hotel waaraan ik zo'n hekel had gehad. Mijn grootmoeder en mijn moeder werkten hun eten zwijgend naar binnen en wierpen af en toe betekenisvolle blikken naar het plafond; ergens daarboven at mijn grootvader zijn eten van een dienblad; en mijn dikke, dwaze tante Marie, met haar trillende onderkinnen en haar wangen rood van de winterkou, maakte tussen haar happen door opmerkingen die erger waren dan stilte. 'Etienne is nu zo'n grote jongen,' kon ze zeggen met een vals lachje naar mijn uitgemergelde broer met zijn grote hoofd. 'Hoe groot – of lang – of hoe moet ik het zeggen, is hij? Jullie houden dat toch zeker wel bij?' Of: 'Ik heb met de jongens gesproken' – haar inhalige zoontjes, Marc, Jean-Paul en Pierre, drie, vijf en zes jaar jonger dan ik, die thuis gebleven waren bij hun vader – 'en Jean-Paul wil heel graag dat ik u over zijn verzameling vuurvliegjes vertel, Maman. Hij breidt hem dagelijks uit. Hij wilde u er een stel in een potje sturen, maar ik heb tegen hem gezegd dat de insecten waarschijnlijk in de post zouden doodgaan.'

'Zeker.' Mijn grootmoeder was op haar stijfst tegenover haar dochter. Marie was de lieveling van mijn grootvader, maar mijn grootmoeder gaf de voorkeur aan Alexandre.

Boven en achter alles hing gedurende de hele maaltijd de aanwezigheid van mijn grootvader, die slechts fluisterend genoemd werd, of na gestamel of een nerveuze pauze. Behalve van de kant van tante Marie, die zich god-zijdank gedroeg alsof er niets aan de hand was en geregeld 'Papa' in haar leuterpraatjes betrok. Mijn eigen vader nam geen deel aan deze lunches: met al zijn dikdoenerij had hij ze misschien wat dragelijker kunnen maken. Terwijl 'het incident' zodanig zwaar op ieder ander drukte dat zelfs al onze bewegingen voorbeelden van beeldtrucage leken, maakte het in mijn vader een ijver, die bijna overdadig te noemen was, los die zijn stevige gestalte dag en nacht in touw hield, op vergaderingen, als opzichter en inspecteur, de stad in en weer uit in zijn glanzende BMW die het grind van onze oprit vaak pas deed opspatten wanneer de rest van ons in bed lag. Hij had zijn erfenis gekregen – wie weet voor hoelang, maar toch – en zijn gebaren, die altijd groots waren, dienden daarmee eindelijk een doel. Ergens en zonder dat hij het uitsprak was hij zijn eigen vader voor de eerste keer dankbaar. Geweerschot of niet, het werd onderhand tijd.

Dit enthousiasme werkte echter niet aanstekelijk en moest verborgen gehouden worden voor het stelletje treurende vrouwen die alleen maar de reputatie van de familie LaBasse in gevaar en de glorie van het Bellevue Hotel bedreigd zagen, om nog maar te zwijgen van het schrikbeeld van mijn grootvader die weigerde zich boven zijn vernedering te verheffen. Mijn grootmoeder moest hem die eerste tijd ertoe dwingen zich aan te kle-den en zich te scheren. Na het geweerschot hield hij er gewoon mee op, zoals dieren in ijskoud water ermee uitscheiden lang voordat zij sterven en van wie de levensfuncties flauwtjes en met tussenpozen voortkabbelen, die men dan ofwel langzaam opnieuw op krachten kan brengen ofwel helemaal uit kan laten doven.

Niemand van ons – zelfs mijn vroeger zo opstandige moeder niet – wilde dat het licht van mijn grootvader gewoonweg zou doven. Zonder zijn alles-bepalende aanwezigheid konden we ons geen voorstelling maken van onze levens, die slechts atomen waren geweest die om zijn leven draaiden. Zeker, onze emoties zaten uiterst ingewikkeld in elkaar, maar zelfs als je energie geheel op haat gericht is, is het tragisch als je haat zijn doel verliest. En zelfs bij mijn moeder was er geen sprake van pure haat.

8

In die eerste week bleek iedere lunch, iedere middag langzamer te verlopen en een grotere kwelling te zijn dan de vorige, en ik maakte dankbaar gebruik van Thibauds telefoontje ondanks de verwarring die bij mij bestond over ons afspraakje, en over hem. Hij dacht dat we konden afspreken in het hotel, maar daar zei ik nee tegen en stelde in plaats daarvan een café in de stad voor achter het hoofdpostkantoor, vlak naast de pornobioscoop, waar niemand die ik kende ooit heen zou gaan.

'Als misdadigers op de vlucht?' zei hij bij wijze van grap.

'Precies,' zei ik. 'Je hebt geen idee hoe het geweest is.'

We ontmoetten elkaar om vier uur, toen het in de stad nog rustig was, met degenen die werkten op hun kantoren en de bevrijde zomergasten aan het strand. In het café, tussen het handjevol schichtige mannen alleen en hoerige, dikwordende vrouwen, zag Thibaud er stralend uit met zijn glanzende zwarte krullen. Hij leek, net als mijn vader, gezonder en vrolijker door onze moeilijkheden.

'Je grootvader heeft dit keer echt iets moois uitgehaald,' zei hij, een klein espressolepeltje om zijn duim buigend. 'Dit waait niet over.'

'Vast niet. Leuk dat je het zo grappig vindt.'

'Hoe is het bij jullie thuis?'

Ik vertelde het hem, zo beknopt als ik kon, omdat ik er niet over wilde praten – of denken. 'Mijn broer vindt het vreselijk grappig,' zei ik. 'Net als jij. Hij heeft het beter dan wie ook opgevat.'

'Het is op een bepaalde manier ook grappig.'

'Niet voor Cécile. Niet voor het hotel. Of voor mijn grootvader.'

'Denk je dat hij de gevangenis in gaat?'

Ik haalde mijn schouders op. 'Maar vertel jij 's. Ik ben degene die in quarantaine zit. Wat zeggen ze? Hangen jullie nog met elkaar rond als groep? Hebben je ouders iets gezegd?'

'Mijn moeder was natuurlijk ontzet. Ze vond dat we meteen weg moesten. Maar ze voelde zich wat beter toen ik haar vertelde dat ik er niet bij geweest was.'

'Aha.'

'Ja, nou, opeens was het het probleem van iemand anders. En ze houdt van haar kamer en van het leven hier en van haar masseuse en al die dingen, en ik denk dat mijn vader haar heeft overgehaald. Hij zei dat hij niet wist of we op zo'n korte termijn een ander hotel konden vinden, en zeker niet voor die prijs, dus moesten we maar naar huis gaan als ze het zich zo aantrok. Nou, dat bleek ze toch maar niet te doen. Ze noemde Cécile zelfs "dat brutale meisje, wier moeder vals speelt bij het bridgen". Dus we blijven de komende tien dagen.'

'Je vader zat er niet mee?'

'Hij zei dat hij vond dat het tijd werd. Hij begreep niet waarom het ons niet eerder verboden was het zwembad voor onszelf te houden. Dat was de fout van de directie, zei hij, en dit was alleen maar het onvermijdelijke resultaat. Hij ging door over hoe vaak wij zijn zwemmiddag verpest hadden en zei, weet je, voor de grap, dat hij misschien wel hetzelfde gedaan zou hebben als hij een geweer bij de hand had gehad. Hij deed er tamelijk grappig over. Het kan hem eerlijk gezegd echt geen reet schelen.'

'Godzijdank is er iemand die er niet mee zit.'

'Maar hij vroeg wel naar jou. Hij zei dat het voor jou moeilijk moest zijn.'

'Maar hoe weet hij nou dat ik besta? Heb je hem verteld over...'

'Nee, nee. Maar hij is niet achterlijk.'

'En alle anderen?'

'De helft van de mensen is weg. Pats boem. In één klap. In het hotel is het griezelig stil, behalve dat je vader de hele tijd overal is, handen schuddend en welwillendheid kwekend. Het is bizar.'

'Dat kun je wel zeggen. Maar bijvoorbeeld Thierry of Marie-Jo – hoe zit het met hen?'

'Het is vreemd, weet je. Ik denk dat ze elkaar nog steeds ergens ontmoeten, maar mij vragen ze niet. Ik denk omdat ik geen deel uitmaak van het schietschijfclubje. Ik kwam gisteren Thierry tegen en hij heeft dat verband om zijn arm – het is echt niks – en hij was best wel vriendelijk, maar hij deed nogal geheimzinnig. Hij zei dat hij niet mocht zwemmen tot zijn arm genezen was, en dat hij niet kan tennissen en dat hij van de gelegenheid gebruik maakt om zijn huiswerk voor de zomerschool te maken. Maar hij had haast om ergens heen te gaan en toen ik zei "Ben je vanavond bij de boom?" keek hij me aan alsof ik gek was. Ik heb de anderen van jouw groep, die lui die het hele jaar hier zijn, niet gezien. De rest van ons, de gasten die gebleven zijn, wij zwemmen nu allemaal als volwassenen, in ons eentje, en gaan daarna naar ons eigen hoekje. Het is hier anders nu. Ik vind het niet zo erg. Het zijn toch meestal klootzakken. Maar ik wilde jou zien.'

'En Marie-Jo?'

'Geen spoor. Maar ik heb zo het gevoel dat ze strijdlustig is, afgaande op wat Thierry zei.'

'Wat bedoel je daar precies mee?'

'Iets met een petitie. Ze wil dat het voor je grootvader onmogelijk wordt om het hotel te runnen.'

'Maar hij runt het hotel niet. Ik betwijfel of hij dat ooit nog zal doen. En hij gaat waarschijnlijk toch naar de gevangenis. Dat is krankzinnig.'

'Het houdt haar bezig. Ik zou er maar niet over in zitten. Je hebt niet met haar gesproken?'

'Eigenlijk heeft ze de hoorn op de haak gegooid. Ik heb niemand gezien sinds die avond.'

'Alleen mij dus?'

Ik probeerde een blij gezicht te trekken. 'Zeg, die avond, hè?'

Thibaud fronste zijn voorhoofd. 'Wat is daarmee?'

'Niks.'

'Zullen we een eindje gaan lopen? Het is hier griezelig.'

We wandelden naar de haven, door de stoffige straten. Hij sloeg zijn arm om me heen en stopte daarbij zijn vingers in mijn spijkerbroek; hij frommelde wat aan de onderkant van mijn T-shirt tot hij mijn huid gevonden had, die hij onder het lopen zachtjes streelde. Een prestatie van coördinatie, zoiets als een tikje op je hoofd geven en tegelijkertijd je buik krabben. Ik had het te warm, zo dicht tegen hem aan gedrukt, en ik ervoer iedere stap, die wel tegelijk met hem gezet moest worden, als een inspanning, maar ik trok me niet terug. Dat kon ik me niet veroorloven.

Aan de kade gingen mensen in groten getale van de veerboten en rond-vaartboten af, en er gingen nieuwe aan boord: oude vrouwen met zonne-hoeden en strooien mandjes, gezinnen in korte broek en met zonnebrillen op, een paar zakenlieden die er verfomfaaid en vol zorgen uitzagen, vroeg op weg naar huis. De boten aan hun meertouwen deinden bonkend met de golfslag mee, en meeuwen stapten rond op het trottoir, waar ze af en toe bleven staan om met hun snavels naar kruimels en weggegooide frites te pikken. Er stond een bries en de wind, die slechts een van de geluiden in het gedruis was, trok aan de rekken met T-shirts en de kleine diervormige boei-en die vóór de winkels te koop waren. Enkele matrozen kwamen langs gepa-radeerd in uniform. De obers in de cafés leunden voorover in een identieke houding, met de armen over elkaar, en ze keken naar het gebeuren met een vermoeide blik. Uit de kinderdraaimolen aan het eind van de pier klonk een vreselijk rammelend deuntje terwijl de paar kleine klanten in rustige rond-jes ronddraaiden – op een paard, in een auto, of in miniatuurvliegtuigjes die zoemend en op de maat van de muziek een halve meter omhoog en omlaag en weer omhoog gingen – terwijl de ouders, meestal moeders, toekeken en zwaaiden. De hemel was heel lichtblauw, en het olieachtige water in de haven had een duisterzwarte kleur, met schuim en afval aan de randen.

We wandelden, net als andere zomerpaartjes, net als we die avond nog niet zo lang geleden aan het strand gedaan hadden. Toen had ik me verwonderd bij de gedachte hoe we net als zij waren; nu speelde het voortdurend door mijn hoofd hoe anders we waren. Ik was het kleinkind van een bijna-moordenaar. De meeste mensen om ons heen, zo niet alle, hadden zijn foto in de krant gezien en gelezen over zijn misdaad. Ik stelde me voor dat ze zich zouden omdraaien en naar me wijzen, naar me zouden roepen, me achterna zouden zitten, die grote menigte met al die verschillende mensen verenigd in een geest van vijandigheid. Maar toen ik me omdraaide om naar Thibaud te gluren, glimlachte hij, zijn tanden vrij in het zonlicht, en hij boog zich en kuste me op de lippen alsof ik iemand anders was.

9

Tien dagen lang deed ik, als ik bij Thibaud was, alsof ik iemand anders was. Niet een kind van de familie LaBasse, niet gevangen in de fluisterende onbehaaglijkheid van het huis van mijn ouders. Mijn ouders, zo leek het, waren te zeer bezig met hun poging ervoor te zorgen dat ons leven niet geheel en al instortte om zich zorgen om mij te willen maken. Mijn groot-moeder en mijn tante – die maar vijf dagen bleef voordat ze terugging naar haar door insecten gefascineerde kinderen en hun vervelende vader in Genève – probeerden de hele tijd mijn grootvader uit zijn sombere stem-ming te halen, en zelfs mijn broer werd aan de zijlijn gezet, en geheel over-gelaten aan de zorg van zijn verpleegster, wat hij helemaal niet leuk vond: hij protesteerde luid en werd midden in de nacht wakker en jammerde dan treurig, als een vos, in de kamer naast de mijne, waar ik hem vasthield en voor hem zong tot hij weer in slaap viel, met zuigende geluidjes en met zijn haar vochtig tegen zijn voorhoofd.

Thibaud en ik zaten 's middags in de bijna lege bioscopen met aircondi-tioning en we ademden er de bedompte lucht in, hielden elkaars klamme handen vast en kusten elkaar; of we namen de veerboot naar de overkant van de baai en wandelden langs de kust en deden net of we in een ander land waren. Op een dag huurden we bij het strand een zeilbootje en gingen we ermee varen langs de inhammen en baaien van de kust, maar onze boot kreeg bijna sneller water binnen dan ik kon hozen, en meteen al in het be-gin werd ik flink op mijn achterhoofd geraakt door de onhandelbare giek, en onze picknickboterhammen belandden in het zoute water aan onze voe-ten, waar ze uit elkaar vielen. Op weg naar huis stak de wind op en we kwa-men steeds dichter in de buurt van een stilliggend vliegdekschip, uit de dolboorden waarvan urineachtige watervallen kwamen en waarvan de bemanning – heel klein – op het dek rondscharrelde. Thibaud vond het leuk, en ik was doodsbang, tot ik er ten slotte mee ophield als een bezetene te hozen en wegkroop in de achtersteven van ons bootje om er te gaan zitten huilen, terwijl hij ons – niet zonder moeite – teruggloodste naar de jachthaven.

Toen we eenmaal op het strand waren, gaf ik me helemaal over aan mijn verdriet, waarover Thibaud zich aanvankelijk verbaasd toonde en daarna lichtelijk gegeneerd en geërgerd.

'We hebben het gered,' zei hij. 'Het was leuk. Maar ik sterf van de honger. Jij niet?'

'Maar het is niet alleen dit. Het is gewoon alles. Vandaag, het is net als de rest. Het is allemaal waardeloos.'

Ik verborg mijn hoofd tussen mijn knieën, met over mijn hele lijf zand en zout, en huilde een tijdje zoute, zanderige tranen. Ik wachtte tot zijn arm, zoals zo vaak, om mijn schouders zou glijden, bezitterig, zweterig, niet helemaal aangenaam, en toch wilde ik het. Maar de aanraking kwam niet, en toen ik, knipperend in het namiddaglicht, opkeek, was Thibaud weg.

Ik hield meteen op met huilen, gedeeltelijk uit boosheid en gedeeltelijk omdat ik wist dat niets er dwazer uitzag dan een meisje alleen, in het openbaar en op klaarlichte dag, met een gezicht als dat van een verzopen kat. Ik wist niet wat ik moest doen en had niet de energie om me te bewegen, en hoewel ik woedend was, leek het tegelijk logisch dat ook Thibaud mij in de steek zou laten, lelijke paria met Medusahaar die ik was – tot hij opeens verderop aan het strand verscheen, stralend als altijd, zijn mond volgepropt met een wafel met een dikke laag *chantilly* en in zijn hand een tweede, verpakt in vetvrij papier, voor mij.

Thibaud ging heimelijk en met overgave te werk, en ik vond alles goed, en we slaagden er ook in elkaar een aantal malen 's avonds te ontmoeten, in de schaduw van het fort tussen het hotel en mijn huis, gedurende een uur of twee die ik van mijn in verwarring verkerende familie met slappe smoezen los wist te krijgen. We klommen over de schutting van tuinen van villa's waarvan de eigenaren weg waren en lagen daar onder de bomen, iedere avond opnieuw in elkaar verstrengeld. Ik was er dan voortdurend op bedacht dat mijn spijkerbroek niet naar beneden ging, hoe vaak hij ook met zijn vingers naar binnen ging om me open te krijgen. Altijd was ik het die uiteindelijk Thibaud bij zijn pols pakte en de lichtgevende wijzerplaat van zijn horloge naar boven draaide en dan met overdreven schrik vaststelde dat het al zo laat was. Hij had deze heimelijke omarmingen eeuwig kunnen voortzetten. Ook ik merkte dat in het ritme van ons kussen de tijd met onaardse snelheid leek weg te sijpelen. Ik vroeg me nooit af of ik ervan genoot: het was mijn geschenk aan Thibaud, de prijs die ik betaalde voor zijn gezelschap. Maar ik genoot er wel degelijk van. Ik snakte ernaar, ook al joeg het me angst aan en verveelde het me soms, net zo goed als ik snakte naar de benauwende druk van zijn arm om heen; en iedere avond wanneer we afscheid namen, voelde het aan alsof ik viel, alsof ik wegviel van mezelf en terugviel in een plek waar ik niet bestond. Tijdens mijn wandeling naar huis telde ik de dagen die ons restten, en terwijl het er steeds minder werden, werd ik me bewust van een gevoel als van duizeligheid, een geluid in mijn hoofd als van de zwiepende wind. Ik wist niet wat ik zou doen als hij wegging, met nog vijf lege zomerweken voor de boeg.

In die dagen, doortrokken als ze waren van wanhoop, zo precies getekend als een schilderij in een lijst omdat we wisten – omdat ik wist – dat er zo gauw een einde aan zou komen, dat het een verhaal was, niet het echte leven; in die dagen duwde ik mijn familie naar de rand van mijn gezichtsveld, zodat ze slechts wazige beelden waren die daar onafgemaakt zweefden; en ik dacht dat zij met mij hetzelfde deden. Maar zij waren ouders en ik een kind, en hoewel zij er uiterlijk geen blijk van hadden gegeven, waren ze al die tijd bezig een weg voor mij te bereiden.

10

Op de zondag voor Thibauds vertrek keerde mijn familie – na dit de week ervoor overgeslagen te hebben – terug naar het rituel van godsdienstige devotie: we gingen naar de mis. Mijn moeder haalde zelfs mijn vader over om te gaan en we namen mijn grootmoeder mee. Mijn grootvader bleef in zijn kamer in ons huis, om naar de dienst te kijken op zijn eigen televisie (in die dagen zijn enige verbinding met de wereld) en hij stond toe dat Etienne naar binnen gereden werd en naast hem werd neergezet. Ik vreesde het bezoek aan de kerk: de dappere glimlachjes, de verholen nieuwsgierigheid en boosaardigheid van de andere parochianen, de genadiglijke bezorgdheid van de pastoor, die de hand van mijn grootmoeder tussen zijn vlezige handpalmen nam en haar op haar voorhoofd kuste (op een bruine vlek, zag ik) en fluisterde: 'De Heer stelt ons op de proef. Hij stelt ons geloof op de proef.'

Ik, die gewoonlijk genoot van het bezoek aan de kerk – een jaar of twee eerder had ik een hele winter lang serieus de mogelijkheid overwogen dat ik misschien wel een roeping had – haatte iedere seconde van die zondag. Ik zat er niet mee dat God – die ik me voorstelde als goedertieren – van onze problemen afwist, of dat de pastoor – aan wie ik een hekel had vanwege zijn kleverige kaalheid – dat ook deed; maar dat hij daar op de kerktrap erover sprak, dat ieder ander om ons heen het wist (ja, daar was Thierry, vooraan, die door de zijdeur naar buiten glipte zodat hij niet met mij hoefde te praten), dat ze over ons spraken tijdens hun driegangenlunches of aan de telefoon ('Ze waren er allemaal behalve híj. Nou ja, hij zou toch niet het lef hebben?'), dat ze ons stiekem bestudeerden vanonder hun van medeleven gerimpelde voorhoofden ('Hooghartig als altijd, dat oude secreet. Je zou denken dat dit haar een toontje lager zou doen zingen – maar nee hoor!'). Mijn moeder vond het ook vreselijk, dat kon ik zien: haar gezicht was verstard in een masker van angst dat helaas meer leek op afkeer. Haar voorhoofd en kin zweetten door de make-up heen en ze veegde ze regelmatig af met een zakdoekje waaraan kantjes zaten.

Maar we doorstonden het en we ontsnapten (in zo'n rustig en sociaal aanvaardbaar tempo dat niemand geraden zou hebben dat het een ontsnapping was) naar de afzondering en de airconditioning van mijn vaders auto.

'Het viel wel mee, hè?' zei mijn vader, proberend ons dat te laten beamen, en hij stak zijn hand uit om mijn moeder een vriendelijk klopje op haar hand te geven.

'Het was afgrijselijk,' siste mijn moeder binnensmonds naar mij op de achterbank.

'Volgende week zorg ik dat Jacques meegaat,' zei mijn grootmoeder. 'We moeten ons erover heen zetten. Hij moet gezien worden. Hij is tenslotte geen misdadiger.'

O nee? vroeg mijn blik aan mijn moeder. Ze fronste haar voorhoofd.

'Alleen als Papa er klaar voor is,' zei mijn vader met het gezag dat hij zo kort geleden verworven had. Hij reed de auto soepel achteruit en stopte even om te knikken en te glimlachen naar een echtpaar uit de kerk. 'Het komt allemaal goed. De opwinding zal bedaren.'

'Het is je vader over wie ik in zit. Niet over hen,' smaalde mijn grootmoeder. 'Die mensen – met een paar uitzonderingen – hebben nooit iets voor ons gedaan. Hij moet beseffen dat zij er niet toe doen.'

'Dat weet hij toch zeker wel,' zei mijn moeder, een onzichtbaar vuiltje van haar blouse vegend. 'Wat hem dwarszit, zijn toch zeker niet andere mensen. Het is dat hij iets gedaan heeft waarvan hij nooit gedacht had dat hij dat kon doen. Het is de confrontatie met zichzelf die het probleem is. Ja toch zeker?'

Mijn grootmoeder noch mijn vader zei een ogenblik lang iets en toen zei mijn vader alsof het om een grap ging: 'Maar dat is toch het hele leven? Verrast worden door onaangename waarheden. Je moet gewoon weer zien dat je in het zadel komt.'

'Hij zat niet fout,' merkte mijn grootmoeder op. 'Hij was heel moe. Overwerkt. Dat is alles.'

'Lunch?' zei mijn vader.

Tijdens die maaltijd – we reden dertig kilometer landinwaarts naar een kasteelachtig dorp op een heuvel, waar de restauranttafels, onder hun paarsrode parasols, bezet waren door buitenlanders: we hadden even genoeg van het bekende – ontvouwden mijn ouders hun plan voor mij.

'Het duurt nog vijf weken voordat de school begint,' zei mijn vader, spelend met zijn mes en vork.

'Weet ik.'

'En ons leven is... verstoord. Dat van jou ook. Je speelt op het ogenblik niet met je vrienden...'

'We "spelen" niet. Ik ben geen vijf.'

'Je gaat niet naar het hotel,' zei mijn vader, met zijn blik op mij gericht. 'Je zwerft door de stad. En die jongen op wie je zo gesteld bent, vertrekt binnenkort.'

'Godzijdank,' zei mijn moeder. Mijn grootmoeder keek strak naar haar meloen, haar lippen tuitend ten teken van afkeer.

'Wat ik bedoel is... ' Mijn moeder deed opeens heel erg haar best om mij aan hun kant te houden. 'Je bent te jong voor – voor verbintenissen. Ik weet dat dit moeilijk voor je geweest is, maar...'

'Niet moeilijker dan voor jullie.'

'Wat je moeder probeert te zeggen is dat we dachten dat het misschien goed voor je zou zijn om een tijdje weg te gaan. Tot alles tot rust gekomen is.'

Ik trok een lelijk gezicht. 'Zomerkamp, Maman? Ga je doen wat je altijd hebt willen doen en me naar een zomerkamp sturen?'

'Wat zou je zeggen van Amerika?' zei mijn vader. 'Zou dat niet leuk zijn?'

'O ja?'

'Ik heb met je tante Eleanor gesproken,' zei mijn moeder, 'en zij stelde het feitelijk voor.'

'Tante Eleanor? Jezus.'

'Sagesse.' (Mijn vader.)

'Sorry. Het is alleen... het gaat niet om haar. Het gaat alleen om Becky en Rachel.'

'Je hebt ze in vijf jaar niet gezien.' (Mijn moeder.)

91

'Ik heb genoeg van ze gezien om te weten dat ik ze niet mag.'

'Mensen veranderen,' zei mijn moeder.

'Precies,' zei mijn grootmoeder, die tot dusver niet had gesproken. 'Je ouders denken dat het goed voor je zou zijn. Een paar weken. En dan gaat het gewone leven weer beginnen, en zal alles weer goed zijn.' Ze sneed op resolute wijze een schijf meloen af, prikte er plakje ham aan en stak het geheel met haar unieke precisie in haar mond. En het leek alsof er niets meer te zeggen viel.

11

Ik had strijd kunnen leveren. Net als mijn vader, toen hij nauwelijks ouder was dan ik, gedaan had met zijn eigen vader in Algiers; ik had me schrap kunnen zetten en kunnen schreeuwen en nee kunnen zeggen. Maar ik zag de zin er niet van in. Ik kreeg een ontsnapping aangeboden. En als ik terug-kwam – dat beloofden ze – zou alles weer normaal zijn.

De ochtend dat Thibaud zou vertrekken, ontmoetten we elkaar bij het fort en liepen we een rondje langs de lager gelegen borstwering. We konden in de hoogte achter ons de rekruten horen die in het gelid liepen te exerce-ren. We leunden tegen de borsthoge stenen muur en keken uit over de zee. Het bewuste vliegdekschip – Amerikaans natuurlijk – lag nog steeds zonder in actie te komen bij de ingang van de haven, en de kleine bemanningsleden waren onzichtbaar in de ochtendnevel. Thibaud sloeg zijn armen om me heen, en ik voelde me alsof ik ergens hoog zweefde, tussen de exercerende soldaten, en neerkeek op het paar dat wij vormden. Een Franse vlag wapper-de allerlei kanten uit. Onze woorden leken als uit het hoofd geleerde regels.

'Je komt me in de herfst in Parijs opzoeken,' zei hij. Ik glimlachte. 'En volgende zomer zijn we weer terug.' Ik geloofde op dat moment niet in de volgende zomer. 'Misschien kan ik mijn ouders overhalen om met de Kerst te komen. Misschien kan ik alleen komen.'

Ik speelde met de knopen van zijn korenbloemblauwe overhemd. Hij was veel te chic gekleed voor de snelweg, de rit naar huis.

'Zul je me schrijven vanuit Amerika?'

'Natuurlijk.'

'Ik hou van je, weet je.'

Ik keek naar hem, niet in staat te geloven dat hij het gezegd had. Ik voel-de een overweldigende aandrang om te gaan giechelen. Ik wist dat er een antwoord werd verwacht en ook dat ik mezelf er niet toe kon brengen die woorden te vormen. 'Ik ook van jou,' zei ik.

Hij kuste me; ik hield van zijn geur, ik hield van de lijn van zijn rug onder zijn kleren, ik hield van de lichte, zachte ruwheid van zijn puberhuid. Maar ik had niet met enige zekerheid kunnen zeggen dat ik van hém hield.

'Ik zal je missen.'

'Ik jou ook.'

We kusten weer, onze tongen dansend in de tunnel die onze gezamenlijke monden vormden. Iemand boven ons floot goedkeurend.

'Ik kan beter gaan,' zei Thibaud. Hij keek op zijn horloge en hield daarbij zijn pols met zijn andere hand vast. Mijn gebaar.

'Ja. Dat is beter.'

'Alles komt goed, weet je.'

'Ja natuurlijk.'

Toen we afscheid namen, gaf hij me een envelop, met mijn naam erop in zijn puntige handschrift en onderstreept.

'Pas openmaken als je in het vliegtuig zit.'

'Dat duurt nog dagen.'

'O. Nou, je ziet maar. Maar pas later. Veel later.'

'Is het een brief?'

'Wat zou het anders zijn?'

'Ik zal wachten.'

12

Ik legde de envelop met mijn ticket en paspoort en de reischeques die mijn vader me gaf op het heilige stapeltje van de dingen die absoluut nodig waren. Ik stelde me vaak de inhoud ervan voor tijdens de laatste paar dagen thuis. Terwijl ik Etienne in zijn rolstoel de oprijlaan afreed en met hem eropuit trok (vroeger had ik dit veel vaker gedaan; ik deed het nog steeds in de laagseizoenen, wanneer de roep van de buitenwereld minder verlokkend was) vertelde ik hem honderduit over alle waarheden waarvan ik dacht dat Thibaud ze misschien op papier had gezet. Ik had nooit eerder een liefdesbrief ontvangen. Misschien, zo vertelde ik mijn vastgesnoerde broer, bevatten deze regels een loflied op mijn ledematen, de glans van mijn haar, de gebogen lijn van mijn lippen. Misschien biechtte Thibaud iets op over de duur van zijn hartstocht, ofwel terug in het verleden ('Ik heb altijd van verre van je gehouden, sinds ik voor het eerst jaren geleden het Bellevue Hotel binnenstapte') of naar de toekomst toe ('We gaan trouwen. Kun je op me wachten? Ben jij er net zo zeker van als ik? Dat moet!'). Zeker van niets, verlangde ik, eiste ik Thibauds geruststellende zekerheid. Daarmee – hoewel de inhoud ervan alleen nog maar in mijn verbeelding bestond – kon ik trots zijn: ik had een vriendje dat van me hield, ondanks of vanwege of tegelijk met mijn vreselijke familie.

Ik wilde niet dat Etienne jaloers was (ik kon hem niet beloven dat de 'liefde', als een vliegtuig, hem ooit buiten het bereik van onze geschiedenis zou meenemen), maar ik zat er ook niet zo erg mee dat ik het hem niet vertelde. Of misschien was het zo dat ik, ondanks alles wat ik beweerde, niet krachtig genoeg geloofde in het bestaan van zijn opgesloten geest en, net als iedereen, aannam dat hij het niet begreep.

Wat het ook was wat ik wilde dat er in Thibauds dichtgeplakte envelop stond, het had tot doel mijzelf te leren kennen. Mijn reactie op zijn serenade – mijn reactie zou mij vertellen wie ik was of waar ik was, en wat mijn gevoelens voor Thibaud waren (ik miste hem, heel erg; maar ik miste Marie-Jo ook, en misschien nog meer), en daarom betastte ik iedere avond de roomkleurige envelop en kuste deze voor ik ging slapen, zodat hij tegen de tijd dat ik zelf op reis ging niet langer kraaknieuw was in mijn nieuwe handtas, en de inkt ervan lichtelijk gevlekt was door mijn vochtige strelingen.

------ **13**

Ik was officieel een minderjarige die zonder begeleiding reisde, maar oud genoeg om te protesteren tegen het vernederende plastic bordje dat dat feit vermeldde. Ik vloog vanaf het vliegveld bij Nice naar Parijs, zenuwachtig voor het vliegen en voor de kilometers die zich uitstrekten tussen mij en alles wat ik wist. Ik zag hoe de zee en daarna de bergen onder ons kleiner werden toen het vliegtuig terugcirkelde over land en koers zette naar het noorden. De stewardess zorgde, zoals beloofd, speciaal voor mij; haar geschilderde glimlach was bijzonder breed toen ze me sinaasappelsap en een zakje nootjes aanbood. Ik voelde me als mijn broer, ongeschikt voor de wereld, en toonde mijn verzet door te weigeren te glimlachen. Ik deed net of ik las of sliep.

Terwijl ik in een van de met muzak gevulde ruimtes van Roissy zat te wachten op de vlucht naar Boston, mijn vingers vettig van kranten en chips en de rubberen, muffe lucht van vliegtuigen al in mijn huid en kleren, speelde ik met Thibauds envelop. Ik speelde ook met de gedachte hem te bellen (hij was hier, in Parijs!) en zocht naar een munt en zijn nummer en toen, bij de gedachte aan zijn moeder met het auberginekleurige haar (wie anders zou er thuis zijn om drie uur 's middags), liep ik maar weer terug naar mijn zitplaats.

Pas in de brede anonimiteit van de 747 – met een moeder en haar baby moeizaam gezeten in de stoel naast mij en terwijl het vliegtuig tussen de bobbelige donswolken omhoogschoot – pas toen, voordat de grijnzende stewardess (een nieuwe natuurlijk) met haar wagentje met drank met pijnlijke bezorgdheid op me af kon komen, voordat ik kramp in mijn benen kreeg van het stilzitten en voordat mijn verhulde ergernis over de baby, de moeder, de stewardess, over de vreselijke film die gauw vertoond zou worden, over het plastic bordje met het plastic voedsel, over mijn ouders, mijn verwende Amerikaanse nichten en hun afgrijselijk opgewekte moeder, mijn tante, over alles wat achter me lag en nog zou komen en over mijn symbolisch ongemak van dit moment er nog bovenop, voordat dit alles tot een uitbarsting kwam en Thibauds brief volledig bedierf – pas toen leek het dan eindelijk het juiste moment om hem open te maken.

Mijn wijsvinger wrong zich tussen de driehoek met de plakgom – de huid van mijn vinger op zoek naar de weg die Thibauds tong gegaan was – en maakte deze met zijn speeksel dichtgeplakte driehoek open. Het ging gemakkelijk. De stevige envelop scheurde niet. Het ene, opgevouwen vierkante velletje papier dat erin zat, was dun en nieuw. Het leek nog dunner dan de opzichtige voering van de envelop. Aangetrokken door het geritsel, stak de baby naast me een kleverig vuistje uit en ik schoof weg, schoof mijn lichaam en Thibauds wapperende blaadje papier naar de hoek van mijn stoel aan het gangpad. De stewardess stootte met haar achterste tegen mijn elleboog: ze sleepte haar vermaledijde wagentje naar voren. Ik zat voorin. Ik had beter moeten weten dan op dat moment Thibauds brief te willen lezen. Het moment, het moment waarop het kon, was voorbij. Maar vastbesloten vouwde ik de bladzijde waarop ik met zo veel spanning gewacht had open.

Drie woorden. 'Je t'aime, Sagesse.' Dat was alles wat er stond. Ik draaide het papier om. Ik zocht naar meer inkt, maar die was er niet. Hij had er niet eens zijn naam onder gezet. Ik had antwoorden verwacht; ik zou er geen krijgen. Ik stopte het velletje terug in zijn omhulsel, me er te laat van bewust dat ik hardop sprak. Ik zei: 'Klote, zeg, waardeloos.' De stewardess, de moeder, de baby deinsden verbijsterd terug.

'Sinaasappelsap, graag,' zei ik.

3 ———

1 ————

De aangetrouwde oudtante van mijn grootvader, Tata Christine, was iemand die in haar eentje reizen maakte. Ze was niet een van die betoverend mooie avonturiersters met wapperende sjaals van chiffon die naar verre paleizen gaan, maar ze was klein en dik als een appelvrouwtjespop, met onderarmen vol aderen en kromme benen die ze verborgen hield onder een wijde zwarte jurk, altijd dezelfde zwarte jurk die ze droeg tot hij op was en de naden erdoor kwamen. Dan telde ze exact het aantal munten uit haar portemonnee neer en kocht ze precies zo veel meter van dezelfde zwarte stof als ze nodig had en maakte ze de jurk opnieuw.

Op de twee foto's die ik van haar ken, houdt ze haar handen tegen haar ribben gedrukt, als om zich in te snoeren, en loopt er door haar haar, dat in een onzichtbare knot is gedraaid, een scheiding die met militaire precisie over het midden van haar hoofdhuid is getrokken. In de tijd dat de foto's werden genomen, toen mijn grootvader nog klein was, had ze niet veel haar meer, en de staalgrijze haren aan de twee kanten zijn van elkaar gescheiden door een enorm brede scheiding, die als een pijpleiding over haar hoofd ligt. Ze glimlacht niet, maar dat ze op haar leeftijd nog maar weinig tanden over heeft, is duidelijk door haar ingevallen mond. Het geeft een vrolijk effect, alsof ze glimlacht in weerwil van zichzelf.

Ze moet ooit jong geweest zijn, elegant in haar opbollende mousseline en met krullend haar, knipogend en giechelend met de handarbeiders en kuipers van haar geboortedorp in Bretagne. Net als ieder ander heeft ze een jeugd gehad, en een tijd waarin ze een jonge vrouw is geweest. Maar ze is gedurende zo'n groot deel van haar lange leven oud en alleen, onvervaard oud en alleen geweest dat het voor mij onmogelijk is mij haar anders voor te stellen.

De Fransen maakten in 1830 aanspraak op Algerije en vanaf ongeveer

1845 – het jaar waarin Tata Christine geboren werd – vestigden zich er *colons*, maar tijdens haar hele jeugd was het een woestenij met wilde dieren en hevige koortsen, een mythische donkere kust, waar het risico van een snelle dood zwaarder woog dan bijna alle vooruitzichten. Als ik Tata Christine was geweest, zou ik gewoon nee gezegd hebben toen mijn kersverse echtgenoot – Charles, die bij de politie was en daar een goede baan had – voorstelde om te emigreren. Of misschien niet: misschien was er geen sprake van mousseline, misschien was er geen krullend haar en werd er niet geflirt. Misschien hadden de vage omtrekken van Noord-Afrika, ondanks alle verschrikkingen, wel een aantrekkelijker vorm dan de bekende bomen en valleien en paden van haar kindertijd.

Mijn overovergrootvader Auguste was degene die met het plan kwam. Hij was de oudere broer van Charles, een kuiper met een donkere gelaatskleur, voor wie de toekomst in Bretagne vastlag in het weken en in de vorm slaan van ijzeren hoepels en houten duigen. Toen hij hoorde dat er land weggegeven werd – een stuk grond voor iedereen die boer wilde worden – gooide hij zijn gereedschap neer en smeet hij zijn leren voorschoot van zich af en bewerkte hij met de bekeringsijver van een lid van een evangelische sekte zijn eigen verbijsterde vrouw Anne en zijn broer en de jonge Christine, die nog maar net twintig was, net zo lang tot ze ermee instemden om met hem mee te gaan.

Hun reis was niet, zoals die van mij, een kwestie van zeven uur, een vervelende baby en koptelefoons die het niet deden. De vier volwassenen trokken samen met de eerste twee kinderen van Auguste en Anne, van wie er een nog aan de borst was, te voet naar Marseille, met hun potten en pannen en hun dekens en wat ze aan kostbaarheden uit hun huis konden meenemen op een stel treurig kijkende ezels gepakt. Het gezelschap sliep in de open lucht, of kreeg onderdak in schuren van vriendelijke boeren. Ze aten slecht, kregen blaren en liepen steeds maar verder. In Marseille drongen ze zich aan boord van een wrak schip, waar ze opeengepakt stonden met andere hoopvolle reizigers, en ze moesten de hele overtocht lang overgeven.

Toen kwamen ze in het meedogenloze licht van Afrika. Hun lapjes grond waren moerassig in de winter en verdroogd in de zomer; het gebied was lang het domein geweest van wraakzuchtige beesten – van de muskiet tot de jakhals – die niet van zins waren het te verlaten. Ook de inlandse bevolking, gehuld in onbegrijpelijke gewaden, die hen van een afstandje kwam aangapen, bekeek de nieuwkomers met minachting en woede. Er was toen nog steeds oorlog tussen het Franse leger en de opstandige stammen van Algerije; wreedheid en haatdragendheid werden gezaaid, die pas veel later hun bitterste vruchten zouden afwerpen. De *colons* gingen in groepjes op omheinde erven wonen en hielden hun deuren op slot tegen de omgeving en zagen het aanbreken van de nieuwe dag met angst en beven tegemoet.

Ik stel me zo voor dat Tata Christine toen niet langer meer jong was. Maar misschien niet. Met uitzondering van de baby van Anne overleefden ze immers allemaal het eerste jaar. Ze leerden om het land te bewerken door het land te bewerken, te schieten door te schieten. Ze maakten fouten. Als ze vroeger al gebeden hadden, baden ze nu veel vaker; hun gesprekken met God waren ongekunsteld, constant, onmisbaar. Ze bouwden een soort leven op. Mijn overgrootvader werd geboren, en twee zussen, van wie de laatste het leven van Anne nam in ruil voor haar eigen leven. Christine bracht hen allemaal ter wereld, hoewel God haar geen eigen kinderen schonk, en zo vond ze haar beroep: dat van vroedvrouw, *sage-femme*.

Charles stierf op tweeënveertigjarige leeftijd. Hij was misschien toch wel gestorven, als hij zijn ronde was blijven lopen langs de straten en cafés van zijn geboortestad, maar hij werd het slachtoffer van malaria, een typisch Afrikaanse ziekte. Christine, die nota bene achtendertig was, naaide haar eerste zwarte jurk, trok hem aan (ja, nu was ze echt oud), verliet de boerderij en liet het land aan Auguste, diens tweede vrouw en hun stelletje magere kinderen.

Het was 1883 en Christine begon haar reizen. Terug, terug te voet en te paard, naar de boten. Terug naar Marseille, op een schip dat minder vol was, terug in de tijd, de wegen van haar jeugd op, naar de plek vanwaar ze vertrokken was. Was Frankrijk veranderd of zij? Beide, zonder enige twijfel. De winters waren te koud. Ze miste het glanzen van een donkere huid, de geuren van aromatische kruiden. Ze miste het strijdvaardige gevoel met een missie bezig te zijn. Ze maakte ruzie met haar broer, in wiens huis ze gedwongen was te logeren. Er werden niet genoeg baby's geboren om haar aan het werk te houden en de baby's die geboren werden, vielen in de grijpgrage handen van vroedvrouwen die ouder en bekender waren. Toen haar eigen schoonzus een andere vrouw te hulp riep om haar kind te halen, maakte Christine – met een grijze wollen omslagdoek om haar zwarte jurk (nog steeds haar eerste) – rechtsomkeert en ging weer op de terugtocht. Ze was precies anderhalf jaar in Frankrijk geweest.

Ze vestigde zich in een huisje in een dorp niet ver – een dag reizen – van haar eerste, dichtbij genoeg om Auguste en zijn gezin te bezoeken, maar ver genoeg om uit de tirannieke greep van de patriarch te blijven. Ze genoot van de opnieuw ontdekte geuren van Afrika, van de kleuren van de lucht en de aarde. Ze oefende zich in de keelklanken van de plaatselijke taal. Ze hield van het licht. Koloniaal gezien was ze een oude rot, op wier wijsheid grote prijs gesteld werd, zoals dat nooit in Frankrijk het geval zou kunnen zijn. Christine verzachtte geheimzinnige koortsaanvallen, kalmeerde magen die opspeelden; zij wist hoe ze de *schkoumoun* moest afwenden, en hoe ze de geboorte van zoons kon helpen bewerkstelligen.

Ze was een moeder, een grootmoeder voor de pas uit Frankrijk aangekomen jonge vrouwen, maar ze werd ook gevraagd voor de geboorten in de heuvels, bij de nomaden en de bergstammen. Een in windsels gehulde man op blote voeten, die helemaal kapot waren van het verre lopen, klopte 's avonds op haar deur en nam haar dan mee op zijn ezel naar een niet door de Fransen in kaart gebrachte nederzetting, waar een Arabische of berberse vrouw – de armen en benen uitgespreid, een en al buik – in een hut of tent of op een deken in een rotsholte van achter uit haar keel lag te hijgen en kermen, wachtend op Tata Christine en haar verlossing. Twee dagen, soms drie achtereen, verdween Christine in de rimboe: ze sprak over deze reizen niet met de andere Fransen, maar dezen wisten het. Soms hoorden ze het bonzen op haar deur of het zadelen van de dieren in de ochtendstond. Ze zagen zeker het voedsel dat daarna verscheen op haar planken: de honingkoeken en potten met olijven die ervoor zorgden dat Tata Christine bijna dik was. Tijdens de oorlog (de Eerste) was voedsel, net als mannen, schaars; maar de mensen in de heuvels vergaten haar niet. Zelfs toen er geen baby's te halen vielen, was de provisiekast van mijn overoveroudtante vol met gaven, pakjes die als vondelingen bij haar deur gelegd werden terwijl ze sliep: een kan olie, een mandje met eieren, drie dikke sinaasappels.

Toen ze ten slotte verhuisde naar het huis van mijn grootvader – nadat zijn eigen vader, die Christine ter wereld had helpen brengen, die wereld onlangs verruild had voor de eeuwigheid – kwam ze ogenschijnlijk om de vrouw van haar neef te helpen. Maar de reis naar Blida was haar laatste: met een kleine koffer en haar versleten zwarte jurk (ze was toen echt heel oud) kwam ze naar hun huis om er te sterven. Dat was iets – het enige – wat moest gebeuren in de boezem van de familie. Zij, van wie het aantal zonen en dochters in de honderden, zo niet in de duizenden, liep, schuifelde het huis van de LaBasses binnen en teerde daar weg. Ze werd begraven naast haar neef, met een rozenkrans tussen haar vingers en met haar handen – zoals op de foto's – tegen haar ribben gedrukt, als om zich in te snoeren.

2

Ik ging natuurlijk niet naar tante Eleanor om daar dood te gaan. Mijn leven
begon net, een feit dat ik nooit kon vergeten, omdat het zo vaak door tante
Eleanor zelf tegen mij gezegd werd met een van die krachtige, spontane
omhelzingen waartoe ze geneigd was: 'Poppetje, het komt allemaal goed.
Niet zo in de put zitten. Je leven begint net en het wordt geweldig.' Ze was
net zo stevig als mijn moeder broos was, een atletische vrouw van midden
veertig met gespierde kaken en kastanjebruin haar dat in een kroon op haar
hoofd lag. Haar gelaatstrekken leken wel op die van mijn moeder, maar ze
hadden een andere – een Amerikaanse – vorm. Haar ogen knipperden onbe-
dekter in hun kassen. In het weekend droeg ze het liefst spijkerkleding of
een korte broek. Ze kwam van haar werk thuis met roze tennisschoenen en
trainingssokken onder haar maatrok – een bijna parodistische aanfluiting
in mijn Europese tienerogen. Ze bleekte haar donzige snorhaartjes in plaats
van ze te harsen, van geen kanten bang er niet volmaakt uit te zien.

Vanaf het moment dat mijn vliegtuig op het vliegveld Logan landde, was
Amerika niet langer mijn Amerika. Voor mij was het 'iets glanzends in de
geest' geweest, de denkbeeldige plaats van mijn toekomst, zoals Algerije de
denkbeeldige plaats van mijn verleden was. Maar Algerije zou een onveranderlijke schittering houden, voor altijd ongrijpbaar, terwijl Amerika, of wat
ik er die zomer van zag, mij overweldigde en zichzelf was.

Ze stonden allemaal te wachten achter de deuren van getint glas, met zijn
vieren, turend en wuivend en de pracht van hun gebit ontblotend (de kleine
Rachel was nog niet zo ver; haar mond was een en al glinsterende beugels).
Ze gingen om me heen staan en pakten mijn bagage; ik hield mijn handtas
stevig vast, terwijl Rachel die bijna met geweld van me probeerde over te
nemen. Ron, de echtgenoot van Eleanor, kuste me op beide wangen ('Je
bent tenslotte een Française,' grapte hij met zijn nasale, hoge stem) en ik
kreeg tweemaal zijn baard in mijn mond. Hij was een forse man, en behaard, net als mijn vader, maar op de een of andere manier onverzorgd.

Het was avond, maar nog warm, en de stationcar hotste en botste over
gaten in de kronkelweg die naar de snelweg voerde. De hete bries kwam de
halfopen raampjes binnen; ik snoof deze op en had nog steeds de lucht van
het vliegtuig in mijn neus, en ik keek naar de droge berm en de autowrak-
ken, de eindeloze halsketting van autolampen die zich tot in het schemerdonker uitstrekte. Ik staarde kilometerslang naar de wereld buiten de auto;
Becky en Rachel zaten me heimelijk op te nemen. Ik had zin om te huilen.

'Het is zo'n feest voor ons, hè meiden? Het zou geweldig geweest zijn als
je mama en papa ook hadden kunnen komen, maar ze hebben het druk in

deze tijd van het jaar, dus... de volgende keer maar, hè meiden?'

Becky gaf haar zus zo maar een stomp tegen haar dij, hoewel ze te oud zou moeten zijn voor dat soort getreiter.

'Mam,' jammerde Rachel.

Toen we van de snelweg af waren, stopte Ron bij een pompstation. Hier rook het tenminste vertrouwd, en ook de slang van de pomp was bekend. De weg vóór ons zag er enorm groot uit. Tussen ons en de horizon was er niets wat niet door mensen gemaakt was: een reeks winkels, asfalt, neon.

'Het is een lange reis om in je eentje te maken, hè? We waren bang dat we je zouden mislopen, of dat we je niet zouden herkennen, maar je ziet er nog precies hetzelfde uit. Vinden jullie ook niet?'

'Ik kan het me niet herinneren,' zei Rachel. Becky zei helemaal niets. Ze nam me alleen maar op, mijn kleren en mijn haar en het kippenvel op mijn armen van de wind.

'Is dat niet zo, Ron,' vroeg Eleanor, terwijl hij zich weer achter het stuur liet zakken en zijn handen afveegde aan zijn spijkerbroek. Mijn vader droeg nooit een spijkerbroek. 'Ziet Sagesse er niet precies hetzelfde uit?'

'Je lijkt op je moeder. Sprekend,' beaamde hij, en hij lachte, hoewel ik niet wist waarom.

Ze doelden op de tijd dat ik negen was. We hadden hen in de lente van dat jaar een bezoek gebracht, na een reis naar Washington D.C. en New York, zonder mijn broer. Eleanor had Etienne niet gezien sinds ze in Frankrijk was geweest, toen hij drie was. De nichtjes hadden hem nooit gezien en waren niet oud genoeg om het zich te herinneren. Becky bekeek me, zo had ik het idee, om te zien of ze ergens in mij mijn achterlijke, invalide broer en zijn rolstoel kon bespeuren. Of misschien mijn grootvader, de bijna-moordenaar. Ik wist niet of ze op de hoogte was van 'het voorval', de reden dat ik hier überhaupt was. Misschien keek ze alleen maar. Ik voelde me onbehaaglijk jong tussen deze mensen en vermoeid bij de klank van hun stemmen; maar ouder dan Becky, hoewel zij ouder was dan ik.

Ik herinnerde me het laatste, het enige, bezoek. Ik had toen een chocola-debruin suède jasje, dat in New York gekocht was. Ik had het de hele tijd gedragen, me ervan bewust dat Becky er jaloers op was. Ze speelde bandjes af van Bruce Springsteen en Tears for Fears, waarmee ze indruk wilde maken. Ze beweerde dat de Fransen geen popmuziek konden maken, en ik zei tegen haar dat ze het gewoon niet begreep. Ze stak de draak met mijn accent, terwijl ik dacht dat ik geen accent had. Ze probeerde me alleen maar te pakken, zei mijn moeder, omdat ze onzeker was. Haar kamer had Laura-Ashleybehang aan de muur, allemaal roze bloemetjes. Ik had in die kamer bij haar moeten slapen, onder net zo'n gewatteerd dekbed als waar zij onder sliep en in net zo'n eenpersoonsbed, en ik had mij verstikt gevoeld door haar muziek en haar verzameling speelgoedbeesten. Ik had toen een hekel aan haar gehad. Maar ze zag er nu anders uit: geruststellend afwerend. Wat subtieler dan zij dat gedaan had, nam ik haar eens goed op. Ze was bijna zestien. Ze had drie sierknopjes in haar linkeroor. Haar kleren roken naar patchoeli en sigaretten.

Ik was oud genoeg – of werd beschouwd als genoeg uit mijn doen – om een eigen kamer te krijgen. De Robertsons woonden in een wit houten huis dat zo uit een prentenboek kon zijn en dat een stukje van de weg af lag in een voorstad ten zuiden van Boston. Het was een groot huis, maar niet zo groot als de huizen van de beide buren, die dichter op hun huis stonden dan bij andere huizen in de straat het geval was.

'Dat van ons stond er het eerst,' legde Eleanor uit. 'Ze hebben later de grond verkocht en de andere gebouwd. Ik denk nog graag aan ons huis zoals het in het begin was, toen het alleen stond en omgeven was door bomen.'

Het was nog steeds omgeven door bomen. Het was overal groen, weelderig groen, en het werd steeds groener. De lucht was bijna onzichtbaar door het bladerdak. Ik miste de aarzelend groeiende, dorstige bomen van thuis, met hun kronkelige stammen en hun grillige takken. De vruchtbaarheid rondom de Robertsons leek onfatsoenlijk.

Maar mijn kamer was schitterend. Ik had een hoog, oud tweepersoonsbed met bolvormige stijlen, en strakke witte lakens. Er stonden een grote kleerkast en een ladenkast – een commode heette zoiets, zo vernam ik – die erbij hoorden ('Het slaapkamerameublement van je grootmoeder,' vertelde Eleanor zonder dat ik ernaar vroeg; ik vergat soms dat mijn moeder ook ouders had gehad, en dat ze gestorven waren). De vloer blonk en kraakte en de clubfauteuil in de hoek leek er maar voorzichtig een plaats gevonden te hebben. Het grote raam, dat uitzag op een groep bomen, waardoorheen – als de takken bewogen – een licht te zien was van het huis ernaast, rammelde in zijn sponning. Eleanor had bij mijn bed, naast de schemerlamp een bosje madeliefjes in een glas neergezet en een exemplaar van *Seventeen* neergelegd.

'Ik hoop dat je je hier thuis zult voelen,' zei ze. 'We willen dat je je meteen thuis voelt. We hebben maar een paar regels: rekening houden met anderen, helpen wanneer dat gevraagd wordt, en je gevoel voor humor bewaren.'

Becky verscheen in de deuropening achter haar moeder en rolde met haar ogen bij het horen van deze humanistische litanie van Eleanor. 'Mams,' zei ze, 'doe een beetje realistisch.' Ze haalde haar handen van haar heupen af. 'Paps vraagt, wil Sagesse mee-eten of is ze te moe?'

'Het is met mij prima,' zei ik.

'En dat betekent?' Becky kruiste haar armen over haar borsten. Ze was indrukwekkend afwerend.

'Ja, graag. Ik eet graag mee.'

Becky draaide zich om en liep weg. Haar moeder zuchtte. 'Ik weet zeker dat jij niet zo tegen je moeder doet. Het is een fase waar we allemaal doorheen moeten, maar het is soms moeilijk te verdragen. Kom mee, dan laat ik je de badkamer zien. Die deel je met de meisjes.'

Die eerste nacht werd ik voor het ochtendgloren wakker door het geluid van Etienne die aan het huilen was, een hol, klagelijk geluid. In werkelijkheid was het een krolse kat, ergens voor het raam. Eerst wist ik niet waar ik was, en de bolvormige bedstijlen zagen er dreigend uit in het duister. Afgezien van het gejank was het volkomen stil. Ik ging uit bed en liep op mijn tenen door de hal naar de badkamer. Alle deuren waren dicht. Ik deed een plas, en de straal klonk gênant luid. Ik was bang dat iedereen van het doortrekken wakker zou worden en stond een tijdje in de wc-pot te kijken voordat ik de moed vond om de hendel naar beneden te duwen. Ik had het gevoel alsof het huis zelf met me meeluisterde. Terug in bed kon ik een hele tijd niet slapen. Ik had een borrelend gevoel in mijn maag. Ik lag te wachten tot ik insluipers zou horen. Pas toen ik de eerste geluiden van mijn tante en oom hoorde, stond ik mijzelf toe mij te ontspannen en hoefde ik niet meer te waken. Ik droomde van de veilige, bleke vormen van mijn slaapkamer.

3

Het leven bij de Robertsons verliep precies andersom: tante Eleanor ging naar haar kantoor (ze werkte als advocaat voor gezinszaken in een glazen toren in het centrum en hield zich bezig met verbitterde echtscheidingen en geruzie over voogdijgevallen) voordat ik 's ochtends opstond. Oom Ron, die docent was aan een van de plaatselijke universiteiten, een kleine en niet erg beroemde, waar hij college gaf over de geschiedenis van de sport, een vak waarvan ik tot dan toe niet wist dat het bestond, had zomervakantie en hij was het die met zijn brede, trage gebaren en met zijn oppervlakkige, aanhoudende lachje het ritme van het huishouden bepaalde. Hij reed Rachel iedere morgen naar haar tenniskamp, waar ze tijdens de heetste uren van de dag met andere energieke, bevoorrechte kinderen in de rij stond om met de doortastendheid van een balletdanseres groundstrokes te oefenen; en hij haalde haar iedere middag om vier uur op. Hij maakte ook de lunches die ze meenam klaar – tonijnsalade of salami en kaas tussen dikke sneden bruin brood geklapt, een glimmend stukje fruit, twee koekjes in een plastic zakje – maaltijden waarvan ze niets moest hebben en die ze meestal stiekem mee terug nam naar huis, waar ze ze onaangeroerd (op de koekjes na) in de vuilnisbak liet verdwijnen. Soms, als ze bang was om betrapt te worden en gedwongen te worden de kleffe hompen van boterhammen naar binnen te werken, verstopte ze ze een paar dagen onder haar bed, in afwachting van de vuilniswagen die tweemaal per week kwam. Daar lagen ze te beschimmelen en zorgden ze in haar kamer steevast voor een stank die net zo hinderlijk was het antiseptische luchtje dat dankzij de luchtverversers in de badkamers van de Robertsons hing.

Maar Rachel was, op haar elfde, op een leeftijd waarop ze niets verkeerds kon doen, en haar onwelriekende etensvoorraad bleef onopgemerkt. Het was veeleer zo dat Ron en Eleanor hun bezorgdheid (het was een gezin waarin onvrede zich manifesteerde als uit liefde voortkomende bezorgdheid) richtten op Becky – die vaak helemaal niet wilde eten; die driftig heen en weer liep; die verschrikt en hooghartig in een bocht om de leden van het gezin heenliep en een aantal dagen bezig was met te peilen of ik daarbij hoorde (en dus verachtelijk was) of niet, zoals een hond die aan de broekspijp van een vreemde snuffelt.

Becky had aan het begin van de zomer de hoofdprijs gehad waarop mijn moeder altijd voor mij had gehoopt: een vakantiebaan. Aangezien ze naar de voorlaatste klas van de middelbare school ging, was deze hoofdprijs noodzakelijk voor haar verdere carrière. Eleanor legde me dit uit op mijn tweede avond bij hen, terwijl ze na haar werk in haar pak en op haar tennisschoenen druk bezig was om rond de bloembedden onkruid uit te trekken en ik achter haar aan liep met een plastic vuilniszak, die ik openhield voor het afval. (Wij hadden natuurlijk ook een tuin, maar mijn moeder liet die doen door een van de tuinmannen van het hotel. 'In de aarde wroeten,' zei ze altijd, 'interesseert me niet.') Als Becky een plaats op een behoorlijke universiteit wilde bemachtigen, zoals zij hoopten (en stilzwijgend eisten) dat ze zou doen, was het nodig dat ze kon aantonen dat ze haar zomers niet verdaan had, dat ze of geld had verdiend of iets geleerd had, en liefst allebei.

Becky had de ideale baan voor een meisje van haar leeftijd gehad, zei Eleanor. Eleanor had haar geholpen die te vinden. Ze was de assistente van een vrouw geweest die Laetitia heette, een financieel onafhankelijke dame en een kind van de jaren zestig, die het als haar missie zag (ze had gestudeerd voor arts) om – zonder een oordeel over hen te vellen – de mensen van de rosse buurt van Boston te voorzien van voedsel en medische verzorging. Laetitia pakte de dingen zelf aan: overheidsprogramma's vond ze maar niets. Ze maakte en bezorgde meer dan honderd voedselpakketten per dag voor de daklozen en zieken (zo veel salamisandwiches – ik stelde ze me opgestapeld voor, een oneetbare berg), en één keer per week reed ze met haar busje naar een speciale straathoek waar ze iets deed aan het gehoest van diezelfde mensen en hun wonden verzorgde, en – 'Niet verder vertellen,' waarschuwde Eleanor – gratis naalden uitdeelde aan de junks, hoewel het toen bij de wet verboden was om dat te doen.

'Het is zo'n indrukwekkende vrouw,' zei Eleanor, terwijl ze de tuinslang probeerde aan te sluiten. 'Ze doet opmerkelijk werk. Maar probeer dat maar eens aan Becky te vertellen. Becky –' ze trok een rimpel in haar neus, zich daarmee officieel teleurgesteld tonend '– hield het maar twee weken uit. Dat moet ze zelf weten, vind ik. Maar ik weet niet hoe ze zo op de universiteit verwacht te komen.'

Becky zou me later toevertrouwen dat ze het werk beurtelings saai en beangstigend had gevonden. Het was óf zo dat ze hele uit de supermarkt afkomstige broden stond te besmeren met Hellmann's mayonaise, een melkachtig goedje dat onder haar nagels en in haar haar kwam te zitten, óf dat ze al haar moed bijeen moest rapen om naar de spastische hoopjes ellende met dode ogen die door Laetitia verzorgd werden, toe te lopen en hen het voedsel op te dringen. Ikzelf had zulk werk niet kunnen doen; ik begreep niet dat Eleanor en Ron van Becky konden verwachten dat ze dat deed. Becky vertelde me ook dat Laetitia zelf een eng iemand was: ze was een knokige vrouw, met verwilderde haren die naar zeewier roken (haar eigen dieet was macrobiotisch) en het leek altijd of ze aan het vervellen was: op haar armen en in haar hals zaten altijd slijmachtige velletjes. Ze viel op de gekste momenten in slaap – in de auto, in de achterbuurten – en liet Becky dan zitten met de vraag of haar werkgeefster dood was of bezig was in een coma te raken, en met de onzekerheid of ze haar moest wekken of dat ze de zenuwachtige lieden die buiten op het trottoir stonden, weg moest sturen. En bovenal, zei Becky, kon ze niet tegen de naalden. Daar kreeg ze de rillingen van.

Becky was gestopt zonder het haar ouders te vertellen. Nog dagen daarna ging ze iedere ochtend de deur uit alsof ze naar Laetitia's huis in Back Bay ging, maar kwam dan niet verder dan het park in het centrum, waar ze – als was ze zelf een thuisloze – wachtte tot de dag voorbij was. Over toen het uitkwam, zei Eleanor: 'We waren alleen bedroefd dat ze niet het idee had dat ze ons in vertrouwen kon nemen. We staan aan haar kant, weet je.' En Becky: 'Ze waren razend. Vooral mams.'

4

In die eerste tijd begon ik te beseffen dat ik hier, merkwaardig genoeg, niet veel voorstelde. Ik zei niet veel (ik vond de vloedgolf van Amerikaans Engels vermoeiend en het vergde al mijn energie om het te kunnen volgen), en ik vond hoe dan ook dat mijn persoonlijkheid zich niet liet vertalen. Ik kon geen grappen maken in het Engels, of niet zonder ze eerst helemaal uit te denken en dan waren ze niet langer grappig en liet ik het verder maar zitten. Zo ging het met de meeste uitingen van meer dan een of twee zinnen: ik was er zo op gebrand geen fouten te maken, omdat mijn identiteit als Amerikaanse in het geding was. Dus ik beperkte mezelf tot vragen, en reacties ter aanmoediging, met uitdrukkingen die ik gemakkelijk kon imiteren: 'Te gek' en 'Gaaf' en 'Dat meen je niet!'

Maar omdat ze me niet kenden, viel het mijn nichtjes niet op. Ze vonden me misschien gereserveerd, of zwaar op de hand, of ze dachten dat ik heimwee had (wat ik vaak had, maar ze vroegen me niet naar thuis) en alle twee projecteerden ze op mij het karakter dat ze wilden dat ik had of waaraan ze behoefte hadden. Ik leek opeens anders vanuit ieder gezichtspunt, en was vrij. Ze leken zich zelfs niets te herinneren van Etienne, of anders vonden ze het beter om niet over hem te spreken, en voor het eerst voelde ik dat dat deel van mijzelf afgesneden was. Ik was bevrijd van iedere verantwoordelijkheid, en ik vond dat prettig.

Voor Eleanor had ik de rol van de benijdenswaardige puberdochter, het rustige meisje dat Becky had moeten zijn en dat Rachel, als het meezat, zou worden: oud genoeg voor een behoorlijk gesprek, en toch gehoorzaam. Het was duidelijk dat mijn moeder niet verteld had dat ook ik moeilijk was. De zussen hadden geen hechte band. Eleanor zag in mij wel een bepaalde zelfgenoegzaamheid, de zelfgenoegzaamheid van haar eigen burgerlijke jeugd en die van mijn moeder, waarmee mijn moeder volgens haar nooit gebroken had.

'Ik begrijp niet hoe ze het uithoudt om niet te werken,' zei ze een keer, en keek me daarbij strak aan, alsof ik het antwoord zou moeten hebben. 'Maar ja, ze zit nu in een andere cultuur. Ik denk dat ze het wel prima vindt.' Ze wachtte even. 'Het was niet gemakkelijk voor mij. Maar ik ben wat ouder, en ik had de jaren zestig aan mijn kant. Het kon jouw moeder gewoon nooit iets schelen. Ik was de rare dochter. Mam en Pap vonden het prachtig toen ze de eerste keer naar Frankrijk ging. Minder prachtig natuurlijk dat ze verliefd werd op dat land en daarna op je vader. Ze deed Frans als hoofdvak op de universiteit. Echt zo'n twinset- en parelsnoertype. Ze vond het fijn om op een universiteit te zitten die alleen voor vrouwen was. Ik had de keuze niet, maar zij een paar jaar later wel. De dingen veranderden toen zo snel. We waren gewoon erg verschillend, liefje, zo zit dat. Ik ben altijd een vechter geweest. Dat moet je in het leven zijn, Sagesse.'

Voor Ron was mijn zwijgzaamheid koket en flirterig: 'Daar doet ze het weer: spreken met haar ogen,' zei hij dan. 'Luider dan duizend woorden.' Hij was joviaal, maar niet op een overtuigende manier, een zachtaardige ziel in het lichaam van een voetballer die zijn angst om uitgelachen te worden slechts maskeerde door voortdurend zelf te lachen, om dingen die in de verste verte niet amusant waren. Tot deze conclusie kwam ik pas lang daarna; toen maakte hij me alleen maar zenuwachtig, en ik deed wat ik kon om te zorgen dat ik niet alleen met hem achterbleef. Maar ik denk dat ook hij, die in alles op zijn vrouw afging, de indruk had dat ik een 'braaf' meisje was, behoudender en betrouwbaarder dan hun Becky, verlegener dan de uitgelaten Rachel. En dat ik met mijn problemen zoveel als ik wilde met rust gelaten moest worden.

Rachel vond me iemand van een andere planeet. In het begin wilde ze me altijd dingen laten zien en me een van haar vriendinnen laten zijn. Ze verbaasde zich over mijn kleren en mijn kleine toilettasje ('Is je lipstick van Chanel? Wow! Mag ik hem proberen?') en ze wilde dat ik een oudere zus was die toch zo'n hechte band met haar had dat ze belangstelling had voor haar interesses in plaats van deze af te wijzen. Ze noemde me 'Gesso', en daarna 'Gesso de Gekko', en omdat ik het mezelf niet toevertrouwde om op een luchthartige manier uiting aan mijn ergernis te geven, liet ik haar begaan, wat haar deed geloven dat ik het type was dat met zich liet spelen, en dat vertrouwd kon worden, waardoor ze op me gesteld bleef.

Becky wist het niet zo precies. We werden uiteindelijk vriendinnen, door een misverstand. Ik was daar al een dag of drie, vier, en hoewel de familie gastvrij genoeg was, was ik eenzaam en verveelde ik me. Dat gold ook voor Becky, die al een paar weken zonder baantje zat, maar ze hield voor mij geheim waar ze allemaal naartoe ging. Ze had vriendinnen met wie ze urenlang verdween. Ik sliep veel en bracht de middagen door op een deken onder een van de enorme bomen, waar ik *Jane Eyre* in het Engels las en denkbeeldige brieven aan Marie-Jo en Thibaud schreef, berichten waarvan mijn trots mij weerhield ze ooit op papier te zetten, laat staan ze te versturen. Een keer probeerde ik een tekening van het huis te maken vanaf de tuin en gaf dit plan vol walging op.

Ik deed net of ik las over Janes ellendige ervaringen op Lowood School – mijn ogen gleden over de alinea's alsof het allemaal krabbels waren – toen Becky kwam aangewandeld over het gras, terwijl het zonlicht in haar lange, roodachtige, losfladderende haar viel. Ze droeg een mouwloos topje, en in haar hals en op haar schouders zaten wat sproeten. Haar borsten, die kleiner waren dan de mijne, gingen nauwelijks op en neer onder het lopen. Ze plofte neer op het gras, een halve meter van me vandaan, en draaide haar gezicht zo dat het in de middagzon lag. Het was rond vieren, en Ron was de deur uitgegaan om Rachel op te halen en om eten te kopen voor het avondmaal. ('Zin om mee te gaan? De opwindende Stermarkt bekijken?' had hij met nasale stem en lachend vanuit de deuropening van de keuken gevraagd. 'Ik dacht al van niet. Dat moet een goed boek zijn!')

Toen ze sprak, richtte ze haar woorden niet tot mij, maar tot de kleine wolkjes in de lucht.

'Wat zeg je?'

'Ik zei, "Rook je stuff?" '

Het was niet een uitdrukking die ik eerder had gehoord en ik vatte hem op als een informele zegswijze voor roken zonder meer, wat een al voldoende verboden sensatie zou geweest zijn in de anti-tabakswereld van de Robertsons.

'Thuis altijd,' zei ik, en toen bij wijze van toelichting: 'Niet thuis, bedoel ik, maar met mijn vrienden.'

'Goed.' Ze haalde plotseling uit de achterzak van haar broek met afgeknipte pijpen een klein plastic zakje te voorschijn en een dun stenen ding dat ik niet onmiddellijk als een pijpje herkende: 'Pap blijft nog minstens een uur weg. We hebben tijd genoeg.'

Met overdreven aandacht koos ze vervolgens uit de inhoud van haar zakje een plukje waar geen zaadjes in zaten en stopte dat in de kop van het pijpje. Ze had ook een aansteker, hoewel ik niet zag uit welke zak die kwam.

'Dit is geweldig spul. Je hebt er niet veel van nodig om het te laten werken.'

Net als met Thibauds vraag onder het zwembad, wist ik dat er hierop een passend antwoord was dat niets met de waarheid te maken had. Deze keer kon ik, godzijdank, raden wat het antwoord moest zijn. 'Te gek,' zei ik.

Ik moest daar nog tweeëneenhalve week doorbrengen, en in dat ene moment had ik de keuze: ik kon ze doorbrengen met Jane Eyre of met Becky. Becky leefde tenminste.

Ik zag haar de rook inhaleren en die in haar longen vasthouden als een duiker, en toen ik aan de beurt was, deed ik haar na. Ik stikte niet en hoestte niet, en ik zag ervan af om te klagen over het branderige gevoel in mijn keel, dat tenslotte niet erger was dan het gevoel dat werd veroorzaakt door een Gitane zonder filter. Drie of vier keer herhaalden we de kleine ceremonie; we gaven het pijpje aan elkaar door, onze wangen bolden en onze ogen traanden. Het leek niet veel effect op me te hebben, althans ik merkte het niet. Ik was misschien lacheriger; maar die lacherigheid kan ook het gevolg geweest zijn van de verwachting dat dat het effect van marihuana was. Maar Becky werd iemand anders – niet een of ander dronken monster, maar iemand die een vriendin zou kunnen worden, inschikkelijk, gelukzalig.

'God,' zei ze, 'dit spul is geweldig. Hier heb je dat echt nodig, weet je. Ik weet niet hoe jouw familie is, maar die van mij – brrrr!' Ze deed alsof ze zich de haren uit haar hoofd trok en liet zich weer plat op het gras vallen. 'Is de lucht niet ongelooflijk? Verveel je je niet te pletter? Is mijn vader niet belachelijk?'

Ik lachte. Ik lag ook op mijn rug en kon het zachte getik van de grassprieten horen. De aarde rook naar metaal. 'De lucht is ongelooflijk,' beaamde ik. Er stond geen wind, maar hoog boven ons joegen de wolken door het luchtruim, in vreemde en grappige vormen.

'Soms wil ik het gewoon opgeven,' zei ze. 'Weet je, je vraagt je af of het ooit beter wordt. Ik zeg tegen mezelf ik wacht tot de universiteit – tot ik weg ben bij die lui – en als het dan niet beter wordt, dan *boem*.'

'Boem?'

'Dan maak ik mezelf natuurlijk van kant. Ik bedoel, het kan niet erger zijn om dood te zijn, en misschien is het echt te gek, weet je?'

'Als het afschuwelijk is, zit je eraan vast. Je kunt niet terugkomen.'

'Misschien. Ik zit te denken over reïncarnatie, of ik erin geloof of niet.'

'Doe je dat?'

'Ik heb nog geen beslissing genomen. Het zou niet zo erg zijn om een plant te zijn of een paard of een haai of zoiets. Een mens zijn, dat is zo stinkend vervelend. Wij zijn verantwoordelijk voor alle rotzooi. De generatie van onze ouders heeft de planeet vergiftigd, en we gaan er waarschijnlijk allemaal toch gauw aan.'

'Dingen als Tsjernobyl.'

'O, mijn god, en de bestrijdingsmiddelen en zo. Ik heb een programma op de tv gezien over wat ze doen met fruit en groenten en zo. En dan eten we dat. Ik wil nooit kinderen.'

Na een poosje vroeg ze: 'Jij wel?'

'Ik weet het niet. Ik heb er nooit over nagedacht.'

'Met al die rotzooi overal worden ze waarschijnlijk misvormd geboren of zoiets.'

'Misschien.' Ik ging rechtop zitten. Ik dacht aan Etienne. Zij opeens ook.

'O jezus. Het spijt me. Het was niet mijn bedoeling – ik dacht er niet bij na.'

'Dat is oké. Hij zal trouwens nooit kinderen krijgen.'

'Nee.'

'Het is bij zijn geboorte gebeurd, weet je. Hij is niet zo gemaakt.'

Zij zat nu ook rechtop. 'Hoe is zoiets?'

Ik plukte aan het gras zonder haar aan te kijken. 'Wat bedoel je?'

'Nou, hij kan toch niet praten? Dat zei Mam tenminste. Dus, ik bedoel, hoe ga je –'

'Ik weet het niet. Hij is er altijd geweest. Ik, ik bedoel, hij is niet – weet je, hij is gewoon een deel van mij, of van ons.'

Ze dacht hier in stilte over na.

'En hij is gelukkig. Hij is altijd blij mij te zien. Hij lacht veel.'

'Goed.' Ze stond op. 'Misschien zou het niet zo'n gek idee zijn om als hem gereïncarneerd te worden. Gelukkig, en nou ja, hij kan toch niets verkeerds doen?'

'Ik word liever niet gereïncarneerd. Ik ga liever naar de hemel.'

'Ja. Dat willen we allemaal wel.'

'Verdomme. Verdomme!' Becky propte het zakje en het pijpje in haar broek. Ze begon moeizaam over het grasveld te hollen met het uiteinde van het zakje nog achter haar aan wapperend. 'Vlug, laten we naar boven gaan voordat ze binnenkomen. Ik hoor Rachel: "Wat ruiken jullie raar." Jezus! We gaan naar jouw kamer, dan laten ze ons niet naar beneden komen.'

Ik liet Jane Eyre achter bij de boom, haar bladzijden omslaand.

Toen we in mijn kamer waren en de deur dicht was, lachten we zo hard dat ik op de grond moest gaan zitten.

'Hou op,' hijgde Becky. 'Hou op of ik doe het in mijn broek.' En toen: 'O, mijn god, ik hou het niet, ik moet –'

Ze rukte de deur open en verdween de overloop op.

'Hallo?' De stem van Ron kwam de trap opgekronkeld. 'Zitten jullie meisjes boven?'

'We komen er zo aan.'

'Hoeft niet. Ik wilde het alleen maar weten. Ga maar door met waarmee jullie bezig waren.'

Toen Becky terugkwam, rook ze naar zeep. Ze ging op mijn bed liggen, achterstevoren, met haar voeten op mijn kussen. Ze was nu dromerig. Ik wilde met haar haar spelen dat op het laken lag uitgespreid, maar ik kende haar niet goed genoeg. Ik miste Marie-Jo, maar onze vriendschap leek ver weg, als een roman die ik lang geleden gelezen had.

'Heb je thuis een vriendje?' Becky's ogen waren gesloten.

'Ik weet het niet. Zo'n beetje.'

'Hou je van hem?'

Ik dacht aan Thibauds brief, die nu verfrommeld onder in mijn tas zat. Ondanks mezelf had ik hem verscheidene malen te voorschijn gehaald en opnieuw gelezen, altijd hopend dat er meer zou staan, hopend dat zijn handschrift er niet zo kinderachtig uit zou zien.

'Ik denk dat ik te jong ben om verliefd te zijn,' zei ik, en besefte tegelijk dat ik mijn moeder napraatte.

'Julia was net zo oud als jij. Weet je, Romeo en Julia.'

'Ja, nou... ben jij het? Ben jij verliefd?'

'Nee. Mijn bedoeling' – ze vouwde haar handen achter haar hoofd en tilde haar gezicht een beetje op om mij aan te kijken – 'is om een heleboel hartstochtelijke verhoudingen te hebben met jongens die veel meer houden van mij dan ik van hen.' Ze ging weer achterover liggen. 'Het is mijn bedoeling om aanbeden te worden. Intussen probeer ik de horden te nemen.'

'En dat betekent?'

'Ik denk dat het tijd is dat ik mijn maagdelijkheid verlies. Ik bedoel, ben jij die kwijt?'

'Nee.'

'Dat dacht ik al. Ik kan dat aardig goed inschatten. Maar wat bij jou zo te gek is, is dat je een buitenlandse bent, dus is het moeilijker om het te zien. Jij straalt niet van alle kanten uit dat je nog maagd bent of zoiets.'

'Hoe kun je het zien?'

'Gewoon. Ik lijk geen maagd, denk ik. Ik probeer het niet te lijken. Maar misschien kunnen jongens het toch aan me zien. Het is zo dat jongens het niet willen doen met een maagd, behalve als het om een serieuze relatie gaat. Dus aangezien ik geen vriendje wil en gewoon mijn maagdelijkheid wil verliezen, moet ik me wel gedragen alsof dat al gebeurd is.'

'En hoe doe je dat?'

Ze haalde haar schouders op. 'Doen alsof het niks voorstelt.'

'Maar kunnen ze, ik bedoel, zullen ze het niet merken?'

'Niet noodzakelijk. Ik denk niet noodzakelijk. En als ze het wel merken, dan doen ze dat pas als het te laat is, dus dan maakt het niks uit.'

'Misschien niet.'

'Wil jij het niet?'

'Ik weet het niet.'

'Ik wed dat je vriendje het wil.'

'Misschien wel.'

'Je kunt het hier doen, weet je, in Amerika, en dan zal het daar met hem veel minder eng zijn.'

Deze logica leek op de een of andere manier niet helemaal te kloppen. Ik moet sceptisch hebben gekeken, want Becky raakte geïrriteerd en verviel weer in haar oude kortaffe manier van doen. 'Denk er maar over na,' zei ze. 'Ik ga douchen.'

Nadat ze was weggegaan, lag ik op het bed, met mijn hoofd op de plek waar haar voeten hadden gelegen en een afdruk hadden achtergelaten. Ik dacht erover na. Ik was bang voor seks, maar misschien had ze gelijk en was het gewoon iets wat gedaan moest worden. Ik was geïntrigeerd door wat ze over mij had gezegd, over dat het moeilijk te zien was. Niets deed ertoe in die drie weken: ik was niemand in het bijzonder, dus ik kon iedereen zijn die ik wilde. Ik kon, als ik er zin in had, seks hebben. Of ik kon doen alsof ik het had, terwijl ik het niet had. Ik wou dat ik haar niet verteld had dat Thibaud en ik het niet gedaan hadden; maar dan nog, ik had misschien wel gelogen. Ik kon tegen haar zeggen dat ik gelogen had en ze zou het nooit zeker weten. Mijn ik leek op een handvol puzzelstukjes die in de lucht gegooid werden: het stond mij vrij ze in elk gewenst patroon te leggen, met toevoeging van nieuwe stukjes en met weglating van oude, en als het resultaat me niet beviel, kon ik de hele zaak gewoon hergroeperen. Ik zag mijn armen en benen en romp en hoofd los van elkaar voor me, zwevend in een luchtruim van allemaal zwevende armen en benen en rompen en hoofden, die vervolgens op aarde vielen in verschillende combinaties en daarbij verschillende meisjes vormden die allemaal mij waren. Het was opwindend, en bij die gedachte ging mijn hart sneller kloppen en begon het te bonzen in mijn zwaar aanvoelende borstkas.

'Wat ben je aan het doen?'

Het was Rachel, nog steeds in haar tenniskleding; haar donkere haar probeerde uit alle macht om uit haar paardenstaart te ontsnappen. 'Ik dacht dat Becky hier ook was.'

'Dat was ze ook.'

'Worden zij en jij nu vriendinnen?' Rachel liep voorzichtig rond in mijn kamer; ze pakte dingen op en legde ze weer neer: een T-shirt, een Franse detectiveroman, mijn haarborstel. Ze stond plukken haar uit de borstel te trekken. 'Ja?'

'Wat?'

'Vriendinnen.'

'Misschien.'

'Maar je bent toch nog steeds de Gekko?'

'Goed.'

'Je raakt heel wat haar kwijt. Weet je, door de borstel.'

'Misschien wel.'

'Betekent dat dat je morgen toch niet mee wilt naar de seance?'

Rachel had me voor de volgende avond uitgenodigd voor een seance in het huis van haar vriendin Elsa, vijf deuren verder. In het souterrain, na het eten. Een stel giechelende elfjarige tennisssters.

'Natuurlijk kom ik. Ik geloof er alleen niet echt in.'

'Dat geeft niet. Als je maar komt. We gaan de geest van Elsa's grootmoeder oproepen. Het zal echt te gek zijn.'

'Fantastisch.'

'Jij kunt een Franse geest oproepen, als je dat wilt.'

'Misschien.' Ik had geen geest om op te roepen. De geest van een land is moeilijker op te roepen. Ik was te oud voor seances, en ik dacht dat Rachel dat ook was, maar ze was er erg op gebrand.

'Ik denk dat ik voor het eten even ga slapen,' zei ik. 'Wil je me wekken?'

'Zeker weten.'

6

Tijdens het avondeten, een doelbewust beschaafd gebeuren aan de eetkamertafel, in de loop waarvan Rachel gevraagd werd een uitvoerig verslag te geven van haar vorderingen bij het tennis, een plicht die ze met graagte vervulde, aangezien het haar de kans gaf haar niet onaanzienlijke anekdotische talenten tentoon te spreiden, belde mijn moeder. Het was over zevenen in Boston, dus even na één uur 's nachts thuis.

'Is alles goed?'

'Prima, liefje, prima. Ik miste je alleen.' Opeens was Frans nu onze taal, onze manier om intiem te zijn. Ik belde in de keuken van de Robertsons, en zij liepen om me heen in en uit om de tafel af te ruimen en maakten lawaai bij het aanrecht.

'Hoe gaat het met je? Is alles goed daar? Je nichtjes vallen wel mee, hè?'

'Ja hoor. Waarom ben je zo laat op? Waar is Papa?'

'O, die heeft het zo druk tegenwoordig. Hij komt vast gauw thuis. Misschien slaapt hij ook wel in het hotel. Ik lag te lezen en ik dacht, waarom niet?'

'En alle anderen?'

'Met iedereen gaat het prima. Je broer slaapt, natuurlijk. Hij mist je ook. Ik zie hem naar deuren kijken. Om te kijken of je binnenkomt. Hij begrijpt het niet.'

Ik vroeg me af of Etienne echt had gemerkt dat ik er niet was. Ik hoopte dat hij niet in de gaten had hoe lang het verstrijken van de tijd duurde; ik had gehoord dat honden dat niet in de gaten hadden, dus misschien hij ook wel niet.

'En je grootvader is thuisgekomen, dus dat is een goed teken. Je grootmoeder heeft hem gisteren meegenomen. Ik denk dat hij er wel bovenop komt. Het duurt even voordat de antidepressiva aanslaan, maar nu komt het allemaal goed.'

'Voel je je eenzaam?'

'Misschien een beetje. We missen je. Maar heb jij het daar naar je zin?'

'Prima.' Ik wist niet wat ik nog meer moest zeggen. 'We gaan een keer naar Cape Cod. Iedereen is heel aardig. Wil je tante Eleanor nog hebben?'

'Nee hoor. We hebben elkaar al gesproken.'

'Nou ja, het is hier etenstijd.'

'Dan moet je maar gaan. Ik wilde alleen even weten hoe het met je ging. Braaf zijn, meisje. We houden van je.'

Later, toen ik boven was, maakte ik me zorgen om mijn moeder. Ik kon me niet voorstellen wat ze om een uur 's nachts helemaal in haar eentje deed, of waarom mijn vader niet thuis was. Ik vroeg me af wat ze deed – behalve voor Etienne zorgen; maar daarvoor hadden we de verzorgster – wanneer ik er niet was. Haar leven leek opeens onwaarschijnlijk, een grote, lege vergissing. Hier kwam ze vandaan, waar alles zo praktisch en immens en zo Amerikaans was; hier had ze thuisgehoord. Wat voelde ze daar nu? Alsof ze, zomaar voor de grap, de puzzelstukjes van haar leven had opgegooid, en toen ze weer naar beneden kwamen, bleken ze helemaal niet meer in elkaar te passen. En toen zat ze ermee (met mij, met Etienne) en was opgooien er niet meer bij en waren er geen kansen meer. Ik probeerde me voor te stellen hoe ik me zou voelen als iemand tegen me zei: dit is het nu, en ik voor altijd bij de Robertsons moest blijven. Ik zou me elke dag opnieuw moeten gedragen alsof het logisch was, en dan maar hopen dat ik door de macht der gewoonte gewoon zou vergeten dat het dat niet was. Maar ik zou altijd eenzaam zijn, zoals mijn moeder eenzaam was. Ik zou altijd doen alsof.

Toen dacht ik aan mijn vader en mijn grootouders. Over het Bellevue Hotel, dat hun manier was om de werkelijkheid naar hun hand te zetten, hun bolwerk tegen de absurditeit. Misschien had mijn grootvader er gewoon genoeg van gekregen om te doen alsof. Misschien lag het wel zo simpel.

Vele jaren later heb ik een paar dingen geleerd over wetenschappelijke theorieën. Ik leerde dat in de achttiende eeuw wetenschappers, in een plotselinge vlaag van accuratesse, het noodzakelijk achtten om, voor het eerst, de structuur van het vrouwelijk skelet te bestuderen. Ze hadden de botten van mannen al jaren bestudeerd, maar ze bedachten ineens dat de bijzondere kwalen van vrouwen speciale aandacht vereisten, dat het geheim ervan gelegen was in het beenderenstelsel van het schone geslacht. Hun conclusies zorgden niet alleen voor een radicale verandering in de medische, maar ook in de maatschappelijke opvattingen. De vrouw, zo legden de wetenschappers uit aan tientallen Duitse medicijnenstudenten, die allemaal naar het vrolijk bij de katheder wiebelende vrouwelijke skelet zaten te kijken, de vrouw heeft een kleinere hersenomvang en bredere heupen. Haar hele gestel is lager bij de grond, en die grote, gapende holte in haar buik is het centrum van haar ziel. De vrouw is moeder, een wezen dat anders is dan de man en een aparte en wetenschappelijk bewezen rol heeft. Ze is 'de engel in het huis', zeiden ze, of zeiden anderen na hen; het zit in haar botten.

Wat de wetenschappers niet vermeldden, misschien zelf vergaten, was dat de vrouw op wie deze analyse van dé vrouw gebaseerd was, geen vrouw was. Haar handen en hoofd en heupen en ribben waren niet als een geheel geboren. Het waren de botten van verschillende vrouwen die aan elkaar vastgemaakt waren. De wetenschappers gooiden de stukjes in de lucht, en dit kwam er naar beneden. En opgooien was er niet meer bij, en er waren geen kansen meer. De vrouwen zaten met de vrouw, ook al bestond ze niet echt. Het maakte mij benieuwd: bij hoeveel dingen is het een kwestie van doen alsof?

7

De seance was zo'n geval van doen alsof, eentje dat Rachel en haar vriendinnen prachtig vonden. Becky kon niet geloven dat ik gezegd had dat ik zou meegaan.

'Je maakt zeker een grapje! Wil je niet liever met mij mee de stad in? Wij gaan met een stel naar de film.'

'Welke?'

'Weet ik nog niet. Wat maakt het uit? Alles is beter dan een seance met een stel kleine kinderen.'

Maar ik had het beloofd, en dus ging ik. Rachel hield mijn hand vast terwijl we de weg afliepen naar Elsa's huis. Haar voeten wilden gaan huppelen; haar paardenstaart danste op en neer. Het was een prachtige zomeravond en we gleden door de boterzachte lucht terwijl Becky met grote passen de heuvel afliep in de tegenovergestelde richting, om haar vriendinnen op te wachten bij de bus die hen naar de ondergrondse zou brengen, waarmee ze dan weer naar het centrum zouden gaan.

Elsa was twaalf, een broodmager meisje met blauwe aderen die door haar huid heen schemerden. Ze had een rood gezicht, en wanneer ze sprak of lachte of zelfs alleen maar ademhaalde, kon ik precies zien hoe haar gewrichten en spieren onder de strakke huid van haar wangen werkten. Ze beschikte over een tomeloos en eng soort energie. Elsa's ouders zwaaiden minzaam vanuit de huiskamer, terwijl wij langsliepen; ze zaten kennelijk niet in over hun dochter, hoewel deze eruit zag als een geest die op een van haar eigen seances opgeroepen had kunnen worden.

We waren niet de eersten die aankwamen en ook niet de laatsten. We werden allemaal – behalve ik was er een zestal meisjes, van wie ik er een paar met Rachel op straat had zien spelen, en één jongen, een vriendelijke knaap die Sam heette – meegenomen naar het souterrain, naar een ruime, maar er haveloos uitziende speelkamer. De meubels – een ingezakte bruine sofa met een geruite bekleding, een paar rechte stoelen, een dreigend, zwart tv-toestel dat verrijdbaar was – waren tegen de muren gezet. Elsa liep druk heen en weer; ze deed de gordijnen dicht voor de hoge, smalle ramen om zo de vereiste duisternis te creëren en ze hing een rode sjaal over de kap van de staande schemerlamp in de hoek.

'Moet het niet helemaal donker zijn, als we willen dat de geesten komen?' vroeg een mollig meisje, dat een t-shirt aanhad dat als een worstvel om haar heen zat, en dat een bazig type leek.

'Mijn moeder zegt van niet.'

'Maar anders werkt het niet.'

Er brak een opgewonden discussie los en de meisjes leken automatisch de kant te kiezen van óf de magere Elsa óf haar dikke rivale, die Nan heette. De jongen, Sam, zat op een van de houten stoelen in zichzelf te neuriën en naar het donkere tv-scherm te kijken. Ik liet Rachel in het strijdgewoel achter en ging naast hem zitten.

'Jij bent toch het Franse meisje?' vroeg Sam. Hij had heel grote, donkere ogen en het broze lichaam van een mus. 'Het nichtje van Rachel?'

'Dat klopt.'

'Te gek.' Hij dacht even na. 'Hoe komt het dat je hier bent?'

'Ik had het Rachel beloofd.' Ik rolde met mijn ogen.

'Ik weet het. Ik heb het Elsa beloofd. Maar dit gedoe is zo stom. Ze doen het al de hele zomer en het is gewoon onzin. Elsa vindt het echt iets volwassens.'

'Jij bent de enige jongen.'

'Nou en?'

'Vind je dat niet erg?'

'Nee. Ik bedoel, dit vind ik erg, het is zo stom.' – Hij maakte een gebaar naar de ruziënde meisjes. 'Maar ik ben gewend aan meisjes. Het is gemakkelijker om met meisjes om te gaan.'

We zwegen weer en keken naar de tv waarop niets te zien was.

Uiteindelijk gingen we allemaal in een kring zitten, in kleermakerszit en elkaars hand vasthoudend. Elsa zei – met een lage stem voor iemand die zo jong was – op gedragen toon: 'Iedereen moet zich con-cen-tre-ren. Doe je ogen dicht. We gaan dieper, samen. Dieper… dieper. O geesten, we vragen u om bij ons te komen nu we hier bijeen zijn, om tot ons te spreken en ons te laten zien dat u hier bent.'

Iemand giechelde. Elsa's stem kreeg de normale toonhoogte terug. 'Wie was dat? Als je niet serieus bent, ga dan maar naar huis. Ga dan maar weg. Want één persoon kan alles verpesten.'

'Kom op, Elsa, maak je niet zo dik.'

'Waarom niet? Jullie wilden komen. Willen jullie met geesten spreken of niet? Ik wil met mijn grootmoeder spreken, die vorig jaar gestorven is. Ik wil weten hoe ze het maakt. Dit is serieus.'

Rachel, die rechts van mij zat, kneep in mijn hand. 'Gaat het goed met je?'

Ik knikte.

Elsa begon weer met haar diepe stem en op haar gedragen toon. Ik gluurde de groep rond; hun gezichten bevonden zich in het rode lichtschijnsel. Hun ogen waren dicht, behalve die van Sam. Ik dacht dat hij naar me knipoogde. Becky, zo dacht ik, zou onderhand wel in de bioscoop zitten. Mijn ouders thuis lagen in bed. Ik kon me niet voorstellen waar Thibaud kon zijn, of wat hij aan het doen was. Ik dacht erover om te zeggen dat ik weg moest, maar ik liet mijn handen waar ze waren, vochtig in andere handen.

Elsa riep maar steeds haar grootmoeder aan: Anna, zo noemde ze haar. Als er een geestenwereld was, dacht ik, moet die vol zitten met Anna's. Hoe zou de juiste Anna weten dat ze moest komen? Ik wist niet of ik mijn eigen ouders miste. Ik wist niet hoe ik me over wat dan ook voelde: ieder leven vóór het leven bij de Robertsons leek vaag en ver weg, beelden met duisternis aan de randen. Ik voelde me alsof ik in een afgrond gevallen was en me daar vastklampte aan een richel in de wand, zonder dat een terugweg mogelijk was en met vóór me alleen een peilloze diepte. Ik voelde me alsof ik luisterde en wachtte tot ik gered zou worden, net zoals de meisjes om me heen luisterden en wachtten op geesten. Ik wist niet wie ik kon oproepen: iedere geest die me kon redden, zou een onbekende moeten zijn. Tata Christine, misschien, in haar zwarte jurk? Of mijn oudtante Estelle? Maar als ze bestonden, waren hun geesten in Afrika, niet in een souterrain in Boston. Met Elsa's grootmoeder Anna was het gemakkelijk, die lag op het plaatselijke kerkhof en hoefde niet van ver te komen.

Elsa beweerde dat ze tot haar gekomen was, en Rachel was zo vriendelijk om met een krakende oudevrouwenstem een paar lieve woordjes te zeggen ('Ik rust in vrede. Ik hou van je, Elsa. Wees goed voor je moeder.'), waarvan ze later beweerde dat ze geen aanstellerij waren, maar ongevraagd in haar opgekomen waren. Maar Elsa's grootmoeder was een Duitse geweest en had haar accent kennelijk mee het graf ingenomen, en de stem die via Rachel sprak, was onbetwistbaar Amerikaans. De kleine meisjes – met de krachtige uitzondering van Nan – wilden zo graag geloven. Zeker Rachel wilde geen seconde twijfel toelaten. Maar ik wist dat er, als er geesten in de kamer geweest waren, zeker eentje tegen mij gesproken zou hebben. Zelfs Elsa's grootmoeder zou Elsa gezegd hebben dat ze meer moest eten.

Na 'Anna' waren er nog twee pogingen, met andere meisjes die voorgingen. Maar het geduld raakte op en telkens werd de seance onderbroken door gefluister en gegiechel.

'Ik ga naar huis,' zei Nan opstandig. 'Dit is stom.'

'Wacht,' riep Rachel. 'Wil je niet meedoen met de levitatie?'

Misschien, bedacht ik later, was dit de reden waarom ze me had meegevraagd. Ik was groter dan alle anderen, zwaarder dan alle anderen, op Nan na, die zo uitgesproken dik was dat het een riskante onderneming zou zijn om haar op te tillen. Ik moest midden op de vloer op mijn rug gaan liggen, met alle meisjes en Sam op hun knieën en met elk twee vingers van iedere hand onder mijn lichaam geschoven om mij heen. Als Gulliver overgeleverd aan de Lilliputters probeerde ik even en zonder succes mijn overweldigers te bekijken zonder mijn hoofd op te tillen. Ik ben, zo dacht ik, een dood gewicht: het was geen onaangenaam gevoel. Becky, zo dacht ik, had misschien wel gelijk met wat ze over de dood had gezegd.

Er klonk een laag gezoem, als dat van bijen, en ik besefte dat ze met hun kleinemeisjesstemmen (zelfs Sam had de stem van een klein meisje) op één toon aan het zingen waren: 'Licht als een veertje en stijf als een plank, licht als een veertje en stijf als een plank, licht als een veertje en stijf als een plank.' Langzaam en onregelmatig voelde ik mij omhooggaan. Ik deed mijn ogen dicht. Ze tilden me weliswaar op, maar zo lichtjes dat ik hun vingers bijna niet voelde. Ik werd zachtjes gewiegd en ze trokken me recht, toen de ene kant sneller ging dan de andere, maar niemand porde of prikte in me. Ik voelde lucht komen in de ruimte onder mijn rug, en ik kreeg koude rillingen over mijn rug, zoals ik die had als ik, diep onder de indruk, onder de enorme gewelven van Chartres of de Notre Dame stond. Het was het fysieke gevoel van opluchting en opwinding dat ik altijd met God had geassocieerd.

Het duurde niet lang. Ze lieten me met een klap terug op de grond vallen. Maar in die seconden, met het gezoem van die stemmen als in een bijenkorf, was ik opgestegen. Ik had er uiteindelijk geen spijt van dat ik daar geweest was. Hun handen – en niet die van een geest – hadden mij gedragen; maar dat voelde tenminste niet aan als doen alsof.

8

Tegen de tijd dat we naar Cape Cod vertrokken, was ik gewend aan de Robertsons. Ik kon hun leven niet met dat van thuis vergelijken, maar ik probeerde het. Ik maakte een lijstje:

1 Ron kookt
2 Geen dienstmeisjes
3 Geen regels
4 Geen God
5 Eleanor huilt nooit
6 De bomen
7 Ik ben onzichtbaar

Ik zette Etienne, of beter gezegd, zijn afwezigheid, niet op het lijstje, maar ik begon wel in beschuldigende zin over hem te denken: het scheen mij toe dat hij voor veel verantwoordelijk was. Net als mijn grootouders. Etienne en mijn grootvader waren de reden dat we dienstmeisjes hadden, en regels, en – voor zover ik wist – God. Samen waren zij de oorzaak van veel van de tranen van mijn moeder, hoewel bijna alles haar kon doen huilen. (Er was natuurlijk het bijkomende probleem dat mijn ouders niet met elkaar konden opschieten, maar dat zou ik toen niet zo gezien hebben en daarom betrok ik dat niet bij mijn overwegingen.) Wat mijn ongewenste zichtbaarheid thuis betrof: gedeeltelijk, zo zag ik in, was die er omdat het thuis was, maar ook omdat, doordat geprobeerd werd niet naar mijn misvormde broer te kijken, alle ogen op mij waren gericht.

Ik besloot dat ik van Amerika hield. Ik zei tegen mezelf dat ik dat altijd geweten had. Ik vond het geweldig dat er alleen maar toekomst was, dat de zaken van mijn verleden (van mijn heden) me niet hiernaartoe konden volgen. (Wat betekende Algerije voor de Robertsons? Of zelfs het Bellevue?) Naarmate ik dichter naar Becky toegroeide, raakte het idee dat een leven in Amerika denkbeeldig was steeds meer op de achtergrond.

Eleanor en Ron stonden ambivalent tegenover de band die ik met hun oudste dochter had, maar ik was – in hun ogen – een braaf meisje, en ze vertrouwden erop dat mijn invloed het zou winnen. Bovendien konden ze zien dat ik loskwam.

'Het is geweldig om je te horen lachen,' zei Eleanor op een avond tegen mij, terwijl ze in haar mantelpakje de heg langs de veranda aan het snoeien was en daarmee even gestopt was om te kijken hoe Becky en Rachel en ik achter een frisbee in lichtgevende kleuren aan renden en ons in het gras lieten neerploffen tussen de zwermen muggen. 'Je was zo stil toen je aankwam. Ik heb Becky en Rachel in geen tijden met elkaar zien spelen.' Ze gaf me een van haar kordate en krachtige spontane knuffels.

Het roken van marihuana was een wezenlijk onderdeel van mijn vriendschap met Becky. Net als drinken, wat ik alleen op een bescheiden, beschaafde manier gedaan had aan de eettafel van mijn ouders. Maar Becky en haar vrienden dronken onder veranda's of in slaapkamers of op het kerkhof als het donker was, waar ze weggedoken zaten achter zerken of de dekking zochten van kleine praalgraven om niet gezien te worden door de zoekende koplampen van patrouillerende politiewagens. Ze dronken in stilte, doelbewust; alles wat ze maar te pakken konden krijgen, in walgelijke combinaties – vermout en seven-up, whisky en sinaasappelsap, goedkope gin en sodawater – of ze dronken sterke, zoete likeuren uit kleine en brede flessen: crème de menthe, Bailey's Irish Cream, een smerig, kleverig groen drankje dat naar meloen zou moeten smaken.

Ik gaf me eraan over, aan dit clandestiene innemen, en ik was er trots op dat ik het flink op een drinken kon zetten en toch nuchter kon lijken, dat ik de keuken van de Robertsons kon binnenlopen zonder zichtbaar te wankelen en met Ron en Eleanor een normaal gesprek kon voeren. Ik verborg mijn dranklucht door meteen de koelkast in te duiken, of door bij het aanrecht te gaan staan en het ene glas water na het andere uit de kraan te drinken. Becky vond me 'helemaal te gek'.

Zelfs zij raakte opgewonden van het vooruitzicht van een lang weekend op Cape Cod. Dit was voor hen ieder jaar het hoogtepunt, hun Bellevue, vier dagen aan de niet erg vriendelijke Atlantische kust, peddelend in de koude golven daar, te gast bij een ander gezin, de Spongs, waarvan de vrouw, Amity, een vriendin van Eleanor was sinds haar studententijd. Amity, die zelf afstamde van een familie die met de Mayflower was overgestoken, was met een goede partij getrouwd: Chuck Spong was een beleggingsbankier, de zoon van een beleggingsbankier, die weer de zoon was van de oprichter van de bank, een geslacht begiftigd met zowel hersens als beschaving, of in ieder geval met een scherp oog voor de financiële markten, zodat ze, toen ik hen voor het eerst ontmoette, als een luchtkussenvaartuig op een stevig kussen van financiële zekerheid dreven, dat met de jaren alleen maar verder zou uitdijen en hen geluidloos zou binnenvoeren in het rijk van degenen die puissant rijk zijn (maar daar niet mee te koop lopen).

In tegenstelling tot Eleanor hoefde Amity nooit een mantelpak aan te trekken en zich in de drukte van de stad te storten, een vrijheid die ze deelde met mijn moeder, maar waaraan zij geluk ontleende, een loom soort genoegen dat ze leefde. Ze schilderde, en af en toe verkocht ze haar schilderijen, taferelen van het goede leven die in bijna iedere kamer van hun zomerhuis hingen: een vaas met lelies bij een open raam, met in de verte de kabbelende zee; een met brede streken neergezet echtpaar, zonder gezicht, in poloshirt en met een zonnehoed op, bij avond gezeten op het gras, met parelkleurige cocktailglazen in de hand; een paar zeilboten die tegen een steiger stoten met daarop een meisje met een badpak en emmertje in dezelfde uitbundige kersenrode kleur. Amity had geen schaduwkant; Eleanor probeerde uit alle macht om die van haar te onderdrukken. Dat zorgde voor een band tussen hen.

Amity had vier slimme kinderen, in leeftijd variërend van eenentwintig tot tien. Drie van hen waren zo ongeveer even oud, en de vierde, Isaac, was het geliefde nakomertje. Van de oudere drie kinderen ging onze belangstelling niet zozeer uit naar Lily en Charlotte, die met eenentwintig en negentien reeds al te zeer in de greep van de volwassenheid zaten, maar naar de zeventienjarige Chad, een rustige jongen met slaperige ogen en verwarde donkerblonde haren, die zich ten opzichte van zijn broertje inschikkelijk toonde, zoals Becky dat bijna nooit ten opzichte van Rachel was.

Hun helemaal uit hout en glas opgetrokken huis lag net verborgen achter de anderhalve kilometer lange strook zuiver zand die het strand vormde, en was omgeven door bomen die me, doordat ze door de zoute wind er niet zo weelderig uitzagen, eindelijk aan thuis deden denken. Ook binnen was er overal zout en zand, in de naden tussen de vloerplanken, in de raamkozijnen, tussen de polen van de losse vloerkleden. Ondanks al hun rijkdom deden de Spongs nergens moeilijk over; ze leken zo mogelijk nog ontspannener dan Ron en Eleanor. In hun kamers heerste kalmte en rust, zoals het moment na een diepe zucht. Dit was natuurlijk alleen het geval wanneer de kamers leeg waren.

De avond dat we aankwamen en we met zijn allen uitstapten uit de stationcar met zijn beslagen raampjes, die ons met het geruzie van Becky en Eleanor en het rare gelach van Ron en de opgewekte opmerkingen van Eleanor helemaal uit Boston daarheen gebracht had, heerste er in het huis een verwachtingsvolle drukte. Isaac en Chad waren bezig de lange tafel op het terras (vanwaar door de bomen heen stukjes van de lang niet geziene oceaan zichtbaar waren) te zetten; Amity en haar dochters waren luchtig en soepel in de weer met de voorbereidingen voor het eten, zonder dat hun gezichten verhit waren door het hete fornuis. Chuck begroette ons bij de deur, samen met Anchor, hun zwarte labrador, van wiens krachtige staart we allemaal om de beurt een tik kregen, terwijl hij opgewonden om ons vermoeide groepje heen draaide.

Net als Ron was Chuck een joviaal type, maar in tegenstelling tot hem maakte hij een geloofwaardige indruk. Hij zag er goed verzorgd uit in zijn overhemd van madras met korte mouwen; hij was op een klassieke manier knap en zijn blonde haar leek wel wat op dat van zijn zoons, maar het was keurig gekapt, waardoor het niet wild zat.

'Ze zijn er!' riep Isaac, met onverklaarbare blijdschap, en hij rende met bloot bovenlijf in zijn zwembroek door de woonkamer, daarbij langs de lage, perzikkleurige meubels laverend; maar toen hij bij zijn vader gekomen was, stopte hij opeens en werd hij plotseling verlegen. We werden onmiddellijk van alle kanten omringd en we werden omhelsd en kregen vleiende opmerkingen te horen. Ik werd voorgesteld; iedereen was een en al glimlach ('Wat fantastisch, Sagesse, we hebben zoveel over je gehoord. En wat een prachtige naam! En wat een schitterende jurk!'). Mijn mondhoeken deden pijn en ik was me met mijn puberale zelf scherp bewust van het zweet op mijn neus en kin van de autorit.

We werden naar onze kamers gebracht, Becky, Rachel en ik naar een brede, vierkante kamer beneden, met één muur waarin openslaande glazen deuren zaten, met een lits-jumeaux en een wieltjesbed, allemaal voor ons opgemaakt. Isaac en Chad hadden de kamer ernaast, en onze glazen deuren en die van hen kwamen uit op een gedeelde patio, van waaraf een trap omlaag liep naar een onverhard pad naar het strand. Lily en Charlotte deelden een grotere kamer aan de overkant van de hal. Daarnaast was een speelkamer, met daarin allemaal speelgoed waarmee niet meer gespeeld werd, een heleboel batjes en netten en zwemvesten. De volwassenen zaten twee verdiepingen hoger aan de andere kant van het huis, ver weg.

'Jij slaapt op het kleine bed,' zei Becky tegen Rachel, 'omdat je de kleinste bent.'

Rachel klaagde niet. Ze deed de deur naar de patio open en klopte op het raam van de jongens.

'Ike,' zei ze, 'doe eens open. Laten we met Anchor naar het strand gaan om met de frisbee te spelen!'

'Het is bijna etenstijd,' riep Becky.

Rachel stak haar hoofd weer naar binnen. 'Oprotten, jij. Als zij zeggen dat het kan, dan is het goed. Jij kunt hier niet de baas over mij spelen.'

'Wat vind je ervan?' vroeg Becky, op de rand van haar bed verend. 'Te gek, hè?'

Ik was het met haar eens.

'We kunnen komen en gaan wanneer we willen en zij vinden het prima. Het is geweldig.' Ze zuchtte. 'Ik wou dat wij zo'n huis als dit hadden.'

'Thuis, in Frankrijk, wonen we aan zee,' zei ik. 'Niet zo dichtbij als hier, maar dichtbij.'

Het leek Becky niet te interesseren. Ze zocht in haar koffer en haalde een badpak te voorschijn. 'Ik wou dat ik Mam een nieuw voor me had laten kopen,' zei ze. 'Hierin lijk ik de Hindenburg wel.'

'Vast niet.' Het badpak was lichtblauw met gele bloemetjes. 'Ik wed dat de kleur je echt goed staat.'

'Weet je, ik wil een bikini. Iets waarmee je opvalt, iets wat sexy staat. Of zelfs maar een andere kleur. Mam wilde niet dat ik zwart nam.'

Ik had twee badpakken in mijn koffer: een bikini met bloemetjes en een met een zwart bovenstukje. 'Je kunt er een van mij lenen als je wilt.'

'Nou ja,' zei Becky snuivend. 'Alsof die me zou passen.'

'Vast wel.'

Ze zuchtte weer. 'Wat vind je van ze? Eerlijk?'

'Ze lijken me aardig.'

'De ouders, ja. Ze maken Mam ook aardiger. Ze heeft het zo druk met te bewijzen dat wij net zo goed aangepast zijn als zij dat ze niet meer zo raar doet. Min of meer. Maar wat vind je van, hoe heet het, met hen?'

'Daar ben ik nog niet zo uit. Ze lijken allemaal heel vriendelijk. En het blonde meisje – wie is dat ook al weer?'

'Lily.'

'Ze is mooi, ze lijkt wel een fotomodel.'

Becky maakte een geluid in haar neus. 'Zal wel. Ze zitten op de universiteit, die twee. Ze behandelen me alsof ik een jaar of twaalf ben. Meestal. Maar wat vind je van, uh, Chad?'

'Hij lijkt ook aardig.'

'Dus je vindt hem leuk?'

'Ja hoor. Ik denk van wel.'

'Misschien moet je met hem naar bed, vind je niet?'

'Wat?'

'Voor de eerste keer. Daar hebben we het toch over gehad? Hij heeft echt mooie armen en prachtig haar, vind je niet? En weet je, hij zou je niet uitlachen of zoiets.'

'Waarom ga jij niet met hem naar bed? Ik ken hem niet eens. En jij bent degene die zo graag wil.'

'Ja, nou.' Ze keerde terug naar haar badpak. 'Dit badpak is afgrijselijk. Ik heb er een pesthekel aan.'

9

Ik had moeten weten dat Chad de Thibaud van Becky was. Dat ze jarenlang smartelijk naar hem verlangd had en aan spelletjes had meegedaan in de hoop dat hij het zou merken. Ik weet zeker dat ik, als ik ons nu, op dit moment, allemaal uit de verte zou zien, het meteen zou doorhebben. Op het strand, tijdens de maaltijden, de middag dat we door de straten van de dichtstbijzijnde stad liepen (samen met, zo leek het, meer dan de helft van de rijke jeugd van Amerika en veel van hun ouders), overal maakte Becky grappen en drong ze Chad op aan mijn aandacht en mij aan die van hem. Het was haar manier om met hem te kunnen praten en haar manier om mij van zijn waarde te overtuigen; maar ik vatte wat zij zei letterlijk op en flirtte zo goed als ik kon met deze kleurrijke vertegenwoordiger van de mannelijke Amerikaanse jeugd/volwassenheid, die zijn laatste jaar op St. Paul's inging, en vandaar naar de indrukwekkende universiteit (Princeton, in dit geval) waarvan de Spongs niet hoopten, zoals Ron en Eleanor, maar zeker wisten dat hun kind ernaartoe zou gaan. Vandaar zouden de stappen naar de vrijheid in feite stappen zijn in de richting van dezelfde goedaardige gevangenschap waarin zijn vader opgesloten zat: het felbegeerde MBA-diploma, het familiebedrijf, een voortijdig zich hullen in grijze pakken en bretels, de Apollinische lokken net voldoende afgeknipt om nog iets van de wildebras te suggereren achter het geruststellende laagje fiscale verantwoordelijkheid. Maar dat lag allemaal in de toekomst, een toekomst die zo weinig twijfelachtig was en die zo weinig nader onderzoek vergde dat Chad, op zijn zeventiende, volkomen zorgeloos was en dat zijn lome bewegingen zo vol van de zekerheid zaten over wat hem toekwam, dat hij het zich kon veroorloven genereus en geduldig te zijn met iedereen die hij om zich heen had, van zijn vader tot de kleine Ike, tot de Robertsons en mij.

Voor Chad was ik nieuw op een manier waarop Becky dat simpelweg niet kon zijn. Net als ik voelde hij de bevrijdende vrijblijvendheid van mijn aanwezigheid (ik hoefde niet verdragen te worden, er hoefde met mij niet geleefd te worden; ik was er, maar binnenkort zou ik er niet meer zijn; ik was iets anders), en ik denk – zonder mezelf te vleien – dat hij mij aantrekkelijk vond. Op zaterdagavond, de derde avond, toen we met zijn allen op het strand aan het barbecuen waren en we (net als in een Amerikaanse film; ik had het niet beter kunnen plannen), nadat onze zanderige varkenskoteletten en zwart geworden maïskolven waren weggegooid, met jong en oud rond het vuur zaten met een gitaar erbij, bood hij mij, niet Becky, zijn sweatshirt tegen de avondbries aan, en hij wilde me verderop op het strand, op een punt waar het helemaal donker was, de sterrenbeelden laten zien: de Gordel van Orion; de Grote Beer en de Kleine Beer; de achterover liggende Cassiopeia; de piepkleine, dicht opeengepakte schittering van de Plejaden.

We waren maar een paar minuten weg van het vuur en nooit meer dan vijftig meter, maar zelfs voor Rachel was dat genoeg om aan te nemen dat er iets gaande was.

'Vind je hem echt aardig?' vroeg ze later in bed, haar knieën tegen haar borst en met een gloed in haar ogen. 'Ga je nu met hem?'

'Doe niet zo raar, we gaan maandag weer weg,' zei ik. 'Hij liet me alleen de sterren zien.'

'Ja, ja,' zei Becky vanuit haar bed tegen de andere muur. 'Natuurlijk. Je bent toch zo'n opgeilster, Sagesse.'

'Een wat?'

'Een opgeilster. Jij geilt jongens op.'

'Dat doe ik niet.'

'Alsjeblieft zeg. Je doet eerst alsof het je niet kan schelen en dan palm je hem helemaal in.' Op sarcastische wijze imiteerde ze hoe ik met mijn wimpers knipperde en ze ging met een sterk Frans accent spreken. 'O, *oui*, Chad. Ja graag, Chad, neem me mee en laat me *ze* sterren zien.'

Rachel schaterde het uit.

'Dat is gewoon gemeen. Je weet dat dat niet eerlijk is.'

'O, het Franse schatje is niet blij. Arm popje.'

'Kom op, Becky, doe niet zo… hou op.'

Becky's glimlach was niet geheel en al vriendelijk. Haar sproeten leken op vlekken.

'Nou,' zei ze, 'ik vind gewoon dat je moet weten als je het onschuldige Franse meisje speelt, dat we hier in Amerika zijn en dat je hier doet wat je zegt. Weet je, je kunt hier niet een beetje jongens versieren en dan verder niks doen.'

'Je maakt van een mug een olifant. Wat moest ik zeggen, zeggen dat ik de sterren niet wilde zien?'

'Ik wilde ze ook zien,' zei Rachel.

'Zie je,' zei Becky, 'je had kunnen vragen of iemand anders mee wilde. Zodat hij niet het verkeerde idee kreeg. En je had zijn sweatshirt niet hoeven aan te nemen.'

'Ik had het koud. Ik heb het teruggegeven.'

'Het kleine schatje had het koud. Arm kleintje.'

'Ik begrijp niet waarover je zo kwaad bent. Het is niet belangrijk. Het is toch zeker niet belangrijk?'

'Dat is het absoluut wel. Omdat Chad echt een aardige jongen is.'

'Dat weet ik.'

'En ik zie dat hij op je valt.'

'Dat is zo, Sagesse,' zei Rachel. 'Dat is volstrekt duidelijk.'

'En ik wil niet dat hij gekwetst wordt. Meer niet.'

'Zeg meiden, we gaan overmorgen weg.'

'Eigenlijk morgen al,' zei Rachel. 'Het is na middernacht.'

'Ook goed. Maar het is niet belangrijk, daar gaat het mij om.'

'Hoe zit het met het feest morgenavond?' zei Becky.

'Vanavond,' verbeterde Rachel.

'Nou, hoe zou het daarmee moeten zitten?'

'Nou ja.' Becky liet zich onder de lakens zakken en ging met haar gezicht naar de muur liggen.

'Je bent niet echt kwaad op me, hè?'

'Natuurlijk is ze dat niet,' zei Rachel, en ze stond op om het licht uit te doen. 'Ik wou dat Anchor bij ons mocht slapen.'

'Walgelijk,' zei Becky in haar kussen, maar hardop. 'Je bent volkomen walgelijk, Rach. Anchor stinkt. En hij probeert altijd je gezicht te likken.'

'Ik vind hem lief.'

'Je bent volkomen walgelijk.'

Ik lachte om hen allebei en ging ervan uit dat ze me het hadden vergeven.

10

Het feest van de volgende avond was, net als het bezoek van de Robertsons, een jaarlijks hoogtepunt. Het was tegelijkertijd een barbecue en een cocktailparty voor de zomergasten (of althans degenen met een zekere status), die zich verspreidden over het strand, het huis en de verschillende terrassen. Het was een feest voor alle leeftijden; hun haar was nog nat van de zee, hun katoenen zomerkleding nog raadselachtig nieuw. Volgens Eleanor bevonden we ons in het gezelschap van senatoren en beleidsmakers en zelfs een of twee schrijvers, hoewel geen van de namen die ze noemde mij iets zei. Ron, zo merkte ik, was zenuwachtig voor het feest: zijn gelach was bijna constant, bijna angstaanjagend, en dan – als hij even alleen stond – kreeg zijn gezicht weer de ingezakte uitdrukking van volslagen eenzaamheid, en vergat hij zelfs aan zijn baard te plukken op de verfijnde manier die hij gewoonlijk aanwendde om een indruk van bedachtzaamheid te maken.

Er waren mannen met wit haar en zonder haar, en vrouwen met en zonder verweerde gezichten, wel en niet opgemaakt; allemaal lachten ze oprecht en staken ze hun hand uit om de in mandarijnkleurig tule gehulde arm van Amity Spong aan te raken. Als de volmaakte gastvrouw bewoog zij zich onder hen om de gevallenen te redden: de echtgenoten en vrouwen die alleen aan elkaar overgeleverd waren, of de er als academici uitziende mannen met bril wier hele houding zo overduidelijk 'doodsaaie gesprekspartner' uitstraalde alsof het in neon boven hun hoofden geschreven stond. Er waren ook jonge echtparen, achter in de twintig of dertig, die voornamelijk in hun kinderen geïnteresseerd waren – veel van die kinderen waren blond, en ze waren hoogstens zeven jaar. De vrouwen van deze groep slaagden erin om er zowel stralend als uitgeput uit te zien; zij droegen hun kraaienpootjes als teken van hun moederlijke lieftalligheid, en hun verdraagzaamheid voor het vastgrijpen en het slaan en het gejengel van hun kindertjes was eindeloos.

Er werd mij meer onthuld over de glamourwereld van de Spongs. Ik stond een tijdje te praten met een fors gebouwde, jonge vrouw met sproeten die Abby heette, die mij – onder het volstoppen van haar vierkante lijf met hapjes van een dienblad dat ze zich praktisch voor eigen gebruik had toegeëigend en tussen het aflikken van haar vingers en het achterover slaan van haar gin-tonics alsof het water was door – verzekerde dat haar hele leven was veranderd sinds ze de vorige winter, toen ze net zestien was geworden, langs slinkse wegen terecht gekomen was in het circuit van volwassen cocktailparty's in Boston, aan de Cape en af en toe zelfs helemaal bij de Hamptons. Ik had geen idee wat de Hamptons waren of waar ze zich bevonden, en nog lang daarna stelde ik me hen voor als een bijzonder elegant echtpaar dat in het landelijke Massachusetts woonde en zag ik een uitnodiging voor een party bij hen thuis als een hoogtepunt voor de *beau monde* van Boston.

Ik hield het met Abby uit zolang ik kon, waarbij ik het feit dat ik me dicht bij de bowl met punch bevond als een aangename genoegdoening voor haar gezelschap zag, en tegen de tijd dat ik wist te ontkomen en Becky ging zoeken, hadden het feest en zijn gasten een rozerode gloed gekregen, een genoeglijke zachtheid die niet alleen toegeschreven kon worden aan de schemer, maar ook aan de behaaglijkheid van mijn door drank verwarmde ledematen.

Ik liep glimlachend met een glas in de hand van het ene groepje naar het andere, langs Ron, die zijn beide dochters al een tijdje niet gezien had, langs Amity Spong, die me naar het strand verwees. Ik werd vervolgens kort opgehouden door Eleanor, die me graag wilde voorstellen aan de hoogleraar Frans van Harvard, met wie ze stond te praten, maar ze liet me bijna meteen gaan toen duidelijk werd dat noch hij – die iemand voor zich zag die feitelijk een kind was – noch ik – die een leraar voor me zag – het kon opbrengen om over Frankrijk te spreken, die opgeblazen, vage mythe van Frankrijk, die te veel, maar wel verschillende dingen voor ons beiden betekende; en dat we, afgezien hiervan, niets gemeen hadden.

Becky vond ik wat verderop, aan de rand van het strand bij de bomen, in kleermakerszit, met haar blauwe katoenen jurk als een vijvertje om zich heen gedrapeerd. Om haar heen zaten verscheidene tieners die ik niet kende, en toen ik dichterbij kwam, rook ik de nu vertrouwde zuurzoete lucht van de rook van marihuana. Pas toen ik naast haar neergeploft was, besefte ik dat ik tussen haar en Chad in was gaan zitten: hij zat met zijn rug naar mij toe, en ik had hem in het donker met zijn blazer niet herkend.

'Hoi.' Hij sloeg zijn arm om mijn rug en legde een gepikte fles bourbon, die al half leeg was, in mijn schoot. 'We vroegen ons af waar je bleef. Ik zei tegen Becky dat ze je moest gaan zoeken, omdat je alle lol miste…'

'En ik zei tegen hem dat hij je zelf maar moest gaan zoeken.' Becky's wangen waren vuurrood en haar lange krullen hingen in slierten langs haar gezicht. Haar lippen waren vochtig. Ze straalde wanorde uit.

'Jullie hebben al wat op?' vroeg ik. 'Dan heb ik wat in te halen.'

'Vooruit dan.' Chads hand, die nog steeds de fles in mijn schoot vasthield, schudde deze heen en weer. 'Drinken maar.'

Het gesprek in de groep was vaag. Verschillende verhalen, die allemaal betrekking hadden op avonturen met verboden alcohol- en druggebruik en daaruit voortvloeiende botsingen met ouders of de politie, leken zich om me heen te ontspinnen en elkaar te overlappen en ze waren te moeilijk om te volgen. Ik nam een slok uit de fles en gaf hem door aan Becky.

'Nog een. Jij hebt wat in te halen. Een dubbele slok.'

Ik nam nog een slok. 'Hoe zit het met de ouders?'

'Het kan ze niet schelen.' zei Chad, zijn aandacht gericht op de joint die de fles de kring rond volgde. 'Zij doen wat zij willen en wij doen wat wij willen. Ontspan je.'

'Ja, Sagesse. Ontspan je.' Becky, die de fles doorgaf, sprak op de bittere toon van de avond ervoor. 'Het zijn niet eens jouw ouders. Zo perfect. "Ik maak *moi* zo veel zorgen dat *ze* ouders mij straffen *peut-être*." Jij kunt niets verkeerds doen, dus maak gewoon lol. Laat Chad hier je maar laten zien wat lol is.' Ze gaf me een groteske knipoog.

Wat volgde, beschouw ik nog steeds als een Amerikaans inwijdingsritueel. Het had nooit onderdeel kunnen zijn van mijn vertrouwde – mijn vroegere – groep bij het zwembad van het Bellevue. Als ik de keus had gehad, was ik liever trouw gebleven aan Becky dan dat ik haar vriendschap verloor omwille van Chad, voor wie ik slechts een voorbijgaande en passieve belangstelling had; maar ik kon dit niet duidelijk maken in deze groep bij de zee, en toch het meisje blijven dat Becky besloten had dat ik was en dat ik wilde zijn: te gek, onverschillig en zelfzuchtig. Chad legde zijn hand op mijn knie om mijn aandacht te trekken (de fles kwam weer langs); Becky was jaloers. Ik draaide me eerst naar haar toe, niet naar hem, en zag hoe haar gezicht vertrokken was door haar boze blik en haar toegeknepen ogen.

Ik had misschien op moeten staan en moeten weglopen, terug naar Eleanor en haar Franse professor, of zelfs naar de afschuwelijke Abby. Ik had misschien Rachel en Isaac kunnen vinden, de veilige haven van de kindertijd. Maar dit was niet mogelijk. Ik hoopte nog steeds mijn vriendschap voor Becky te kunnen bewijzen, te laten zien dat ik geen opgeilster was of een slome duikelaar. Dus ik bleef zitten, aan de rand van het gezelschap, met een halve glimlach, en liet me alleen meevoeren met het ritme van de rondgaande fles (toen die leeg was, verscheen op wonderbaarlijke wijze een nieuwe, en deze ging – hoewel langzamer – weer rond en weer rond) en met zijn volgeling, de gloeiende marihuanasigaret, waarvoor op gelijke wijze een aanvulling kwam en die bleef rondgaan.

Het werd donker. Er kwamen geen volwassenen onze kant van het strand op. De geluiden van de kleine kinderen losten zich op en verdwenen. Het aantal gasten werd kleiner, maar dat merkten wij niet. Eén jongeman stond op en ging weg; zijn voetstappen klonken zacht zingend in het zand terwijl hij wegliep. Iemand meende een vleermuis in de bomen te zien. Veel gelach. Ik dacht dat ik drie mensen aan de andere kant van de kring Spaans hoorde praten.

'Waarom Spaans?' vroeg ik aan Chad, maar hij gaf geen antwoord of leek het niet te horen. Hij sloeg zijn arm om mijn schouder: 'Heb je het koud? Wil je mijn jasje?'

Ik schudde mijn hoofd. Hij haalde zijn arm niet weg. Ik kon niet bedenken – het was nu allemaal zo wazig – hoe ik die arm weg kon krijgen en zag hem vaag als Thibauds beschermende omarming. Becky was intussen met haar rug naar mij toe gaan zitten. Later, toen ik weer keek, leek het dat ze verdwenen was, tot ik me realiseerde dat alleen haar omtrekken veranderd waren: ze was gehuld in de blazer van een andere jongen en had een andere arm om zich heen. Er gingen twee anderen weg. Toen waren we nog maar met z'n vijven, Chad, ik, Becky en haar bewonderaar, en een kleine, donkere jongen die 'Pop' leek te heten en uit wiens persoonlijke voorraad de flessen en sigaretten leken komen. Ik voelde me wazig, en heel zwaar, en in mijn als lood aanvoelende lichaam kolkte en golfde de angst. De anderen waren voor mij net zo onverstaanbaar geworden als het koor van boomkikkers.

'Ik denk dat ik beter naar bed kan gaan,' zei ik. 'Ik voel me niet erg lekker.' In Frankrijk, dacht ik, thuis, zou dit nooit gebeurd zijn. 'Ik wil naar huis,' zei ik. Ik probeerde het gewicht van Chads arm op mijn rug af te schudden, maar zelfs toen hij zijn arm weghaalde, was het gewicht er nog steeds. Ik stond op en hoorde de golven, die een ogenblik ervoor nog zo zacht kabbelden, in mijn oren donderen.

'Ik breng je weg.' Chad stond naast mij.

'Ja, neem jij haar maar mee,' hoorde ik Becky zeggen, hoewel ik Becky niet echt ergens kon zien. Er waren geen volwassenen meer aan het strand die mijn gestrompel zouden kunnen zien. Het zand vulde mijn sandalen en klauwde bij iedere onzekere stap naar mijn voeten. Het was een koele avond, maar toch zweette ik en voelde ik mij onaangenaam vochtig in al mijn lichaamsholten.

'Het is niet ver,' spoorde Chad's lichaamloze stem mij aan bij mijn oor. Zijn hand ondersteunde mijn elleboog – alsof het, zo overdacht ik in mijn kolkende, stekeblinde wereld, mogelijk was dat zo'n hoffelijk gebaar mij overeind kon houden.

'Ik voel me prima.' loog ik.

'Ik denk van niet.'

'Nee, echt.'

'Laat me je helpen. We halen wat water voor je. We zijn er bijna.'

Tussen de pijnbomen rook het lekker. Het had aangenaam moeten zijn. We waren nu bij het huis: ik kon de gedempte stemmen van degenen die waren blijven plakken horen, af en toe onderbroken door een schallende lach (die van Ron?). Ik zag schaduwen bewegen en het oplichten van een enkele sigaret, ik zag hoofden afgetekend tegen de pruisisch-blauwe hemel, ik zag het terras, waar ze allemaal stonden, omhooggaan als de boeg van een schip.

Als de boeg van een schip op een hoge zee. Ze gingen op en neer. Ik snakte naar adem. Ik keek weer omlaag, een paar passen van het open raam van mijn kamer. Maar het was te laat: de onverhoedse beweging van mijn hoofd zorgde voor een kolkende beweging in mijn ingewanden.

'Ik denk...'

'O, godver, Sagesse...'

'Ik kan er niets aan doen.'

'Red je het tot aan de badkamer?' Chads stem klonk heel zacht, maar dringend.

'Ik denk niet...'

De hoge zeeën braken binnen in mij uit. Of beter gezegd van binnen naar buiten, op de treden van de patio, en op de broek van Chad, en op het met pijnboomnaalden bezaaide pad, een brullend, triomfantelijk braken ten teken van mijn totale nederlaag.

Boven moesten ze het wel horen. Degenen die 'verantwoordelijk' waren – de ouders – konden niet doen alsof ze niets gehoord hadden, ook al hadden ze dat gewild.

Ik voelde Chad aarzelen in zijn kaki broek die onder de spetters zat, en erover denken om te vluchten, terwijl de bourbon en de resten punch via mijn slokdarm in heftige straaltjes omhoogkwamen. Maar hij was een Spong, en hij bleef waar hij was. Zijn hand was nauwelijks een seconde weg van mijn elleboog, en toen ik rechtop was gaan staan en mijn mond dicht had gedaan en door mijn brandende keel geslikt had, leidde hij mij de trap op en via mijn kamer naar de badkamer, met de slechte, vaalgele verlichting, en daar poetste hij mij en zijn eigen vieze broekspijpen schoon door met water te gaan kliederen en gaf hij mij glazen water te drinken.

11

Daar ontdekten Amity Spong en Eleanor ons; hun eigen dronken gezichten waren vertrokken van afkeuring en bezorgdheid, en daarna van afgrijzen bij de aanblik van de kleine, buitenlandse gast, die lijkbleek, drijfnat van het koude water, en rillend op haar knieën naast de toiletpot zat voor het geval er nog meer zou komen.

Het was Eleanor die me met opengesperde neusgaten uitkleedde en in bad stopte, mijn nachthemd haalde en achter me stond terwijl ik mijn tanden poetste; die zich enigszins liet vermurwen door de aanblik van mijn tranen en die mijn bevende lichaam in een van haar minder hartelijke omhelzingen in haar armen nam, voordat ze me, gelouterd, naar bed bracht. Ron – die arme Ron – zo hoorde ik later, werd het strand op gestuurd om Becky uit de armen van haar nieuwe vrijer te halen, terwijl Chad, omdat hij een jongen was en niet gevlucht was, zonder verder gedoe werd weggestuurd en te horen kreeg dat hij – en wij – er de volgende ochtend nog meer van zouden horen, opdat Amity Spong, met de altijd beminnelijke Chuck aan haar zijde, tot het laatst toe met de voor haar kenmerkende zelfverzekerdheid kon schitteren op haar jaarlijkse feest.

Pop was verdwenen toen Ron zijn dochter vond, wat slechts ten dele een gunstige zaak was: weliswaar waren met hem alle sporen van drugs verdwenen (de rookwolken van de marihuana waren al lang door de zeewind verdreven), maar toen Pop weg was, was de andere jongen, Becky's jongen, erin geslaagd het lijfje van haar blauwe jurk los te knopen, en Ron, die arme Ron, zag de jongen zuigend als een baby aan haar kleine borstje liggen, terwijl Becky, zijn eerstgeborene, er voor lijk bij lag naast drie lege flessen Maker's Mark, met haar haren in haar mond en haar rechtertepel in de mond van iemand anders. Het was een schok voor haar vader, een schok waarop zijn onvermijdelijke reactie – dat nerveuze gelach – misplaatst en merkwaardigerwijs verontrustend leek. 'Ik dacht,' zei Becky later, voordat het gedonder losbarstte en ze mij weer haar rug toekeerde, 'door de manier waarop hij lachte, dat hij me misschien wel ging vermoorden, ons allebei ging vermoorden.'

Wat hij niet deed. De jongeman, die lang niet zo galant was als Chad, of wiens naam misschien alleen maar minder goed te achterhalen was, ging ervandoor en rende over het strand, weg van het huis, en Becky, die nauwelijks nuchterder was dan ik, bleef achter om haar kleding te fatsoeneren, waarna zij achter de woedende gestalte van haar vader aan naar huis wankelde.

In de tussentijd was Rachel, die met Isaac monopolie had zitten spelen, binnengekomen en ze stond mij, die als een hoopje ellende in mijn bed lag, aan te gapen. Uiteindelijk deed ze dat ook bij Becky, tegen wie ze op de prevelende toon van een Cassandra zei: 'Nou heb je het echt verbruid. Nou krijg je er echt van langs. Jeetje, wat zit jij in de problemen,' totdat Becky uiteindelijk een kussen naar haar zus gooide en haar toebeet 'Hou VERDOMME je bek', waarna ze met haar gezicht naar de muur ging liggen.

Wanneer je veertien bent – of vijftien, of zestien – lijkt niets van dit alles op zo'n ochtend erna überhaupt mogelijk. Zulke momenten van ongeloof, die zo wezenlijk zijn voor de puberteit, zijn in je latere leven gereserveerd voor gebeurtenissen van ontzagwekkend belang: een moord, bijvoorbeeld, of verlaten worden of een geboorte. Maar de ware, de stormachtige, de afgrijselijke, de juichende golf van absurditeit, het uitschreeuwen van 'Hoe is het mogelijk?' – die golf is er, als je veertien bent, niet minder heftig om doordat deze onmiddellijk na iets triviaals losbarst. Toen leek het braken op de trap van het landhuis van de Spongs een even ernstige zaak als dronken achter het stuur een kind doodrijden, of vanaf een hoge plek een wapen afvuren op een giechelende menigte.

Monter beweren dat het onwerkelijk lijkt, is geen recht doen aan de complexiteit van de gemoedstoestand: wat er eerder gebeurd is, zweeft als een droom, en wat nog moet komen is onvoorstelbaar. De toekomst strekt zich ver tot de horizon uit, maar tussen nu en de toekomst heeft zich een kloof gevormd, waarvoor geen mogelijke brug te zien is. Dit was mijn tweede ontmoeting met zo'n breuk en reeds leerde ik dat zulke tijden, waarin alles wat vaststaat opeens onrijp is, misschien echter zijn dan welke tijden ook: het verstrijken van de tijd dringt zich op met iedere tik van de klok, het licht is helderder, de contouren van voorwerpen zijn pijnlijk duidelijk. En vermengd met angst en ontzetting is er sprake van een onloochenbaar, glinsterend gevoel van verwachting, een afstandelijke nieuwsgierigheid: iets moet er gebeuren wat ik niet kan voorzien; het zal middag worden, en avond en de volgende dag; die brug van hier naar daar moet gebouwd worden en moet overgestoken worden, en als ik terugkom van de andere kant zal diezelfde kloof zich gesloten hebben alsof hij er nooit geweest is.

Onze 'rechtszaken', of preciezer gezegd, onze veroordelingen, voltrokken zich apart, in beslotenheid. Dit proces, dat plaatsvond na een ontbijt vol onheilspellende stiltes, gebeurde gehaast: ons gezelschap zou direct na de lunch vertrekken en geen van de volwassenen wilde hun laatste maaltijd samen laten bederven door onze vergrijpen. Ik wist niet wat Chuck Spong tegen Chad zei, en ook niet wat Chad te verduren kreeg. Toen Becky, nuchter geworden en somber, hem vroeg welke prijs hij moest betalen voor zijn aandeel in onze schande, haalde Chad alleen maar zijn schouders op en zei: 'Maak je maar geen zorgen. Ik overleef het wel.'

Wat Becky en mij betreft: ik kwam er heel wat beter van af dan zij. Tijdens het hele onderhoud dat zij met mij had, liep Eleanor op en neer door onze meisjesslaapkamer, van het raam naar de deur en weer terug, waarbij haar route zich splitste bij het wieltjesbed in het midden van de kamer, zodat ze eigenlijk een amandelvormig ovaal beschreef, de vorm, zo dacht ik toen, van een enorm, alziend oog.

'Ik ben bijzonder teleurgesteld in je gedrag, Sagesse,' begon ze, zoals ik had geweten dat ze zou doen. 'En, eerlijk gezegd, bezorgd. Het is altijd moeilijker om een kind dat niet van jezelf is te straffen. Ik heb hierover heel diep nagedacht.' Ze wachtte even en trok een wenkbrauw op om van daaronder naar mij te gluren door haar knipperend, half gesloten oog. 'Ik heb slecht geslapen. Ik kan verschillende dingen doen. Je zou kunnen zeggen dat het niet aan mij is om je te straffen. Ik zou je ouders kunnen opbellen en de situatie uitleggen en het aan hen overlaten.' Ze wachtte weer even en bestudeerde met uiterste kalmte het schadelijke effect dat haar woorden hadden op mijn gelaatskleur en mijn ademhaling. 'Wat ik in wezen het beste zou vinden.'

'Tante Eleanor, ik...'

'Heb het respect, Sagesse, om mij toe te staan om te zeggen wat ik te zeggen heb. Respect is, zoals je weet, een sleutelprincipe in ons gezin.'

'Ja, tante Eleanor.'

'Dat zou ik het beste vinden. Maar ik weet ook dat je ouders het momenteel heel moeilijk hebben. Ik moet me afvragen – omdat ik weet dat je een goed iemand bent, en omdat we vriendinnen zijn, nietwaar? – of de problemen thuis, en het feit dat je nu niet in staat bent om daarmee om te gaan, niet hebben bijgedragen – nou ja, of we niet in ogenschouw moeten nemen dat er verzachtende omstandigheden zijn. Vertel me eens, Sagesse, doe je dit thuis ook?'

'Doe ik wat?'

'Drinken. Dronken worden.'

'Ik heb nooit – ik heb geen – nee.'

'Ik dacht al van niet.' Eleanor leek echt treurig gestemd. Ze hield op met ijsberen en streek de vouwen van haar schort glad met haar wijsvingers alsof ze haar buik bestudeerde. 'Ik kan dit niet zomaar laten passeren. Maar bovenal ben ik teleurgesteld. Dat je niet vond dat je met me kon praten. Dat je de kracht of het gevoel van veiligheid niet had om toe te geven wat je voelde. Dat dit de enige manier was om los te komen van je problemen.' Ze ging naast me op het bed zitten en hield me met haar gespierde arm omkneld. 'In bepaalde opzichten kan ik niet aan het gevoel ontkomen dat wij het fout gedaan hebben, Ron en ik. Ik heb de afgelopen weken geprobeerd om een veilige, gezonde omgeving te creëren, en dat is duidelijk niet genoeg geweest. En nu duurt het nog maar een paar dagen voordat je weggaat. Dus het spijt me. En ik wil dat je weet dat je met mij kunt praten, over alles. Wanneer je maar wilt.' Ze glimlachte, waardoor ik vlak voor mijn oog een puntige, geel wordende valse kies te zien kreeg.

Ik was verbijsterd en kon de plotselinge ommekeer in haar zedenpreek niet volgen, die veranderd leek te zijn in een verontschuldiging. 'Het spijt me,' zei ik. 'Het spijt me heel erg. Ik wilde dit weekend niet bederven. Jullie zijn fantastisch voor me geweest, zo aardig, en ik heb me misdragen. Ik weet niet hoe het kwam. Ik... '

'Als Becky niet...'

'Het is Becky's schuld niet. Echt niet. Het is mijn schuld, het is mijn eigen...'

Eleanor stond op en begon weer te ijsberen. 'Daar hoeven we het niet over te hebben. Becky is mijn eigen kind, en ik ken haar beter dan jij. Ik weet precies wat er gebeurd is. Laten we het daarbij laten.'

'Geef haar alsjeblieft niet de schuld van wat ik gedaan heb.'

Eleanor klikte met haar tong van ergernis. 'Over een paar minuten praat ik met Becky. Zij en ik zullen het over haar situatie hebben. Dit betreft jou. Ik ben blij dat je spijt hebt. Ik wist dat je dat zou hebben.' Ze hield stil bij het raam en keek omlaag naar het strand. 'We zijn het er allebei over eens dat er een straf moet komen, nietwaar?'

'Natuurlijk.'

'Nou dan. Je doet, als we thuis zijn, de afwas en de badkamer tot je weggaat. De vaat van het avondeten, iedere avond.' Ik wachtte; er moest meer zijn. 'Goed? Afgesproken?'

Ik knikte.

'Hier laten we het bij. Ga nu maar. Stuur Becky naar binnen. En zeg tegen Rachel dat ze ophoudt met aan de deur te luisteren.'

'Ja, natuurlijk. Tante Eleanor – dus je gaat niet – het spijt me – mijn ouders?'

'Die hoeven nu niet nog meer in de zorgen te zitten, vind je ook niet?'

'Bedankt, tante Eleanor.'

Ze deed haar ogen dicht, alsof ze uitgeput was. 'Ik zou je graag hierdoorheen helpen,' zei ze. 'Ron en ik zouden het graag proberen. Goed?'

Volgens Rachel, die het gesprek afluisterde, vond Becky bij haar moeder niet zo'n geduldig begrip. Eleanor tierde en snikte en pruilde en deelde willekeurige, zware straffen uit: geen uitjes, geen toetjes, geen vrienden en vriendinnen in huis. Becky, zo informeerde Rachel me, was 'goed pissig'. Ze gaf mij de schuld, wat misschien onvermijdelijk was; tegenover Rachel noemde ze me 'een kutwijf', en ze zei dat ze niet meer tegen mij zou praten.

'Zit er maar niet al te erg over in,' zei Rachel en ze stortte zich op mijn middenrif in een onbewuste imitatie van haar moeder. 'Voor mij ben je nog steeds de Gekko.'

13

Ik had niet gedacht dat ik zo graag naar huis wilde gaan. Ik had gedacht in mijn van vorm veranderende Amerikaanse persoonlijkheid een nog niet ontdekte kracht te vinden; maar mijn vorm was, helaas, afhankelijk van hoe anderen mij zagen. Becky vergaf niet gemakkelijk. In de dagen in Boston die mij resteerden, hield ze zich schuil en meed ze me en ging ze weer haar eigen, geheimzinnige weg, alsof ik een grote vette spin was of de huichelachtige lakei van haar ouders, die slechts gebrekkig vermomd was als haar leeftijdgenote. Er waren geen avonden meer op het kerkhof, geen giechelgesprekken tussen de bomen of op mijn bed. Rachel nodigde me uit voor een laatste seance, maar die uitnodiging sloeg ik af.

Maar ik was evenmin opgelucht door de bezorgdheid van mijn tante; al die tijd, zo besefte ik, dat ik geloofd had dat ik voor haar een voorbeeldig meisje was, had ze in mij een gewond iets gezien, een stemloze slappe pudding van neuroses en verdringingen, waarvan zij met haar gepsychologiseer iets stevigers probeerde te maken. Ze had me gezien als mijn broer. Het maakte me misselijk en bracht me aan het twijfelen. Misschien was ik niet iemand die, zoals Becky me verzekerd had, 'van alle kanten uitstraalde dat ze nog maagd was'; maar straalde ik dan in plaats daarvan – zo duidelijk als sonar voor degenen die het konden waarnemen – golven van verdriet en beschadiging uit? En als dat zo was, hoe kon ik ze dan tot staan brengen? En als dat niet zo was, hoe kon ik dan bepalen hoe groot mijn kersverse haat was tegen tante Eleanor, die deze golven bijna gecreëerd had door ze zich in te beelden?

Opeens wenkten het Bellevue en de zekerheid van de blikken van mijn familie. Die laatste vijf nachten droomde ik herhaaldelijk van thuis. Het was misschien onvermijdelijk – het ritme van een dergelijke expeditie naar de vrijheid, de intensiteit ervan en het wegvallen ervan – maar ik was ook vervuld van verdriet dat ik door hier te komen mijn droom over Amerika verloren had; mijn maagdelijkheid verloren had, hoewel niet in technische zin, maar wel in andere zin. Wist ik toen dat ik terug zou komen, opnieuw zou beginnen, een nieuwe persoonlijkheid voor mezelf zou creëren, zoals ik heb gedaan? Ik denk het niet. Toen was een week nog heel lang, was een jaar onvoorstelbaar en strekte mijn toekomst zich onzichtbaar voor mij uit. Ik wist niet wat ik al met me meedroeg, en evenmin wat ik nog zou moeten dragen.

─────── **14**

Nu, bijna tien jaar later, met zo veel Amerikaanse jaren achter me, zie ik dit land nog steeds als elke willekeurige immigrant: hier in mijn kleine appartement aan Riverside Drive, of als ik in de bibliotheek zit te studeren, of in het centrum in de cafés en nachtclubs, word ik bedacht en weer opnieuw bedacht. Ik kom mensen tegen die vragen naar mijn lichte accent, of waarom ik weleens haper tijdens het spreken, en ze nemen genoegen met mijn antwoord, wat dat ook is. Ik kan buitenlands lijken of autochtoon, exotisch of onzichtbaar, afhankelijk van hoe mijn pet staat. Ik ben voor sommige vrienden Amerikaans, voor andere Frans, voor weer andere een aanvaardbare, midatlantische kruising, en voor de meesten van hen doet mijn achtergrond hen alleen denken aan de bijna vergeten bezoeken die ze in hun puberteit met leraren of ouders aan de borstweringen van de Notre Dame gebracht hebben, of aan snikhete middagen in augustus in auto's of minibusjes, toerend door de Loire-vallei. Er is niets echts aan mijn geschiedenis, en het meeste vertel ik niet. Zelfs de Robertsons zijn in schaduwen gehuld, een onbekend hoekje van mijn leven, voor iedereen, behalve voor Chad Spong (wiens haar er nu precies zo verzorgd uitziet als dat van zijn vader), met wie ik af en toe eet, een lunch of een diner in restaurants met tafellinnen en tafelzilver waarvoor zijn discrete fortuin de rekening betaalt.

Ik word nog steeds bij het ochtendgloren wakker – wanneer de oostelijke streep licht zijn kortstondige blik op de vloer van mijn appartement werpt (de rest van de dag is het donker in de kamer; de seizoenen zelf zijn onherkenbaar door de tegenoverliggende appartementen) – en denk dan verlangend aan thuis, en weet dan weer, terwijl ik met mijn ogen knipperend echt wakker word, dat thuis, zoals voor zoveel anderen, bestaat zoals het toen was, alleen voor mij en onbereikbaar voor mij.

4 ——

1 ———————

Mijn vader hield van zijn vaderland. Daarvan ben ik zeker. Toen in die laatste, krankzinnige weken van juni 1962 rokende bussen en open vracht-wagens Algiers binnenstroomden vanuit de bergen en daarachter, boorde-vol blanke vluchtelingen en de aandenkens van generaties, en toeterend en hotsend en botsend hun van dieselolie doordrenkte weg vervolgden naar de wilde bazaar die de haven was geworden, bleef hij thuis achter de luiken en deed hij, zolang hij kon, of alles goed zou komen. Als jongen van zeventien klampte hij zich vast aan zijn wereld: zijn ouders waren een jaar daarvoor de zee overgestoken naar Frankrijk en naar een nieuw begin en hadden hun obstinate puber achtergelaten bij zijn grootmoeder. Hij had niet willen weggaan; zij ook niet. Ze wilden dat nog steeds niet.

Tegen het einde zocht de jonge Alexandre naar tekenen van een komen-de stabiliteit, hoe broos ook. Had de Gaulle niet ooit beloofd, die beroemde dag in Mostaganem, dat Algerije deel van Frankrijk was en dat altijd zou blijven? En zouden de Franse inwoners van het land hem niet op de een of andere manier aan die belofte houden, ondanks alles? Hadden de beneden-buren niet nog maar acht maanden geleden een restaurant geopend in de Rue Bab Azoen, en was er daardoor niet iedere avond een gedans van scha-duwen en gesprekken op het plein?

Dit waren althans de woorden waarmee hij de oude vrouw geruststelde. Zij was bedlegerig en had kanker en verkeerde in het laatste stadium daar-van. Zij hield vol dat alles – zelfs de wind en de bougainville – Frans waren en zouden blijven, niet in staat als ze was om toe te geven dat de daad ge-schied was en het land verloren was. Hij controleerde de radioberichten en zorgde dat ze de verslagen van slachtpartijen waarmee het nieuws vol zat, niet hoorde. In plaats daarvan draaide hij de kromgetrokken 78-toerenpla-ten van Debussy of Mendelssohn, waarop zijn grootmoeder zelfs tot het laatst toe verzot was. Het appartement was afgesloten van de doordringende zon, de zware negentiende-eeuwse meubels (de vorm van de jeugd van zijn eigen moeder) kwamen in die laatste maand onder een laagje stof te zitten toen de *bonne*, Widad, niet langer kwam, nadat ze huilend na acht jaar dienst ontslag had genomen omdat het voor haar en haar familie niet langer veilig was: de lijken van te veel moslims lagen met vliegen bedekt in de straten.

Er was één normaal ding dat gewoon doorging: keurig in het pak klopte de dokter 's ochtends en 's avonds op de deur om zijn sterk achteruitgaande patiënte te controleren, de bloeddruk op te nemen en de hoeveelheid morfine vast te stellen. En een verpleegster, een stille, jonge non in gesteven wit habijt, was in de middagen aanwezig in het appartement, waardoor Alexandre, wanneer hij dat wilde, weg kon. 's Zondags en donderdags belden zijn ouders vanuit hun nieuwe huis; hun bezorgdheid en de krakende lijn vielen samen en waren niet van elkaar te onderscheiden. Zijn moeder bood aan te komen en wilde dat ook (tenslotte was het haar moeder die op sterven lag), maar Alexandre hield dat steeds maar af met de loze verzekeringen die hij later in zijn leven opnieuw zou gebruiken. Doordat zij bang was en doordat zij hem wilde geloven, geloofde ze hem.

's Nachts, in de gapende duisternis, lag hij wakker, slechts in afwachting van de dood en het vertrek, die beide zo onmogelijk leken dat zij in plaats daarvan de vorm aannamen van angst. Hij luisterde totdat de straatgeluiden tegen de ochtend weer begonnen en schrok dan wakker uit zijn bijna-slaap door het geronk van auto's in de vroege ochtenduren, of door de voetstappen die af en toe op het trottoir klonken. Voor zijn geestesoog zag hij aanval en plundering, flitsende messen en vuurzeeën, een mentaal vuurwerk dat des te extremer was door de sombere rust waarin hij en zijn bijna weggeteerde grootmoeder hun uren doorbrachten.

Hij las haar voor en kookte voor haar, hoewel ze weinig meer at dan heldere bouillon en af en toe wat brood. Alexandre dronk 's ochtends in zijn eentje koffie, met de benen over elkaar op het terras gezeten, en kijkend naar wat zich afspeelde in de stad, waar alles zich opmaakte voor een chaotisch vertrek en waar slechts sprake was van een dun laagje van vertrouwde rust. Iedere dag waren er in Algiers minder vrienden om hem te verzekeren dat het leven gewoon zou doorgaan, en hoewel deze mensen naar Frankrijk gingen, konden ze wat hem betrof net zo goed dood zijn. Als hij door de straten liep, kon hij nauwelijks geloven dat hij in het voorjaar nog met zijn kameraden over diezelfde wegen had gelopen, dat ze met hun aktetassen naar elkaar hadden geslagen; dat hij ondanks de *plastiquages* en de overal aanwezige brandlucht bovenal bezig was geweest met het tegen elkaar uitspelen van het ene knappe meisje tegen het andere, met het op seksueel gebied zover gaan als maar kon zonder een ramp over zich af te roepen. Iedereen was zich ervan bewust van wat er zou moeten gebeuren (de vredesovereenkomsten met de FLN waren in maart getekend, en dat na zo veel jaren strijd), maar ze hadden gedacht – nee, meer dan gedacht, volgehouden – dat het leven voor hen zijn gewone gangetje kon blijven gaan.

Toegegeven moet worden dat dat gewone gangetje voor sommigen anders was. Mijn vader had een neef die bij de OAS was gegaan, een jongen van eenentwintig, een speelkameraad uit zijn jeugd en nu iemand die in de marge van het terrorisme bezig was, teneinde, zoals Alexandre en zijn vrienden het zagen, hysterie te creëren en de zaken nog erger te maken. De OAS was verantwoordelijk voor de lijken, bruin en blank, of althans voor de meeste ervan. Velen steunden hen in het geheim en toeterden '*Al-gé-rie fran-çaise*' met hun autoclaxons, of trommelden dat op hun potten en pannen; maar als het om de daadwerkelijke leden ging, waren deze misdadigers en niet welkom.

Nog begin juni was deze neef, Jean, onaangekondigd en toen het donker was, bij het appartement verschenen. Zijn klop op de deur verontrustte mijn vader, die ervan overtuigd was dat eindelijk het moment gekomen was dat Arabische moordenaars op zijn deur bonsden, maar de aanblik van Jean was nauwelijks verkieslijk. De jongeman kwam zogenaamd om nog een laatste bezoek aan de stervende te brengen, maar in de keuken spoorde hij mijn vader op sissende fluistertoon nog eens dringend aan met hem mee te doen en tot de laatste man en met de laatste bom te strijden.

'En Grand-mère?' vroeg Alexandre. 'Hoe zou ik haar kunnen verlaten?'

'En haar graf?' was het weerwoord van zijn neef. 'Ga je dat gewoon achterlaten en dit' – hij maakte een gebaar – 'je leven, alsof het niks was? Kom op, man, kijk naar de keuzes.'

Toen dat niet werkte, gooide Jean het over een andere boeg: 'En de *métropole*? Denk je dat ze ons daar willen hebben? Jij wilt daar toch ook niet heen?'

Alexandre aarzelde. Maar hij zei nog een keer nee, en, nadat hij de jongeman had toegestaan zijn slapende grootmoeder te kussen, werkte hij hem haastig de deur uit, terug naar zijn wanhopige cel.

Het was onvermijdelijk dat mijn vader een ander iemand werd. Hij zag de rust die nog moest komen – het leven van een man in zijn derde levensfase, niet zijn eerste – ten onder gaan. De universiteitsbibliotheek brandde tot de grond toe af, en daarmee zijn laatste hoop. Toen verloor de maandag erop zijn grootmoeder het bewustzijn, een ontwikkeling die de jonge Alexandre dwong tot de hoogst ongebruikelijke stap om zijn ouders te bellen. De stem van zijn moeder kwam snikkend over de oceaan die tussen hen in lag, terwijl zijn vader met namen van vrienden kwam die zouden kunnen helpen – allemaal, zo wist Alexandre, al weg.

Toen de dokter die avond langskwam, nam hij mijn vader apart. 'Het is een kwestie van dagen,' zei hij tegen hem. 'Twee, misschien drie. Ik zal proberen langs te komen, wanneer ik kan. Maar mijn vrouw en kinderen vertrekken woensdag en ikzelf moet voor het weekend met het vliegtuig vertrokken zijn. Ik moet voor die tijd nog een heleboel regelen. Ik kan nu niets anders meer doen dan bij het sterven aanwezig zijn, en dat kan de zuster net zo goed of nog beter doen. Zij zal de pastoor halen. Jij moet je eigen plannen gaan maken. Er is niet veel tijd meer.'

'Ik kan haar niet alleen laten.'

'Ben je van plan haar hier te begraven of haar mee naar Frankrijk te nemen?'

Bij die keus had mijn vader duidelijk hiervóór niet stilgestaan: hij was jong, niet gewend aan de rituelen van de dood. Hij had vergeten dat er een lijk zou zijn. Maar het antwoord leek duidelijk: 'Ze gaat met me mee, natuurlijk. Voor mijn moeder, voor de begrafenis.'

De dokter klikte een aantal malen met zijn pen. 'Weet je zeker dat je dat wilt?'

'Heel zeker.' Mijn vader realiseerde zich dat zijn grootmoeder, die Algerije tot haar thuis had gemaakt, dat land ongaarne in een kist zou verlaten; maar hij wist ook dat ze bovenal Frans was, en dat een Algerije dat niet langer Frans, niet langer katholiek was, geen rustplaats voor haar was.

'Het zou gemakkelijker zijn, gezien de omstandigheden…'

'Het is de wens van mijn familie.'

'Ben je bij de haven geweest? Heb je gezien hoe het daar is?'

Alexandre maakte een afwijzend gebaar met zijn handen.

'Heb je een overtocht op een schip geboekt?'

'Dat zal ik regelen. Echt.'

'Is er niemand die je kan helpen?'

'Ik red het wel.'

De dokter haalde zijn schouders op. 'Ik zal proberen langs te komen. Ik zal zien wat ik kan doen.'

Die nacht bleef de verpleegster. Ze zat naast het bed van de oude vrouw in het schijnsel van de lamp te breien, met haar gebedenboek opengeslagen op haar schoot. Alexandre zat tegenover haar, in de schaduw. Hij hield de hand van zijn grootmoeder vast en ging met zijn vingertoppen over haar ribbelige nagels: twee maanden daarvoor hadden die stompjes van vingers aardappelen geschild en zijn haar in de war gemaakt, boodschappenlijstjes geschreven in een kriebelig handschrift dat elegant geweest was. Uiteindelijk viel mijn vader in zijn stoel met rechte rug in slaap, kalm geworden door de klikkende naalden van de verpleegster en de wetenschap dat het wachten bijna voorbij was. Hij sliep beter dan hij in weken gedaan had. Zijn grootmoeder leek ook vrediger; haar adem klonk als een licht gesnurk.

In de morgen kwam in plaats van de dokter de priester langs, een lange man met het treurige gezicht van een portret van El Greco. Hij diende haar de laatste sacramenten toe. Vel over been, zijn behaarde tenen onbetamelijk in sandalen gestoken, omarmde hij Alexandre, sprak vervolgens op gedempte toon met de verpleegster en ging weer weg.

De non bleef en daardoor wist Alexandre dat zijn grootmoeder ieder ogenblik kon sterven. De jongere vrouw rustte een uur op de sofa in de zitkamer, haar schoenen netjes naast elkaar onder zich, en toen ze wakker werd – zonder slaaprimpels – schudde ze met een handig gebaar de kussens op alsof ze er nooit gelegen had. Alexandre bracht haar koffie.

'Moet u ergens anders heen?' vroeg hij.

'Nee.'

'En u heeft geen plannen? Bent u niet van plan om net als de dokter weg te gaan?'

'Het kan God niet schelen wie dit land regeert,' zei ze. 'Ik ga nergens heen. Maar u moet nu naar huis gaan, naar uw familie in Frankrijk. Ga het vanochtend regelen.'

'Dit is mijn thuis,' zei mijn vader.

De non schudde haar hoofd, met een klein lachje.

2

Alexandre ging naar de haven. Toen hij dichterbij kwam, was er in de straten een enorme verkeersdrukte. Op het geplaveide terrein bij het water, binnen de hekken, was het stampvol mensen die daar schreeuwend rondliepen te midden van wat zij mee wilden nemen en het achtergelaten huisraad van degenen die reeds vertrokken waren. Hij liep langs een ijskast, een stapel hutkoffers met koperbeslag, een gehavende kleerkast. Het was duidelijk dat sommige families daar al dagen waren: hun overhemden en blouses waren vuil, de kinnen van de mannen stoppelig, het haar van de vrouwen vet en onverzorgd. Om hen heen hing de zure lucht van reizen bij heet weer, die zich overal vermengde met de stank van afvalwater. Anderen, die nog niet zo lang de wacht hielden, ordenden hun bezittingen in keurige piramides en gaven hun kinderen koude worstjes en brood uit boodschappennetjes. Eén jonge moeder zoogde haar baby; haar gevlekte borst puilde uit haar zedige bloemetjesjurk. Een halve meter verderop ging een dikke man ongemakkelijk van het ene been op het andere staan, zich koelte toewuivend met een krant; hij had een slappe zakdoek op zijn kale schedel en zijn hemdsmouwen waren opgerold, waardoor zijn slagersarmen te zien waren die vuurrood van de zon waren. De bejaarde mensen zaten uitdrukkingsloos en betraand op hun koffers en hielden voorwerpen omklemd die je niet zou verwachten: een braadpan, een pendule. Een achtergelaten kanarie kwetterde in zijn sierlijke kooi, die in zijn eentje op een meerpaal stond. De kinderen voor wie het gebeuren een avontuur was, stoeiden in kleine groepjes; ze scholden de kleintjes uit en pestten de aangelijnde honden, zodat met het geroep en geschreeuw van de mensen zich het veelsoortige, wanhopige geblaf van grote en kleine honden vermengde.

Verscheidene zeelieden met rode gezichten en slonzige uniformen baanden zich een weg door het gedrang; zij moesten in een kantoor aan één kant van een pier zijn. Alexandre liep duwend en trekkend in hun kielzog mee. Hij benijdde hen om hun grote gestalte en hun nonchalante houding. Zij kwamen van het vasteland en voelden geen binding met de menigte. Het was hun taak om het schip te bemannen dat de vluchtelingen zou terugbrengen; daarna zouden ze misschien in Marseille blijven, misschien terugkeren voor nog meer vluchtelingen, telkens opnieuw totdat al het blanke wrakhout langs de kust van Algerije was opgeruimd. Het had net zo goed vee kunnen zijn dat ze vervoerden. Ze zagen niet, zoals Alexandre dat wel deed, gezwoeg en huwelijk en dood in de gerafelde zakken en de met touw dichtgebonden dozen, of in de gekloofde gelaatstrekken van de boeren en huisvrouwen; zij zagen alleen lading. En zij wisten – in tegenstelling tot de heftig pratende, met papieren zwaaiende menigte, die zich verdrong rond het kantoor van de havenmeester – dat zij, wanneer het schip uit de haven vertrok, aan boord zouden zijn.

Ze liepen zonder problemen het kantoor binnen, maar een zeeman die nog groter was dan zij, versperde met harde hand de doorgang voor alle anderen, onder wie mijn vader. In het gedrang stond mijn vader, die het niet kon geloven.

'Maar ik wil een overtocht boeken,' zei hij luid, tegen de reusachtige borstkas van de man voor hem.

'Dat willen we allemaal, jochie. Wacht je beurt af,' zei een vrouw die naast hem stond. 'Ik heb drie boten zien vertrekken zonder mij, en ik ben niet van plan de vierde te missen.'

'Mijn grootmoeder ligt op sterven.'

'Dan heeft ze toch zeker geen plaats nodig?'

Mijn vader wendde zich af van de schelle stem van de vrouw. Hij duwde tegen de opdringende lijven, net als ieder ander.

Een dikke beambte kwam het gebouw uit, met in zijn hand een lijst. Hij stapte op een omgekeerde emmer; hij schraapte zijn keel. 'Deze middagboot is helemaal volgeboekt. Alleen degenen met kaartjes die gekocht zijn via het hoofdkantoor – en voor deze overtocht – mogen aan boord. Als er vanmiddag om 3 uur 's middags nog hutten niet bezet zijn, dan zijn die beschikbaar voor de eersten in de rij. We nemen alleen mee wat u kunt dragen wanneer u aan boord gaat. We hebben geen plaats voor welke soort meubels dan ook. Zorgt u er alstublieft voor dat alles ordelijk blijft verlopen. Morgen vertrekken er twee boten, maar u moet wel weten dat die ook helemaal volgeboekt zijn.'

De menigte barstte los in een rumoerig protest.

'Mijn grootmoeder… een doodkist…'

De beambte stond voldoende dichtbij om mijn vader in de ogen te kijken. 'Een doodkist zou beschouwd worden als meubilair. Het is verboden voor doodkisten.'

(Hoe grappig zou, in andere omstandigheden, zo'n verbod kunnen lijken: 'Verboden voor doodkisten – kun je je dat voorstellen?' zei mijn moeder tegen mij, met een schuldbewust gegiechel. 'Het is belachelijk.' Maar mijn vader kon er nooit de humor van inzien.)

'En ik?' vroeg hij.

'Heb je een kaartje?'

'Nee.'

'Dan stel ik voor dat je of hier blijft, net als ieder ander, en wacht op een staanplaats – wat een aantal dagen zou kunnen duren – of dat je anders naar het kaartjesbureau in de stad gaat en daar een kaartje koopt.'

'Voor wanneer?'

'Hoe moet ik dat weten? Je kunt zien hoeveel mensen er zijn.' Hij keek naar mijn vaders kraaknieuwe overhemd, zijn keurig gekamde haar. 'Ken je niet iemand die je zou kunnen helpen? Dat zou de beste manier zijn.'

Alexandre liep terug door de stad. Zijn neven – met uitzondering van Jean – waren niet in Algiers. Zijn beste vrienden waren weg, en waren dat al meer dan een maand. Zijn laatste vriendin was naar Kent vertrokken voor een cursus Engels van drie maanden en nu, zo wist hij, zou ze nooit terugkeren. Hij wilde niet graag zijn vader bellen en hem om hulp te vragen, maar dit besloot hij – bij het zien van de rij, twee straten lang, bij het kaartjesbureau in de stad – toch te doen. Hij maakte een omweg om langs het restaurant van zijn buren te kunnen lopen: de open ramen en de drukte, zo besloot hij, zouden hem geruststellen.

Dat konden zij niet. De mat aan de binnenkant van de deur was bezaaid met enveloppen. Op een haastig met de hand geschreven aankondiging op het raam stond dat de zaak tot nader bericht gesloten was. De tafels waren gedekt, de servetten bij ieder bord waren tot bloemvormige kegels gevouwen, die er echter al verwelkt en verlaten uitzagen. Met zijn neus tegen het glas kon Alexandre op de bar achter in het restaurant allerlei flessen zien staan: sterke drank, wijn, lege flessen, allemaal door elkaar. Mijn vader ging op de stoeprand zitten, staarde naar zijn schoenen en begon te huilen.

Toen verscheen Monsieur Gambetta, de buurman voor wiens zaak mijn vader zo wanhopig neerzat, een glimmende, bolvormige man van achter in de veertig, die met een grote bos sleutels rammelde. Hun ontmoeting was voor mijn vader een gelukkig toeval. Gambetta verwachtte een cheque en dacht dat er een kans bestond dat die was afgeleverd bij zijn restaurant. Hij herkende de jonge Alexandre en toen hij hoorde van de problemen van de jongen, kwam hij met een oplossing. Doordat ze goede relaties hadden, hadden zijn vrouw en hij niet alleen kaartjes bemachtigd, maar een hele hut voor de overtocht die voor achtenveertig uur later gepland was. Er was geen reden, zei hij, als Alexandre het niet erg vond om op de vloer te slapen, waarom hij de ruimte niet met hen zou kunnen delen.

'Het is heel moeilijk,' zei hij, met een meelevende arm om de schouders van de jongen, 'om in een tijd als deze ook nog de dood van je grootmoeder erbij te hebben. We zijn blij om te doen wat we kunnen, nu we met onze tragedies geconfronteerd worden.'

'Maar Monsieur,' zei Alexandre, 'mijn grootmoeder is nog niet dood. Het is waar dat ze stervende is – ze zeggen dat het elk moment kan gebeuren – maar ze leeft nog.'

'Je wilt niet bij haar weg?'

'Ik kan me niet voorstellen – Nee. Ik denk, op grond van wat de dokter heeft gezegd…'

'Laten we afwachten.'

'De pastoor is vanmorgen geweest.'

Beide mannen voelden zich ongemakkelijk. Alexandre vond niet dat hij het onderwerp van de doodkist kon aanroeren. Hij dacht er wel over na: het viel hem in dat de kist misschien op de vloer van de hut kon staan en dat hij boven op zijn grootmoeder zou kunnen liggen. Maar hij bracht dit niet ter sprake.

'Ik ben zo dankbaar,' zei hij.

'O, het is niets. We kunnen, op de ochtend van vertrek, afspreken wanneer we elkaar ontmoeten. We kunnen misschien samen naar de haven gaan, afhankelijk van...'

'Ik ben zo dankbaar. Misschien kunnen mijn ouders, wanneer we daar aankomen...'

'O, het is niets.'

Vanaf dat moment bracht mijn vader zijn tijd door met bidden om het overlijden van zijn grootmoeder. Hij zat in het donker op de harde stoel, met de breiende zuster onbewogen aan de andere kant van het laken, en wachtte vurig op het doodsgereutel. De oude vrouw zou waarschijnlijk haar ogen niet meer opendoen; het enige wat ze moest doen, was zich overgeven. Hij fluisterde in haar oor, wanneer de non de kamer verliet: 'Het is goed zo, Grand-mère. God wacht op u. Grand-père ook, en uw zussen en het paradijs. Geef u maar over, Grand-mère.'

Maar net als haar medekolonialen trotseerde mijn grootmoeder, taai en koppig als ze was, tegenspoed. Haar werkwoordsvorm was de duratief van de tegenwoordige tijd en ze klampte zich daaraan vast met alle blinde wilskracht van een mol. 'Ik ben stervende,' 'zij is stervende,' 'ons land is stervende': in die werkwoordsvorm zit een trotsering die onbegrijpelijk is voor diegenen die eenvoudigweg berusten in het gebruiken van de verleden tijd.

Er gingen vierentwintig uur voorbij, waarin Alexandre niet sliep; hij at evenmin, zelfs niet wanneer de verpleegster hem soep bracht. Samen met de oude vrouw zat hij gevangen in wat zich aan het voltrekken was, in die kloof tussen verleden en toekomst.

De verpleegster, die van het aanbod van Gambetta afwist, stelde hem gerust: 'Ze gaat dood. Ze gaat op tijd dood. God wil het. Heb vertrouwen.' Maar hij kon haar niet geloven. Hij kon zich niet herinneren wat vertrouwen zou kunnen betekenen. Had hij geen vertrouwen gehad in de belofte van de Gaulle? Had hij geen vertrouwen gehad in het restaurant van Gambetta?

Op de avond van de volgende dag stuurde de immer praktische non een onwillige Alexandre erop uit om het ondenkbare te doen: ze stuurde hem naar de begrafenisondernemer om de doodkist van zijn grootmoeder te bestellen. Ze gaf hem de raad niet op geld te kijken: 'Als je betaalt, hebben ze hem morgen klaar. Als je voldoende betaalt, dan werken ze de hele nacht door.'

'Ze is stervende, maar ze is niet – hoe kan ik dat, wanneer ze dat niet is?'

'Omdat het moet. Omdat ze het zal zijn.'

Toen hij echter terugkwam, lang nadat het donker geworden was (zonder het gouden horloge van zijn grootvader, waarmee hij de donkere timmerman had moeten omkopen; en des te vaster besloten om de doodkist mee naar Frankrijk te nemen, omdat de begrafenisondernemer hem had verteld dat er een grote achterstand met begrafenissen was en dat de lijken lagen te rotten in het lijkenhuis) ademde zijn grootmoeder nog steeds. Ze had zich nauwelijks verroerd. De non zat een nieuwe kluwen wol los te halen; verder was er niets veranderd.

Ze zaten weer bij haar, de hele nacht, hoewel mijn vader, die uitgeput was, verscheidene keren toegaf aan de slaap en zat te knikkebollen. Iedere keer als hij wakker schrok, was er de hoop – maar nee, ze leefde nog.

Om negen uur – het was een bloedhete en windstille ochtend – kwam Monsieur Gambetta aan de deur. 'We gaan nu,' zei hij. 'Vanwege de mensenmassa bij de haven. Je hebt ze toch wel gezien?'

'Natuurlijk.'

'Nog niet?' Gambette knikte gegeneerd naar de slaapkamer.

'Nog niet.'

'Om twee uur, mijn jongen. Je hebt tot uiterlijk twee uur. Daarna gaan we aan boord, en ze zullen jou het schip niet op laten zonder ons. Heb je gehoord dat ze bij de weduwe Turot vannacht haar keel hebben doorgesneden? In haar appartement. Geen drie straten hiervandaan. Bij de haven, vóór twee uur. We gaan zo dicht mogelijk bij de loopplank staan, in het gedeelte voor degenen die een kaartje hebben. Houd goede moed.'

Toen deed mijn vader net of hij ging pakken. Hij liep door het appartement, haalde tafelzilver uit laden en foto's van muren. Hij nam de sepiakleurige trouwfoto van zijn grootouders uit de lijst en vouwde deze in vieren zodat hij in zijn broekzak paste. Hij nam zijn overhemden uit de ladenkast, legde die op zijn bed en legde ze vervolgens weer terug. Hij deed drie zilveren theelepeltjes in iedere sok, waar ze aanvankelijk koel aan zijn enkels aanvoelden. Hij haalde een door zijn grootmoeder geborduurd overtrek van een kussen en stopte dat met één stel ondergoed in een zak van zeildoek. Bij deze spullen stopte hij een kleine ingelijste aquarel van de baai van Algiers, die zo lang als hij zich kon herinneren aan de muur bij zijn grootmoeder had gehangen, een vrolijk schilderij met veel licht uit het begin van de eeuw, toen de tijden gelukkiger waren, een tafereel met op de voorgrond het kabbelende water en met de inwoners van de stad over de boulevard wandelend, en met tegen de heuvel de gebouwen die daar in alle ongereptheid, en onbezoedeld door stof of bloed, lagen te glinsteren.

Hij haalde het fotoalbum van zijn grootmoeder te voorschijn, voelde hoe zwaar het was en legde het op de sofa; keerde er weer naar terug om er een aantal herinneringen uit te halen, waarbij hij probeerde te raden welke zijn ouders het liefst zouden willen hebben; hij scheurde de randen van sommige foto's af, tot hij er een handjevol had die in de zak gingen. Af en toe glipte hij de kamer van zijn grootmoeder binnen; de non keek dan op en schudde haar hoofd en Alexandre begon dan weer aan zijn rusteloze rondgang door de flat.

Om halftien werd er op de deur gebonkt. De doodkistenmaker stond zwetend op de overloop; het horloge van Alexandre blonk aan zijn pols.

'Hij staat beneden, op de vrachtwagen. Wil je me helpen hem naar boven te dragen? Ik ben alleen. Ik kan het niet in mijn eentje.'

Het kostte bijna een halfuur om de moeilijk te hanteren kist drie trappen op te krijgen. Alexandre was drijfnat van het zweet en moest bij iedere verdieping rusten. Hij had weinig verstand van doodkisten, maar hij zag wel dat deze enorm groot was, groot genoeg voor een man van een meter tachtig, en breed.

'Hij is enorm,' hijgde hij halverwege. 'Zo zwaar.'

'Je hebt me niet verteld hoe lang ze was. Ik kon geen risico's nemen. En het hout dat ik had staan, was dik. Niets aan te doen. Beter te groot dan te klein, weet je. Ze moet er lang in liggen. Dus mag hij wel een beetje comfortabel zijn.'

Toen ze ten slotte bij het appartement waren, zetten ze de kist, met het deksel open, op de grond van de zitkamer, naast de sofa, neer.

'Nou, waar is de overledene?' vroeg de man van de begrafenisonderneming en veegde zijn gladde, onbehaarde voorhoofd af met zijn gladde en behaarde arm.

'Ze is niet – wacht even.'

Mijn vader ging naar de deur van de kamer van zijn grootmoeder. De non had haar breiwerk aan de kant gelegd en stond over de oude vrouw heen gebogen; met haar ene hand tilde ze haar hoofd op en sloeg met haar andere op het kussen onder het hoofd. Terwijl Alexandre de kamer in kwam, liet de non het hoofd van zijn grootmoeder zachtjes terugvallen op het nu opgeschudde dons. De non, die zo lang onverstoorbaar was geweest, leek nu opgewonden en haar gladde gezicht was roze en bezweet.

'Ik wilde dat ze er mooi bijlag. Ze is gestorven, de arme vrouw. Terwijl jij op de trap bezig was. Ze kan nu met je mee.'

'Maar wanneer?'

'Zoals ik zei, een paar minuten geleden, toen je in het trappenhuis was. Ze heeft niet geleden. De Heer is genadig.'

Er was geen tijd voor mijn vader om te huilen, of zich te verwonderen over de perfecte timing van zijn oudje. Met de belofte van een staande schemerlamp, een soepterrine en een zilveren kroonkandelaar liet de man van de begrafenisonderneming zich overhalen om Alexandre en zijn grootmoeder naar de haven te vervoeren. Van het onderlaken maakten ze een draagriem en tilden haar, nog warm en in haar nachthemd, naar de woonkamer en in de kist. Ze lag daar helemaal omsloten, zo klein in de ruimte. De non volgde hen als een schaduw, in stilte biddend.

'Ze gaat schuiven. Ze is niet stijf genoeg,' zei de man. 'Heb je iets om haar vast te zetten?'

Het was Alexandres idee om de kussens van de sofa te gebruiken; het verschoten groene fluweel ervan had voor hem toen toch geen ander nut meer. De mannen stopten ze om het lichaam heen: één werd onder haar voeten gepropt en twee werden platgemaakt en langs haar beide zijden gelegd. Onder haar hoofd legden ze het kussen van haar bed, dat de weeë geuren van ziekte en haar parfum verspreidde.

'Zo is het goed.'

De man liet Alexandre zich nog één keer over de oude dame buigen om haar voor het laatst te kussen, liet hem haar handen (die geribbelde vingernagels!) over haar borst vouwen, en toen sloeg hij het scharnierende deksel dicht en zette de glimmende bouten vast.

Vol was de doodkist nog zwaarder, maar voor Alexandre was hij dierbaar. Hij was voorzichtig met naar beneden gaan. Hij geloofde niet echt dat zijn grootmoeder niet ineen zou krimpen van de pijn bij het stoten en daarom deed hij zijn uiterste best de kist bij de bochten niet tegen de muur te laten schuren of hem te laten vallen. Toen ze eenmaal veilig op de vrachtwagen lag, gingen de twee mannen voor de laatste keer terug naar het appartement. De non had haar spullen gepakt en stond klaar om terug te gaan naar het ziekenhuis. Alexandre nam zijn tas van zeildoek en gooide er helemaal op het eind nog een vest van zijn grootmoeder en het kleine cederhouten kruisbeeld van boven haar bed in. De man nam de lamp op zijn schouder, stopte de soepterrine onder zijn arm, en vroeg de non de kandelaar te dragen. Gedrieën gingen ze weg, zonder de moeite te nemen de deur op slot te doen.

De non wilde niet meerijden; ze liep liever voor het eerst sinds dagen door de verstikkende straten. Ze omarmde mijn vader en zegende hem. 'Je hebt het goed gedaan,' zei ze. 'Je ouders zullen trots op je zijn.'

3

Het was bij enen toen ze de haven bereikten. De vrachtwagen kon zelfs niet bij het hek komen, zo zwart van de mensen zag het op de helling naar de pier. Een paar straatverkopers met meer belangstelling voor geld dan voor politiek hadden zich langs de boulevard geïnstalleerd om de vertrekkenden van etenswaren te voorzien, en ze verkochten fruit en ijsjes en patat frites in wasbleke puntzakjes tegen buitensporige prijzen.

Het afladen van mijn overgrootmoeder was één ding; verdergaan naar de overkant van de pier die gereserveerd was voor mensen met een kaartje bleek iets anders. Mensen botsten tegen hen aan; sommigen sloegen op de kist; kinderen liepen eronderdoor. De oudere mannen en vrouwen deden een paar passen achteruit om hen te laten passeren, en een enkeling sloeg heimelijk een kruis. De man van de begrafenisonderneming rookte onder het sjouwen; hij blies de rook uit zijn mondhoek, en de sigaret ging op en neer met zijn ademhaling. Toen hij klaar was, spuugde hij de brandende peuk met een opwaartse beweging van zijn kin de menigte in.

De zeeman die bij de slagboom stond, was gelukkig jong en hij was kennelijk niet op de hoogte gesteld van het verbod op doodkisten: hij deed zonder problemen de slagboom voor hen omhoog, toen Alexandre Monsieur Gambetta zag, en deze zwaaiend uitriep: 'Hij hoort bij ons. Laat hem erdoor.'

De mensen met een kaartje waren kalm en hun gedeelte van de pier was betrekkelijk vrij van rotzooi. Ze wachtten in de van de hitte trillende schaduw van het glanzende schip, de El Djezair, een boot waarvan de met zeildoek bedekte reddingsboten als snuisterijen boven het dek hingen. De lucht was zouter aan deze kant, minder verstikt door de dampen van verval. Alexandre, de doodkistenmaker en hun vracht liepen zonder gehinderd te worden verder naar de stapel koffers van de Gambetta's. Ze hadden nauwelijks hun last neergezet, of de man zei kort gedag. 'Veel geluk. Misschien zie ik je ginds nog wel,' zei hij, en was verdwenen.

De Gambetta's waren volstrekt verbijsterd. De kersenmond van Madame Gambetta viel open, en haar vingers schoten naar haar haren alsof haar knot door de schok zou kunnen losraken.

'Wat is dit, wat is dit?' stamelde Gambetta.

'Mijn familie – een begrafenis – ze moet met me mee naar Frankrijk.'

'Aha. O, op zo'n manier, maar mijn jongen, ik zie niet in hoe…'

'Ik dacht dat we haar misschien op de grond konden neerzetten. Ik slaap wel boven op haar. Ze zal u echt niet in de weg staan. Het is niet zo ver. Het spijt me, maar u moet begrijpen…'

'Aha. O ja, natuurlijk, maar ik zie niet in – nou, nee. Ik begrijp het.' Monsieur Gambetta ging weer op zijn koffer zitten; zijn gezicht zakte in van verslagenheid. 'Nee, je hebt gelijk. Natuurlijk. We redden het wel. Ze is, eh, goed – ik bedoel, de kist is…' Hij trok aan de vlezige lel van zijn oor. 'Het is alleen zo, het is heel heet, weet je?'

'Het is een echte doodkist. Heel stevig.'

'Ja, dat zie ik. Hij lijkt buitengewoon – groot.'

'Hij had haar maten niet.'

'Nee. Ik begrijp het.'

Madame Gambetta stapte naar voren en sprak op fluisterende toon van-achter haar linnen zakdoek. 'Je weet absoluut zeker dat ze niet gaat stinken? Ik ben daar erg gevoelig voor, daar kan ik niets aan doen. Ik word dan mis-selijk.'

'Ze ligt er nog maar net in. Ze is pas dood. En de kist is heel stevig.'

'Zolang ze maar niet stinkt.'

Wat heb ik te doen met de arme Gambetta's, die hun vriendelijkheid beloond zagen met een lijk. Maar ze waren niet van plan de jongen daar achter te laten – hoe zouden ze dat ook kunnen? – en hij was ook te jong om in zoiets verwikkeld te zijn. Hij had moeten staan flirten op de boule-vard, zo knap als hij was, en niet ineengedoken en gebroken voor hen staan met de last van de dode op zijn schouders.

'We bevinden ons allemaal op een moeilijke weg,' zei Gambetta. 'Maar we zitten er samen op.'

'En onze Verlosser zal ons leiden,' zei Madame, terwijl ze een kruis sloeg. Even later, toen ze dacht dat mijn vader zijn aandacht bij iets anders had, rolde ze met haar ogen naar haar echtgenoot en siste: *'Quel cauchemar!'* Wat een nachtmerrie.

Maar de Heer ontfermde zich over de Gambetta's. Toen het moment kwam om aan boord te gaan, moest Monsieur voor mijn overgrootmoeder vechten, en dat deed hij. 'Ik heb voor de hut betaald en ik kan meenemen wat ik wil. Ik zou een paard kunnen meenemen of een wasmachine als ik dat zou willen. De ruimte is van mij. Nou, help deze jongen een handje en toon enig respect voor de dode.'

Madame stond aan de kant, een en al sombere waardigheid, en schudde haar hoofd. 'Stelt u zich toch voor,' mompelde ze tegen een groepje mede-passagiers. 'De jongen heeft een dierbare verloren en nu willen ze hem ook nog van een behoorlijke begrafenis beroven. Alsof ons vaderland verkopen al geen schande genoeg is.'

Er volgde een korte, maar hevige discussie – hadden deze mensen niet alles verloren? konden ze nog een verdere diefstal aan? – als gevolg waar-van de kist de loopplank werd opgehesen door twee zeelieden, op wier in-drukwekkende spieren het grote gewicht leek te zweven. De Gambetta's en Alexandre volgden, allemaal beladen met de *bibelots* uit het appartement van de Gambetta's in uitpuilende leren koffers.

Het gezelschap liep het dek over en stond daar een tijdje stil, terwijl de overledene en haar kist met veel moeite via de nauwe trap naar het dek eronder werden gedragen, waar de hut van de Gambetta's zich bevond. Daar was de grijze gang heel nauw, en de kist kon alleen op z'n kant verder.

'Wees voorzichtig,' zei Alexandre op dringende toon, omdat hij zich voorstelde hoe zijn grootmoeder tussen de fluwelen kussens werd platgedrukt.

'Toon enig respect,' vermaande Gambetta opnieuw.

Maar toen ze bij de deur van de hut kwamen, werd onmiddellijk duidelijk dat er niet genoeg ruimte was om de kist te draaien.

'We kunnen hem niet naar binnen krijgen,' zei de zeeman die vooraan liep. 'Er is geen ruimte. De hoek is te scherp. De gang is te nauw. Hij kan niet draaien.'

'Probeer het, man. Je hebt het niet eens geprobeerd,' zei Gambetta. Madame schudde haar hoofd, maar niet duidelijk was of ze het eens was met de zeeman of haar echtgenoot.

Ze probeerden het. Een kwartier lang probeerden ze het. Ze zetten de kist op zijn kant, ze duwden en schampten hem; ze trokken eraan en worstelden ermee; hun adem dampte in de hitte. Zelfs de sterke mannen werden moe onder het verschrikkelijke gewicht van de kist. En de zeeman had gelijk: mijn grootmoeder zou niet, kón niet, de hut van de Gambetta's delen.

'Wat nu?' vroeg mijn vader, met een slap gevoel in zijn armen en benen van de voortdurende emotie.

'Ja, wat nu?' vroeg Gambetta.

De stuurman werd erbij gehaald, en toen de kapitein. In de gang, die zo vol met mensen was, werd het benauwd, en Madame, strak ingeregen in haar korset, dreigde flauw te vallen. Alexandre wuifde haar de hele tijd koelte toe met het pakje familiefoto's uit zijn zak, wat maar voor een klein windje zorgde.

De kapitein, een kleine man met een nuffig snorretje en scheve tanden, stond een paar minuten te zwijgen, zijn armen gevouwen over zijn borst met koperen knopen.

'Ik heb een voorstel,' zei hij ten slotte tegen Monsieur Gambetta, en hij leunde naar voren op zijn tenen alsof hij een geheim ging verklappen.

'Deze jongeman is het naaste familielid,' zei Gambetta. 'Doe uw voorstel maar aan hem.'

'In principe,' zei de kapitein, zich tot Alexandre wendend, 'zijn doodskisten niet toegestaan. Niet nu, nu we iedere vierkante meter nodig hebben voor passagiers. Ze gelden als meubilair, zie je.'

'Maar mijn grootmoeder…'

De kapitein stak een hand op om mijn vader het zwijgen op te leggen.

'Laat me uitspreken, jongeman. Ik heb begrip voor je moeilijke situatie. Ik zou – omwille van de waardigheid van alle betrokkenen – een zeemansgraf willen voorstellen.'

'Wel heb je ooit,' zei Gambetta.

'Perfect gewoon,' hijgde Madame, terwijl ze haar kleur terugkreeg. 'Een oplossing.'

'Ik denk – ik veronderstel – wat voor keus heb ik?' vroeg mijn vader, die zich inmiddels zo beroerd voelde dat hij zijn geïmproviseerde waaier op zichzelf had gericht en daar als een bezetene mee zwaaide.

'Geen enkele,' zei de kapitein. 'Als u vandaag wilt vertrekken.'

En dus kwam mijn overgrootmoeder te rusten in de monding van de baai van Algiers. Het schip was nog maar nauwelijks onderweg (op de dekken krioelde het van de passagiers, wier zwaaiende armen een wormenplaag leken) of de kapitein ging op het achterdek staan, terwijl naast hem de kist omhoog gehouden werd door vier plechtig kijkende zeelui (van wie er één bijna geen kin had, zodat zijn mond onopzettelijk leek open te vallen), en las hij door een zilverkleurige megafoon de gebeden voor de doden. Mijn vader stond daar ook, bij de reling, en toen hij zich vooroverboog om de kist te kussen, druppelden zijn tranen op het ruwe hout.

De menigte aan de wal kon de begrafenis ook zien, althans dat dacht mijn vader, omdat men daar stil leek te worden en er een stilte viel over de baai in de stralende middagzon. Toen de kist met een zachte plons in de olieachtige Middellandse Zee gleed en in de golven verdween, stond de menselijke lading van het schip roerloos en met de ogen wijdopen gesperd, treurend om deze dode, die hen deed denken aan de doden die ze achterlieten, en aan hun eigen dood die zou komen, en de schitterende witte glorie van hun stad, die voor hen verloren was als Atlantis en die daar tegen de heuvel lag, zo dichtbij, maar voor altijd verdwenen.

4

Dus ging ik, die dat nog kon, naar huis. Terwijl mijn vader mijn tas uit de kofferbak van de BMW haalde en op het witte grind neerzette, en Etienne zo heftig schudde in zijn rolstoel in de deuropening dat zijn riemen ervan piepten, en mijn moeder, die klaarstond om hem de helling af te duwen naar mij toe, even wachtte om een sprongetje te maken en haar tengere hand voor haar open mond te slaan in een gebaar van meisjesachtig plezier;

terwijl de haartjes op mijn huid overeind gingen staan door de droge, zoute bries, die vaag rook naar brand en het einde van de zomer – was het alsof, met mijn vaders arm om mijn schouder en met onze voetstappen op de flakkerende stenen die zo vers waren als die op poolsneeuw en die de afstand tussen ons en mijn moeder en broer kleiner maakten tot er geen afstand meer was, en terwijl de insecten hun gezoem leken te verminderen en de lucht zelf leek stil te staan – alsof ik thuisgekomen was in volkomen zekerheid en rust. Maar die zonovergoten hereniging op onze oprit was slechts een schijnbare kwijtschelding.

Mijn grootvader was natuurlijk teruggekeerd naar het Bellevue, en naar zijn vrouw, wier kordate bezorgdheid en uitdagende houding hem – de haren gekamd en met een colbertje aan – door de volgende dag en de daar weer op volgende dag sleepten; en dus was ons huis – mijn huis, het huis waarin wij gewoond hadden sinds ik een jaar of vijf was, gebouwd met het oog op de rolstoel die mijn broer toen nog niet had, en daarom misschien meer zijn huis dan het mijne – weer van ons, of van mij, of van hem. Maar de schaduwen van die eerste week en van het proces dat nog komen moest, zweefden door de gangen en waren zo aanwezig als spoken of muizen, krabbelend aan de muren, of in onze geesten, met tussenpozen, maar nooit helemaal weg.

In mijn afwezigheid was mijn moeder, die geen pondje vet te veel had, niettemin magerder geworden, zodat haar chique blouses flodderig om haar schouders hingen en haar pezen uitstulpten. Mijn vader was uitgedijd, alsof hij zich tegoed had gedaan aan zijn vrouw; zijn nek was als die van een opgeblazen pad en kriebelde, glad geschoren, bij zijn boord. De woonkamer leek witter, het licht feller en mijn voetstappen op het marmer klonken luider dan ik me herinnerde, als voetstappen in een ziekenhuis. Alleen Etienne was hetzelfde, graaiend – of proberend te graaien – naar mijn haar, mijn t-shirt, mijn koekjesachtige vliegtuiggeur.

'Je bent gegroeid,' zei mijn moeder.

'Volgens mij niet.'

'Nou, dan ben je magerder geworden.'

'In Amerika. Onmogelijk. Jij bent degene die...'

'Doe niet zo mal.'

'Ze is als een vogel, je moeder. Ik wacht op het moment dat ze wegvliegt.'

'O, Alexandre!'

Hij sloeg zijn armen om ons beiden heen. 'Ik ben gewoon blij dat ik mijn twee mooie vrouwen bij me heb, waar jullie horen.'

We krompen in elkaar, echtgenote en dochter. Ik schaam me bij de herinnering, maar dat deden we.

'Je bent zo warm,' klaagde mijn moeder, zich loswringend. 'Je straalt hitte uit.'

'Eén kus?' riep hij haar achterna, terwijl ze naar de keuken liep.

'Niet nu.'

'Waarom niet?'

Haar stem klonk zwak nu, om hoeken heen en door deuren heen, maar hoorbaar. 'Ik wil het niet.'

'Jij wijst je arme vader niet af, hè?'

Ik zei niets en onderging zijn vochtige omarming. Het was mijn eerste avond thuis en ik zag geen reden om die te bederven.

5

Dat moment vóór het huis staat zo duidelijk in mijn herinnering gegrift alsof het uren had geduurd, en toch komen de weken, ja de maanden die volgden, bij mij boven als een ratjetoe. Door die hele periode beweegt zich de geur van natte aarde, het doffe gekletter van de regen. Het weer was die herfst slecht voor het moreel, en slecht voor de inkomsten van het Belle-vue, aangezien de Britten en andere noorderlingen liever thuis bleven in hun eigen nattigheid dan dat ze betaalden voor het privilege van onze nattigheid. Zelfs in de beschermde wereld van mijn bijna-kindertijd ving ik gefluister op over een wereldwijde economische rampspoed: woorden als 'recessie' en 'daling' en 'de broekriem aanhalen' drongen door tot de gesprekken op de speelplaats. In die maanden voor Kerstmis zou de Berlijnse Muur vallen en de televisie bracht het feestvieren van de Duitsers in onze huiskamer. De kranten schreven dat er aan alle oorlogen misschien wel een einde zou komen, dat de reeds lang afgeschreven ideeën van onze eeuw over vooruitgang – naar een betere wereld, bewoond door betere mensen – misschien afgestoft en opnieuw bekeken moesten worden. In één adem werd gesteld dat de recessie die we nu te verduren hadden misschien wel blijvend was, een terechte straf voor een langdurige periode van uitspattingen.

Maar in ons leven klingelden die belangrijke gebeurtenissen en de bijbehorende voorspellingen als verre klokken. Naarmate onze dagen korter en donkerder werden langs een leikleurige zee, werden ze meer bepaald door het aanstaande proces van mijn grootvader. Het hing dreigend om ons heen, zonder dat we erover spraken of er ons een voorstelling van maakten, en we botsten ertegenop, maar keerden ons er weer van af.

'Kerstmis? Nou, dat hangt er allemaal van af. We zien wel.' Mijn moeder tegen mij.

'Een etentje voor onze trouwdag? Niet ervóór. We kunnen beter wachten.' Papa, tegen mijn moeder.

'Niet in november. Geen logés in november. Je weet dat dat niet kan.' De een tegen de ander, ik weet niet wie tegen wie.

In de laatste dagen voordat de school weer begon, ging ik niet één keer naar het hotel. Ik herinner me niet dat ik mijn grootouders bezocht heb, hoewel ik dat moet hebben gedaan; ik schaamde me voor mijn grootvader en ik was er zeker van dat hij zich ook tegenover mij schaamde. Het was tenslotte mijn leven dat het ernstigst getroffen was door zijn fout, althans dat dacht ik, terwijl ik Marie-José begon te missen en het *lycée* begon te vrezen. Niemand had het erover dat ook hij vrienden en zijn reputatie kwijt was; of dat mijn ouders dat waren; of dat hij misschien wel echt naar de gevangenis zou gaan.

Ik weet dat mij het kopen van veel nieuwe kleren ontzegd werd dat gewoonlijk voorafging aan het weer naar school gaan. Mijn moeder stond me één trui toe – een houtskoolkleurige angora coltrui, die ik zelf uitkoos en streelde en tegen mijn wang hield in het blauwige licht van het warenhuis, en opnieuw in de afzondering van mijn slaapkamer; en die ik, na die vreselijke herfst, nooit meer gedragen heb, op de een of andere manier ervan overtuigd dat hij alle lelijkheid had overgenomen en dat hij me lelijk maakte; of lelijker, omdat het een tijd was waarin mijn uiterlijk buitengewoon belangrijk voor mij werd, dat iedere blik in de spiegel mijn ijdelheid teleurstelde – en dat was alles. We konden ons niet meer veroorloven, legde ze uit, in die onzekere tijden. Misschien later, zei ze, wanneer duidelijker was hoeveel 'dit alles' gekost had.

'Denk eraan, liefje,' fluisterde mijn moeder in het Engels op een avond bij mijn bed, 'het is niet zo dat je leven zo moeilijk is, het is alleen eventjes een beetje moeilijker. Tot nu toe hebben we geluk gehad, dat is alles. Je zult weer geluk hebben.'

Ik oordeelde in mijn boosheid dat ze het fijn vonden, dat tegenspoed hen sterker maakte: mijn moeder vermagerd tot op het bot, mijn vader uitdijend tot een vleesmassa, maar allebei werden ze er zuiverder door, meer totaal zichzelf. In die maanden leken ze naar elkaar toe te groeien. Het murmelende geluid van hun stemmen was 's avonds maar zelden te horen, maar bijna nooit werd dat gemurmel luider of ging het over in de golven van toorn waaraan ik zo lang gewend was geweest. Ik vatte dit althans als een goed teken op (wat lezen we de runentekens van het alledaagse leven toch op een merkwaardige manier): ik beoordeelde de voortekens van ons gezin, net als die van de wereld in bredere zin, als gemengd.

Veertien, zo geloofden de stoïcijnen, is de leeftijd waarop de rede – even natuurlijk als het voorjaar komt – ontkiemt in de jonge geest; maar doordat de rede zich vermengt met het instinct, of doordat rede en instinct dat in mij deden, is het toch logisch dat er onwaarschijnlijke vormen uit voortkomen. Wat is de rede tenslotte anders dan een middel om ons langs de wegen van ons eigen verlangen te leiden? We vinden hoop waar we dat kunnen, en waar we dat niet kunnen, bedenken we die.

———— 6

Ik ging natuurlijk naar school; maar de school was voor mij veranderd. Ik nam dezelfde bus, naar hetzelfde treurige gebouw van grijze baksteen. De school was nog steeds beschermd tegen de straat door zijn afschrikwekkende muur en ijzeren hek; op het voorplein lagen nog steeds kinderhoofdjes, waarop in de pauzes het kabaal van pubervoeten klonk; in de gangen rook het nog steeds naar schimmel en ontsmettingsmiddelen, en dezelfde Arabier met uitpuilende ogen dweilde steeds maar weer die gangen in de middagen. Ik ging naar de *troisième*; mijn schooltas zat boordevol met vakken, zoveel als nooit meer het geval zou zijn – aardrijkskunde en Latijn, filosofie, natuurkunde en literatuur. Weldra zou ik een gericht studiepakket moeten kiezen, maar eerst moesten er examens gehaald worden, aan het eind van dat jaar.

Ik had altijd geweten dat ik die vakken zou krijgen, net zo goed als ik wist dat Marie-José in een andere klas zou zijn, aan een andere gang, en dat onze wegen, als ik erop lette, elkaar niet hoefden te kruisen. Wat was er dan anders? Ik was anders. Of zij waren het – de andere leerlingen, mijn vriendinnen en vrienden. Het was of zo dat ze briefjes lieten rondgaan en fluisterend over mij spraken, of dat ik me verbeeldde dat ze dat deden; het maakt weinig verschil. Ik hield mijn gesprekken kort; ik verzon bezigheden en afspraken; ik glipte langs groepjes rokende en kletsende leerlingen in de hal, bij de bushalte. Ik weet niet of ik uitnodigingen afsloeg totdat ik er geen meer kreeg, of dat er vanaf het begin geen waren om af te slaan. In die tijd nam ik het laatste aan. Zelfs de vrienden die probeerden me trouw te blijven, misschien die wel het meest van allemaal, vond ik walgelijk, en ik was bang dat ze me alleen maar wilden aangapen, wilden proberen zich bij mij thuis te laten uitnodigen om ons daar te bespioneren of me terug naar het Bellevue wilden lokken en dan vragen: 'Was het daar? Stond hij daar?' Of nog erger: 'Is je grootvader thuis? Kunnen we hem opzoeken? Ziet hij er anders uit?'

Deze angsten riepen die op waaraan ik als klein meisje ten prooi was geweest, toen de school en zijn wrede gemeenschap nieuw voor mij waren. Onschuldig als ik toen was, werd mij geleerd om bang te zijn. Toen ik een jaar of vijf, zes was, had ik, net als andere kinderen, meisjes uitgenodigd voor spelletjes en *goûter* in onze achtertuin, en ik was er toen op een zoele middag al meteen achtergekomen dat mijn speelkameraadjes weinig belangstelling hadden voor krijgertje spelen of voor al mijn donzig aangeklede poppen. In plaats daarvan liepen ze voortdurend om mijn roerloze broertje heen – het was de eerste keer dat zij hem zagen – die in een speciaal ontworpen mand met een binnenbekleding van madras op de leisteen van de patio zat, met drie of vier jaar onbeweeglijk als een baby, vredig met de ogen knipperend naar de zwaaiende takken en het uitnodigende blauw van de hemel.

'Wat heeft hij? Waarom beweegt hij zich niet?'

'Hij is zo groot. Hij is geen baby.'

'Weet je dat dan niet, hij is net een beest, dat zei mijn moeder. Ze zei dat Sagesse een broertje heeft dat net een hond is.'

'Wat eet hij? Kunnen we hem te eten geven?'

'Het is net een pop.'

'Maar vreselijk. Allemaal spuug.'

'Gaat hij nooit praten?'

'Wat heeft hij? Het is smerig.'

'Hij liet een scheet!' De snaterende meisjes deinsden achteruit en ze deden alsof ze geen adem konden krijgen en ze knepen hun neus dicht.

'Eet hij aarde?'

'Ik weet het niet,' zei ik doodsbenauwd, terwijl ik met mijn vingers aan mijn rok plukte, en net als mijn broer naar de lucht keek.

'Laten we eens kijken. Laten we het proberen.' Het was een mollig meisje met amberkleurige lange krullen, de aanvoerster van het stel. Delphine. In de pauze op school had ik gezien hoe ze met haar volle gewicht op de borst van een ander meisje was gaan zitten en aan het haar van haar slachtoffer had getrokken en haar knieën in de ribben van het andere meisje had geduwd. Ik was bang voor haar en vroeg me verbaasd af hoe het kon dat ik haar – nog wel uit vrije wil – bij mij thuis had uitgenodigd om te komen spelen, zodat ze nu hier was.

De drie andere meisjes volgden kirrend en kraaiend haar bevelen op, met in hun kleine knuistjes balletjes van gras, grijze aarde en kiezelsteentjes. Ze kwamen op mijn broertje af, die, zonder zich ergens van bewust te zijn, tegen de mussen zat te brabbelen, en het enige wat ik kon doen, was erbij staan; mijn jurk zat tot boven mijn onderbroek gedraaid en in mijn paniek draaide ik hem steeds verder omhoog. Er kwam geen geluid uit me – alsof mijn mond volgepropt zat met gruis en as – en ik wist zelfs niet zeker of ik ademhaalde, omdat alles in mij vastzat. Ik wist niet of ik hem zou moeten redden, en of ik dat zelfs maar kon.

Mijn grootmoeder (waarom was zij er?) was als een God en verjoeg hen als kippen: plotseling stond ze in ons midden van ons en joeg hen achteruit; ze veegde het vieze gezicht van mijn broertje schoon en stopte haar vingers, compleet met diamanten ring, in zijn mond om alle steentjes eruit te halen. Ze hees hem, alsof hij een gewoon kind was, op haar heup, met zijn zijde-achtige haren over haar boezem gespreid. Toen ging ze weg en liet mij alleen met mijn gasten, die terugdeinsden en krokodillentranen huilden, maar slechts voor even. Delphine stelde voor dat we ons zouden gaan verkleden en dat deden we: ik liep prompt naar boven om de verkleedkist te halen en we versierden de tuin en onszelf met de opzichtige mini-jurkjes van mijn moeder totdat de andere moeders – één voor één en allemaal charmant – hun dochters kwamen halen.

Maar ik, ik bewoog me door de middag als door ijs, beseffend, als een kind in een sprookje, dat ik het kwaad in mijn huis had binnengelaten en er niets tegen kon doen; en met de vage onzekerheid of mijn broer mij was, of al mijn beloften aan hem ons tot één wezen hadden gemaakt; of dat ik niet anders dan de anderen was, mijn handen vol aarde. Ik had hen tenslotte niet tegengehouden.

Mijn ouders straften me niet voor de gebeurtenissen van die middag; mijn grootmoeder ook niet. Maar vele jaren lang nodigde ik geen kinderen bij mij thuis uit. Ik ging naar hun huis, of anders speelden we op het terrein van het Bellevue, waarbij het voorwendsel was dat we daar meer ruimte hadden voor onze spelletjes. Zohra maakte 's middags voor ons thee met iets erbij klaar in de keuken van mijn grootmoeder, die afgezien van af en toe een dansende wesp veilig was en geen geheimen bevatte die onthuld konden worden.

Toen ik ouder werd, deelde ik mijn zeldzame uitnodigingen uit, zoals ik later mijn naaktheid zou schenken: de aanblik van mijn broer bewaarde ik voor degenen die ik het liefste vond, als een test, en in de loop van de tijd was meer dan één persoon voor die test gezakt. Alleen wanneer mijn vriendin Etienne geaccepteerd had zoals ze mij geaccepteerd had, stond ik gegiechel of een grapje om zijn maaiende armen of spastische tong toe: die grapjes – en ik had er veel met Marie-Jo gedeeld – zaten in mijn hart, de plaats waar ik als mijn broer was en tegelijk als ieder ander, samengevoegd.

7

Een blik op mijn misdadige grootvader was echter niet een gift die ik wilde schenken; en ik vond mezelf oud genoeg om iedereen ervan te weerhouden om vragen te stellen. Mijn Amerikaanse uitstapjes met mijn nichtje hadden me geleerd dat er mensen waren, van mijn leeftijd of ietsje ouder, die mij, op grond van hun eigen directe interesse, zonder vragen te stellen zouden accepteren, zolang ik ervoor kon zorgen dat mijn interesse op die van hen leek. Dat wil zeggen, ik was zo slim om diezelfde wietrokers op te zoeken over wie ik mij met anderen van mijn school nog maar iets meer dan een maand geleden maar wat graag kleinerend had uitgelaten. Ons kleine stadje was geen Boston: de kliek waartoe ik me wendde, was kleiner en in de ogen van ouders nog weerzinwekkender dan Becky's vrienden, niet in het minst omdat de leider ervan, een slungelige, kaalgeschoren jongen die een klas boven mij zat, een Arabier was, een zoon van Algerijnse immigranten die een Noord-Afrikaanse patisserie hadden – stapels felgekleurde sinaasappel-koekjes die onder de vliegen zaten en vettige donuts met suiker erop achter een vuile ruit; het soort winkel waar mijn moeder vlug langs liep met haar kin omhoog en met ingehouden adem – in een smoezelig zijstraatje achter de markt. Sami – van wiens naam ik lang gedacht had dat deze Amerikaans en een vorm van aanstellerij was, niet beseffend dat hij voor een moslim net zo gewoon was als Jan of Piet – had een reputatie als handelaar in hasj. Hij werkte er ook aan: hij bewoog zich krampachtig en stiekem, en hij droeg zijn boekentas alsof deze smokkelwaar was. Zijn spijkerbroek hing – als bij een Amerikaanse rapper – in plooien om zijn magere heupen en stempelde hem tot een rebel. Zijn vriendin, een meisje met de lastige naam Lahouria, die kortweg 'Lahou' genoemd werd, zat bij mij bij geschiedenis in de klas. Ze had een cacaokleurige huid en weelderige lichaamsvormen en ze probeerde haar gelaatstrekken zich tot een agressief pruilgezicht te laten plooien, maar ze was van nature zo frivool als het haar dat ze in overvloed bezat, een grote bos krullen die zo zorgvuldig geolied waren dat het geheel deed denken aan stromend water zonder dat er ook maar de minste bewe-ging in zat.

Tot hun vriendenkring behoorden een puisterige jongen met een spichtig gezicht die we allemaal Jacquot noemden en die erom bekend stond dat hij zijn vingers langs de dijen van meisjes liet glijden tijdens de vertoning van wetenschappelijke films of in de bus; en Frédéric, die een rolletje gespeeld had in mijn eigen – mijn vroegere – vriendenkring van het jaar ervoor, toen hij even in de aandacht van Marie-Jo had gestaan. Hij was de zoon van een vooraanstaande vrouwelijke apotheker, een weduwe, en was daarom net aan acceptabel geweest voor het Bellevue. Maar nu, zo werd gezegd, pikte hij pillen uit zijn moeders kluis, die hij overpakte in boterhamzakjes en na de lessen op het schoolplein verkocht.

Hij was degene die ik benaderde in de eerste weken van het trimester. Het was lunchtijd en hij was gaan schuilen voor een plotselinge stortbui onder de markies van een boekwinkel, drie straten van de school vandaan. Ik was in de winkel wat aan het rondkijken tussen de planken met kantoorbehoeften, net of ik geïnteresseerd was in multomappen en enveloppen, en wilde dat het uur voorbij was, toen ik zijn rillende rug zag.

'Lang niet gezien,' zei ik tegen hem op een toon die luid genoeg was om gehoord te worden boven de regen en het zoevende verkeer uit.

'Hé.' Het duurde een minuut. 'Sagesse, hè?'

'Ja.'

'De vriendin van Marie-Jo?'

'Nou ja, dat was ik.'

'Praat ze ook niet meer met jou? Het is een supertrut. Ik wed dat ik weet waarom.'

Ik haalde mijn schouders op. Ik wilde niet dat hij erover begon. Dat deed hij niet.

'Zit je bij Lahou in de klas?'

'Ja.'

'Ponty is een rotvent, hoor ik.' Ponty was de geschiedenisleraar.

'Hij valt wel mee, als je weet hoe je met hem om moet gaan.'

'Dat weet zij dus niet. Hij bezorgt haar een heleboel ellende, waar of niet?'

'Zal best.'

'Ga je terug?'

'Ik zal wel moeten. Ik heb over tien minuten filosofie.' We keken naar de kletterende regen; ik gluurde naar het donkere dons op zijn lip.

'Zullen we het op een rennen zetten?'

Ik giechelde. 'Tenzij je een beter idee hebt.'

Toen we op school terug waren, kleefden onze kleren aan onze huid en sopten onze schoenen op het zeil. We bleven bij de trap nog even staan.

'We moeten een keertje koffie gaan drinken,' zei hij, terwijl hij een natte sigaret uit zijn jaszak viste.

166

'Als je belooft dat je niet over Marie-Jo praat.'

'Geen probleem. Met Lahou misschien.'

'Waarom niet?'

'Je ziet eruit alsof je een beetje lachen wel kunt gebruiken.'

'Of een beetje roken.'

'Jij?'

'Waarom niet?' Ik riep dit vanaf de trap, over mijn schouder. Ik deed het voorkomen – of probeerde het te doen voorkomen – als een terloopse opmerking. Ik deed het voorkomen alsof ik anders niet in mijn eentje zou zijn. Maar dat was het nu net met Sami's clubje: ze waren allemaal betrokken bij hetzelfde bedrog, en zonder elkaar zouden ze allemaal in hun eentje geweest zijn. Ik betwijfel of Frédéric er intrapte, maar het kon hem ook niets schelen. Op deze manier drong ik mij snel op aan hun groep. Het leek in die tijd alsof ik voor mezelf een nieuwe plek aan het kiezen was.

Ik kwam hun kring natuurlijk binnen dankzij Frédéric. Hij was de schakel, hij kon voor me instaan. Tijdens die eerste lunch, in een hamburgertent met smerige vloeren, toonde Lahou zich wantrouwend jegens mij en ook jegens mijn goede bedoelingen.

'Hoe weet jij nu hoe het is?' vroeg ze, terwijl ze de ketchup van een vinger met paarse nagellak likte. 'Ponty heeft op jou niet de pik. Jij bent godsamme zijn lievelingetje.'

'Hij valt wel mee, als je bij hem in een goed blaadje weet te komen.'

'Hoe dan? Door opnieuw geboren te worden als een rijke blanke?'

'Ik laat je wel zien hoe je dat doet, als je wilt.'

'O, vast.' Ze schudde haar hoofd en snoof. 'Ik geloof het pas als het zo is.'

Lahou was, nog veel sterker dan Marie-Jo, een vrouw voor mannen. Niet alleen Sami, maar ook Jacquot en Frédéric omringden haar, en ze behandelden haar niet alsof ze een van hen was, maar als een orchidee. Ja, als seks, hetgeen ze voor hen vertegenwoordigde, met haar decolleté dat nog geaccentueerd werd door voorgevormde lingerie en glanzende kunstvezel, en met haar gezicht met zijn korte wipneus dat vervolmaakt werd door makeup. Zij en ik hadden niets gemeen dan Ponty en nu Frédéric en uiteindelijk marihuana, wat onze relatie enigszins vergemakkelijkte, maar dat was ook alles, en terwijl we elkaar op de oranje plastic stoel in de Flunch zaten op te nemen, wisten we dat.

Ze was het kind, zo zou ik later horen, van een Franse moeder en een Tunesische vader. Deze laatste liet zich nooit zien en haar moeder was een kreng van een vrouw. Lahou's oudere broer was een belijdend moslim geworden en het was bekend van hem dat hij zijn zus sloeg en haar een hoer noemde. Ze had drie jongere zusjes, die ze met hand en tand verdedigde. Ik kwam nooit bij haar thuis in haar appartement en ze vertelde me nooit iets van deze dingen; ze sijpelden op de een of andere manier mijn bewustzijn binnen, waarschijnlijk via Frédéric, en de dingen die ik van haar wist, maakten me op een onverklaarbare manier trots op haar, hoewel ze niet wist dat ik ze wist en we nog steeds niets te bespreken hadden dan de jongens en hun gedrag.

Sami was wispelturig; zijn kwalijke leven thuis was de oorzaak van onvoorspelbare wisselingen van stemming, van ruwe uitgelatenheid tot somber stilzwijgen. Hij was ijdel en vond zijn havikachtige trekken verleidelijk: hij deed zijn uiterste best om bakkebaarden te laten groeien en schoor ze vervolgens weer af; daarna liet hij een vlassig geitensikje staan dat een bron van wrijving tussen hem en zijn vriendin bleek te zijn ('Het is schaamhaar! Het is absoluut schaamhaar!' hield Lahou vol), en dat hij, als bewijs van zijn liefde voor haar, na een tijdje opgaf. Hij had spitse vingers die verbazingwekkend beweeglijk waren die me deden denken aan spinnenpoten, en hij had een uitgesproken zoete geur van kaneel en tabak om zich heen. Hij was een toneelspeler, en zijn rol was deels die van een Amerikaanse gangster, en deels die van een Franse losbol. In die rol stal hij een duur horloge voor Lahou's verjaardag – een gebaar dat me in gelijke mate ontroerde en ontstelde – en was hij de overtuiging toegedaan (of dat beweerde hij althans) dat het niet maken van huiswerk eerder een revolutionaire stellingname was dan simpelweg een stommiteit. Hij was gek op geld en vond het leuk de stapel bankbiljetten uit zijn diepe zak te halen en deze openlijk en een paar keer opnieuw te tellen, terwijl zijn vrienden om hem heen zaten te praten. Op een keer, toen hij in een bijzonder protserige stemming was, draaide hij een sjekkie met een briefje van vijfhonderd frank, en geen van zijn maten had de moed hem te zeggen dat ze zijn daad belachelijk vonden. Ik zag hem maar twee keer uit zijn rol vallen, en de persoonlijkheid daaronder leek armzalig en bang.

Jaquot was Sami's tegenpool, zijn nar. Omdat hij er altijd een beetje raar uitzag, had hij al vroeg de rol van clown op zich genomen en toen ik hem leerde kennen, was deze rol een slecht zittend kledingstuk geworden waarin hij gevangen zat. Het was niet zo, zo zou ik ontdekken, dat hij aan de meisjes wilde zitten; hij wilde wanhopig, als een hond, door hen bemind worden, door hen aangeraakt worden, en hij kende geen ander middel dan dat ene, een monsterlijke zelfparodie en gedoemd te mislukken. Hij rookte om zijn onhandigheid te vergeten en werd daarna dan vaak gespannen, met een verhitte blos op zijn schurftige wangen, terwijl hij plannen smeedde om een eind te maken aan de honger in de wereld, of de regering omver te werpen, of betogen hield over vriendschap of noodlot, waarbij hij met een steeds heftiger gebaar de vettige haarlok van zijn voorhoofd veegde, en zichzelf slechts onderbrak om lucht op te zuigen tussen zijn tanden, die uit de toon vallend wit waren.

'En dan nog iets,' riep hij dan, met een slecht getimede uitval naar Sami of Frédéric. 'Ik heb net dit bedacht…'

Ze hadden geen waardering voor Jacquot de filosoof; en Sami had de neiging zijn vriend bij zijn nek te grijpen of hem een stomp te geven, met een dreigend gebaar dat maar ten dele goedmoedig was, en hem toe te sissen: 'Kop dicht. Heb je me begrepen? Kop… dicht.'

Maar ik vond hem aardig en hij mij en het was misschien onvermijdelijk, gegeven zijn beperkte kennissenkring, dat hij me begon na te lopen met kleine cadeautjes (een reep chocola, een vulpen) en alle tekenen van kinderlijke verliefdheid vertoonde – zoals altijd, tot mislukking gedoemd.

In dit gezelschap, waarin ik me bewoog zonder er zelf in te geloven, was Frédéric nog het meeste een vriend. De anderen stonden zo ver weg van mijn wereld en mogelijkheden dat er in de dingen die ze deden, net als in die van Becky, voor mij geen plaats leek te zijn en ik er ook niet in betrokken leek te kunnen worden. De manier waarop zij met elkaar omgingen, was als een televisieprogramma waarnaar ik weliswaar met toewijding keek, en ik voelde voor hen de afstandelijke genegenheid die men voor bedachte figuren heeft. Ik was me ervan bewust dat onze levens slechts een korte tijd samenvielen en dacht dat deze zekerheid mijn veiligheid zou garanderen. Het was hetzelfde voor Frédéric als voor mij, hoewel we er nooit over spraken. Net als ik – en in tegenstelling tot hen – ging hij, als hij naar huis ging, naar een grote woning die over het water uitkeek en veranderde hij zijn houding en de intonatie van zijn stem wanneer hij er binnentrad. Hij wist dat hij zijn examens zou halen en naar de universiteit zou gaan – hij was van plan rechten te gaan studeren – en dat zijn uitstapjes in de 'scene' slechts een vorm van puberale rebellie waren, die acceptabel was voor hemzelf, zij het niet voor zijn moeder met haar dunne lippen.

Zijn moeder, die ik meer dan eens ontmoette en een zorgelijk iemand vond, zij het op een aangename manier, als een versleten deken, was politiek gesproken een linkse vrouw – van de generatie van '68, zoals mijn vader ook was, hoewel hij daartoe slechts in chronologische, en in geen andere betekenis behoorde – en daarom had ze in maatschappelijk opzicht weinig te maken met mijn ouders; maar in een stad van die omvang hadden ze elkaar natuurlijk weleens ontmoet, en de afstand tussen hen was puur theoretisch. Frédéric en ik behoorden, om het maar botweg te zeggen, tot dezelfde sociale klasse, met dezelfde manieren en met een gelijk soort onvrede; en toen ik hem beter leerde kennen, besefte ik dat zijn reputatie als dealer gebaseerd was op één enkel voorval, waarbij hij – daartoe uitgedaagd – een hoeveelheid temazepam van zijn moeder had gestolen; en op zijn omgang met Sami en Lahou en Jaquot, die mijn vroegere vrienden voor zichzelf niet op enige andere manier konden verklaren.

Zonder twijfel begonnen er ook geruchten over mij de ronde te doen: ik moest de blikken wel zien die me volgden als ik met mijn nieuwe vrienden was. Met Lahou of Frédéric naast me liep ik af en toe langs Marie-Jo en ik zag dan dat ze ophield met praten en naar me keek, waarna ze nog drukker begon te kletsen, met een gebaar van haar hoofd in mijn richting en met een heimelijke, veelzeggende blik mijn kant uit. Ze zou toch wel over me hebben gepraat, zei ik tegen mezelf; nu had ze tenminste iets anders te vertellen; in ieder geval hoefde ik me niet steeds in te denken dat ze het voortdurend over die avond bij het zwembad had.

Ze dacht misschien dat ik met Frédéric ging – als ik mijzelf van een afstand bekeken had, dan zou dat aannemelijk geleken hebben. Hij was lang en niet onaantrekkelijk, hoewel hij flaporen had. Hij had een diepe lach, waarvan het geluid hem kennelijk genoegen deed, omdat hij het nog een aantal seconden na het natuurlijke einde van de lach aanhield. Hij was slim, hoewel niet zo slim als hij dacht, en op een aantrekkelijke manier roekeloos, en hij vond de stad en de mensen die er woonden, saai.

'Ik heb mijn vrienden gekozen,' zei hij eens, terwijl hij me naar de bushalte bracht nadat we een middaglang munten hadden gegooid in automaten in een speelhal, 'omdat alle anderen idioten zijn. Ze zijn zo godvergeten saai, en ze denken dat ze alles mooi voor elkaar hebben. Ze raken gesetteld in hun kleine leventjes en worden net als hun ouders, en gaan één keer per jaar naar Parijs en vinden dat helemaal te gek en indrukwekkend. Weg daarmee.'

'En het leven van Sami is anders? Of dat van Lahou?'

'Je snapt er niets van, hè? Die ontwikkelen zich, meisje. Zij hebben al zo veel vragen gesteld en zijn daar al zo vaak voor gestraft dat zij, wat er vanaf nu ook gebeurt, voorop zullen lopen.'

'Niet als ze hun school niet afmaken.'

'Jij denkt dat een universitaire opleiding alles is? Er is voor niemand werk, liefje. Dus wie heeft dat nodig?'

'Wie houd je nu voor de gek?'

'Je bent zo burgerlijk, Sagesse. Niet anders dan de rest.'

'En jij?'

Hij haalde zijn schouders op.

'Dus jij gaat op de motor naar je colleges rechten. En dat maakt je bijzonder?'

'Ik zal niet wegrotten in deze stad. En Sami ook niet.'

Ik zweeg en vroeg me af of hij geloofde wat hij zei.

'Nog een of twee jaar,' ging hij verder, 'en dan ben ik weg.'

'Bofkont.'

Ik ging niet met hem. Ik kan niet zeggen dat het niet bij me opgekomen was (die lieve Thibaud, aan wie ik nooit geschreven had, leek niet langer een optie; ik huiverde bij de gedachte aan wat hij van mijn leven, zoals het zich ontwikkeld had, gevonden zou hebben), maar Frédéric was niet geïnteresseerd. Hij zei dat hij alleen op oudere vrouwen viel, en op vrouwen met een donkere huid, wat ik beschouwde als aanstellerij. Ik verdacht hem ervan dat hij verliefd was op Lahou, althans een beetje, een liefde die hem nog wel enige tijd tot de celibataire staat zou veroordelen.

8

Het was rond de tijd van dat gesprek, in november, dat Marie-Jo in bed werd aangetroffen met een jonge soldaat uit de kazerne. Ik hoorde dit nieuws van mijn ouders, tijdens de avondmaaltijd.

'En hoe zit het met je vriendin?' vroeg mijn vader, zijn bord vol scheppend met porties spinazie à la crème.

'Wie?' Ik had het thuis niet over mijn nieuwe vrienden gehad, bevreesd als ik was voor het ongenoegen van mijn ouders en er op de een of andere manier zeker van dat hun gezelschap van slechts tijdelijke duur zou zijn.

'Marie-José.'

'O, die.' Ik trok een rimpel in mijn neus.

'Zeg dat wel. Ik kan niet zeggen dat het me onder deze omstandigheden spijt dat jullie elkaar niet meer zien.'

Ik dacht dat hij op het proces doelde, hoewel het me vreemd voorkwam dat hij er zo vrolijk over deed, en ik concentreerde me op het snijden van mijn vlees.

'Buitensporig gedrag.'

'Wat?'

'Dat gedoe met die soldaat.'

Mijn vader was heel erg geamuseerd – zijn gevoel voor humor was altijd gericht op platte aangelegenheden – maar mijn moeder schoof op en neer in haar stoel, en toen hij maar een klein beetje expliciter werd over de feiten, onderbrak ze hem – 'Alexandre, niet doen!' – op een manier die hem deed ophouden. Maar hij bleef in zichzelf grinniken, een man die zich niet uit het veld liet slaan, zoals hij was in die maanden van geestdrift en waanzin. Later, toen het voorbij was, verwonderde ik me over de kolibrieachtige snelheid van mijn vader, over de fladderende alomtegenwoordigheid van zijn grote lichaam; en nog later gingen we het zien als een soort gekte, en een voorbode. Ik heb geen foto's uit dat najaar, maar als ik ze had, zou mijn vader er op allemaal breed glimlachend op staan, met zijn lippen van elkaar en met de nauwelijks waarneembare holte van zijn mond het enige donkere, de aanwijzing dat zijn lach te breed was om te blijven voortduren.

De bijzonderheden over Marie-Jo's wangedrag vernam ik op school: 'Hij was bij haar binnengedrongen, hij lag boven op haar'; 'ze had hem pas ontmoet'; 'haar moeder stond erbij tot hij was aangekleed en heeft hem de deur uitgezet.' Ik was zo blij met de tegenspoed van Marie-Jo en ik vergaf mijn moeder zelfs het ongemakkelijke voorlichtingspraatje dat ze zich gedwongen voelde tegen mij af te steken.

In die tijd was mijn moeder veel alleen geweest. Wanneer mijn vader zich wijdde aan zijn nieuwe grootse verantwoordelijkheden, begaf zij zich op voor mij duistere paden. Ze ging vaak uit, maar ik wist niet waarheen: ze ging niet winkelen, omdat we ernaar streefden geld uit te sparen; evenmin ging ze de bloemetjes buiten zetten, omdat dat niet in haar aard lag en niet in overeenstemming met de geest van die tijd was. Soms, zo wist ik, was ze bij mijn grootouders en soms stortte ze zich op haar liefdadigheidswerk (ze zat in het bestuur van een tehuis voor daklozen, en ze vond in die dagen nog meer troost dan gewoonlijk in degenen die het minder goed hadden dan wij). Ik wist ook dat ze bad in de kerk, in haar eentje, net zo regelmatig als ze haar haar liet doen of haar nagels liet manicuren. Dit was een oude gewoonte, en vaak, wanneer ik haar niet thuis trof, stelde ik me haar voor in de kerkbanken, met haar ogen op de Maagd Maria gericht en met wierookgeur in haar neus.

Op de middagen dat mijn groepje vroeg uiteenging, of wanneer ik het niet kon opbrengen om voor de zoveelste keer weer een beetje met ze rond te hangen, ging ik terug naar een leeg huis, leeg afgezien van Etienne en zijn verzorgster Magda, die met haar voeten omhoog en plukkend aan haar vingernagels op de witte sofa urenlang lag te bladeren in tijdschriften over liefdesromantiek (*Ware liefde, Wilde hartstochten*), terwijl ze slechts heel af en toe een blik wierp op mijn soezende broer. In mijn eentje dwaalde ik door de gangen, waar ik de stilte verstoorde, keurde parfums in de badkamer van mijn ouders, probeerde de matrassen uit in de logeerkamers, deed dan weer eens dit en dan weer eens dat, tot ik in mijn eigen kamer was en daar op mijn bed ging liggen met deur dicht. Ik kreeg een gevoel van zekerheid door de rust, hetgeen, naar zou blijken, een slechte zaak was.

Maar wat mijn moeder betreft: ze wendde zich niet tot mij, zoals ze altijd had gedaan, voor confidenties. Terwijl ze haar knokige lijf afmatte, at ze haar woorden op in plaats van haar eten. Ze sprak tegen Etienne, die het niet kon begrijpen, op fluisterende toon; en tegen mij sprak ze bijna helemaal niet. Hoewel ik deed of het niet zo was, miste ik de in de geur van haar parfum gevoerde gesprekjes in de keuken of bij mijn bed, die kostbaarder werden naarmate ze minder voorkwamen. Toen ze naar me toekwam, toen ik al in bed lag, na de onthullingen over Marie-Jo, leek het voorlichtingspraatje een aanleiding, een handreiking.

'Ik hoef je niet te vertellen wat de risico's zijn,' zei Maman, terwijl ze mijn dekbed gladstreek met haar gemanicuurde hand. Van de diamanten van haar ring schoten sprankelende lichtstralen langs de muur.

'Nee.'

'Het is zo anders dan toen ik nog een meisje was. Het is iets gevaarlijks. Op zo veel manieren. Niet alleen fysiek, maar ook emotioneel. Dat is in ieder geval niet veranderd. Je moet er klaar voor zijn. En dat kun je nog niet zijn, niet als je zo jong bent. Je vriendin…'

'Ze is mijn vriendin niet.' Ik stopte mijn kin onder het laken. Ik lag op mijn rug. Alleen mijn neus en ogen waren te zien.

'Nou ja, wat dan ook. Ze zet haar leven op het spel voordat het begonnen is. Ik hoop dat we je zo hebben opgevoed dat je niet van die domme dingen doet.'

Ik ging weer rechtop zitten. 'Maak je geen zorgen, Maman.'

'Jullie zijn allemaal nog kinderen. En moreel gesproken…'

'Ik weet het.'

'Geloof is zo belangrijk. Je bent oud genoeg om dat te beseffen.'

Ik gaf geen antwoord. Voor zover ik het kon zien, speelde geloof toen een heel kleine rol in onze levens, ondanks onze wekelijkse gang naar de mis.

'Ik vertrouw je,' zei ze. 'Ik weet dat jij me niet zult teleurstellen.'

Terwijl ze dit zei, wierp ze me een blik toe die me vertelde dat ze me helemaal niet vertrouwde. Of misschien was dat slechts de interpretatie van mijn schuldige geweten. Ik probeerde de hele tijd te leren om onzichtbaar te zijn op bekend terrein – een huiselijke variant van mijn Amerikaanse lessen – en ik was niet meer gewend aan een kritische blik.

Ergens was ik zelfs jaloers op de vernedering van Marie-José. Toen ze eenmaal betrapt was, hoefde ze niet langer haar best te doen om extreem te zijn. Ik wist dat ze op een bepaalde tijd binnen moest zijn, dat ze 's avonds niet langer uit mocht, dat haar moeder weekendjes met het gezin en uitstapjes naar het theater organiseerde om haar dochter onder controle te houden; en terwijl we het er op school over eens waren dat dit een echt wrede straf was (welke tiener vindt het nu leuk om met haar ouders op stap te gaan?), verlangde ik er heimelijk naar me ook zo te laten gaan, en dan op mijn kop te krijgen en gered te worden, zoals mijn broer, ondanks alles, gered werd.

9

Wat betekende – kan ik de waarheid spreken, vraag ik me af? – mijn broer voor mij in al deze verwarring? Een omhulsel, een dop, een dief, ikzelf, wijsheid, de brug van het vreselijke isolement van het leven en het meest afzichtelijke embleem ervan. Hij alleen was onwrikbaar zichzelf, standvastig tegen de kolkende stroom in die tijd, en toch wist hij alleen wat dat zichzelf zijn inhield, als weten een deel van hem was. En alleen hij werd beschermd tegen die stroom, door onze inspanningen, en dat maar voor even. Hij vervulde me met walging (als dit de tijd is om de waarheid te spreken, dan geef ik toe dat hij dat altijd gedaan had): zijn speeksel en de roodheid van zijn mond; zijn doorzichtige huid, de vingers als bladeren, de wankele en slappe ruggengraat die onder zijn huid kronkelde. En de stank: zijn geuren, de geuren die we ons leven lang verbergen en verhullen, van pies en poep en zweet; en dan ook nog de zoete, melkachtige babygeur helemaal tot aan zijn nek, wat de lucht van thuis was. Ik was razend en verborg mijn razernij; hij was niets en alles tegelijk. Hij was, zo zei ik soms tegen mezelf, wat was overgebleven van het verleden, terwijl ik was wat zou komen. Maar we waren hetzelfde, en hij was onontkoombaar, en hoe zou ik daarom niet van hem kunnen houden? Hij alleen bewaarde ieder geheim; hij alleen bewaart ze nog allemaal.

En wanneer ik thuiskwam in dat huis en dacht dat het leeg was, hoewel hij er was, was het omdat – hoe kan ik het beschrijven? – was het alsof ik alleen in de kamer was, wanneer ik naast hem stond. Maar dit klopt niet: het was alsof ik, en meer dan ik, een overbodigheid die niet overbodig was, de ruimte deelde. Woorden kunnen niet bevatten wat hij was en is; omdat ze hersenschimmig zijn, kunnen ze hem geen vorm geven. Hij zweeft achter hen, maar altijd dáár: als 'thuis' voor mij een naam had, was het zijn naam. En nu we niet langer onder hetzelfde dak wonen, nu zijn geur slechts af en toe bij me is, achter in mijn keel, tijdens de momenten tussen slapen en waken (of tijdens die zeldzame keren dat ik hem bezoek in zijn ijsgroene kamer aan de overkant van de oceaan, en dan alleen nog als een vleugje achter het geweld van de kleverige roze ontsmettingsmiddelen) vertegenwoordigt hij nog steeds voor mij thuis, in al zijn verloren mogelijkheden.

Wat ik hier heb, om me heen, in mijn boeken en in het warrige, razende mirakel van deze ten onder gaande stad, doet dat niet. Ik zou met mijn broer niet kunnen leven en mezelf zijn; het was onvermijdelijk dat ik maar al te gretig was om aan hem te ontkomen toen het moment kwam (zoals we dat allemaal, naar zou blijken, op onze eigen manier waren). Maar wanneer ik doodga, wil ik naast Etienne begraven worden.

10

Ik kan zeggen, en zo kan het geleken hebben, dat het geloof in die tijd slechts een kleine rol in ons leven speelde; maar ook dat is niet eerlijk. Zelfs toen ik veertien was, besefte ik heel goed – terwijl ik aan mijn onbreekbare leiband rukte en trok en me als ongelovige begon op te stellen – dat de banden van het geloof, religieus en anderszins, het minste doen en laten in ons gezin bepaalden. Ik mocht dan wel de biecht of de communie bespot hebben, of mijn moeders stille mijmeringen met de heiligen; ieder van de eigenzinnige en in verval zijnde LaBasses mocht zich dan wel overgegeven hebben aan onze donkerste drijfveren; en toch wisten we dat we verbonden waren met ons geloof, als door cement verbonden, als door bloed gebonden, in een verbondenheid die slechts gedeeld werd door een paar honderdduizend mensen, degenen die net als wij bannelingen uit Frans Algerije waren.

Ik trok dit soort zaken niet in twijfel. Zelfs toen ik als opstandige puber met mijn kleine voet stampte, was dat een gebaar dat vergezeld ging van het zachte gejammer van de reeds verslagene. Aan de logica van mijn opvoeding viel niet te tornen: we waren katholiek, we waren Frans, we waren Algerijns. Als een persoonlijke erfenis, ja als een geschenk, heel speciaal voor ons, de Europeanen van Noord-Afrika, hadden wij de erfzonde.

De heilige Augustinus is het eerste kind van Algerije, zijn beroemdste zoon. Hij is ons allemaal en zijn nalatenschap is onze blijvende nalatenschap. Geboren in de vierde eeuw in Bône (*bled el-Aneb* in het Arabisch, 'het land van de jujubes'), half berbers, een jongen die zomaar voor de lol nachtegalen ving en de vruchten van de perenbomen stal, werd hard en geducht toen hij een christen was. Maar hij bleef menselijk: hij maakte zijn fouten bekend – hij beleed ze – opdat ze hem vergeven werden. Hij liet het harde licht van Afrika over zijn religie schijnen, over het hier en nu, een huidige werkelijkheid van schuld en straf; maar hij leefde voor een overeenkomstig ander leven, een volmaaktheid in het hiernamaals; en de gedroomde volmaaktheid van mijn familie, die altijd in het verleden lag, of voorbij het mogelijke, was slechts een spiegel van de zijne.

Sommigen willen beweren dat Albert Camus, een goddeloze in deze goddeloze eeuw, voor de dwalende belijder een Algerijnse rivaal is, maar de stoïcijnse denkbeelden van Camus over humanisme en rechtvaardigheid, over een moreel standpunt tegenover onze sterfelijke nietigheid; zijn hoopvolle zoektocht naar vrede tussen de mensen – zij zijn in vergelijking daarmee slechts een naïef en angstig vlammetje, overschaduwd door de heerszuchtige, woedende, alwetende godgeleerde die Augustinus was, die in staat was om zelfs de veinzers aan de kant te zetten. (Wie anders zou de valselijk getrouwen beschouwen als een stam die toegesproken diende te worden? Augustinus was bovenal een cynicus.) De scherpe blik van Augustinus is altijd gericht op de poorten van zijn Stad van God, die vergulde metropolis die voor eeuwig flakkert in een onmogelijke werkwoordstijd, zoals mijn broer, zoals een Algerije dat eeuwig Frans is.

En de heilige Augustinus, ondanks al zijn menselijkheid, zijn heerlijk zondige jeugd, zijn geruststellende begrip voor onze kleine misstappen en zijn inspirerende en vertrouwde toewijding aan zijn moeder (een cultureel kenmerk van de *pieds-noirs*, als je onze historici mag geloven, van dezelfde orde als *soubressade* en siësta's), ondanks dit alles wat hem zo hartverwarmend maakt, is zijn meest blijvende bijdrage, het voornaamste wat hij te bieden heeft, natuurlijk toch de leer die ons bindt en veroordeelt, de leer die onze soort gebiedt boete te doen voor de zonde van Adam en Eva. En voor die van Augustinus trouwens. Wij LaBasses wisten het allemaal vanaf onze geboorte – allemaal, behalve Etienne, neem ik aan, die in plaats daarvan misschien beschouwd had kunnen worden als de belichaming ervan – en terwijl het tijdstip van mijn grootvaders proces dichterbij kwam, was deze leer de vooronderstelling achter onze gebeden, en de onuitgesproken vrees in onze gesprekken. Ieder van ons, generatie na generatie, levend – nee, zwelgend – in de erfzonde, eindeloos strafbaar daarvoor, wankel in ons wantrouwen jegens de genade.

We keken om ons heen en zagen slechts aanleidingen tot berouw en kwelling, zelfs waar anderen zich verheugden. Voor het eerst werd mijn blik aan tafel getrokken naar de schilderijen achter het hoofd van mijn vader: daar, op de muur van de eetkamer, in een vergulde lijst, kronkelden Birmaanse uitbeeldingen van het vuur van de hel, die mijn ouders in gelukkiger tijden hadden gekocht. Kleurrijk en – oppervlakkig gesproken – aangenaam als ze waren, waren ze ook iets voor een nachtmerrie: bleke mannen en vrouwen met kikkergezichten gingen op en neer in vaten kokende olie, waar zij met gloeiende poken geprikt werden. Eén vrouw werd gedwongen ontucht te plegen met een blauwgrijze paal met een scherpe punt, terwijl demonen achter haar dansten. En de demonen zelf: purper gekleurd en bloeddoorlopen, met hoektanden, met lallende tongen en spinachtige paarse vleugels op hun rug. En om hen heen kolkte een brandende zee, gesmolten, goud en rood en tamelijk mooi. Had ik jarenlang alleen het verguldsel gezien? En hoe kon ik dit alles, wat mij zo dreigend aankeek, niet als een voorteken zien?

In november viel de Berlijnse Muur, op de televisie een feest van fakkels dragende, opgewonden, extatische jonge mensen. In het duister van het scherm, in de vlammen, in de bleekheid van de jonge gezichten, waren de beelden helaas niet ongelijk aan die waarvoor ik de laatste tijd met zo'n ongelukkig gevoel had zitten eten. En mijn vader keek slechts vluchtig naar het toestel, terwijl hij door de kamer liep, en zei: 'Ook daarvoor zal een prijs betaald moeten worden.'

Mijn moeder, die een brief van Eleanor had gekregen, vertelde dat ze Becky gedreigd hadden dat ze voor haar laatste jaar naar een middelbare school van de staat zou moeten, als ze haar cijfers niet ophaalde, en ze voegde er op treurige toon en met ongebruikelijke hardheid aan toe: 'Nou, daar gaat haar toekomst. Eleanor kan net zo goed de benen van het meisje afzagen.' In die tijd bekommerde ik mij meer om de wandaden van Becky: 'Wat heeft ze precies gedaan?' 'Dat schrijft Eleanor niet. Ik heb het je wel gezegd. Ze heeft altijd problemen met Becky gehad. Ik heb altijd gedacht dat ze niet echt moeder wilde worden. Toen niet, in elk geval, en dat was de reden.' Maar als ik terugkijk, treft mij de dreigende somberte die mijn ouders in een stralenbundel over de wijdere wereld verspreidden, vast en zeker in de hoop dat daardoor de schuld van mijn grootvader – zijn eigen speciale zonde, die ook de hunne was – in het duister zou blijven.

11

Het proces overviel me een beetje. Ik probeerde natuurlijk heel erg te ontkennen dat het zou komen; daarmee was ik maandenlang bezig geweest. Om die reden was ik bereid om rond te hangen in stegen en amusementshallen met vrienden wier gezelschap me in december al was gaan vervelen, en om net te doen of ik belangstelling had voor hun kleine verzetjes. (Of-schoon deze ontgoocheling in zekere mate misschien gepraat achteraf is: in die tijd zelf zou het nooit, hoe machiavellistisch ik mezelf ook vond, bij mij opgekomen zijn dat ik gewoon weg kon lopen, dat ik hen gebruikte, als een politieagent die in een bende infiltreert, voor mijn eigen doeleinden. Vanuit een Amerikaans perspectief zie ik mezelf in die maanden als iemand die onder het beschermingsprogramma voor rechtbankgetuigen valt en om-ringd wordt door een stelletje vreemde lieden die alleen gekozen zijn van-wege de doeltreffendheid van de vermomming; maar niettemin op de een of andere manier onontkoombaar.)

Als ik beter had opgelet, zou ik de voorbereidingen die onder ons eigen dak plaatsvonden, hebben opgemerkt. Zo was er het feit dat we 's avonds weer gezamenlijk aten. Mijn vader verscheen op een avond weer aan tafel en daarna iedere avond: vandaar het gesprek over Marie-José; vandaar mijn plotselinge betrokkenheid bij de schilderijen achter zijn hoofd. Een tijd lang die herfst was mijn vader, net als mijn grootvader vóór hem, de onvoorspel-bare geweest, de geest van het avondeten – wat lange tijd een tendens was geweest, was een patroon geworden: een plek die altijd, of meestal, gedekt was, vaak onbezet bleef, en afgeruimd werd na een haastig telefoontje, wan-neer mijn broer, moeder en ik al aan onze soep zaten. Gezien mijn moeders gebrek aan belangstelling voor eten en gezien het feit dat mijn broer ge-woonlijk van tevoren door Magda gevoerd was, had ik een hekel aan die vaderloze avonden; als de enige die at, voelde ik me alsof ik een schrokken-de panda was of een glad dikbuikig varken dat ter demonstratie zat te eten.

Dus ik merkte de terugkeer van mijn vader op en was er dankbaar voor en ook blij mee dat hij af en toe na het eten thuis bleef, met een glas whisky en een boek in zijn studeerkamer boven, of zelfs, een of twee keer, in de woonkamer bij mijn moeder. Maar het kwam niet bij me op dat dit samen-zijn allesbehalve spontaan was. In feite waren mijn ouders zich aan het harden. Mijn vader – die, gezien zijn uitgelaten stemming, vast en zeker meer dan ooit ons familiemausoleum had willen verlaten, opgewonden en neuriënd en bruisend van leven – offerde zijn verlangens op ten behoeve van mijn moeder om haar te kalmeren en haar te verzekeren dat het leven door zou gaan, door de oude regelmaat te herstellen, zelfs een maand lang, en te doen alsof er niets veranderd was.

De tochtjes van mijn broer in de auto werden beëindigd, er werden nog maar een paar korte rondjes om het huis met hem gewandeld, omdat mijn moeder – zo vertelde ze me later – op een ochtend bij het ontwaken ervan overtuigd was dat de pers zich, bij hun poging om de familie LaBasse nog meer in diskrediet te brengen, zou storten op de arme Etienne met zijn uitpuilende ogen, onschuldig en onverdedigbaar, als het embleem van onze pijn (zoals Zohra mij vanwege hem metonymisch als bezoedeld en deerniswekkend zag), en zijn foto op de voorpagina zou zetten, of minstens toch in kleur op de achterpagina. (In feite werden wij tijdens het proces door geen enkele persmuskiet lastiggevallen, hoewel er op de eerste dag een foto van mijn grootouders bij het binnengaan van het gerechtsgebouw verscheen op pagina drie van de plaatselijke krant, een foto waarop mijn grootmoeder zo kwaad keek dat haar wenkbrauwen elkaar raakten boven haar angstaanjagende neus en zij er, met haar bovenlichaam dat op en neer ging onder zijn zware rondingen, veel mannelijker en robuuster uitzag dan haar tengere echtgenoot, mijn grootvader, wiens witte haar in de vorm van een hoefijzer donzig was als van een kuiken, en wiens ogen nat en treurig ingevallen waren boven zijn melkwitte kaken.)

Zij – mijn ouders – verwachtten aandacht van de pers, en spanningen en angst bij hun zwakzinnige zoon, en doordat ze dat verwachtten, zorgden ze ongetwijfeld voor al die dingen behalve voor het eerste; maar dit gepieker was ongebruikelijk, omdat de uitspraak in het proces nooit aan twijfel onderhevig was. Boven alles een eerzaam man, zelfs al was hij gedeprimeerd, zou mijn grootvader schuld bekennen.

Dit beviel mijn grootmoeder helemaal niet. Ze zat op de sofa in onze woonkamer op een zaterdagmiddag, een paar dagen voor het proces, gehuld in een paarse trui die haar eruit deed zien als een grote bloedvlek op het witte damast, en ze huilde. Ik keek vanuit een ooghoek en maskeerde mijn fascinatie met een aardrijkskundetekst die ik voor mij had.

Mijn moeder was, zoals ik zei, een huilerig type en ik was vertrouwd met de vorming en de loop langs haar wangen van haar tranen; maar mijn grootmoeder had nooit openlijk gehuild als ik erbij was.

'Ach, Carol,' mompelde ze een aantal keren, terwijl ze aan haar servetje draaide, 'de schande! Ik dacht dat ik hem kon overhalen geen schuld te bekennen; hij heeft nooit geluisterd. Het komt misschien door de medicijnen die hij gekregen heeft, of door iemand anders – die advocaat, Rom – ik heb hem vanaf het begin niet gemogen. Hij lijkt te denken – en Jacques lijkt hem te geloven – dat dit de enige manier is.'

'Kun je dat nog een keer uitleggen?'

'De enige verdediging is blijkbaar ontoerekeningsvatbaarheid, krankzinnigheid of zoiets. Dat wil zeggen, geen schuld te bekennen. Gezien al die vreselijke kinderen die allemaal klaarstaan om hun beschuldigende vinger naar hem uit te steken. We moeten ze ook zien. Die jongen, die slimerige knaap die nooit groter wordt, de zoon van de boekhouder – die spuugt bijna op ons wanneer we langs hem lopen. Hij was nog wel zo'n welopgevoed ventje. Ik snap niet waarom Alexandre hun ouders niet heeft ontslagen. Ik snap het echt niet.'

'Maar ze zijn toch geen van allen zestien? Ze kunnen het woord voeren, maar ze kunnen niet getuigen – heb je me dat niet maanden geleden verteld?'

'Die kleine slet, die Marie-José Dérain – die is jarig geweest. Zij is zestien. En dat meisje uit Parijs, die geraakt is. Zij ook.'

Mijn moeder stond op om nog een keer thee in te schenken. Ze gebruikte het zilveren servies, een geschenk van mijn grootouders. Etienne probeerde de schuin aflopende pot te pakken die schitterde in het lamplicht.

'Rustig maar, mijn liefje, rustig maar,' zei mijn grootmoeder, terwijl ze met haar verfrommelde servetje klopjes op het droge voorhoofd van haar kleinzoon gaf.

'Het is allemaal te veel voor hem, die arme schat,' zei mijn moeder.

Ik veroorloofde me een geërgerd gesnuif – hoe kon ze dat weten? – maar niet zo luid dat zij het konden horen.

'Dat geldt toch voor ons allemaal.' Mijn grootmoeder zuchtte. 'Zie je, we hebben de verzachtende omstandigheden, waarvan Rom zegt dat die toch wel ter sprake zullen komen, en met nog meer effect als Jacques zijn fout meteen toegeeft.'

'Maar…'

'Als die kleine Parisienne er maar niet was die om bloed roept…'

'Ja, dat zei je al.'

'Maar, liefje, het ergst van alles is – wat ik niet kan uitstaan is…' Hier beefde de stem van mijn grootmoeder als een kromgetrokken grammofoonplaat, en ik deed geen enkele moeite meer om te doen of ik las. 'Ze sturen hem misschien – hij moet misschien naar – de gevangenis.'

Dat laatste woord kwam eruit in een langgerekt gejammer, en het was alsof de tranen in één keer over haar hele gezicht stroomden. Bedekt met die tranen, weerspiegelden haar gelaatstrekken, net als de theepot, het lamplicht.

'Ik weet het, liefje, ik weet het.' Mijn moeder – gebeurde dat echt? – ging naast haar geduchte schoonmoeder zitten en omarmde haar en begroef haar gezicht in de gepoederde hals van de oudere vrouw en mompelde nietszeggende woordjes van troost. 'Sh, sh, sh,' zo klonk het. Etienne vond het opwindend om te zien en begon heen en weer te wippen.

'Het zou zijn dood kunnen betekenen,' zei mijn grootmoeder met raspende stem. 'Dat zou kunnen.'

'Nou, dat gebeurt niet. Dat zal niet gebeuren, dus maak je geen zorgen. Het wordt een boete. Een man als hij? Ze geven hem alleen een boete. Dat

180

we het niet weten, dat maakt het voor ons zo moeilijk.' Mijn moeder zei dit met haar bovenlichaam nog steeds geklemd tegen dat van mijn grootmoeder, maar met haar hoofd achterover. Ze leek zowel op een vurige minnares als op een cobra die op het punt staat toe te slaan.

'Hij is hartstikke schuldig. Hij moet naar de gevangenis,' mompelde ik vanuit mijn stoel. Ik dacht dat ik niet te verstaan was, maar mijn moeder boog zich verder naar achteren en keek mij woedend aan.

'Wat zei je daar?'

'Niets. Echt niet. Niets.'

Met een strak gezicht en gebalde vuisten, richtte ze zich op en stootte daarbij het theekopje van mijn grootmoeder omver, waardoor een vrolijke bruine streep langs de witte armleuning van de sofa liep. Etienne wiebelde heftig heen en weer en begon te kraaien.

'Kom maar,' bood ik aan, direct opspringend. 'Ik neem hem wel mee naar de keuken. En ik haal een spons.'

Toen de opwinding bedaard was, was de sofa nat en het gezicht van mijn grootmoeder droog; en werd mijn verraad – met wederzijds, zij het zwijgend, goedvinden – door de vingers gezien.

Ik ging naar mijn slaapkamer om hun de gelegenheid te geven in afzondering te jammeren. Languit op mijn eenpersoonsbed op mijn buik liggend, met mijn hoofd over de rand hangend zodat het bloed naar mijn hoofd stroomde en ik het gevoel had of het zou barsten, snakte ik naar een vriend die ik kon opbellen en die de hele zaak een grap zou doen lijken.

In plaats daarvan schreef ik eindelijk aan Thibaud: een lange, warrige brief waarin ik loog over hoe de zaken ervoor stonden en over hoe ik me voelde en wat ik gedaan had. Ik schreef dat ik voortdurend aan hem dacht en niet begreep waarom hij nooit op mijn lange brief uit Amerika van maanden geleden had geantwoord. De volgende dag, een zondag, deed ik de envelop op de post voordat ik tijd had om er langer over na te denken. Eerlijk gezegd kon ik niet geloven dat hij nog bestond, zo onwerkelijk leek alles – mijn hele leven ervoor – mij toen te zijn. De brief leek in die tijd zoiets als een aantekening in mijn dagboek, en meer niet.

12

Het proces begon op een woensdag, de woensdag na die emotionele zaterdagmiddag. Ik had geen school, maar er werd niet voorgesteld dat ik met mijn ouders en grootouders naar het gerechtsgebouw zou gaan. Ik was te jong; voorzover dat mogelijk was, moest ik, net als Etienne, gespaard worden.

Mijn ouders zouden Grand-père en Grand-mère ophalen en daarom stonden ze al vroeg klaar, toen het nog donker was en de bloedige vlek van de dageraad zich over de zwarte zee verspreidde. Mijn moeder droeg een marineblauw mantelpakje, een Hermessjaal met pauwen erop, en in haar hand had ze een klein handtasje met een grote, vergulde gesp. Ze zag er meer uit als een actrice uit een film uit de jaren veertig dan als de echte schoondochter van een levensechte schurk. Ik zag dat ze een laddertje in haar donkere kous had dat langs de achterkant van haar linkerdij van onder haar rok liep; maar ik zei het niet tegen haar. Dure wolken parfum hingen om haar heen. Mijn vader zag er minder dramatisch uit, maar even opgedoft: hij stond achter zijn vrouw, in zijn volle breedte in zijn keurig geperste, grijze wollen pak, met een glinsterende speld in zijn das; zijn nog steeds gebruinde wangen waren zacht in hun vlezigheid, en zijn grijze krullen gepommadeerd en gekamd. Bij de deur, waar ik – nog in mijn nachthemd en met mijn haar in slierten die vol klitten zaten – wat bleef rondhangen, maakte hij een grapje en stak hij zijn tong tegen mij uit; ik werd getroffen door de dieproze gezonde kleur ervan. Een proces, zo leek het, was als een cocktailparty: mits je goed genoeg gekleed was, hoefde je je geen zorgen te maken over wat je zou zeggen.

Ik moest thuis blijven, niet naar school, de dag aan mijn huiswerk besteden: dat was hun plan en ook het mijne. Het huis was helemaal niet leeg: behalve Etienne en zijn verzorgster, was Fadéla, de huishoudster, er aan het werk; ze lag al op haar knieën op de vloer van de hal.

Ik had op mijn bureau in mijn kamer een stapel bibliotheekboeken over Camus en Sartre voor mijn literatuurproject. Alles wat ik tot nu toe geleerd had van mijn studie was dat Camus en Sartre aanvankelijk vrienden waren geweest en daarna niet meer; dat zij zich geen van beiden beschouwden als filosofische bondgenoten; en dat Camus, een *pied-noir* net als mijn vader en mijn grootouders en, in het verlengde daarvan, ook ik, door de problemen van zijn – van ons – land in moeilijkheden was gebracht en zonder vrienden was komen te zitten. Ik had begrepen dat hij politiek gesproken links was, in tegenstelling tot mijn familieleden en in tegenstelling tot de meeste Algérois, die trots op hem waren, maar ook wantrouwend tegenover hem stonden. Maar net zoals hij zijn landgenoten op deze manier teleurstelde, kon hij in de kwestie-Algerije nooit zijn bondgenoten tevreden stellen, kon hij nooit voldoende progressief zijn, omdat het zijn diepste bedoeling was geweest om vast te houden aan het land van zijn hart en zijn jeugd – zijn thuis te behouden; terwijl links het oog gericht had gehad op dekolonisatie, rechtvaardigheid en de toekomst. Of, zoals mijn grootvader het zag, en zonder twijfel ook mijn vader, hoewel hij dat nooit zei: het was het programma van links – en van de Gaulle – geweest om de betere principes van Frankrijk volledig te verraden, en om ons, die tot dat land behoorden, en ook nog de *harkis*, die daar eveneens toe behoorden, te verraden. En trouwens ook Algerije. 'En wie,' zou de oude man vandaag zeggen, als hij dat kon, met de krant opengeslagen bij de laatste wreedheden van dat land, met een spijtige glimlach om zijn lippen en zijn wenkbrauwen als een waaier voor zijn ogen als die van een krankzinnige, 'wie is er verbaasd? Ik niet!' In elk geval had mijn familie lang geloofd dat Camus geluk had dat voor hem het einde was gekomen voordat dat voor zijn vaderland kwam.

Wat ik echt wilde, was een opstel schrijven over hoe het was om vastgezet te worden in een hoek waar iedere keuze verkeerd was, waar niemand je wilde vertrouwen, en waar de waarheid niet gezegd kon worden omdat die niet bestond. Camus wist dat, en op mijn eigen, kleine manier wist ik dat ook. In mijn huis wisten ze het allemaal, maar we spraken er niet over. Ik zou er ook niet over schrijven: de opdracht was een vergelijking te maken tussen het existentialisme van Sartre en dat van Camus. Mijn leraar was niet geïnteresseerd in hun leven of in de ideeën van mijn familie over hun leven. Ik had *De walging* en *De vreemdeling* voor me liggen en aan mijn voeten andere boeken van de twee mannen die ik moeilijk te lezen vond en onmogelijk te begrijpen.

Ik weet niet of ik dacht dat ik door aanwezig te zijn bij het proces de uitslag ervan kon beïnvloeden – zoals ik als kind had gedacht dat ik simpelweg door mijn aanwezigheid mijn familie op de een of andere manier kon beschermen, en daarom talloze keren was mee gehobbeld tijdens saaie wandelingen en boodschappen doen, louter en alleen om het blijvende welzijn van mijn moeder of broer of vader te garanderen. Of dat ik gewoon niet langer het lege grijze licht bij mijn raam (de zon had zich, na zijn spectaculaire ontwaken, snel teruggetrokken achter zijn al te vertrouwde sluier) en de slaapverwekkende zinnen van de grote mannen van Frankrijk kon verdragen.

Ik belde Frédéric, die nog in bed lag, en stelde hem voor om te gaan kijken naar hoe mijn grootvader werd berecht. Ik had al die weken ervan afgezien deze gebeurtenis zelfs maar te noemen, maar Frédéric was niet verbaasd over mijn verandering van gedachten.

'Is het op dit moment aan de gang?'

'Nou, het begint nu, vanmorgen. Het is al begonnen.'

'Kunnen we gewoon naar binnen lopen?'

'Ik weet het niet zeker. Maar ik ben toch familie?'

'Maar een kind.'

'Ik weet niet wie ik meer haat in dit hele gedoe, mijn grootvader of Marie-José.'

'Die trut toch zeker?'

'Hoe dat zo?'

'Die oude man is oud. En hij is familie.'

'Wat zou dat?'

'Ach, nou ja.'

Het was even stil.

'Je wilt dat ik met je meega, is dat het?'

'Ben jij niet benieuwd?'

'Natuurlijk, maar… is er een jury? Met alles erop en eraan?'

'Ik denk het niet. Weet je, een tijdje geleden werd er een heleboel gepraat door mijn ouders over voor welke rechtbank het zou zijn. Maar Cécile was niet gewond, niet echt, dus het is niet zo erg.'

'En volgens jou bekent hij schuld?'

'Ja. Mijn oma vindt het maar niets.'

'Dus wat is er dan te zien?'

'Wat bedoel je?'

'Er zijn geen rare vogels te zien, er zijn geen verrassingen, er is niets leuks… de rechters stellen een paar vragen en…'

'Marie-José moet getuigen.'

'Dat weet ik. De hele school weet het. Ze gedraagt zich al tijden alsof ze daardoor de een of andere belangrijke filmster of zoiets is.'

Ik snoof. Ik had niet geweten dat iedereen het wist, en Frédéric was niet voldoende mijn vriend geweest om het mij te vertellen.

'Zeg, zou het niet leuker zijn om Sami en Lahou vanmiddag in de stad te ontmoeten en met ze naar de film te gaan? Tegen de lunch kunnen we wat werk af hebben, en dan…'

'Ja. Bedankt, Fred. Laat maar.'

13

Ik besloot om alleen te gaan. In een bewuste imitatie van mijn ouders dofte ik me op. Ik deed mijn haar in één dikke staart, en ik trok een grijze rok aan en een van mijn moeders blouses, een boterkleurige. Ik wilde zo volwassen mogelijk lijken. Ik trok een regenjas van mijn moeder aan, maar aangezien ik langer was dan zij, kwam hij nauwelijks tot aan mijn knieën. Ik deed net als zij er een zijden sjaal bij om. Ik dacht nog even aan een zonnebril om des te beter te verhullen dat ik zo jong was, maar bedacht toen dat deze op zo'n sombere dag alleen maar de aandacht zou trekken.

Nadat ik naar buiten geglipt was, na alleen iets geroepen te hebben naar Fadéla – die ergens in een onzichtbaar gedeelte van het huis aan het werk was – nam ik de bus naar de stad en probeerde tijdens de hele rit voor mezelf uit te maken of de andere passagiers me nu wel of niet zaten aan te staren.

Terwijl ik naar het gerechtsgebouw liep, verbaasde ik me erover dat ik door diezelfde straten met Thibaud had gewandeld toen het asfalt schitterde in de hitte en de stad sliep; dat ik in diezelfde straten achter mijn groepje aan had geslenterd op latere dagen toen het vochtiger weer was; en dat ik nu hier weer liep, en wel als het ware in vermomming. Wat maakte die drie meisjes – zo tegengesteld in gedrag en doel, de een in emotioneel opzicht zo anders dan de ander – wat maakte ons tot één en hetzelfde meisje? Hoe was ik hetzelfde meisje dat ik nog maar de afgelopen zomer geweest was, in Boston, of op Cape Cod? Hoe wist ik dat ik dat was, en wat ernstiger was, hoe kon iemand anders dat zeker weten? Als Eleanor nu eens een namaaknichtje gestuurd had gekregen – hoe zou ze dat ooit hebben geweten?

Terwijl ik de trap van het gerechtsgebouw opliep en door de afschrikwekkende deuren ging en daarmee de beroete tierlantijnen en arabesken van de Franse bureaucratische architectuur achter me liet en verruilde voor een geheel gerenoveerd interieur dat een en al tl-verlichting en efficiëntie was, met linoleum op de vloer en met zwarte banken van vinyl voor wachtenden – ja, terwijl ik van de grootse achttiende-eeuwse buitenzijde overging naar dit soort eigentijdse grauwheid, dacht ik en passant: wie zou, als hij een foto van de binnenkant en de buitenkant zag, kunnen zien dat het hetzelfde gebouw betrof? – dacht ik aan de schuldigen die hier hadden gelopen: de oplichters en de dieven en de moordenaars. Het drietal bommenmakers van deze zomer zou, als ze het overleefd hadden en anderen verwond hadden, over deze trappen gelopen hebben, de zachtaardige achttienjarige caissière samen met de twee jongens, een vreemde voor haar moeder. Maar ik dacht vooral aan de nazi-oorlogsmisdadigers, dat groepje mannen in de leeftijd van mijn grootvader en ouder dat zo laat voor het gerecht was gebracht. Paul Touvier, de eerste in de rij, was eerder dat jaar gearresteerd en in staat van beschuldiging gesteld; maar zo lang als ik me kon herinneren was er al in het land gemor en gedoe geweest over die paar lieden, onze meest ware symbolen van het kwaad, die in de kranten verschenen als jeugdige misdadigers met wrede monden, en vervolgens, naast die foto's, als oude mannen met sproeten en een bril, in tweedpakken of truien met een dessin, met een rilling van angst op hun gezicht, en met hun gelaatstrekken uitgerekt en anders gevormd en zo vervallen dat ze totaal iemand anders leken. Ik vroeg me af hoe iemand zeker genoeg kon zijn om hen te veroordelen. Hun slachtoffers, de overlevenden, wezen met hun vingers en riepen: 'Hij daar, hij is het!'; maar hoe konden ze er zeker van zijn – het uiterlijk zo veranderd, de huid slap en gerimpeld, het haar verdwenen, de stem bevend, de rechte houding gekruld tot een vraagteken; en het innerlijk, de donkere ziel onaanraakbaar en onbekend? Net als kolonel Chabert of Martin Guerre – men moest ervoor kiezen om op grond van zo weinig aanwijzingen (een blik, een bevende kin) te geloven of niet te geloven, om geloof te hechten aan de ene identiteit of de andere, goed of fout, schurk of slachtoffer. Ik vroeg me af of het uiteindelijk alleen maar een kwestie van kiezen was.

En betekende dit, zo vroeg ik me af terwijl ik op de proceslijsten zocht naar de rechtszaal van mijn grootvader (zo onopvallend mogelijk, met mijn rug naar de receptioniste met het hennakleurige haar, zodat ze alleen maar mijn paardenstaart en regenjas zag; ik wilde ten eerste niet ontmaskerd worden als een kind, als zijn kleinkind, en ten tweede niet als minderjarige zonder pardon weggestuurd worden) dat ik, in zorgvuldig gekozen omstandigheden, ver van deze stad, waar het web van mijn leven algemeen bekend was, met succes opnieuw zou kunnen worden uitgevonden, zou kunnen doen alsof ik willekeurig wie was, afkomstig van willekeurig waar, en geloofd zou worden? Dat ik niet voor altijd zou hoeven leven als Sagesse, de dochter in de jongste generatie van de familie LaBasse, de oudere zus van een kwijlende mutant, het kleinkind van een misdadiger, leek een heerlijke gedachte.

Dit was zeker een eenvoudige gedachte, en een wijdverbreide – in New York, omgeven door gelijkgestemden, ben ik het gaan beschouwen als een Amerikaanse gedachte – maar hoewel ik mij van deze gedachte in Boston vaag bewust was geweest, was ik er nooit zo duidelijk door getroffen geweest als in de naar boterhammen ruikende gang van het Palais de Justice. Als ik besloot dat de drie Sagesses die in de afgelopen maanden voor dit gebouw hadden gelopen niet hetzelfde meisje waren, wie zou dat dan tegenspreken?

Als dat zo was, zo bracht ik hier voor mijzelf tegen in, als iemand veel verschillende mensen was, met een geheel eigen persoonlijkheid, dan kon mijn grootvader onmogelijk gerechtelijk vervolgd worden: de passieve, broze man die hij geworden was, met op zijn voorhoofd een voortdurende frons van angstige bezorgdheid, had niets te maken met de woedende bulle-

186

bak die de trekker had overgehaald. Maar de latere persoonlijkheid had altijd geleefd binnen de vroegere, en de twee waren, hoewel gescheiden van elkaar, onafscheidelijk. En terwijl wij, zijn familie, hem dan misschien niet herkenden, keek de maatschappij – Cécile en Marie-Jo en zelfs de advocaat, Rom – naar de buitenkant van mijn grootvader en was het erover eens dat hij dezelfde man was, dat hij dezelfde kleren droeg en dezelfde vrouw had en hetzelfde gebit en onbetwistbaar een en dezelfde bleef, hoe veranderd hij ook in gedrag of in temperament leek.

Maar wat, zo vroeg ik me af, als hij het vergeten had? Kon iemand met geheugenverlies verantwoordelijk zijn voor wat hij had gedaan in zijn eerdere leven? Wat al onze levens met elkaar verbond, bedacht ik, was het geheugen, hoe geplooid en gebrekkig dat ook mocht zijn. Zonder zijn geheugen – als wij, zijn familie, zeiden dat wij hem kenden, maar hij ons niet kende – zou mijn grootvader dan nog schuldig zijn? Waar lagen de grenzen van hetzelfde zijn? Wanneer konden we eindelijk, en blij toe, ophouden met dezelfde persoon zijn, de persoon die we niet verkozen te zijn of niet wilden zijn? Of was het, zo vroeg ik me af, terwijl ik mijn moeders sjaal bij mijn hals goed deed en de zware klapdeur naar de gerechtszaal van mijn grootvader optrok, en ik het holle gevoel had dat mijn slimme gedachten zich in een kringetje hadden bewogen en tot niets hadden geleid, een primitieve en onontkoombare zaak van het lichaam?

De zaal was licht en vaalgeel, groot, maar niet zo'n holle ruimte als ik me had voorgesteld. Er waren geen ramen en er lag een harig, modderbruin vloerkleed. Helemaal achteraan zaten op een lichte verhoging achter een in vlakken verdeelde tafel twee mannen en een vrouw, de rechters, ernstig kijkende, maar onopvallende mensen, niet ouder dan mijn ouders. Links van hen zat een gerechtsverslaggever te typen, een jonge man met borstelig, blond haar en een langgerekt hoofd. Ik bekeek de ruggen tussen mij en die functionarissen en haalde er het drietal uit dat mijn familie was, dankbaar dat ze zich niet omdraaiden. Cécile deed dat echter wel; ze strekte haar hals uit en fronste haar wenkbrauwen, en draaide zich toen weer om in de richting van de stemmen; haar eigen ouders, die aan weerskanten van haar zaten, hielden hun keurige hoofden enigszins schuin.

De eerste stem was van de vrouwelijke rechter. Ze had een vraag gesteld, hoewel ik die niet verstond. Er volgde een korte, weerkaatsende stilte, gevolgd door een stem die ik kende, zachter dan gewoonlijk, maar beslist en helder: de stem van mijn grootvader. Ik draaide mijn hoofd en zag hem toen, rechts van mijn gezichtslijn, helemaal aan de andere kant van de zaal; ik herkende hem aan de karakteristieke armbeweging waarmee hij zijn haren gladstreek.

Ik keek naar hem en hoorde zijn stem, maar niet wat hij zei en voelde, precies op dat moment, een hand op mijn bovenarm. Een politieagent in uniform fluisterde iets in mijn oor. Hij probeerde me niet weg te halen. Ik nam zijn eivormige, glimmende gezicht en de blauwige glans van zijn kaken in me op. Het was alsof ik opeens doof geworden was; ik wist niet of hij wilde dat ik bleef zitten of wegging of zei wie ik was.

'Het is mijn grootvader,' fluisterde ik terug. Ik probeerde heel stil te zijn, omdat ik niet wilde dat mijn ouders enige opschudding zouden bemerken of mij zouden zien. De agent zei iets anders. Al die tijd ging de stem van mijn grootvader op en neer, met de lome volharding van een wesp die in augustus tegen een raam vliegt. Ik keek opnieuw naar hem, en hij keek, als door telepathie, naar de deur en naar mij, en onze ogen ontmoetten elkaar. Zijn ogen, treurig als van een bassethond, verstrengelden zich met de mijne over de hele afstand van de lichte zaal, en zijn stem stokte in zijn ritme; en ik werd getroffen – als was het een bliksemstraal, een fysieke pijn – door het verdriet en hoe verschrikkelijk dat was, door de eenzaamheid van de klein geworden persoon in zijn donkere pak, alleen op de oceaan van het bruine vloerkleed; en ik was me ervan bewust dat de blik tussen ons er een was van hartverscheurende herkenning: we zagen elkaar en kenden elkaar. Ons bloed was hetzelfde bloed, en dit, dit ogenblik van verschrikkelijke wederkerigheid, was de reden dat je nooit aan jezelf kon ontsnappen. Hij was mijn grootvader en zou dat altijd blijven, en ik voelde een vreselijk medelijden met hem, dat liefde was. En terwijl de agent aan mijn armen begon te trekken, glimlachte ik, een broze en ongetwijfeld verdrietige glimlach, maar een die bedoeld was om aan mijn grootvader over te brengen dat ik hem na al die maanden vergeven had, en dat ik begreep en aanvaardde wat er net tussen ons gebeurd was.

Ik weet niet of hij me zag glimlachen, omdat ik op dat moment met mijn ogen knipperde vanwege de opkomende tranen, en de agent deed de deur open (hij leek toch te willen dat ik wegging), en ik maakte me los uit zijn greep en ging terug de hal in, waar ik opeens weer goed kon horen – de telefoon bij de receptie en de nasale begroeting van de vrouw met het hennakleurige haar; het geschuifel en geklik van voetstappen in het nabije trappenhuis; flarden van een gesprek tussen een advocate en haar cliënt terwijl ze langs me liepen ('Ik vind echt niet dat u dat moet zeggen. En blijf vooral kalm.') – en waar ik mijn schouders optrok en op weg ging naar de straat.

5 ———

1

Het proces duurde nog anderhalve dag. Mijn grootvader vertelde mijn ouders niet dat hij me gezien had; evenmin had hij het er met mij over. Daardoor begon ik na te denken over die zomeravond, de avond van de misdaad; en ik raakte ervan overtuigd dat mijn grootvader, met een of ander innerlijk zintuig, mij toen ook had gezien. Die geheime avond, met de koele geur van groen en de citroengeur van Thibaud, de paar kiezeltjes tegen mijn rug en de zuchtende zee – ik had het gevoel alsof mijn grootvader me daar had herkend, en dat we op de een of andere manier de schuld en het verraad van die avond deelden. Als ik hem zijn zonde kon vergeven, misschien kon hij dan ook mij mijn zonde kwijtschelden. Het zou het geheim zijn dat we met elkaar deelden.

Toen ik dit dacht, voelde ik weer de warmte tussen ons, als een stroom, en ik veroorloofde het mij om me zorgen te maken over hem en zijn lot. Ik was naar huis gegaan, had de lunch overgeslagen en me omgekleed, was op mijn bed gaan liggen om tot het tijd voor het avondeten wat te lezen in mijn filosofieboeken, waarboven ik half in slaap viel, omdat ze te moeilijk waren – en ik vroeg me bijna af of mijn uitstapje van die ochtend misschien alleen maar een intens beleefde dagdroom was geweest. Mijn moeder kwam rond zes uur alleen terug en zei dat mijn vader met zijn ouders naar het Bellevue was gegaan om een paar zaken te regelen.

'Hoe ging het?'

'Goed – denk ik. Wie zal het zeggen? Je vader vond dat het goed ging. Je grootvader vertelde zijn verhaal en weet je, dat nam, gezien ook de procedure, heel wat tijd in beslag. Toen begonnen ze met de getuigen – eerst dat meisje uit Parijs en toen haar ouders.'

'Die waren er niet eens bij. Wat weten zij ervan?'

Mijn moeder keek verbaasd. 'Dat is de standaardprocedure. Ze spraken

191

over het hotel, en die vriendengroep van jou, hoe jullie met elkaar optrekken…'

'Het zijn mijn vrienden niet.'

Mijn moeder haalde haar schouders op. 'Morgen komt er meer. Morgen Marie-José, denk ik.'

'Hm.'

'Je arme grootvader. Ik weet dat het tussen ons niet altijd even goed gegaan is, maar als je hem daar had kunnen zien…'

'Ik weet het.'

'Nou, dat weet je niet. Je kunt het je niet voorstellen. Dit heeft hem gebroken. En wanneer je erover nadenkt, het leven dat hij gehad heeft en alles wat hij heeft meegemaakt, en wat hij desondanks bereikt heeft… en nu dit…' Ze zuchtte. 'Zo hoort het een man van zijn leeftijd niet te vergaan.'

'Je denkt niet dat ze hem naar de gevangenis zullen sturen?'

'Wat weet ik ervan, *poupette*. Ik hoop van niet.'

'Grand-mère denkt dat het zijn dood zou zijn.'

'Laten we hopen dat ze dat niet doen. Ik hoop echt dat ze dat niet doen. Het vreemde is…'

'Wat?'

'Niets.'

'Wat is vreemd?'

'Niets. Het is alleen je vader.'

'Wat is er met hem?'

'Het is niet belangrijk.'

'Maman…'

'Het is zo dat ik de indruk heb – het is heel vreemd – dat hij dat liever zou hebben.'

'Wat liever zou hebben?'

'De gevangenis.'

Ik dacht hier even over na. 'Dat is belachelijk.'

'O, ik bedoel niet dat hij dat toe zou geven. Hij weet het misschien niet eens. En misschien heb ik het gewoon mis.'

'Misschien wel.'

'Het is alleen dat hij over dit alles praat alsof het zeker is van de gevangenis. Niet tegenover je grootouders – ik bedoel niet met hen. Maar wanneer wij het erover hebben, wij met z'n tweeën.'

'Hij probeert zich waarschijnlijk voor te bereiden op het ergste, denk je niet? Ik doe dat ook – ik beeld mezelf bijvoorbeeld in dat ik een toets niet gehaald heb, zelfs als ik bijna zeker weet dat ik hem wel gehaald heb, zodat…'

'Ik denk van niet. Hij heeft het over vrij zijn, vrij om het hotel te runnen zoals hij het wil. Vrij, wanneer het voorbij is.'

'Denk je niet dat we ons allemaal vrij zullen voelen wanneer het voorbij is?'

'Maar wanneer het voorbij is en zijn vader in de gevangenis zit. Zie je het verschil niet?'

'Je beeldt je maar wat in, Maman. Ik heb wat tegen die man – hij heeft van mij een uitgestotene gemaakt en ik heb mijn beste vriendin verloren – en ik wil niet dat hij naar de gevangenis gaat.'

'O nee?'

'Misschien eerst wel. Maar nu niet meer. Ik zweer het.'

Mijn moeder gaf me een klopje op mijn wang, in een gebaar dat op een vreemde manier vaderlijk was. 'Blij dat te horen. Nou, wat hebben jij en Etienne vandaan uitgespookt?'

2

Misschien had mijn moeder, heb ik sindsdien gedacht, gelijk met wat ze zei dat mijn vader wilde, en misschien had mijn vader een overtuigende manier gevonden om wat hij wilde over te brengen op de rechterlijke macht. Want aan het begin van de volgende week, toen iedereen weer bij elkaar kwam voor het vonnis, werd mijn grootvader veroordeeld tot zeven maanden in een licht bewaakte gevangenis. Mijn grootmoeder dreigde met veel vertoon flauw te vallen in de rechtszaal, zodat mijn vader haar omhoog moest houden, maar mijn grootvader liet alleen zijn hoofd hangen en vouwde zijn handen samen en wachtte tot hij weggeleid werd. Ik kwam deze details te weten uit de krant, niet thuis maar op school, waar Lahou me vóór de wiskundeles met een zusterlijke knuffel een exemplaar toestopte. Nu ik zo duidelijk bescherming nodig had, was ze een en al glimlach voor mij en waren haar laatste twijfels weggenomen door de schande die mij publiekelijk ten deel was gevallen.

De krant had weer de foto van mijn grootvader gebruikt die gemaakt was op de trap van het gerechtsgebouw, maar ze hadden mijn grootmoeder helemaal weggeretoucheerd. Hij was gebogen en keek een beetje scheel, zoals ik hem in de beklaagdenbank had gezien, klein, broos en alleen.

'Wat gaat er nu gebeuren?' vroeg ik mijn vader die avond. In ons huis heerste een vreemd soort tederheid, en ons respect voor mijn grootvader bleek uit onze gedempte stemmen en uit onze gretigheid het elkaar naar de zin te maken en elkaar gerust te stellen.

Hij strekte zijn armen naar me uit, gespreid alsof hij me helemaal wilde omvatten. Hij zei, zoals ze dat al maanden deden en zoals ik inmiddels niet meer geloofde: 'Maak je maar geen zorgen, mijn engeltje. Alles komt in orde.'

'Grand-mère zegt dat het zijn dood kan betekenen.'

'Onzin. Ik heb het er gezien. Het is bijna een rusthuis. Hij zal er niet zijn, alsof hij op reis is, maar zo kort dat je nauwelijks zult merken dat hij er niet is. Hij is weer thuis voordat het schooljaar om is.'

'Maar het hotel…'

'Ik heb de leiding over het Bellevue, en dat heb ik al maanden. Die zou ik toch al hebben. Hij raakt op leeftijd, je grootvader – hij is boven de zeventig, weet je. Het wordt tijd dat hij met pensioen gaat. Hij heeft rust verdiend. Dit zou allemaal niet gebeurd zijn als hij wat eerder geleerd had het kalm aan te doen. Hij was gewoon oververmoeid. Zie het als een kuur.'

'De gevangenis is geen rusthuis. Of wel, Maman?'

Mijn moeder probeerde te glimlachen. 'Het helpt niets of niemand om te wensen dat de dingen anders waren,' zei ze. 'We moeten vragen wat we nu moeten doen, wat God zou willen.'

'En wat is dat?'

'We moeten als eerste proberen je grootmoeder te helpen. Dit is voor haar het moeilijkst.'

'Het is een sterke vrouw. Een opmerkelijke vrouw,' zei mijn vader. 'Zij redt het wel. Je zult waarschijnlijk zien dat zij bezig is ons te helpen. Zij is altijd degene geweest die iedereen bij elkaar probeert te houden.'

Mijn moeder wierp mijn vader een vreemde blik toe, alsof hij een geheim vertelde dat ik niet mocht horen. Ik dacht er later op mijn kamer over na en herinnerde me dat het mijn grootmoeder was die de verhalen vertelde, die een verhaal maakte van het leven van de LaBasses, en dat in dat opzicht mijn vader in ieder geval gelijk had. En het was mijn moeder die heel vaak die verhalen kalmpjes uit elkaar had gehaald en er weer één geheel van had gemaakt, op een andere manier, met een andere, duisterder betekenis. Maar het leek alsof mijn moeder in deze maanden tussen de misdaad en de straf veranderd was, zich aangesloten had bij haar schoonmoeder en dat ze nu bezig was de verhalen van mijn grootmoeder tot een nog hechter geheel te maken.

Maar het scharnier waarom onze kleine familie draaide, was anders aan het worden. Mijn grootvader was lang tot een mythische persoon gemaakt – briljant, moeilijk, vastberaden – en was nu, met dit laatste oordeel, in mythe opgelost. (Voor mijn vader mochten zeven maanden dan als een tel geleken hebben, voor mij waren ze toen nog een eindeloze reeks dagen, vooral omdat mij te verstaan was gegeven dat ik mijn grootvader in die periode niet mocht bezoeken: hij wilde niet dat ik hem in de gevangenis zag.) In zijn plaats bleef de vlezige, gemankeerde aanwezigheid van mijn vader, rond wie de vrouwen hun spinnend werk zouden moeten beginnen. Als een rups die gevangen zit in zijn cocon, zou ook hij verdwijnen onder hun zijden draden en als een ander iemand te voorschijn te komen: hij zou niet langer mijn ongelukkige, ergerlijke vader zijn, maar de telg en patriarch van het Huis van LaBasse, heer en meester over het piepkleine koninkrijkje op de heuveltop, het Bellevue. In dit licht bezien was het logisch dat hij zo welgedaan dik aan het worden was: hij had zich voorbereid op de zo lang verwachte overgang, en hoewel hij hierbij alleen passieve hulp zou bieden, was het noodzakelijk geweest dat hij de aanzet ertoe wilde. Wat is een held anders dan een man over wie verhalen worden verteld? Tot nu toe had mijn vader de heroïek niet gekend; maar mijn grootmoeder en moeder zouden dat veranderen. Verhalen worden immers evenzeer gemaakt van datgene wat wordt weggelaten.

Later die avond hoorde ik mijn ouders praten in de hal beneden. Hun stemmen weerkaatsten tegen het marmer. Mijn moeder zei tegen mijn vader dat hij de moeder van Marie-Jo moest ontslaan en de vader van Thierry erbij.

'Je kunt je niet voorstellen wat het voor je moeder betekent. En nu – ze zullen zich echt verkneukelen. Eerlijk, Alex…'

Mijn vader wilde er niet van horen. 'Dit is een bedrijf, Carol. Een bedrijf, geen populariteitsverkiezing.' Hij praatte zijn eigen vader na. 'Maman komt er wel overheen. Ze verlaat zich op mijn oordeel – waarom kun jij dat niet?'

'Misschien omdat ik met je samenleef. Ik ken je te goed.'

De stem van mijn vader werd dieper en rustiger, de stem die hij gebruikte wanneer hij kwaad was en probeerde dat niet te laten merken; de stem die ze beiden gebruikten wanneer ze ruzie maakten en niet wilden dat waar het gekrakeel over ging tot de oren van hun kinderen zou doordringen. (Wie wist immers wat Etienne kon begrijpen? Uiterlijk vertoon van woede maakte hem aan het schreeuwen; wanneer het hem niet – omgekeerd – aan het lachen maakte.) Ze gingen terug naar de woonkamer, zodat ik alleen het afwisselende ritme van hun stemmen kon horen. Ik ging terug naar mijn bed, waar ik op mijn buik ging liggen en mijn hoofd onder mijn kussen stopte.

3

Kerstmis – een paar weken later – was een ingetogen aangelegenheid. Mijn grootmoeder bracht de kerstdagen bij ons door en bleef 's nachts slapen in de kamer die mijn grootvader had gebruikt. We keken naar de paus op de televisie in plaats van dat we naar de mis gingen en er leek geen einde te komen aan de dienst. Mijn moeder zat op het puntje van haar stoel, alsof de stralen van de televisie verlossing konden brengen; maar mijn vader viel, net als Etienne, in slaap met zijn mond open en stootte pruttelende snurk-geluidjes uit.

Ook Etiennes *fête*, de volgende dag, was een rustige en besloten aangelegenheid, hoewel het gewoonlijk een gebeurtenis was die met groot enthousiasme gevierd werd, zodat mijn broer, als het echt zo was dat hij in een geheim deel van zichzelf logisch kon denken (we leidden ons leven alsof hij dat kon, een soort gok à la Pascal), zich niet achtergesteld zou voelen. Zijn cadeaus – die we om de beurt voor hem openmaakten – waren bescheiden en praktisch: een paar overhemden, een nieuwe plaid voor zijn knieën. Alleen mijn grootmoeder, die hem een mooie vilten hoed gaf met een blauwe en groene veer erin ('hij is tenslotte een jonge man') en een Italiaanse glazen lamp die oplichtte als een dwarrelend zachtpaars juweel ('om bij in te slapen, voor prettige dromen'), probeerde tegen de soberheid van de dag in te gaan. En mijn vader, die het lampje aan en uit deed, zei, in een poging tot luchthartigheid: 'Ik denk altijd dat het beter is om helemaal niet te dromen. Ik stel me zo voor dat dat het voorrecht van Etienne is.'

Wat nieuwjaar betreft – dat een nieuw decennium inluidde en waarop er volgens mij volop vuurwerk moest zijn en volop gedanst moest worden – mijn ouders hadden alle uitnodigingen afgeslagen en bleven thuis, waar ze naar de klok keken alsof het de dag des oordeels was, en ze stuurden, na ons allemaal (ook Etienne) een slokje Veuve Cliquot ingeschonken te hebben ter ere van het komende uur, zowel zoon als dochter naar bed. Ik beleefde het nieuwe jaar op mijn vensterbank en zag in de verte het schitteren van de lichten van de stad en verbeeldde me dat ik heel vaag de juichende mensen-massa's kon onderscheiden.

Het jaar ervoor was er een feest geweest in het Bellevue, in het restaurant (zulke festiviteiten waren mijn vaders afdeling), en Marie-Jo en ik hadden samen gewalst, zij in een volwassen jurk versierd met lovertjes en ik in meisjesachtig fluweel, en we hadden slingers om Etienne gedaan tot hij helemaal vastgebonden zat in de vrolijk gekleurde slierten, wat hij prachtig vond. Nog dagen later plukten we af en toe stukjes slingers uit de spaken en naden van zijn rolstoel.

196

'Volgend jaar,' had Marie-Jo gezegd, 'laten we mijn broer ons uitnodigen voor een feest op de Fac' – haar broer was vijf jaar ouder en studeerde economie in Marseille – 'het zal er daar wild aan toe gaan.' Ik vroeg me af of ze zich daar bevond, in een jurk die nog korter en krapper was dan die van vorig jaar of dat ze in haar roze slaapkamer was, helemaal alleen, net als ik. Ik vroeg me af of ze zich haar belofte herinnerde en er spijt van had.

4

Ver weg in Parijs dacht Thibaud tenminste aan mij: er kwam een brief met zijn puntige handschrift, ingesloten in een kaart. De kaart kon in drie delen opengevouwen worden, op elk waarvan een paar wulpse en volle geretoucheerde lippen te zien was. Op het middenstuk kwam een wellustige mond naar voren, die – puntig en glanzend alsof hij echt nat was – op de vlezige onderlip rustte. De brief van Thibaud had niet een overeenkomstig intiem karakter, nee, hij was bijna formeel, op de een of andere manier ouderwets. Hij was blij geweest van mij te horen, hij dacht vaak aan mij, het deed hem genoegen dat het zo goed met me ging, ondanks de problemen van mijn grootvader.

'Het is,' schreef hij, 'immers niet zo dat jij iets verkeerd gedaan hebt. Wij waren niet eens ter plekke (haha). Maar serieus, zijn problemen zijn niet jouw probleem, en ik ben blij dat je dat begrepen hebt. Het spijt me dat we niet eerder contact gehad hebben. Ik weet niet wat er gebeurd kan zijn met je Amerikaanse brief (misschien werkt de post daar net zo slecht als in Italië?) – maar nu hebben we wel contact.' Hij zei niet of hij nog hetzelfde voor mij voelde, maar hij zei dat hij niet kon wachten tot het zomer was, dat hij hard werkte ('Nog maar een jaar tot het *bac*!') en dat hij overwoog zich voor te bereiden op een *grande école* als alles goed ging, en zich mogelijk, op de lange termijn, te richten op l'ENA. Hij wilde weten hoe het met het proces gegaan was, zei hij. Ik rook aan de brief om te kijken of ik hem kon ruiken.

Ik schreef meteen terug en vertelde nog een paar leugens: ik zei dat het vonnis van mijn grootvader eigenlijk zoiets als een kuur was, en dat het met ons allemaal heel goed ging. Ik drong erop aan dat hij zou bekennen naar mij te verlangen, niet wetend of ik naar hem verlangde, maar wel wetend dat ik wilde dat hij dat naar mij deed. Ik schreef dat ik zijn vingertoppen op mijn buik ('en de rest') miste, dat ik zijn kussen nog proefde, en dat

197

ik me afvroeg wat hij zich van mij kon herinneren – 'van mijn lichaam', schreef ik, wat expliciet genoeg leek. Ik maakte me niet langer druk over zijn moeder met haar auberginekleurige haar, of zelfs om Thibaud zelf, en of hij misschien zou lachen om mijn naaktheid. Ik speelde een rol – feeks, femme fatale – en hij was, als een gevangene (in de Verenigde Staten schrijven veel vrouwen liefdesbrieven aan gevangenen, heb ik later gelezen; een drang die mij volkomen logisch voorkomt, zolang de gevangenen levenslang hebben), op veilige afstand, zo ver dat hij alleen in mijn verbeelding bestond.

5

Half januari werd Sami voor een week van school geschorst. Zijn vergrijp was niet het verhandelen van drugs, hoewel het dat had kunnen zijn; het was insubordinatie. Hij had een wiskundelerares bedreigd met zijn vuisten, en had gedreigd haar thuis te zullen opzoeken en 'haar te verbouwen', nadat ze hem een keer na de les gezegd had dat hij, tenzij hij zijn houding zou veranderen, niet alleen niet zou overgaan, maar ook grote moeilijkheden zou krijgen met de directeur. Dit dreigement, dat onmiddellijk na het zijne geuit werd, werd onmiddellijk uitgevoerd, en hoewel hij zei dat het hem niet kon schelen, zag ik – zelfs zijn geliefde Lahou zag het – dat hij bang was. De directeur, een stevig gebouwde man met een baard, had zijn mouwen opgestroopt en was met zijn volle gewicht op zijn tafel gaan zitten, zodat hij dreigend boven de schriele Sami op zijn roze plastic stoel uitstak, en had gezegd: 'Begrijp dit goed, jij kleine vlerk: alle rottigheid die jij denkt te kunnen veroorzaken op deze school is maar een fractie van de rottigheid die wij jou kunnen bezorgen. Godver, ik kan in mijn eentje jou zo veel rottigheid bezorgen dat je nog jaren in de stront zit. Denk niet dat wij jou niet kennen, want dat doen we wel. En denk niet dat ik niet doe wat ik zeg, want dat doe ik wel.'

Sami was er zich kennelijk niet van bewust dat het bedreigen van een lerares uitgelegd zou kunnen worden als lafheid. Ik zei dit later tegen Lahou, die haar haren achterover gooide en met een hooghartig gesnuif zei: 'Sami is geen lafaard.'

'Ik heb niet gezegd dat hij dat was,' zei ik, hoewel ik het wel dacht. 'Ik heb alleen gezegd dat het zo zou kunnen lijken.'

'Hij heeft gelijk, weet je. Wat er met hem is gebeurd, is racisme, heel simpel.' Ze keek me woedend aan. 'En zeg jij maar niks. Want jij weet daar helemaal niets van.'

'Misschien niet,' zei ik, wat waar was. Maar ik bleef in mijn hoofd het getrek van Sami's kaak zien toen hij ons in het café had verteld wat er gebeurd was, en het schokken van zijn knie in zijn spijkerbroek. Het leek mij lafheid. 'Houdt hij dan op met dealen?'

'Ik weet het niet. Hij zal zich een tijdje gedeisd houden.'

'Hoe zit het met jullie twee?'

'Wat bedoel je?'

'Nou, als je moeder erachter komt dat Sami geschorst is…'

'Wat ze waarschijnlijk doet.'

'Komen er dan geen problemen?'

'Misschien. Ik weet het niet. Ja, waarschijnlijk wel.' Lahou leek ineen te krimpen, niet langer te stralen. Zelfs haar haar leek in te zakken. 'Jij begrijpt er helemaal niets van.'

En hoewel dit niet een reden was of een excuus, was het de reden waar ik later achter kwam, toen ik mijn fout probeerde te begrijpen, de reden dat ze meegingen naar mijn huis. In tegenstelling tot Sami was Lahou aardig voor me geweest en ze was mijn vriendin; en ik dacht dat ik de kloof tussen ons, mijn onvermogen om haar te begrijpen, kon goedmaken door mezelf bloot te geven.

Het was op een donderdag, een paar dagen na het begin van Sami's schorsing. Toen de lunchpauze begon, hing hij rond vóór het café; hij zag er achterdochtig uit, met ingevallen wangen in de meedogenloze winterzon. Jacquot huppelde op en neer in zijn schaduw, een reggae-achtige hofnar, met zijn handen in zijn zakken. Frédéric, Lahou en ik kwamen samen van het schoolplein. Frédéric was druk bezig zich bezorgd te tonen over Lahou; hij maakte grapjes, stak herhaaldelijk zijn hand uit alsof hij haar arm of schouder aan wilde raken, bedacht zich dan en trok zijn hand weer terug. Lahou ging voorzichtig in op zijn geflirt, met haar lichaam en haar ogen, maar niet met haar stem, en steeds minder, naarmate we dichter bij de andere twee kwamen, toen ze haar licht in een vorm van heliotropisme op haar geliefde richtte.

Met z'n vijven rond een klein tafeltje gezeten, wachtten we tot Sami het initiatief zou nemen. Hij had de dans gezien tussen mijn twee metgezellen en wierp woedende blikken naar Frédéric. Lahou pakte zijn hand en streek die glad tussen haar eigen handen. 'Alles oké?'

'Alsof jou dat ene moer kan schelen.'

'O, kom op, Sami,' begon ik. De norse kelner kwakte een schone asbak tussen ons in en nam onze bestelling op. Hij kende ons, wist dat we weinig bestelden, nooit een fooi gaven en lang bleven zitten.

'Wat is dit?' zei Jacquot, bezorgd, maar met een glimlach. 'De mistroostigen drinken samen koffie?'

'Ja, dat zijn wij,' zei Fred, terwijl hij iedereen een sigaret aanbood. 'Bravo. Eindelijk hebben we een naam.'

Iedereen zweeg. We konden allemaal zien hoe de vingers van Lahou heen en weer gingen over de botten en aderen van Sami's hand, alsof ze een kat troostte.

'Hoe is het thuis?' vroeg Frédéric. 'Hoe nemen ze het op?'

'Doe niet zo stom. Ik heb het ze niet verteld.'

'Wat heb je vanmorgen gedaan?' vroeg Lahou.

'Een beetje rondgehangen.'

'Waar?'

'Zomaar ergens.' Ik kon me niet voorstellen wat dit betekende.

'Maar wel buiten. Ja toch?'

'Misschien.'

'Ik wist het. Je handen zijn zo koud. Zo koud alsof je ook de hele nacht buiten bent geweest.'

'En wat gebeurt er vanmiddag?' vroeg Frédéric, die de inhoud van zijn lucifersdoosje op de tafel had uitgestrooid en van de houten stokjes geometrische figuren maakte. 'Wat gaan we doen?'

'Jij gaat niets doen,' zei Sami, terwijl hij zijn rivaal met toegeknepen ogen een blik toewierp. 'Jij gaat zeker niets doen.'

'Nee. Ik heb vanmiddag geschiedenis. Dus ik denk dat je gelijk hebt.'

'Het lijkt erop alsof de meester opgevrolijkt moet worden,' zei Jacquot. 'Misschien snel een paar winkeldiefstalletjes? Een paar auto's openbreken?'

'Hou je kop.'

Onze koffie kwam en Sami staarde naar zijn kopje. Ik had met hem te doen.

'We kunnen naar mijn huis gaan,' bood ik aan.

'Wat?' Fred keek me aan alsof ik gek geworden was.

'Het is toch donderdag? Mijn moeder is op donderdagmiddag niet thuis. Gegarandeerd zeker.' Dit was sinds kort een zekerheid: ze ging met mijn grootmoeder twee keer per week mijn grootvader opzoeken, op dinsdag en donderdag.

'Jij woont toch op de heuvel?' vroeg Sami.

'Zij is onze kleine kakmadam. Natuurlijk woont ze daar.' Jacquot zei dit met een glimlach in mijn richting, maar ik werd er zenuwachtig van.

'Nou, ik weet niet hoe het met jullie zit, maar ik heb een toets. Het huis van Sagesse is niet een nul voor geschiedenis waard.' Frédéric begon de lucifers een voor een terug in het doosje te doen. 'Wie is er hier trouwens geschorst? Toch maar één van ons?'

'Meen je het?' De ogen van Lahou waren wijdopen gesperd en haar mond tuitte zich tot een o.

'Natuurlijk – ik bedoel – ik...' Ik begon me al zorgen te maken en wilde de belofte intrekken. 'Mijn moeder is tegen vijven terug, dus ik weet niet...'

'Dat duurt nog uren.'

'Een paar.'

'Het duurt een tijdje voordat je er bent,' zei Frédéric. 'Dat moeten jullie wel bedenken.'

'Ja, het duurt even, met de bus.' Hij probeerde me eruit te helpen en ik klampte me vast aan zijn reddingsboei. 'Misschien is het vandaag niet zo'n goed idee.'

Sami keek op z'n horloge. 'Het is nog geen half twee. We hebben zeeën van tijd. Een uitzicht vanaf de heuveltop, een rondleiding door het huis. Een educatieve middag.'

'Warmer dan buiten rondhangen,' zei Jacquot. 'Het is fris.'

'Fantastisch. Laten we gaan.' Sami wenkte de kelner, om te betalen.

'Deze week is het moeilijk voor ons om ergens een privéplekje te vinden,' fluisterde Lahou me toe, terwijl we naar buiten liepen. 'Ik ben je echt dankbaar.'

Frédéric sloeg zijn arm om Sami's schouder in een stoer en gekunsteld gebaar. 'Niets jatten daar, mannetje,' zei hij met een dwaas Corsicaans accent, alsof dat zijn opmerking acceptabel maakte. 'Zorg ervoor dat onze Sagesse niet in de problemen komt.'

'Krijg de klere.' Sami wrong zich los uit de greep van zijn vriend. Frédéric liep weg met een vage armzwaai.

6

De andere drie waren nu vrolijk, verkwikt door het vooruitzicht van een avontuur. Maar ik was in paniek. Wat had ik gedaan? Wat zouden we aantreffen? Wisten ze van Etienne (hoe zouden ze dat niet weten)? Zou zijn verzorgster me bij mijn ouders verraden? Zou Fadéla er nog zijn – wat pijnlijk voor iedereen – of zou ze tegen de tijd dat wij aankwamen, al weg zijn? Kon Magda, kon Fadéla op de een of andere manier worden omgekocht zodat ze hun mond zouden houden? Zou mijn broer de een of andere sluwe manier vinden om mijn moeder te laten merken wat er gebeurd was? En wat zou er gebeuren? Wat als Sami of Jacquot zo diep onder de indruk van de betrekkelijke rijkdom van mijn ouders zouden zijn dat ze besloten een klein kostbaar voorwerp te pikken in de zekerheid dat dit nooit gemist zou worden? Nee, ik dacht nu net als mijn moeder, die iedere keer als er een vervangende verpleegster of oppas in huis was geweest de zilveren lepeltjes natelde.

Ik was er zeker van dat de buschauffeur ons bespiedde in zijn achteruitkijkspiegel en onze gezichten in zich opnam, vooral de gezichten met donkere huid, van tieners die op dat uur van de middag niet de heuvel behoorden op te rijden. Welke reden, verbeeldde ik me dat hij dacht, hadden donkere jongelui met zulke kleding om op welke tijd dan ook de heuvel op te rijden? Ze hadden daar niets te zoeken, zo stelde ik me voor dat hij later zou zeggen, met zijn pet in zijn hand, tegen de brigadier op het politiebureau. En stel nu, dacht ik toen we de bus uit stapten en het drietal, dat er zo ontoonbaar uitzag, joelend en duwend, als vergeetachtige gansjes in mijn bezorgde kielzog, de brede laan afliep en mijn stille straat zonder trottoirs insloeg en wij over het midden van het asfalt uitwaaierden, stel nu dat de auto van mijn moeder pech had, of dat mijn grootmoeder ziek was geworden, of dat het bezoek eerder op de dag was afgelegd; stel nu dat ik de deur opendeed en de twee vrouwen aan de thee trof, met het schuinhoekige zilveren theeservies tussen hen in op de salontafel? Stel nu dat, stel nu dat…

Maar tot mijn opluchting stond de auto van mijn moeder niet op de oprit. Ik liet de anderen wachten en ging in de garage kijken.

'Te gek.' Na eerst door de voortuin gedanst te hebben en met gespeelde opgetogenheid aan de mimosa geroken te hebben, ging Jacquot vervolgens wijdbeens op het grind staan en gooide zijn hoofd achterover. 'Dit is echt een mooi huis. Ik sta te popelen om het van binnen te bekijken.'

'Jacquot…' zei Lahou fronsend.

'Wil je met me trouwen, lekker diertje? Wil je dat, mijn hertje?' Met veel vertoon kuste hij mij mijn nek, onder mijn kraag. Zijn natte lippen lieten een koud slakkenspoor achter op mijn huid.

'Walgelijk. Je bent walgelijk.'

'Jacquot…' Sami deze keer. De andere jongen liep als een hond achter hem aan.

Ik stond op de stoep en zocht mijn sleutel. Ik wilde hem niet vinden. Ik zag mezelf mij naar dit drietal keren met mijn zakken binnenstebuiten: 'Het spijt me erg – ik heb mijn sleutel verloren – we kunnen niet…' Maar hij lag ineens in mijn handpalm en in plaats daarvan begon ik: 'Zeg, luister eens. Ik wil alleen even zeggen, weet je, um, ik heb een broer, en hij – we-ten jullie het van mijn broer?'

Jacquot deed een spastisch iemand na.

'Jacquot!' Lahou schudde vol afschuw haar hoofd. Ze glimlachte naar mij. 'Het is goed, hoor.'

'Nou, en hij heeft ook een verzorgster en die is er waarschijnlijk, dus – als jullie stil naar binnen gaan, dan kijk ik even. Ik wil haar niet aan het schrikken maken of zoiets.'

'Natuurlijk.' Lahou knikte ernstig. 'Doe wat je moet doen.'

Sami gromde. Jacquot legde een vinger op zijn lippen.

'Hou op met lullig doen,' zei Lahou tegen hem. 'Of donder anders op.'

De voordeur, die totaal niet meegaf toen ik hem aanraakte, piepte toen hij openging. Binnen heerste stilte en rust. Na een beetje hun voeten ge-veegd te hebben, liepen de drie achter me aan de marmeren hal in. Jacquot liep op zijn tenen naar het beeld van Venus op haar voetstuk; hij kuste haar overdreven op de lippen en wreef met zijn hand over haar stenen kruis. Hij deed alsof hij in extase was. Ik gaf aan dat ze moesten blijven staan en liep met grote passen de woonkamer binnen, waar de stilte als een kleed over alles heen hing, behalve over de zacht klagende radiator langs de muur. De rolgordijnen voor de openslaande deuren waren half omlaag, hun middag-stand, om het rode tapijt te beschermen tegen verschieten. Ik liep naar de eetkamer en door de klapdeur naar de keuken, waar de groene, voortdurend knipperende ovenklok de verkeerde tijd aangaf.

'Hallo?' riep ik zacht. De kamers van de verzorgster lagen daarachter en geen geluid kwam door haar deur. 'Etienne? Magda? Ik ben het.' Ik wacht-te. Ik klopte zacht.

'Iedereen is weg,' zei ik, op bijna normale toon, niet helemaal gelovend dat het huis van ons was. 'Magda moet Etienne meegenomen hebben. Naar buiten, weet je.'

'Het is fris buiten,' zei Jacquot. 'Ik hoop dat ze zich goed hebben inge-pakt.'

Ik nam hen mee naar de woonkamer. Lahou zeeg neer in een leunstoel, haar schooltas aan haar voeten.

'Het is schitterend hier,' fluisterde ze. 'Ik vind het prachtig.'

'Wie zou dat niet vinden?' zei Sami. Hij liep langs de muren, met zijn vingers gespreid op hun spinachtige manier, zonder iets aan te raken. Hij hield stil bij het raam. 'Mag ik?' vroeg hij, op een voor hem weinig kenmer-kende manier beleefd, en wees naar het rolgordijn.

'Ga je gang.'

Jacquot floot toen de tuin te zien was, met zijn lichte helling, die fraai verzorgd was.

'We kunnen naar buiten gaan,' zei ik. 'Vanuit de tuin of van boven heb je het uitzicht, niet van hier.'

Ik deed de deuren open en liep met hen naar de plek vanwaar de haven, de stad en een stuk van de zee te zien waren. Het water glansde tussen de bomen. Het deed me opeens aan Amerika denken. 'Dit is niets vergeleken met het hotel. Daar is het uitzicht echt mooi.'

'Uitzichten zijn voor oude mensen,' hoonde Jacquot. 'Jullie hebben geen zwembad.'

'Bij het hotel.'

'Ik geloof dat Frédéric een zwembad heeft.'

'Ik geloof van niet. Zij wonen bij het strand.'

'Ben je daar geweest?'

Dat was ik, maar ik loog en schudde mijn hoofd.

'Nou dan.'

Ik hield niet vol. Ik begon minder gespannen te worden. Het was bijna half drie en als Magda en Etienne thuis kwamen, zou ik gewoon zeggen dat we vroeg uit school waren. Het zou prima gaan. 'Willen jullie wat drinken?'

'Heb je whisky?'

'Sinas of cola. Jezus, Jacquot, jij weet gewoon niet wanneer je op moet houden.'

Sami bleef in de tuin, toen wij naar de keuken liepen.

'Het is waarschijnlijk beter als we binnen niet roken, hè?' zei hij. Ik werd geroerd door dit attente gebaar. Hij fluisterde iets tegen Lahou.

'Wc?' vroeg Jacquot. Ik wees hem het toilet met zijn bloemetjestegels in de gang en hoopte dat hij niet op de grond zou piesen. Ik prentte mezelf in dat ik moest controleren of de bril omlaag was nadat hij geweest was.

Lahou hielp me glazen en kleine flesjes cola op een dienblad zetten. Mijn moeder kocht altijd kleine flesjes, omdat anders bij een half lege fles de prik eraf zou zijn. Ik zorgde ervoor dat ik de mosterdglazen nam, zodat het niet uitmaakte of ze braken.

'We moeten wat eten,' zei ik. 'Waar hebben jullie zin in? Chocola? Brood met jam?'

'Maakt niet uit,' zei Lahou. 'Ik heb niet echt honger.'

'Maar we hebben niet gegeten in de lunchpauze.'

Ze maakte een vaag wegwerpgebaar, alsof dit gewoon was.

'Ik voel me echt raar als ik een maaltijd heb overgeslagen,' vertrouwde ik haar toe. 'Opgewonden, een beetje licht in het hoofd, maar met het gevoel alsof ik flauw zou kunnen vallen. Ken je dat?'

'Mmm.'

Ik ging in de kast op zoek naar jam. 'Er is hier ook wat Nutella.'

'Sagesse…'

Ik stopte met zoeken. 'Wat?'

'Ik weet dat dit raar lijkt, maar wat ik tegen je zei in het café?'

'Ja?'

'Nou, ik vroeg me gewoon af, weet je, of Sami en ik ergens konden… of er een plek was waar we met zijn tweetjes konden zijn. Voor maar eventjes.' Ze was gegeneerd en draaide een haarlok rond haar vinger. Dit was het eerste moment dat het tot me doordrong (ik had me afgevraagd wat er zou gebeuren; nu wist ik het) dat Sami en Lahou hoopten te kunnen vrijen in het huis van mijn ouders, midden op de middag. Ik zette het dienblad op het aanrecht, schoof wat heen en weer met de glazen, keek haar niet aan.

'Ik weet het niet – ik bedoel, ik weet niet zeker of dat, uh, echt een goed idee is.'

'Het is niet zo dat we een troep gaan maken. Ik bedoel, jullie zullen toch wel een logeerkamer hebben in zo'n groot huis.'

'Natuurlijk hebben we die. Maar…'

'Je weet niet hoe het is, Sagesse.'

Ik dacht aan Thibaud en de verlaten tuinen van de villa's bij het fort, met de zingende takken en de sterren boven ons en de vochtige aarde onder ons. 'Dat weet ik wel.'

'Dat kan niet. Anders zou je geen nee zeggen.'

'Het lijkt verkeerd hier. Begrijp je?'

'Hoezo?'

'Ik weet het niet.' We keken elkaar aan in de keuken. 'Bovendien: moet ik dan met Jacquot alleen blijven? Nee, dank je wel.'

'Sami heeft vast met hem gesproken. Hij zal je niet plagen. Ik beloof het. We zijn toch vriendinnen?'

'Natuurlijk, maar…'

'Doe het voor mij, oké? Zeg gewoon ja.'

'Goed dan.'

Lahou maakte een sprongetje en kuste me op beide wangen. Ze rook naar vanille. 'We zullen iets terugdoen. Je houdt iets van mij tegoed. Hartstikke bedankt.'

'Beloof dat je de sprei niet terugslaat?'

'Beloofd.'

'En dat je een handdoek neerlegt of zoiets. Ik zal je een handdoek geven.'

'Wat je maar wilt.'

'Ik denk dat het zo goed is.'

'Het is prima zo. Ik beloof het. Je weet dat je me kunt vertrouwen.'

'Maar Sami niet.'

'Hij doet wat ik hem zeg. Hij is zo mak als een lammetje.'

Ik pakte het dienblad op en liep naar de deur.

'Mag ik nog iets anders vragen?'

'Ja?'

'Is het goed als ik eerst een douche neem?'

'Een douche?'

'Om schoon te worden.'

'Doe maar.' Ik zette het dienblad weer neer.

'Als jij mij even wijst waar het is, dan kan Sami over een paar minuten boven komen.'

Het leek weinig zin te hebben om te protesteren; Lahou had het duidelijk allemaal gepland, in de bus, of misschien zelfs al in het café, zodra de uitnodiging uit mijn mond was gekomen. 'Kom mee dan.'

Boven op de eerste verdieping waren alle deuren op de overloop dicht, een teken dat Fadéla alle kamers had schoongemaakt.

'Dat is mijn kamer,' wees ik. 'En dat is die van Etienne. Ga niet naar het einde van de overloop. Daar is de kamer van mijn ouders.' Ik sprak op een fluistertoon, omdat ik me ervan bewust was dat ik medeplichtig was aan iets wat erg verkeerd was, en ik wilde zelfs niet dat de muren het wisten. 'Je kunt daar naar binnen.' Ik wees naar de deur van de kamer die kort geleden nog gebruikt was door mijn grootvader; ik was me sterk bewust van de ironie van het geheel. Ik nam een dikke paarse handdoek uit de linnenkast, een badhanddoek. Daarop zouden geen haren of vlekken te zien zijn, bedacht ik, en hij werd beschouwd als van mij, in ieder geval tijdens de zomer.

'Hier is de badkamer.'

'Wat is daar?' Lahou wees naar het andere eind van de overloop.

'Nog een slaapkamer. De studeerkamer van mijn vader. Zelfs ik ga daar niet naar binnen, tenzij ik daartoe uitgenodigd word. Beloof je dat je niet naar binnen gaat?'

'Natuurlijk doe ik dat niet. Mooie badkamer.' Ze huppelde naar de spiegel boven de wastafel en keek naar haar ontblote tanden. 'Ik zou hier graag willen wonen.'

'Ja. Ik ben de enige die deze badkamer gebruikt, dus maak je geen zorgen dat je rommel maakt.'

'Bedankt. Echt.'

Ik deed de deur achter haar dicht. Alle deuren waren dicht. Ik ging de trap weer af om de drankjes en de hapjes naar de jongens te brengen.

Sami en Jacquot waren in de woonkamer en Jacquot stond gebogen over de stereo.

'Wil je daar afblijven? Die is van mijn vader.'

'Bang en Olufsen. Prachtig.' Hij ging met een van zijn handen over een van de vrijstaande luidsprekers. 'Deze zijn ongelooflijk. Het geluid moet ongelooflijk zijn. En zo smal!'

'Blijf ervan af, Jacquot.' Sami draaide zich niet om. Hij zat ingeklemd tussen het roze, fluwelen tweezitsbankje en de muur, in een kleine ruimte die hem dwong gevaarlijk achterover te leunen, bijna onder dezelfde hoek als de luidsprekers. Zijn aandacht was gericht op de aquarel van de baai van Algiers, het schilderij dat mijn vader had gered uit het appartement van zijn grootmoeder.

Het schilderij was niet groot, ongeveer dertig centimeter in het vierkant, en het zat, in de schaduw, in een smal donkerblauw lijstje. Het hing aan de muur omringd door etsen en prenten, overweldigd door grote olieverfschilderijen in gouden lijsten – krachtige abstracte schilderijen, bonte verfstrepen waarop mijn vader gesteld was – en het werd zelden opgemerkt en hing te wachten als een halfdicht oog. Maar Sami was er meteen door aangetrokken geweest, door de onopvallende plek, en daarna, van dichtbij, door de voorgrond van de met enkele schuimkoppen bedekte azuurblauwe zee, die gebroken werd door de zandstenen vinger van de haven en drie deinende schepen met geribbelde rompen die voor anker lagen, met de driekleur in top. Achter de baai verrees de stad in al haar witheid, duizend precies getekende terrassen en daken die de zonovergoten hemel in klommen, de Europese sierkrullen en de wirwar van de kasba, waarvan alle contouren getekend waren als met één enkel penseel, met overal verfijnde, kleine palmen en cipressen en andere groene bomen van uiteenlopende soorten, en brede bruine lanen als takken. Vlak bij de zee kon je een ruiterstandbeeld ontwaren, op een plein omzoomd door vijgenbomen, rechts op het schilderij: de Duc d'Orléans op de Place du Gouvernement, met zijn gezicht naar het te veroveren binnenland, zoals de Franse nationale trots vereiste. Piepkleine mensen in djellaba's en Victoriaanse kostuums waren in groepen en paren stipjes bij de haven, te klein om een gezicht te hebben, te klein om handen te hebben, maar vrolijk in hun houding – hoe kon het ook anders, zich geheel overgevend als ze deden aan dit hemelsblauwe paradijs, waaruit een warme, zilte bries leek te op te stijgen, die de denkbeeldige geur van jasmijn en bougainville met zich meevoerde.

'Komt jouw familie daarvandaan?'

'Mmm.' Ik voelde me opgelaten, alsof ik een reeks zonden aan Sami en zijn familie opbiechtte. 'Dat was lang geleden.'

'Ik dacht eigenlijk dat jij een Amerikaanse was,' mengde Jacquot zich in het gesprek. 'Dat zeggen ze op school.'

'Alleen mijn moeder. Mijn vaders familie kwam daarvandaan.' Ik gebaarde naar het schilderij.

Sami wrong zich uit de kleine ruimte. 'Dat heb ik nooit geweten.' Zijn havikachtige gelaatstrekken verraadden niets.

'Dan lees je de kranten zeker niet. Het stond allemaal in de krant over mijn grootvader. Met het proces, weet je.'

'Dus stemt jouw ouwe heer op het Front National?'

'Wat?'

'Stemt hij op Le Pen?'

'Doe niet zo belachelijk.' Ik voelde mijn wangen gloeien. Mijn grootvader had gezegd dat hij dat niet deed, maar hij had ook gezegd dat hij begreep dat mensen dat deden. Hij geloofde in het Algerije dat geweest was – niet in de onmogelijke utopie waarvan Camus had gedroomd; en al evenmin in de bovenaardse Stad van God van Augustinus; maar in de aardse stad die hij achtergelaten had, waar mensen en rassen hun plaats kenden. Waar hij zeer zeker het aards paradijs zag van de aquarel die voor ons hing: een Algerije dat evenmin bestaan had als de droom, het wat-had-kunnen-zijn, in mijn eigen fantasie, waar Sami en ik misschien samen als vrienden door de Afrikaanse straten hadden kunnen lopen. Mijn grootmoeder zei dingen als: 'Je hebt Arabieren en je hebt Arabieren.' Als kind had ik me afgevraagd wat ze bedoelde; toen ik daar in mijn woonkamer stond, wist ik dat ze bedoelde dat je Zohra en Fidéla had, en dat je Sami had. Het was van haar bekend dat ze ook dingen had gezegd als 'Zij wilden ons niet in hun land, en wij willen hen niet in ons land'. Daarmee weten we dan wat utopieën voorstellen. Ik voelde mij opgelaten en bang.

'Dat is geen belachelijke vraag,' zei Sami. 'Die bomaanslag in de zomer, weet je nog? Daaruit blijkt dat het nog steeds belangrijk is. Iedereen weet dat het mensen zoals jouw familie zijn die…'

'Niet mijn familie.'

'Mensen áls jouw familie dan, die…'

Er klonk lawaai, een schreeuw, van boven.

'Wacht even.' Ik rende de hal in. 'Alles in orde?'

Lahou was halverwege de trap, naakt op de paarse handdoek na die haar huid deed glanzen als van een koningin, of die van de marmeren Venus. Haar haar, dat nat was aan de punten, viel losjes over haar schouders. Haar mond stond open. Ze klemde de handdoek tegen haar borst met één hand, terwijl ze met de andere lepelachtige gebaren maakte.

'Er is een man. Boven, een man.'

'Waar?'

'Op de overloop – in de badkamer. Hij kwam de badkamer binnen.'

'Sagesse?' Het was mijn vader. 'Ben jij daar, Sagesse?'

'Verdomme. O, verdomme. Mijn vader. Ga hier in.' Ik deed de deur van

Etiennes lift open, en zag tot mijn verbazing Etienne in de lift zitten. Hij leek geslapen te hebben, maar zijn hoofd kwam opeens omhoog en hij maakte bij het zien van mij een tevreden borrelend geluid. 'Ga hier naar binnen.'

Lahou, terugdeinzend en bevend, met kippenvel dat opkwam op haar fluwelen armen, schoof het kleine hokje binnen.

'Hé daar,' riep ik sissend de woonkamer in, 'ga de tuin in of zoiets. Verberg je. Het is mijn vader.'

'Waarom zou hij het erg vinden?'

'Doe het. Alsjeblieft.' Ik holde naar de trap. 'Papa? Ben jij het? Papa?'

Mijn vader stond dreigend op de overloop. Zijn haar zat tegen één kant van zijn hoofd geplakt en zijn ogen puilden uit hun kassen. De slagader in zijn hals ging als een razende tekeer. Zijn overhemd hing half losgeknoopt open en de krullen op zijn borst glinsterden. Hij was blootsvoets, en zijn voeten, die bedekt waren met zwarte haren, waren heel wit. Zijn broekriem was los.

'Wat doe je hier?' vroeg hij, de klank uit zijn keel toegeknepen, alsof de lucht naar buiten werd geperst. 'En wie was dat kleine Arabische meisje?'

'Een vriendin. Gewoon een vriendin.' Ik ving een glimp op van een straal licht achter de verfomfaaide schouder van mijn vader. Een deur was open op de overloop. Het was de deur van de logeerkamer die ik Lahou had aangeboden, de kamer waar mijn grootvader had geslapen.

'Jij hoort op school te zitten.'

'Die was vroeg uit.'

'Helemaal niet. Neem dat meisje mee en ga terug naar school.'

'Papa, waarom zit Etienne in de lift?'

Mijn vader haalde heel diep adem. Hij beheerste zich. Hij keek zoals ik keek wanneer ik wist dat ik in de problemen zat: niet precies schuldig; meer uitdagend.

'Ga gewoon weg. Neem dat meisje mee en ga weg.'

'Ze moet zich eerst aankleden.'

Mijn vader sloeg in de lucht en maakte een geluid van *pfft*. Ik dook de badkamer in om Lahou's kleren te pakken. Het t-shirt rook naar haar goedkope, zoete parfum. Mijn vader bewoog zich niet toen ik langs hem liep. Toen ik naar beneden ging, stap voor weerklinkende stap, hoorde ik hoe hij de knokkels van zijn beide handen kraakte.

Lahou kleedde zich aan in de lift, ten overstaan van Etienne, terwijl ik de deur halfopen hield voor het licht. Ze moest zich van hem wegdraaien om zijn vingers van haar buik af te houden. Etienne was verzot op huid, en die van Lahou was bijzonder verleidelijk. Ze probeerde geen gezichten te trekken, maar zowel hij als ik zagen haar, en zij, die zich bang en opgelaten voelde zoals ikzelf me een paar minuten geleden had gevoeld, wist dat.

Ik dacht erover mijn broer naar de woonkamer te rijden voor we weggingen, maar ik wist niet hoe hij in de lift terecht was gekomen. Ik wilde niet nog meer in de problemen komen. Dus ik deed de deur dicht en liet hem achter. De hele middag zag ik mijn broer voor me, opgesloten in het pikkedonker. Was hij bang? Misschien vond hij het fijn. Hij had geen geluid gemaakt.

De jongens waren al meteen over de tuinmuur gesprongen; we kwamen hen tegen bij de bushalte.

'Het spijt me,' zei ik. 'Dat was echt griezelig.'

Geen van hen zei iets. Zij zaten niet met het voorval en hadden het er niet over. Ik had de indruk dat zulke onvoorziene en surrealistische momenten niet ongewoon waren in hun leven, en dat zij ze verdroegen zonder ooit te beseffen dat ze dat deden. Sami was veel meer geïnteresseerd in de onthulling van mijn *pied-noir*-achtergrond, en ik dacht dat dat weleens de meest schadelijke gebeurtenis van de dag zou kunnen blijken te zijn.

―――――― 7

Op de korte termijn had ik gelijk. Sami en – op zijn bevel – ook Jacquot begonnen zich minder vriendelijk jegens mij op te stellen. Sami had althans revolutionaire aspiraties, en als ik niet bereid was om luider mijn erfgoed en alles wat dat inhield af te wijzen, dan was er voor mij geen plaats naast hem. Niet dat ik een uitgesproken vijand was, daarvoor was het te duidelijk dat ik me schaamde. Ik kon simpelweg geen vriendin zijn. Het was zoiets als er niet in slagen om een betrouwbaarheidsverklaring voor een functie bij de overheid te krijgen. Lahou was vergevingsgezinder: ze zag de band tussen ons als een zaak van vrouwelijk vertrouwen, die losstond van de politiek van de grote wereld; en ze had mijn broer gezien en hem afstotelijk gevonden, en ze voelde zich schuldig voor haar afkeer op een manier die zich op een aandoenlijke manier uitte als trouw, en wel één op één. Toch zag ze me steeds minder als ze met haar mannelijke gevolg was, wat überhaupt steeds minder betekende.

Frédéric kon het niet schelen. Hij had aldoor geweten welke kleur de familie LaBasse had, in cultureel, zo niet politiek opzicht. Onze werelden waren vergelijkbaar. Maar hij was een jongeman die zich druk maakte om uiterlijkheden, en hij hield beide kanten te vriend – die van Sami en van mij – en gaf aan geen van beide toe. Op mijn manier was zelfs ik nuttig voor Fred in sommige van zijn gedaanten; het was alleen dat ik geen enkele kans meer had om echt de blits te maken in zijn speciale groepje, toen ik eenmaal door Sami als onder de maat was weggestuurd.

In de voortdurend wisselende sociale structuur van het schoolplein kon ik deze gevolgen van de gebeurtenissen van die middag wel begrijpen. Ik kon erop inspelen, me dienovereenkomstig gedragen, omdat de regels ervan, hoewel geheimzinnig en ongeschreven, er bij mij in de loop van vele jaren ingehamerd waren in het gezelschap van mijn leeftijdgenoten. Bovendien leek – na de ramp met Marie-Jo – het minder worden van deze vriendschappen niet zo pijnlijk, zelfs bijna een goede zaak: dit waren mijn geveinsde vrienden; nu zouden we wat minder energiek gaan veinzen; mettertijd zouden we misschien gewoon helemaal ophouden met veinzen, zonder wrok. Dat zou prima zijn.

Thuis lag het anders. Toen ik die avond thuiskwam, na donker, was Magda bezig in de keuken Etienne eten te geven, en was mijn moeder, met een schort voor, aan het telefoneren terwijl ze stond te roeren in een pan op het fornuis waarin een stoofschotel met wijn zat. Mijn vader was er niet; voor het eerst in lange tijd was hij er niet met het eten. Iemand had de glazen en de ongeopende colaflesjes weggezet, en het dienblad opgeborgen.

Toen we aan tafel gingen, vulde mijn moeders vrolijke – al te vrolijke – en hongerige gebabbel de eetkamer: 'En je grootvader heeft ons gevraagd voor hem het werk van Balzac mee te nemen – hij is altijd gek op Balzac geweest, en wil het allemaal opnieuw lezen. En het blijkt dat hij tijdschriften mag ontvangen, dus we dachten dat we hem wat abonnementen kunnen geven…'

Nog vreemder was hoe later, toen we bezig waren de borden in de vaatwasser te zetten, mijn vaders grappen gemakkelijk en brutaalweg als een geruststellende de bries onze avond binnenwaaiden. Ik wachtte op de ongemakkelijke houding, de blik van verstandhouding, hoe kort ook: even elkaar aankijken, een geforceerde grap, de scherpe geur van angst of boosheid. Ik probeerde iets te insinueren ('Hoe was het vandaag, papa?'), maar onschuldig en vrolijk, als de goede acteur die hij was, liet mijn vader niets merken.

Mijn grootvader en mijn vader zagen allebei mijn geheimen toen ik veertien was, en zeiden er niets over. Wat voelde ik mij volwassen, dat ik mee ging doen met de steeds maar doorgaande samenzwering in de familie om alles dood te zwijgen: wie kon zeker weten wat iemand anders voelde of niet wist? Maar terwijl ik in mijn hart geloofde, al klopte dat misschien niet, dat ik mijn grootvader had herkend, en de band tussen ons, in de eenzame figuur in de rechtszaal, wist ik dat ik, toen ik mijn vader die middag zag, alsof dat voor het eerst was, niet wist wat ik gezien had. Er rammelden te veel losse en scherpe scherven: de verwarde kleding van de man; de gesmoorde toon; het licht achter hem op het vloerkleed; en mijn broer die daar zat in een hoekje van zijn koude, pikdonkere, speciaal voor hem gebouwde kooi.

Nog één scherf erbij had de rest voor mij op zijn plaats kunnen doen vallen, en later gebeurde dat ook, zodat ik me het voorval nu herinner alsof ik haar gezien had. Het kan heel goed Magda zelf geweest zijn, met haar welige Slavische lippen en amandelvormige ogen; ze bleef daarna niet lang meer bij Etienne. Of mijn vader kan gewoon Magda weggestuurd hebben naar de bioscoop of het warenhuis en een vrouw naar binnen gesmokkeld hebben, een meisje, wie dan ook, de vrouw van wie dan ook. Het zou zelfs Marie-Jo geweest kunnen zijn. Ik heb haar daar toen niet gezien, maar in mijn herinnering loop ik nu langs mijn vader naar de straal zonlicht en volg ik met mijn gevoelige blik, die de zijne geweest kan zijn, de doorschijnende ronding van haar schouder en de omtrek van haar billen onder het laken. Zij, als persoon – haar gelaatstrekken of de hoedanigheid van haar ziel – doet er helemaal niet toe; zij geeft alleen ordening aan het verhaal, en kan daarom niet weggelaten worden.

Veel belangrijker voor mijn begrip van mijn vader, of voor het niet begrijpen van hem, zijn Etienne en zijn uren in de lift. Hoeveel uren? Hoe vaak? Maar dit moet noodzakelijkerwijs genegeerd worden, omdat er niemand is die het kan vertellen en er niets te zeggen valt. En voor mijn begrip van mijzelf, het feit dat ik Etienne daar liet zitten, en de deur weer tegen hen dicht deed.

6 ——

1

Van de Algerijnen – van alle tijden en van alle kleuren – mag aangenomen worden dat zij van het leven houden. Een Romeinse inscriptie uit de derde eeuw bij Timgad, in het zuiden, vermeldt de volgende aansporing: 'Jagen, zwemmen, spelen en lachen: dat is voor mij het leven!' Het is zeker zo dat onder de *pieds-noirs* de mythe leeft dat het er in de zonovergoten en sprankelende cultuur vreugdevol aan toe ging. Maar door de eeuwen heen vertellen hun stemmen – die weerklinkende stemmen van Augustinus en Camus – een andere waarheid.

Beide mannen vroegen – de een een man in het aangezicht van God en de ander een man alleen op zijn duistere vlakte – of het leven waard was om geleefd te worden; en beiden antwoordden 'ja' met een wanhoop en een uitdagendheid die slechts voortgekomen konden zijn uit 'nee'. Het strikte verbod dat het katholicisme kent ten aanzien van zelfmoord is in feite afkomstig van Augustinus. Hij was het die als eerste dreigde dat de eeuwige beloning onthouden zou worden aan degenen die door eigen hand de dood vonden: 'Christenen zijn niet gemachtigd om onder welke omstandigheden dan ook zelfmoord te plegen.' Maar zijn zo zorgvuldig uitgewerkte logica, een subtiele synthese van geboden over het eigen ik en de naaste, kon alleen noodzakelijk geweest zijn als hij de verlokking zag. Hij, wiens jeugdige gelach en losbandigheid bij zijn terugkeer naar Algerije vanuit Milaan tot jaren van verlies en beroering leidden, en die leerde hoeveel van het aardse leven een kwestie van pure volharding was, schreef op zijn oude dag: 'Uit het bewijs dat gevormd wordt door dit leven zelf, een leven dat zo vol is van zo veel en zulke uiteenlopende kwaden dat het nauwelijks leven genoemd kan worden, moeten we concluderen dat het hele menselijke ras gestraft wordt.' Vandaar zijn geloof in de erfzonde: er moet in ieder geval een reden zijn dat we gestraft worden. Het leven, die straf, moet verdragen worden tot aan het natuurlijke einde ervan vanwege slechts één reden: vanwege God.

Voor Camus, wiens voetstappen zo veel tijd later de noordkust van Afrika volgden, werden de kwaden van Augustinus een absurditeit; de wankele afgrond van de leegte gaapte waar de veilige kust van God zich had afgetekend. Naast de zinloze beproevingen die zijn medemensen – net als Sisyphus – moesten ondergaan, kon het lied van de zelfmoord slechts lokkend klinken. Maar alweer, hij zei nee. Niet om God, maar om de mens. Hij predikte opstand, en hartstocht, boven de kalmerende melodie van de ontsnapping uit.

Beiden hielden stand en fulmineerden er luider tegen dan bijna alle anderen, ongetwijfeld omdat de verlokkende stem hen zo luid, zo opwekkend, in de oren klonk. Die lokstem klinkt in mijn eigen oren. Hij klonk nog luider in de oren van mijn vader, die geboren was met van beide kanten Afrika in zijn bloed, en verder moest leven, zonder opstandigheid, in een grensgebied dat hem vreemd was en geen hartstocht kende. En als Augustinus en Camus, met hun verschillende tekens als wapen, stand konden houden tegen de verlokking, dan was dat omdat ze deze onder ogen zagen, recht in het lieve gezicht keken en erop spuwden. Mijn vader erkende niet dat de muziek er was, tot hij ongetwijfeld zelfs niet wist dat hij hem hoorde. Met zijn ogen dicht zong hij mee: 'Door ernaar te smachten zijn we al daar; we hebben onze hoop, als een anker, al op die kust geworpen. Ik zing over ergens anders, niet over hier: want ik zing met mijn hart, niet mijn vlees.'

2

Mijn ouders hebben elkaar in april 1971 ontmoet aan een drukke tafel in Café Les Deux Garçons aan de Cours Mirabeau in Aix-en-Provence op een avond waarop de bladeren zich ontvouwden, toen het licht gespikkeld door de platanen viel. Mijn moeder, de verlegen Carol, droeg een paarse kasjmier twinset die haar frisse, sproetige huid accentueerde, en de donkere luister van haar haar onderscheidde haar van de andere meisjes, drie Amerikaanse medestudenten, blondines, amazones naar plaatselijke maatstaven, met mooie kleine neusjes en grote tanden. Mijn vader, de vriend van Guy, een vriendje van een van deze meisjes, Lili – zowel de jongen als het meisje nu verdwenen en bijna gezichtsloos in onze familieverhalen – was de indringer, die een dagje uit was met zijn eigen auto en afkomstig was uit het echte leven langs de kust, en die blijkbaar alleen maar toevallig op het groepje studenten gestuit was als op feeën in hun prieel. Zijn donkergrijze regenjas was Brits, en hij had zijn kraag omhoog; zijn schoenen glommen. Op zijn kin zaten aan het eind van de dag allemaal glanzende stoppels, wat zijn Latijnse charme alleen maar verhoogde. Mijn jonge, aanstaande ouders zagen er niet uit als mensen van hun tijd – afgezien van de kortheid van mijn moeders Schotse rok, die ze, hoewel ze zat, af en toe zedig naar beneden trok. Ze waren niet beroerd door de revolutionaire, informele geest van dat moment, een band van gemeenschappelijkheid die beiden in de ander herkende.

'Ik dacht dat je Frans was,' was de eerste, volledige zin die mijn vader tegen mijn moeder uitsprak, een compliment, zoals zij het opvatte, na maandenlang geprobeerd te hebben om juist voor Frans door te gaan, wat haar een zelfvoldaan lachje ontlokte en haar quasi-verlegen naar de grond deed kijken.

Ze was in Aix sinds september, voor een cursus die niet veel voorstelde en veel te duur was en die uitging van haar katholieke vrouwenuniversiteit, en hoewel ze gecharmeerd was van alles wat Frans was (bij haar terugkeer naar huis stond de jonge Carol er volgens Eleanor op om haar koffie – met warme melk, graag – op te slurpen uit een soepkom, bij gebrek aan een groot formaat *tasse*), bracht ze het grootste deel van haar tijd door in het gezelschap van haar landgenoten, beschermd door groepen meisjes van andere Amerikaanse onderwijsinstellingen, van wie er velen rijker en die bijna allemaal wereldwijzer waren dan zij.

Carol was het stille meisje, de vertrouweling van haar onverschrokken medestudenten; de anderen – meisjes met namen als Coco en Sally en Lili – vertelden hun avonturen aan haar, prezen haar daarbij zelfs omdat ze niet te shockeren was, hoewel ze wisten dat ze in stilte verbijsterd was, en hieraan ontleenden ze althans een deel van hun genoegen. 'Gesprekken in bed,' zeiden Coco of Sally of Lili, 'zijn de beste manier om een taal te leren.' Mijn moeder glimlachte dan. 'Dat moet je eens proberen, Carol,' voegden ze er dan aan toe; en dan bloosde ze. Ze was, volgens zichzelf, een ijverige studente, maar onopvallend. Ze vond zichzelf lelijk en dik, omdat haar plaats in de hiërarchie van de vereniging van meisjesstudenten dat leek te vereisen. In feite was ze geen van beide. Ze voelde zich alleen veiliger nu ze als zodanig te boek stond.

Onzichtbaarheid is altijd van levensbelang voor mijn moeder geweest; het is haar mantel, haar zekerheid. Was het Flaubert die zei: 'Niet zo zijn als je buurman – dat is alles'? Voor Carol was het omgekeerde waar. Ik ben er zeker van dat een deel van mijn vaders aantrekkingskracht – knap op zo'n donkere manier, zulke prachtige, vochtige ogen, geen spoor van de gezetheid die later zou komen – bestond uit het echt Franse van zijn gedrag: de manier waarop hij zijn handen bewoog, het zelfvertrouwen waarmee hij zijn aansteker hanteerde voor haar vriendinnen; het feit dat hij überhaupt een aansteker bij zich had, hoewel hij niet rookte.

Carol was in een oogwenk verkocht. Omdat ze Carol was, kwam het niet bij haar op om al te precies bij haar vriendin of Guy, het nu verdwenen vriendje, te informeren naar het heden van Alexandre LaBasse, laat staan naar diens verleden. In plaats daarvan tobde ze over wat hij van haar vond. Het was nu eindelijk haar beurt om de meedogenloze en vertrouwde litanie, die talloze malen door in nachthemd gehulde bijna-adolescenten na middernacht op de slaapzaal was uitgewisseld, op te zeggen, en haar beurt om gerustgesteld te worden. 'Denk je dat hij me heeft opgemerkt? Echt? Ik dacht misschien toen hij dat grapje maakte? Hij is vrijgezel, weet je dat zeker? En hoe oud? Jeetje. Wat zegt Guy van hem? Misschien valt hij meer op blondines? Zag ik er dik uit? Weet je het zeker? Mijn achterste, in die rok – als ik geweten had dat ik hem zou ontmoeten, zou ik hem nooit aangetrokken hebben. Denk je dat ik een kans maak?' Toen en later vergat ze te vragen: 'Wie is hij?', simpelweg en ten onrechte denkend dat hij het vleesgeworden Frankrijk was, een soort mannelijke Marianne. Maar wie had haar iets anders kunnen vertellen?

Wat mijn vader betreft: hij verschijnt ten tonele op die met stofdeeltjes en bloesems bedekte boulevard, met zijn hand door zijn haar strijkend en met die slaperige halve glimlach van hem, en hij blokkeert het uitzicht van de meisjes op tegelijk de straat en het avondlicht, een mysterie *contre-jour* – en ik kan tot op de dag van vandaag niet zeggen hoe hij daar terechtgekomen is.

Als kind accepteer je de verhalen van je ouders als de waarheid; elk verhaal is een glimmende kraal die, in een onafgebroken reeks, tussen de andere ligt: hun ontmoeting, hun verkeringstijd, hun huwelijk, ze zijn allemaal slechts een haastig voorspel van de cruciale gebeurtenis van je eigen geboorte. Hun levens bestaan alleen als een ordenende verklaring van je eigen leven. Het lijkt niet mogelijk, en zeker niet aannemelijk, dat ikzelf niet bedacht was, of dat hun beider bestaan enige betekenis had onafhankelijk van dat van de ander, of van hun toekomstig nageslacht. Ik heb me erover verbaasd dat Carol of Alexandre ooit van zichzelf geloofd konden hebben dat ze de hoofdrol hadden in een verhaal, terwijl het toch duidelijk hun bestemming was om slechts een bijrol in mijn eigen verhaal te vervullen. Pas later dringt het tot je door dat in de anekdotes en het ritme waarin ze verteld worden, zo vertrouwd als een verhaaltje voor het slapen gaan en even onwerkelijk, jaren, ochtenden na ochtenden waarop ze wakker werden, ieder afzonderlijk en daarna samen, zorgvuldig ingedikt zijn tot dagen die even zwaar van verwachting of verwondering of wanhoop zijn als die van mijzelf. Wanneer ze eenmaal bestaan, zelfs als wens, blijven die dagen, die zo onkenbaar zijn, wenken, en tegelijk wordt dan duidelijk dat ze slechts indirect en vaag gezien kunnen worden (hoewel ik weet dat de Deux Garçons 'hun' café bleef en de flanerende prima donna met haar poedel hun privé-grap bleef): dat ze aan anderen toebehoren – aan Carol, aan Alexandre – en nooit van mij zullen zijn. Toch zijn het ook mijn verhalen, mijn bloed, en de last ervan, gekend of ongekend, is mijn last.

Dus daar was mijn vader, op de boulevard, al bemind door de verlegen Amerikaanse, die hij, naar hij altijd zegt, vanaf het begin in zijn hart sloot (ondanks alles wat volgde, was hun verhaal er een van liefde op het eerste gezicht; en hij, meer dan zij, voor wie dat heel goed mogelijk was, hield vol dat het zo was): hij was zesentwintig, bijna zevenentwintig, oud in vergelijking met de Amerikaanse meisjes, oud als een rots in het vloeiende water van de rivier van studenten die door de straten van Aix stroomde. Hij had een auto – een sputterende Renault 4, en tweedehands, maar een auto – en een baan in zijn vaders hotel waarvan het belang overdreven kon worden.

Na de universiteit was hij, in een eenvoudig pak, begonnen bij de ontvangstbalie, opdat Jacques zijn zoon de vernedering kon zien ondergaan die hem toekwam, of opdat Alexandre de zaak van binnen en van buiten zou leren kennen – afhankelijk van naar wie je luisterde, mijn moeder of mijn grootmoeder. Daarna was hij, na een onderbreking door de militaire dienst waarin niets bijzonders gebeurde, aan een bureau komen te zitten in een glazen hokje op de managementafdeling van het hotel, waar hij met verscheidene anderen Mademoiselle Marceau deelde, de secretaresse, die toentertijd, in de dagen dat mijn ouders elkaar ontmoetten, aantrekkelijk geweest moet zijn met haar ronde vormen, maar die, toen ik haar leerde kennen, uilig en dik geworden was en altijd somber keek van onder de kwade frons in haar voorhoofd.

In het begin was mijn vader geen ideale werknemer: hij vond dat hij recht had op respect, als de zoon van zijn vader, en werd chagrijnig als hem dat onthouden werd. Hij las 's ochtends de kranten en drukte zich 's middags. Er waren jongedames om mee te dineren, om ergens landinwaarts mee te picknicken in de lentebries, of om mee een snelle tocht over de kustwegen naar restaurants aan zee te maken. Het uitstapje naar Aix moet zo'n spijbeldag geweest zijn en met het opbloeien van de liefde kan hij alleen maar vaker en duidelijker zichtbaar voor zijn bezeten vader afwezig geweest zijn. In die periode was het zijn moeder (die toen nog niet de imposante vrouw van later was, maar nog knap en slank, zonder de permanente gleuf van ongenoegen tussen haar wenkbrauwen die me als klein meisje zo bang maakte) die hem verdedigde. Alleen doordat zij telkens bemiddelend optrad, werd Jacques ervan weerhouden zijn erfgenaam aan de kant te zetten en te vervangen door een of andere enthousiaste jonge vent.

Mijn vader, die zijn eigen vader als jongen getrotseerd had door Algerijns te willen blijven, en verloren had, trotseerde hem niet opnieuw, of niet openlijk. Het moet belangrijk geleken hebben een weg te volgen die in de ogen van de wereld op een keuze leek; maar in het rijk van mijn grootvader bestond zoiets niet. Jacques had het Bellevue gebouwd voor een dynastie; achteraf moest het zo lijken alsof hij zijn dwarse zoon gekregen had voor datzelfde doel. Mijn tante, 'La Bête', had geen hoofd voor zaken, alleen een keurig katholiek verlangen naar een gezin en een angst voor haar vaders wispelturige humeur (hoewel ze zijn lieveling was, en geen kwaad kon doen in zijn ogen). Toen ze negentien was, trouwde ze, volgde haar *bon bourgeois* echtgenoot naar Genève en ging daar een leven van gelukzaligheid of van ellende leiden, waarvan haar eigen familieleden blijmoedig onkundig bleven. Dit was ook het lot dat mijn grootvader voorzien had voor zijn dochter: er werd voor haar gezorgd, haar huis was groot en aangenaam ingericht, haar zoons waren gezond en haar echtgenoot had een goed inkomen.

Maar wat mijn vader, Alexandre, betreft: toen ik klein was, leken de karige feiten van zijn tocht over de zee voor mij voldoende: de universiteit, de militaire dienst, het Bellevue vormden een duidelijke, onvermijdelijke lijn waarmee gemakkelijk de negen jaren gevuld werden voordat hij, in de verliefde stralenkrans van mijn verbeelding, weer van belang werd voor mijn verhaal. Ze leken ook voor Carol voldoende te zijn, of moeten dat geweest zijn, omdat ze nooit enige verbazing toonde over zijn beslissingen, over de klem waarin haar vriend, daarna haar minnaar, daarna haar echtgenoot, zat en die hem vasthield in zijn glazen kantoor in het Bellevue op de heuveltop dat uitkeek over de Middellandse Zee. In latere jaren leerde ze te fulmineren tegen Jacques LaBasse, maar altijd met de verwrongen gelaatsuitdrukking waarmee men fulmineert tegen het onwrikbare noodlot of tegen de onvermurwbare God. Ondanks al haar klachten geloofde ze nooit echt dat ze weg zouden gaan – ergens heen, ergens anders heen. En daarna, toen ik geboren was, en – in nog absolutere zin – toen Etienne geboren was, werden de ruzies hierover louter voor de vorm gevoerd.

Mijn vader, en zijn ouders, hadden hun redenen. Mijn grootmoeder zag in het begin niet in waarom hij Carol had gekozen, hoewel ze in ieder geval dankbaar was voor de godsdienst van mijn moeder. Maar Alexandre zag, toen hij voor de tafel met de amazones stond en mijn kleine moeder daartussenuit plukte, aanvankelijk misschien de grote uitdaging van het verleiden, een verlokking die hem al lang vertrouwd was: hij moet geweten hebben dat Carol, die zich stilletjes mooi maakte en maar hoopte, over geen van de listen van haar vriendinnen beschikte; zoals Becky het uitdrukte, was mijn moeder iemand 'die van alle kanten uitstraalde dat ze nog maagd was': zelfs ik kan het zien, in haar blik, op de foto's uit die tijd. Als je weet hoe jongemannen zijn, zou het begonnen kunnen zijn als een weddenschap tussen Guy en zijn vriend: 'Kun jij de onversierbare versieren, haar weerstand breken? Zelfs jij, ervaren rot die je bent, krijgt deze niet in je bed!' En mijn vader, die hier uitermate zeker van was, zei: 'Let maar eens op.'

Om eerlijk te zijn, geef ik toe dat hun eerste afspraak een onschuldiger karakter gehad kan hebben, dat mijn vader, geblaseerd als hij was, misschien gevallen is voor de charme van de behoedzame jonge Carol, en een onverwachte toekomst heeft proberen te vinden in haar aarzelende glimlachjes. Wat zijn eerste drijfveren ook geweest mogen zijn, hij besloot al snel – misschien de eerste keer dat ze bij elkaar zaten bij een glaasje *diabolo menthe*, kijkend naar de voorbijgangers onder wie de dame met de poedel; of de middag dat hij met haar naar Marseille reed voor haar eerste bouillabaisse en zij daar uiteindelijk een paar frivole, met schelpen bedekte sandalen kocht die rinkelden onder het lopen; en zeker toen hij haar op een zondag meenam naar het Bellevue voor de lunch en zij die middag een wandeling maakten over de *chemins de plage*, die geurden naar ceder en stof en de zee, die ik later altijd als van mijzelf zou beschouwen – dat zij zijn redding was. Zij was voor hem alles wat Amerika voor mij was voordat ik ernaartoe ging: een schitterend idee, zonder geschiedenis, zonder samenhang. Zij was niet – zoals alle meisjes aan de plaatselijke bergweg dat wel waren – op de hoogte van zijn geflirt en koesterde geen argwaan tegen zijn gemakkelijke glimlach. Wat nog belangrijker was, ze was niet geïnteresseerd in politiek; ze bleek zich slechts vaag bewust te zijn van de controverse die toen in haar vaderland speelde, en uitte slechts haar medelijden met zowel de jonge mensen die naar Vietnam gestuurd werden als hun rebellerende tegenhangers die in Amerika bleven – 'Het lijkt allemaal gewoon zo treurig,' zei ze met grote ernst, terwijl er een zachte, donkere haarlok over haar tranende oog viel. Wat Algerije betreft, en de littekens die daardoor in heel Frankrijk waren achtergebleven, daarvan was ze zo weinig op de hoogte als ging het om een conflict dat al eeuwen begraven was. Ze koos niet alleen geen partij, ze wist niet wat de partijen geweest waren; als gevolg waarvan de kant waaraan zij stond (net als dat later bij mij zou gaan), toen ze met mijn vader trouwde, voor haar gekozen werd. Toen Carol terug was in Boston en Eleanor hoorde schreeuwen als er gesproken werd over 'die smerige marteloorlog', was ze verloofd en haalde ze haar schouders erover op. Alexandre was Frans, Eleanor was dat niet: Carol zei tegen haar zus, zoals Lahou dat tegen mij had gedaan: 'Jij begrijpt er helemaal niets van.'

Mijn moeder was niet zozeer weinig nieuwsgierig als wel naïef: wat mijn vader verkoos haar te vertellen, geloofde ze. Het was altijd genoeg; er was geen reden waarom het niet waar zou zijn. Zijn moeder, en zelfs zijn vader – die, hoewel tiranniek, in ieder geval recht door zee leek – maakten de autobiografie van Alexandre geloofwaardig. Carol was veel bezorgder over zichzelf: hoe ze, terwijl ze niet Frans genoeg was, niet kon koken en, zoals haar toekomstige schoonmoeder haar vertelde, geen gevoel voor stijl had, geaccepteerd zou kunnen worden door haar toekomstige familie. Ze deden hooghartig over alles wat Amerikaans was (zelfs haar katholicisme werd beschouwd als zijnde van een inferieur en slap soort); ze zou nooit de moed gehad hebben te twijfelen aan hun wereld en de onfeilbare ritmes ervan.

Toen het allemaal voorbij was, legde mijn grootmoeder eenvoudigweg uit dat het mijn moeder nooit verteld was, omdat ze er nooit om gevraagd had.

'Mijn beste meid,' zei ze tegen Carol, waar ik bij was, 'het leek gewoon nooit van belang. Het lag in het verleden. Alexandre was "met een schone lei begonnen"; we begonnen toen allemaal met een schone lei. Toen jij ten tonele verscheen, was het zo lang geleden.' Ze ging door. 'Weet je, je ouders, we hadden verwacht dat die misschien zouden informeren. Maar dat hebben ze nooit gedaan.'

3

Er was tijd voor geweest, maar nooit de gelegenheid. De ouders van mijn moeder – die ik alleen van foto's ken: mijn grootvader Merlin, een magere bankmanager met een bril, die zijn haar dat glansde als verf over zijn schedel geplakt had, een man die ervan hield met zijn handen te werken, die in het weekend salontafels met inlegtegels maakte, en die zijn moestuin in keurige rijen had afgepaald, en die niet geveld werd door de kanker die hij had, maar door de eerste, giftige dosis chemotherapie; en zijn scherpziende vrouw Vi, die zo mollig was als een brood, en, zoals ik me altijd heb voorgesteld, naar gist rook, met haar armen die opbolden als taartdeeg, en die een assortiment stijve hoeden voor de zondagse kerkgang had, en die haar echtgenoot slechts een jaar overleefde en stierf doordat ze haar nek brak nadat ze van de trap naar het souterrain was gevallen, volgens tante Eleanor omdat ze te gierig was om het licht aan te steken toen ze afdaalde om een pot met haar vermaarde ingelegde tomaten te pakken als beloning voor een buurman die geholpen had bij het wieden van Merlins courgettetuintje – hadden ambitieuze plannen voor hun beide dochters, na het verlies van hun eerstgeboren en enige zoon ten gevolge van hersenvliesontsteking toen hij pas drie jaar oud was. Maar hun ambities reikten niet verder dan Boston, dat op een paar uur rijden lag. Hun wereld was klein. (Hoe merkwaardig, en typerend, dat hun tegenstribbelende dochter Eleanor het leven koos dat ze voor haar wilden, terwijl Carol, het evenbeeld van haar moeder toen ze jong was, uit hun gezichtsveld zou verdwijnen en naar een land zou gaan waarvan ze zich nauwelijks een voorstelling konden maken.)

Toen Carol uit Frankrijk terugkeerde, voor de zomer en voor haar laatste jaar op de universiteit, hoorde Vi trillend in haar korset aan wat het kind hun vertelde – liefde, een verloving, een Fransman – en drong ze er bij de beminnelijke Merlin op aan het meisje berispend toe te spreken.

'Het is kalverliefde, Vi,' stelde haar echtgenoot haar gerust. 'Ik werd verliefd op een meisje dat ik in Florida ontmoette, toen ik zo oud was als Carol. Maar zij hield van die moerassige hitte, terwijl ik daar galbulten van kreeg. Dat was nooit iets geworden. Ik kwam thuis, ik kwam tot rust en ik ontmoette jou. De ware voor mij.'

'Merlin, we hebben het over Frankrijk, niet over Florida.'

'Stil maar, spuitwatertje (dit was zijn bijnaam voor haar, hoewel noch mijn moeder noch Eleanor zich haar herinnert als bijzonder sprankelend). Carol is nu thuis. Ze moet nog een jaar naar de universiteit. Dat is een lange tijd. Het gaat wel over.'

'Kijk naar Eleanor en haar rare gedrag, Merlin. Is dat overgegaan?'

'Dat zal gebeuren, liefje. Het is allemaal Gods wil.'

God was het niet eens met Merlin en Vi betreffende Carols toekomst, en mijn moeder ook niet. Ze hadden niet geweten dat onder haar gereserveerdheid zo'n koppigheid schuilging, en bij Vi, die niet bekend was met populair-wetenschappelijke psychologie, kwam het nooit op dat haar eigen onverzettelijkheid er slechts toe leidde dat de wil van haar dochter aangescherpt werd.

In september had Merlin, op verzoek van zijn vrouw, aan Jacques LaBasse een brief geschreven (in het Engels, de enige taal die hij kende) waarin hij vroeg naar het standpunt van Alexandres familie inzake de verbintenis. Jacques schreef een brief terug (ook in het Engels, een vormelijke brief, geschreven met het woordenboek ernaast), waarin hij vertelde over de familieomstandigheden, het Bellevue en Alexandres goede vooruitzichten.

Als commentaar voegde hij eraan toe dat het lot onvoorspelbaar was en de jeugd eigenzinnig – een hoogdravende zin die Merlin wel voor hem innam, maar die Vi tot tranen van razernij bracht.

'Aan *die man* hebben we ook niets. Mijn god, is er niets wat we kunnen doen?'

'Daar ziet het naar uit,' zei Merlin. 'Als zij maar gelukkig is. We hebben haar een goede opvoeding gegeven.'

Niet goed genoeg, zo leek het. Met Thanksgiving vertrok Carol voor een bezoek van een week aan Frankrijk en haar verloofde, met een zachtroze pak van shantoengzijde in haar bagage en met de vaste bedoeling om te gaan trouwen. De hele herfst lang waren er al plannen gemaakt. De receptie – klein, maar deftig – vond plaats in het restaurant van het hotel en verplaatste zich voor een deel naar het terras, omdat het warm was voor de tijd van het jaar. Carol zei tegen Jacques en Monique dat haar ouders het zich niet konden veroorloven om te komen, maar hadden laten weten dat ze blij waren; en ze lichtte haar ouders pas in toen alles voorbij was. Ze ging naar huis terug, zoals gepland, maar alleen om haar spullen op te halen; en om te proberen, in een paar weken tijd, haar radeloze moeder te troosten. ('Ze zijn katholiek, mam. Het is zo mooi daar. Je moet komen kijken.')

Merlin was in ieder geval dankbaar dat Carol zich bijtijds had teruggetrokken, zodat hij zich de kosten van het collegegeld voor het voorjaarstrimester kon besparen. 'Als je maar gelukkig bent,' zei hij tegen haar; en tegen zijn vrouw merkte hij op: 'Ze heeft een glans over zich die ze nooit eerder gehad heeft. Het kan niet anders dan goed zijn. We zouden toch niet willen dat ze een grijze muis wordt die maar thuis blijft hangen.'

'Je zult er spijt van krijgen,' was Vi's laatste woord. 'Het is jouw wereld niet. Het leven is geen spelletje, weet je. Je zult nog huilend thuiskomen voordat het allemaal voorbij is.'

'Nou, dat zijn wel heel verschillende reacties, hè?' zei Eleanor, die thuis was voor het weekend. 'Hoe staan ze tegenover de vrouwenemancipatie? Daar moeten ze niets van hebben, wed ik, net als alle katholieken.'

Merlin en Vi zijn nooit in Frankrijk geweest. Bij Merlin werd aan het einde van het voorjaar kanker geconstateerd, en in juni was hij dood. Vi had geen zin in haar eentje de reis te maken. 'Wie moet er voor de katten zorgen?' had ze telkens als excuus, en Carol had daarop geen passend antwoord.

Bij aankomst in het Bellevue, waar ze hun intrek namen in een klein appartement op de begane grond van het woongedeelte, was mijn moeder aanvankelijk verrukt – verrukt van de afwisselende kleuren van de zee, van de lucht, van de sfeer van geschiedenis die er hing en van de chique Parijse gasten in het restaurant. Ze maalde er niet om dat ze niet was afgestudeerd, en had nauwelijks in de gaten dat ze het huis van de ene patriarch had ingeruild voor dat van een andere. Ze vond Jacques afstandelijk, schijnbaar niet geïnteresseerd in haar, te zeer in beslag genomen door zijn kleine koninkrijkje om meer te doen dan af en toe te glimlachen tegen de bovenkant van haar hoofd, of om haar praktische vragen te stellen in het vereenvoudigde, formele Frans dat hij ook tegen de Portugese arbeiders gebruikte. Monique was veeleisender: ze liet mijn moeder plaatsnemen aan de blinkende eettafel voor lange middagen van instructie, niet alleen in de taal, maar ook in de gewoontes van haar nieuwe thuis. 'We leggen onze handen niet in onze schoot tijdens het eten. We houden ze duidelijk in zicht. Dat is veel netter. We houden onze soepkommen niet schuin – wat een raar gezicht als je dat doet, alsof je aan het vissen bent! Je kunt veel beter soep op je eigen kleren morsen dan op het tafelkleed van de gastvrouw. Bedenk dat ze het misschien zelf geborduurd heeft! Of dat het deel heeft uitgemaakt van haar bruidsschat!'

Mijn jonge moeder probeerde verbeteringen aan te brengen in haar driekamerappartement, maar kwam daarbij alleen maar in conflict met Monique – of liever, met Madame LaBasse: Carol werd niet, toen niet en nooit, uitgenodigd om haar schoonfamilie bij de voornaam te noemen en was blij dat ze na mijn geboorte haar toevlucht kon nemen tot 'Grand-mère', zoals ik haar noemde. 'Maman' kreeg ze niet uit haar mond – en haar opvattingen over traditie, die zich zelfs uitstrekten tot binnen de vier muren van de pasgehuwden: 'Je kunt geen vloerkleed in een badkamer leggen, lieve kind – wat denk je wel? Dat is echt onhygiënisch. En ik dacht dat je deze sprei echt wel mooier zou vinden dan die gebloemde spreien die je bekeken hebt. Zoveel smaakvoller. Het is een cadeau, je moet het aannemen.'

Wat deed Carol haar best. Ze wilde heel erg bij deze nieuwe oude wereld horen. Ze liet haar haar knippen door de kapper van mijn grootmoeder, en zette de planken in de badkamer vol met de crèmes die de oudere vrouw aanbeval. Ze leerde – staand naast zijn moeder – de lievelingsgerechten van mijn vader bereiden, ze deed zout op de groenten, wat zij niet gewend was, en probeerde te begrijpen wat er goed was aan rood vlees. Ze leerde om de dunste en meest verschrompelde bonen op te markt te kiezen in plaats van de verse, stevige exemplaren die er zo aantrekkelijk uitzagen; het werd haar ingeprent dat Alexandre zijn tomaten het liefst bijna nog groen had, zijn druiven met het velletje eraf. Ze slaagde er niet om de naar gras smakende melk lekker te leren vinden, en daarom dronk ze geen melk meer. LaBasse-vrouwen, kreeg mijn moeder te horen, droegen geen oorbellen; dat was vulgair. Ze droegen geen andere ringen dan hun diamanten verlovingsring. Carol leerde om tijdens de siësta stil te liggen lezen, of anders naar buiten te glippen en te gaan wandelen; maar ze kon zich er niet toe brengen om op het heetst van de dag te gaan slapen.

Ze kon niet zeggen of ze van haar schoonmoeder, die majesteitelijke vrouw, hield of dat ze haar verachtte en, omdat ze niemand had om erover te praten – Lili, Sally en Coco waren al lang verdwenen, met hun buiten-landse herinneringen opgeborgen, samen met hun leerboeken en de als souvenir meegebrachte Provençaalse tafelkleden – dacht ze er verder niet over na: ze was afhankelijk van de oudere vrouw, die haar enige hoop was om Frans te worden. Pas toen het te laat was, besefte ze dat de recepten en uitdrukkingen die ze zo ijverig had overgenomen, totdat ze een onlosmake-lijk onderdeel van haar Franse persoonlijkheid vormden, de verouderde en oninteressante elementen waren van een Algerijns leven dat niet langer bestond, of liever dat alleen bestond in families als die van haarzelf, en als gevolg van virtuoze nabootsing alom.

Soms, zelfs in het begin, verbaasde ze zich over wat ze zo haastig had besloten, en snakte ze naar een kletspraatje in de neusklanken van haar moedertaal en naar de lome middagen waarop ze zo lang geleden met Elea-nor op de veranda van haar ouderlijk huis had gezeten, bungelend met hun blote benen en bladerend in *Mademoiselle*, of met haar over het asfalt ge-rend had om te gaan pootjebaden in de kreek vol kroos aan het einde van hun weg. Ze verlangde naar de televisie zoals zij die gekend had, en ze neu-riede in zichzelf verouderde reclamewijsjes, of zong de woorden ervan, als ze alleen in haar woonkamer was. Ze miste bovenal de losheid, maar zei tegen zichzelf dat moeilijk verkregen genoegens hun waarde hadden, en wanneer ze, helemaal bezweet, vrolijk in het huwelijksbed aan het rollebol-len was met mijn vader, verzekerde ze zichzelf dat de opofferingen het waard waren. Bovendien hoorde ze nog steeds haar moeder die met haar piepstem voorspelde dat het slecht zou aflopen ('Je zult huilend thuisko-men'), en besloot ze des te harder te proberen om te bewijzen dat de be-krompen Vi het bij het verkeerde eind had gehad.

Toen Vi stierf, kreeg mijn moeders nostalgie een ander karakter: het houten huis, en daarmee de kraakgeluiden van haar jeugd, werd verkocht (door de efficiënte Eleanor), samen met het grootste deel van de inboedel, en er was niets om naar terug te gaan. Toen begon Carol zich ongelukkig te voelen, toen begon ze te fulmineren tegen haar schoonvader, haar schoonmoeder, Frankrijk – aanvankelijk nog voorzichtig. Het leek of zij opgesloten zat in het appartement, met zijn badkamervloer die in de winter koud was en met zijn spattende kranen. De ouders van Alexandre woonden drie verdiepingen hoger, aan de andere kant van het gebouw, maar wanneer ze boven zich voetstappen hoorde, dacht ze dat die van hen waren. Ze merkte dat het hek van het Bellevue om middernacht gesloten werd en ze zei dat hun leven leek op dat van dieren in de dierentuin. Ze probeerde – om initiatief te tonen – bevriend te raken met de hotelgasten – jonge vrouwen als zijzelf, van wie sommige nog reisden met hun ouders, een Engels echtpaar van middelbare leeftijd – dat, naast elkaar gezeten op de patio, aquarellen kwam schilderen; drie Italiaanse jongens die haar vleiden en de woede van haar echtgenoot opwekten – maar zij bleven slechts een tijdje en gingen dan weer weg, naar een leven dat veel echter leek dan haar eigen leven.

In dat eerste begin had mijn vader wel degelijk oog voor de verwarring van zijn jonge vrouw, maar hij was grootgebracht in het geloof dat een vrouw zich zonder problemen en dankbaar zou aanpassen aan het leven van haar echtgenoot, en dat dit liefde was; en hij merkte en proefde en bewonderde alles wat Carol leerde van Monique ('dat gegratineerde spul was heerlijk – net zoals Maman het klaarmaakt,' zei hij dan als hoogste lof) en beschouwde dat als zijn deel van het contract. Hij bedreef vurig en vaak de liefde met haar. Hij dacht dat ze zich op den duur wel thuis zou gaan voelen.

Het was dus een opluchting voor Carol dat ze zwanger van mij was. Het was ontegenzeggelijk het beste wat haar kon gebeuren en het gaf haar het gevoel erbij te horen, een tijd lang zonder enig voorbehoud, en in ieder geval voorgoed, op een manier zoals dat niet eerder het geval was geweest. Mijn grootvader toonde belangstelling: hij hield stoelen van haar klaar en deed deuren voor haar open, zei dat ze er stralend uitzag, bewaarde voor haar de glimlach die zijn anders zo droevige gezicht deed oplichten, waarbij zijn wenkbrauwen bijna de lucht ingingen in hun trillende weelderigheid. De toon van mijn grootmoeder werd minder hard en ze ging van kritiek over op goede raad, en haar 'lieve kind' betekende een tijdlang precies wat het zei. Alexandre was teder en o zo blij. Hij streelde haar buik en masseerde haar onderrug, bracht als een ijverige spreeuw lekkere hapjes voor haar mee uit de keuken van het hotel tijdens de lunchpauze. Hij stortte zich op zijn werk en wilde dat zijn vreugde oversloeg op het terrein van het Bellevue: hij liet een groot lavendelbed ter ere van mij zaaien, verlangend om het zwermen van de bijen erboven te horen, en hij liet twee sinaasappelbomen planten als aanduiding van zijn vruchtbare verbintenis met zijn vrouw. Het ging zo goed met de tuinen onder zijn toezicht dat mijn grootvader hem ook belastte met de zorg voor de catering van het hotel: Alexandre regelde de trouwdagen van andere mensen even enthousiast alsof ze zijn eigen trouwdag waren, en nam, op eigen initiatief, de promotie van het hotel in de regio ter hand, en na verloop van tijd in het hele land. De tijd van lezingen en soupers en commissies was aangebroken. Hij wilde iedereen laten delen in zijn overvloedige weldaad, en hij wilde dat iedereen wist dat de toekomst schitterend zou zijn. Het was een eerste, korte uiting van de uitbundigheid die zich veel later, veel langer, manifesteerde tijdens de gevangenschap van mijn grootvader, de eerste – of de eerste waarmee mijn moeder in aanraking kwam – in de cyclus van geestdrift en apathie die kenmerkend was voor mijn vaders leven, de grote sinuslijnen van zijn ziel.

Daarom had ze het toen moeten weten, of erom moeten denken om ernaar te vragen. Maar ook Carol ging op in haar zwangerschap, in de nieuwe geuren en gewaarwordingen, in haar angst voor de bevalling (niet in de laatste plaats omdat die in het Frans zou gebeuren) en in de voorbereidingen voor mijn aanstaande leven. De bedgarnituurtjes en de babykleertjes van blauwe of gele ribbeltjesstof leken haar zo oneindig schattig, zo Frans. Ze ging in boeken en tijdschriften naarstig op zoek naar elegante Franse namen, en slaakte dan een kreet bij onbekende heiligen, van wie ze de geschiedenis naging en dan maar al te vaak ontdekte dat hun martelaarschap duister en bloederig was. (Marie, wat mijn eerste naam is en die van mijn tante en de madonna zelf komt, was niet moeilijk te vinden; maar Sagesse, een verzonnen naam, daar kwamen ze zelf op en ze vonden hem mooi klinken en dachten misschien en ten onrechte dat ik het kind van hun wijsheid was.) Ze vatte mijn vaders enthousiasme op als iets wat haar toekwam, de beloning voor haar lijden. Ze stelde geen vragen, zelfs niet wanneer ze wakker werd voor het ochtendgloren en merkte dat hij naakt als een beer door het appartement liep te ijsberen; of over haar heen gebogen stond, zwakjes glimlachend in het halfduister. Eens zat hij de hele nacht aan de gespikkelde formicatafel in de keuken plannen op te schrijven voor hun toekomst – voor onze toekomst – die hij niet wilde ontvouwen. Ze ging naar hem toe, met de slaap nog in haar ogen, en met haar reusachtige buik glanzend als marmer onder haar doorzichtige peignoir.

'Wat ben je in godsnaam aan het doen?' vroeg ze. Hij keek slechts even op en strekte een hand uit om mij te strelen: 'Ons leven aan het redden, mijn liefje. Ik ben ons leven aan het redden.' En hij knipoogde. 'Terug naar bed. Ga slapen. Je hebt het nodig.' Ze ging terug en viel weer in slaap, en 's ochtends, toen ze hem blozend en fris aantrof, dacht ze dat het allemaal een droom geweest was.

En toen was ik er – en wat viel er na mij nog meer te wensen? Carols dagen – en nachten – waren overvol, zoals haar gezwollen borsten dat waren met melk, en ieder tandje van mij, ieder stapje van mij, ieder woordje van mij werd vastgelegd. Hun behoeften weken voor die van mij. Ik was de hoofdfiguur geworden. En toen, niet zo lang daarna, was er Etienne: hij, die bijna geen adem kon krijgen, wierp een heleboel vragen op, maar de vraag naar hoe de laatste maanden van mijn vaders adolescentie verlopen waren, hoorde daar niet bij. Voor mijn beide ouders glipte de toekomst even heimelijk weg als een smokkelaarsbootje vanuit de kleine baai onder hun raam, en mijn vaders apathie tegenover zijn kleine zoon leek slechts een weerspiegeling van die van mijn moeder. Nu zaten ze echt vast. Maar na verloop van tijd richtte Alexandre zijn hoofd op, en begon hij met toestemming van Jacques en met diens geld de villa te bouwen die een monument voor Etiennes onvolmaakte (meer dan volmaakte) toekomst zou zijn, voor eeuwig verbonden met die van hen (deze kleine jongen zou niet opgroeien en weggaan – nooit), en het huis van ons gezin.

Zo werd de vraag eindeloos vermeden. Carol wist – het was een kraal in de familiegeschiedenis die herhaaldelijk werd opgepoetst – van het haastige vertrek van Alexandre uit Algiers, van zijn grootmoeders begrafenis op zee, van het verloren gegane appartement (waarvoor pas toen ik veertien was, precies in de maanden die ik beschreven heb, bijna dertig jaar na het gebeuren, een kleine schadevergoeding werd betaald) en van de verloren gegane familiestukken, die de paar verfomfaaide foto's, de paar lepeltjes, zo dierbaar maakten. Maar hoe zat het met zijn aankomst in Marseille?

5 ———

Zijn ouders en zuster stonden Alexandre bij de haven op te wachten en probeerden de familie Gambetta voor zijn overtocht te betalen, maar het als altijd achtenswaardige echtpaar weigerde dat. Het enige wat mijn grootvader hun kon aanbieden, was een lift naar het station (een kleine dienst, maar een die het, gezien hun bagage, nodig maakte dat Monique en haar dochter en de uitgeputte Alexandre nog een uur bij de haven bleven, die toen al vervallen was; een uur waarin mijn anders zo gereserveerde grootmoeder haar zoon niet los wilde laten en haar neus begraven hield in zijn onfris ruikende overhemd alsof hij de enige herinnering was aan de wereld, en de moeder, die ze verloren had), waar hij hen uitwuifde toen ze instapten voor de lange rit naar Toulouse en de neef van Madame Gambetta. En daarna? Daarna reed de familie LaBasse zwijgend langs de kronkelende toppen van de kust naar het Bellevue, met de slapende Alexandre achter zijn vader, die af en toe in de achteruitkijkspiegel naar hem keek en verbijsterd en ontzet zijn hoofd schudde.

Alexandre had zich dat voorjaar en in het begin van de zomer die zo ruw onderbroken was, moeten voorbereiden op zijn eindexamen. Toen hij eenmaal in Frankrijk was en de zomer voor hem lag, gaf hij te kennen dat hij er niet klaar voor was, en hij schreef zich voor de herfst in om zijn laatste schooljaar over te doen. Maar het duurde nog maanden voor het september was – maanden waarin hij zou kunnen studeren, of met vrienden een trektocht door de Alpen maken (zijn jongere zus zou in augustus naar Zwitserland gaan – toen al voelde ze zich, hoewel ze haar toekomstige echtgenoot nog niet had ontmoet, tot dat land aangetrokken), of zelfs zijn vroegere hobby weer oppakken en het strand afstropen op zoek naar meisjes (zoals een aankomend bioloog torren of fossielen opspoort), met wie hij de zonsondergang kon bekijken. Maar hij zei kortaf dat hij niet meer aan gezelschap gewend was, en bracht de ochtenden slapend door, terwijl hij zich tijdens de broeierige middagen in zijn slaapkamer ophield, waar hij niet las, zelfs niet puzzelde, maar alleen maar op de rand van zijn bed zat – vol aandacht, alsof hij op een oproep wachtte – met zijn hoofd enigszins naar het geluid van de branding gericht.

Zijn vader werd ongeduldig en gaf hem taken op het terrein. Het hotel was nog nieuw, en er was veel te doen: er moesten wandelpaden aangelegd worden, er moesten lantaarns geplaatst worden, er moesten stenen uit het struikgewas gehaald worden, waar dan weer bloemen gezaaid moesten worden. Alexandre bleek een onbruikbare werker: of hij loog en zei dat hij was gaan werken, terwijl hij in plaats daarvan naar de landtong en het vissersdorp in de diepte was gewandeld; of hij kwam te laat opdagen, wanneer de zon al brandend aan de hemel stond, en vond dan onhandig een plekje tussen de loonarbeiders, die meer last dan gemak van hem hadden.

'Hij is aartslui. Het is pure luiheid. We hebben een bloedzuiger van een monster grootgebracht,' raasde Jacques in aanwezigheid van zijn zoon. 'Moet je hem zien. Te sloom om zelfs met zijn ogen te knipperen. Knipper met je ogen, idioot. Knipper met je ogen!'

Zijn moeder zei niets terwijl haar echtgenoot de jongen afblafte, maar later, wanneer het bedtijd was, glipte ze zijn kamer binnen met een kop gloeiend hete kruidenthee ('Zo kalmerend – drink maar op!') en ging dan, een en al geduld, bij hem zitten wachten op uitleg, totdat hij zijn gezicht naar de muur keerde, terwijl de kruidenthee onaangeroerd was gebleven en koud geworden was, en alleen maar zei: 'Welterusten, Maman.'

Alexandre huilde niet (wat maar goed was; zijn vader zou hem geslagen hebben), en sprak evenmin. Hij bleef halsstarrig zwijgen. Hij kon er zich zelfs niet toe brengen zijn zus te plagen, die hem zonder resultaat constant sarde en uiteindelijk hun moeder toevertrouwde: 'Hij moet er erg slecht aan toe zijn. Hij is absoluut gestoord. Het is bijna angstaanjagend.'

'Hij heeft heimwee,' vertelde Monique aan Jacques. 'We kunnen ons de ineenstorting die hij heeft gezien niet voorstellen. Hij heeft tijd nodig.'

'Gelul. Oké, hij heeft heimwee. Hij moet werken. Zijn toekomst ligt hier. Dit is zijn thuis nu. Waarom studeert hij niet? Hij leest niet eens, godnog-aantoe. Dit is Frankrijk; hij is Frans. Hij moet verder.'

'Je weet dat het niet zo eenvoudig ligt.' Monique miste zelf de gewoontes van haar leven in Algiers, de middagen met vriendinnen die nu overal ver-spreid zaten, van Normandië tot de Pyreneeën. Ze had het gevoel dat ze haar zoon begreep. 'Opnieuw beginnen is niet altijd gemakkelijk.'

'Natuurlijk niet. Daar moet aan gewerkt worden. En die slak van een jongen kent de betekenis van dat woord niet.'

Monique ging niet tegen haar echtgenoot in. Dat had ze nooit gedaan; het was een kwestie van opvoeding en principe. Ze zei rustig: 'Ik denk dat je te hard over hem oordeelt, schat.'

'En ik denk dat jij hem verwent. Door en door.'

Alexandre wist deels niet wat hij met dit nieuwe leven aan moest. Toen hij opgroeide in Algiers en zich ergerde aan het juk van zijn vader, had hij zichzelf gezien als een populaire, plaatselijke ondernemer, misschien een restauranteigenaar zoals Gambetta. Hij had voor zichzelf een leven gezien waarin hij lekker te keer kon gaan en niet te veel hoefde te werken, in de watten gelegd door wat de stad aan heerlijks te bieden had: een elegante vrouw, een of twee concubines met een donkere huid, lekkere weekendjes weg naar de koelere lucht van de bergen, het schemerdonker onder de amandel- en jujubebomen, terwijl kleine kinderen – zijn eigen, of die van anderen – rondholden in de stuifaarde. Hij had niet aan de praktische kan-ten gedacht; zijn ambities hadden zich niet buiten zijn geboortestad uitge-strekt. Toen zijn ouders en zus naar Frankrijk waren gegaan, had hij hun vertrek bovenal gezien als een bevrijding van zijn vaders gezeur, een ver-lossing van toespraken over het belang van een praktische wiskundeoplei-ding en van het urenlang gebogen zitten over rekenproblemen die voor hem net zo oninteressant en net zo onbegrijpelijk waren als Sanskriet-tekens.

In Frankrijk was Alexandre, zowel in letterlijke als in overdrachtelijke zin, *dépaysé*: alleen de Middellandse Zee en de knoestige pijnbomen waren vertrouwd. Hier had zijn vader een door een hek omgeven bouwsel neergezet dat voor de familie en het huis van de familie stond. De ambities van Jacques voor zijn zoon hadden een heldere, vaste vorm aangenomen, zoals die van Alexandre zelf, die altijd duisterder geweest waren, vervlogen waren; mijn vader, in wie het nemen van initiatieven nooit was aangemoedigd, voelde zich gefrustreerd en verstikt. Wat zich buiten het hek van het hotel bevond, had net goed Zanzibar of Miami kunnen zijn: hij wilde het niet weten. Maar hij kon ook niet ademen in zijn vaders huis. Hij begon die zomer te lijden aan astma-aanvallen ('Allergieën,' concludeerde zijn moeder. 'Komt het door de jasmijn? Door de lavendel? Door de melk?'). Doordat hij weinig sprak, had hij, toen het augustus was, het gevoel dat hij het vermogen om de meeste woorden te vormen, verloren had: hij kon gewoonweg niet praten. Eten werd ook moeilijk. Zijn adamsappel leek een vette, draderige pit in zijn keel, waarlangs slechts af en toe een slok water kon glijden.

In zijn dromen – heldere, verhitte dromen waaraan hij zich zo lang mogelijk vastklampte, aangezien ze zoveel levendiger waren dan de uren dat hij wakker was – liep hij de vertrouwde route van het appartement van zijn grootmoeder naar de haven, waar geen leven heerste en waar het leeg was. Hij proefde de bittere smaak van roet in zijn keel, hij liep iedere keer sneller, zijn stappen weerklonken, zijn heen en weer schietende ogen tuurden in stegen en in ramen naar sluipschutters, en zijn hart bonsde als een gong. In de dromen wist hij dat de laatste boot was vertrokken, dat hij achtergelaten was, maar dat er iets heel belangrijks op hem wachtte, als hij maar op tijd, en levend, bij de haven kon komen. Soms klonken er schoten en dan dook hij bevend weg in een deuropening of ging hij onder een auto liggen; soms kwam hij zover als het Place du Gouvernement met zijn vijgenbomen en het ruiterstandbeeld van de robuuste Duc d'Orléans (hij was er bijna!) en merkte dan dat het op het plein krioelde van de moslimjongeren die schreeuwden en wezen en op hem afstormden en aan zijn kleren rukten; soms kwam hij een fiets tegen of een auto waarmee hij zijn tocht kon versnellen en ontdekte dan dat de banden leeg stonden of de motor het niet deed. Nooit, hoezeer hij ook doorging, hoezeer zijn halfbewuste geest er ook op aandrong dat de droom moest vergaan, nooit slaagde hij erin de haven en de geheimzinnige belofte daar te bereiken.

Alexandre dacht er niet over om weg te lopen; hij kon nergens heen. Wat hij bovenal niet wilde, was wakker worden in de wirwar van lakens en naar de donderpreken van zijn vader luisteren. Hij wilde helemaal niet bestaan.

In september volgde Alexandre, nadat hij zich als een pop door zijn moeder had laten aankleden, zijn zus naar de stad, naar het lycée – ja, hetzelfde lycée, met zijn met keien geplaveide voorplein, en ongetwijfeld met dezelfde conciërge met de uitpuilende ogen die in mijn tijd de gangen schrobde. Hij werd mager (moeilijk voor mij om me voor te stellen, maar het is waar); hij friemelde aan zijn manchetten. Hij verschool zich achter in de klas en keerde zijn gezicht als vanzelf naar het licht van het raam. Het Frans van de leraar klonk hem vreemd in de oren; zijn gladde pen wilde niet tussen zijn vingers blijven zitten; hij maakte geen aantekeningen.

Als hij niet zo knap was geweest, was hij misschien ontsnapt aan de kritische blik van zijn medestudenten, zij het niet van zijn leraren. Maar de meisjes flirtten met hem, en de jongens zagen hierin een reden om hem te pesten. Wanneer hij zijn mond opendeed, bespotten ze hem om zijn accent; ze maakten zijn kleren belachelijk; ze scholden hem uit voor zonderling, racist, Afrikaan. Ze verwensten zijn afkomst en zijn aanwezigheid. Ze spraken de politieke opvattingen van hun ouders na en leverden commentaar op de Algerijnse oorlog, in een kring om hem heen staand alsof hij een fles bier was. Hij zei niets, wat hen alleen nog maar kwader maakte. Hij vertelde het niet aan zijn ouders of zijn leraren; en zijn zus, die getuige was van zijn dagelijkse straf, hield stijf haar mond dicht, en probeerde zich – door zich schuil te houden in haar groepje vriendinnen – van deze paria te distantiëren.

'We woonden tot deze zomer niet eens in hetzelfde huis,' vertrouwde ze degenen toe die wilden luisteren, 'en toen hij aankwam, was hij totaal iemand anders. Het is alsof ik hem nooit gekend heb. Hij maakt me bang. Hij eet niet.'

Toen, op een keer tijdens de lunchpauze, op een stille winterdag, barstte Alexandre, als een geest die uit steen bevrijd is, in razernij los en tuigde hij een van zijn kwelgeesten af. Hij brak de neus van de jongen en scheurde zijn trommelvlies, terwijl de halve school – waaronder Marie – in een halve kring eerbiedig toekeek. Voordat de directeur uit zijn dutje na het eten was ontwaakt en naar het schoolplein was gestrompeld, was mijn vader gevlucht – zijn jasje en schooltas lagen in een hoopje bij het hek, en zijn overhemd zat onder het bloed.

Hij verdween. Hij ging niet naar huis. Hij was niet gezien in de bus of in de straten van de stad. De nacht viel en nog steeds was er geen spoor van hem te bekennen. Het werd ochtend en zijn bed was leeg. Jacques ging tekeer; Marie kromp ineen; Monique bedacht van alles en was op van de zenuwen. Men begon een zoektocht. Er werd gezocht op het station en in de marinekazerne. Een team van politieagenten zocht het gras op de berghel-

233

ling achter de stad af. Zelfs mijn grootvader hield op de tweede dag even op met razen om te gaan bidden. Mijn grootmoeder sloeg de deken van Alexandre terug en liet het lampje naast zijn bed aan. Ze had gedacht dat ze hem begreep, maar kon haar wil aan zijn geest niet opleggen. Ze zaten gevangen, twee nachten en drie dagen – een betrekkelijk korte tijd – zoals Alexandre in zijn grootmoeders appartement gevangen had gezeten, in het moment tussen het verleden en de rest van hun leven.

Een visser in het onder het Bellevue gelegen dorpje vond hem, voor het vallen van de avond op de derde dag, in elkaar gedoken, half bewusteloos en bevend in een verlaten huisje aan het eind van de enkele rij huizen die het dichtst bij de rotsen en de beukende wintergolven lagen. De visser was op verzoek van zijn vrouw op zoektocht gegaan, niet naar mijn vader maar naar zijn weggelopen kat, een dikke oranjekleurige poes die vanwege de jongen die komen gingen het huis uitgelopen was op zoek naar afzondering.

Aanvankelijk dacht de visser dat mijn vader dood was. In de keel van de man kriebelde het door de doordringende stank van urine en braaksel. Hij zag de hoek waaronder de jongen in elkaar gezakt was, en zelfs in het schemerdonker kon hij het bloed op zijn overhemd zien. En toen hoorde hij, tussen de golven door, het krakende gerochel van mijn vaders ademhaling en zag hij de flessen die omgekeerd om hem heen op de schimmelige vloer stonden.

Op de een of andere manier, ergens vandaan, had mijn vader zowel slaappillen als cognac weten te bemachtigen (was dit gepland? Was dat allemaal maandenlang opgespaard? Waren de pillen zo oud dat ze van zijn grootmoeder konden zijn en had hij ze tussen de waardevolle spullen in zijn zak van zeildoek gestopt voor noodgevallen? En de cognac: noch toen noch later gaf enige winkelier toe hem gezien te hebben, een bebloede jongen met wilde ogen, laat staan hem de beker der vergetelheid aangeboden te hebben) en had hij geprobeerd een einde aan zijn leven te maken. Op een ondeskundige manier, zoals bleek, maar met grotere overtuiging dan zijn eigen vader voor mogelijk had kunnen houden. Hoewel Alexandre nooit het gevaar had gelopen dat hij werkelijk aan de giftige stoffen zou bezwijken, had hij in die tweeënzeventig uur niettemin een zware longontsteking opgelopen, deels door zijn verzwakte toestand, deels doordat hij half ontkleed was en de zeelucht zo fel koud was. Badend in het zweet en gloeiend heet, werd hij als een karkas de weg opgesleept naar een ziekenwagen. Hij ging bijna dood, niet direct door wat hij zichzelf aangedaan had, maar zeker wel door zelf de bedoeling te hebben om dood te gaan.

Het herstel verliep langzaam; mijn vader had een nieuwe plek, een die verder weg lag, om vandaan te reizen. Toen hij aangekomen was, was hij een andere jongeman, een die meer leek op – maar niet precies hetzelfde was als – de jongen die hij geweest was voor zijn problemen begonnen, de jongen die hij aan het worden was in het huis van zijn ouders in Algiers. Met dit verschil: hij deed wat hem gezegd werd. Hij leek de tirannieke leiding van zijn vader te verwelkomen, en als het slechts schijn was, dan verborg hij zijn echte gevoelens goed. Het was alsof de cognac, of het spoelwater, hem volledig van zijn verlangens had gezuiverd, zodat de verlangens van anderen hem konden vullen en vervullen. Nee, dit is niet helemaal waar: hij kreeg zijn verlangen naar meisjes terug, zijn aard van vrouwenverleider. Wat ook gezien kon worden als een bereidheid door ieder meisje begeerd te worden. Een kwikzilverachtig iemand van vele gedaanten, speelde hij de ernstige student voor de jonge bibliothecaresse; de brutale vleier voor de cynische serveerster; de mannelijke Marianne voor mijn moeder.

Alexandre wachtte tot de volgende zomer voorbij was en ging in het najaar terug naar hetzelfde lycée en begon voor de derde keer aan zijn laatste schooljaar. Leerlingen die zich het voorval van de winter ervoor herinnerden, snapten niet dat de soepele, gespierde knul dezelfde persoon was als zijn stuurse voorganger, en accepteerden op de een of andere manier dat deze Alexandre LaBasse, een charmante pleziermaker, heel letterlijk een nieuwe leerling was. Dus zijn leven hernam zijn loop: hij studeerde, hoewel niet hard; hij had afspraakjes; hij maakte grappen en haalde streken uit; hij slaagde voor zijn examens en ging naar de plaatselijke universiteit voor nog een aantal op dezelfde manier doorgebrachte jaren. Zijn inzinking werd nooit meer door zijn ouders ter sprake gebracht, behalve tegenover elkaar. Carol vroeg er niet naar, en kreeg het niet te horen, tot het te laat was.

6 ⸺

In het voorjaar van 1991, een kleine maand voor mijn zestiende verjaardag en niet lang na Pasen, twintig jaar nadat mijn ouders waren gaan samenleven, op een heldere ochtend aan het einde van april, toen de uitbottende, citroenkleurige bladeren aan hun takken dansten en een onderzeeër in de haven vóór het ontbijt voor lucht naar boven kwam (ik herinner het me duidelijk: mijn vader die op het grasveld, op espadrilles die nat van de dauw waren, met behulp van een verrekijker de zeelui aan het tellen was die uit het luik omhoogkwamen en blij waren dat ze land zagen), gaf mijn vader, in zijn gesteven, gestreepte overhemd, ons een voor een een kus, een nattere kus dan gebruikelijk, zodat ik wat speeksel van mijn wang veegde, en deed hij de voordeur achter zich dicht met een zachte klik. Het was vroeg, vooral gezien het feit dat zijn enthousiasme voor het Bellevue verflauwd was, en hij vaak heel lang over het ontbijt deed – toost, en nog meer toost, met heel veel jam – tot nadat ik al naar school was.

'Zo vroeg?' vroeg ik mijn moeder.

Zij stond in haar peignoir bij het aanrecht ergens anders aan te denken en friemelde aan de draden van haar ceintuur. 'Hij zegt dat hij een heleboel vergaderingen heeft.' Ze keek chagrijnig. 'Dat zegt hij tenminste.'

'Dan heeft hij die waarschijnlijk ook.'

'Ongetwijfeld.'

'Ga je vandaag bridgen?' Het was een donderdag, de dag waarop, in dat jaar, mijn moeder en grootmoeder zich aansloten bij een derde Samaritaan en de zieke Titine bezochten, een pas aan huis gekluisterde vriendin van bijna zestig met ernstige en chronische ademhalingsproblemen, die eens per week al bevend en piepend een fiere robber uitspeelde voordat ze haar gasten beloonde met gekoelde port en de befaamde kaasstengels van haar huishoudster.

'Natuurlijk. Nou, schiet op, anders kom je te laat.'

De dag was voor mij als iedere andere dag. Ik was, net als mijn vader vóór mij, een leerling die zich opnieuw had moeten bewijzen; maar, anders dan hij, werkte ik hard en wilde ik het ver brengen. Mijn vriendschappen van dat jaar waren, zonder dat er sprake was van vijandigheid, verwaterd tot een beleefde begroeting (behalve met Frédéric, met wie ik nog steeds een praatje maakte, en die mij soms achter op zijn scooter naar huis bracht) en ik had een ernstige tweeling gevonden die pas in de stad gekomen was, slungelachtig, beiden met bril, met wie ik mij aan de rustige periferie van de gemeenschap van de school kon bewegen. Die dag in april slenterde ik met Aline en Ariane naar de bibliotheek na schooltijd – zoals ik iedere dag deed; zoals ik anderhalf jaar daarvoor mijn moeder met schijnbare oprechtheid verzekerd had dat ik deed – en was tot na zessen verdiept in de Franse Revolutie. Ik zou graag beweren dat ik een voorgevoel had, een plotseling inzicht of zelfs maar een spiertrekking in mijn borst waaraan ik geen aandacht had geschonken; maar als ik dat deed, zou dat een leugen zijn. Die dag, mijn dag, was heel gewoon, afgezien van de even geziene onderzeeër en het terugkeren van een vlokkige uitslag op de onderarmen van de tweeling, het verenigde protest van hun huid tegen de spanning van een naderend proefwerk.

Ik miste de politiewagen, die om vijf uur onopvallend was gekomen, zonder sirenes, en weer was vertrokken, met de belofte om terug te komen en mijn moeder op te halen. Maar mijn grootouders waren bij haar en bij mijn broer in de woonkamer, en ik merkte aan de kromme houding van mijn grootvaders rug, aan de onheilspellende stilte toen ik binnenkwam, dat er iets aan de hand was, iets ergs. De manier waarop ze zich allemaal om-keerden, op de gepruttelde aanwijzing van mijn broer, en me aanstaarden alsof ik een geestverschijning was; dat ze mijn voetstappen in de hal niet gehoord hadden, hoewel geen van hen iets zei; dat niemand eraan gedacht had om een lamp aan te doen, hoewel bepaalde hoekjes van de kamer een poedergrijze kleur begonnen te krijgen; dat mijn moeder probeerde iets uit te roepen en dat niet leek te kunnen en onhandig naar mij toeschoot, en toen probeerde (met zulk een merkwaardige kracht – het is de druk van haar armen, die ik me herinner, de opgekropte wil in die armen), hoewel ik langer was dan zij, mijn gezicht tegen haar boezem te drukken, zichzelf groter te maken, zo groot dat het bij de gelegenheid paste.

Er werd niet hysterisch gedaan. Het was de zwarte stilte die veelzeggend was, het ontbreken van woorden. Er waren geen woorden, geen tranen, geen woede die toereikend waren. Bovendien waren we verward. Had ik niet, en had mijn moeder niet, mijn vader vervloekt in de voorafgaande maanden, en meer dan eens die niet terug te nemen woorden geuit: 'Ik wou dat je dood was.' Je moet voorzichtig zijn met wat je wenst; mijn eerste gedachte (en steeds weer opnieuw daarna, en soms nu nog) was dat mijn wil hem gedood had, dat het mijn schuld was (en evenzeer die van mijn moeder als die van mij: onze schuld, zoals de moeder en dochter in *De vader* van Strindberg). Of misschien was het de schuld van mijn grootvader, of zelfs van mijn grootmoeder, die hem verdronk in haar gezuiverde liefde, die zo koud was als zuiverende alcohol. Of zullen we de schuld geven – zoals we hem van alles de schuld zouden kunnen geven (en hij neemt de schuld op zich; hij zou die niet kunnen weigeren; en toch glimlacht hij) – aan Etien-ne?

En hoe veelzeggend is het – over wat we wisten zonder iets te zeggen, over wie hij was en wie wij waren – dat niet een van ons, toen we te horen kregen dat Alexandre LaBasse zich van het leven had beroofd (weer een schietwapen, een ander, een kleiner; en waar – een mysterie zoals de cognac en de pillen van jaren eerder – had hij het vandaan?) uitriep: 'Nee, het is niet mogelijk. Hij niet!'

7

Mijn vader had geen vroege vergaderingen gehad. Hij had die dag helemaal geen vergaderingen gehad. Hij had de avond ervoor een memo achtergelaten voor Mademoiselle Marceau, die altijd met hem samengespannen had in zijn bedriegerijen, waarin hij haar vroeg zijn lunch met de directeur van de plaatselijke vereniging voor vreemdelingenverkeer af te zeggen, en haar eraan herinnerde dat de sollicitatiegesprekken met potentiële koks voor het restaurant overgelaten konden worden aan de manager van de cateringafdeling ('Zij kan best de gesprekken van de eerste ronde doen,' had hij geschreven). Mademoiselle Marceau nam aan, zoals ze dat altijd deed, dat 'er iets tussen gekomen was', wat inhield dat hij een afspraak had met een of andere jonge slet die zo dolgraag St. Tropez wilde zien voordat het seizoen in volle gang was. Als een Cerberus bewaakte zij mijn vaders lege kantoor en wist vragen naar waar hij was zo te beantwoorden dat niemand wist waarom hij niet was waar hij moest zijn. Mijn moeder had om twaalf uur gebeld en had alleen te horen gekregen dat mijn vader 'naar buiten was gegaan'; en mijn grootmoeder, die 's middags bij zijn kantoor langsgegaan was met een vaas seringen uit haar daktuin, kreeg te horen dat Monsieur LaBasse langer dan verwacht was opgehouden aan de andere kant van de stad.

Hij verliet ons rond halfacht; binnen het uur was hij dood volgens de lijkschouwer. Van ons huis reed hij weg van de stad, langs het hek van het Bellevue, en bleef hij rijden, met zijn raampje omlaag en met het als volle zeilen klepperende dak open voor de warme wind, waardoor de zon ongetwijfeld naar zijn voorhoofd en de achterkant van zijn schedel reikte om ze kussen. Hij reed door de ochtenddrukte van de afgelegen dorpen, langs de rijen kassen waarin 's winters bloemen worden gekweekt. Hij reed. Er zat een cassette met pianomuziek van Debussy in de cassettespeler, hoewel die niet aan stond toen hij gevonden werd. Ik stel me voor dat zijn laatste rit verzacht werd door het ruisende gekabbel van die muziek, de muziek waarvan zijn grootmoeder zo hield.

Hij sloeg een nauw pad in dat naar het pijnbomenbos op de derde landtong vanaf de stad leidde, een plek waar we de afgelopen jaren hadden gepicknickt. Hij had daar ongetwijfeld vele andere keren en onlangs nog gepicknickt; het was een idyllisch plekje voor geliefden. Hij zette de motor af; zijn dierbare, zwarte BMW stond naar de zee gekeerd, met de neus tussen twee machtige, gebleekte boomstammen, en met de wielen op een zacht bed van gedroogde naalden van vorig jaar. Hij stapte uit de auto: hij liep naar de top van de rotsen en ging zitten – er zat stuifaarde op de achterkant van zijn broek toen hij werd onderzocht – en keek naar de kolkende waterstroom die tegen de beneden gelegen rotsblokken sloeg, en kreeg misschien zelfs druppels op zijn handen, of op het witte vlees dat zichtbaar was tussen zijn sokken en de omslagen van zijn kamgaren pak. Hij had in zijn broekzak een rozenkrans: hij haalde die eruit en liet de kralen, de kralen van zijn levensverhaal, rollen en ging met zijn duimnagel in de ruimten tussen de kralen, voelde eraan, en probeerde die tussenruimten zo ver uit te rekken dat er een vinger tussen paste; het lukte niet. Hij zat daar niet lang (dat had niet gekund, als de lijkschouwer gelijk had); hij bevond zich niet langer in de gapende kloof van zelfbeschouwing. Hij wist wat hij deed. Maar hij wilde dat zijn laatste blik gericht was op zijn geliefde zee, en dat hij in zijn neus de zoete, droge geur van de pijnbomen had; hij wilde zich het zout op zijn wangen herinneren, de manier waarop de zeewind onder zijn kleren kroop en prikte op zijn behaarde huid.

Hij liep terug naar de auto. Hij was heel precies, mijn vader: hij deed de deur achter zich dicht. Hij deed het handschoenenvakje open, haalde de revolver eruit, deed het vakje weer dicht en deed het sleuteltje weer in het contact. Hij keek nog één keer naar het water, hoorde het gefluister en ge- murmel van het bladerdak boven zijn hoofd. Hij hoorde het zwakke brom- geluid van een motorboot die in de verte tufte en dichterbij kwam. Hij keek goed in de achteruitkijkspiegel om er zeker van te zijn dat de plek op hem na verlaten was. Zijn jasje lag keurig gevouwen op de achterbank. Hij maakte zijn das niet los; wel trok hij zijn sokken op, zodat deze niet slordig om de enkels van zijn lijk zouden zitten. Hij pakte de revolver op, een 0.38: het zilveren wapen zweefde tussen hem en het uitzicht, tussen hem en zijn onzichtbare thuis aan de andere kant van de oceaan, recht naar het zuiden, het thuis dat slechts ademde in de voltooid verleden tijd, in de werkwoords- tijd waarin er een toekomst geweest was. En hij haalde de trekker over.

7

1 ————

Maar dat was later. Meer dan een jaar later. En het was noch voorstelbaar noch mogelijk in de eerste maanden van het nieuwe decennium, in het begin van 1990, toen mijn grootvader in de gevangenis zat en mijn vader, vervuld van hoop en de kortstondige sensatie van een nieuw leven, zich in het hier en nu euforisch toonde.

Na die dag met Lahou, Sami en Jacquot en de eigenaardige ontmoeting met mijn vader, die ik aanvankelijk niet begreep, veranderde de vorm die mijn leven (onze levens) had opnieuw, als een caleidoscoop waaraan met een goddelijk handgebaar zachtjes gedraaid wordt. Ik was opnieuw alleen, en hield me op de been met de briefwisseling met Thibaud, waarin ik niet-bestaande vrienden en feesten beschreef. Thibaud was vol bewondering voor mijn moed en stond erop dat ik bij al dat gefeest tijd zou vrijmaken voor mijn schoolwerk; hijzelf, zo verzekerde hij mij, studeerde vrijwel alleen maar (er waren er meer die verhalen konden verzinnen: later hoorde ik dat hij vanaf oktober verwikkeld was in een hartstochtelijke liefdesverhouding met de Deense au pair die voor de kinderen van zijn nicht zorgde. Ze was negentien, een oudere vrouw, met haar dat zo blond en fijn was als zijden draden. Toen ik dat hoorde, stelde ik mij haar schedel voor als bedekt met smerige zijdewormen die druk aan het spinnen waren), en hij had zijn zinnen gezet op *Sciences Po*, waarvoor mogelijk een extra voorbereiding van een jaar of twee nodig was maar die dat waard waren. Zijn eigen vader was een *Polytechnicien*, maar Thibaud had een hekel aan de bètavakken, vooral omdat hij er niet goed in leek te kunnen zijn. Dit alles vertrouwde hij mij toe (uiteindelijk met inbegrip van de vriendin, maar pas toen hij ten slotte kenbaar maakte dat hij in de zomer niet op reis zou gaan met zijn ouders en mij dus niet zou zien, omdat hij naar Noorwegen en Denemarken ging, en niet in zijn eentje), en hij moedigde mij aan verder te kijken dan de muren van mijn kleine leventje; en daarvoor was ik hem – en ben ik hem nog steeds – dankbaar. In het verre Parijs hield hij mijn hand vast in de maanden die volgden, en hoewel wat wij elkaar schreven vol zat met leugens kreeg ik er een moed en een geduld door die ware vriendschap inhielden.

Omdat ik echter in mijn directe omgeving geen vrienden had, werd ik lui. Ik voelde mij alsof mijn lichaam trilde als een op het strand aangespoelde kwal, met onduidelijke uiteinden, die zich niet kan voortbewegen. Ik sleepte me naar school en weer terug naar huis; ik huilde zoute stroompjes tranen om televisiereclames voor yoghurt en zonnebrandolie. Ik begon de krant te lezen – niet de plaatselijke krant, die het voor mij verbruid had vanwege de manier waarop mijn familie erin beschreven was, maar *Le Figaro*, en soms als een intellectuele oefening *Le Monde* (het was een inspanning om die ononderbroken lappen tekst te lijf te gaan), die ik tijdens het lunchuur aan mijn tafeltje las en voor de conciërge achterliet als ik naar huis ging.

Thuis: door die middag in januari was het er ook voor mij onaangenamer geworden. Ik kwam te weten door wat ik las dat niet alleen Sami, maar grote delen van de bevolking, een afschuw hadden van de politieke standpunten van mijn grootvader; maar ook – en op de een of andere manier wist ik dat ik dat altijd geweten had – dat zij onze geschiedenis afgrijselijk vonden, een verraderlijke vervuiler in het aquarium van de Franse eer. De vleesgeworden fout van Frankrijk, de *pieds-noirs*, en met hen de harkis, waren simpelweg schuldig doordat ze bestónden. In het verhaal van de natie was de familie van mijn vader een weerzinwekkend embleem, dat door de omstandigheden niet alleen verbonden was met de wrede – en nooit verklaarde – oorlog van hun eigen land, maar in duistere historische schande ook met de collaborateurs van Vichy en nog verder terug met de lelijkste uitwassen van de zaak-Dreyfuss.

Augustinus en Camus mochten dan de beroemdste zonen van Algerije geweest zijn, maar de luidruchtigste voorvechter van de vroegere kolonialen op dit late tijdstip in de geschiedenis was helemaal geen Algerijn: dat was Jean-Marie Le Pen, die vanuit de kranten met zijn varkensogen en dunne lippen geregeld boze blikken de wereld inwierp. Dit was de politieke stem van mijn grootvader – en misschien onvermijdelijk ook die van mijn vader, al verhief hij deze nooit – de bittere jammerklachten van degenen die gestreden hadden voor het katholicisme en een nostalgisch ideaal van Frankrijk, een zuiver Frankrijk dat mij vanwege mijn Amerikaanse moeder als 'buitenlander' zou bestempelen, en dat ook deed (van de andere kant was mijn *pied-noir*-vader alleen een buitenlander voor de grote meerderheid). Mijn familie geloofde in een land dat niets met hen te maken wilde hebben, liever gewild had dat zij een eervolle martelaarsdood gestorven waren in Algerije en een enkele herdenkingsboog gekregen hadden op kruispunten in grote steden, en hen voor de rest het liefst wilden vergeten.

Uit omzichtigheid met mijn vaders familie probeerde ik mijn moeder ernaar te vragen, te vragen wat er gebeurd was en waar mijn familie stond.

'Het is zo ingewikkeld, liefje,' zei ze. 'En zo triest, voor alle betrokkenen. De meeste mensen – zoals je grootouders en je vader – waren gewoon mensen die hun eigen leventje leidden. Ze hadden er niet om gevraagd om in die ellende geboren te worden, en ze kwamen hierheen om "met een schone lei te beginnen" – zo noemt je grootvader het. Ze hebben grieven – gerechtvaardigde, als je het mij vraagt – over hoe ze behandeld zijn. En ze zijn hun huis kwijtgeraakt. Maar je kunt niet in het verleden leven; je moet met de kaarten spelen die je gekregen hebt. Uiteindelijk zijn mensen gewoon mensen.'

'Waarom haten ze de Arabieren dan? Dat zijn ook gewoon mensen.'

'Onzin. Ze haten de Arabieren niet. Om te beginnen houden ze van Zohra en ook van Fadéla. Bovendien ligt het ingewikkeld. Ik kan het absoluut niet begrijpen, of uitleggen. Ze zijn wat ze zijn.'

'Maar dat hoeven ze niet. We kunnen allemaal keuzes maken. We kunnen ervoor kiezen om anders te zijn.'

'Nu hoor ik je tante Eleanor praten. En misschien geloofde ik dat ook, toen ik jong was. Toen ik hier kwam. Maar soms valt er niet veel te kiezen.'

'Dat kun je niet geloven.'

'Kun jij ervoor kiezen om niet te chagrijnig te zijn? Kun je ervoor kiezen om mooi te zijn, of briljant? Kan Etienne ervoor kiezen om te lopen?'

'Je kunt een heleboel dingen kiezen. Ik zou er bijvoorbeeld voor kunnen kiezen om boeddhist te worden…'

'Dat zou je kunnen doen.'

'Of ik zou me kunnen bekeren tot de islam. Of ik zou een atheïste kunnen worden, en dat zou een keuze zijn.'

'Het zou om iets meer moeten gaan dan om een simpele keuze, liefje, anders zou het helemaal niets voorstellen. Het zou dan zijn als met een vroegere vriendin van me die de kerk waarin ze trouwde alleen maar koos omdat ze de glas-in-loodramen zo mooi vond.'

'Wat wil je daarmee zeggen?'

'Dat we niet kiezen wat we geloven, of wat we niet geloven. Dat wil ik ermee zeggen. En als we dat wel doen, dan houden we onszelf voor de gek.'

'Nou, dan geloof ik jou niet.'

'Dat moet je zelf weten. Help me dan nu maar even met dit beslag. Als je met een paar druppeltjes tegelijk de melk erin wilt gieten, terwijl ik blijf roeren…'

Misschien had mijn moeder dan wel geen keus toen ze haar vertrouwen in mijn vader verloor. Jarenlang had ze gedaan alsof ze niet zag hoe traag hij was en dat hij af en toe uit het zicht verdween. Misschien had Magda, toen ze op het punt stond om te vertrekken, haar iets in haar oor gefluisterd. Misschien hadden mijn ouders, toen mijn grootvader eenmaal achter slot en grendel zat, eindelijk alle twee geloofd dat hun echte leven ging beginnen; was gedrag dat onzichtbaar aanwezig was geweest in het schemerdonker van doen alsof, plotseling overduidelijk. Misschien was mijn onbezonnen vader zo onvoorzichtig dat hij met lippenstift op zijn kraag thuiskwam of met oorbellen in zijn jaszak. Als ze hem voordien altijd geloofd had (ze had er toch zeker voor gekozen om hem te geloven?), dan was er iets veranderd. Misschien had ze hem gezien; misschien had een van de dames met wie ze vriendschappelijk optrok hem gezien. Het doet er niet toe; zoals zij het zag, was het geen keuze.

Laat op een winderige avond in maart, een aantal maanden na het incident met Lahou en de jongens, toen ik langzamerhand weer was gaan geloven dat mijn familie, hoe afschuwelijk die ook was, de enige zekerheid was die ik had – een avond waarop mijn vader niet meegegeten had en pas tegen de tijd dat ik naar bed ging boven water gekomen was – werd ik wakker van het gegil van mijn moeder. Het klonk helemaal niet alsof zij het was, zodat ik eerst dacht dat het Etienne was, die een of andere vreselijke aanval had. Ik sprong op uit mijn bed en rende de overloop op; maar Etienne lag in zijn bed te snurken. Flarden van de geluiden die mij zo beangstigden, stegen op van de woonkamer beneden. Mijn volgende gedachte was dat mijn moeder, terwijl ze zat lezen, aangevallen was door een insluiper – misschien had Sami een stel maten opgetrommeld om in te breken in het huis van mijn ouders – en ik stond boven aan de trap te aarzelen, me afvragend of ik naar de kamer van mijn ouders zou gaan en daar de politie bellen. Toen hoorde ik de welluidende basstem van mijn vader; ik zag het voor me: hij proberend haar in zijn armen te nemen, haar woede zo te bedaren dat deze overging in onderdrukt gesnik; zij als een wanhopige nachtvlinder met haar armen zwaaiend en tegenspartelend. Hij klonk onverstoorbaar, maar ik wist wel beter. Hij vertoonde precies hetzelfde patroon als een zomerse onweersbui: het langzaam komen opzetten, het donker worden van de lucht, de angstaanjagende kalmte, het groen worden van het landschap en het onheilspellende geritsel; en dan het in gelijkmatige woede losbarsten, dat verwacht werd, maar toch altijd als een verrassing kwam. En na een tijdje met tussenpozen het donderen, en dan weer de kalmte, terwijl niets erop wees dat de gebeurtenis ooit had plaatsgevonden.

Na even geaarzeld te hebben ging ik op de bovenste trede zitten en begon ik te luisteren, met mijn kin naar voren, sabbelend op de onderste punten van mijn haar, met mijn nachthemd stevig over mijn knieën en onder mijn ijskoude tenen getrokken, terug in de biechtvadershouding van mijn jeugd, als ze 's avonds ruziegemaakt hadden om het tirannieke gedrag van mijn grootvader of de bemoeizucht van mijn grootmoeder, om mijn vaders onverschilligheid en mijn moeders gefrustreerdheid, om wat er met Etienne moest gebeuren of om hoe ik mijn vakantie zou doorbrengen – of soms om de afschuwelijke dineetjes die mijn vader had geregeld, of om geld voor reparaties in huis, of om hoe nutteloos de tuinman was – eigenlijk om alles, en altijd was er wel iets, schijnaanvallen, provocaties, allemaal bedoeld om maar niet onder ogen te zien dat ze in wezen niet bij elkaar pasten, dat mijn moeder vreselijk eenzaam was en mijn vader zwak.

Maar deze ruzie klonk anders. Het hoge gejammer van mijn moeder hield niet op en de donderslag van mijn vader bleef uit. Mijn vader was niet bezig te winnen; hij probeerde niet eens om te winnen. Ik ving vreemde woorden in de woordenvloed van mijn moeder op: 'vernedering' en 'leugens'; 'de waardigheid van een prairiehaas'. Ik huiverde. Ik luisterde, terwijl de stem van mijn moeder een octaaf zakte, dan weer omhoogging, niet tot bedaren kwam. Ik overwoog om de trap af te lopen, tranen op mijn wangen forcerend zoals ik gedaan had toen ik klein was: ze waren er altijd door gestopt en ze hadden zich altijd naar mij gekeerd, het zwakke wezentje dat zij geschapen hadden, en ze hadden hun meningsverschil opzijgezet. Mijn vader droeg me dan terug naar bed, of mijn moeder nam me bij de hand mee, en een van beiden stopten ze me dan in en streelden ze mijn haar tot ik in slaap viel, heimelijk trots op wat ik bereikt had. Ik had niet het idee dat ze nu blij met mijn komst zouden zijn; ik was te oud en ik wist te veel. Misschien zouden ze hun boosheid op mij gericht hebben, en ook dat zou te verkiezen zijn geweest boven dit; maar het was net zo goed mogelijk dat ze een adempauze hadden genomen, mij naar boven hadden gestuurd en weer begonnen waren met ruziemaken. Ik aarzelde, terwijl ik mijn tenen warmde met mijn knedende vingers en langs de kraaglijn van mijn nachthemd blies om mijn verkleumde tepels te verwarmen, en liep op mijn tenen terug naar mijn koude lakens.

3

De volgende ochtend was mijn vader het huis uit voor ik opstond. Mijn moeder was indrukwekkend chagrijnig en loerde van tussen haar gezwollen oogleden naar haar kinderen en gaf op blaffende toon bevelen aan de nieuwe verzorgster van Etienne, een onschuldige, dikke jonge vrouw met een kattenogenbril en een grote neus.

'Is alles goed, Maman?'

'Eet jij je ontbijt nu maar,' antwoordde ze in het Engels.

'We bespreken het als ik thuis ben, goed?' Ik wist niet wat 'het' was, maar ik klonk alsof dat wel het geval was, en mijn moeder kromp ineen.

'We zien wel,' zei ze. 'We zien wel.'

Ik weet niet of ze er verkeerd aan deed het mij te vertellen. Ze wilde het vast niet, maar ze dacht dat ik de waarheid geraden had, en bovendien had ze niemand anders met wie ze de kwestie kon bespreken. Ze kon wel raden waar de loyaliteit van haar schoonmoeder lag; en bovendien had de oudere vrouw al genoeg aan haar hoofd. En hoewel mijn moeder vriendinnen had, dames die in de stad dezelfde status hadden, wilde ze niet horen dat zij het al wisten en evenmin het risico van hun indiscretie lopen: 'We hebben al genoeg vuile was voor een heel leven,' zei ze.

Die middag nam ze me mee naar de supermarkt – dezelfde waar het meisje van de bommen ooit gewerkt had – en laadde het wagentje vol met Findus diepvriesmaaltijden en blikjes soep (gewoonlijk niet iets wat bij ons thuis op tafel kwam, maar – naar ze me meedeelde – uitgekozen zodat mijn vader, als hij laat thuis kwam, zelf iets kon klaarmaken) en daarna nam ze ons mee naar een nabijgelegen *salon de thé*, waarvan de inrichting verfraaid was met namaakgaslicht en vijgenbomen in een pot; ze drong mij een *mille-feuille* op en bestelde voor zichzelf alleen maar kamillethee; ze staarde somber in de urinekleurige vloeistof en nam er overdreven kleine slokjes van. Ze moest die dag nog meer gehuild hebben, want haar ogen waren nog waterig – in de supermarkt had ze haar zonnebril opgehouden – en in de hoeken leek er als vanzelf water uit te sijpelen.

'Je vader houdt er maîtresses op na,' onthulde ze uiteindelijk, de antieke uitdrukking gebruikend om de schok te beperken. 'Regelmatig.'

Ik slikte. 'Je bedoelt dat hij een maîtresse heeft?'

'Dat niet precies, nee. Dan zou het makkelijker zijn om een oplossing te vinden.'

'Wat dan?' Ik probeerde volwassen te lijken, de rol van vertrouwelinge te spelen. Omdat ik niet verbaasd naar haar wilde staren, richtte ik mijn aandacht op mijn taartje, waarvan ik met mijn vork de duizend lagen probeerde los te maken. Een beeld van Marie-José in bed met haar rekruut verscheen ongevraagd voor mijn geestesoog.

'Hij kan zich niet lang op dezelfde concentreren. Er zijn er een aantal.'

'Sinds wanneer?'

Ze knipperde met haar ogen. 'Daar hebben we het niet over gehad. Misschien wel sinds altijd.'

'Hoe weet je het?'

'Hoe ik het weet? Wat doet het er toe? Wie het zijn, doet er ook niet toe. Ik hoef niet het hele verhaal te horen. Het is alleen – vooral nu – nu alle ogen op ons gericht zijn, vanwege je grootvader – ik weet het niet – het is zo egoïstisch.'

'Wat ga je doen?'

Ze keek me aan en veegde wat vocht van haar wenkbrauwen. Ze gaf geen antwoord.

'Nou, ga je bij hem weg, of hoe zit het?'

Haar gezicht deelde zich op: alle gelaatstrekken kregen van verbazing een eigen plek. Ik zag dat het idee niet bij haar opgekomen was.

'Bij hem weggaan? Waarheen? En jij, je broer – nee, ik denk van niet.'

'Maar als jij dat niet kunt – houdt hij er dan mee op?'

'Hij ontkent niets, hij belooft niets. "Ik ben zoals ik ben," zegt hij. "Het is aan jou." Aan mij – alsof iets in dit leven ooit mijn keus geweest zou zijn. Alsof zijn familie niet vanaf de allereerste dag alles gedecreteerd had. Het is onzin.'

'Hou je van hem?' Een deel van mij wilde, doordat ik zo over mijn vader sprak, lachen om de onwerkelijkheid van ons gesprek, dat zo onecht was als de aankleding om ons heen.

'Ach, wat betekent dat woord? En wat doet het er toe?'

'Houdt hij van jou?'

'Hij zegt van wel. Hij zegt dat hij niet zonder mij kan. Als altijd.'

'Maman, luister. Als niets ertoe doet of niets enige betekenis heeft, wat maakt het dan uit? Jij moet beslissen wat jij denkt dat goed is.' Mijn taartje lag uiteengepeuterd in al zijn lagen op mijn bordje, met overal strepen gele custardvla, oneetbaar.

'Er valt niets te beslissen, liefje.'

'Waarom vertel je het dan aan mij?'

'Omdat ik het iemand moet vertellen. Zodat ik niet bij het wakker worden me afvraag of ik me alles verbeeld heb. En ik dacht dat je het al wist.'

'Vanwege die middag?'

'Welke middag?'

Toen vertelde ik haar, omdat ik nu niet meer terug kon, van de gebeurtenissen van die middag in januari in het huis, waarvan ik nu plotseling de betekenis begreep (ik vroeg me af hoe ik niet eerder tot dat inzicht gekomen was). En zij, bij wie het blijkbaar niet opgekomen was dat haar man er 'maîtresses op na hield' in haar eigen huis, barstte in snikken uit. De tranen die verstopt gezeten hadden in hun gezwollen zakjes stroomden vrijelijk. Ze zette weer haar zonnebril op, die ze stutte op haar benige wangen die glad van de tranen waren, maar deze kon haar geschokschouder tijdens het huilen niet verbergen. Ik herinnerde mij Becky, in de zonovergoten tuin van Ron en Eleanor, die opgewekt verklaarde dat ze een einde aan haar leven zou maken als het leven voor haar niet beter werd; en ik raakte verkrampt door de plotselinge angst dat ik, als ik in mijn moeders plaats zou zijn, na zo veel jaren van proberen, het als de enige oplossing zou zien.

'Je doet toch geen rare dingen, hè?' vroeg ik in de auto op de terugweg naar huis.

Ze hield haar wazige ogen op de weg gericht. 'Je kent me, liefje. Natuurlijk niet.'

4

Na die tijd zag ik als een berg op tegen de terugkomst van mijn vader in de avond, en ik werd misselijk van de beschaafde façade die mijn ouders ophielden, waarvan het nooit duidelijk was of dat nu vanwege mij of vanwege Etienne was. Ze raakten elkaar niet aan – maar dat was niet nieuw. Ze waren zonder mankeren beleefd; de gesprekken tussen hen gingen op en neer als een rubberen bal en stelden net zo weinig voor. In de dagen die volgden, was een geliefd en heerlijk neutraal gespreksonderwerp hoe mijn grootvader zich hield in de gevangenis en wat hij daar uitvoerde. En 's avonds wachtte ik altijd op hun woede-uitbarstingen in de verte. Soms nam ik mijn plaatsje boven aan de trap in en wilde ik dat deze zouden komen. Maar het leek alsof ze elkaar niets te zeggen hadden, en het enige wat ik zwakjes hoorde waren de klanken van de stereo – de zware sonates en de rustige kamermuziek – die hun weg door het stille huis vonden.

Niet zeker van zichzelf, vroeg mijn vader zijn moeder om raad. Zij kwam op haar beurt mijn moeder geruststellen, haar verzekeren dat zij niet de enige was. Ze deed haar best om haar ervan te overtuigen dat waar zij zo laat achtergekomen was evenzeer deel uitmaakte van de traditie van de LaBasses als *aubergines au gratin* en badkamers zonder vloerbedekking.

'Mannen hebben behoeften,' zo vertelde ze haar bedroefde schoondochter, 'die niets met liefde van doen hebben. Alexandre aanbidt je, voor hem telt slechts het geluk van jou en de kinderen. Hij zorgt goed voor je. Hij komt altijd bij je terug. En afgezien daarvan, je moet compromissen sluiten. Dat doen we allemaal.'

Toen ze zag dat mijn moeders gezicht nog steeds onbewogen stond, werd mijn grootmoeder openhartiger. 'Ik weet precies hoe je je voelt. Preciezer dan je weet. Het is een fase, dat verzeker ik je. Jacques, voordat we hier kwamen, voor hij het hotel had – hij was een briljante jongeman en ondergewaardeerd en had niet voldoende uitdagingen. In dat soort situaties zoeken mannen – ja, wat? – troost, zou je het kunnen noemen. Bewijs van hun waarde. Ze zijn eigenlijk als kinderen; onverzadigbaar. Je zou dankbaar moeten zijn: het zorgt ervoor dat hij je het leven niet al te zuur maakt, dat je tijd hebt om te doen wat je zelf wilt.'

En vervolgens: 'Kindlief, het is toch niet iets nieuws. Ik heb altijd aangenomen dat je het wist, dat je begreep hoe het werkte. Zie je dan niet dat jij alle macht hebt, net als dat altijd zo is geweest? Wat is er nu eigenlijk anders dan een jaar geleden, behalve dat je nu op de hoogte bent van een heel klein en onbelangrijk feitje, waarvan je er het beste aan zou doen om het te vergeten?'

'Alles is anders dan een jaar geleden,' antwoordde mijn moeder.

Mijn grootmoeder probeerde het opnieuw: 'Het is onze taak als vrouwen en moeders om gezinnen bij elkaar te houden. Dat weet je. Daarom heb je Etienne bij je gehouden, hoewel dat niet altijd gemakkelijk is geweest. Als ik je nu eens zei, dat ik het veel moeilijker heb gehad? En wij hebben het overleefd. En meer dan alleen maar overleefd.'

Mijn moeder trok sceptisch een wenkbrauw op – nadenkend over het idee dat mijn grootmoeder had van overleven, met haar echtgenoot in de gevangenis wegens een moordaanslag; en zich ook afvragend wat mijn grootmoeder als erger kon beschouwen dan de ellende waarin mijn moeder verwikkeld was. Mijn grootmoeder zuchtte; ze liet zich terugzakken in de kussens van de divan, sloot haar ogen (om met haar geestesoog te kunnen zien? Om helemaal niet te kunnen zien?) en vertelde het haar.

5

In de periode die direct op de Tweede Wereldoorlog volgde, was mijn grootvader een rusteloze jongeman. Hij was verzeild geraakt in het hotelwezen,
niet zozeer omdat hij zo van dienstverlening hield, maar omdat in de laatste
oorlogsjaren, '44 en '45, toen Noord-Afrika bevrijd was en Frankrijk niet,
een collega-oudgediende – zijn commandant, om precies te zijn – in het
burgerleven de zoon bleek te zijn van de directeur van het prachtige St.
Joseph Hotel, een fantastische moorse schepping op de heuveltop, dat al
heel lang bezocht werd door de beroemdste bezoekers van Algiers. Jacques
was eerzuchtig, slim; maar de ontwrichtingen in de buitenwereld hadden
in zijn leven ingegrepen en de loopbaanplanning die hem voor ogen had
gestaan in de war gestuurd. Bovendien zouden bij elk plan voor een grootse
carrière dat hij had kunnen maken de machthebbers van het moederland
betrokken hebben moeten zijn, en toen hij in de twintig was, hadden die
machthebbers wel wat anders te doen. Toen de baan in het hotel hem werd
aangeboden, deed deze hem denken aan zijn charmante zus Estelle en aan
zijn vooroorlogse dromen over glorie.

In 1948, toen hij eenendertig was, hoorde hij dus tot het middenkader
van het personeel van het St. Joseph Hotel. Hij zag er ietwat dandy-achtig
uit; hij had een tengere bouw, maar werd indrukwekkend grijs bij de slapen.
Zijn donkere haar week mannelijk terug van zijn grote gezicht, wat aan zijn
uiterlijk een ernst gaf die het eerder niet had bezeten. Hij was befaamd om
zijn efficiëntie en stond er in de stille gangen van het hotel om bekend dat
hij in woede kon ontsteken om het geringste blijk van incompetentie: de
smoezelige boord, het niet-afgestofte wandtafeltje, de verlepte roos in het
enorme boeket in de lobby – dat kon allemaal leiden tot een tirade. Maar hij
ging voorzichtig en gedegen te werk: hij spoorde de schuldige op en strafte
alleen die ondergeschikte. Hij prees wie dat verdiende, zij het kortaf, en
tegenover zijn superieuren gedroeg hij zich bijna pijnlijk respectvol, alsof
hij te kennen wilde geven: 'Ik ben bereid om mij op mijn beurt te laten
straffen, mocht ik dat verdienen.' Niettemin liet promotie op zich wachten.
Het personeel, zo klaagde hij tegen zijn vrouw, zat vol kerels met een vaste
aanstelling, mannen met dikke achterwerken in leunstoelen die op hun
gemak een pijp zaten te roken, mannen die er geen been in zagen om het
hotel leeg te zuigen, alsof ze zelf gasten waren, en dat zouden blijven doen
tot hun pensioen. Hij ergerde zich; thuis ging hij tekeer; hij bad dat zijn
talenten erkenning zouden vinden, dat van zijn capaciteiten optimaal gebruik gemaakt zou worden.

En hij zat in over geld: zijn salaris was laag, de behoeften van zijn jonge gezin groot. Hij keek naar zijn zoon, een stevig kind met kuiltjes in armen en benen en een teveel aan energie. Met afgrijzen bekeek hij de rommel die de jongen maakte – gekleurde blokken lagen overal verspreid in het appartement; tijdens de maaltijden gooide het knaapje in zijn kinderstoel iedere dag, als deed hij het expres, zijn melk om en zorgde hij voor een plas op de vloerkleden. Hij stoorde zich aan dit te vroeg geboren kind en aan de belemmeringen waarvan de gulzige kleuter een symbool was. Hij stoorde zich ook aan de zwelling onder de jurk van Monique die Marie zou worden, nog een mond om te voeden, nog zo eentje die 's nachts ging janken en die hem nu al, terwijl ze nog niet eens geboren was, beroofde van de aandacht van zijn vrouw en van de privileges van het huwelijksbed.

'Kun je je,' zei mijn grootmoeder tegen mijn moeder, 'een dergelijke frustratie voorstellen? Een zo veelbelovend iemand, met zo'n sterk karakter, van alle kanten ingesloten?'

Mijn moeder zweeg.

'Ik kon het me eerlijk gezegd niet voorstellen. Ik wist het niet,' ging mijn grootmoeder verder. 'Hoe zou ik het kunnen weten? Dit was alles wat ik ooit gewild had – geen geld, of luxe, maar een man van wie ik hield en voor wie ik respect had, die ondanks het feit dat zijn carrière langzaam ging, zelf gerespecteerd werd. Hij was collectant in de kerk, weet je, de jongste in de parochie. Ons appartement was weliswaar klein, maar we begonnen net, en ik had vertrouwen in hem, zoals wij beiden vertrouwen hadden in ons mooie land, waar het heerlijk was bij de avondschemering, in het roze licht, hand in hand door de straten te wandelen. Onze liefde had voor mij ook te maken met dat land en met alles wat we ervan zouden kunnen maken, en van onszelf in dat land. Ik die voor de tweede keer zwanger was, met mijn schat van een zoontje aan mijn zij, zag overal mogelijkheden. Ik geloofde in de toekomst, terwijl Jacques – hij ook natuurlijk, maar hij had ook een besef van tijd, als een wind, en van de jaren die al verloren waren gegaan; en elke dag ging hij helemaal op in die dag zelf, in de problemen en teleurstellingen ervan. Het is moeilijk om een groot iemand te zijn, als de omstandigheden je beperken.'

Mijn moeders lippen trilden bij deze bekende verklaring over de grootheid van mijn grootvader, die zo lang een beperking had ingehouden van haar eigen omstandigheden en die van haar man.

'Bovendien had ik hulp. Ik was niet alleen, zoals hij. In die wereld had je zelfs in eenvoudige huishoudingen hulp. Khalida was een jong meisje, een berberse uit Kabylie, met een zo blanke huidskleur dat je haar nooit voor een inlandse gehouden zou hebben; ze had sproeten, roodachtig haar en een brede, scheve glimlach. Ook was een van haar voortanden rot, maar toch was ze knap. Ze was zelf nog bijna een kind, pas negentien, maar ze zag er jonger uit. Ze was de oudste in een groot gezin en kon erg goed met kinderen omgaan. Alexandre was gek op haar. Een paar van zijn eerste woordjes waren Arabische woorden, die zij hem leerde: *jameel*, wat mooi betekent, en *shamsa*, de zon, en de kleuren en de cijfers. Hij kon het eerst in het Arabisch tellen. Ze was heel helder en kon goed koken, en ik kan zonder overdrijving zeggen dat we vriendinnen waren. We spraken over onze families – ik wist alles van de broer die in leeftijd op haar volgde, en zijn leertijd bij de looierij, en ik wist welke hoge verwachtingen ze had voor de kleinste, die een jaar of zeven was en zo slim was. Ze hoopte dat hij te zijner tijd een beurs zou krijgen voor het Lycée Bugeaud, en ik moedigde die hoop aan. De mensen denken dat we allemaal racistisch waren, maar dat is gewoon niet zo. Ik wilde dat ze succes zou hebben. Ik kocht voor haar schoolboeken voor het kind.'

Mijn grootmoeder stopte even. Haar ogen waren nog steeds gesloten en haar voorhoofd was nog steeds samengetrokken. 'Je weet hoe het gaat, als je een jonge moeder bent. Ik had vele vriendinnen en natuurlijk familie; maar ik was vaak thuis, en in de keuken, en zij was dan aan het koken en ik zat te verstellen of voor Marie te breien, en we praatten samen. We brachten veel tijd in elkaars gezelschap door. Ik vertrouwde haar. Dus het was een schok – niet lang nadat Marie geboren was, en ik was uitgeput, anders zou ik het wel eerder gemerkt hebben – maar ik vergat zelf dingen, en de plotselinge onhandigheid van Khalida leek helemaal te horen bij wat er met mij aan de hand was, niet iets wat daar los van stond. Ze verontschuldigde zich toen ze zout in plaats van suiker in de pudding deed of toen ze een vleugel afbrak van mijn mooie porseleinen sialia, maar ze zei niets, keek alleen maar angstig met die grote, maanvormige ogen van haar, die altijd – op de manier van de oosterlingen – met koolzwart omrand waren. Maar er kwam een tijd dat ze het niet langer kon verbergen, zelfs niet met haar gewaden: er was duidelijk een zwelling te zien. Ik confronteerde haar ermee, en ze was inderdaad zwanger. Toen ik haar vroeg wie de vader was – ze was niet getrouwd, hoewel veel meisjes, inlandse meisjes, dat wel waren – sloeg haar gezicht dicht als een koffer. Het ging gewoon dicht. Pats. Het ging mij natuurlijk niet aan, dus ik drong niet aan, maar ik was me heel goed bewust van de schande die over haar kwam in haar gemeenschap en haar familie, dus ik hield haar in dienst. Wie met een christelijk geweten zou dat niet doen? Het was, mag ik wel zeggen, een daad van barmhartigheid, omdat in die tijd – nou ja, menig werkgever zou haar de deur gewezen hebben, omdat het immers niet veel goeds zei over haar zedelijke normen. Om nog maar te zwijgen van het feit dat ze bij het verstrijken van de maanden steeds minder kon doen – geen ramen lappen, geen meubels van hun plaats zetten, waardoor ze vloeren niet goed kon dweilen, enzovoorts.'

'Uiteindelijk zei Jacques tegen me – ik was volkomen uitgeput, ik stond overal alleen voor – dat we haar moesten ontslaan, en haar vervangen, wellicht door een jongere zus, zodat we de familie konden blijven helpen, maar …' Mijn grootmoeder keek turend naar mijn moeder: 'Je weet wat er komen gaat,' zei haar gezichtsuitdrukking, en toen deed ze haar ogen weer dicht, alsof ze pijn deden. 'Ik probeerde het. Het was een vreselijke dag. Alexandre zat in een heel ondeugende periode; hij had tijdens de siësta geprobeerd Marie in haar wieg te wurgen. En de gootsteen zat verstopt, en Khalida stond daar maar, een kwartier lang, te staren naar het vuile water van de vaat, zonder iets te zeggen, zonder iets te doen, en ik zei – echt zo vriendelijk als ik maar kon – "Lieve kind, we weten alle twee dat dit zo niet door kan gaan." Ze keek me zo kwaad aan. Verschrikkelijk. De schkoumoun. Het boze oog. En ik zei: "We willen je zoveel mogelijk helpen, omdat je duidelijk in de problemen zit, maar het heeft geen zin om net te blijven doen alsof je hier kunt werken, want dat kun je niet. Je moet nu naar huis, naar je familie gaan en daar wachten tot dit kind geboren is. En dan kunnen we je misschien helpen een nieuwe betrekking te vinden, ergens bij vrienden, aardige mensen."

Ze ging wijdbeens staan; ze kruiste haar armen over haar buik, die toen erg dik was. Ze droeg het kind hoog, en de rest van haar lijf was nog mager, haar armen en benen waren als kleine staken met sproeten. Een klein vrouwtje, maar met zo'n verschrikkelijke uitdrukking op haar gezicht. "U kunt me niet laten gaan," zei ze. "Beste kind, ik begrijp je problemen, en we zullen je wat geld geven ter overbrugging…" "Nee, nee," zei ze. "U begrijpt het niet." En toen – nou ja, je kunt het je voorstellen.'

'Jacques,' fluisterde mijn moeder.

Mijn grootmoeder haalde diep adem. 'Het was een vreselijke dag. De ergste – bijna de ergste – in mijn leven. Mijn vertrouwen was zo geschokt. Maar God laat ons niet in de steek, zelfs niet in onze somberste uren.'

'Wat is er met haar gebeurd? Door haar volk zou ze toch zeker uitgestoten zijn vanwege het kind? Worden vrouwen daar niet gedood om zoiets?'

'Voorzover ik weet, is haar tenminste een steniging bespaard. Ik weet niet hoe ze leefde, en het kan me niet schelen. Uit mijn leven verdween ze. Dat telde voor mij: ze verdween. Alexandre huilde een week lang: "Waar is mijn Khalida? Ik wil mijn Khalida." En vergat haar toen volkomen, zoals kleine kinderen dat doen.'

'En jij?'

'Ik liet hem het afhandelen. Hij sprak met haar, hij gaf haar geld. Voorzover ik weet, is hij haar geld blijven geven. Jacques heeft heel sterke morele principes; hij kent zijn plicht. Ik wilde er niets over weten. Ik heb gezorgd dat die slet mijn keuken, ons appartement uitging, en daarmee zat mijn werk erop. Ik heb haar nooit meer gezien, en hij evenmin, naar hij me vertelde. Ik geloof hem. En als hij haar wel nog gezien heeft, dan wil ik het niet weten. Ik had mijn gezin om te beschermen, en dat heb ik gedaan. En we hebben het overleefd. En meer dan alleen maar overleefd. En dat zul jij ook.'

'En het kind?'

'Een jongen. Meer weet ik niet. Een gezonde jongen bij de geboorte.'

'Maar dit is anders,' begon mijn moeder, naar het puntje van haar stoel schuivend, 'Alexandre is anders.'

'Hij heeft zichzelf niet opgezadeld met onwettige kinderen, voorzover wij weten. Daarvoor – al is dat wel het enige – kunnen we althans het feminisme dankbaar zijn. En hij zit geen Arabische dienstmeisjes achterna. Wees dankbaar, meisje. De rest hangt van jou af.'

'En verder leven alsof het er niet toe doet?'

'Doe niet zo Amerikaans. Je weet wel beter. Verder leven alsof je gezin er méér toe doet – je kinderen, je geborgenheid. En dat doen ze ook.'

'Maar hoe kan ik hem ooit weer vertrouwen?'

'Dat is een kwestie tussen jou en God. Het is jouw probleem. Bedenk dat het in de buitenwereld geen klap uitmaakt. Je bent de vrouw van mijn zoon, en zult dat in de ogen van de kerk blijven tot je dood.'

6

Mijn moeder had mijn grootmoeder niet nodig om haar dit te vertellen; ze geloofde dat toch al, ondanks de tijd van tegenwoordig, ondanks het aantal echtscheidingen van nu en het kriebelende gevoel in haar bloed bij het kortstondige vooruitzicht vrij te kunnen zijn. Ik was er; Etienne was er, om wie ze nog minder heen kon, en hoeveel ze ook van mijn broer hield, zolang hij leefde, kon ze nooit vrij zijn. Het was inderdaad een keuze die met geloven te maken had, hoewel Carol dat niet zo zag; en als haar kijk op het huwelijk erdoor veranderd werd, dan gold dat slechts in zeer beperkte mate voor de feitelijke contouren ervan. Nu had ze eindelijk een excuus om zich ongelukkig te voelen – niet in haar schoonfamilie of in haar onschuldige zoon, maar in haar man zelf. Het was bijna een opluchting. Ze maakte er gebruik van.

En ik? Opnieuw werd er voor mij gekozen aan welke kant ik moest staan – in de *salon de thé*, te midden van de vijgenbomen in potten – voordat ik wist dat er een keuze was. Pas jaren later vroeg ik mij af hoe het was om mijn vader te zijn en om verteerd door walging van zichzelf de wereld te zien door de glans van mislukking: geboren in een land vol mislukking, een middelmatig zakenman die in de voetsporen van zijn vader moest treden, een tekortschietende echtgenoot, de vader van een zoon die nooit kon opgroeien, altijd en steeds opnieuw op zoek naar het moment van triomf waarop hij zou kunnen ontsnappen aan zijn geschiedenis en gedurende een gestolen uurtje door niets gehinderd omhoog zou kunnen stijgen. Maar op bijna vijftienjarige leeftijd kon ik hem niet in de ogen kijken, wetend wat ik wist; en door niet te kijken, kon ik er zijn gewonde ego niet in zien flakkeren. Voor mij was hij niet een persoon, met alle kwetsbare kanten van een persoon; hij was mijn vader, die mijn moeder had verraden, en mij, en zelfs Etienne, iemand wiens kwaadaardigheid weinig overtuigend werd gemaskeerd door zijn opgewekte lachjes en zijn ingestudeerde strelingen.

Mijn moeder had niets verkeerds gedaan; mijn moeder was alleen en had geen enkele steun. Zo zag ze het, en zo ging ik het – door haar ogen – ook zien, en als hij goed van geest geweest was, zou Etienne zich ook bij ons aangesloten hebben. Wij vormden een eenzaam drietal, dat niet leefde, zo leek het, terwijl mijn vader eropuit trok en voor zichzelf een eigen leven stal, een leven zonder ons, ondanks ons, hetgeen onvergeeflijk was. De woorden die hij sprak, waren zonder betekenis – mijn moeder en ik geloofden er zo weinig van dat we ze nauwelijks hoorden, of er alleen maar naar luisterden om ze te controleren en te ontrafelen en de kennelijke bedoeling ervan naast ons neer te leggen als een handvol gebroken draden. 'Ik moet overwerken', 'Ik heb een vroege afspraak', 'Ik ga onderweg naar huis nog even iets drinken met Pierre' – we namen niets voor waar aan, hoewel we neutraal knikten. We bestudeerden hem zoals je een alcoholist bestudeert die beweert dat hij niet meer drinkt: we roken of zijn hals naar eau de cologne rook, we trokken bedenkelijke gezichten en mompelden wat als hij de tijd nam voor zijn uiterlijk, en vochten iedere dag tegen de aanvechting om zijn aktetas te doorzoeken naar sporen van wat hij uitvoerde.

Hij van zijn kant was een en al energie en aan wilde stemmingswisselingen onderhevig en nu eens onbegrijpelijk vriendelijk, dan weer zwijgzaam en woedend, zich ervan bewust dat er op hem gelet werd en dat hij beoordeeld werd, en dat hij dus weer gedoemd was het niet goed te doen. Als hij na de mis met een vrouw uit de parochie bleef praten, dan nam ik haar van top tot teen op en gaf daarbij volop blijk van mijn ongenoegen, overtuigd als ik was dat ze tot zijn harem behoorde. Als hij zich in de stad omdraaide om naar een jong meisje te kijken, naar de slanke lijn van haar rug, dan zag ik daar geilheid in. Ik wilde niet dat hij mij aanraakte en voelde me bezoedeld als ik hem aanraakte: als ik hem een nachtzoen moest geven, stak ik hem mijn koude wang toe en kuste ik de lucht naast zijn wang. Daar mijn moeder tegen hem bleef zwijgen en 's avonds de spanning wel te snijden was, maar er niet geruzied werd, begon ik zelf ruzie te maken, over alles – de politiek, mijn kleren, huiswerk, privileges (waar ik weinig aan had in dat eenzame voorjaar), de uren dat ik televisie keek – alles, behalve over waar het echt om ging, de verdenkingen die voortkwamen uit de kennis waarvan hij niet wist dat ik deze bezat.

---------   7

Als hij er bij de avondmaaltijd was, staarde ik met een boze blik naar zijn kalme gelaatstrekken die opgezwollen waren door het eten, en achter hem naar de Birmaanse kwellingen van de hel. Ik probeerde hem door mijn wilskracht in dat schilderij te stoppen, hem de straffen te laten ondergaan die hij verdiende. Een keer, terwijl ik bezig was mijn wilskracht aan te wenden, hield ik mijn ogen stijf dichtgeknepen en mompelde ik mijn tovervloek. Ik moet een tijdje in die theatrale houding gezeten hebben, want mijn vader onderbrak het vage gepraat van mijn moeder en vroeg op een langzame en zachte toon, die ik toen voor boosheid hield, maar waaruit misschien wel gewoon bezorgdheid sprak: 'Sagesse? Voel je je ziek?'

'Niet zieker dan anders.'

'Is het iets wat je gegeten hebt? Is het migraine? Misschien ben je net als je grootmoeder gevoelig voor migraine?'

Ik had mijn ogen nu open in een kamer die lichtjes draaide, en siste: 'Ik ben niet als grootmoeder. Ik ben niet als de LaBasses. Het is geen migraine.'

'Wat is het dan?' Mijn vader legde zijn mes en vork neer. 'Er moet iets aan de hand zijn met je, want er is geen ander excuus voor zulk vreemd gedrag.'

Mijn moeder zuchtte. Ze keerde zich naar Etienne, die naast haar zat, en streelde zijn glanzende haar.

'Het gaat je niets aan,' zei ik, bang dat ik me er niet uit kon redden met de leugen waaraan ik ging beginnen, maar die ik nog niet bedacht had.

'Ik wil niet dat je die toon tegen mij aanslaat,' zei hij. 'Hoeveel je je ouders haat, moet jij weten, maar zolang je onder mijn dak woont, zul je ons met respect behandelen.'

'Ik haat mijn ouders niet,' antwoordde ik, met een blik naar mijn moeder, die ik daarmee van alle blaam zuiverde.

'Wat bedoel je daarmee?'

'Als respect zo belangrijk is, waarom hoef jij ons dat dan niet te betonen?'

Mijn vader haalde diep adem. Het leek of hij ging opstaan van zijn stoel. 'Wat is er met jou aan de hand? Denk je dat je tegen mij kunt praten alsof ik een van je vriendjes ben?'

'Laat haar,' zei mijn moeder. 'Schenk er geen aandacht aan, Alex.'

'Ik schenk er wel aandacht aan. Iedere avond, iedere dag, gedraagt die meid zich alsof we een stuk vuil zijn, alsof we er alleen maar zijn om haar geld te geven voor haar pleziertjes en verder kunnen ophoepelen – alsof we helemaal niets zijn…'

'Wind je niet zo op,' waarschuwde mijn moeder.

'Hou je mond, Carol. Ik heb haar een fatsoenlijke vraag gesteld – ze zit daar zulke rare gezichten te trekken dat het lijkt of ze moet overgeven – en ik vraag haar alleen maar naar de reden – en dan dit? Word ik zo behandeld?'

'Zeg gewoon tegen je vader wat er aan scheelt, liefje. Je voelt je niet lekker, hè?'

Ik keek haar even aan. Ze had haar hand om de nek van Etienne gevouwen, en hij, mijn broer, deed net zijn ogen heel wijd open. Het wit van zijn ogen, als dat van gebakken eieren, weerkaatste het licht. De kans was groot dat hij zijn lippen zou terugtrekken over zijn tanden en dan gaan gillen, een snerpend geluid als een sirene. Mijn moeder keek me smekend aan. Als Etienne zijn kalmte verloor, dan zou de avond heel snel overgaan in hysterie.

Ik verzon een leugen, die ik als een geschenk toegeworpen kreeg. 'Je zou het niet begrijpen en je wilt het niet weten.'

'Ik heb het je gevraagd. Probeer het dus maar.' Mijn vader stond nu. Hij gooide zijn servet uitdagend op tafel. Hij balanceerde dreigend met zijn grote gestalte op zijn tenen. 'Vooruit. Wat is het?'

'Ik bloed,' siste ik. 'Ik heb menstruatie en ik bloed als een rund, en ik heb er in mijn buik zo veel kramp van dat het lijkt alsof er honderd messen in mij steken. Het is vreselijk. Daar heb je geen idee van.'

Mijn vader voelde zich kleintjes en ging zitten. Hij weigerde mijn blik te beantwoorden.

'Heb je nu je zin? Wilde je dat echt weten? Moest dat nou?'

'Zo is het wel goed, Sagesse,' mompelde mijn moeder, die haar hand weer in haar schoot had gelegd. 'Zou je je niet beter voelen als je wat ging liggen?'

'Goed.' Ik duwde mijn stoel terug en pakte mijn bord op om het naar de keuken te brengen. 'Ik ga al.'

'Het spijt me, liefje.' Mijn vader wist zich met zijn houding geen raad. Hij zag mij niet als iemand die menstrueerde; hij zag mij nog steeds, zoals ik Etienne zag, als een kind. Hij liet zijn hoofd hangen; zijn eten smaakte hem niet meer.

'Ach, het gaat wel over.' Ik voelde me schuldig dat ik gelogen had, hoewel mijn moeder me praktisch gevraagd had dat te doen. Het speet me van mijn vaders timide pogingen tot genegenheid. Maar de beschuldigingen die ik wilde uiten – de gal die ik binnenhield – lagen in een bittere laag op mijn tong.

8

Binnen in mijn huid had ik ook pijn: in dat voorjaar van 1990 kreeg ik op mijn rug allemaal steenpuisten, pijnlijke heuveltjes van pus onder mijn hemd, die mijn moeder toeschreef aan de puberteit en aan chocola, maar waarvan ik wist dat ze veroorzaakt werden door de wankele zelfbeheersing van mijn ouders, de sfeer van geheimzinnigheid. Terwijl mijn leeftijdgenoten zich in blote zonnejurkjes kleedden, pakte ik mijzelf in dikkere lagen in en was mijn rug plakkerig van het zweet en deed elke aanraking pijn. Ik was ten prooi aan paniekaanvallen: zonder waarschuwing vooraf kreeg ik in winkels of in de bus tegelijk hartkloppingen en kon ik niet meer ademhalen – meer dan eens moest ik uitstappen en de rest van de reis lopen, met mijn hand op mijn zwaar op en neer gaande borst, zodat ik vaak laat op mijn bestemming was. Het kostte me moeite om te eten: al het eten smaakte naar krijt of naar niets. En ik kon niet slapen. Elke avond was ik wakker en lag ik te luisteren, in de hoop dat ik mijn ouders ruzie zou horen maken, dat ik iets zou horen; ik was niet bang voor de stilte, maar voor het verbreken van de stilte en ik was er zeker van dat als het ergste zou gebeuren, dat in ieder geval beter zou zijn dan dit, dit verschrikkelijke wachten.

Mijn verjaardag begin juni ging gewoon voorbij. Ik weigerde alle feestelijkheden, hield mij verborgen in mijn kamer terwijl mijn moeder beneden de taart glaceerde, en weigerde mijn kamer te verlaten voor de stapel cadeaus die in mijn ogen vreselijk huichelachtig waren, waardoor mijn vader kwaad werd – die iets had afgezegd om thuis te kunnen zijn, naar zijn zeggen een zakelijke afspraak, hoewel het feit dat hij zo woedend was mij ervan overtuigde dat het om iets anders ging – en aan mijn deur ging rammelen, terwijl hij uitriep: 'In mijn huis gaan de deuren niet op slot.' Waarop ik door mijn gesnotter heen zei: 'Behalve die van jou zeker?' en hij riep: 'Wat bedoel je daarmee? Wat is dat voor een toon? Doe die deur meteen open en leg uit wat je bedoelt.'

Ik verstopte me onder mijn bed als een hond en wachtte tot hij wegliep. Mijn moeder zette wat melk en een boterham op een dienblad voor me neer, de maaltijd uit mijn jeugd wanneer ik ziek was of naar mijn kamer gestuurd was. Nadat iedereen was gaan slapen, nam ik, gezeten op mijn vensterbank, hapjes van het oude brood, dat mijn verjaardagsmaal was; ik vervloekte mijn gevangenschap en staarde naar de knipperlichten in de stad en naar het zwarte water en ik wist zeker dat ik Becky eindelijk begreep en fluisterde tegen mijzelf, met bewuste theatraliteit: 'Ik heb niets om voor te leven. Niets om voor te leven. Ik zou net zo goed dood kunnen zijn.'

Ik probeerde te bidden, mijn vroegere vertrouwen in de kerk weer op te doen leven, maar God gaf geen enkel teken, en zijn tussenpersoon, de pastoor, hield op saaie toon preken die mij net zo hol in de oren klonken als de excuses van mijn vader. Ik kon er niet naar luisteren. De brieven van Thibaud uit Parijs, zo eens in de veertien dagen, waren mijn troost, en tijdens het schrijven van mijn leugenachtige antwoorden dacht ik dat er tenminste ergens iemand was voor wie ik onbezoedeld verder leefde. Als ik 's nachts wakker lag, stelde ik mijzelf weer in Thibauds armen voor, terwijl ik daarbij wist dat dit een vruchteloos verlangen was. Ik kon niets bedenken om naar uit te kijken; geen deus ex machina deed zich voor aan mijn fantasie; ik zag niet in hoe ik kon terugkeren naar mijn vroegere leven (ik kon me nauwelijks herinneren hoe dat geweest was).

9

Ik verachtte mijn broer als mijzelf, moest me ertoe dwingen om zijn lieve hoofd te strelen, ging af en toe met een kwaadaardig vingergebaar langs de zwakke omtrek van zijn borstbeen en dacht er dan over om dat te vermorzelen – zonder hem zou mijn moeder mijn vader kunnen verlaten, mij meenemen naar Amerika voor een nieuw leven en het leven hier zo gemakkelijk achter zich laten alsof het een auto was die met draaiende banden in een greppel lag. En toch: door zijn zwakke ademhaling, zijn brede glimlach, zijn onwrikbare opgewektheid stortten wij – hoe afschuwelijk paradoxaal ook – niet in. Alsof hij zich realiseerde dat hij alleen hiervoor verantwoordelijk was, groeide Etienne onstuimig, werd hij met zijn rubberen lijf in vier maanden tijd wel tien centimeter groter en barstte hij uit al zijn kleren. Zijn benen waren te lang voor zijn voetsteunen; al zijn riemen moesten losser gemaakt worden. Voor mijn moeder betekende deze groei een schok en zij vroeg de nieuwe verzorgster wat ze hem te eten had gegeven om dit Alice-in-Wonderland-achtig gedrag te bewerkstelligen, terwijl mijn vader het niet in de gaten leek te hebben.

Zoals ik als kind doktertje had gespeeld, beklopte ik nu ook de armen en benen van mijn broer terwijl hij in bed lag, om te kijken of de botten losgeraakt waren van diep onder de huid liggende gewrichten. Tijdens een zo'n systematisch onderzoek – vingers op zijn polsen, ellebogen, schouders en dan omlaag zijn bovenlichaam af, waarop de tepeltjes stil en roze lagen – stuitte ik op mijn broers erectie, een dappere verzetsdaad onder de lakens; en plotseling besefte ik dat in zijn stille en zogenaamd veilig afgeschermde wereldje, zelfs daar, mijn brave Etienne mij gevolgd was en in de puberteit was geraakt, die duistere put waaruit ik geen ontsnapping kon beramen. Ook hij was een mens, niet meer maar ook niet minder; en met een emotie die vooral te maken had met nieuwsgierigheid legde ik mijn vingers stevig om de in het witte laken gehulde uitstulping – een voor Halloween verkleed spookje – en wreef tot mijn broer zo goed en zo kwaad als hij kon zijn rug kromde en het laken vochtig werd. Pas toen haalde ik mijn hand weg; ik voelde slechts de zwakke opwinding van zijn ontlading; en pas toen ik in mijn eigen bed lag, vroeg ik mij af of ik aan het verlenen van deze kleine gunst kwaad had gedaan.

Dat kwaad, zoals ik het zag, had geen incestueus karakter – hoewel ik wist dat volgens de morele principes van de wereld een dergelijke daad van een zus bij een broer niet goed te praten was – maar was juist gelegen in het feit dat bij Etienne mogelijkheden werden losgemaakt die hij niet kon begrijpen, in de bittere en zinloze vaststelling dat hij een mens was. Als kind was hij volmaakt, liet hij zich gewillig gebruiken als vergaarbak voor alles wat wij zelf niet konden accepteren, maar was hij niettemin onbezoedeld en kende hij geen zonde; maar als man zouden conflict en wanhoop in veel ernstiger mate dan ik kon bevroeden zijn deel worden, en zou hij alleen zijn in een plaats waar niemand hem kon horen.

Woorden, hoe leeg ze ook mogen klinken, hoe verkeerd we ze ook mogen interpreteren, zijn de enige projectielen waarmee we zijn uitgerust en die we over het niet in kaart gebrachte terrein tussen onze zielen kunnen werpen. Zonder woorden, en toch ook zonder kennis – van de buitenwereld of het onvermogen van diezelfde woorden – had mijn broer vreugde gekend. Ik had het vaak aan zijn gezicht gezien. Hij leefde als Vrijdag voor de komst van Crusoë, alleen in zijn paradijs of zijn hel, maar zonder te weten of het het een of het ander was – en nu, met deze zucht, met deze ontlading, had zijn lichaam verlangen kenbaar gemaakt en was dat gehoord, en hoe mijn broer ook kennis registreerde, hij moet geweten hebben dat dat gebeurd was, en zou – het ergste van alles – weten wanneer er voortaan geen aandacht aan geschonken werd. Nu hij onder zijn laken heel eventjes niet alleen was geweest, zou hij voor altijd weten wat het betekende om alleen te zijn; waar ik – dat leed geen twijfel – ook net aan het achterkomen was, maar waartegen ik ten minste de steun van de taal had. Het kwaad dat ik gedaan had, zo besefte ik, was dat ik mijn broer bewust gemaakt had van zijn gevangenis waar hij dat eerder nooit geweest was; dat ik zijn vreugde bedorven had. En ik erkende voor mijzelf zowel dat ik mijn daad geheim zou houden (meer vanwege de morele principes van de wereld dan vanwege mijn eigen walging) als dat ik de daad nooit meer zou herhalen, en die erkenning was de ergste van allemaal.

Tegelijkertijd voelde ik mij hierdoor minder alleen, zeker als ik ervan was dat mijn broer nu zou weten wat verlies was; dat hierin, als in alle andere dingen, hij en ik verbonden waren (hoewel ik van alle andere dingen niet kon weten wat hij wist). Jaren later vraag ik mij nu af of mijn vader deze pijn, verlicht door een vreemd genoegen, voelde wanneer hij zijn vrouwen verleidde: een kortstondig gevoel om opnieuw te beginnen, om niet alleen te zijn, om deelgenoot te worden aan zonde en daarmee de zonde te verzachten. Mijn vaders besef van het aardse paradijs en het verlies ervan, net als dat van Etienne, net als dat van iedereen, was bijna gelijktijdig. De bitterzoete vrucht van het moment is nostalgie, de gevaarlijke vrucht die mijn vader overeind hield en een hele tijd lang ook mij.

Wat zou het tegenovergestelde van nostalgie zijn? Dat is de kern waarnaar ik zocht, en waarnaar ik nog steeds op zoek ben; dat is het antwoord op de vraag of het leven de moeite waard is om geleefd te worden. Door zelfmoord te plegen ontkende mijn vader dat er een dergelijk antwoord was, of in ieder geval dat er een antwoord was dat hij op deze aarde kon accepteren. Door zo'n daad scheurt de stof, ligt het toneel achter het doek er naakt bij: wij leven 'alsof', alsof we weten waarom, alsof het leven zin heeft, alsof we door zo te leven de vraag en het 'alsof' kunnen uitbannen, zoals we spreken en handelen alsof onze woorden begrepen kunnen worden; en zo'n moment als de dood van mijn vader maakt weer duidelijk hoe dun dat doek is, hoe onecht – hoewel zweet en bloed en seks natuurlijk echt zijn, net zo echt als de dood – het alledaagse bestaan is. Als we gescheiden zijn van onze omgeving, moeten we die vraag stellen, of ons anders weer overgeven aan doen alsof, alsof niets echter is dan dat.

─────── 10

Maar mijn vader was nog niet dood. Op mijn naïeve manier stelde ik mij dat voorjaar en in het begin van de zomer de dood vaak voor: zijn dood, of die van mijn moeder, of die van Etienne, of mijn eigen dood – allemaal als een manier om ons vooruit te stuwen, uit onze vastgeroeste wereld. Het kwam erop neer dat ik wilde dat mijn vader doodging. In de stilte van de avonden luisterde ik of ik het hoorde: mijn moeder die met opgeheven keukenmes hem gillend aanviel; mijn vader die van verbazing gromde. Ik stelde het mij voor: zijn uitpuilende ogen, zijn neerstortende lichaam dat leegliep als een ballon. In mijn verbeelding kwam er geen bloed aan te pas, was er niets na. Mijn vader zou weer kunnen lopen na een slechte nachtrust, maar veranderd zijn: zijn energie zou op ons gericht zijn in plaats van elders. Ik wist niet wat dood was: hoe uiterst echt deze ook was, voor mij was dat nog niet zo. Maar ik kon de angst ervoor en het verlangen ernaar niet van mij afzetten: ik kreeg een hekel aan messen en scharen, aan pillen en auto's. Ik kon niet slapen, deels omdat ik erover inzat dat ik in mijn slaap zou opstaan en die man, die verraderlijke vader, in zijn bed zou doden. En als om dit verlangen goed te maken was ik overdag vreselijk bezorgd voor de veiligheid van mijn ouders en zat ik er net zo over in dat mijn vader onder een auto zou komen of geveld zou worden door een hartaanval als dat zijn excuses leugens waren. De hele wereld leek een doolhof van telkens veranderende spiegels, waarin ik in mijn eentje rondliep, altijd en als een bezetene op zoek naar de uitgang die mij weer naar mijn echte leven zou leiden, waar de mensen echt waren, deden wat ze beloofden en ongeschonden waren.

Maar ik kon aanvankelijk niet zien waar die verandering vandaan moest komen. Geen van mijn ouders leek bereid het initiatief ertoe te nemen. Op hun eigen wijze waren zij vastberaden begonnen aan een leven zonder mijn grootvader, en nu waren zij weer geneigd gewoon door te gaan, verder te leven alsof – alsof! – die avond van hun vreselijke ruzie nooit had plaatsgevonden. De raad van haar schoonmoeder indachtig, besloot mijn moeder de feiten die ze niet had willen weten uit te bannen; en mijn vader, die al zo lang geleefd had alsof dit mogelijk was – tussen los van elkaar staande levens manoeuvreren en het idee hebben dat hij ze allemaal onder controle had – wilde maar wat graag zo verder gaan. Niemand wilde erover praten; niemands leven leek veranderd, behalve dat van mij, en dat van mij alleen omdat ik aan de verhalen niet zo'n draai kon geven dat ik er zelf een rol in speelde. Hoe onze familie op het toneel stond opgesteld, was mijn zaak niet; ik werd slechts buiten het toneel geplaatst, zoals dat altijd met kinderen gebeurt.

Bij zo weinig beweging, zo besefte ik, zou de marionettenspeler wel gauw weer te voorschijn komen om aan de touwtjes te trekken. De gevangenisstraf van mijn grootvader liep ten einde. Hij had zich verdiept in Balzac, Spaans geleerd met cassettebandjes, nagedacht over de toekomst van de Europese Unie en wat deze inhield voor het hotelwezen. Hij was volgens mijn grootmoeder eraan toe om in gezondheid van zijn oude dag te genieten. Maar in de huishoudens van de LaBasses gistte het; en ik begon reikhalzend uit te zien naar de dag. Hij was niet koning Lear, hij had niet vrijwillig afstand gedaan van zijn troon; deze was hem afgenomen door de omstandigheden en door mijn vader. Jacques zou hem vast en zeker weer opeisen, hij zou vast en zeker – zo besloot ik – de orde herstellen.

8 ———

1

De middag voor de vrijlating van mijn grootvader was het nevelig aan de horizon en voelde het weer loom aan. Mijn vader was per vliegtuig onderweg naar Parijs voor een tweedaags congres over het reiswezen. Dit was – zo verzekerde hij mijn moeder glimlachend – een cruciale bijeenkomst; een beurs waarop zijn fysieke aanwezigheid – gebruind en energiek – van essentieel belang was. Hij zag zich gedwongen – ter meerdere eer en glorie van het Bellevue Hotel – hieraan zijn vurige wens om bij de familie te zijn op te offeren.

'Maar je vader…'

'Die weet en begrijpt het en keurt het goed. Hij zou hetzelfde doen. Kijk eens, ik heb hem drie dagen geleden gezien en ik zie hem over drie dagen weer. Het enige verschil is dat hij dan thuis zal zijn. Hij doet er niet moeilijk over, geloof me. Hij wil dit alles zo snel mogelijk vergeten, en ik denk er ook zo over.'

'Maar had je niet iemand anders kunnen sturen, bijvoorbeeld…'

'Als je wilt dat iets goed gebeurt, doe het dan zelf, zeggen wij altijd. Zo erg is het niet. Rustig maar. Ik ben niet op weg naar een of andere speelplaats voor levensgenieters, ik ga naar een enorme hal waar het naar sokken ruikt om daar zakengesprekken te voeren met een stel dikke, kalende reisagenten in goedkope pakken. Jammer, maar het is het waard.'

'Het zal wel.'

We brachten hem met de auto naar het vliegveld, mijn moeder en ik; onze gezichten zakten in door de hitte die nieuw was en op onze huid verschenen zweetdruppels als gevolg van de eerste dieseldampen van de zomer. Hij sprong het trottoir op, waar hij in zijn blauwe *pied de poule*-sportjasje een vleugje kleur bracht. Hij trapte bijna op een kleine, met een strik uitgedoste terriër die woedend naar zijn enkels hapte, en hij moest zijn afscheid onderbreken om zijn verontschuldigen aan te bieden aan de bazin van de hond, een dame met strakzittende wangen die duidelijk een kenner van facelifts was en een grote bos platinablond haar had, terwijl er volop bruin te zien was in haar gerimpelde decolleté, dat stevig ingesnoerd zat in donkerroze en zwaar behangen was met goud. In de open ruimte voor de vertrekhal zag je overal zulke vrouwen. Sommigen hadden in hun kielzog een verschrompelde echtgenoot met in zijn hand een leren aktetas geklemd, anderen gaven bevelen aan norse kruiers of aan gezelschapsdames die ze in dienst hadden, jongedames met op elkaar geknepen lippen en met was opgestreken wenkbrauwen die op hun gezicht een uitdrukking van permanente minachting en verbazing hadden die hun werkgeefsters, zo leek het, voor hun door de tand des tijds aangetaste eigen gezicht probeerden te hervinden.

'Allemaal potentiële klanten.' Mijn vader knipoogde. 'Of de vriendin van een potentiële klant. Ik zal eens kijken of ik er eentje in het vliegtuig kan versieren.'

'Waarom probeer je niet eens of je aan die aandrang weerstand kunt bieden?' mompelde ik, maar mijn opmerking ging verloren in het lawaai van een vertrekkende straaljager.

Mijn moeder ging met haar mondhoeken omhoog en forceerde een glimlach. 'Doe wat goed is voor het hotel,' zei ze. 'En denk om wat goed is voor de familie.'

'Reken maar.' Maar mijn vader – aangestoken door de geërgerde toon van zijn vrouw – klonk niet langer opgewekt. 'Hef het glas op Papa. Ik hoop dat hij niet al te moe zal zijn.'

'Moe?' zei ik. 'Hij heeft zes maanden uitgerust.' Ik sprak om brutaal te willen zijn, maar mijn ouders besloten te lachen, ongedwongen, bijna natuurlijk, alsof we toch een echt gezinnetje waren.

'Pas goed op je moeder.' Mijn vader zwaaide uitbundig. Zij noch ik was uit de auto gestapt om hem een afscheidszoen te geven, en pas nadat hij tussen de oude dames en de schuifdeuren verdwenen was, kwam ik in beweging en ging ik voorin, op zijn oude plaats, zitten.

'Nou, van hem hebben we in ieder geval een paar dagen geen last,' zei mijn moeder.

'Denk je dat hij een vriendin in Parijs heeft?'

'Ik heb besloten daaraan niet te denken. Hij gaat voor zijn werk.'

'Ja, maar je zei dat…'

'We kijken alleen maar naar wat we kunnen zien, afgesproken?'

'Dat is huichelachtig.'

'Het is realistisch. Je moet in deze wereld een realist zijn. Morgen komt je grootvader thuis, en het laatste waarover hij moet inzitten is hoe het met het huwelijk van zijn zoon gesteld is.'

'Ga je daarom niet bij hem weg?'

'Wat?'

'Omdat je bang bent voor opa en oma?'

'Doe niet zo belachelijk. Ik ga niet bij hem weg omdat...' Ze reed weg, en zei niets terwijl ze de uitrit afreed en de hoofdweg insloeg.

'Nou, waarom dan?'

'Zit niet zo boven op me, Sagesse. Er zijn duizend redenen. En ik ben met je vader getrouwd in voorspoed en in tegenspoed...'

'Maar je kust hem niet eens. Dat doe je al tijden niet. Lang voor dit alles.'

'Wat weet je ervan? Praat niet over dingen waarvan je geen verstand hebt. Echt waar, ik...'

'Hou alsjeblieft op, hou op. Je bent net zo erg als hij. Ik haat jullie alle twee. Ik haat alles.'

Mijn moeder zuchtte. Van opzij was haar gezicht als een skelet, de huid tot bijna brekens toe over haar holle wangen getrokken. Maat ik zag dat er, hoewel ze broodmager was, vlak onder haar kaak een kwab hing en dat haar hals een heel klein tikkeltje begon uit te zetten. 'Alsjeblieft. Zo is het genoeg. Dit is mijn leven. Dit is jouw leven, maar niet voor altijd. Je bent jong. Je zult gauw vrij zijn om te kunnen doen wat je wilt. Je zult kunnen ontsnappen.'

'Niet gauw genoeg.'

'Denk je dat ik me de tijd niet herinner dat ik zo oud was als jij? Je vergeet dat de tijd voorbijgaat.'

'Dat is het niet. Je vraagt je alleen af of je het tot zo lang uithoudt.'

'O, zeker. Je moet gewoon tegen jezelf zeggen dat het allemaal een kwestie van tijd is.'

'Dat zei Marie-Jo altijd.'

'Het is waar.'

'Voor jou niet.'

'O nee?'

'Ik bedoel, je gaat nergens heen. Je bent al hier. Tenzij je besluit alles te veranderen.'

'Bedankt. Dat is een fraaie manier om mijn leven te bekijken. Afgelopen.'

'Dat zei ik niet, Maman. Je bent ook jong. Naar wereldse maatstaven. Heel veel mensen beginnen op jouw leeftijd toch nog opnieuw?'

'Ik weet het niet, liefje. Maar dit is mijn leven, en ik zal dat zo goed mogelijk aanpakken. Er zijn dingen waarvan je niet kunt weglopen.' Ik wist dat ze niet mij bedoelde, of mijn vader, of zelfs mijn grootouders. 'Ik denk dat God wel zal weten wat hij doet.'

'Ik niet. Ik denk dat helemaal niet.'

2

Als om het te vieren was de volgende ochtend de nevel opgetrokken en was de mistral – die wind die zozeer deel uitmaakt van de streek dat hij als een huisgod is, over wie vaak en liefkozend met zijn naam gesproken wordt – opgestoken, die het water in witte schuimkoppen deed opspatten en die tegen de ramen beukte. Mijn moeder en grootmoeder zouden mijn grootvader halen, terwijl ik op school zat, en na school moest ik niet haar huis gaan, maar naar het hotel, naar het appartement van mijn grootouders, waar zij, en Etienne, klaar zouden zitten. Te zijner ere had Titine, hun invalide vriendin (die toen nog niet aan haar huis gekluisterd was), haar huishoudster een *mouna* laten bakken, de traditionele Algerijnse paastaart (hoewel Pasen al lang voorbij was); Zohra zou langer blijven, om op haar teruggekeerde baas te drinken. Een aantal andere dappere vrienden – oude mensen, oud genoeg om uit Algerije afkomstig te zijn – was uitgenodigd om die avond langs te komen, een bescheiden feestje om de terugkeer van mijn grootvader van zijn gedwongen herstelperiode te vieren.

In weerwil van mijzelf zat ik de hele dag aan mijn cadeau te friemelen en aan de avond te denken en kon mij nauwelijks concentreren. Ik bleef maar denken aan de laatste keer dat ik hem gezien had (hoewel dat niet de laatste keer was), in de beklaagdenbank, wat ook als de eerste keer had gevoeld dat ik hem echt gezien had, als een man; toen wij naar elkaar gekeken hadden en ik het gevoel had gehad dat ik door hem gekend werd, en dat ik hem ook kende. Het was de eerste keer dat ik de familiemythe had begrepen, of althans het gevoel had gehad dat ik er deel van uitmaakte. Net als mijn grootmoeder, en net als mijn moeder (hoewel zij dat nooit bewust zou hebben toegegeven), geloofde ik dat mijn grootvader ons op de een of andere manier, zelfs nu, kon redden, onze familie bijeen kon pakken en bij de afgrond kon wegtrekken. Mijn moeder en grootmoeder hadden plaats gemaakt, hadden mythen gecreëerd, voor zijn discipel, mijn vader, en gewild dat hij de plaats van de oude man zou innemen; en nog steeds lag de macht bij de patriarch.

Ik was bijna een jaar lang niet in het hotel geweest. Het lag nog geen kilometer van het huis, en toch had ik het mijn rug toegekeerd alsof het niet bestond. Ik naderde de ijzeren hekken als een nerveuze gast, met lood in de schoenen en mijn hart kloppend in mijn keel. De palmbomen langs de met grind bedekte oprijlaan waren hoger en hun ananasachtige stammen hariger dan ik me herinnerde. De wasbleke struiken waren ook zo hoog opgeschoten dat ze mij bij mijn ellebogen prikten. Op het terrein ritselde en ruiste het – een kat strompelde door het kreupelhout – maar ik kwam geen mensen tegen. Op het punt waar de oprijlaan zich splitste, ging ik, na met opzet een waggelende kever platgetrapt te hebben, naar rechts, de smallere weg in die met een bocht het bos inliep, waardoor je het appartementencomplex van achteren benaderde, in plaats van dat ik me op de weg naar het hotel zelf waagde, met het risico dat ik Marie-Jo in de buurt van de tennisbanen zou tegenkomen. Ik liep snel door, buiten adem als gevolg van de helling en mijn gespannenheid, dankbaar voor de trap die achterom vanaf de parkeerplaats voor het personeel naar het appartement van mijn grootouders liep: ik hoefde het zwembad, de betegelde piazza erboven, de oude plataan, niet te zien – en toch was ik nieuwsgierig. Op het laatste moment schoot ik langs een niet langer gebruikt paadje achter een bamboebosje, waar we lang geleden de weg afsneden als we rovertje speelden. Vandaar liep ik dicht tegen de gegranuleerde muur van het personeelscomplex – er viel daarbij stof op mijn rug en mijn rugzak bleef een paar keer haken achter de klimop – en kwam uit op een vertrouwde verstopplaats (die nog steeds gebruikt werd: aan mijn voeten glinsterden drie kauwgumpapiertjes), een holte achter een aantal peperbomen, vanwaar ik zonder gezien te worden naar mijn vroegere speelterrein kon kijken.

Een jong stel zat in de spleet van de plataan, met hun benen om de stam als was deze een raket, naar de zee te kijken. Ik zag alleen hun rug, het lange zwarte haar van de vrouw, de gespierde arm van de man die de slankere, blekere arm van de vrouw streelde. Het waren geen mensen die ik herkende; Marie-Jo was nergens te bekennen. Een tuinman met een platte pet op was links van hen, waar ik hem nog net kon zien, in het bloembed aan het snoeien en floot daarbij af en toe tussen zijn tanden. Achter hen, tot aan de horizon, glinsterde het rimpelende water. Dit was een idyllische plek die mij vreemd was en nu aan anderen toebehoorde. Ik zei tegen mezelf dat ik niets van die plek of van hen te vrezen had; zij kenden mij niet en wisten niet van de betekenis van die plek voor mij. En toch kon ik mijzelf er niet toe brengen om door de struiken heen te schieten en naar het open terrein te gaan, en ik zag mijzelf niet met veel bravoure naar de voordeur van het gebouw lopen. In plaats daarvan ging ik de weg terug door de bosjes en over de overal uit de grond stekende wortels, en ging ik langzaam (tegen mijn hart zei ik, 'klop lang-zaam') de rest van de trap op naar de achteringang van het gebouw.

In plaats van de lift te nemen, nam ik de trap naar het dakappartement; tussen iedere verdieping bleef ik op de overloop wachten om me ervan te vergewissen dat niemand een van de andere appartementen in- of uitging. Door de muren heen hoorde ik Thierry's moeder naar iemand roepen vanuit de keuken; ik dacht dat ik het geluid van voetstappen hoorde achter de dubbele voordeur van Marie-Jo, waarnaast in het halfdonker het lichtje van de bel uitnodigend flikkerde, en ik nam de volgende trap met twee treden tegelijk om buiten bereik te zijn. Toen ik bij mijn grootouders aanbelde, zweette ik overal: mijn hemd kleefde onplezierig aan mijn rug en de puisten die erop zaten, en langs de naad van mijn billen liep een straaltje zweet omlaag. Ik kon nog net het zweet van mijn bovenlip vegen voordat Zohra de deur opendeed en mij uitgelaten begroette toen ze me zag.

'Mijn grote meid,' riep ze, en ze sloeg haar armen om mijn middel en stak mij haar bruine wang toe, zodat ik haar kon omhelzen. 'Wat ben je lang! Wat word je dik! Dit is een dag van vreugde; alle dierbaren zijn weer thuis!'

'Is iedereen er?'

'Alleen die beste vader van je is er niet. Maar hij heeft al gebeld. Kom binnen, kom binnen.' Ze nam mijn biceps stevig tussen haar kleine vingers en trok me over de drempel.

'Denk je dat ik me even kan opfrissen? Voordat ik gedag zeg?'

'De badkamer, ja, de badkamer! Je wilt lekker schoon zijn voor je grootvader, mijn schatje. Arm kind, regelrecht uit school. Kom mee!' Ze nam me mee naar de badkamer en ging met me naar binnen.

'De rode handdoek – je gebruikt de rode handdoek, goed?'

'Oké.'

'En het kleine zeepje, voor de gasten? Het andere stuk is van je grootvader – helemaal nieuw voor zijn thuiskomst.'

'Ja hoor.'

Ze bleef naar me staan kijken terwijl ik naar de wastafel liep en wilde kennelijk niet graag weggaan. Ik hoorde de stem van mijn grootmoeder in de woonkamer.

'De vriendin, Titine, is er al, met een zuurstoftank, stel je voor. Je broer is er ook – ook al zo'n grote jongen.'

'Dat is hij zeker. Denk je dat – zou je het erg vinden als ik de deur dichtdeed?'

'Nee, nee, ik ga al.' Toch bleef ze staan. En toen fluisterde ze, terwijl ze buigend als een hofdame en met ogen waarin de emotie fonkelde de deur dichttrok: 'Het is zo triest in de woonkamer. Iedereen heeft iets. Ik ben blij dat jij er nu bent – een sterke, gezonde meid.'

Ik trok mijn hemd uit en bekeek mijn bezwete bovenlichaam in de spiegel. In de badkamer hing de vertrouwde geur van zeelucht en lavendelzeep. De kleine hoge raampjes met luxaflex ervoor stonden half open omdat het middag was, en af en toe drong de mistral binnen. Ik waste me bij de wastafel; ik zeepte mijn rug zo goed mogelijk in en wreef er hard over met de ruwe handdoek, een oude, die zo scherp aanvoelde als een boenborstel. Terwijl ik met mijn hand tastend over een van de schoongeboende puisten ging, begon er pus uit te komen; met mijn vingers wreef ik net zo lang tot er flink bloed uit mijn huid kwam. Mijn hemd was wit; ik kon mij pas aankleden als ik het bloeden gestelpt had. Ik keek in de kastjes of er een pleister te vinden was, maar vond alleen maar een doosje gaas en leukoplast, waarmee ik een verband maakte. Het kostte een paar pogingen en meer dan een rolletje leukoplast voordat ik er zeker van kon zijn dat het verband goed over de wond zat. Het bobbelige verband voelde aan als een kleine bochel. Ik dacht aan de rug van Cécile, met een dorp van overal dit soort verband in het landschap van haar rug die onder de granaatscherven zat.

Ik kleedde me voorzichtig aan. Het was een onaangenaam gevoel om het hemd, dat hier en daar nog vochtig was, weer aan te trekken. Ik was mijn haar aan het kammen en wilde het net opnieuw vlechten, toen mijn moeder op de deur klopte.

'Is alles in orde?'

'Ik kom eraan.'

'Waarom duurt het zo lang?'

'Nergens om.'

'Je grootvader vraagt zich af waar je blijft.'

Ik voelde ergernis in mij opkomen bij deze rituele onderdanigheid. 'Zeg hem maar dat ik op de wc zit.'

'Je hoeft niet zo onaangenaam te doen, Sagesse. Blijf daar niet de hele dag zitten.'

Ik maakte een geërgerd geluid in mijn keel. 'Ik kom er zo aan.'

Ik hoorde het klikkende geluid van haar voetstappen in de hal en probeerde tevergeefs daaruit af te leiden hoe geïrriteerd ze was. Ik maakte mijn vlecht af, deed wat aan mijn pony en wachtte. Ik ging op de wc zitten en liet wat urine in de pot druppelen om mijn bewering te staven; trok door, waste mijn handen weer en oefende ondertussen mijn glimlach. Ik veegde de toilettafel schoon met de rode handdoek, vouwde deze op en hing hem over het bad.

Toen waagde ik me naar buiten, ging de hal in, langs de eetkamer (van waaruit ik eindelijk het zwembad kon zien, waarin zich geen zwemmers bevonden, op een klein meisje in een gebloemd broekje na dat tegen een geel plankje schopte, terwijl haar moeder haar op de patio – precies op de plek waar het schot was gevallen – in de gaten hield) en de volle woonkamer in.

Zohra, die op een poef zat die het dichtst bij de ingang stond, sprong op en kwam op mij af en omarmde mij met veel vertoon, alsof ze dat al niet eerder gedaan had. 'Hier is ze, het vermoeide schoolmeisje! Het mooie meisje!' Ze bleef als een soort geest aan mijn zijde, huppelend en met zo veel energie dat niet alleen ik er nerveus van werd, maar ook – zo merkte ik zonder te kijken – de anderen.

'Geef je grootvader een kus – daar heb je hem!' Zohra duwde me naar hem toe alsof ik hem anders niet herkend zou hebben. Dat was niet helemaal verkeerd gezien van haar: als hij niet in mijn grootvaders stoel had gezeten, als hij – op mijn broer na – niet de enige mannelijke persoon in de kamer was geweest, dan zou ik hem misschien over het hoofd gezien hebben.

Hij was nooit een lange man geweest, maar nu, zelfs nu hij zat, was hij gekrompen. Hij zat op de bekleding als een koninkje op een veel te grote troon, alsof zijn voeten niet helemaal bij de grond konden, terwijl zijn handen de armleuningen van de stoel, die naar voren breed uitliepen als waren het klauwtjes, omklemden, alsof alleen zij hem op zijn plaats hielden en voorkwamen dat hij eraf gleed. Kleiner (althans in mijn ogen) als hij was, was hij ook dikker geworden – van het eten in de gevangenis, of van de taarten en chocola waarop mijn grootmoeder hem eens in de veertien dagen vergastte, of van zijn antidepressiva – en zijn gezicht, dat eerst ovaal van vorm was, was nu zo rond als een munt, een mollig, goedhartig gezicht waarin zijn ogen in hun oogleden dof als dropjes lagen. Zijn donzige haar, dun en vroeger grijs, was nu wit, een zwakke stralenkrans boven zijn oren met hun grote lellen. Hij probeerde overeind te komen, maar dat kostte hem veel moeite – als een klein jongetje dat uit een kinderstoel klimt, maar zonder de kracht van een jongen – en ik stapte naar voren om hem een kus te geven. Hij rook naar zeep. Zijn kleren – kleren die in zijn kleerkast gehangen hadden terwijl hij weg was – spanden wat, alsof ze van iemand anders waren; ze knelden bij de boord en zaten een beetje gedraaid over zijn buik. Zijn riem, zo zag ik, zat een gaatje verder dan het gaatje waarop hij eerst zat en dat nu helemaal uitgerekt was. Ik keek hem in zijn dropogen en wilde weer die flits van herkenning, die vurige blik, zien. Zijn oogleden, die zo langzaam als hagedissen bewogen, gingen eenmaal, tweemaal dicht, als om de waas in zijn ogen weg te wassen, alsof hij probeerde naar de oppervlakte te komen maar dat niet kon. Hij gaf mij een klopje op mij wang – 'Ik heb je gemist, kleintje' – en uit zijn mond kwam een walm van zoutachtige oudemannenadem.

'Ik heb u ook gemist.'

Het enige teken dat hij het was (maar wie? De man die ik aan de andere kant van een kamer had menen te zien zitten? De man die ik vanaf mijn vroegste jeugd had gevreesd en vermeden? De man uit de familieverhalen?) kwam van zijn papierachtige hand, die hij over de mijne vouwde toen ik me naar hem voorover boog en waarmee hij deze bijna wanhopig vasthield toen ik me weer oprichtte, zodat mijn vingers, toen ik mij in hurkhouding omdraaide langs zijn stoel om de kamer in te kijken, nog zijn gevangene waren.

Ik glimlachte (zoals ik geoefend had) naar het gezelschap. Rechts van mijn grootvader zaten op de sofa in een rij naast elkaar mijn moeder, die nog vrolijker glimlachte dan ik; een indrukwekkende vrouw die ik niet kende, met borstelige wenkbrauwen en grote, donkere ogen, van in de vijftig misschien, die haar brede handen gevouwen hield in haar schoot en die zwarte keverachtige oorbellen in had, die mij deden denken aan het zielige insect dat ik kort tevoren had platgedrukt. Naast haar zat Titine te beven, spichtig en te vroeg voor haar jaren verschrompeld door haar kwalen, terwijl haar spitse kin als een onstabiele barometer op en neer ging. Bij haar knie rustte haar zuurstoftank op het karretje, met plastic slangen als een slinger eromheen, klaar in geval van nood.

Links van mij zat mijn grootmoeder als een vorstin in haar met tapestry beklede stoel, met haar linkerhand die van Etienne vasthoudend. Naast hem, bijna onzichtbaar, zat Zohra in hurkzit. We zaten in een U-vorm; de leunstoel recht tegenover mijn grootvader, die de cirkel vol gemaakt zou hebben, bleef leeg, als in afwachting van mijn vader. Daar zat hij meestal.

'Is dit niet een prachtige dag?' zei mijn grootmoeder.

'Zeker,' mompelden Titine en de onbekende dame – die, naar ik concludeerde, de weduwe moest zijn, madame Darty, de boezemvriendin van Titine en later de vierde dame bij het bridgen – in koor.

'We zeiden net tegen je grootvader,' zei deze vrouw tegen mij met een diepe stem, 'dat de bloemen in bloei staan ter ere van zijn terugkeer.'

'En dat de – mistral waait,' voegde Titine er met haar hoge trilstem aan toe, terwijl ze halverwege de zin even stopte als was zij zelf een zuchtje wind.

'Wat?' Mijn grootvader probeerde voorover te leunen in zijn stoel. (Zo, dacht ik. Ze hebben hem zijn gehoor ook al afgenomen.)

'De mistral,' herhaalde mijn moeder op luide toon. 'Die waait voor jou.'

Alsof hij daar op gewacht had, blies op dat moment de wind om het gebouw, waardoor de geraniums op de veranda begonnen te dansen.

'De goede wind,' zei mijn grootvader. 'Daar kunnen we meer van gebruiken. Ik heb hem de laatste maanden gemist.'

'Je hebt toch zo'n prachtig appartement,' zei madame Darty dweperig, die, zo merkte ik, als de aandacht op iemand anders gevestigd was, de voorwerpen in de kamer keurend zat op te nemen. 'Wat een uitzicht!'

'Bent u hier nog niet eerder geweest?' vroeg ik.

Ze schudde haar hoofd. 'Maar wat een speciale gelegenheid om uitgenodigd te worden.'

Mijn grootmoeder glimlachte. 'Titine, we moeten de *mouna*, die jij zo genereus hebt meegebracht, gaan aansnijden.' Ze knikte naar Zohra, die zonder iets te zeggen naar de keuken ging om daar deze traktatie en bordjes en servetten te halen. 'Ook al zo'n delicatesse die we missen van het vroegere leven.'

De dames zuchtten; mijn grootvader keek afkeurend. Er volgde een stilte, waarin mijn broer besloot heen en weer te gaan schuiven wat bij hem doorging voor praten. Mijn grootmoeder en madame Darty spraken tegelijkertijd; de laatstgenoemde wierp even een nerveuze blik op Etienne en keek meteen weer voor zich, alsof het onbeleefd was om te erkennen dat hij aanwezig was.

'Natuurlijk krijg jij ook taart, *chéri*,' zei mijn grootmoeder, 'met een lekker glas melk.'

'U bent een soort held voor mij,' zei madame Darty op luide toon tegen mijn grootvader. 'Ik zou vast en zeker precies hetzelfde gedaan hebben. Die jongelui van tegenwoordig – ik zal u iets vertellen – ik was laatst bij een vriendin op bezoek, een weduwe net als ik, maar onbemiddeld. Ze woont in een deel van de stad waar ik normaal gesproken niet zou komen…'

'Ah…' ademde Titine. Het was onduidelijk of ze hiermee een bijdrage aan de conversatie leverde of alleen maar naar lucht hapte. Madame Darty besloot haar te negeren.

'En mijn auto is niet nieuw, maar het is een mooie auto. Nou ja, geen Mercedes, maar een mooie auto. En terwijl ik hem afsloot – ik stond op klaarlichte dag geparkeerd in de straat – kwam een stel tieners aangelopen. Het waren – ik vind het vervelend om het te zeggen, maar natuurlijk waren het Arabieren.' Ze zei dit luid fluisterend, met een blik naar de deur om er zeker van te zijn dat Zohra er niet was. 'En een van die jongelui beledigde me, en ze liepen om de auto heen terwijl ik wegliep. Ik zag een van hen een schop tegen de banden geven. Ik was bang om iets te zeggen, bang voor mijn leven.'

'En voor uw auto,' zei mijn moeder, met overdreven bezorgdheid. Madame Darty knikte ernstig.

'Is hij gestolen?' vroeg mijn grootmoeder. 'Of beschadigd?'

'Godzijdank nee. Maar die kinderen, het geeft ze plezier om ons te terroriseren. Het is verschrikkelijk.'

'Geen respect,' zei Titine piepend. Mijn broer grinnikte. Madame Darty deed zichtbaar haar best om niet naar hem te kijken.

'Maar die arme mevrouw Darty,' zei mijn moeder tegen mijn grootvader, 'heeft nog iets veel ergers meegemaakt. Nog maar vorige week.'

'O ja?'

'Ja, ja. Er is bij mij ingebroken.' Ze schudde haar hoofd. 'Ik ben 's middags vaak weg – wie ons appartementencomplex maar in de gaten houdt, kan dat weten, en…'

Zohra kwam binnen met de taart op een schaal in haar ene hand en een stapeltje bordjes in haar andere. Ze zette ze op de salontafel voor haar mevrouw.

'Misschien dat Titine de honneurs wil waarnemen?'

Titine schudde met haar hoofd duidelijker van nee dan het uit zichzelf schudde. 'Doe jij het maar.'

'Thee, denk ik, Zohra. En melk voor Etienne. En een cola?' Mijn grootvader knikte. 'Een cola voor monsieur.'

Mijn grootmoeder sneed de *mouna* aan – een veredeld soort brioche, meer brood dan taart, met middenin, als een niet ontplofte bom, een hardgekookt ei – en ik hielp met het uitdelen, waarbij ik van de gelegenheid gebruik maakte om mijn vaders lege leunstoel in te pikken. Ondertussen ging madame Darty door met haar droevige verhaal. Ze was thuisgekomen en had geen aandacht geschonken aan het feit dat de deur niet op de grendel zat – 'alleen "Stom van me", zoals je dat dan tegen jezelf zegt' – en was zich pas zorgen gaan maken toen ze het voelde tochten en zag dat de deur naar het balkon op een kier stond. In de woonkamer was niets aan de hand, helemaal niets aan de hand; maar toen was ze naar haar slaapkamer gegaan en 'Mon dieu! De schrik slaat me nu nog om het hart!': laden open, kleren overal op de grond.

'Ik had de dief gestoord, ziet u, voordat ze mijn hele woning konden leeghalen. Maar mijn ringen! Mijn halskettingen!' Ze had de politie geroepen; die had vastgesteld dat de dief vanaf het balkon was binnengekomen, na te hebben ingebroken in het onbewoonde appartement naast haar. ('Heerlijke taart, Titine,' mompelde mijn grootmoeder, in een zwakke poging om de stortvloed van madame Darty te stuiten.) 'En mijn buren waren pas drie weken weg. Maar dat wisten ze. De dief wist dat!'

Haar grootste onthullingen bewaarde ze voor het laatst. 'Ze denken dat de dief zich op een van de overlopen heeft schuilgehouden terwijl ik langs liep – kunt u zich dat voorstellen? In het donker – als een kakkerlak.' En vervolgens: 'De politieagent zei dat hij dacht dat de dief een vrouw was. En zodra hij dat zei, dacht ik ja, dat klopt, omdat ze regelrecht op mijn slaapkamer is afgegaan, op de persoonlijke kostbaarheden. Geen blik op de woonkamer. Geen belangstelling voor het tafelzilver. Nee, ze heeft me gepakt waar het me het meeste pijn zou doen.'

Iedereen maakte geluiden van ontzetting, met hun mond vol *mouna*. Alleen het stuk taart van madame Darty bleef onaangeroerd. 'Ik wacht even op de thee, lieve,' zei ze met een klopje op de knie van Titine. 'Het is vast heerlijk; het ziet er alleen een beetje droog uit. In ieder geval' – dit tot het gezelschap in het algemeen – 'toen vertelde de politieagent me dat er een bende is – een bende – van Nigeriaanse vrouwen die in de hele stad in huizen en appartementen inbreken en die vrij rondlopen.'

'Een bende?'

'Dat zei hij.'

'Maar als ze ze niet gepakt hebben, hoe weet hij dat dan?'

'Hij zei dat het zo was.'

'Maar hoe kon hij weten hoeveel het er zijn, of dat ze uit Nigeria komen, of dat ze uit Italië of uit Engeland of misschien wel uit Frankrijk komen? Ik bedoel, als ze niet gepakt zijn?'

Mijn moeder wierp mij een waarschuwende blik toe.

Madame Darty deed haar donkere wenkbrauwen omlaag en sprak op strenge toon. 'Ik denk dat we erop moeten vertrouwen dat de politie haar taak verstaat.'

'Zeker,' zei mijn grootmoeder die, nadat ze haar bordje opzij had geschoven, Etienne zo discreet als maar kon stukjes taart zat te voeren. Zohra kwam met een dienblad binnen en gaf mijn grootvader als eerste zijn cola. Het leek of hij onder het verhaal van madame Darty nagenoeg had zitten slapen, en nu ging hij weer rechtop zitten en veegde hij de kruimels van de *mouna* van zijn overhemd. Hij dronk gulzig en slurpend van zijn cola, zonder te wachten tot de thee ingeschonken werd.

'Het is een verschrikkelijk probleem,' probeerde mijn moeder als vaag commentaar. 'Misdaad.'

'Een van de vele tegenwoordig,' voegde mijn grootmoeder eraan toe.

'En toch arresteren ze de verkeerden,' zei madame Darty met een brede glimlach naar mijn grootvader. Hij was bezig de bodem van zijn glas te bestuderen, als was hij verbaasd dat het leeg was, en zag het niet.

'Zohra,' fluisterde mijn grootmoeder. 'Schenk nog een keer in voor monsieur.'

Zohra sprong weer op van haar lage poef en pakte zijn glas. 'Hij heeft erge dorst,' zei ze geluidloos tegen mij terwijl ze de kamer uitliep.

Er werd thee gedronken en er werden over en weer grapjes gemaakt. Madame Darty leek zich uitgeput te hebben en liet Titine dus maar over haar gezondheid mopperen ('Het voorjaar is erg slecht voor mijn longen, vanwege het stuifmeel. Maar lang niet zo erg als de zomer met die vreselijke hitte en geen wind…'). Na enige tijd ging de grootste van de twee vrouwen rechtop zitten, waardoor haar boezem in vol ornaat zichtbaar werd, en zei: 'Ik denk dat ik Titine nu maar naar huis breng. Jullie zullen allemaal wel wat willen rusten voor de andere gasten komen.'

'Jullie kunnen gerust blijven,' bood mijn grootmoeder aan. 'Er komen alleen maar een paar oude vrienden.'

Titine beefde ontzet. 'O nee, echt niet. Ik zou geen adem kunnen halen. 's Avonds wordt het veel erger. Bovendien ga ik met Jeanne mee, en jij wilt immers voor donker thuis zijn, lieve?'

Madame Darty huiverde. 'Het is zo eng nu in het trappenhuis. Als ik aan die dievegge denk, die zich daar schuilhield. Ik vraag me af of ik er ooit overheen kom.'

Het afscheid van de dames had heel wat voeten in de aarde. Zohra tilde met moeite de zuurstoftank op. 'Hij heeft wieltjes, mijn beste, rol hem maar, weet je – rol er maar mee,' spoorde madame Darty haar aan, als tegen een kind. Zelf bleef ze met haar grote gestalte over Titine heen hangen, die helaas geen wieltjes had en van het ene meubelstuk naar het andere wankelde, zich met haar klauwachtige vingers vastgrijpend aan waar ze maar steun kon vinden. Zohra werd gevraagd om op de overloop een stoel neer te zetten, waarop Titine op de lift kon zitten wachten. Mijn grootmoeder en moeder hielden van achteren toezicht en gaven schertsend raad terwijl de kleine stoet zich voortbewoog.

'Wilt u dat Sagesse mee naar beneden gaat, naar de auto? Kan zij helpen?'

Madame Darty nam mij van top tot teen op. 'Ik denk dat we het wel redden. Maar bedankt.'

Toen ze de lift in waren geholpen, gingen we terug naar de woonkamer, waar zowel mijn broer als mijn grootvader ingedommeld leken te zijn.

'Laten we deze bordjes wegbrengen, Zohra,' zei mijn grootmoeder op dringende toon. 'Zachtjes.'

'Aardig van Titine om de *mouna* mee te brengen,' zei mijn moeder.

'Zeker. Misschien wil jij de rest mee naar huis nemen? Ik heb er zelf nooit zoveel aan gevonden, al is het een mooie herinnering. Toen ik klein was, gingen alle vrouwen met hun taarten naar de bakker, naar de bakovens. Rijen vrouwen in optocht door de straten op de ochtend voor Pasen of Pinksteren, allemaal met een witte doek over hun dienblad. Al die prachtige witte doeken, zo ongerept en met zo veel liefde gedragen. Het was een echte wedstrijd, weet je, wie de beste *mouna* had gemaakt. Ik vind het idee prachtig, het ding zelf niet zo. En Jacques – nou, geef hem maar een rum-taartje.'

'Misschien wil Zohra hem wel hebben?' stelde ik voor.

'Misschien wel.' Mijn grootmoeder had daaraan kennelijk niet gedacht. 'Al geloof ik dat zij in het algemeen meer van droge taarten houden.'

Mijn grootvader opende verschrikt zijn ogen.

'Heb je slaap, *chéri*? Wil je wat gaan liggen?' Ze wendde zich tot mijn moeder: 'Een leven lang siësta's en we zijn gewoon uitgevloerd als we er geen hebben.'

Mijn moeder glimlachte. Ze stond achter de stoel van Etienne en bewoog deze zachtjes heen en weer, als om hem rustig verder te laten slapen; maar het resultaat was dat zij hem wakker maakte. Zijn grijze ogen rolden – als die van een vogel – in zijn scheefgehouden hoofd, zoekend naar wat de be-weging veroorzaakte. Mijn moeder streelde zijn haar en gaf hem een kneepje in zijn nek met haar vingers.

'Grr,' zei hij. 'Grrrr.'

'Kan de volgende groep niet afgebeld worden?' vroeg mijn grootvader, terwijl hij moeite deed om meer rechtop in zijn stoel te gaan zitten.

'Ik denk het niet – ik dacht – zie je – het spijt me, *chéri*.' Mijn grootmoe-der zag er echt verslagen uit. 'Het is een verschrikkelijke fout. Ik weet niet wat ik moet doen…'

'Het is al goed.' Hij ging met moeite staan, een klein mannetje. Hij ging met zijn hand over zijn kale hoofd en liet de palm als een deken rusten op de schedel. 'Ik ga naar de slaapkamer en ga daar wat lezen. Ik ga niet slapen – het is te laat. Misschien voel ik me in staat en misschien ook niet. Mis-schien voeg ik me bij het gezelschap en misschien ook niet.'

'Zoals je wilt. Natuurlijk, zoals je wilt.' Mijn grootmoeder werd heel erg rood en wit; ze voorzag een sociale ramp. 'Ik zou ze nooit uitgenodigd heb-ben – maar we hebben het erover gehad, weet je nog wel, en je zei…'

'Ik weet wat ik gezegd heb. Maar ik ben moe.' Mijn grootvader sprak op klagerige toon. Ik had hem die nog nooit horen gebruiken of me dat ooit voorgesteld. 'Ik hoor de bel,' zei hij. 'Misschien kom ik te voorschijn, maar reken niet op mij. Zeg maar dat ik heel moe ben. Dat is de waarheid.'

Maar je hebt zes maanden uit kunnen rusten, dacht ik weer bij mezelf; ik zei het niet. Mijn moeder en grootmoeder keken met grote ogen toe hoe hij door de hal liep. Zohra, die naast mij stond, schudde haar hoofd. 'Ver-schrikkelijk. Het is verschrikkelijk wat ze met hem gedaan hebben,' mom-pelde ze.

'Nou, nou. Laten we maar vlug gaan opruimen.' Mijn grootmoeder stapelde de bordjes op elkaar en ging ermee naar de keuken. 'We slaan ons heus wel door deze avond heen, kinderen. Het is niets vergeleken bij wat al geweest is.'

3

Mijn grootvader kwam wel degelijk te voorschijn, heel eventjes, maar hij zag er keurig uit, jasje aan en stropdas om. Hij wachtte tot het feestje halverwege was en maakte de ronde in de felverlichte kamer: hij kuste de vrouwen en gaf de mannen een hand.

'U ziet er heel goed uit,' feliciteerde de ene na de andere dame hem.

'Ah, bedankt. Maar schijn bedriegt. Ik ben in feite heel erg moe. Als u me wilt excuseren…,' en door naar de volgende. Nadat iedereen begroet was, werd er een toost uitgesproken, een eerbetoon dat mijn grootvader deed blozen – zijn oren werden heel erg roze – en dat hem zijn gebit deed tonen. Hij bedankte het gezelschap, de kordate matrones in hun wijde jurken en de mannen in keurige blazers: 'Het is een voorrecht jullie allen te zien en fantastisch om weer thuis te zijn. Maar ik ben nu helaas erg moe. Als jullie me nu willen excuseren…' en hij trok zich weer terug.

Toen de laatste gasten weg waren, trof mijn grootmoeder haar man aan haar kaptafel aan, waarop hij met zijn onderarmen stevig geleund zat te midden van haar lippenstiften en parfumflesjes; hij zat een boek met Spaanse werkwoorden te bestuderen en las de buitenlandse woorden zachtjes op.

'Daar ben je niet te moe voor, lieveling?' vroeg ze, en zo dicht in de buurt van een verwijt was ze nog nooit geweest.

'Hier is een heel ander soort energie voor nodig,' zei hij. 'De energie van de eenzaamheid en daar heb ik meer dan genoeg van.'

Mijn grootmoeder wendde zich van hem af en begon heel zachtjes te huilen; maar hij, die verdiept was in de aanvoegende wijs, merkte het niet.

Zohra hielp mijn moeder en mij met de stoel van Etienne, hielp ons hem voor in de auto te tillen. In ruil daarvoor brachten wij haar naar huis, naar haar zalmkleurige woning, die aan het einde van de stad ingeklemd stond tussen een stuk of zes andere van dat soort gebouwen, in turkoois of kanariegeel. We zetten haar af bij een rotonde, in een zeepachtig bad van fluorescerende straatverlichting, en zagen hoe zij in de schaduw verdween, een dwergje met kromme benen dat waggelend verdween in de zwarte muil van de nieuwbouwwijk; aan haar elleboog zwaaide een witte plastic tas waarin de rest van de *mouna* zat.

4

Mijn vader keerde in een opperbeste stemming uit Parijs terug. Een avontuurtje, zo nam ik aan, had hem in die goede stemming gebracht, hoewel hij dolenthousiast deed over de productiviteit van het congres, over zijn gesprekken met de crème de la crème van de reisagenten ('alleen de allerbesten – het Bellevue Hotel is uiterst chic, heb ik ze verteld. Die vierde ster krijgen we gauw'), en over hoe hoog zijn hotel bij de concurrentie aangeschreven stond ('Bertrand was er, uit Carqueiranne, en stinkend jaloers over hoe die lui in drommen – echt in drommen – op mij afkwamen'), en hij wuifde mijn moeders bezorgdheid over zijn vader, dat die zo uitgeput was, weg.

'Onzin,' zei hij. 'Mag een man zich moe voelen? Denk eens aan de emotionele kant – dat vergt heel veel. Hij is zo weer de oude. Hij moet gewoon weer wennen, meer niet. Zei hij nog iets over het hotel, over hoe het eruitziet? We zitten al voor tweederde vol, begin juli – dat is mooi. Dat is beter dan vorig jaar.'

'Ik herinner mij niet dat hij iets gezegd heeft,' zei mijn moeder. 'Maar we hebben er ook niet echt de tijd voor genomen – hij is bijvoorbeeld niet op kantoor langs geweest.'

'Nee.' Mijn vader tuitte zijn lippen. 'Natuurlijk niet. Nou ja, hij boft, hij hoeft er niet meer over in te zitten. Maar ik denk dat hij in zijn nopjes zal zijn – vooral gezien hoe het met de economie gesteld is. Het gaat slecht, weet je. Pariseau, die ergens bij Cassis zit, gaat sluiten, zegt hij. Hij denkt dat de recessie blijvend is. Maar hij is geen zakenman, dat is het probleem. Een zakenman kan het zich niet permitteren om pessimistisch te zijn.'

Mijn moeder keek mijn vader aan. 'Ja, ja,' zei ze.

Mijn vader had tot op zekere hoogte gelijk waar het mijn grootvader betrof. Een groter deel van hem – van wat wij als hem zagen – kwam na verloop van tijd terug. Hij onderwierp mijn vader aan een kruisverhoor over de financiële toestand van het hotel; hij ging korzelig in plaats van onverschillig doen tegenover zijn vrouw en zijn dienstmeid. Op zelfs de kleinste veranderingen die mijn vader tijdens zijn afwezigheid in het hotel had aangebracht had hij commentaar en kritiek. Als ik echter verwacht had dat hij een speciale belangstelling voor mijn welzijn aan de dag zou leggen, dan vergiste ik mij: hij leek zich te bewegen tussen een zelfbedachte wereld en de zakenwereld vol cijfers; hij gaf zijn zoon managementadviezen, hield nauwlettend in de gaten wat de markt ging doen, maar was niet in staat om de simpelste dingen die thuis gebeurden te zien, zoals de lakwerkschaal met anemonen op de eettafel, of de extra centimeters van Etienne, of mijn nieuwe kapsel. (Zodra het vakantie was, had ik mijn haar laten afknippen tot mijn kin, als een bewijs van mijn verdriet en met de vage hoop dat de problemen met mijn rug er minder van zouden worden.) Hij toonde – maar dat was niet verrassend – belangstelling voor mijn rapport, dat mijn vader hem liet zien als een kleine trofee, alsof het een bewijs van zijn ijver in plaats van die van mij was.

'Je kunt beter,' zei mijn grootvader die avond tegen mij in onze tuin, terwijl hij net als op de avond van zijn terugkeer mijn hand vastpakte. 'Je gaat vooruit – ergens heb je net zo'n verstand als ik. Maar toch, ja, je kunt beter. Elke generatie moet het beter doen. Zo moet het gaan.' Hij keek mij recht in mijn ogen, en ik dacht dat ik hem daar voor de eerste keer weer zag, onder zijn omfloerste hagedissenoogleden. En toen liet hij mij los, en staarde naar de struiken en de bleek wordende lucht, waarin een eenzaam vuurvliegje al morsetekens gevend aarzelend rondvloog, en hij zweeg verder, zich schijnbaar niet bewust van het gesprek van de volwassenen om hem heen.

Ik bleef een tijdje naar hem kijken, naar zijn bewegingloze houding, zijn vage en onechte goedertierenheid, als was hij een staatsman of profeet – of een gebroken man. Ik dacht dat hij nadacht over zijn zonde, het geweerschot en alles wat dat ons bezorgd had: ik schreef hem toe dat hij wroeging had, en een stil voortkabbelend verdriet, een erkenning dat hij als Kronos tot dan toe bezig geweest was zijn kinderen te verslinden in plaats van ze te voeden. Ik schreef hem toe – niet vermoedend dat het anders zou kunnen zijn – dat hij met een schone, royale lei zou beginnen, dat er in zijn ziel een zilveren ommekeer zou plaatsvinden waardoor hij ons direct zou gaan bevrijden en steunen: ik wilde uit alle macht dat hij de man was die ik wou dat hij was. Toen hij glimlachte – zijn norse lip krulde zich bijna onmerkbaar en in zijn ronde wang verscheen een rimpeling – was ik zo overtuigd van de juistheid van wat ik hem had toegeschreven dat ik hem vroeg: 'Waar denkt u aan, *Papi*?'

'Ach,' zei hij, zonder zich om te draaien om mij aan te kijken, 'ik dacht gewoon aan het verleden.'

'Waaraan dan, aan wat uit het verleden?'

5

Op een avond in de zomer van 1955, kort na zijn benoeming tot onderdirecteur van het St. Joseph Hotel op de heuveltop in Algiers, zat hij in zijn nieuwe, eigen kantoor aan zijn fraaie ebbenhouten bureau met ingelegd blad papieren door te nemen, toen zijn nieuwe, persoonlijke secretaresse, madame Barre, op zijn deur klopte. Zij was een heel keurige jongedame, de vrouw van een militair die in de stad gelegerd was, en onder haar zorgvuldig gekamde haar stond op haar gezicht verontrusting te lezen.

'Er is hier een man,' zei ze, 'een boers type. Die zegt dat hij uw neef is. Ik – ik heb tegen hem gezegd dat u helemaal geen tijd heeft, dat hij een afspraak moet maken, maar hij weigert – hij wil niet weggaan. Ik ben een beetje bang voor hem.'

Mijn grootvader was verbaasd – ja, verbijsterd – over de mogelijke identiteit van deze bezoeker, en voelde zich ook, zo bekende hij mij, behoorlijk gegeneerd dat zo'n man zich in zo'n hotel aandiende – gegeneerd ten overstaan van madame Barre, van wie hij wist dat zij van betere komaf was dan hij, een feit dat hij tot dan toe verborgen had weten te houden.

Dus toen de jongeman werd binnengelaten – met zijn stevige schoenen, waarmee hij op het oosterse tapijt stampte, en zijn stoffige hoed deed hij mijn grootvader een heel klein beetje denken aan een bepaald moment in zijn eigen jeugd, dat tegelijk heerlijk en pijnlijk was, in de lobby van het Ritz Hotel in Parijs – trok mijn grootvader een wenkbrauw op en keek hij hem boos aan.

'Ken ik u?' zei hij op donderende toon, zo luid dat madame Barre het kon horen terwijl ze de deur achter de bezoeker sloot.

'Serge LaBasse.' De jongere man maakte een soort buiging en kronkelde met zijn brede schouders alsof er een aal in zijn overhemd zat. 'Ik ben je neef. Of technisch gesproken zijn we denk ik halve neven. We hebben elkaar nooit ontmoet, maar onze vaders – onze grootvader –'

Mijn grootvader tikte met zijn pen op het bureau. 'Jij bent dus een van de zonen van Georges?'

'Dat klopt. De oudste.' De jongeman, wiens haar dof was en gouden strepen had, wiens scheve boksersgezicht zo veel groeven en vlekken had dat hij er ouder uitzag, wiens grote spatelvormige vingers de strooien hoed in nerveuze cirkels ronddraaide, keek opgelucht.

'Jij hebt dus de boerderij overgenomen? Je vader is, wat zal het zijn, drie jaar geleden gestorven?' Mijn grootvader deed zijn dasspeld, zijn manchetknopen goed. Georges was de halfbroer van zijn vader geweest, de overleden zoon uit het tweede huwelijk van Auguste, eentje van een reeds lang vergeten stel kinderen.

'Zes.'

'Zo lang al?'

Serge haalde zijn schouders op. 'Mag ik?' Hij wees naar een stoel met een met krullen versierde rugleuning en een zachtpaarse bekleding, een imitatie van een stoel uit het Tweede Empire. Mijn grootvader snoof eens om te ruiken hoeveel roet en stof er in de kleren van de jongeman zaten, en knikte toen. Serge ging zitten.

'Heb je zelf dan een gezin?'

'Een vrouw. Twee dochters, een tweeling van zeven. En een baby, een jongetje.'

'Nou, dat is mooi voor de familienaam.' Mijn grootvader zei tegen mij dat hij ze voor zich zag, met dunne armpjes en beentjes, lijdend aan geel-zucht, in vodden gekleed. Zijn familie. Hij richtte zijn aandacht op zijn bu-reau en schoof wat met de papieren heen en weer. 'En wat brengt jou hier naar Algiers – ben je hier voor zaken?' Mijn grootvader bleef maar met de papieren schuiven, omdat hij wist – het geweten had vanaf het moment dat Serge bij hem binnenstapte – dat Serge gekomen was om mijn grootvader lastig te vallen om geld.

'Heb jij gevolgd wat er nu in het land aan de hand is?' vroeg de bezoeker; hij leunde daarbij naar voren zodat ook zijn handen met hun spieren als kabels en hun gebarsten nagels op het bureau van mijn grootvader lagen als werktuigen die daar niet thuishoorden.

'En daar bedoel je mee…?'

'Sinds vorig jaar. Sinds de opstand.'

'Een vreselijk iets. Ja, zoals je je kunt voorstellen, maken wij ons in het hotelwezen om dat soort dingen zorgen – het is funest voor onze boekin-gen. Of kan dat zijn.'

'Dat zal wel.'

'Hebben jullie er veel last van, waar jullie zitten? Ik dacht dat de proble-men in de Aurès zaten en in de buurt van Constantine.'

De jongeman keek geërgerd; zijn neus stond nog duidelijker en letterlij-ker scheef. 'De problemen, waarde neef, zitten in het land. Als een kanker die zich heeft uit… uit…'

'Uitgezaaid?'

'Precies. De steden zijn net als de rest organen in het lichaam van het land. Ook zij zullen aangetast worden.'

'Kom, kom, Serge. Je hoeft niet zo te dramatiseren. Daar hebben we het leger voor. Bedenk dat we ons in Frankrijk bevinden, net zo goed alsof we in Bordeaux of Tours zouden zitten.'

Serge wendde zijn blik af en keek in plaats daarvan met boze ogen naar de spullen op het bureau van mijn grootvader. Zijn blik bleef ten slotte rusten op een briefopener van jade en zilver, die mijn grootvader zichzelf kortgeleden cadeau gedaan had ter gelegenheid van zijn promotie. Het leek alsof Serge zijn adem inhield.

'Je bent dus mijn neef en je bent hier. We kennen elkaar dan niet, maar we zijn bloedbroeders, echt waar.' Terwijl hij dit zei, somde mijn grootvader voor zichzelf in stilte de enorme verschillen op, dankbaar dat geen buitenstaander de verbintenis kon zien; behalve dan nu madame Barre. 'En jij moet mij vertellen waarom je hier bent. Vast niet alleen maar om gedag te zeggen, aangezien we elkaar nooit ontmoet hebben. Aangezien onze vaders elkaar nauwelijks kenden...'

'Je vader was bakker,' zei Serge op beschuldigende toon.

'Dat was hij. Hij is gestorven toen ik heel jong was. Jij was waarschijnlijk nog niet geboren.'

Er viel weer een stilte, waarin beide mannen luisterden naar madame Barre die buiten de kamer laden open- en dichtdeed. Ze klopte aan, stak haar hoofd – met daarop nu een mooie hoed – om de deur: 'Als u me verder niet meer nodig heeft?'

'Nee. Natuurlijk niet. Goedenavond.'

Het werd nog stiller toen zij wisten dat ze vertrokken was. Voor de jonge Serge, een potige kerel, in tegenstelling tot Jacques, leek het een fysieke inspanning om woorden te vormen. Toen ze eindelijk uit zijn mond kwamen, deden ze dat in kleine stoten, als bij een kraan die lang niet gebruikt is.

'De boerderij is – was – de boerderij was nooit groot. Stelde nooit veel voor. Maar het was voldoende. Georges, mijn vader, heeft hem een beetje opgebouwd – hij was van onze grootvader. Hij heeft een nieuw huis gebouwd, van twee verdiepingen, met een puntgevel. De schuur is – de schuur was – prachtig. Ik ben daar opgegroeid, begrijp je, samen met mijn broers en zusters. Ik ben de oudste. Weet je dat?'

Mijn grootvader maakte een gebaar met de hand waaraan zijn ring zat; hij wilde dat Serge voortmaakte met zijn verhaal.

'En de arbeiders, de dorpelingen – de Arabieren – hun vaders werkten voor onze grootvader en ze werkten voor mijn vader en de laatste zes jaar hebben ze voor mij gewerkt – maar mijn hele leven kennen zij me al. Mijn hele leven. Ik heb ik weet niet hoelang samen met ze gegraven en geschoffeld en geoogst en –'

'En nu?'

'Ik weet niet of zij het waren. Ik weet het niet. Ik heb de gezichten niet gezien. We waren er niet, waarvoor ik de genadige God dank. Een van hen,

Larbi, heeft mij gewaarschuwd. Een man van minstens zestig, een vriendelijke vent. Hij liet de meisjes altijd op zijn knie paardjerijden. Tegen het
vallen van de avond heeft hij gewaarschuwd. En zoals de zaken ervoor
staan, zoals de toestand is, hebben wij ernaar geluisterd. We hebben de
vrachtwagen genomen en zijn gevlucht. We hebben de nacht bij de buren
doorgebracht – we hebben bijna niets kunnen meenemen. Een paar onver-
vangbare spulletjes. De opscheplepel die onze grootvader uit Frankrijk had
meegebracht – maar niet de trouwjurk. Niet de zilveren schaal.'
'Waarom heb je die kostbaarheden meegenomen?'
'Maar dat vertel ik je toch. Ze hebben het met de grond gelijk gemaakt.
Alles. Het huis, de schuur. Het vee in de schuur. Dat is het ergste – de dieren hebben ze levend verbrand. Liever dan ze te stelen. Zo haten zij ons –
haten ze mij. Haten ze onze onschuldige kindertjes. En ze kennen mij mijn
hele leven. Begrijp je dat?'
'Maar wat had jij ze gedaan?'
'Niets. Dat is het hem juist. Dat vertel ik je nou juist. En toen ik tegen
Larbi zei: "Maar waarom mijn boerderij?", antwoordde hij: "De gebouwen
mogen dan van jou zijn, maar het land waarop ze staan, is van ons. Altijd
geweest." Het land is krankzinnig aan het worden. Ik ben geruïneerd. Ik
heb niets meer. Maar als je nagaat wat er op andere plaatsen gebeurd is,
boffen wij dat we nog leven. Er zijn er veel die met hun leven betaald hebben.'
'Waarvoor precies betaald?'
'Ik weet het niet. Ik weet het niet.' Serge keek naar de briefopener, naar
zijn eigen vuile handen op het gepolitoerde hout, naar de reproductie van
Watteau die achter mijn grootvader aan de muur hing. Overal naar, maar
niet naar mijn grootvader.
'En ik?' zei Jacques LaBasse. 'Je komt naar mij… waarom? Omdat je
denkt dat ik je boerderij weer op kan bouwen?' Hij was nu minder streng,
omdat hij wist dat madame Barre weg was. Hij kende zijn neef niet; de jonge Serge was misschien een wrede werkgever geweest. Maar het was waar
dat voor wat er op het platteland gebeurde geen redenen leken te hoeven
zijn, en ook niet om erop te reageren. 'Het spijt me, ik heb geen geld. Alleen een behoorlijke baan. En een vrouw en twee kinderen om te onderhou-
den.' Hij bedacht, zo zei hij tegen mij, hoe dankbaar hij was voor de preten-
tietjes van zijn moeder, voor hoe zij erop gestaan had dat hij goed onderwijs
kreeg, voor zijn eigen talenten en de steun van zijn leraren, voor de vooruitgang in de generaties, zonder welke hij zo gemakkelijk de stoel met de
zachtpaarse zijde had kunnen bevuilen en zijn angstzweet tot de welrieken-
de lucht had kunnen laten doordringen, als hij hier met zijn droevige ver-

haal gekomen was. 'Waarom ik?' vroeg hij Serge opnieuw. 'Waarom kom je bij mij?'

Verbijsterd staarde Serge zijn neef aan. 'Waar moet ik anders heen?' Hij balde zijn vuisten. 'Mijn broers, mijn zussen, ze hebben bijna niets, al heeft mijn oudste zus ons al twee weken lang onderdak en eten gegeven. We moeten – ik moet – werk vinden. Ik vraag niet om geld, weet je. Ik ben sterk, en nog jong.'

'Ik ken geen boeren,' zei mijn grootvader. 'Ben je bereid om naar de stad te verhuizen?'

'Als het moet. Als daar werk is.'

'Ik zal zien wat ik kan doen, Serge.' Mijn grootvader ging eindelijk staan. 'Ik zal mijn best doen. Kom over drie dagen maar terug.'

Mijn grootvader had in zichzelf staan glimlachen terwijl hij naar de struiken staarde, omdat hij naar zijn inzicht het juiste gedaan had: hij had een baan voor zijn neef gevonden.

'Wat heeft u voor hem gevonden?' vroeg ik.

'Hij was praktisch analfabeet, de arme kerel – zoals ik al vermoedde, zoals bleek uit zijn optreden. Hij kon lezen en schrijven, maar zo belabberd… Er waren niet veel mogelijkheden. Hij was sterk. Ik heb voor hem een baan als piccolo gevonden. Het was een begin. Niet in het St. Joseph Hotel – dat zou onverdraaglijk voor alle betrokkenen zijn geweest. Maar in een uiterst respectabel hotel, bij de haven.'

Ik stelde mij de potige, door de zon verweerde Serge voor, met zijn biceps van een boer en zijn stevige dijen geperst in een vuurrood pak met allemaal koperen knopen en met epauletten met tressen eraan, met een hoedje schuin op zijn krullen met gouden strepen en met een elastiekje onder zijn kin.

'Hij moest natuurlijk wel weer werken met de *indigènes*. Daar kon ik niet veel aan doen. Niet met zijn schoolopleiding.'

'Wat is er met hem gebeurd?'

Mijn grootvader zwaaide met de hand waaraan hij zijn ring droeg, die nu vol rimpels was en waarvan de aderen als blauwe mollengangen tegen de huid aanduwden. 'Ik wou dat ik het wist. Hij was bij die baan weg voordat de ergste ongeregeldheden uitbraken. We hadden niets gemeen, en hij was niet het type dat brieven schreef. Ik denk dat hij ergens in Frankrijk is, of dat zijn kinderen dat zijn. Ik hoorde dat hij de baan is kwijtgeraakt omdat hij gevochten had. Met een collega, die moslim was, een gewaardeerde jonge portier van het hotel. Hij wilde geen bevelen aannemen van een Arabier, of dat soort onzin. Je doet voor de mensen wat je kunt, maar meer kun je niet doen.'

Ik knikte en probeerde de boodschap te ontcijferen die naar ik het idee had in dit verhaal verborgen zat.

Mijn grootvader sprak weer: 'Maar door Serge – door wat hij zei, door wat er met hem gebeurd was, zo besef ik achteraf, ben ik voor het eerst gaan denken, gaan inzien dat we misschien wel weg zouden moeten. Ben ik in weerwil van mezelf naar het moederland gaan kijken. Omdat het als een kanker was, daarin had hij gelijk, een kanker met uitzaaiingen door dat prachtigste en kostbaarste van alle lichamen, dat schitterende land. En het lijdt nog steeds, al die jaren later.'

'Maar het land was toch eerst van hen?'

Mijn grootvader rolde ongeduldig met zijn ogen. 'Jij moet je concentreren op je werk voor school, kindje, en niet praten over dingen waar je totaal geen verstand van hebt.'

6

Het was duidelijk, zo overdacht ik later, dat ik er totaal geen verstand van had, vooral niet omdat ik nergens in het verhaal van mijn grootvader kon zien waar dat goedmoedige glimlachje, hoe flauwtjes ook, hoeveel jaren later ook, vandaan kwam. Het verhaal gaf alleen maar aanleiding tot vragen. Mijn grootvader had zich gedragen zoals hij gepast achtte, zoals bloed en geloof hem hadden voorgeschreven, en dit in weerwil van zichzelf – omdat hij bij de ontmoeting met dit logge restant van zijn nederige afkomst dit alleen maar kwijt wilde raken. Serge maakte geen deel uit van het verhaal van de LaBasses, op maat gemaakt als dit was voor glorie van onze eigen, steeds kleiner wordende kring; net zoals Estelle, de onberekenbare zus die weggelopen was, niet echt in het verhaal paste. Kleine stukjes van hen waren als scherfjes van de grotere stenen die zij zelf waren afgehouwen en geperst in het mozaïek van het levenspad van mijn grootouders: op zo'n manier kon je je tegelijkertijd de uitvallers, degenen die op weg naar het Bellevue Hotel en naar het succes aan de kant waren geraakt, herinneren en ze vergeten.

En als het verhaal niets zei over Serge – zoals het verhaal van Estelle uiteindelijk zo weinig over haarzelf vertelde – dan werd ik, zoals altijd, weer teruggeworpen op degene die het verhaal vertelde, in dit geval mijn grootvader zelf, en op mijn eigen behoefte om van hem iets te maken wat hij misschien wel niet was. Zijn verhaal was absoluut geen schandelijk verhaal;

hij had, voorzover je dat kon beoordelen, een goede daad gedaan; en toch had ik het idee dat op de een of andere manier mijn grootvader, zoals hij het vertelde, tekort was geschoten. Ik had toen niet kunnen zeggen wat ik gewild had dat hij gedaan had; ik hield er slechts een geërgerd gevoel aan over en hield de rest van de avond mijn mond.

Maar achteraf – een licht waarin wij misschien niet duidelijker zien, maar althans de illusie hebben dat we dat doen, omdat de gebeurtenis door het filter van een gebrekkig geheugen een vorm gekregen heeft die we nu kunnen gebruiken, net als het geval was met de ontmoeting van mijn grootvader met Serge, zodat ik nooit zou kunnen achterhalen wat hij weggelaten had, zodat het verhaal onwrikbaar zijn eigen verhaal was – achteraf zie ik dat ik wilde dat mijn grootvader een held geweest was, dat hij het gebroken leven van Serge gered had en het gezin van de arme man in zijn welgesteldere hart had gesloten. Ik wilde op zijn minst dat mijn grootvader twijfels had over wat hij gedaan had, dat hij dat gesprek niet als een triomf, maar als een tekortkoming zag, zodat ik aan het verhaal onmiddellijk een betekenis kon ontlenen, een troostrijke belofte: dat mijn grootvader, hoewel hij tekortgeschoten was tegenover Serge, niet ook tegenover mij, tegenover ons tekort zou schieten; dat hij tot het uiterste zou gaan in zijn pogingen om zijn afbrokkelende dynastie weer te verstevigen; dat hij in zijn wijsheid zou geven zonder de kosten te tellen.

'Concentreer je op je werk voor school,' kreeg ik te horen, en dat deed ik, zelfs in mijn vakantie, omdat het het enige was wat ik kon bedenken om te doen dat ook echt iets doen leek; maar ik was me ervan bewust dat ik niet studeerde omdat het belangrijk was, maar dat ik het deed alsóf het belangrijk was, omdat, welk voordeel mijn inspanningen mij later ook zouden brengen, dit niet – en zeker niet op tijd – het leven van de familie LaBasse kon redden. Ik was bang voor verandering en voor het uitblijven van verandering. Ik concentreerde mij op mijn boeken en op de steenpuisten op mijn rug, alsof ik mij in een droom bevond, een nachtmerrie waarvan het einde moest komen, alsof ik het, als ik mijn ogen maar stevig genoeg dichtgeklemd hield, zou kunnen redden.

Toen ik een klein meisje was, had ik geloofd dat je, als je maar lang en aandachtig genoeg naar een schilderij keek, in dat schilderij zou kunnen stappen, de verschoten meubelen van het gewone leven achter je zou kunnen laten en zou kunnen wandelen op geurige en kleurige open plekken in een bos te midden van picknickende achttiende-eeuwers of gaan zitten bij verwaaide vissers op een of andere tijdloze rotskust. Ik dacht niet na over hoe je uit de lijst zou terugkeren, ik stond daar alleen maar en wilde dat het gebeurde en wachtte tot een ander verhaal, een ander leven om mij heen zou beginnen. Toen ik, na talloze mislukte pogingen om de sprong te maken, mijn moeder vroeg of ik er ten onrechte in geloofde, wilde ze mij mijn illusie niet ontnemen.

'Misschien,' zei ze, 'misschien is het mogelijk, als je heel, heel aandachtig kijkt.'

Op vijftienjarige leeftijd wist ik welk schilderij ik gekozen zou hebben: het zou de aquarel van de baai van Algiers geweest zijn, dat zonovergoten, blinkende wonder, dat geschilderd was in een tijd dat alles nog mogelijk leek, toen het net mogelijk was dat de stad mettertijd had kunnen uitgroeien tot – de onmogelijke toekomst van die voltooid verleden tijd – de Stad van God van Augustinus of de Stad van de Mens van Camus. Ik zou mijzelf met al mijn wilskracht dat schilderij hebben willen laten binnengaan, en die wereld anders gemaakt hebben met de kennis die ik meebracht – van het verlies en de haat die afgewend moesten worden. Ik zou de loop van de geschiedenis veranderd hebben. Ik zou gewild hebben dat de droom van Camus van een paradijs op aarde, van een mediterrane cultuur die democratisch en polyfoon was, bewaarheid werd. Ik zou beschutting tegen de zon gezocht hebben langs moorse fonteinen en zou gewandeld hebben in de kasba, waar ik de voorouders van Sami in vloeiend Arabisch gegroet zou hebben; ik zou hebben zitten dromen in de schaduw van jujubebomen in een lucht die bezwangerd was van bloeiende amandelen.

Maar op vijftienjarige leeftijd was ik niet langer een kind, en wist ik dat het onmogelijk was.

7

De zomer brak uit in alle hevigheid, met overal het gezang van de cicaden; de wegen zaten verstopt met auto's met nummerborden die glamour inhielden – 75 en 92 voor Parijs, maar ook andere, uit Milaan of Londen of München – en de stranden puilden weer uit van hun menselijke lading. Het hotel raakte vol, zij het niet met de families van Cécile of Laure of Thibaud, en uiteindelijk niet zo vol als in andere jaren. De Irakezen vielen Koeweit binnen, tot woede van de Amerikanen, en tijdens zomerse cocktailparty's op patio's of in salons van villa's – party's waar mijn ouders en zelfs mijn grootouders naartoe gingen, alsof de maanden ervoor nooit hadden plaatsgevonden; maar wat hadden zij anders kunnen doen? – bespraken de volwassenen de rol van Europa, en meer in het bijzonder die van Frankrijk, in de militaire strijd die er zeker zou komen over Koeweit en zijn oliebronnen. Ontzet constateerden zij dat aan onze kust allerlei bouwprojecten stil werden gelegd en dat de werkloosheid enorm toenam. Ze klaagden over het onbewust pompeuze optreden van de leider van het land ('Hij denkt dat hij keizer is, dat is het probleem,' zei mijn grootvader opnieuw spottend over Mitterrand, een waarneming die naar mijn mening alleen gedaan kon worden door een gelijkgestemd iemand). Er werd gesproken over het verder aanhalen van Europese banden, het verdwijnen van de binnengrenzen en het afgrenzen van Europa als geheel, een maatregel die mijn vader en grootvader goedkeurden, als middel om de andere werelden, de tweede en de derde, definitief buiten te sluiten. 'Wat is de tweede wereld, Maman?' vroeg ik, maar ze haalde alleen maar haar schouders op en streelde mijn arm.

Bezien vanuit onze enclave was de hele wereld in beweging, waartegen de familie LaBasse – die nooit met haar tijd was meegegaan – zich vierkant verzette: er zouden geen echtscheidingen komen, er zouden geen compromissen gesloten worden (hoewel mijn grootvader mijn vader voortdurend kapittelde over zijn plannen om naar een hoger niveau te willen gaan, om te proberen de vierde ster van de Vereniging van Toerisme binnen te halen, en hem voorhield dat deze recessie een tijd was om te consolideren; waarop mijn vader, althans volgens wat hij tegen mijn moeder zei, op zijn Amerikaans antwoordde: 'Je moet geld uitgeven om geld te verdienen, Papa', wat als reactie alleen maar walgend hoongelach teweegbracht), er zouden geen aanpassingen komen aan de oppervlakkige, tijdelijke dwalingen die naar hun mening, nou ja eigenlijk overal, op elk niveau gemeengoed waren.

Mijn leven speelde zich, samen met dat van Etienne, voor het grootste deel af in ons huis en onze tuin, waar ik bereid was om mijn geschonden huid slechts aan zijn nietsziende blik bloot te stellen: ik trok mijn gebloemde bikini aan en lag op de patio op mijn buik te lezen op een ligstoel (mijn boeken vervingen de uren die ik vroeger in verveling met mijn vrienden had doorgebracht), terwijl mijn broer vanuit de schaduw naar mij zat te kijken. Ik hoopte dat de zon mijn puisten zou uitdrogen, en dat gebeurde ook wel een beetje, maar niet genoeg voor mij om mij vrolijk op het strand te wagen, om daar een melaatse te midden van de ongeschondenen te zijn. Ik slaap 's nachts nog steeds slecht, waardoor ik overdag lag te dommelen en mijzelf een vreemd soort op drift geraakt nachtwezen vond. Ik koesterde elke glimp – als waren het plaatjes – die ik opving van levens waarmee ik eens verbonden was geweest: Thibaud stuurde kaarten van zijn Scandinavische reis, waarop hij opgewekt melding deed van de kerken en biertuinen, maar zweeg over zijn vriendin. Vanaf een afstand zag ik Marie-Jo voorbijflitsen in een cabriolet met de arm van een man om haar schouder, en later zag ik haar weer, bij het zwembad, waar ze lachte met Thierry, terwijl ik in een bloes met lange mouwen en hoge kraag weggedoken zat in de eetkamer van mijn grootmoeder en de verhandeling moest verduren van madame Darty over Virginia Woolf ('*très* Briets'), die ik naar haar mening moest lezen, terwijl mijn moeder mij van de andere kant van de tafel meelevend aankeek. (Madame Darty, die er zo opgetogen over was dat zij tot de kring van mijn grootvader was toegelaten, veroorzaakte bij hem, zoals ik die eerste avond had geconstateerd, een frustrerende vaagheid: ze was zo voortdurend aan het woord – wat hij, aan zijn tafel, altijd zelf had gedaan – dat hij tot zwijgen verviel en zich volledig concentreerde op zijn eten, waarbij hij zo goed een oudemannendoofheid voorwendde dat madame mijn grootmoeder een oorarts aanbeval die met zijn hulpmiddelen het probleem zou kunnen verhelpen. 'Tegenwoordig zijn er gehoorapparaten,' zo adviseerde ze, 'die niet groter zijn dan een abrikozenpit!')

Lahou en Sami waren volledig uit mijn gezichtsveld verdwenen, maar van Frédéric hoorde ik, op de avond voor hij voor een maand naar Londen en Edinburgh vertrok, dat Sami van school was gegaan en zich daar in het najaar niet meer zou vertonen, of alleen buiten het hek als de zijn plichten verzakende lastpost die zijn geliefde kwam afzetten en ophalen.

In juli was er sprake van dat Becky in augustus zou komen logeren, een vooruitzicht dat mij tegelijkertijd opwond en verwarde. (Ik wist niet zeker of we vriendinnen waren en of ze de middagen bij het hotel zou willen doorbrengen en mij zou dwingen daar met haar naartoe te gaan. Ik bedacht dat ze misschien zou schrikken van mijn recente lichamelijke misvormingen, of die van mijn broer, en zou vaststellen dat ik altijd maagd zou blijven.) Maar de opwinding over die mogelijkheid was van korte duur. Het plan, zo leek het, was bedacht door Eleanor (net als mijn eigen reis, herinnerde ik mij), en wel om haar lastige dochter uit handen te houden van een ongeschikte jongeman; en toen Becky dat hoorde, was ze met zo veel overtuiging tekeergegaan – ze had zelfs geweigerd om te eten – dat Ron zich ermee bemoeid had; hij had zijn vrouw en dochter gekalmeerd en voor de laatstgenoemde in plaats van de reis een stageplaats gevonden bij de afdeling Engels van zijn kleine universiteit, waar ze onder het wakend oog van een secretaresse in een comfortabel kantoor met airconditioning fotokopieën moest maken en gegevens moest invoeren. Becky zou naar de hoogste klas van de middelbare school gaan – niet, waarmee gedreigd was, een gewone openbare school – en maakte, terwijl ik in alle somberheid lag te zonnen, een tocht langs de oostkust van Virginia tot Maine om de verschillende mogelijkheden te bekijken. Uiteindelijk en uiterst toepasselijk zou ze kiezen voor Sarah Lawrence, een *college* dat vol zat met net zulke bevoorrechte rebellen als zijzelf en dat er voornamelijk op gericht was om met succes de grenzen van het fatsoen te schilderen, om bezig te zijn met het voldoen aan een bohémienachtige levensstijl, compleet met zwarte kleding, zonder over de schreef te gaan.

Toen ik hoorde dat Becky's ruzies met Eleanor nu ook over een man gingen (wiens ongeschiktheid ongetwijfeld de belangrijkste factor in haar keuze van hem was geweest), concludeerde ik dat haar ontmaagding eindelijk een feit geworden was. Het betekende dat ook zij verder weg was gegleden, het rijk van de volwassenheid in; en dat ik nu tot het aantal maagden dat ik kende slechts mijzelf en Etienne kon rekenen. (Rachel kwam in het gesprek van mijn moeder niet ter sprake, waaruit ik afleidde dat ze nog geen probleem was geworden; want een probleem is wat wij allemaal voor onze ouders worden, wanneer we niet langer kind zijn.)

Hoe het met mijn ouders verderging: hoewel mijn grootvader officieel zijn rol in de leiding van het Bellevue Hotel niet weer op zich nam, deed hij toch, zoals ik zei, bezitterig over zijn schepping. Hij zette een domper op datgene waar mijn vader enthousiast voor was en ging ertegen in, keurde de beslissingen van zijn zoon af, trommelde ongeduldig met zijn vingers wanneer Alexandre zijn plannen ontvouwde – 'Luchtkastelen,' zei mijn grootvader spottend – tot hij zover kwam dat hij tegenover zijn opvolger een zelfde soort doofheid als tegenover madame Darty aan de dag legde, en door het hotel banjerde met ongevraagde en tegengestelde aanwijzingen aan het hogere kader waaraan mijn vader leiding probeerde te geven.

Doordat hij zo gedwarsboomd werd, ging mijn vader zich kleiner voelen en verdween zijn energie. Hij klemde zich vast aan zijn officiële titel en de bijbehorende privileges, terwijl zijn eigen vader hem sarde en de poten onder zijn stoel wegzaagde. Mijn vader zou langzaam zijn greep op de dingen laten verslappen, toegeven aan het bijbelse gebod zijn vader te eren en zich schikken naar de wensen van de sterkste van hun beiden: geen uitbreiding, geen verbouwing, geen vierde ster dat jaar of het jaar daarna. Maar de overgave had een prijs – uiteindelijk, zoals we zouden zien, de uiterste prijs – en hij stond minder vroeg op, kwam minder laat thuis, sloeg minder mensen op de rug en liet minder vaak – heel wat minder vaak – zijn bulderende lach horen. Hij keerde zich tot mijn moeder (hoewel niet tot mijn moeder alleen) voor steun, en hij bleef maar eten.

Zij toonde zich ambivalent en ging nu tegen beide mannen, vader en zoon, tekeer, zij het nooit tegelijkertijd. Om beurten verdedigde en hekelde zij haar man, en vond in deze dialectiek een manier om verder te gaan. Zij wenste hem dood, zijn vader dood, zij wenste het Bellevue Hotel onder de zee. Zij keek niet zo nauw bij wat zij wenste, maar haar wensen (en haar gebeden, die ze in beslotenheid zei; ik weet niet waarvoor ze bad), hoe luid ook geuit, maakten voortgang mogelijk. Meer dan wat ook waren haar wensen voor mij het teken dat de familie zou blijven voortbestaan: haar wensen voor verandering waren iets wat ik altijd gehoord had, een in al zijn leegte vertrouwd wijsje, en hielden – juist door zo op verandering te hameren – verandering buiten de deur. De dag des onheils zou komen als mijn moeder niet langer haar wensen uitte; zolang ze bleef wensen, waren we veilig.

8

Zo ik mij in voorgaande jaren had afgevraagd of september een einde of een begin was, had ik daar in 1990 geen twijfel over. De dagen hadden zich de hele zomer meedogenloos voortgesleept, elke dag een traag en reusachtig monster. Ik had nog nooit meegemaakt dat de tijd zo langzaam ging (hoewel ik tijdens de herinnering eraan tegen mijzelf moet zeggen dat het zo aanvoelde, omdat die lange middagen in de tuin nu in elkaar geschoven zijn en één afschuwelijke dag zijn geworden), bijna helemaal tot stilstand kwam, en toch niet langzaam doordat hij zo gevuld was, zoals mijn dagen in de zomer in Amerika gevuld waren geweest, maar zwaar door onverklaarbare leegte. De weinige onderbrekingen die er waren hadden uitsluitend met mijn familie te maken gehad (een weekendbezoek, samenvallend met Quatorze Juillet, van tante Marie en haar twee jongste zoontjes – de echtgenoot die altijd moest werken, en het oudste zoontje waren achtergebleven in de zomerleegte van Genève, was het dieptepunt) en hadden dus niet bijgedragen tot het anders verlopen van de uren, wat pleziertjes altijd doen.

Het enige onverwachte en verwarrende pleziertje in die zomer kwam, zonder enige aankondiging vooraf, van mijn vader, tegen wie ik mijn zwijgend verzet samen met mijn moeder voortzette. Ondanks zijn eigen ontzetting over de wijze waarop zijn vader zijn tentakelachtige en ondermijnende activiteiten zat te ontplooien in het binnenste van het hotel, was hij zich bewust van mijn neerslachtigheid, ook al zag hij in dat hij de vijand was in mijn puberale ogen. In een stellingname die naar ik nu inzie moedig was (toen wist ik niet goed wat ik ervan denken moest, omdat al duidelijk was aan welke kant ik stond, en zou ik, als mijn moeder mij niet koeltjes gemaand had te bedenken dat hij nog steeds en boven alles mijn vader was, zijn toenaderingspoging verworpen hebben) stelde hij – op een saaie avond toen ik, tijdens het avondeten, als reactie op zijn vraag wat ik die dag gedaan had, zonder iets te zeggen nors een wenkbrauw opgetrokken had en mijn mond tot één dunne, grimmige lijn had vertrokken – voor dat hij en ik, vader en dochter, wij alleen, een avondje de stad in zouden gaan.

'Voor het mooiste meisje van het bal moet er toch een bal zijn?' zei hij schertsend, met iets van zijn langzaam verdwijnende jovialiteit.

'Waar heb je het over?'

'Nou, vorig jaar zomer leek het wel alsof we je met geen stok naar huis konden krijgen; dit jaar ben je de deur niet uit te branden. Ik weet dat je hard hebt zitten studeren, maar de boog kan niet altijd gespannen zijn.'

Ik haalde mijn schouders op, terwijl ik met veel moeite een eenzame doperwt aan mijn vork prikte. Toen ik opkeek, keek ik langs mijn vader, naar de vergulde kwellingen op de muur achter hem. 'Van lijden word je sterk. Dat hebben we op school geleerd.'

Mijn vader grinnikte. 'Goed, heel goed. Waarom hield de man ermee op om met zijn hoofd tegen de muur te slaan?'

Het was een oude grap in ons huis. 'Omdat het zo'n heerlijk gevoel was toen hij stopte.' Mijn toon bleef vlak.

'Nou, wat zou je ervan zeggen om je hoofd eens wat rust te gunnen?'

'Wat stel je precies voor?'

'Om met je uit te gaan. Je oude vader vraagt je mee uit.'

Ik snoof. 'Alsof dat uitgaan is.'

'Schei uit, Sagesse,' kwam mijn moeder tussenbeide, met meer levendigheid dan nu bij ons aan tafel gebruikelijk was. 'Ik vind het een heel goed idee. Je kunt niet elke dag in huis zitten kniezen.'

'En waarom niet?'

'Omdat je weet dat het niet gezond is. Je vader heeft gelijk. Je moet er eens uit – en hij weet heel goed waar je je kunt vermaken. Hij zal je dat laten zien.'

'Omdat hij al overal geweest is zonder ons?'

Mijn moeder verstijfde. 'Omdat hij je vader is, en omdat hij je uitgenodigd heeft, lelijk nest dat je er bent.'

Mijn vader had zich tijdens deze woordenwisseling bijna teder tot zijn eten gewend. Hij laadde zijn bord voor de tweede keer vol met glimmende gebakken aardappeltjes, en zijn mondhoeken dropen van het vet dat eraf kwam. Hij zag eruit zoals Etienne eruitzag wanneer hij in bed was toegedekt en aan zijn lot overgelaten ging worden. Mijn moeder trok een gezicht tegen me, een gezicht van 'Toe nou'; haar voorhoofd trok zich daarbij samen, haar neus werd smaller en haar hoofd maakte een lichte eendachtige duikbeweging.

'Wanneer had je gedacht?' vroeg ik, en zag een verdwaald spoor van vet op de kin van mijn vader.

Hij keek op.

'Je kin,' zei ik, terwijl ik met mijn servet tegen mijn eigen kin klopte.

'Ik ga dus uit met mijn kinderjuf?' zei hij glimlachend en met onwrikbare opgewektheid, terwijl hij zijn kin afveegde.

'Jij wilt het.'

'Alleen als je belooft me niet zo te behandelen als dat meisje je broer doet.' We keken allemaal naar Etienne, die een poging leek te doen om te zwaaien. 'Wat zou je van zaterdag zeggen? Ik denk dat ik dan wel op tijd weg kan.'

'Het maakt niet uit. Ik ben gewoon hier, dat weet je.'

De afspraak werd voor zaterdag gemaakt.

'Waar gaan we heen?'

'Dat zou de verrassing bederven, kindje. Een vrouw moet je altijd verrassen.'

'Jij kunt het weten.'

Hij keek me toen aan van onder zijn oogleden, terwijl hij weer doorging met eten en twee grote aardappels in zijn mond stopte, en in zijn ogen lag een bijna triomfantelijke blik.

9

Aangezien hij op die zaterdag, halverwege de maand augustus, naar het hotel vertrokken was voor ik naar beneden gekomen was en de hele dag niets van zich had laten horen, verzekerde ik mijzelf bitter dat hij het had vergeten, dat om zeven of acht uur de telefoon zou gaan en hij, zonder een greintje schuldgevoel, zou meedelen dat er op het laatste moment iets tussen gekomen was. Ik stond mijzelf niet toe om hoop te koesteren; hoewel ik de dag ervoor Fadéla al mijn lievelingsjurk had laten strijken, een roomkleurige, elegante jurk met pofmouwen en een enorme sjaalkraag, die ik de vorige zomer gekregen had voor alle problemen begonnen en die in allemaal plooien over mijn knieën waarin kuiltjes zaten viel en mij het gevoel gaf dat ik Marilyn Monroe was. ('Het is een verschrikkelijke jurk,' had Fadéla geklaagd. 'Een nachtmerrie voor wie hem moet wassen en strijken. Waarvoor heb je hem nodig?' 'Ik heb hem gewoon nodig,' snauwde ik; zelfs tegenover het dienstmeisje wilde ik geen blijk geven van mijn hoop.)

Om zeven uur had ik nog niets gehoord. Ik ging naar mijn kamer, deed de deur dicht, plofte in mijn zweterige t-shirt neer op mijn bed en deed alsof ik sliep. Ik zei tegen mezelf dat ik hem terecht veracht had, dat hij mijn moeder en mijzelf op dezelfde manier behandelde, ons valse beloftes deed en zijn cadeaus bewaarde voor onbekenden. Ik zei tegen mijzelf dat hij walgelijk was, ging smalend tekeer tegen het beeld van zijn dikke, van het vet druipende kin, de parmantige golving van zijn nek met die glanzende piekhaartjes, het plekje waarop ik vroeger als kind zo gesteld was geweest. Ik verafschuwde zijn behaarde knokkels, de dikke trouwring, de manier waarop zijn buik spande tegen zijn gesteven overhemden, de manier waarop zijn wimpers krulden en ook zijn oren, die kleine dicht tegen zijn hoofd aan liggende aanhangsels die ik geërfd had en waarop ik in het algemeen trots was. Ik kookte van woede, en liet hem meegekookt worden, alsof hij een van de verdoemden aan de muur van de eetkamer was, en ik gaf lucht aan mijn woede door hete tranen te lekken op mijn kussen en in mijn haarwortels. 'O Etienne,' zei ik tegen mijn broer – die ver weg was, in de keuken, waar hij gevoerd werd door de corpulente verzorgster die nooit glimlachte – 'jij boft toch zo, dat je niet weet dat hij slecht is. Een slecht monster. En ik wou dat hij gewoon ophoepelde.' Hetgeen natuurlijk juist het tegenovergestelde was van wat ik wilde.

Om acht uur, of ietsje later, hoorde ik de vage aankomstgeluiden, de zwakke dwarsfluitstem van mijn moeder in de hal en de hobostem van mijn vader, die haar antwoordde; daarna voetstappen op de trap (ik ging rechtop zitten); daarna een klopje – een aarzelend klopje – op mijn deur (ik wreef over mijn wangen, knipperde een paar keer met mijn ogen en ging met mijn vingers door mijn verfomfaaide haar).

'Ja?'

Aan de andere kant van de deur zei mijn moeder zachtjes: 'Liefje, ben je klaar om te gaan?'

'Waarheen?'

'Je bent het toch niet vergeten? Je vader staat te wachten.'

'Maar hij is zo laat.'

'Hij is er nu, schatje. Hoe lang duurt het voor je klaar bent?'

Ik deed de deur open, zodat mijn moeder kon zien hoe verfomfaaid en bezweet ik eruitzag. 'Het duurt nog wel even. Ik moet eerst douchen. Ik had niet gedacht…'

'Natuurlijk is hij het niet vergeten, ' zei ze verwijtend, met zo veel overtuiging dat ik wist dat zij, net als ik, het ergste van hem verwacht had.

'Zou hij boos zijn?'

'Ik denk van niet. Ga nu gauw de badkamer in en schiet op. Vrouwen doen dat, weet je, mannen laten wachten. Zo'n slecht idee is het niet.'

Ik maakte mij gereed met net zo veel zorg alsof Thibaud beneden in de hal stond. Ik bekeek mijn haar en besloot het toch maar niet te wassen, omdat ik niet wilde dat mijn jurk nat zou worden. Ik waste mijn puisten zorgvuldig met zeep, maar boende ze niet, om te voorkomen dat er vocht uit zou komen. Ik poederde mij onder mijn oksels en deed parfum op mijn hals. Ik deed een haarband om en deed hem weer af, en probeerde in plaats daarvan mijn gekortwiekte haren in de war te maken. Ik koos mijn nieuwste beha uit, van kant en met een strikje tussen mijn borsten. Ik knoopte de jurk zorgvuldig dicht en deed toen ik klaar was de kraag een aantal keren voor de spiegel goed. Om mijn hals deed ik een ketting van roze kwartssteen die van mijn moeder was, en ik deed babyroze lippenstift op. Waar ik op mijn wang gelegen had, bleef een vouw zichtbaar, en mijn linkeroog was gezwollen, maar die ongerechtigheden kon ik niet verhelpen. In het donker van mijn onverlichte slaapkamer aarzelde ik over mijn schoenen; ik vroeg me af of ik een handtasje moest meenemen. Mijn moeder kwam mij controleren.

'Zorg nu,' zei ze, 'dat je klaar bent, anders wordt hij misschien boos. Het is kwart voor negen, weet je.'

Ik aarzelde.

'Deze schoenen,' zei ze, terwijl ze een paar roze balletschoenen omhooghield. 'Geen tasje.'

'Maar die schoenen – dat zijn kinderschoenen.'

'En jij bent een kind. Schiet op. Je ziet er mooi uit.'

Ik volgde haar naar beneden, net zo zenuwachtig alsof ik inderdaad op weg naar een bal was. Ik gaf klopjes op de wang met de vouw erin in de hoop dat deze zou verdwijnen. Mijn vader stond in de woonkamer, meebewegend met de jazzmuziek die uit de stereotoren klonk en met een whiskysoda in zijn hand.

'Hallo, knappe meid,' zei hij grinnikend, en plotseling vond ik hem weer knap in zijn stemmige pak met zijn grijzende krullen en zijn gebruinde forsheid.

'Ik zie dat je bij je moeder in de leer bent: laat ze maar wachten. Nou, het was het wachten waard.'

Ik glimlachte, ongelovig en verlegen. 'De schoenen staan stom.'

'De schoenen zijn prima. De jurk – wat is het woord waarnaar ik zoek, Carol?'

'Wat zou je zeggen van "goddelijk"?'

'De jurk is goddelijk. Heel juist. Etienne,' riep mijn vader naar mijn broer, die op het punt stond naar boven gereden te worden voor zijn bad en die slaperig met zijn hoofd trok terwijl mijn vader hem bij zijn schouder pakte, 'kijk eens naar je knappe zuster! Mijn zuster heeft er nooit zo mooi uitgezien, dat kan ik je wel vertellen!' Hij zette zijn glas neer. 'Wacht even,' – hij ging op weg naar de keuken – 'ik heb iets voor je.'

Ik keek naar mijn moeder, die glimlachte, een echte glimlach.

'Was dit jouw idee?' vroeg ik, er plotseling zeker van dat dat zo was.

'Helemaal zijn eigen idee.'

Ik werd bevangen door een nieuwe paniek, waardoor het zweet in mijn handen kwam te staan. 'Waarover moeten we praten? Maman?' Ik probeerde me tevergeefs een keer te herinneren dat ik met mijn vader alleen was geweest, en kon alleen maar die afschuwelijke middag in januari bedenken. 'We hebben niets om over te praten!'

'Stel je niet zo aan! Het is je vader. Je hebt gewoon de kriebels voor het uitgaan. Doodnormaal.'

Ik wilde gaan schreeuwen: het was toch zeker niet doodnormaal om je vader zo slecht te kennen. Becky zou zich nooit zo opgelaten voelen tegenover Ron, dacht ik; en toen bedacht ik dat Becky en Ron zoiets nooit zouden doen, het aandurven om een avondje uit te gaan zonder Rachel en Eleanor; Ron met zijn nerveuze lach, die zoveel goedvond, zou dat nooit laten gebeuren. Terwijl ik daar – zonder weg te kunnen – in het midden van de salon stond, gingen razendsnel alle mogelijke onderwerpen door mijn hoofd; ze leken allemaal gevaarlijk: het hotel, mijn grootvader, mijn moeder, zijn maîtresses…

Mijn vader kwam terug met in zijn hand iets wat eruitzag als een gebaksdoos, ter grootte van een taart. 'Voor het meisje met wie ik uitga.'

'Beginnen we met het toetje?' Ik brak de doos open met een wijsvinger, waarop ik gekauwd had. Binnenin lag op doorschijnend crêpepapier één gardenia, een gele; elk mat blaadje lag vochtig voor mij uitgespreid, heel precies en volmaakt. De geur steeg dampend op uit de doos.

'Laat mij hem opspelden.' Mijn vader boog zich voorover naar mij, met licht trillende handen (ik vroeg mij af of hij ook zenuwachtig was) en koos een plekje op mijn brede kraag. Ik voelde op mijn keel hoe hij uitademde en zag de medusaglans van zijn kruin onder mijn kin. Hij drukte de bloem tegen de stof en boog vlakbij de knop een speld met glazen kop om de steel, zodat de gardenia daar zweefde, leek te ademen op mijn borstbeen en boven mijn hart, en mij baadde in zijn geur.

'Laat nu eens kijken.' Hij legde zijn handen, die warm waren, op mijn schouders en deed een stap achteruit. 'Prachtig.'

Wat ik nog aan weerstand had, verdween (ik had gedacht dat het een put was, maar merkte dat het slechts een plasje was): ik voelde mij voor de eerste keer in bijna een jaar mooi, zoals hij mij daar stralend opnam met zijn blik, en ik was dankbaar. 'Zullen we gaan?'

In de auto spraken we niet; mijn vingers lagen op het zachte leer, mijn jurk lag in al zijn pracht over mijn knieën in de blauwe gloed van de avondschemering, het dak was open voor de eerste, bewonderende sterren. Muziek (het kan de profetische Debussy zijn geweest) spoelde over ons heen met de wind en het gezoem van de motor; mijn vader lachte zelfgenoegzaam naar de weg voor ons, en af en toe, vanuit zijn ooghoek, naar mij. Ik – als zo vele anonieme anderen, zo was ik mij bewust – voelde de kracht van zijn betovering, en gaf mij er gewillig aan over.

Hij nam me mee naar een restaurant aan het water, niet ver weg. In de straten was het stil in de avond, maar het restaurant was helder verlicht: in de dwergbomen die ervoor stonden, hingen knipperlichtjes en van achter de ramen kwam een zee van licht, zo stralend en geel als mijn bloem. De gerant scheen mijn vader te kennen en bracht ons met overdreven eerbied naar een tafeltje vanwaar we de tuin konden zien en door het open raam het fluisteren van de avondlucht konden voelen. Mijn vader bestelde voor mij, terwijl ik bewonderend keek naar de olieverfschilderijen aan de muur, het zware tafellinnen, de zilveren schaal met orchideeën, en luisterde naar het zachte geprate van de welgestelde mensen die als paren of in kleine groepjes om ons heen zaten. Onze kelner was een jongeman met gefriseerd haar en puistjes op zijn kin, die onverstoorbaar kalm was en wiens vaste hand waarmee hij dingen weghaalde en neerzette en rustige hoofdknikjes slechts het resultaat konden zijn van een gedegen opleiding. Omdat ik me mooi voelde, verwachtte ik zo half en half dat hij mijn schoonheid zou opmerken, en mij een samenzweerderige, bewonderende glimlach zou toewerpen, daar ik in de zaal degene was die het meest van zijn leeftijd was; maar of dat nu kwam door zijn opleiding of doordat hij echt niet geïnteresseerd was, hij leek mij zelfs niet eens te zien, en zette onopvallend en onpersoonlijk kunstige heerlijkheden voor mijn ogen, en mij restte slechts mij te koesteren in de aandacht van mijn vader en alleen die van mijn vader.

Het gesprek bleek moeiteloos te verlopen. In mijn plotselinge paniek had ik geen rekening gehouden met het feit dat mijn vader althans op dit terrein een meester was, op en top een charmeur, die zich hier als een vis in het water voelde, die elke discussie over zijn eigen zielenroerselen even efficiënt ontweek als de kelner ons eten opdiende, en in plaats daarvan lange verhalen hield over het restaurant en de chef-kok, over de kunst om ons heen die ik zo openlijk bewonderde, en over de schilder ervan, de vijfenzeventigjarige Russische balling die zijn schildersezel had opgezet op deze kust van zijn nieuwe vaderland en daar het licht gevangen had; over de lessen die mijn vader had bijgewoond in de keukens van het Bellevue Hotel, die tot zulke wonderlijke zaken leidden als de schotels die voor ons stonden – de kreeftravioli in rozige kalfsbouillon, de lamskoteletten met hun fijne botjesvleugels en sappige medaillonnetjes, de ratatouille die in de jus lag als een kleine vesting bij de zee. Hij wees mij op de herkomst van de wijn, die afkomstig was van wijngaarden rondom Avignon die zo oud waren als de Franse pausen: ik omklemde mijn glas met het robijnrode vocht en keek naar de kleuren die dansten in het licht; ik zag dat door de wijn heen mijn vingers slanker en eleganter werden dan zij waren, een heerlijke illusie van volwassenheid. En toen het mij duizelde van de beelden van donkere boeren die met hun knoestige handen de druiven van de oude wijnranken plukten; en van de Rus in zijn schilderskiel die tijdens het werken as op zijn palet morste; en van de witharige jonge leerling-koks die sauzen klopten – kortom, van de bedwelmende rijkdom van het leven die daar in die zaal om ons heen zo volop aanwezig was, vroeg hij mij, naar het leek voor de eerste keer, naar mijn toekomstdromen – onzeker als ze nog waren, maar gegrond op mijn recente, koortsachtige studiezin – en vroeg hij zich af of ik er uiteindelijk iets voor zou voelen om te gaan studeren in het buitenland, in Amerika misschien. Hetgeen leidde tot een discussie – in honingzoete en behoedzame bewoordingen gevoerd – over mijn moeder en de verwachtingen die zij, zo beweerde hij, koesterde ten aanzien van mijn Amerikaanse kant, waarvan ik mij niet bewust was geweest.

Gesterkt door de omgeving, door de doordringende smaak van tannine in mijn keel, door de verfijnde geur van de uitkomende gardenia, wilde ik plotseling mijn vader op mijn beurt dingen vragen, hem vragen stellen over de verhalen – van mijn moeder en mijn grootmoeder – waardoor zijn leven voor mij vorm had gekregen… En toch deed de gedachte dat ik die vragen zou stellen alleen al mijn hart bonzen en mijn adem in mijn keel bijna stokken, en ik stelde het moment telkens weer uit, tot na de amandelsoufflé en de bittere koffiedrab, die hij combineerde met een cognacje in een bolvormig glas, tot het moment voorbij was. Dat moment, het enige moment dat hij helemaal van mij was, zoals ik wilde dat hij was, ging onbenut voorbij, omdat ik bang was opnieuw te moeten constateren dat mijn idealen slechts op misverstanden berustten.

Na de maaltijd liepen we bij volle avond naar het einde van de straat, waar de zeilboten als koppige paarden tegen hun kettingen sloegen en de maan opkwam boven de zee. Uit het eenzame café aan de haven kwam dansmuziek, met daarbovenuit de vrolijke klanken van een accordeon, en plotseling pakte mijn vader mij vast en begon hij met mij te dansen, met mijn borst tegen de zijne, de bloem platgedrukt tussen ons in, terwijl we over het trottoir walsten. Ik kon slechts mijn hoofd achterover gooien en lachen terwijl ik werd rondgedraaid, vagelijk beseffend dat mijn witte jurk opbolde bij mijn knieën en dat ik het asfalt door mijn zolen heen voelde, mij bewust ook van de druk van zijn hand onder aan mijn ruggengraat waarmee hij mij leidde en van de warme, dropachtige walm van zijn adem. Hij lachte ook; hij wilde dit ook. Wij waren beiden gretig en vrij, en terwijl we langzamer gingen dansen en hijgden en ik giechelde, was ik toch tegelijkertijd mij ervan bewust dat ik – voor zo heel even – verliefd op hem was; dat dit het enige was wat hij van mij wilde; van elke vrouw wilde; en dat dit het enige was wat hij kon; en mij ervan bewust dat ik bedrogen werd, dat ik – hoe mooi mijn jurk ook was, hoe apart mijn bloem ook was en ondanks het feit dat hij mij gemaakt had en ik zijn eigen, fijn gevormde oortjes aan mijn hoofd kon zien – even anoniem als een mannequin was en even gemakkelijk te vervangen. Maar ik wilde die laatste waarheid niet zien, zoals mijn moeder dat niet gewild had, zoals geen vrouw dat zou kunnen willen; en ik berustte in zijn illusie, ongetwijfeld net zo snel als al zijn veroveringen dat deden, zodat ik, terwijl we nog enigszins buiten adem terugliepen naar de auto en zijn arm om mijn schouder warmte en geruststelling uitstraalde, mijn ogen stijf dichtkneep en zonder te zien naast hem ging lopen; ik wilde uit alle macht mij deze droom kunnen herinneren en ik wilde in elk donker uur, wanneer mijn moeder tegen hem tekeerging en verwensingen naar zijn hoofd slingerde, en wanneer ik dat zelf deed, kunnen weten dat ook dit mijn vader was en een geschenk.

10

Al de volgende ochtend, toen ik het eenzame patroon van mijn dagen hervatte (zij het niet voor veel langer, aangezien het augustus was), was ik mij ervan bewust dat deze herinnering kostbaar was en een verwarrende privé-herinnering. Tegen mijn moeder had ik bij onze terugkeer mij er gemakkelijk van afgemaakt en slechts gezegd dat het 'leuk' was geweest; maar aan het ontbijt vroeg ik haar veelbetekenend hoe ik de gardenia zou kunnen bewaren, die op mijn nachtkastje had staan te verwelken; en ik had quasi-zielig goedgevonden dat deze gelegd werd in een deel van het grote woordenboek, bij de bladzijde (daar stond ik op) waarop 'plezier' stond, zodat we later allemaal de platgedrukte betekenis ervan zouden kunnen achterhalen. Ik wist niet hoe kostbaar die avond zou zijn en evenmin dat hij jarenlang zou terugkeren in mijn dromen, soms als het toppunt van zaligheid en soms als mijn meest gevreesde nachtmerrie: een versteende volmaaktheid, een gif in elke heerlijke seconde ervan, waarin ik besefte dat ik, als ik het zou vragen, als ik slechts de juiste vraag zou kunnen stellen, mijn vader bij mij zou kunnen houden (zoals ik de bloem bewaard had), en waarin ik toch nooit in staat was om te bedenken – en van tevoren wanhopig wist dat ik dat niet zou kunnen bedenken – wat de vraag zou kunnen zijn; en elke keer bleef ik zwijgen, zoals ik daadwerkelijk gezwegen had, in de valse verwachting dat de wijn en het zilver en het dansje aan de haven voldoende zouden zijn om hem altijd bij ons, bij mij te houden.

Maar het fantasieleven waarmee dit ene exotische uitstapje omgeven werd, was niet voldoende om het leven van alledag te veranderen; en voor mijn vader, die ongetwijfeld de bedoeling had gehad om mij onvoorwaarde-lijk aan zijn kant te krijgen, moet het een mislukking geleken hebben. Ik bleef kniezen en mij aan alles onttrekken, en hoewel ik een paar avonden lang een poging deed een gesprek te voeren waarin de gebeurtenis werd opgehaald, kon ik de glans ervan niet vasthouden, en de eerste keer dat mijn vader er niet was, verviel ik weer in mijn rol als de schaduw van mijn moeder; ik mopperde halsstarrig over de excuses die hij aanvoerde en ik ging geloven dat ik voor één avond was gekocht en mij in verwarring had laten brengen door alle luxe, zoals ik die keer zelf al eventjes had vermoed.

11

Ik was dus dankbaar dat ik mijn gedachten aan school kon wijden. Ik schreef de terugkeer van mijn huidproblemen toe aan een gezonde spanning voor-af, en zei tegen mezelf dat mijn rug uiteindelijk helemaal gaaf zou worden als het koeler weer werd en de school begon. Een week voor het lycée begon legde ik mijn schoolboeken in keurige stapeltjes aan het voeteneind van mijn bed en legde er zes nieuwe schriften (het resultaat van een samen met mijn moeder ondernomen expeditie naar de grootste kantoorboekhandel in de stad, de winkel waarvoor ik zo lang daarvoor Frédéric had opgewacht) in een stapeltje naast, met aan de binnenkant van de roze en oranje kaften mijn naam en de verschillende vakken in keurige letters. Ik stortte mij op-nieuw en bewust op mijn eigen leven, alsof de zomer een gevangenisstraf of een genezingsperiode was geweest zoals zo ongeveer die van mijn groot-vader, een verdiende lijdensperiode voor alle misdaden die ik begaan had en niet bekend had. Ik voorzag een tijd waarin keuzes gemaakt moesten worden; ik geloofde dat ik de toekomst op niet al te grote afstand zag liggen. Verandering, zo zei ik tegen mijzelf, zou in mijn eigen omgeving en door toedoen van mijzelf komen; ik zou de verandering door mijn wil afdwingen.

Ik was niet verlost van mijn angstige, slapeloze nachten, en had van tijd tot tijd nog visioenen van een gewelddadig einde voor ieder lid van onze familie. Ik constateerde dat er een kalmte was neergedaald over de clan van de LaBasses, waarin slechts gebeurtenissen die ik als 'normaal' beschouwde leken plaats te vinden. Mijn broer groeide; mijn moeder bad; mijn vader verloor zijn enthousiasme voor het hotel: hij verzette zich tegen het heimelijke juk van zijn eigen vader en werkte zonder plezier aan de boekhouding (de economie was slecht, de recessie had haar invloed op de omzet). Mijn grootmoeder begon te beven, een gewoonte die haar sterke karakter in het geheel niet negatief beïnvloedde en waarvan later zou worden vastgesteld dat hiermee de ziekte van Parkinson begonnen was – maar ook dit kon slechts als normaal worden beschouwd: van grootouders, die oud zijn, kun je verwachten dat ze ziek worden. Wat je echter niet van ze kon verwachten was dat ze misdadigers waren.

Halverwege september ging de corpulente verzorgster met de grote neus bij ons weg om met een kok bij de marine te gaan trouwen, en voor haar in de plaats kwam een West-Afrikaanse vrouw met een zachte huid die van mijn moeders leeftijd was en Iris heette; toevertrouwd aan haar capabele, ebbenhouten armen gedijde Etienne, die zo van huid hield, en maakte hij tevreden geluiden. Ik hield het reilen en zeilen van mijn familie zo af en toe in de gaten, maar richtte mijn aandacht op het leven buiten de familie, waarnaar ik hongerde. Ik was blij de muizige tweeling, Aline en Ariane, in de eerste week van school te ontdekken. Slungelachtig en gereserveerd als zij waren, waren zij geen opwindend gezelschap, maar zij wisten niets – of wisten het pas van mij – van de recente geschiedenis van mijn familie (ik kon de kraaltjes van het verhaal aan elkaar rijgen, ik kon kiezen wat ik weg wilde laten), en ze waren verguld met mijn gretige belangstelling. Ik begreep dat ze in Chateauroux, waar ze vandaan kwamen, geplaagd waren vanwege hun melkbleke huid en hun rode haar en grotendeels met elkaar waren opgetrokken. Ze wilden boven alles het goed doen op school en vonden af en toe een ijsje eten in de benauwde ijssalon achter de bibliotheek een gewaagde onderbreking van hun schoolwerk, waarvoor ze mijn ondeugendheid en mijn zakgeld dankbaar konden zijn.

Ik leefde op, zoals mijn moeder het uitdrukte: ik bracht af en toe een weekend door bij de tweeling thuis, en prees dan beleefd de sobere lunches die hun moeder klaarmaakte. Zij was een zenuwachtig vrouwtje met het rode haar van haar dochters, dat echter vaal en zonder glans was, en zij had de gewoonte om haar mond open te houden, een o van ontzetting te midden van haar sproeten, een vrouw over wie mijn eigen moeder zich onmiddellijk uit principe goedkeurend zou hebben uitgelaten als vlijtig en geen bedreiging inhoudend, hoewel hun bescheiden gezinssituatie een ontmoeting van de ouders niet waarschijnlijk maakte. Bovendien was hun vader niet iemand met wie mijn ouders geneigd zouden zijn om te gaan: een zwaargebouwde bruut van een man met uitpuilende ogen die altijd achter de sportpagina's van de krant zat en daar alleen achter vandaan kwam om zijn vrouw en kinderen te bekritiseren met een scheve, dreigende blik die hen allemaal deed sidderen. Dat hij wist dat ik er was, liet hij alleen merken door af en toe een vijandige opmerking te maken over de betrekkelijke welstand waarin ik werd grootgebracht ('Je krijgt thuis zeker beter te eten dan hier, hè? Oesters en kaviaar zeker?'). Ze woonden in een treurig ogend, roze gepleisterd huis op de heuvel aan de rand van de stad, waar monsieur na aan *bricolage* begonnen te zijn tot de ontdekking kwam dat hij noch de tijd noch de energie had om het af te maken, zodat de achtertuin waarin allemaal onkruid groeide, vol lag met bakstenen voor een nooit gebouwd portaal, er in de woonkamer stapels zijdeachtig isolatiemateriaal in pakpapier lagen bedoeld voor een denkbeeldige aanbouw, en de muren van de badkamer maar voor de helft betegeld waren. In al de tijd dat ik er over de vloer kwam, werden er met deze verbeteringen geen vorderingen gemaakt, en ik heb monsieur zelfs nooit maar een troffel zien hanteren.

Dat uit dit afschuwelijke geheel de tweeling was gekomen – dat ze het overleefd hadden – beschouwde ik als indrukwekkend, en ik vond het een opluchting om gezelschap te vinden dat een nog teerdere huid had dan ik. Ze waren ook nog astmatisch en hadden altijd blauwe plastic inhalers bij zich die ze uit linnen zakjes haalden waarop hun moeder voor hen hun naam geborduurd had en waardoor ze voor mij een bijzondere aantrekkingskracht hadden, die van ziekelijke heldinnen uit negentiende-eeuwse romans.

Aline wilde dokter worden, en toen ik hen ten slotte een middagje bij mij thuis uitnodigde, staarden ze niet vol bewondering naar de beeldhouwwerken of leken ze zelfs geen oog te hebben voor de baai van Algiers aan de muur van de woonkamer, maar waren ze oprecht en ongegeneerd geïnteresseerd in Etienne, bij wie Aline een uur lang zachtjes zat te praten en wiens armen en benen ze op quasi-wetenschappelijke wijze onderzocht. Etienne, die volop gewend was aan medische onderzoeken, zat de hele tijd vrolijk en zonder iets te doen in zijn stoel, terwijl zijn verzorgster met hem bezig ging en geamuseerd met haar ogen rolde toen Aline vragen stelde over de stoelgang van de jongen en zijn kauwvermogen.

Kortom, de tweeling was in elk opzicht een uitkomst. Ze bewonderden zelfs mijn broer; ze vonden mij knapper dan zij zelf waren (wat ik eerlijk gezegd ook vond); ze waren goed in wiskunde en waren op hun beurt blij met mijn hulp bij geschiedenis en Frans. En vooral was het zo dat zij moesten vechten tegen een treurigheid bij hen thuis die mij ondoordringbaarder leek dan die bij mij thuis: zij vonden de zaken waarmee ik mij bezighield luxezaken, en belangrijker dan hun eigen zaken (en weer was ik het, ondanks alles wat ik ertegen inbracht, heimelijk met hen eens); zij leken ervan overtuigd dat ik voorbestemd was voor een grotere toekomst (ik was voor de helft Amerikaans, was naar New York geweest) en wanneer ik onze levens vergeleek, was ik tot mijn opluchting geneigd het met hen eens te zijn. Zij gaven mij het gevoel dat mijn vriendschap een gunst was, en ik koesterde dat gevoel.

Met Kerstmis gaven ze mij een paar kussenslopen, die ze in de avonduren, naast elkaar gezeten voor de televisie (hun vader had hem altijd keihard aanstaan als hij thuis was; hoewel ze een klein huis hadden, nam zowel in de woonkamer als in de eetkamer een televisietoestel een prominente plaats in, en naast zijn bed had hij er nog een staan, zo had ik gehoord), voor mij genaaid hadden, met veelkleurige madeliefjes en mijn initialen in grote, schuine, babyblauwe borduurletters. Ik vond het prachtig dat er voor mij zo veel moeite gedaan was, al kon ik het niet helpen dat het mij opviel dat de slopen – half synthetisch en half katoen – net zo ruw aanvoelden als lakens in goedkope hotels. Grootmoedig zei ik dat ze te chic waren om te gebruiken, en ik vouwde ze op en legde ze weg in de la van mijn ondergoed, waar ze onaangeroerd lagen, tot ze veel later met Etienne meegingen naar zijn ijsgroene kamer, als een aandenken aan mij en aan thuis; en waar ze elke week gebruikt werden en in de kookwas gedaan werden in de wasserij van de inrichting, totdat de madeliefjes verbleekt waren en het borduursel los was gaan zitten en mijn moeder, toen ze op bezoek was, in een vlaag van schuldgevoel over de opsluiting van mijn broer, de rafelige resten weg liet gooien. Van mijn kant gaf ik elk van hen een paar oorringen, groene steentjes voor Aline en roze steentjes voor Ariane, die ik in alle haast in de winkel met namaaksieraden in het winkelcentrum gekocht had, en de meisjes deden zo enthousiast dat het leek alsof ik ze parels van onschatbare waarde had gegeven.

12

Het is in het licht van de opwinding over zulke volgzame en toegewijde vriendinnen niet zo verwonderlijk dat ik niet in de gaten had hoezeer mijn vader aan het instorten was, dat ik niet merkte dat hij – niet slechts een achtergrondfiguur bij onze eigen ellende – een eenzame weg was ingeslagen, en een eenzamer en vastberadener spoor had getrokken dan wie van de rest van ons ook, naar zijn eigen vernietiging.

De gebeurtenis, die alles had van een televisiedrama, kwam toen alleen als een schok omdat ik zo lang op mijn hoede geweest was voor rampspoed, mij bewust van de mogelijkheid ertoe vanaf het moment van het geweer van mijn grootvader – of eigenlijk vanaf het moment dat Etienne zijn intrede in ons leven deed, de tijd dat hij te lang in de baarmoeder van mijn moeder verbleef, zo kort en toch van zo'n onontkoombaar belang. Ik had het idee dat ik een antenne voor rampspoed had – in ons gezin werd voorspeld dat het in de Golf slecht zou aflopen toen in de pers allerlei juichverhalen verschenen over de doelmatigheid van de westerse aanval, en was men niet verbaasd over de later verschijnende beelden van in brand staande oliebronnen in Koeweit; ik was ermee grootgebracht het ergste te verwachten, daar zelfs opgelucht over te zijn, omdat het ergste altijd kwam en het was veiliger om dat te weten – en toch was mijn waakzaamheid verslapt doordat ik mij bezig hield met mijn eigen leven, dat zo onschuldig leek, in de bibliotheek en de ijssalon en de huiskamer van twee armoedige, ijverige meisjes die zo weinig aanstootgevend waren dat het wel een parodie leek.

Waarmee ik wil zeggen dat, toen mijn vader zelfmoord pleegde, deze daad niet in absolute zin als een verrassing kwam; maar dat het moment dat ervoor uitgekozen was – in een dal van schijnbare rust, zo lang nadat de periode van beproeving tot bedaren was gekomen, en mijn eigen leventje naar het leek zijn eigen patronen begon te krijgen, voor de eerste keer niet totaal afhankelijk, in onderworpenheid of protest, van de patronen van mijn familie – dat wel was. In de heftigheid van mijn eenzijdige afspraak had ik mijn vader dood gewenst; net zoals ik in paradoxale zin geloofd had dat door die afspraak, ja juist door die verwensing, het zeker zou zijn dat mijn ouders behouden bleven. En hoewel mijn verstand mij zei dat mijn wil geen rol speelde in hun verhaal, dat de praktische eisen van Etienne, of van mijn grootvader, de familie bijeen zouden kunnen houden, en niet ik met mijn koortsachtige, maar onmachtige fantasie, leek het alsof, toen die wil eenmaal niet langer gericht was op het heden, op het verleden – op hun leven – maar op de toekomst, en op mijn eigen leven, een of andere centrale, onzichtbare kracht die de LaBasses in een georganiseerde baan had gehouden, verdwenen was en elk van ons, en mijn vader het verst, alleen de damp-kring had in geslingerd. Zolang ik wensen uitsprak voor de familie of tegen de familie, zolang al mijn wensen met de familie te maken hadden, had onze familie zijn familie-schap behouden; en daarna?

De dood van mijn vader kwam in het voorjaar. Het was bijna een jaar na de vrijlating van mijn grootvader. Het was maar een paar weken voor mijn zestiende verjaardag (ik vroeg me af hoe hij die niet had kunnen willen meemaken, en herinnerde mij toen het jaar ervoor, het rammelen aan mijn deur, en mijn vaders tierende bewering dat er in zijn huis geen gesloten deuren zouden zijn; terwijl ik juist voortdurend geleerd had dat het leven slechts een reeks van dergelijke deuren was, dat het beeld alleen al van een gang een illusie was omdat niets, en niemand, iets anders kon zijn dan al-leen). Het was twintig jaar geleden dat hij mijn moeder op de boulevard in Aix ontmoet had. Het was voorjaar. (Wie zou zonder deskundigheid hebben kunnen denken dat dit de tijd van het jaar voor zelfmoorden is, dat de teke-nen van hoop in de natuur alleen al voldoende zijn om sommige mensen tot zelfmoord aan te zetten?) De onderzeeër was boven water gekomen. Hoe was het mogelijk dat de zeelui, klein maar heel duidelijk zwaaiend zo blij als ze waren land te zien, hem niet deden aarzelen? Hoe had mijn vader in het labyrint van onzekerheid, van mogelijkheid, het besluit voor zo'n daad kun-nen nemen? En was deze daad, net als mijn eigen omarming van het leven, een vertrek naar zijn eigen ster? Of was die daad, zoals al mijn andere da-den geweest waren, een woest om zich heen slaan als van een nachtuil in het web van de LaBasses geweest, een triviale maar fatale reactie? Of was het misschien een samengaan van wens en wil, een giftige versmelting in zijn geest, zoals mijn visioenen van hoe wij allen stierven, maar dan een die zonder dat erom gevraagd was buiten het rijk der fantasie was getreden?

Voor mij was ook de blijvende vraag, en is dat nog steeds: wat is het, het lot? Is ons einde gegraveerd in ons begin – en als dat zo is, in wiens begin? In dat van hemzelf, van mij, of van Etienne? Of in dat van zijn vader, of in de heel verre voetstappen van Tata Christine, die naar Frankrijk terugkeer-de en het daar niet uithield, die zich terugtrok in de bergen van Algerije, tot in haar diepste ziel een Afrikaanse geworden? Zat mijn vader gevangen in een zichtbare of onzichtbare lotsbestemming waarvoor geen koersverande-ring hem had kunnen behoeden? Was het misschien die grammaticale tijd die hem gevangen hield, de voltooid verleden tijd: de koersverandering voordat hij wist dat er een koersverandering was, de keuze die gemaakt was voordat hij geweten had dat er zoiets als een keuze bestond, zodat elke toe-komst die hij wellicht gewild had flauwtjes schitterde op die onbereikbare plaats van 'het had zo kunnen zijn'?

Ik droom dat ik hem had kunnen redden – als ik een andere dochter was geweest, als ik op die avond in het restaurant ook maar even op de deur van zijn hart had geklopt, de kruk van de deur had geprobeerd, hem een vraag had gesteld; maar had ik niet veeleer de aquarel van de baai van Algiers moeten binnenstappen om te trachten de loop van de geschiedenis van lang voor zijn geboorte te veranderen, een daad die zelfs in het denkbeeldige rijk van de kindertijd waartoe ik al zo lang geen toegang meer had onmogelijk was? En dan nog?

In welk opzicht verschilt ieder van ons van mijn broer, zo voel ik mij gedwongen te vragen; en voor al onze verhalen is het overduidelijke antwoord: in geen enkel opzicht.

9 ———

1

Vlak na de dood van mijn vader waren de vragen echter van veel praktischer aard. Zijn lichaam stond nog boven de aarde, toen ik – ik was niet naar school vanwege de tragische gebeurtenis – mijn grootmoeder en mijn moeder op een gedempte toon die niets verborgen hield hoorde ruziën over de mogelijke oorzaken van zijn daad.

'Alles was nu goed,' zei mijn moeder. 'Het is nu zo onbegrijpelijk. Het is dat het nú is wat ik niet begrijp.'

'Jacques en ik hebben het besproken, en hij zit er erg over in, hij heeft op dit moment een afspraak met de bank. Want de enige reden die we kunnen bedenken…'

'Nee,' siste mijn moeder.

'Het hotel is al maanden minder dan voor de helft vol, dreigt in het rood te komen – niet zijn fout, arm schaap, althans vast niet helemaal, hoewel Jacques altijd getwijfeld heeft aan zijn zakelijk inzicht, maar hij wilde zo graag hogerop, hij wilde zo met alle geweld een vierde ster… We moeten er zeker van zijn dat hij geen contracten is aangegaan zonder ons ervan te vertellen…'

'Je hebt het over je zoon! Hij zou nooit zoiets doen – zou dat nooit gedaan hebben.'

'Zeker ook nooit een maîtresse erop nahouden? Hij wilde zo dolgraag een dubbelleven, een groter leven leiden. Arme jongen. Dat gaf hem een gevoel van echtheid.'

'Dat is absurd. Dat heb je zelf gezegd, bij die vrouwen ging het om seks, meer niet. Het hotel – hij leefde voor het hotel, hij vond het prachtig om het eindelijk echt te kunnen leiden, op zijn eigen manier, en als je man zich er niet mee bemoeid had…'

'Het is het hotel van mijn man, liefje.'

315

'Laten we geen ruzie maken. Daar hebben we nu wel allerminst behoefte aan. Maar ik zweer je dat hij nooit risico's met het hotel genomen zou hebben, niet nu, niet zoals de zaken ervoor staan. Hij zag hoe die man in Cassis in het najaar moest sluiten – hij weet – hij wist – dat dat echtpaar in Carqueiranne maar ternauwernood het hoofd boven water kan houden... Hij zou nu geen risico's met het hotel nemen.'

'Dat zullen we zien. Laten we hopen van niet. Hij wilde overal nieuwe badkamers, alles laten schilderen. Hij wilde het restaurant laten opknappen. Hij had het erover om in de winter te sluiten voor al die werkzaamheden; en als hij dat meende, als hij echt van plan was dat door te zetten tegen Jacques en tegen beter weten in, achter zijn vaders rug om – wie zal zeggen dat hij geen contracten getekend heeft waarvan wij niets weten? Hij had afspraken met architecten, met de bank, met aannemers – dat weten we in ieder geval van de agenda van zijn secretaresse.'

'Ik geloof het niet. Je zult het zien. Ik kan het niet – hoe kun je – je eigen zoon belasteren – en zijn lijk is nog maar nauwelijks koud!'

'Met jouw verdriet zal het wel meevallen, kindje. Ik weet nog heel goed dat jij op wilde stappen zodra er zich problemen aandienden, over een paar onnozele avontuurtjes...'

'Hoe durf je! Nooit! Toe nou – we kunnen dit beter laten rusten – we zijn van streek, natuurlijk zijn we van streek, en we zeggen dingen...'

Het was stil. Ik durfde nauwelijks adem te halen, bang dat dat door de muur van de keuken heen te horen zou zijn.

'Als dat het niet is, wat dan?' vroeg mijn grootmoeder wanhopig. 'Dat zou tenminste een reden zijn. Dan zouden we het hem kunnen vergeven. Anders – ik heb mijn hersenen gepijnigd...'

'Alsof ik dat niet heb gedaan? Alsof ik een oog dicht gedaan heb? De enige in dit huis die slaapt, is Etienne, die het niet begrijpt, die het gewoon niet kan begrijpen.'

'Heeft de dokter je niets gegeven?'

'Ik wil niet slapen,' zei mijn moeder. 'Ik wil – in godsnaam, ik wil wakker worden.'

'Kan het een vrouw geweest zijn? Weet je dat? Was er de laatste tijd iemand, een nieuw iemand?'

'Ze waren niets bijzonders. Dat heb je zelf gezegd. Ze waren nooit iets bijzonders. Wíj hadden iets bijzonders. Bovendien spraken we er nooit over. Niet sinds de lente van vorig jaar. Een jaar geleden. Vanaf toen niet meer.'

'Maar misschien was er wel sprake van – ik weet het niet – chantage – een of andere vrouw, een of ander geheim – een kind – ik weet het niet.'

'En hij was bang dat ik erachter zou komen?' Mijn moeder liet een kort, bitter lachje horen. 'Geloof je echt dat hij daar bang voor zou zijn? Een jaar geleden, toen ik nog in zalige onwetendheid verkeerde, had ik dat misschien willen aannemen. Maar een jaar geleden dacht hij dat hij onoverwinnelijk was. Als er kinderen waren geweest – zelfs een stuk of tien – zou hij het me verteld hebben. Het zou voor hem een reden tot trots geweest zijn. Zo zat hij toen in elkaar. En nu? Nu wist ik het, en hij wist dat ik het wist, en we gedroegen ons alsof dat niet het geval was, maar ik kan het niet geloven, ik kan het niet accepteren.' De stem van mijn moeder klonk gepijnigd. 'Wat doet het er trouwens toe, waarom? Het is gebeurd.'

'Als het vanwege het hotel was, dan doet het er misschien heel veel toe, voor ons allemaal, en nog heel lang.'

'Dat hij er niet meer is – dat zal er hoe dan ook toe doen. Daarop hebben we geen antwoord. We zijn allemaal op een of andere manier tegenover hem tekortgeschoten.'

'Onzin.' De stem van mijn grootmoeder klonk schel. 'Hij is tegenover ons tekortgeschoten.'

'We zijn kwaad. Het is logisch dat we kwaad zijn, dat heeft de pastoor nog vanochtend gezegd. Maar we moeten niet zoeken naar wie of wat de schuld heeft, zei hij. We moeten bidden…'

'We bidden, we bidden voortdurend, we zullen blijven bidden, omdat dat het enige is wat we kunnen doen – maar er zijn ook feiten die we onder ogen moeten zien.'

'Het is een feit dat hij depressief was. Hij was op de een of andere manier eenzaam.'

'Jij bent zijn vrouw.'

'Ik had het moeten weten.' Mijn moeder begon te huilen en ademde daarbij luid en onregelmatig.

'Wie had het kunnen weten? Wat nu noodzakelijk is, is dat we proberen verder te gaan. Daarom zijn de feiten belangrijk. We kunnen het hotel niet verliezen – het zou Jacques zijn dood zijn, het zou de laatste druppel zijn…'

'Lelijk wijf dat je er bent!' riep mijn moeder woedend uit. 'Die man en zijn verdomde hotel hebben Alex de dood ingejaagd!'

Het werd ijzig en totaal stil; en toen klonk de stem van mijn moeder weer, heel anders van toon, smekend. 'Ga niet weg – toe nou, madame! – Monique – toe nou. Ik bedoelde het niet zo. We zijn allemaal van streek – meer dan van streek – ik weet alleen niet hoe – het is van niemand of niets de schuld – maar alsjeblieft, geef alsjeblieft Alex niet de schuld.'

'Doe jij dat dan niet?'

2

In de keuken, met mijn wang tegen de koele verf van de eetkamerdeur, besefte ik dat, of deze nu als zodanig bedoeld was of niet en wat de redenen ervoor ook waren, de zelfmoord van mijn vader zijn enige grote daad was, de enige daad die voor hem bepalend was, de trotsering van zijn zwakte. Die zelfmoord was een razend beest zonder gezicht dat was losgelaten om verandering te brengen (wat hadden we allemaal naar verandering verlangd) in onze familie, en was nu zijn Frankenstein, een levend wezen dat ieder van ons voor altijd zou achtervolgen, het spook van zijn wil. Als geest had mijn vader een grotere invloed dan waar zijn eigen vader ooit van had kunnen dromen; die ene krommende beweging van zijn wijsvinger om de trekker zou ons vormen en van elkaar scheiden op een manier die we nooit hadden kunnen bedenken of, bij het doen van al onze wensen, kunnen wensen. De zelfmoord had zijn eigen leven. Dit moment in de keuken was de eerste keer dat ik besefte dat mijn vader echt dood was, dat ik de enorme kloof zag tussen fantasie en werkelijkheid, toen het tot me doordrong – nog op een verwarde manier – dat de laatste de ultieme macht had over de eerste in plaats van omgekeerd.

Wij hadden altijd in een wereld geleefd waarin geloof belangrijk was; waarin op grond van het verleden gecreëerde verhalen het gewicht van de waarheid hadden, waarin ons pessimisme het bolwerk tegen rampspoed was en onze meest persoonlijk gekoesterde verwachtingen het voedsel voor onze nog niet beleefde toekomst waren. We hadden geloofd – in God, in ons vaderland, in onze familie, in de geschiedenis – en hadden dit geloof voldoende geacht; we hadden gedacht dat de wereld, als we maar verstandig genoeg geloofden, zich wel naar dat geloof zou richten. Dit allemaal ondanks Algerije, ondanks Etienne, ondanks de macht der wet, de onvoorziene obstakels die ons door een zwijgende godheid gezonden werden om ons te beproeven. Het was immers zo dat Jacques de val van Frans Algerije had voorzien en zijn familie in veiligheid had gebracht. Alexandre had voor Etienne een huis gebouwd dat hem beschermde tegen de buitenwereld. Mijn grootvader had het Bellevue Hotel op een rots gevestigd, en hij en wij en het hotel zelf hadden de knal van het eerste schot en de gevolgen daarvan overleefd.

Maar mijn vader had in werkelijkheid slechts geleefd alsóf hij geloofde; zijn geloof was achtergebleven bij zijn grootmoeder en zijn geboorteland nadat alle LaBasses vertrokken waren, en was met de zinkende doodkist ten onder gegaan. Mijn vader was, net als zijn neef Serge, slechts half en te laat gered, en het enige geloof dat hij bleef hebben was het geloof in wat had kunnen zijn. En dat hebben we nooit, zoals ik voortaan nooit mijn vader zou hebben. Het enige waaraan hij zich op het eind had kunnen vastklampen waren feiten, waarvan de dood de ultieme bevestiging is. Verhalen, de brokstukken die zijn ondergang moesten tegengaan, waren niet meer dan dat: brokstukken, woorden. En het vertellen van al die verhalen, waardoor mijn grootmoeder en mijn moeder en zelfs ik ons lieten sussen, wezen voor hem niet naar een toekomst; dat was een plek die we zonder hem moesten zoeken.

Ik kan nu niet naar Algiers reizen. Ook als ik dat wel kon, zou ik niet de geliefde stad van mijn vader, van mijn grootvader aantreffen, of zelfs maar de sporen ervan. De reden is niet alleen dat de straatnamen veranderd zijn, dat de Franse standbeelden vervangen zijn door Algerijnse, dat het aanzien van de stad veranderd is door bouwwerkzaamheden; de reden is dat ik op zoek zou gaan naar een denkbeeldige stad, een paradijs dat opgeroepen is door woorden en halve herinneringen, een plek die nooit op de kaart bestaan heeft; net zoals het Bellevue Hotel niet de plek is zoals ik hem als veertienjarige zag, ook al zijn alle oriëntatiepunten nog hetzelfde.

3

Toen mijn vader stierf, begon ik mijzelf vragen te stellen over mijn bijna-oom, te dromen over de schimmige man die nog voor zijn geboorte uit het huis van de familie LaBasse was gezet. Ook hij had een leven, of er een gehad, een leven dat voorzover ik wist nog steeds voortduurde. Zijn leven, net als dat van mijn vader, moest door het lot beroerd zijn; zijn verhaal (nog zo'n kraaltje dat niet aangeregen was) wierp een licht op dat van ons; zijn geest was de geest over wie niet gesproken mocht worden (had mijn vader zelfs maar van zijn bestaan afgeweten? Ik vermoed van niet: mijn grootmoeder zou het hem nooit verteld hebben, en mijn moeder verzekerde mij dat ze het niet gedaan had) en die naast die van mijn vader liep, de vleesgeworden zonde van Jacques, de keuze in het leven van mijn vader die gemaakt was voordat hij wist dat keuzes gemaakt konden worden. Dit 'had-kunnen-zijn' van hen had misschien verandering kunnen betekenen voor de verhalen van de familie, de werkelijkheid van de familie, had de loop van de geschiedenis van de familie zelfs nog op de laatste dag van mijn vader kunnen wijzigen.

In het begin, toen het beeld van hem als geest voor het eerst voor mijn geestesoog verscheen, vroeg ik mij af of hij heel letterlijk naast ons liep, of de zoon van Khalida, een onwettig kind met groene ogen, door zijn radeloze moeder op de jonge leeftijd van elf of twaalf jaar naar Frankrijk was gestuurd, in het gezelschap misschien van zijn jongste oom, die toen zelf een jongeman van maar net twintig was. Deze oom was ongetwijfeld een jongen geweest die mijn vader vaag gekend had op het lycée in Algiers, een inheems wonderkind dat een paar klassen hoger zat, met een bril en een vaalgele huid en een streepje dons boven zijn bovenlip, die bedachtzaam in zijn optreden was en die was gaan studeren – techniek waarschijnlijk – aan de universiteit van de stad toen de onrust op zijn hoogtepunt was, en in wanhoop raad gevraagd had aan een docent die hem bewonderde en wiens mooiste daad erin bestond deze briljante berberleerling te redden en voor hem een plaats aan de universiteit te versieren in Lyon, waar de docent vandaan kwam. En toen Khalida, murw gemaakt door jaren van eenzaam ploeteren, door de afkeuring van haar familie en door de onrustige tijden waarin haar zoon opgroeide – toen zij, die immers meer een tante dan een zuster was, de drijvende kracht achter de schoolopleiding van haar broer, hoorde dat hij de kans greep die de besnorde Franse wiskundedocent hem had geboden en ging vertrekken, vroeg zij haar broer dringend Hamed mee te nemen, hem te bevrijden van haar zondige juk, het feit dat hij geen vader had, en hem op een goede school in Lyon te doen, waarheen zij hem zou volgen zodra haar financiële toestand (het geld dat ze bij elkaar schraapte met haar dweilen en koken, de extraatjes die zij met verstelwerk verdiende) dat toeliet.

En zo gebeurde het dat, ongeveer in dezelfde tijd dat Jacques, Monique en Marie het vliegtuig namen, het drietal in een winterzon die in zijn ijzige schittering doordrong tot elke kier of spleet, op het vliegveld stond bij de vertrekbalie te midden van allemaal Europese mannen met hoeden en hun vrouwen met korsetten, met daarnaast personeel van Air France in hun keurig geperste uniform, terwijl buiten de vertrekhal de rotoren van het vliegtuig met veel lawaai proefdraaiden. Khalida, met haar met franje versierde omslagdoek die gerafeld was om zich heengeslagen, drukte haar zoontje met zijn groene ogen tegen haar borst – zijn armzalige kartonnen koffer stond op de grond naast hen – en vanuit haar buik stegen zachte jammergeluiden op en haar tranen vielen op zijn haar, terwijl zijn oom wachtte en zijn blik afwendde en naar de landingsbaan en het vettige spiegelglas dat hem hiervan scheidde keek, ondertussen de haartjes boven zijn lip strelend en sigarettenrook door zijn neusgaten blazend als was hij een draak.

In zijn korte broek, waaronder zijn met korsten bedekte bruine knieën onmerkbaar trilden, liet de kleine Hamed zich de omhelzingen van zijn moeder met open ogen welgevallen, zonder te weten wat het afscheid betekende en zonder te weten of hij nu moest huilen ('Dapper zijn, kleintje,' zei zijn moeder zachtjes, waaruit hij afleidde dat hij dat niet zou moeten doen, maar dat hij het wel zou moeten willen). Hij probeerde zich voor te stellen wat hem te wachten kon staan, en toen hij dat niet kon, vroeg hij zich – met de plaatjes uit zijn schoolboeken voor ogen van met sneeuw bedekte geveltoppen en kastelen met kantelen – af hoe de Franse lucht zou zijn die hij zou opsnuiven, of hij er de vertrouwde geuren van cipressen, mest en de zee zou vinden.

Oom en neef zaten in een flat met alleen koud water aan de rand van Lyon en spraken niet vaak met elkaar, en al helemaal niet over thuis. Hamed verlangde naar zijn vrienden, naar de armen van zijn moeder – naar het zachte geluid van haar stem – terwijl zijn oom helemaal in zijn studie opging en vergat om de eenvoudigste ouderlijke taken, zoals een goede maaltijd bereiden of een vaste bedtijd instellen, te verrichten, of dat misschien wel niet kon. De kleine jongen werd hard van karakter en vindingrijk, en zorgde ervoor dat hij 's avonds een koude maaltijd had en zich in de flat na schooltijd vermaakte; hij was een stil kind met een onstuimig karakter, dat bijna geen vrienden had onder zijn vlasblonde, hem bespottende katholieke klasgenoten. Hij verdroeg de school zo goed en zo kwaad als hij dat kon, een plek waar leraren weinig van hem verwachtten en zijn leeftijdgenoten nog minder; hij leefde zonder wat dan ook.

Khalida kwam niet – kon niet komen. Met behulp van andere broers schreef ze af en toe in het Frans aan haar nu Frans geworden zoon, in hoogdravende en formele stijl gestelde aanmoedigingen en aansporingen waaruit weinig bleek van de toestand in de stad, de bedreigingen van de FLN en de pas gevormde, plunderende OAS. Hameds jonge oom en voogd richtte zijn hoofd slechts op van zijn boeken om te klagen over de tweedeling: hij leefde in een zuivere wereld van cijfers en grafieken en wilde daar blijven, zich ervan bewust dat, zoals de zaken ervoor stonden, Frankrijk noch Algerije een geschikte plek was voor een briljante berber die geen belangstelling voor politiek had, maar dat hij zich in Frankrijk tenminste een tijdje kon schuilhouden voor de oproep tot revolutie die zijn generatie deed.

Na het vredesakkoord, nadat de Fransen zich uit Algerije hadden teruggetrokken, werd Hameds leven in Frankrijk slechter, niet beter, een leven waarin zijn kroeshaar en huidskleur hem tot ellende veroordeelden; maar hij was gewelddadig genoeg geworden om daartegenin te gaan. Gewelddadigheid heeft heel weinig van doen met schoolwerk: hij blonk in plaats van op school uit in vuistgevechten en spijbelen, in het vermijden van het lycée waar hij uitgejouwd was en bekogeld met steentjes. Hij zocht het gezelschap van andere jongens die net als hij ver van huis waren en aan hun lot waren overgelaten, en zij vormden een groep. Zodra hij kon – hij had inmiddels de baard in de keel en ook boven zijn lip verschenen donkere haartjes – zei hij het schoolplein vaarwel en ging in de leer als monteur, zich bewust veroordelend tot een lot van blauwe overalls en vettige moersleutels. Zijn oom, die inmiddels op aanbeveling van zijn professor een respectabele betrekking bij de gemeente had gekregen, tuitte in vage afkeuring zijn lippen, maar greep niet in. Er waren meisjes, er waren cafés: deze zorgden voor een bepaald soort plezier, en Hamed zag – tot ontzetting van zijn moeder die zo ver weg was – niet in, of wilde niet inzien dat er voor hem als moslim in Frankrijk zonder een massa diploma's vele jaren lang niets anders zou zijn.

Uiteindelijk en terwijl hij nog erg jong was kwam er een vrouw en kwamen er kinderen. De stukjes waren op hun onveranderlijke plaats gevallen: dit was zijn leven. En misschien – het zou net kunnen – was, toen mijn vaders auto, op weg met het gezin naar een lang weekend in Parijs, pech kreeg aan de rand van Lyon, de Algerijn met de groene ogen die op zijn rug, op een vuil rijdend plateautje gelegen, onder de auto schoof, wel mijn oom. Ik had als kind van acht misschien wel achter in de auto zitten mokken met in mijn kleverige vingers een stripverhaal en met Etienne stevig ingesnoerd naast me, en nauwelijks acht geslagen op de stoere monteur in overall met zijn kromme neus, die zijn handen afveegde aan een doek terwijl hij met mijn vader sprak over ventilatorriemen en radiatoren.

------------ 4

Of misschien was het wel helemaal niet zo gegaan. Misschien had Khalida haar zoon thuisgehouden – toen haar broer aanbood hem mee te nemen naar Frankrijk, had ze na lang beraad 'nee' gezegd, omdat ze zich geen leven kon voorstellen dat de moeite van het leven waard was zonder Hamed, haar kleine beschermer, de enige in haar familie die haar nooit vervloekt had en altijd onvoorwaardelijk aan haar kant had gestaan. Ongezeglijk als alle kinderen, spijbelde hij en sloot hij zich aan bij de groepen rusteloze, joelende straatjongens aan de periferie van de FLN, waar hij plaatselijke bekendheid kreeg als anti-Franse onruststoker. Als gevolg waarvan hij – een doelwit vormend vanwege zijn groene ogen en zijn brutale optreden – in de waanzin van de eerste maanden van 1962 getroffen werd door een kogel van de OAS, terwijl een passerende auto 'Algé-rie fran-çaise' claxonneerde en de Europeanen die die middag in de straat waren de andere kant op keken en nergens getuige van waren; zijn kleine, lenige lichaam, dat bijna in de puberteit zat, zakte in de goot in elkaar, waarbij zijn wang tegen de stoeprand sloeg en hij zijn ogen wijdopen had, terwijl zijn bloed in een dikke stroom onder zijn lijf een plas vormde en langzaam het wegdek op stroomde, waar het voornamelijk de aandacht van een stelletje luie paardenvliegen trok. Het zou nog uren duren voordat Khalida thuiskwam en merkte dat hij er niet was, en weer uren voordat ze hem in de purperen avondschemering vond, zonder dat iemand hem aangeraakt had, met zijn ledematen stijf geworden en zijn kleren hard van het geronnen bloed, terwijl de koplampen van auto's hem beschenen en hun weg vervolgden.

Of misschien bleef hij thuis en had hij geluk. Misschien vergaf zijn familie de vleesgeworden zonde van zijn moeder en steunde zij haar met hem. Misschien kwam hij onder zijn moeders leiding de roerige jaren door en ging hij toch naar het Lycée Bugeaud, toen dat eenmaal een andere naam gekregen had, en werd hij daar alleen maar gepest met zijn groene ogen en het feit dat hij niet voldoende Afrikaans was, waartegenover hij een grote ijver en vriendelijkheid stelde; hij was een stille jongen die met zijn ooms meeliep naar de moskee, met zijn kroeshaar met water platgemaakt en zijn voetzolen bruin en hard als leer. Misschien ging hij daarna naar de universiteit, zoals zijn moeder zo graag wilde, en blonk hij daar uit, een gedisciplineerde geest, geoefend in vrijzinnig intellectualisme, en werd hij in Algiers ten slotte academicus of journalist, het trotse embleem van zijn nieuwe land, het oog op de toekomst gericht en met de glans van hoop als een stralenkrans om zich heen. In welk geval het moment waarop hij een beslissing moest nemen later kwam, zo ongeveer ten tijde van de dood van zijn onbekende broer, toen Hamed op een dag merkte dat er vanwege het werk dat hij in zijn leven gedaan had een prijs op zijn hoofd stond (want dit gebeurde aan het begin van het laatste decennium van deze eeuw in het verscheurde Algerije) en hij moest kiezen tussen vluchten en terreur, net als hij dat als kind had moeten doen, toen het om de Fransen ging. En als hij gebleven was en was blijven leven, voor hoelang dan? Vroeg of laat zouden de gemaskerde mannen hem gevonden hebben, in zijn auto op weg naar de universiteit, of in zijn kantoor, of thuis, in bed, terwijl de zon moeizaam opkwam boven de witte stad en de baai; en we zouden over zijn dood in de krant gelezen hebben, een van de vele, overschaduwd door de moorden op Europeanen, en we zouden nooit geweten hebben dat we een familielid verloren hadden; zouden nooit getreurd hebben.

Als hij gevlucht was, als hij bereid was geweest zijn vaderland op te offeren voor zijn leven, de koffer boven de doodkist te kiezen, zoals de rest van de LaBasses gedaan hadden, dan was hij misschien, net als ik, naar de Nieuwe Wereld gegaan en, toen het nog kon, samen met zijn vrouw en zoons en dochter naar Washington of New York gevlogen, waar hij werk zocht dat bij zijn opleiding en vroegere hoge positie paste en ondertussen om de huur te kunnen betalen taxibestuurder was in een rammelende taxi zonder vering. In welk geval ik misschien kortgeleden vanaf de achterbank door het tussenschot van melkglas naar zijn nek heb zitten staren en een blik heb geworpen op zijn vergunning, met de pasfoto en de naam in hoofdletters getypt, en me verwonderd heb over zijn groene ogen en binnensmonds gemopperd heb over zijn traagheid met het wisselgeld. Als hij zat te luisteren naar het Franse radiostation, dan hebben we misschien zelfs in het Frans een gesprek gevoerd – zoals ik dat wel meer doe – over Amerika, over wat hij ervan vindt en of zijn kinderen het goed doen, over of hij thuis mist, de kasba met zijn trappenhuizen en stegen, het platteland van zijn lang vervlogen vakanties van school, de bosjes citrusbomen en zelfs de zeldzame zwermen sprinkhanen die, toen hij klein was, neerstreken op de boerderij van zijn grootouders om zich daar vol te vreten. De Franse taal zou daarbij een band gecreëerd hebben in plaats van tussen ons in te staan. En toch zouden wij tijdens deze ontmoeting nooit geweten hebben dat we door de banden van het bloed verbonden waren, dat we familie waren; en als een van ons tweeën dat wel had doorgehad, dan zouden we, gezien de keuzes die voor ons zo lang hiervoor gemaakt waren, misschien wel niets gezegd hebben over onze band, omdat we de kloof te groot, het wantrouwen te diep geacht zouden hebben. Er zouden geen woorden zijn voor wat ons tegelijkertijd bindt en scheidt.

5

Maar als ik verder terugga, en niet vraag wat er misschien gebeurd is, maar wat er had kunnen gebeuren, als de keuzes niet gemaakt waren zoals ze gemaakt zijn, voordat mijn vader en bijna-oom zich ervan bewust waren dat er zoiets als keuze bestond, kan ik mij Khalida voorstellen als nog onder het dak van mijn grootouders verblijvend en Hamed – nauwelijks jonger dan mijn tante – met Alexandre en Marie spelend op het weerklinkende, slecht geplaveide binnenplein van het flatgebouw, drie stevige kinderen die gillend voetbalden of rovertje speelden, en met de jongens gezamenlijk op jacht naar kevers om die in de jurk van Marie te laten zakken; en in de weekends met zijn drieën eropuit naar het zoutwaterzwembad, met Hamed als de beschermeling en beste kameraad van mijn vader. En later, op school en zelfs op het lycée, renden ze dan naast elkaar, met hun schooltas op hun rug, langs de bezadigde volwassenen naar de snoepwinkel, en slenterden ze tegen het einde van de middag met de armen om elkaar door de stegen, alle twee onwillig om er weg te gaan en naar huis te gaan, zich overgevend aan de beproefde rituelen van de jongensvriendschap en elkaars bloedbroeders wordend (zoals ze al waren, zonder dat misschien te weten, en levend alsof ze waren wat ze in werkelijkheid waren) door in hun duim te prikken en de druppels bloed die eruit kwamen met elkaar te vermengen; en ze hielden zwaardgevechten met stokken; ze gapten fruit van de markt, dat ze met elkaar deelden in de Jardin Marengo onder de lommerrijke bomen, en liepen heel langzaam naar huis om hun door het sap van het fruit bevlekte tongen te verbergen voor hun beider streng kijkende moeders.

En toen de ongeregeldheden begonnen, waren zij daar door hun grote verbondenheid misschien wel tegenin gegaan. Of misschien niet, maar ze zouden beiden gedwongen zijn geweest hun eigen in elkaar gestorte wereld op een andere manier te zien, door de ogen van hun beste en oudste vriend, en dat zou – op hoe minuscule schaal ook – de geest van die tijd veranderd hebben. En als dergelijke alternatieven duizend of een miljoen keer gekozen zouden zijn door de generatiegenoten van mijn grootouders, en op hun beurt door hun grootouders en door hun overgrootouders, dan zouden de ongeregeldheden zich misschien niet hebben voorgedaan zoals ze dat deden of op het moment dat ze dat deden. De droom van Camus – de stad van witte steen die stralend in het zonlicht ligt, terwijl het leven er, een ten volle geleefd en veelkleurig leven, in gelijke mate steun geeft aan elke schakering en elk geloof en de zo diverse geschiedenis van het Middellandse-Zeebekken – zou dan misschien mogelijk geweest zijn.

De heilige Augustinus was immers een halfbloed, in de vierde eeuw de zoon van een berber en een Romein; en Camus zelf was, hoewel hij Frans was, een Spanjaard van afkomst; en de eigen moeder van mijn grootvader, die van oorsprong een Italiaanse was, had een zuster die met een Maltees getrouwd was. En volgens de overlevering, of misschien wel volgens de feiten, was helemaal aan het begin van de negentiende eeuw een schip dat onderweg was naar de Antillen en nonnen aan boord had, gestrand bij Ténès, aan de kust van Algerije, net ten westen van Algiers. Het kleine stadje waar de nonnen hun toevlucht zochten, was geteisterd door ziekte, waardoor er nog maar weinig vrouwen in leven waren; en op bevel van hun moeder-overste gaven deze zusters gehoor aan de stem van hun roeping tot God door uit het celibaat te treden en met moslimmannen te trouwen. Ze vestigden en vermenigvuldigden zich daar en verenigden op die manier hun Europese en christelijke bloed en cultuur met het bloed en de cultuur van hun echtgenoten en degenen die hen opgevangen hadden; en hun overste, de redster van de stad, werd vanwege haar optreden als een maraboe vereerd, onder de naam Lalla Mériem Binett. Als tweehonderd jaar geleden dit mogelijk was, dan had dat in Afrika ook een eeuw later moeten kunnen, en zelfs nu nog, net zoals het in Frankrijk of Amerika kan.

Ik weet heus wel beter. Mijn Franse voorvaderen, helemaal teruggaand tot Tata Christine, landden op van bloed doordrenkte bodem, en niets zou dat begin ongedaan kunnen maken. Maar het eigen pad van Tata Christine voerde haar, tegen de geest van de tijd in, de bergen in, waar ze misschien wel de moeder of vader van Khalida ter wereld heeft helpen brengen. Het zich afwenden van Utopia – het zich afwenden van een stad van God op aarde – gebeurde telkens opnieuw, in stappen van elke mogelijke grootte, sommige zo klein dat ze nauwelijks beslissingen leken, net zoals het dralen van mijn broer in de baarmoeder naar de tijd gemeten bijna niets betekende, maar gemeten naar zijn lot in de wereld zo heel veel. Hamed, zo stel ik mij voor, is de sleutel tot mijn vaders hart die hij nooit gekregen heeft, de mogelijkheid tot een ander leven. Misschien zou het voor hen niets uitgemaakt hebben als ze elkaar als broers gekend en bemind hadden; maar ik betwijfel dat. Ik leef alsof dit 'had-kunnen-zijn' echt bestaat en flauwtjes aanwezig is in de wereld van de verbeelding, en als het slechts een 'alsof' is, dan is het, zo heb ik geleerd, daarom niet minder echt.

6

De kist moest tijdens de begrafenis gesloten blijven. Op de kist stond een foto van mijn vader waarop hij met halfdicht geknepen ogen grinnikt, alsof in plaats van lichaamsresten die grinnikende figuur erin lag. Waarom mijn vader zich doodgeschoten heeft, kunnen wij niet weten. Hij had geen onverantwoorde risico's met het hotel genomen, hoezeer mijn grootouders dat ook hoopten – als straf misschien voor de schuld die zij meenden te hebben; als dat zo was, gaven zij die schuld nooit toe. Weliswaar ging het minder met het hotel, maar dat gold voor de meeste hotels in de streek. Bij Alexandre was niet heimelijk kanker geconstateerd. Er kwam zich geen minnares met eisen aandienen, er waren bij het graf geen jankende LaBasse-kindertjes die hun handen ophielden voor geld. Mijn moeder en hij hadden geen ruzie gehad; en mijn grootvader had zijn zoon niet openlijker getiranniseerd dan normaal. Bij zijn papieren was er niets wat enig licht op zijn plannen wierp, geen haastig geschreven aantekeningen of bankafschriften wezen op de zorgvuldige opzet die, al was het maar gedeeltelijk, zijn daad hadden kunnen verklaren. Hij liet geen briefje achter.

Niettemin was het voor de plaatselijke kranten een mooie dag: boven een foto waarop wij in zwarte kleren en met sombere gezichten op de trap van de kerk verzameld stonden (zij het dat Etienne, die zich bewogen had toen er afgedrukt werd, een grijnzende vage plek was) zetten zij als kop 'Een tot rampspoed gedoemde familie'. Het was onvermijdelijk dat zij op de rechtszaak terugkwamen en uitvoerig ingingen op de handicap van mijn broer; en ze deden hun best om te suggereren dat mijn vaders dood op sinistere wijze verband hield met de maffia. Mijn moeder, die op kousenvoeten was, viel kleintjes en snikkend in mijn armen bij het zien van het artikel, terwijl mijn grootmoeder haar hoofd schudde en een gezicht trok, maar of dat nu vanwege de pers of de zwakheid van mijn moeder was zei ze niet. Mijn tante Marie, die kortgeleden was aangekomen, stond er knipperend met haar ogen en dommig bij.

'We zullen aantonen dat ze het bij het verkeerde eind hebben,' verzekerde mijn grootmoeder de rest van ons, terwijl haar wang van ergernis vertrok en haar handen trilden, 'en we zullen dat doen door het hotel nieuwe roem te brengen, en door altijd samen te blijven. Dat doen de LaBasses.'

Mijn grootvader ging van de ene voet op de andere staan en zuchtte.

'Zulke vuilspuiterij heeft geen enkel effect,' ging mijn grootmoeder door, 'tenzij we eraan toegeven.'

Mijn moeder deed haar best om rechtop te gaan staan en haar tranen te bedwingen. 'We zien wel,' zei ze. 'We gaan natuurlijk door. De enige vraag is hoe.'

'We gaan door alsof dit ons niet te gronde had gericht,' zei mijn grootmoeder.

Mijn grootvader hoestte, een droge oudemannenhoest. Tante Marie knipperde als een gek met haar ogen en keerde zich naar het raam.

'Ik weet niet zeker of dat kan,' antwoordde mijn moeder, met haar hand op de onderkant van mijn rug, waar mijn vaders hand had gezeten toen we maanden geleden gedanst hadden. 'Wat het beste voor de kinderen is, is waar het op aankomt.'

'Zeker,' zei mijn grootvader ten slotte, maar wat vaag, alsof hij mijn moeders woorden niet gehoord had en slechts wilde opstappen, weg van de bezoedelde woonkamer van zijn zoon en veilig terug binnen de hekken van het Bellevue Hotel. 'Het lijkt erop dat mijn pensionering van korte duur is

geweest. Ik ben al twee dagen niet op kantoor geweest. Ik denk dat ik misschien moet…'

'Natuurlijk.' Mijn grootmoeder pakte haar autosleutels uit haar handtas.
'Ik denk – denk je dat het gaat?' Ze wendde zich weer tot mijn moeder, die
naar mij keek en knikte.

'We redden het wel. Komen jullie vanavond eten?'

'Natuurlijk.'

<hr>

7

Ik herinner me die dagen als een grofkorrelige flikkering van merkwaardig-
heden: mijn tante die met haar hoge hak omzwikte in de modder van het
kerkhof en daarom buiten alle proporties gilde; de stem van Marie-Jo aan
de telefoon, die ik meteen herkende, terwijl ik deed alsof dat niet zo was en
over mezelf zei: 'Ze is er op het moment niet, maar ik zal vragen of ze je
terugbelt' alvorens haastig op te hangen; de tweeling die langskwam met
een stoofschotel van hun moeder en alle aantekeningen van de lessen die
ik gemist had in hun keurige handschrift overgeschreven, ongetwijfeld in
de avonduren voor de televisie; de stralende zon die elke dag opkwam alsof
er niets was gebeurd, terwijl de wind onze wangen en onderarmen kuste in
uiterste onverschilligheid jegens ons lot. Op een middag verborg ik mij in
de kleerkast van mijn vader en zat daar gehurkt op zijn schoenen, met mijn
hoofd in zijn pakken gewikkeld, en ik rook hem, zijn verraders-eau de cologne, die ik zo lang als het bewijs van zijn overspel had gezien en die nu
het enige was wat er over was. Op een avond kroop ik in bed bij Etienne en
strekte mijn lichaam uit naast het zijne, met mijn voeten onder zijn voeten
geschoven alsof we minnaars waren, terwijl hij een beetje tegenstribbelde
en snoof in zijn slaap. En een andere keer lag ik bij mijn moeder in bed, op
haar verzoek, mij ervan bewust dat ik met mijn rug in de ondiepe indeuking
lag die zijn rug gemaakt had.

Het was lente. De eerste toeristen kwamen, vrolijk en onkundig van alles. Het water bruiste. Het verkeer op de hoofdweg zoefde en gromde zoals
het altijd gedaan had. Elke dag keek ik de horizon af of ik geen opkomende
onderzeeërs zag, en ik vroeg mij af of hun afwezigheid een teken was. Omdat ik het zelf wilde, keerde ik na een week terug naar school, waar ik mij
met Aline en Ariane omringde alsof het mijn lijfwachten waren en zo
zichtbaar niets moest hebben van uitingen van medeleven dat mijn klasge-

noten terugdeinsden. In plaats van thuis te zijn, was ik voortdurend te vinden in het akelige huisje van de tweeling, waar ik steeds maar redenen bedacht om niet terug te keren naar onze villa, waar mijn moeder bleek en breekbaar een glansrol vervulde als de weduwe.

Zij en ik spraken in de avonden heel veel met elkaar. Ter ere van mijn vader speelde ze zijn muziek op de stereo-installatie en zat dan met holle ogen in haar leunstoel, met haar handen in haar schoot gevouwen. We spraken niet over hem, hoewel hij altijd bij ons was, en hoewel wij alle twee met een enorm schuldgevoel zaten (Hadden we hem dan zo gehaat, en had hij dat geweten? Wat zou het betekend hebben als we van hem gehouden hadden zoals we dat hoorden te doen, niet de kosten van zijn zonden geteld hadden en niet zo vaak de wens geuit hadden dat hij weg zou gaan?), spraken wij in plaats daarvan uitgebreid over de kleine dingen van onze dagen en leefden wij naar ons beste vermogen zogenaamd het leven dat onze ouders samen hadden geleefd. We zaten in die houding – ik op de sofa, maar kaarsrecht, met mijn voeten stevig op de grond, als die van een soldaat, mijn moeder tegenover mij in haar paarlemoeren soberheid – toen het idee te vertrekken voor het eerst ter sprake kwam.

'Ik heb vandaag met je tante Eleanor gesproken,' begon mijn moeder voorzichtig, terwijl ze een bloedeloze hand door haar haar haalde en leek te huiveren.

'O ja?'

'Ze – zij kwam eigenlijk met het idee, maar ik vind dat er wel wat in zit. Ik vraag me af – zij vroeg zich af – of een verandering voor jou niet het beste zou zijn.'

'Voor ons?'

'Nou – zie je, mijn leven – Etienne – nee, voor jou.'

'Ik wil niet bij tante Eleanor en oom Ron gaan wonen. Maman, doe niet zo raar. Ik wil bij jou blijven.'

'Dat is je eerste reactie, maar ik wil dat je over het idee wat meer nadenkt.'

'Ik weet dat ik niet zou kunnen…'

'Bovendien is het niet zo dat je bij hen zou gaan wonen.'

'Wat dan?'

'Ik dacht – nou, het idee was kostschool.'

'Kostschool? Waar?' In mijn wereld was een dergelijke verbanning alleen voor de dommen, al was ik mij er vaag van bewust dat er kostscholen waren voor de kinderen van de lagere adel, kleine snobjes met een titel die 'vous' tegen hun ouders zeiden.

'O, niet hier, liefje. Niet in Frankrijk. Je bent voor de helft Amerikaanse, vergeet dat niet. Mijn helft.' Ze lachte vreugdeloos, en sprak in het Engels. 'De helft die je nog over hebt.'

'Dat zal wel ongelooflijk duur zijn.'

'Daar hoef jij niet over in te zitten.'

'En Grand-père en Grand-mère – wat vinden die ervan?'

'Ik heb het ze niet gevraagd. Ik vraag het jou. Zij geloven erin om voor zichzelf met een schone lei te beginnen, althans dat deden ze…'

'Maar Grand-mère zei, en ze heeft gelijk – dat we altijd samen moeten blijven.'

'Heeft ze dat? Gelijk? Denk erover na. Denk na over de toekomst.'

In de daaropvolgende dagen deed ik dat; en besefte dat ik, ondanks alles, dat nooit gedaan had. De accordeon van mijn leven (tegelijk zo lang en zo kort, een leven) was nooit iets geweest om over na te denken. Ik had mijzelf niet gezien als iemand die kon kiezen. Vrijheid was een verschrikkelijk vooruitzicht, verkwikkend en verschrikkelijk. Ik was bijna zestien: de volwassenheid lag niet verder voor me dan de zomer van Thibaud, mijn grootvader en Amerika achter mij lag; en mijn moeder liet het aan mij over om een beslissing te nemen.

-------- 8

Het was een familieverhaal dat over mij verteld werd (mijn eigen kraaltje, en bijna mijn eerste). Toen ik vier jaar oud was, gingen mijn ouders op een middag in november met mij en met de baby Etienne in zijn kinderwagen wandelen in een onbekend park. Ik was ingepakt in een met bont afgezet kameelkleurig jasje met leren knopen en had op mijn stijf gevlochten haar een bijpassend, eveneens met bont afgezet hoedje. Ik had een zwarte, wollen maillot aan, waarvan het kruis ongetwijfeld op mijn knieën hing, en droeg lakschoenen met riempjes. Ik huppelde voor mijn ouders uit, met mijn armen gespreid, en ik riep naar het hele park dat ik een prinses was; af en toe draaide ik mij om om van de volwassenen te horen hoe mooi ze mijn capriolen wel niet vonden. Midden op het grasveld bleek een fontein te staan, in het midden waarvan Neptunus met geheven drietand gehurkt zat met bij zijn enkels een aantal vissen met opengesperde bek, uit welke openingen in de zomer een heleboel water stroomde. Het was toen echter winter en de vissen hadden alleen maar hun bek wijdopen gesperd, met hun uitpuilende ogen op mij gericht, terwijl eronder het modderige water er stil bijlag en op dat stilstaande water een enkel treurig blad dreef. Ik sprong op de marmeren rand van de fontein en bleef daarop met mijn armen gespreid rondjes lopen, onderwijl deze figuren vertellend dat ik wel degelijk van koninklijken bloede was en af toe mijn blik richtend op de dichterbij komende kleurige vage omtrekken van mijn ouders; en toen bleek ik plotseling, tot hun ontzetting, stil te blijven staan en sprong ik, compleet met maillot en jasje en hoedje, tot aan mijn middel het water in. Toen ik, doorweekt en druk pratend, uit het modderige water was gehaald door mijn bulderende vader (zijn armen waren toen nog de veiligste plek), werd mij gevraagd waarom ik dat gedaan had. Ik zei – en het was waar: ik herinner mij het moment dat ik mijn evenwicht ging verliezen heel precies – dat ik, mij ervan bewust dat ik hoe dan ook ging vallen, van wat mijn lot zou zijn mijn bedoeling had gemaakt. Wat ik in werkelijkheid zei, was natuurlijk veel simpeler: 'Ik ging vallen, daarom sprong ik.'

Al op vierjarige leeftijd had ik – het kwam ergens vandaan – vertrouwen in intentie – alsof het feit dat deze door mij gewild was iets uitmaakte voor de kwaliteit van mijn natheid, en ook van de verkoudheid die er het gevolg van was (drie dagen in bed met soep en speelgoedbeesten). En dat was altijd de les uit de verhalen van mijn familie, van mijn oudtante Estelle, van Tata Christine, van mijn grootouders, van mijn moeder. De ervaring van mijn vader in zijn jeugd versterkte dat geloof alleen maar: het werd hem aangeboden om te vertrekken, maar niet als een keuze, en vervolgens werd hij ertoe gedwongen, met alle gevaarlijke – volgens sommigen fatale – consequenties van dien. De implicatie was duidelijk. Als scheiding, vertrek eenmaal ter sprake zijn gebracht, dan moeten zij als onvermijdelijk worden beschouwd; dat is altijd mijn onwrikbaar geloof geweest. Als keuze een illusie is, dan moet ernaar gestreefd worden om de illusie in stand te houden. Maar daar hoort dit als consequentie bij: terugkeren is niet mogelijk. We hebben het 'had-kunnen-zijn' nodig omdat we weten dat het nooit zal gebeuren; het denkbeeldige is ons tot steun, maar we leven in de werkelijkheid, een werkelijkheid van brokstukken. We verschuiven die stukken als verschuiving mogelijk is, omdat mogelijkheid en noodzaak op een bepaald niveau samenvallen; omdat wat is voorbestemd en wat zal gebeuren onontkoombaar hetzelfde zijn, en de illusie onze enige keus is, en keuze een illusie is.

En dus besloot ik, omdat ik moest gaan, om te gaan. Aline en Ariane waren tegelijkertijd onder de indruk en ontzet bij het vooruitzicht ('Amerika? Maar de mensen zijn daar toch zo oppervlakkig? En iedereen gaat daar overal met de auto naartoe. Ga je ook naar New York?'). Mijn grootmoeder klemde haar lippen op elkaar en kon haar minachting nauwelijks onderdrukken, terwijl mijn grootvader het nieuws nauwelijks in zich leek op te nemen, zo in beslag genomen werd hij door de kolommen rode inkt waarmee de maandstaten van het Bellevue Hotel vol stonden. (Mijn moeder legde mij niet uit hoe de school betaald zou worden, maar uit afluisteren begreep ik dat ze haar aandeel van de kleine erfenis van haar ouders voor zichzelf gehouden had en goed belegd, en dat het geld uit een tot dan toe niet bekend gemaakt Amerikaans fonds zou komen.) Ik vroeg Etienne herhaaldelijk wat hij ervan zou vinden als ik vertrok, en hij giechelde alleen maar en rolde met zijn ogen, en stak een hand of een voet uit, alsof hij daarmee wilde zeggen: 'Ik ben hier. Ik zal hier altijd zijn. Hier zijn mijn armen en benen.' Ik was zo dom om hem te geloven.

9

De keuze van de school – het bleek bij een vluchtige inspectie dat het in New England wemelde van dergelijke instellingen – werd beperkt doordat ik zo laat met mijn aanvraag was (het was inmiddels juni voordat de beslissing om met het plan door te gaan officieel genomen was), en richtte zich als gevolg daarvan op scholen waar tante Eleanor relaties had. Op die manier, en tot mijn verdriet, kon ik kiezen uit drie mogelijkheden, waarvan er twee alleen voor meisjes waren – op eentje werden de meisjes uitgenodigd om hun eigen paard mee te brengen – en de derde een voormalige jongensschool was aan de rand van een klein stadje in New Hampshire. In de brochure stonden afbeeldingen van gezonde jongelui met blinkende tanden die met een zware rugzak over met sneeuw bedekte paden trokken; en op andere afbeeldingen lagen soortgelijke groepjes in de lente met hun dictaten onder in bloei staande bomen, terwijl achter hen een witte torenspits glinsterde in de strakke azuren lucht.

De op glanzend papier gedrukte brochures van alle drie de scholen bevatten lijsten met de verhouding van het aantal docenten tot het aantal leerlingen, het aantal leerlingen dat tot een etnische minderheid behoorde, het aantal internationale leerlingen, de universiteiten die door eindexaminandi in de laatste jaren gekozen waren. Glimlachende oud-leerlingen blikten je op diverse pagina's tegemoet, met daarnaast uitspraken over hun ervaringen. Er waren foto's van leraren te zien die zich bij de leerlingen betrokken toonden: ze hielden hen in de gaten bij bunsenbranders of ze schreven op het bord; of ze stonden in de herfst met een fluitje in hun hand aan de rand van een sportveld, waarop blonde meisjes met sterke dijen en opwaaiende shirtjes met grote gedrevenheid de hockeystick hanteerden.

'Was jouw school ook zo?' vroeg ik mijn moeder, verbijsterd over hoe braafjes en enthousiast het er allemaal aan toeging.

'Ik zat op een gewone katholieke middelbare school, liefje,' zei ze. 'Dus, nee. Maar op de universiteit wel een beetje. Een beetje zoals dit.'

'Het lijkt helemaal niet op school.'

'Je zult het er leuk vinden.'

'Dat bedoel ik dus.' Ik wees naar een foto van een op die school opgevoerd toneelstuk met een bijna professionele enscenering en kostumering. 'Wat heeft dat met school te maken?'

'Ze pakken het daar anders aan. Je hoeft er niet heen, dat weet je.'

Maar voor die verleidelijke afbeeldingen van succesvolle jonge mensen (geen ouder, geen familie te bekennen) moest ik wel bezwijken. 'Ik wil erheen. Ik kan daar toch zijn – wie ik maar wil zijn?'

'Dat denk ik wel, als je het zo stelt.'

'Wie ik ben, reist toch niet met me mee?'

'Wat bedoel je?'

'Niemand zal iets van me weten, behalve wat ik ze vertel?'

'Nee. Niemand zal iets van je weten.'

Ik koos de kostschool voor jongens en meisjes, ondanks zijn afgelegen ligging ('Wijs mij New Hampshire eens aan op een kaart,' vroeg ik mijn moeder dringend), vooral omdat ik in hun brochure een gezicht zag dat me aan dat van Thibaud deed denken, terwijl van alle meisjes van de twee andere scholen het buitenissige afstraalde, als waren zij ontsnapte gasten van de cocktailparty van de Spongs op Cape Cod.

Toen de keuze gemaakt was, schepte ik er tegenover Aline en Ariane over op en riep daarbij voor hen een beeld op van mijn zomer in Boston, terwijl zij geboeid in kleermakerszit luisterden in hun verpeste achtertuin. Ze sloegen telkens maar weer de bladzijden van de brochure om, tot deze onder de vette vingers zaten, en uitten hun verbazing over de rijen computers, de microscopen, de vreemd uitziende kapel.

'Dus je doet je *bac* niet?' vroeg Aline, haar bleke voorhoofd fronsend.

'Ik denk van niet, niet daar. Ik kan altijd na een jaar terugkomen en…'

'Dus je wordt een Amerikaanse?'

'Doe niet zo raar.'

'Maar ik bedoel – voor de universiteit – je gaat daar naar de universiteit?' Ze leek ontzet te zijn.

'Ik weet het niet. Misschien. Het hangt ervan af…'

'Maar je moet erheen, hè?'

'Ik moet niets.'

Ze haalde haar schouders op. 'Nou, anders slaat het toch nergens op? Want als je gewoon terug moet komen en je hier moet voorbereiden op het examen, waarom zou je dan gaan?'

'Omdat ik de mogelijkheid heb om te gaan. Omdat ik wil gaan.'

Haar zus zuchtte. 'Het is prachtig, Sagesse, maar het lijkt zo – ver weg van ons te staan, weet je, het is moeilijk voor ons om het te begrijpen. Ik bedoel, jij bent een Amerikaanse, dus…'

'Ik ben geen Amerikaanse.'

Ze knipperde met haar ogen. 'Nou, een halve Amerikaanse dan. In ieder geval ben je niet Frans, niet zoals wij bijvoorbeeld…'

'Wat bedoel je daarmee? Natuurlijk ben ik Frans.'

'Zo'n beetje.'

'Niet maar zo'n beetje.'

'Ik denk,' kwam Aline tussenbeide, 'dat Ariane alleen maar wil zeggen dat wij daar nooit het gevoel zouden hebben erbij te horen, dus het komt ons vreemd voor.'

'Ik zal dat gevoel daar ook nooit hebben.'

'Waarom ga je er dan heen?'

'Omdat ik niet het gevoel heb dat ik er hier bij hoor.'

'Precies,' zei Ariane. 'Jij bent anders.'

10

Toen ik mijn moeder en grootmoeder van dit gesprek vertelde, gromde mijn grootmoeder minachtend.

'Dat zijn de Fransen ten voeten uit,' zei ze. 'Kleinzielig.'

'Maar Grand-mère, jij bent Frans.'

'Dat ben ik, dat is waar, tot op zekere hoogte. Maar ik heb altijd een hekel gehad aan de mentaliteit van het moederland. In Algerije waren we niet zo. Wanneer ik denk aan onze voorouders, die zo hard gestreden hebben voor de glorie van Frankrijk – en als dank daarvoor hebben we alleen maar te horen kregen dat we hier niet thuishoren.'

'Maar je wilde hier komen.'

'Dat wilden we, omdat we niet anders konden. En ze hebben ons als vuil behandeld. En de harkis – verraden door dit land, zowel hier als in Algerije – ze hebben ons allemaal als vuil behandeld.'

'Maar dan is het toch goed dat ik naar Amerika ga?'

'Amerika? Alsof je daar iets te zoeken hebt!' Mijn grootmoeder kreeg vlekken in haar hals en trilde. 'De familie LaBasse overleeft door altijd samen te blijven. Dat hebben we altijd gedaan. Hier horen wij: samen. En je moeder weet dat. Of je zou dat ondertussen moeten weten, Carol.' Ze richtte zich op felle en verwijtende toon tot haar schoondochter. 'Jij bent van plan om dit kind aan haar lot over te laten – geen familie, geen structuur, geen samenhang, En waarvoor? Om haar naar een poel van geweld en McDonalds te sturen, naar de piepschuimcultuur, het land van het verpakkingsmateriaal...'

'Wat precies,' vroeg mijn moeder op strenge toon, 'zou je dan willen dat we deden? Waar ben jij een voorstander van? Kennelijk niet van Frankrijk. Ik heb mijn dochter dus de kans geboden om opnieuw te beginnen. Jij zou zeker willen dat ik haar naar Algiers stuur, ter ere van iets vaag nostalgisch.'

'Ach, hou toch op!'

'Nee, ik meen het,' ging mijn moeder door. 'Waarin zou ze moeten geloven? Als Alexandre in iets geloofd had, dan...'

'Wat dan?'

'Laat maar.'

'Ik wil in de toekomst geloven,' zei ik op schertsende toon, om verdere onenigheid te voorkomen. 'Dat lijkt me iets goeds om in te geloven.'

'De toekomst bestaat niet,' antwoordde mijn grootmoeder op scherpe toon.

'Misschien het verleden ook niet. Misschien bestaat er wel niets,' wauwelde ik. 'Misschien weet alleen Etienne wat er echt bestaat, omdat hij daarmee bezig is, er al zijn energie op richt – op bestaan. Maar het geheim verraadt hij niet.'

'En hij gaat ook niet naar een of ander veel te duur zomerkamp dat door een of andere marketingfiguur een school genoemd wordt. Hij blijft hier. En dat behoor jij ook te doen.'

Mijn moeder haalde diep adem. 'En toen Alexandre wilde blijven, in Algiers, en jullie vertrokken...'

'Dat lag anders. En was, zoals we nu weten, een ernstige vergissing.'

'Het was zijn keus.'

'O ja?'

'Toe nou,' probeerde ik tussenbeide te komen. 'Wat doet dat er nu nog toe? We kunnen daar niets aan doen.'

Beide vrouwen keken mij kwaad aan.

'We kunnen, we moeten iets doen aan wat er nu gebeurt,' zei mijn grootmoeder.

'Maar ik wil gaan, Grand-mère. Maman dwingt me niet.'
'Alsof jij zou weten wat goed voor je is! Je bent nog maar een kind!'
'Maman vindt van niet. Ze vertrouwt me. Ja toch?'
Mijn moeder knikte vermoeid.
'Dat is dan geregeld.'

11

'Laat mij je iets vertellen.' Mijn grootmoeder huiverde in haar stoel, alsof er een pijnlijke rilling over haar rug liep. Ze vermande zich; begon toen te spreken. Haar geaderde handen waarop allemaal vlekken zaten, lagen over elkaar in haar schoot. Ze deed me denken aan een leguaan: oud, met iets primitiefs.

'Toen je grootvader de eerste keer hierheen vloog om land te bekijken, vertelde hij me niet wat hij ging doen. Hij zei alleen dat het een zakenreis was. Ik dacht dat hij er door het St. Joseph Hotel heen was gestuurd. Ik had geen idee. En toen hij terug was, en mij, met je vader en je tante op een rij naast me, in de woonkamer liet plaatsnemen en maar met grote passen en met drukke handgebaren vóór ons heen en weer liep, zodat het porselein ervan rinkelde, en ons vertelde dat hij de papieren had getekend voor dat armzalige stukje land in een of ander onbekend stadje in Frankrijk, toen moest ik huilen. Ik huilde tranen met tuiten. Je vader – hoe oud was hij helemaal? veertien, jonger dan jij nu bent – stond op en stormde naar buiten. Hij werd wit, de paarsrode ader bij zijn slaap klopte hevig en barstte bijna open. Een kind nog. Hij trok geen jasje aan. In zijn hemdsmouwen sloeg hij de deur dicht.

De ruzie die hij hierdoor veroorzaakte, duurde eindeloos en was verschrikkelijk. Deze stond altijd tussen hen in. Er was geen maaltijd waar die ruzie niet als een zwerm boven ons zweefde, waar hij in het gesprek niet als lava opborrelde bij wat er ook maar gezegd werd. Uiteindelijk liep Alexandre min of meer weg van huis. Hij bracht steeds meer tijd door in het huis van zijn grootmoeder – en hoe zouden we daartegen kunnen zijn? – en steeds minder in het gezin. In de middagen kwam hij thuis, en hij vertrok weer voor het avondeten, als iemand die op visite was. Hij kwam stiekem als een dief het huis binnen om naar bed te gaan. Geloof me, ik heb erom gehuild. In mijn eentje, als mijn man naar zijn werk was en mijn dochter op school zat. Binnen het jaar vroeg hij mijn moeder of hij helemaal bij haar kon intrekken, en zij vond dat prachtig. Ze kwam zelfs bij mij zijn zaak bepleiten – een kwetsbare periode, zei ze. Mijn eigen moeder. Het was belangrijk om zijn schooltijd niet te verstoren. Goed dan. Je grootvader en hij lagen toen al maanden met elkaar overhoop. Hoewel dat eigenlijk misschien altijd al het geval was geweest. Het had altijd moeilijk tussen hen gelegen.

Je grootvader was – nou ja, een ouderwetse vader. Hij had het zelf vanaf jonge leeftijd zonder vader moeten stellen, en hij vond dat het belangrijk was om krachtig op te treden, dat het belangrijk was dat een zoon gehoorzaamde. Maar jongens in de puberteit willen dat immers niet. Dus het was bijna een opluchting toen Alexandre wegging. De avonden waren zoveel rustiger. Geen geschreeuw en gestamp, geen gesmijt met deuren. Het was beter voor Marie. En hij was in die laatste periode niet ver weg. Ik zag hem vaak. Hij kwam langs na school. En hij leek ook rustiger. Zijn grootmoeder en hij hadden een speciale band.

Maar dat was later, en doet er nu niet toe. Ik wilde het met je hebben over hoe ik het had. Ik was niet minder van streek door het nieuws van Jacques dan Alexandre, zoals je begrijpt; maar ik kon er niet vandoor gaan. Ik had verantwoordelijkheden, jegens mijn man, jegens mijn dochter. Tegenover het gezin. Ik kan niet uitleggen hoe het in die tijd was. In 1957 hadden we – het was afschuwelijk – de oorlog van heel dichtbij meegemaakt. Pure oorlog. De cafés, het vliegveld, het casino – overal bommen; kinderen, tieners, verminkt en gedood… en de verhalen van het platteland waren nog erger. Gezinnen – vrouwen, baby's – vermoord in hun bed, aan stukken gereten. Bizar. In de stad wemelde het van de paratroepers, de kasba was met prikkeldraad afgezet. Iedereen leefde in angst – nog niet eens zozeer om onszelf, maar om onze kinderen. En we wisten niet waar deze terreur vandaan gekomen was, hoe die zo geëscaleerd was. Elke nieuwe gouverneur die ze uit Frankrijk stuurden, gaf ons even hoop; en uiteindelijk hadden we de strijd in de stad gewonnen. De paratroepers traden beestachtig op, dat zal ik niet ontkennen, maar ze hadden geen keus, en ze deden hun werk goed. Ze verjoegen de terroristen uit hun schuilplaatsen, ze vernietigden hun cellen, ze maakten de stad weer bewoonbaar. Men praat nu over martelingen, maar dat gebeurde aan beide kanten. Het was oorlog.

En laat er geen misverstand over bestaan: de moslims, de meeste van hen, dachten er zo over als wij. We wilden allemaal alleen maar ons eigen leven terug, wilden dat het leven was zoals het daarvoor geweest was in die mooie stad. We wilden de gewone dingen in vrede doen, onder de bomen en op de pleinen, naar de mis gaan of naar de markt of de bioscoop – bijvoorbeeld dat prachtige, oude Majestic-theater – zonder te luisteren of we hoorden schieten en zonder vrachtwagens vol soldaten te passeren, zonder met een schuin oog naar elk bruin gezicht te kijken en ons af te vragen of die jonge vrouw of die sjofel uitziende jongen explosieven in hun tas verstopt hadden zitten… En een tijdlang leek dat mogelijk. Het leek erop, nadat de slag gewonnen was, dat we ons oude leven zouden kunnen hervatten. Na de krankzinnige meidagen van 1958. Dat was toen Jacques hier voor het eerst kwam. Het leek mogelijk.

Vanaf het terras van ons appartement kon je het water zien – het gebouw stond op een heuvel en we konden over de andere gebouwen heen kijken. En aan het begin van de dag, voordat iemand anders wakker was, ging ik daar vaak staan en keek dan hoe de zee als een enorme spiegel veranderde met het licht, en ik luisterde naar hoe de stad als een motor begon te draaien, het snorrende verkeer en de *boulangerie* beneden ons die zijn luiken opendeed, en ik loerde naar de jongen van de groentewinkel die op het trottoir de bakken buiten zette, al die prachtige kleuren, de artisjokken en granaatappels, de abrikozen, de sla, in piramidevorm tegen het grijze trottoir, en de hemel waarin eerst gaten kwamen en die dan blauw werd… Soms zag ik schepen of bootjes in de haven varen en ik volgde het kielzog ervan, als rimpelingen in zijde, en het was de wereld die ik altijd gekend had, en ik hield van die wereld. Wat is Algiers voor jou? Niets – iets onbekends, iets spijtigs, een droom. Maar voor mij was het het leven. Dat moment, 's ochtends vroeg, was voor mij het zuiverste geluk. Ik dankte er God iedere dag voor. En dan ging ik je grootvader wekken, en de kinderen, en begon de dag, en ik wist dat het dagelijkse ritueel – van het ontbijt, van school, van het huis, van onze vrienden – ons beschermde. En in 1957 en in het begin van 1958 hadden we gedacht dat we dat allemaal voorgoed zouden verliezen; en dat was niet gebeurd. We hadden gewonnen. Er was orde en rust, althans min of meer, en ik kan je niet zeggen hoe opgelucht ik was. Het was iets fysieks, alsof er weer lucht kwam in mijn longen en zenuwen en slagaders na een of andere afschuwelijke overwintering.

En op dat moment kwam je grootvader met zijn plannen en zijn contracten, en hij zei dat we weg moesten gaan. Hij had geen vertrouwen in de Gaulle. Toen de generaal in juni 1958 in Mostaganem zijn belofte deed en ik tegen Jacques zei: 'Het is niet te laat, we kunnen nog steeds blijven – verkoop dat land weer, en we blijven', schudde hij zijn hoofd en zei dat het gelogen was. Ik wilde hem niet geloven. Ik probeerde hem van het tegendeel te overtuigen. Marie probeerde het ook. Het maakte me zo kwaad, die koppige weigering van hem om te zien dat de stad er nog was en dat wij er nog steeds woonden. Ik was geen kind; ik was niet hopeloos naïef; en ik wist wat ik wilde. Ik wilde blijven. Meer dan een jaar later, toen de flat te koop stond en de verhuizers besteld waren, dreigde ik met de kinderen te blijven, hem in zijn eentje te laten vertrekken. Het was iets afschuwelijks om te doen. We zeiden een week lang niets tegen elkaar. Het was erger dan de ruzies met Alexandre, omdat ik het was die verraad jegens hem pleegde. Kun je het je voorstellen? Achteraf sta ik versteld van mijn gedrag. En ik bad. Ik bad elke ochtend en avond tot God om hulp, om een teken…

En toen het teken kwam, betreurde ik het dat ik erom gevraagd had. Het was aan het einde van de herfst van 1959, toen Ortiz, die dikke boer, zijn *ultras* door de stad liet marcheren als de fascisten die ze waren, in hun kaki uniformen en met hun Keltische kruisen. Ik was onderweg naar huis, na geluncht te hebben met een vriendin, en kon er niet door vanwege hun defilé, een waar militieleger van moordzuchtige mannen, en met voorop die grote, dikke Spanjaard. Ik wist, toen ik hen zag, dat het allemaal niet vreedzaam zou eindigen, nu de mannen van onze kant net zulke terroristen geworden waren als de anderen, nu ze net zo diep gezonken waren. En later hoorde ik hem, die Ortiz. Het ging mij door merg en been heen toen hij zei dat het 'de koffer of de doodkist' was – die leus die de FLN ons toen al tijden lang toebeet – en ik wist dat Jacques gelijk had. Ik kon niet weten wat er later zou gebeuren, maar ik wist dat het waar was. De koffer of de doodkist: is dat een keuze? Maar het was waar, en het was het enige wat we hadden.

Tot dat moment had ik hoop gehad; het was beter gegaan. Maar toen wist ik dat wat ik wilde dwaas en onbelangrijk was; en ik zei tegen Jacques dat we zouden gaan. Samen. Zoals een gezin dat hoorde te doen. Het duurde nog een jaar, en langer, maar we gingen. En vanaf toen ging het van kwaad tot erger. Vanaf toen was het het einde. Dat kwam, toen het kwam, sneller dan we hadden kunnen verwachten; en God weet wat Alexandre en mijn moeder hebben moeten doormaken nadat we vertrokken waren. Maar hij wilde niet met ons mee. Als het tussen hem en zijn vader niet zo slecht geboterd had, zou ik hem overgehaald hebben. Als moeder, zo vind ik nu, had ik dat moeten doen. Ik had hem, al was het maar een beetje, kunnen beschermen. Misschien nog het meest tegen zijn vader. Maar er was al een grote kloof tussen hem en mij, tussen hem en ons. Vanwege de ruzies, vanwege zijn wil en die van zijn vader.

Ik kan, wanneer ik aan thuis denk, mijzelf nog steeds op dat terras zien staan en mij een onderdeel van de beginnende dag voelen, en weten hoe zalig het was, zolang het duurde; maar voor mijn jongen was dat er allemaal niet meer, omdat we hem lieten blijven tot alles in puin lag, tot alles helemaal kapot was.

Ik zal je zeggen dat ik echt geboft heb: ik leef niet vol verlangen naar het verleden. Elke ochtend sta ik op en kijk ik uit mijn raam naar de uitgestrekte en traag voortkabbelende Middellandse Zee, en ik ruik de pijnbomen en de hitte die met de wind wordt meegevoerd en naar de heuveltop opstijgt, en dan ben ik weer in Algiers. In mijn hart woon ik nog steeds in Algerije. En dat is uit Alex weggebrand, in hem voorgoed vernietigd. En nu stel ik mijzelf nog steeds de vraag: wie weet hoe anders het had kunnen zijn, als hem die dood bespaard was gebleven, als we samen waren afgereisd?'

Toen ze met haar verhaal klaar was, bleef mijn grootmoeder ongemakkelijk op haar stoel zitten, en keek ze noch naar mijn moeder noch naar mij, maar naar Etienne, langs wiens half geopende lippen een straal speeksel kwam gelopen die langzaam groter werd. Hij nieste.

'Je had het niet kunnen weten,' zei mijn moeder ten slotte. 'Je had hem niet kunnen dwingen, zelfs als je het geweten had. Hij wilde blijven.'

'De koffer of de doodkist,' herhaalde mijn grootmoeder. 'Voor Alexandre was het beide.'

'Dat was lang geleden. Dat heeft niet noodzakelijk iets te maken met zijn – overlijden.'

'Hij is erdoor getekend.'

'Misschien. Maar ook door andere gebeurtenissen, latere gebeurtenissen en waarschijnlijk ook eerdere gebeurtenissen. We kunnen niet blijven vragen waarom.'

Mijn grootmoeder draaide zich naar haar toe. 'Natuurlijk niet. Maar ik vertel je dit omdat ik in mijn hart weet dat het een vergissing was. En jij staat op het punt een nieuwe vergissing te begaan.'

'De situaties zijn niet vergelijkbaar.'

'Jij denkt van niet, maar in sommige opzichten… Het is een kwestie van houvast.'

'Ik ben het er volkomen mee eens,' zei mijn moeder, 'dat Sagesse juist behoefte heeft aan houvast; en op dit moment denk ik dat ze dat op een kostschool het beste kan vinden.'

'Je bent niet goed wijs, liefje,' zei mijn grootmoeder afkeurend. Maar haar stem klonk onzeker door berusting en spijt.

'Als ik het er vreselijk vind, dan kom ik naar huis. Hè, Maman?'

'Niets staat stil, Sagesse. Dat zou je zo onderhand moeten weten,' zei mijn grootmoeder.

'En terugkeren kan niet,' maakte ik de zin voor haar af. 'Maar ik moet gaan. Ik moet. Misschien ben ik als Grand-père, en niet als Papa. Misschien zie ik de juiste weg naar de toekomst.'

'Als er zoiets bestaat.'

'De enige weg naar de toekomst. Misschien zie ik die wel.'

12

De maanden die restten voor mijn vertrek werden gewijd aan voorbereidingen en aan mijn familie. De vloer van mijn slaapkamer was – in juli –
bezaaid met mijn winterkleren, met laarzen en jasjes en wollen kleding-
stukken die mijn moeder en ik in een hutkoffer propten die per schip
vooruitgestuurd zou worden. Ik pakte mijn teddybeer en een stapeltje foto's
in; en toen mijn moeder vroeg of ik nog iets – het maakte niet uit wat – uit
het huis wilde meenemen om er mijn kamer mee te versieren, vroeg ik om
de aquarel van de baai van Algiers. Ze aarzelde niet; ze leek blij te zijn ervan
af te zijn. Hij werd in luchtkussenfolie gewikkeld en in het midden van de
hutkoffer tussen mijn pull-overs verstopt, zodat ik hem kon ophangen in
een onderwijsinstelling, aan een muur van een huis van blok b-2 op de
campus in landelijk New Hampshire, waar, als ik dat maar geweten had, ik
zou zitten staren naar de zonovergoten schuimkoppen en ik – echt zo duidelijk alsof ik mij in de lijst bevond – het ruisende geluid van de Middellandse Zee tegen de kust kon horen; en in de stille nachtelijke uren, wanneer mijn spichtige kamergenote zo onbeweeglijk als een peluw in het bed
tegenover mij lag te slapen, zou ik voor mijn geestesoog mijn eigen denkbeeldige stad zien, deels Algiers, deels thuis, met stegen en promenades die
tegelijkertijd vertrouwd en een openbaring waren, en even echt als welke
plek dan ook waar ik was geweest.

In bepaalde opzichten voelde de voorbereiding voor het vertrek aan als
een voorbereiding op de dood, niet in de laatste plaats omdat de breuk met
het bekende totaal was en het nieuwe begin onvoorstelbaar. Ik haalde mijn
laden leeg, gooide papieren weg, net als in een kamer verderop op de overloop mijn moeder mijn vaders laden leeghaalde en gebogen zat over zijn
dossiers. Ze stuurde zijn pakken naar een liefdadigheidsinstelling en gaf
zijn schoenen mee aan Fadéla voor haar man, samen met een weinig gedragen vilthoed en een paar overhemden die helemaal niet gedragen waren. Ik
nam de trui van grijze angorawol die ik tijdens de rechtszaak had aangehad,
verpakt in zijdepapier, mee als cadeau voor Aline en Ariane. Ik zat op de
grond en herlas oude dagboeken, terwijl ik van plan was mijn bureau uit te
ruimen.

Ik schreef naar Thibaud, met wie ik gedurende het jaar steeds minder was
gaan corresponderen. Hij zat te wachten op de uitslag van zijn *bac*. Ik
schreef hem dat ik uit Frankrijk wegging en naar New Hampshire zou vertrekken; hij antwoordde direct. Hoewel hij wat minder verbijsterd was dan
de tweeling, was hij niettemin ontdaan: de wegen naar zijn toekomst, de te
nemen hindernissen, waren zo duidelijk bepaald en geruststellend, en die

van de Verenigde Staten zo kennelijk willekeurig en irrelevant. Hij had over mijn vader gehoord en schreef daar ook over, op een vreemde, formele, elliptische manier, over herinneringen en de geest die blijft voortbestaan en over Gods wil en moed – mijn moed natuurlijk.

Hij leek mijn vertrek te zien als een vlucht voor de geest van mijn vader – en dat was het voor een deel ook zeker – maar wat mij in die drukke maanden verbaasde was de mate waarin de aarde zich over mijn vader gesloten had, de manier waarop zijn sporen wel door de lucht fladderden (ik bleef denken dat ik 's avonds beneden zijn stem hoorde tussen de klanken van zijn muziek), maar daar niet bleven hangen, alsof hij altijd onderweg naar huis was, vlak bij ons was, en toch niet volledig afwezig was.

In haar weduweverdriet (als het dat was) vluchtte mijn moeder in het organiseren van dingen: mijn vaders nalatenschap en zijn rekeningen; haar eigen clandestiene geld; het medisch toezicht over mijn broer; mijn toekomstige leven. Ze was altijd druk in de weer: de uitdrukking die met betrekking tot dergelijke vrouwen gebruikt wordt, is dat ze zich 'ten volle kon ontplooien'. Voor het eerst trad ze streng op tegen haar schoonmoeder. Vanaf de dag na de begrafenis tot aan de dag dat ik naar Boston vertrok zag ik haar geen enkele keer huilen.

In een poging haar zelfbeheersing te overtreffen, deed ik mijn best om mijn oude leven op orde te brengen. Ik belde Marie-José en vroeg haar of ik haar mocht bezoeken; hetgeen haar, tot mijn verbazing, in het geheel niet leek te verbazen. Na een ingetogen lunch bij mijn grootouders – mijn grootvader, die aanwezig, maar met zijn gedachten elders was, trommelde tijdens de hele lunch met tussenpozen met zijn vingers op de tafel en zei weinig, terwijl mijn grootmoeder halfslachtige anekdotes te berde bracht over Titine en haar huishoudster, over madame Darty, over de liefdadigheidsactie van de kerk, en dan steeds maar weer tot stilzwijgen verviel, waarin slechts gekauw en de verre geluiden van Zohra in de keuken hoorbaar waren – liep ik op mijn tenen de trap af naar het appartement van Marie-José en belde daar aan bij het flikkerende lampje.

13

Er valt weinig te vertellen over ons stroef verlopen uur in haar oude, roze kamer, die er vertrouwd uitzag, maar op de een of andere manier kleiner leek, als iets uit een droom uit de kinderjaren. Toen ik aankwam, omhelsde ze me stevig als zwijgend blijk van medeleven ten aanzien van mijn vader, maar ik had daarbij een zo koud gevoel dat het leek of er zaagsel in plaats van bloed door mijn aderen stroomde; en toen ze mij met haar eigen betraande kijkers diep in mijn ogen wilde kijken, wendde ik slechts als een schuldige kat mijn blik af, en liep ik de hal door naar ons oude heiligdom.

'Ik hoor dat je naar Amerika gaat,' begon ze spontaan, terwijl ze met haar lange, bruine lichaam tegen haar bed ging zitten en met haar blote tenen ging zitten wriemelen. 'Jij boft maar! Wat fantastisch om weg te kunnen komen!'

'Dat zal wel,' zei ik. 'Ik wilde je alleen maar bedanken voor je telefoontje en gedag zeggen.'

'Weet je, ik heb me zo afschuwelijk gevoeld,' zei ze met een lichte trilling in haar stem. 'Over alles wat er gebeurd is.'

'Oké. Ach, laat maar.'

Ze bood iets te drinken, te eten aan; ik bedankte. Het was duidelijk dat ze zich een emotionele hereniging voorgesteld had, en ze wist niet goed hoe ze moest reageren op mijn afwerende houding.

'Het zal raar zijn op school zonder jou,' merkte ze op.

'Dat betwijfel ik.'

'Ik zit zo in over dit laatste jaar. Ik weet niet of ik in één keer zal slagen voor mijn *bac*.'

'Je hebt nog maanden de tijd om te studeren.'

'Dat zegt mijn moeder ook, ze zegt dat met studeren de tijd net zo verstrijkt als met wat dan ook – dat het alleen meer oplevert.'

'Mmm.'

'Jij hebt hard gewerkt, hè? Steeds met die tweeling, die altijd met hun neus in de boeken zit. Daar kon je zeker wel goed je huiswerk van overschrijven?'

'Ze werken hard.'

'Heel anders dan die rare lui waarmee je vorig jaar omging. Die griezel van een drugsgebruiker en zijn vrienden. En Frédéric. Jezus. Wat een stelletje mislukkelingen.'

'Valt wel mee.'

'Thierry denkt erover om zich voor te bereiden op het toelatingsexamen voor de zeevaartschool, wist je dat?'

Ik schudde mijn hoofd. Marie-José ging door met een ononderbroken reeks nieuwtjes; haar gebabbel was zo luchtig en constant als een beek; en ik zat daar maar van dichtbij naar haar te kijken. Dit had ik gewild, daarom had ik haar gebeld: ik wilde haar zien, haar in mijn geheugen vastzetten, constateren of zij veranderd was. Haar gelaatstrekken hadden een enigszins andere verhouding gekregen: haar neus leek een tikkeltje breder, haar linkeroog ronder. Haar lange haar was hetzelfde gebleven, de vergulde strepen erin glansden nog en waren nog steeds een beetje stijf, als raffia. Haar borsten waren voller. Ik vroeg me af of ze aan de pil was na haar wilde avontuur. Ze had een nieuw maniertje: met haar tong tipte ze even in een zelfbewust gebaar haar mondhoeken aan als ze stopte met praten. Ze leek nadrukkelijk vrouwelijk, zo rijp als een vrucht, een wezen voor wie school een kinderlijke en achterhaalde tijdspassering was geworden. Ik wachtte tot ze het rechtstreeks over mijn vader, of zelfs maar mijn grootvader, zou gaan hebben, maar dat deed ze niet; ze ontweek het om hen, om mij, persoonlijk ter sprake te brengen, alsof ik zomaar een vage kennis was. Ik had het koud aan mijn handen en voeten. Ze was me even vreemd geworden als een pop die iemand anders had weggedaan, iets wat op een mens leek. Ik kon niet goed geloven dat we samen iets gehad hadden.

Na een tijdje, toen haar woordenstroom even stokte, vroeg ik haar: 'Wil je mij nog iets zeggen?'

'Ik?' Ze was plotseling op haar hoede, haar ovale ogen vernauwden zich. 'Wat bedoel je? Ik zou niet – nee.'

'Omdat je toen gebeld had. Dat is alles. Ik dacht dat je misschien iets had willen zeggen.'

'O nee, niets speciaals. Het was alleen – ik had gehoord van, nou ja, je vader, en ik dacht, nou – je weet wel.'

'Ja. Bedankt. Zeg, ik denk dat ik maar eens opstap. Mijn moeder verwacht me.'

'Oké.'

'Nou, het beste met alles, hè.'

'Jij ook.' Ze omhelsde me weer, deze keer wat voorzichtiger, toen we vlakbij de deur waren. 'Je stuurt ons zeker wel een kaartje uit Amerika?'

'Goed,' zei ik. 'Oké.'

Wat mij ten aanzien van die ontmoeting verwonderde, was hoe stevig die deur naar mijn verleden dicht zat, hoe weinig ik ernaar verlangde om terug te keren naar wat ik lang gezien had als de onschuldige dagen van onze vriendschap voordat mijn grootvader – inmiddels zo lang geleden – zijn geweer had afgeschoten. Ik kon zelfs niet een heel klein beetje van mijn vroegere genegenheid voor mijn vroegere vriendin opbrengen; ik kon me er geen voorstelling van maken dat de persoon die ik geweest was haar zo toegenegen was; ik kon haar niet anders dan als dwaas en babbelziek zien. Ik had het gevoel dat ik, toen ik haar zo gadesloeg, haar eindelijk goed gezien had, zo vrouwelijk en zo gewoontjes. Ze was geworden wat ze wilde worden, en dat zou ze altijd blijven (ik zat er niet ver naast: binnen drie jaar zou ze getrouwd zijn met een tien jaar oudere man, een vertegenwoordiger die ze via haar broer ontmoet had, en haar eerste kind verwachten), terwijl ik, als tegelijk een oude vrouw en een kind, de last voelde van mijn kennis van het ongewisse, en totaal onzeker van mijn levenspad was. Ik zou, zo dacht ik, alles kunnen worden; maar dat niet, niet wat zij was. Ze wist niet eens (en het kon haar ook niet schelen) dat er over de dingen een sluier lag, laat staan dat die weggetrokken kon worden.

14

Het andere telefoontje dat ik in die laatste weken pleegde, was met Frédéric. Hij wilde wel afspreken in het café bij de zee, waar ik – in een ander leven – met Thibaud had gezeten, voordat we onze eerste, fantastische wandeling over het strand maakten. Ik zat in een plastic stoel en bekeek voor de zoveelste keer de menukaart, terwijl de namiddagzon op mijn voorhoofd brandde en de horden badgasten elkaar schreeuwend op het strand verdrongen, toen hij aan kwam rijden, op een nieuwe motor, een echte Honda met achteruitkijkspiegels als antennes en een glanzend, vermiljoenkleurig frame. Zijn haar was erg kort, zodat het als in een rechthoek op zijn hoofd lag, waardoor zijn uitstaande oren benadrukt werden, en hij had – als een rocker uit de jaren vijftig – zijn sigaretten in de mouw van zijn witte t-shirt.

'Dat is nog eens een entree,' merkte ik op, terwijl hij zich met een vloeiende glijbeweging – nauwelijks onderbroken voor een kus op mijn wangen – in de stoel tegenover mij liet zakken. 'Nieuwe motor?'

'Ik heb mijn moeder beloofd dat ik er harder door zou gaan studeren.'

Ik lachte. 'Oké. Alsof dat zo is.'

Hij fronste zijn voorhoofd. Het zonlicht viel op de stoppelbaard die kunstig langs zijn kaak groeide. Zijn huid had een kleur die in de Amerikaanse kleurpotlodendoos uit mijn jeugd had gezeten: indianenrood. 'Serieus. Dat doe ik. Studeren.'

'Aan het strand, zo te zien, afgaande op je gebruinde huid.'

'Ja, ja. Ach. Hoe is het eigenlijk met jou? Gaat het goed met je?'

'Het gaat wel.'

'Of niet soms? Zeg eens eerlijk. Je hebt een vreselijke tijd achter de rug. Ik wilde bellen, maar…'

'Dat leek te vreemd. Ik weet het. Ik heb je briefje ontvangen. Bedankt daarvoor.'

'Als er zoiets gebeurt – geen van ons wist wat hij moest zeggen, weet je dat?'

'Het was lief van je. Er valt niet veel te zeggen.'

'Weet je, Lahou moest huilen. Echt, ze snikte. Ze was echt van streek. Ik weet niet of...'

'Ze heeft me gesproken. Op school, op de laatste dag. Ik heb niet – ik bedoel. Het is moeilijk. Ik wil er eigenlijk niet over praten.'

'Oké. Natuurlijk. Het spijt me.'

'Ik ben er dankbaar voor, maar het is te vreemd. Het lijkt zelfs voor mij niet altijd echt.'

Hij bestelde een *citron pressé*, en ik een koffie, hoewel ik in de zon zat te zweten in mijn witte shirt, dat ik had aangetrokken omdat het me helemaal bedekte. Met mijn huid ging het niet beter – eigenlijk nog slechter: tussen mijn borsten had ik een beetje uitslag gekregen.

Nadat de kelner weg was, keek Frédéric een tijdje naar een groepje koffiekleurige meisjes die elkaar in rondjes achterna zaten in het zand. Ze hadden kleurige bikinibroekjes aan en hun platte tepels lagen als Amerikaanse penny's op hun magere borstkas. Ze waren volkomen vrij in hun bewegingen. De regels van hun spel waren niet duidelijk.

'Schattig, hè?'

'Wat ben jij pervers! Ze zijn een jaar of tien.'

'Ze worden groter. En snel ook. Kijk eens naar dat meisje in het roze – een echte kleine Lolita.'

'Doe je dat de hele zomer? Naar baby's lonken?'

'Dat heb ik je verteld. Ik ben aan het studeren.'

'Geen meisje?'

Hij schudde zijn hoofd, stak een sigaret op.

'Heb je nog steeds liefdesverdriet om Lahou?'

Hij maakte een wegjagende beweging, als naar een vlieg, maar gaf geen antwoord.

'Zijn Sami en zij nog steeds samen?'

'Ja. Een abortus later.'

'Toch niet echt?'

'Klink niet zo geschokt, kindje. Wat denk je dat ze doen als ze alleen zijn? Elkaars handjes vasthouden?'

'Verdomme. Dat is erg. Arme Lahou.'

'Ik was de eerste aan wie ze het vertelde. Vóór Sami.' Frédéric klonk trots. 'Hij had het belachelijke idee dat ze het kind moest houden, dat ze samen zouden gaan wonen, vadertje en moedertje spelen. Ze wist dat hij het nog zou doen ook; daarom heeft ze er direct met mij over gepraat. "Laat het weghalen," heb ik haar gezegd, "je bent te jong." Dat moest ze te horen krijgen.'

'Wie heeft ervoor betaald?'

'Hij. Uiteindelijk. Hij dealt nog steeds een beetje. Hij heeft nu ook een baantje, bij zijn vader.'

'In de bakkerij?'

'Vreselijke werktijden. Hij moet op vóór zonsopgang. Hij ruikt altijd naar gebrande suiker.'

'Hoelang zal dat duren?'

'Niet lang. Hij haat zijn vader. Niet lang.' Frédéric stak een nieuwe sigaret op met de peuk van zijn eerste.

'Je rookt te veel.'

'Denk je dat je al in Amerika bent?'

'Dat heb je dus gehoord?'

'Dit is een klein stadje, liefje. Ben je er opgewonden over? Je flikt het hem, je trekt erop uit, de wijde wereld in, en je laat alle sukkels en stomkoppen achter je.'

'Het is niet zo dat ik naar New York of zoiets ga. Het is een kostschool, ergens in de rimboe.'

'Hmm. Moest het van je moeder?'

'Ik wil erheen. Ze kwam alleen met het idee.'

'Het is ver weg.'

'Vertel mij wat.'

'Ik denk dat het fantastisch is, Sagesse. Je gaat grote indruk op ze maken.'

'Of andersom.'

'Jij bent daar het Franse meisje. Dat is cool. Het is veel cooler om het Franse meisje in Amerika te zijn dan het Amerikaanse meisje hier.'

'Bedankt.'

'Je weet wat ik bedoel. Of dan het kleinkind van die lelijke grootvader van je.'

'Of het kind van die vader van me?'

Frédéric prikte met zijn lepeltje in de gestolde suiker onder in zijn *citron pressé*. 'Dat bedoelde ik niet. Je weet dat ik dat niet bedoelde.'

'Dat weet ik.' Ik tilde mijn vastgeplakte dijen van de stoel en legde mijn handen eronder. Ik leunde voorover, waardoor mijn haar over mijn ogen viel, en ik was mij ervan bewust dat mijn gezicht roze was, dat er zich – weinig flatteus – zweetdruppels op mijn bovenlip hadden gevormd. 'Ik wilde je om een gunst vragen. Een afscheidsgunst.'

'Wat je maar wilt. Vraag maar.'

'We zijn toch vrienden?'

'Zeker.'

'Dus je lacht me niet uit?'

'Probeer maar.'

Ik sprak met mijn blik naar de zee gericht, mijn kin vooruitgestoken. 'Ik vroeg me af – ik dacht – nou ja, omdat je een vriend bent – ik vroeg me af of je met me naar bed zou willen gaan.'

Frédéric snoof. 'Zeg dat nog eens?'

'Je hebt gehoord wat ik zei.'

'Bedoel je met je vrijen?'

'Je kunt nee zeggen.'

Hij zweeg, en speelde wat met zijn doosje sigaretten. Marlboro's, rood, zoals de motor. 'Waarom?' vroeg hij na een tijdje. 'Niet dat ik het niet – maar we zijn geen – het is – god, wat kun je toch een rare zijn.'

'Het is dus nee?' Ik kon hem niet aankijken.

'Ik heb niet nee gezegd. Ik heb alleen maar gevraagd waarom. Het is zo volkomen onverwacht – ik bedoel...'

'Ik vraag je niet om net te doen of je verliefd op me bent of zoiets. Ik vraag om iets heel simpels. Ik dacht dat je bijna niet zou kunnen wachten, jullie allemaal, al die jongens.'

'Misschien moet je het Jacquot vragen.'

'Bedankt. Duizendmaal bedankt.'

'Ik snap het niet. Leg het uit. Verklaar je nader.'

'Het zit zo.' Ik had dagenlang nagedacht over mijn verzoek, en de redenen ervoor waren voor mij overduidelijk; maar nu mij gevraagd werd om ze te geven, merkte ik dat de woorden moeilijk te vinden waren. 'Mijn Amerikaanse nicht heeft er een uitdrukking voor: iemand "straalt van alle kanten uit dat ze nog maagd is". Dat wil ik niet. Dat kan het beste door het niet te zijn. Als ik een volwassen leven, een nieuw leven, wil beginnen, dan wil ik ook dat het maar gebeurd is.'

'Kun je niet net doen alsof? Gewoon liegen? Zeg tegen ze wat je wilt. Wie zal ooit het verschil weten?'

'Ik zou het weten.'

'Maar als je daar een jongen zou ontmoeten, bijvoorbeeld al over een maand, en dan ben je geen – ik bedoel, je zou willen dat het de eerste keer was en dat zou het dan niet zijn...'

'Nou, daar zou ik toch net zo gemakkelijk over kunnen liegen, als andersom?'

'Het klopt niet wat je zegt.'

'Ik heb er veel over nagedacht. Het gaat niet om iemand anders. Het gaat om mij, dus ik zal niet bang zijn.'

'Je hoeft ook nergens bang voor te zijn. Maar ik denk – je bent in de war, door je vader, misschien, of doordat je weggaat, ik weet het niet. Ik denk alleen niet…'

'Ik vraag je niet om voor mij te denken. Ik vraag je alleen om een gunst. Je kunt ja of nee zeggen en dat is het dan.'

'Maar we zijn vrienden, dat weet je toch? Het is niet dat – begrijp me niet verkeerd – maar we zijn geen – ik ben geen…'

'Oké. Het is dus nee. Vergeet het verder. Het was maar een idee.' Ik probeerde me opnieuw voor te stellen hoe het zou zijn om me voor hem uit te kleden. Ik probeerde te zien hoe wij de daad zouden kunnen verrichten zonder dat hij de puisten op mijn rug, de uitslag op mijn borst zag, zonder dat hij ervan zou walgen, van mij zou walgen. Het lukte me niet. Ik had me er een voorstelling van gemaakt hoe het zou zijn om het te vragen, maar ik had me over het verdere verloop geen voorstelling kunnen maken. Daardoor had ik moeten weten dat het er niet in zat.

'Ik ben er echt door gevleid.'

'Hou je kop. Laat het verder rusten. Het is net als mijn vader. We praten er verder niet over. Het was een dom idee.'

'Hoe is het met die jongen uit Parijs afgelopen?'

'Dat was eeuwen geleden. Hij zit trouwens in Parijs. Schei erover uit, oké? Wil je alleen alsjeblieft – alsjeblieft tegen niemand zeggen dat ik dat gevraagd heb?'

'Dat zal ik niet doen.'

'Beloofd?'

'Natuurlijk. Wil je nog een koffie?'

We zaten daar nog een tijdje samen, en Frédéric weidde uit over zijn plannen, zijn moeder, een feest waar hij de avond ervoor naartoe was geweest. Hij gedroeg zich hoffelijk: hij stelde verdere vragen over de Amerikaanse kostschool, over mijn Amerikaanse nichten. Ik wilde niet praten. De huid op mijn rug prikte, en ik had het ergerlijk benauwd door de hitte van de zon; maar ik vond ook dat ik pas kon opstaan als mijn opgelaten gevoel voldoende ingekapseld was in nietszeggende conversatie en ik althans mijzelf kon laten geloven dat Fréderic het vergeten was. En toch hield hij, toen we eindelijk uit elkaar gingen, mijn kin een moment in zijn hand en zei met een afschuwelijke tederheid, alsof hij een soort oom was: 'Zit er maar niet over in. Alles zal op het goede moment goedkomen.'

15

Ik had het gevraagd omdat ik dromen – of beter gezegd, nachtmerries – was gaan krijgen over seks. Mijn vader leek daarin altijd voor te komen. Ik droomde dat ik hem bij toeval ontdekte met een mij onbekende vrouw, terwijl ze naakt op de lakens lagen te kronkelen; ik droomde dat hij mij bij toeval ontdekte, dat ik in de armen van – het waren inderdaad de armen van Frédéric – opkeek en ineens mijn vader met een grijns op zijn gezicht in de deuropening zag staan, terwijl hij het woord 'Marie-José' met zijn lippen vormde. Ik droomde ook dat de onbekende man die mijn tepels likte, die met zijn hand naar mijn geslacht ging, plotseling veranderde in mijn vader, met haar op zijn rug en in mijn neus de oude geur van zijn eau de cologne, en ik werd wakker met mijn eigen hand tussen mijn benen, terwijl er een opwindend gevoel door mij heen ging dat zowel afschuwelijk als hemels was. Toen ik daarover had nagedacht toen ik wakker was, had ik op de een of andere manier besloten dat slechts de daad zelf mijn slaap zou bevrijden, en ik was het met mezelf erover eens geworden – het leek zo redelijk – dat de aanwezigheid van het naakte lichaam van Frédéric in mijn denkbeeldige bed een aanwijzing, een teken was dat ik mijn ontmaagding aan hem zou moeten toevertrouwen.

Met mijn vaders aanwezigheid in deze dromen wist ik niet goed raad; ik wist alleen dat ik liever gewild zou hebben dat zijn geest mij onder andere, gepastere omstandigheden bezocht, en wel als de sturende hand die ik naar de mening van iedereen in die tijd nodig had, in plaats van als de hand die naar mijn geslacht ging. En toch – er was vast niemand die mij op dat terrein beter kon onderrichten dan een man voor wie dat terrein zo uiterst belangrijk was geweest, de man die mij door met mij een wals op het trottoir te dansen gedurende die korte tijd het gevoel had gegeven dat ik zo fantastisch en onvervangbaar begerenswaardig was.

Toen ik die middag van het strand naar huis liep, haatte ik mijn vader vanwege de vrijheid die hij voor zichzelf genomen had en vanwege de vrijheid die hij ons opgedrongen had. In navolging van mijn moeder had ik gescholden op de gevangenis van onze familie; maar met de verdwijning van mijn vader waren ook de tralies om ons heen verdwenen, waren de banden losgemaakt, en dus was ook de plaats waar je je thuis voelde als een luchtkasteel in rook opgegaan. Mijn grootmoeder hield vol dat de LaBasses altijd samen moesten blijven; maar mijn moeder was geen LaBasse, was er – ondanks al haar inspanningen – nooit een geweest, en mijn broer en ik waren in de eerste plaats haar kinderen. Zonder mijn vader leek het idee van een familie alleen al een zielige hersenschim, en onze hele geschiedenis als zo vele willekeurige verhalen.

Het is vreselijk om vrij te zijn. Volkeren weten dit; kerken weten dit. Maar de mensen trachten die kennis te negeren. Zij verheffen vrijheid tot een heilige graal en slaan geen acht op het ware feit dat wij – zowel in het leven als in de taal – bepaald worden door beperkingen: we verlangen ernaar in een oordeel en in een zin gevangen te worden. Toen mijn moeder de brokstukken van haar jeugd in de lucht had gegooid, wilde ze boven alles dat ze in een patroon zouden neerkomen, haar een gezin en een thuis en de rituelen van het leven zouden geven. Ongelukkig als ze was, was ze niet weggegaan, omdat de omtrekken van de betekenis van het leven er waren, en de genoegens of de verdrietigheden slechts onbelangrijke krasjes in het patroon waren. Nu had ik op mijn beurt een aantal brokstukken in mijn hand en was ik voor de eerste keer niet zeker of ik ze zelfs wel mocht vasthouden (Had ik een broer, of verdiende hij die benaming niet? Had ik een thuis? Had ik een geschiedenis? En als ik in Amerika over die feiten zou zwijgen, zouden ze dan minder waar worden?). Ik stond op het punt ze allemaal in de lucht te gooien en te zien wat er om mij heen terecht zou komen; en misschien zou ik wel helemaal niets om mij heen zien terechtkomen en zou ik mij bevinden in een landschap zonder gras of bomen, een landschap waarin ik, alleen met mijn puisterige lichaam (het enige, geschonden ding dat ik niet achter kon laten, het enige ding dat mij niet wilde achterlaten: de enige en ontoereikende definitie van mijn 'ik'), zou staan en opnieuw moest beginnen, vanaf het nulpunt, om een leven te bedenken.

En hoe vaak zou ik in mijn leven zo staan, nu er niets om mijn heen was waaraan ik mij kon vastklampen of waarin ik kon geloven? En als ik mijzelf de vraag 'Is het leven waard om geleefd te worden?' zou stellen, zou het antwoord dat ik zou horen dan altijd zijn, wat het ooit in het duister voor mijn vader was geweest? 'Dit leven? Nee.'

10 ———

1

Ik ben nu een Amerikaanse, of kom althans een heel eind in de richting – net zoveel, zo beweert mijn tante Eleanor, als iedereen hier. Door hier naar kostschool en naar de universiteit te gaan heb ik gezorgd voor de bovengrond en de uitbottende heesters die nodig zijn om – net als iedereen – een eigen landschap te creëren. Tante Eleanor en oom Ron staan als oude eiken aan de rand van mijn gezichtsveld, met overal littekens en met een geruststellend zware bladertooi, terwijl Becky en Rachel stevige jonge boompjes zijn in de brede schaduw van hun ouders, waar ze bijna onzichtbaar zijn, maar wel degelijk hun wortels hebben. Vóór hen, naar mij toe, ligt het grasland van mijn jaren hier, met het lange gras zachtjes in de wind wiegend en met hier en daar grotere uitgroeisels, waarvan sommige verwaarloosd zijn (onderwijl gemaakte kennissen en zelfs vrienden, relaties door omstandigheden en tijd, die noodzakelijkerwijs verdord zijn) en andere bloeiende zijn en trouw en nimmer doodgaan. Het landschap dat ik voor mijn geestesoog zie, is niet groot in oppervlakte, maar het is voldoende, en het krijgt water en het wordt groter.

Een van de eerste buitenlandse studenten die ik in New Hampshire ontmoette, niet lang na mijn chaotische aankomst daar, en die ouder dan ik was en al op het punt stond te vertrekken, was een Indiaas meisje uit Kenia met een rond gezicht en een glanzende, zwarte vlecht en gekleed in losse, juweelkleurige wikkelkleren, die haar mooie neus, in de krulling waarvan een piepklein diamantje flonkerde, optrok en mij vertelde dat het eenvoudig was om een Amerikaanse te zijn: 'De enige eis,' zei ze snuivend, 'en er is er maar één – maar een die ik onverdraaglijk vind – is dat je in Amerika gelooft, dat je gelooft dat het het beste land ter wereld is.'

Ik geloof op zijn minst dat Amerika echt is, en dat ik hier ben. Maar ik heb rekening gehouden met wat ze zei: ik zou nooit openlijk zeggen dat ik het niet geloof, en dat is tot nu tot voldoende geweest. In andere streken, in de uitgestrekte chauvinistische dalen en valleien die ik niet ken, ben ik bang dat een krachtige wind mij uit mijn vermomming zou blazen, dat men zou weten wat ik werkelijk denk; maar ik ga daar niet heen en daarom ben ik in veiligheid gebleven. In de stad zijn er miljoenen als ik, in alle mogelijke kleuren en met verborgen gehouden geschiedenissen. We doen er samen het zwijgen toe en men gelooft ons. Althans voldoende.

Ik huur een eenkamerappartement aan de Upper West Side, dezelfde vier muren, hetzelfde toilet dat voortdurend blijft lopen (als een van mijn eigen beken) en dezelfde ruwstenen sierlijsten, hetzelfde keukentje en dezelfde versleten houten vloer waar ik toen ik in mijn tweede jaar op Columbia zat ingetrokken ben en waar ik nog steeds woon. Ik ben ervan overtuigd – dit is een geloof – dat de lucht in mijn appartement anders is, dat mijn verborgen gehouden geschiedenis er aanwezig is als een flauwe smaak achter op de tong, die zich niet laat beschrijven, maar die bekend voorkomt. In deze kamer, waar af en toe wat zonlicht binnenvalt en waar de ruiten vuil zijn, waar uit andere appartementen, boven en naast het mijne, muziek en geklop en luide stemmen zachtjes doordringen, heb ik mijn eigen plek. Er staat niet veel in – een tweepersoonsbed, met daarop een dekbed en met wat losse kussens om het op een bank te doen lijken; een breed bureau, dat bestaat uit een geschuurde deur die op schragen ligt, met erop schriften, papieren en het nietszeggende gezicht van mijn computer; een doorgestikte, sitsen leunstoel waarin ik zelden zit, eigenlijk alleen om de wind door de brede ramen te kunnen voelen; een gedeukte archiefkast die tevens als salontafel dient; een aantal losse kleedjes; een paar lampen; een paar schilderijen (waaronder hét schilderij); een goedkope boekenplank; een prikbord. Aan het voeteneind van mijn bed staat mijn oude hutkoffer, waarop nog steeds de langzaam loslatende etiketten van de overtocht over de Atlantische Oceaan zitten en waarvan het koperbeslag nu dof is. De zonwering voor de ramen bestaat uit roze, plastic lamellen; deze was hier eerder dan ik. Ik heb een halletje, een bergkast. Ik heb keukenkastjes van triplex, waarvan de deurtjes niet gelijk hangen, en een eetbar die in de kamer uitkomt en waarbij twee verchroomde barkrukken staan van het soort dat ooit in de mode was. Ik heb een douchegordijn van doorzichtig plastic dat versierd is met een wereldkaart, waarop de landen zo verspreid staan dat rekening gehouden wordt met de zedigheid van degene die een douche neemt.

Aan een bezoeker verraden deze kamers niets; dat is ook niet de bedoeling. Slechts ikzelf kan hun betekenis doorgronden. Ik ben in kamers geweest – heb ook vluchtig naar binnen gekeken in kamers in de gangen van dit gebouw zelf – waarin de geheimen van een leven open en bloot opgestapeld liggen, kamers die tot het plafond vol zitten met de resten van jaren; en ik heb daar minachting voor, als voor een leven dat zijn geheimen niet mondjesmaat prijsgeeft en zich niet stilletjes in het hart laat dragen.

Laat mijn eigen leven zich stilletjes dragen? Waarschijnlijk niet van binnen; maar het wordt niettemin gedragen in een andere taal, een privé-taal, de Franse intonatie die in mijn slaap weerklinkt. Als Amerikaanse leef ik in de buitenwereld in het Engels, zoals ik vele jaren geleden dat zo graag wilde, in de Amerikaanse variant ervan met zijn sterke neusklanken en het volop weglaten van klanken, in de nietszeggende korte manier van uitdrukken ('Hoe gaat-ie?' 'Goed. Bedankt. Met jou?') waaruit het grootste deel van mijn gedachtenwisselingen bestaat. Aan de andere kant van mijn ramen zoemt, toetert, trilt en stinkt de stad. Net als het Bellevue heeft de stad zijn seizoenen – de hete luchtstromen vol urinegeur van de zomer, wazig, zwetend, een gloed die maandenlang op mijn wangen drukt; de frisheid van de herfst, waarin de mensen met kwiekere pas lopen; de hitte van onder de grond van de winter, wanneer door het asfalt volop dampen opstijgen, die vervliegen in de bittere, heldere lucht waarin de gesuikerde amandelen en de pretzels en de worstjes van de straatverkopers als muzieknoten in je neusgaten weerklinken. Na al die tijd beweeg ik mij door de stad als een spionne, wat ik voel voor mijzelf houdend, mijzelf voor mijzelf houdend, met zelfs de bewegingen van mijn ogen in vermomming gehuld. Opgegroeid in een land waar andere mensen openlijk worden aangestaard, heb ik geleerd om mensen gade te slaan zonder te kijken, om de waterige hoeken van mijn gezichtsveld net zo precies te laten werken als een vergrootglas, om – als vormden zij een taal – de kleinste gebaren van agressie of angst te kunnen lezen, om uit de ogenschijnlijk allervriendelijkste gezichten de gekken te halen. Dit alles wordt zonder woorden doorgegeven: Etienne had het ook kunnen leren; maar hij zal hier nooit komen.

Mijn moeder brengt mij ieder jaar een of twee bezoeken. Als ze mij belt, herken ik haar stem niet. Dat wil zeggen, ik herken de stem als die van de vrouw die mijn moeder is, maar deze vertoont weinig gelijkenis met de stem uit mijn herinnering, de stem van de vrouw die mij grootgebracht heeft en die met mijn vader getrouwd was, die afgaf op de familie LaBasse en het Bellevue, de stem die hoorde bij de handen die in mijn kinderjaren mijn haar zo stijf vlochten dat ik er tranen van in mijn ogen kreeg, bij de puntkin die zo schokte en trilde als ze bijna in tranen uitbarstte, bij de frêle en stekelige schouderbladen die ik bij omhelzingen in mijn puberjaren voelde samentrekken. Ontdaan van haar huid als zij is, is die moeder er niet meer. De vrouw die na enige tijd te voorschijn kwam – broos en dichtgenaaid, geheel vernieuwd (of was het haar echtere zelf dat te voorschijn kwam?) – is volledig anders. Des te beter voor haar. Ze heeft dingen gedaan waartoe mijn vroegere moeder nooit in staat geweest zou zijn. Ze heeft auberginekleurig haar en denkt onbeschroomd na over plastische chirurgie.

Ik had geen idee toen ik daar als zestienjarige, nerveus, arrogant en (naar ik dacht) gepantserd op dat vliegveld in Nice stond – ik had geen idee van wat ik dacht dat ik wist. Van wat voorbij was, van wat de dood echt inhield. Ik wist dat een terugkeer onmogelijk was, maar ik wist dat zoals ik geweten had wat de dood was voor die van mijn vader plaatsvond, toen ik op de een of andere manier geloofde in blijvende verandering als een tijdelijke maatregel. En hoewel ik dacht dat ik wist dat ik voorzichtig moest zijn met wat ik wenste, kende ik misschien niet de betekenis van 'te laat'. Zelfs nu, als ik mijzelf buitensluit, en toch voor mijn geestesoog mijn sleutels precies op het aanrecht in mijn keuken zie liggen, klaar om gepakt te worden – kan ik niet helemaal accepteren dat die sleutels buiten mijn bereik liggen, dat ze op het moment dat ik de deur achter mij dichtsloeg onherroepelijk en onherstelbaar ver weg zijn, aan de andere kant, in het had-kunnen-zijn, het had-moeten-zijn; en pas na een hele tijd en met de grootst mogelijke tegenzin haal ik – het hangt ervan af hoe laat het is – de conciërge of de sleutelmaker erbij en geef ik daarmee toe dat het mij niet mogelijk is met mijn wilskracht de sleutels – en toch zie ik ze zo duidelijk liggen en kan ik de koude gladheid en de kartelige baard voelen – nu in mijn zak te krijgen; dat mijn fout niet ongedaan gemaakt kan worden.

2

Toen ik eindelijk op de kostschool aankwam – daar afgezet door Ron met veel zenuwachtig gelach en een onhandige omhelzing – nam deze mij geheel in beslag, zoals ook de bedoeling was. Het met veel gekletter van borden en bestek verlopende ontbijt in de eetzaal, het trappenhuis met de uitgesleten stenen, de wervelende hectiek van de activiteiten die in de brochure zo prachtig verstild waren vastgelegd – die nieuwe dagelijkse dingen tolden als gekleurde kegels, slokten mijn dagen op. Ik had een kamergenote, een zwaargebouwd meisje uit het Midwesten wier botten ik in een heel jaar niet kon ontdekken, zelfs haar polsen en schouders zaten zo discreet verstopt onder haar meelbleke vlees. Ook haar haar was vaalbleek en ze had niet veel haar, wat babydons dat na haar chemotherapie op haar schedel lag. Ze had als kind leukemie gehad en had dat overleefd, waarom je haar in principe bewonderde; maar er was weinig wat genegenheid opriep in haar lichaam dat traag en op het luie af was, in haar ruwe, gebarsten stem, in de flauwe geur van zeewier die altijd om haar heen hing. Het snelste aan haar was haar woestijnrat, een monstertje met glanzend haar aan een piepend rad, dat zij af en toe, uit medelijden of uit kwaadaardigheid, uit zijn kooi liet, zodat ik verscheidene malen kleine zwarte keuteltjes op mijn kussen vond en daar één keer het knaagdier ineengehurkt aantrof met een uitdagende glinstering in zijn ogen.

Deze kamergenote en ik waren niet voorbestemd om vriendinnen te worden. We waren beleefd tegen elkaar – een hoffelijkheid waarvan ik van mijn kant vond dat ik daar trots op mocht zijn, vooral na het incident met de woestijnrat – maar zochten gezelschap bij anderen. Ik werd lid van een leesclubje, probeerde wat op het gebied van amateurtoneel, bood aan bijles te geven aan leerlingen die moeite met Frans hadden. Tijdens de 's avonds laat in flanellen nachthemd gehouden bijeenkomst in de recreatiezaal – met enorme hoeveelheden waterige chocolademelk – vermeed ik onthullingen over mijzelf door aanvankelijk net te doen of ik de vragen niet begreep en daarna door gewoon te liegen. Het was gemakkelijker om in het Engels te liegen: ik was enig kind, zei ik, met een vader die plotseling bezweken was aan een allergische reactie. Soms was deze veroorzaakt geweest door medicijnen, dan was hij weer gestoken door een bij. Toen ik hoorde dat je allergisch kon zijn voor noten, liet ik hem het slachtoffer worden van een bedorven pasteikorst. Dat leek allemaal mogelijk; men leek er genoegen mee te nemen. Ook lukte het mij om me uitsluitend uit te kleden in douchehokjes die op slot konden of in het donker, waardoor ze de puinhoop die mijn rug maar bleef, niet zagen, een puinhoop die des te afstotelijker was in het gezelschap van meisjes die van een roze en stralende dermatologische perfectie waren. Ik beschouwde mijzelf als een jonge moslimvrouw, die volgens haar geloof tot zedigheid verplicht is. En af en toe verbaasde ik mij erover hoe overtuigend ik over de oppervlakte van een leven snelde, waarin ik vriendinnen kreeg, mee mocht doen en niet gekend werd. Of juister gezegd, ik verbaasde mij erover hoe weinig nieuwsgierig mijn leeftijdgenoten waren – die zelf alles vertelden, over hun moeders die aan de drank waren en hun vaders die woedeaanvallen hadden, die een eindeloos gedetailleerd verslag konden doen van de echtscheidingen van hun ouders en de wetsovertredingen van hun broers en zusters.

Op zondagavond, voor we naar de kapel moesten, belde mijn moeder, als het haar lukte mij te bereiken (er waren maar twee telefoons in het huis, waar we met zijn veertigen zaten); en ze schreef ook iedere week. Maar net als ik was ze goed in het weglaten van dingen en hoorde ik eigenlijk niets wat van wezenlijk belang was over wat zij of Etienne zo elke dag meemaakten; en nog veel minder over de teruglopende gastenaantallen van het Bellevue en mijn grootvaders pogingen om het hotel vol te krijgen. In het begin schreef de tweeling ook, stijve epistels over banale zaken op papier met bloemetjes erop (ongetwijfeld voor de televisie geschreven), die eindigden met verklaringen van hun genegenheid. Maar doordat mijn bestaan zo ver weg was als de Amazone zag ik het niet zitten om ze te beantwoorden, en hun berichten werden allengs minder.

Ik miste hen niet. Mijn dagen namen mij te zeer in beslag, de plotselinge plaatsing in een vertaald leven (met wiskunde en natuur- en scheikunde had ik de meeste moeite) vergde dermate veel van mij dat ik geen vraagtekens bij dat leven zette. Was ik gelukkig, ongelukkig? Het deed er niet toe. De vraag was niet relevant. Ik was bezig te leren, een nieuwe persoonlijkheid en nieuwe manieren, die met een luide knal van de oude waren afgebroken. Na verloop van tijd kocht ik Amerikaanse kleren, nam ik een Amerikaans kapsel, kauwde ik net zo op kauwgum als wie dan ook, vastbesloten van mijn uiterlijk een betoverender succes te maken dan mijn moeder van het hare had gemaakt. Ik was jonger, plooibaarder, en de gemeenschap waarin ik mij bewoog was uitnodigender, of was althans minder gevoelig voor mensen die anders waren.

Wat jongens aangaat, die pasten in het begin van mijn verblijf niet in mijn persoonlijke geografie. De huizen waar zij woonden, lagen aan de andere kant van een open veld, hetgeen heel handig aangaf hoe ver zij van mij af stonden. Toen ik mijn maagdelijkheid verloor, was dat aan een vroegere geschiedenisleraar, een man van in de dertig, met een snor en niet langer dan ik, die het opwindend vond dat ik nog maagd was en die, hoewel hij bezorgd en teder was, ongetwijfeld de verovering van mijn maagdenvlies bijschreef op een lijst van soortgelijke gevallen, terwijl geen haar op zijn hoofd erover dacht mij te verkiezen boven zijn vrouw, die Quaker was en een Mona Lisa-glimlach had (het toeval wilde dat zij een van de verpleegsters van de school was, en zij zou mij, als ik het gevraagd had, condooms geleverd hebben voor de ontrouw van haar echtgenoot; overigens zorgde hij daar zelf voor), en boven zijn twee blozende en engelachtige kindertjes. Ook voor mij kwam er geen liefde aan te pas; ik maakte gebruik van de gelegenheid die zich aan mij voordeed, en was dankbaar dat deze slechts een paar maanden aan mijn diplomering voorafging, waardoor ik de mogelijkheid had om verscheidene afspraakjes, of oefensessies, te hebben, waarin het geen twijfel leed dat de seks erop vooruitging (althans voor mij), voordat ik mijn horizon verbreedde en ons verloste van verdere verplichtingen. Hij heette meneer Wilson, en hoewel hij in onze euforische intieme momenten mij zijn voornaam zeker onthuld zal hebben, kan ik mij die niet meer voor de geest halen, hoe duidelijk mijn bovenlip ook nog zijn zachte snorhaartjes voelt.

Maar dat was veel later. In die eerste maanden dacht ik af en toe, als ik met een van de sporadische briefjes bezig was en tijdens slaperige huiswerkuurtjes, aan Kerstmis en aan thuis, en ik vond het vooruitzicht prachtig. Ik was, zoals ik gezegd heb, veel te druk met van alles bezig om heimwee te hebben, maar toch beschouwde ik dit avontuur, net als toen bij mijn tante en oom en nichtjes, als een tijdelijk op een andere plaats zijn, en hoorde ik het echte tikken van mijn levensklok van veraf, met het mechanisme ervan stevig verankerd in mediterrane bodem. Toen de vakantie dichterbij kwam, begon ik erg in mijn sas te raken bij de gedachte aan de mistroostige terugkeer van mijn kamergenote naar een of andere ingesneeuwde houten boerderij op een vlakte die zo plat als een dubbeltje was, en aan mijn nieuwe vriendinnen die naar de met natte sneeuw bedekte voorsteden van New York of Washington D.C. zouden trekken. Sommigen van hen, die het verste weg zaten, met ouders die uitgezonden waren naar Dubai of Karachi of Accra, moesten het doen met een kerstvakantie bij anderen, zoals ik – al wist ik dat toen nog niet – het jaar daarop kerstmis bij Ron en Eleanor zou doorbrengen en daar samen met Becky kastanjevulling zou staan kneden onder het ophalen van herinneringen aan ons weekend van zo lang geleden in Cape Cod. Maar die eerste kerst ging ik naar huis; een reis die indruk maakte op mijn klasgenoten en zelfs op mij.

3 ————

Toen ik mijn moeder in Nice achter de glazen afscheiding zag, begon ik op en neer te springen en te zwaaien. En toen ik, toen ik dichterbij kwam, mijn broer in zijn rolstoel zag zitten grinniken (het was een grote inspanning voor haar geweest om hem mee te nemen), merkte ik dat er direct en spontaan tranen in mijn ogen sprongen en dat mijn wangen vochtig waren, alsof ook daar tranen uitgekomen waren. Ik zette het op een rennen en probeerde mijn moeder en mijn broer in één omhelzing te omarmen, en slaagde er daarbij in met mijn overvolle handtas zo hard tegen het parelkleurige oor van Etienne te slaan dat hij het uitschreeuwde.

Mijn moeder was als een jong meisje zo blij. Onderweg naar huis keek ze bij elk rood stoplicht naar mij en zei dan weer vol verbazing dat ik zo veranderd was en dat ik er zo goed uitzag en hoezeer ze me gemist hadden. Hoewel ik eigenlijk geen woord kon uitbrengen door de vlucht, de uren in Parijs en mijn gebrek aan slaap, probeerde ik toch haar vragen zo luchtig en zo volledig mogelijk te beantwoorden: over de campus, de kamergenote, de leraren, het eten. Maar wat ik wilde doen, was stilletjes uit het raampje turen naar het kristalheldere winterlicht, naar de bordjes met 'Tabac' erop en de groene kruisen van de apotheken, naar de zijweggetjes waarop af en toe een boer liep, naar de daken met rode dakpannen en de wijngaarden met de knobbelige ranken, naar de kale, blauwe hellingen van de bergen.

'De auto's zien er zo klein uit, zo wit!' riep ik uit. Ze lachte, en Etienne lachte met haar mee. En toen ik op de snelweg naar kleingeld zocht om tol te betalen, moesten we beiden glimlachen om de nutteloze Amerikaanse munten die ik in mijn hand hield.

Wat het nieuws over haarzelf betreft was mijn moeder erg terughoudend. 'Als we thuis zijn, liefje. Er is meer dan genoeg tijd om over alles te praten wanneer we thuis zijn.'

Ik zuchtte bij het zien van de boulevard met zijn palmbomen aan weerskanten, en zag dat de hekken van het Bellevue pas geverfd waren toen we erlangs reden. Ik verwonderde mij over het nieuwe verkeerslicht boven op de heuvel. Ik voelde mijn longen tot barstens toe volstromen toen we onze vertrouwde straat inreden.

'We zijn thuis, Etienne! We zijn er echt!'

En hij mompelde, bij wijze van kalme bevestiging: 'Grr.'

'Hij is zo blij. Hij heeft je ook gemist. En hij heeft toch zo'n nare herfst achter de rug – een longinfectie, weet je, heel erg. Hij is hem nog maar net te boven.'

'Dat heb je me nooit gezegd.'

'Liefje, wat voor nut zou dat gehad hebben? Zijn toestand was niet kritiek. En jij zou je maar in dat verre Amerika zorgen om niets gemaakt hebben.'

'Is er nog meer wat ik niet weet?'

'Doe niet zo raar. Je bent nu hier. Er is tijd genoeg voor alles.'

'Twee weken is niet tijd genoeg.'

'Niet zo moeilijk doen.' Mijn moeder omklemde met haar hand mijn pols, en de zware gouden armband die ze om had, voelde koud aan op mijn huid.

'Nieuw?' vroeg ik, hem betastend.

'Dat is een ander verhaal, schat. Dat hoor je nog wel.'

Het was me nooit eerder opgevallen hoe naar de banden van de rolstoel van Etienne op de marmeren vloer van de hal piepten; en ook kon ik mij niet herinneren dat mijn eigen voetstappen zo hol klonken bij het naar binnen gaan. Het huis voelde anders aan, kil en stil, alsof wij met zijn drieën binnendrongen in een lege ruimte die lang afgesloten was geweest.

'Het voelt hier alsof jullie hier niet eens wonen,' zei ik. 'Het is vreemd. Mijn stem weerkaatst bijna.'

'Wat een onzin,' zei mijn moeder afkeurend. 'Dat ben je gewoon vergeten. Je moet erg kort van memorie zijn. Nou, laat je tassen maar staan – dat doen we later wel. Fadéla heeft denk ik voor de lunch gezorgd en we kunnen meteen gaan eten. Daarna kun je gaan slapen; daaraan heb je het meeste behoefte. Ik heb bedacht dat we met je grootouders maar tot morgen wachten, dan heb je de kans om wat bij te komen. En dan…' onder het praten reed ze Etienne, bleek en schriel, door de salon naar de eetkamer, waar de tafel voor drie personen gedekt was, met een grote kan water en een stokbrood in een mand met een stoffen voering. Maar voor mij was gedekt op de plaats van mijn vader; en terwijl mijn moeder aan het praten was, ging ik alles – placemat en bestek, glas en servet – terugzetten op de juiste plaats.

'Je kunt niet net doen alsof hij terugkomt, liefje,' zei mijn moeder. 'Je kunt net zo goed in de leunstoel gaan zitten.'

'Dat wil ik niet.'

'Goed dan. Maar gezond is het niet. Nou, zoals ik net zei…'

Onder het genot van een garnaal- en avocadoslaatje en een glaasje chablis, en terwijl Etienne staarde naar een leeg bord en naar mij, met een blik waarin ik opluchting en aanhankelijkheid bespeurde of geloofde te bespeuren, deed mijn moeder uit de doeken wat er in die maanden zonder mij met hen gebeurd was. De ziekte van Etienne – aanvankelijk een zware hoest, die zich verergerd had tot het opgeven van groenig slijm waardoor hij zou kunnen stikken – had het nodig gemaakt dat hij veertien dagen in het ziekenhuis was opgenomen. Ik toonde mij verbaasd en woedend over de gladde praatjes van mijn moeder tijdens onze intercontinentale telefoongesprekken en over het zorgvuldige gemak waarmee ze gelogen had. Ze hield opnieuw vol dat ze er goed aan gedaan had om mij het nieuws niet te vertellen.

'Maar wat als het nu erger was geworden? Wat als hij op sterven had gelegen?'

'Je doet melodramatisch, liefje. Er was geen gevaar. En als dat wel het geval was geweest, dan zou ik het natuurlijk gezegd hebben, en dan zou je meteen naar huis gekomen zijn.'

'Hoe weet ik dat? Hoe ik kan je vertrouwen?'

'Dat zul je wel moeten. Ik ben je moeder. Je doet zo moeilijk over een infectietje…'

'Twee weken in het ziekenhuis, Maman!'

'Je had al genoeg aan je hoofd, een nieuwe omgeving ver van huis, om nog maar te zwijgen van de last van al het overige, van je vader. En ik zorgde voor je broer. En alle artsen, en Iris ook. Jij hebt niet de verantwoordelijkheid voor hem; die heb ik. Jij hebt je eigen leven.'

'Hij is mijn broer.'

'Hij is mijn zoon. Ik zou het weer zo doen.' Ze zweeg even en speelde met de broodkruimels rond haar bord. 'Maar weet je, het was dodelijk vermoeiend, zo helemaal in mijn eentje. Je kunt je niet voorstellen... en daardoor ben ik gaan nadenken.'

'Waarover?'

'Ik heb erover gesproken – met vrienden, met een vriend.'

'Met wie? Wat?'

'Maak je niet zo druk. Ik heb me lopen afvragen of het niet te veel gevraagd is, van ons allemaal, voor het welzijn van Etienne – dat meen ik, vooral voor hem...'

'Wat bedoel je?'

'Er zijn inrichtingen – dat weet je – met voorzieningen, met meer voorzieningen dan dit huis ooit kan bieden.'

'Dat meen je niet!'

'Ik heb er alleen maar met een paar mensen over gepraat. Je kent je broer.' We keken beiden naar hem en hij grinnikte. 'Hij houdt van mensen en van aandacht. Hij houdt ervan om heel veel aandacht te krijgen. En nu...'

Mijn moeder legde vervolgens uit dat haar financiële middelen niet onbeperkt waren, dat de levensverzekering niet had uitgekeerd vanwege de manier waarop mijn vader gestorven was, dat ze, kortom, op zoek was naar een baan. 'En als ik de hele dag weg ben, en pas terug ben als Etienne al naar bed is, dan moet Iris al die tijd voor hem zorgen. En zij is absoluut fantastisch voor hem, maar dat zou het aantal uren dat ze werkt verdubbelen, en de kosten – dat moet je inzien, het is niet realistisch om daar geen rekening mee te houden, voor zijn welzijn...'

'Grand-père betaalt wel, dat weet je.'

'Dat is ook iets waarover we het moeten hebben. Ik kan niet – ik ben niet – de verhouding tussen je grootouders en mij is niet – die is niet gemakkelijk. Ik wil je niet ongerust maken, zo is het nu eenmaal. Je vader heeft zich nooit tegen hen verzet. Ze zijn verwend – dat is het woord: verwend. Zodat ze nu, nu we met elkaar van mening verschillen, niet lijken te kunnen – en ze staan onder druk, en...'

'Loopt het hotel slecht?'

'De zaken lopen op het moment niet zo goed, dat is een deel van het probleem, en je grootvader heeft heel hard moeten werken, en dat voor een man van zijn leeftijd, die al met pensioen was – maar dat is het niet alleen. Ik denk dat ze zich niet – ik denk dat het overlijden van je vader een buitengewoon grote klap voor hen is geweest.'

'En voor ons niet?'

'Het heeft ook de verhouding tussen ons onder druk gezet. Van hun kant en van mijn kant. Je grootmoeder vindt het erg verkeerd dat je weg bent, en nu…'

'Maar ze zouden willen helpen, vanwege Etienne. Om samen te kunnen blijven. Heb je het ze wel gevraagd?'

'Ik wil het ze niet vragen, Sagesse. En daarmee is het laatste woord gezegd.'

4

Daarmee was natuurlijk het laatste woord niet gezegd. Het laatste woord betrof de gouden armband, rinkelend en opzichtig, vol robijnen en saffieren: mijn moeder had een vriend. Ze had er dagen voor nodig – bijna mijn halve vakantie – om naar dat nieuws toe te werken. Nieuwtjes als de dood van Titine in oktober, de verloving van de oudste zoon van Iris, de nieuwe pastoor van de parochie, een jongeman met, zoals ze het noemde, 'slaapkamerogen' – die waren allemaal urgenter om te vertellen dan het ten tonele verschijnen – koud een paar maanden na de dood van mijn vader – van een vriend, een gescheiden zakenman van begin vijftig met wie ze al jaren vriendschappelijk contact had en over wie ze nooit gesproken had, maar voor wiens vurige hofmakerij ze snel, zelfs gretig, bezweken was.

'Hij is fantastisch met Etienne,' verzekerde ze me, met een gloed op haar wangen en in haar ogen, terwijl ik ijzig uit het raam staarde. 'Het is een aardige, vriendelijke, geduldige man. Maar sterk. Niet zoals…'

'Niet zoals mijn vader.'

'Hij is heel evenwichtig.'

'Vast wel.'

'En onafhankelijk.'

'Ongetwijfeld.'

Er viel een stilte.

'Hoe kon je?' vroeg ik.

'Ik heb ook verdriet, Sagesse. Paul respecteert dat. Maar juist jij zou het moeten begrijpen.'

'Ik?'

'We hebben erover gepraat – althans toen je vader nog leefde. Ik heb ook een leven. Ik heb er recht op. We moeten het anders doen. De dingen moeten anders. Kun je me dat in ieder geval toestaan?'

Ik haalde mijn schouders op.

'Zijn kinderen zijn volwassen. Hij is vrij. Hij houdt van me.'

'En jij van hem?'

'Dat weet ik nog niet.'

Maar ik wist de waarheid uit haar te krijgen dat de 'vriend' die er zo'n voorstander van was dat Etienne naar een inrichting zou gaan niemand anders was dan diezelfde Paul, die ook mijn moeder de raad gaf haar huis te verkopen en haar intrek te nemen in zijn villa in Nice; dat hij in mijn vaders bed sliep; dat hij haar een baan in zijn bedrijf had aangeboden. 'Hij wil dat ik onafhankelijk ben. Niet zoals de familie van je vader. Hij ziet in dat dat het probleem in zijn eerste huwelijk was, dat zijn vrouw en hij uit elkaar groeiden. Hij is heel geëmancipeerd.'

'Huwelijk?'

'Hij had het over een huwelijk, niet ik. Hij is geduldig. Je zult hem aardig vinden, dat verzeker ik je.'

'Heb je me daarom naar kostschool gestuurd?'

'Doe niet zo walgelijk.'

'Wie is er eigenlijk walgelijk?'

Ik vroeg me af waarom het nooit bij me was opgekomen dat zoiets kon gebeuren. Nooit, bij alles wat ik gewenst had vóór de dood van mijn vader, nooit, in de troebele tijd van schuld en verdriet daarna, nooit had ik me voorgesteld – hoewel ik er objectief de logica van in kon zien – dat de metamorfose van mijn moeder, onze metamorfose, zou kunnen inhouden dat alles achtergelaten werd, wij allemaal, het Bellevue en mijn grootouders, en vooral ik en Etienne. Mijn broer, met wie niet te schipperen viel, degene die niet zou veranderen, zou ons altijd tot het laatste toe bijeengehouden hebben, de kern van ons gebleven zijn. Ons huis was voor hem gebouwd, ons leven was ingericht naar zijn behoeften. En als ik al geschokt was geweest door het gemak waarmee mijn vader hem die middag zo lang geleden opgesloten had in de lift en door het gemak waarmee ik hem daar had laten zitten, wat zou ik dan moeten voelen bij mijn moeders bereidheid om hem aan de kant te zetten, hem zo maar te dumpen, hem uit ons leven weg te snijden als een pit uit een perzik, en hem in een inrichting te stoppen waar hij veel meer een gevangene zou zijn dan hij ooit bij de familie LaBasse was geweest?

5

De middag van dit gesprek, een kille, grauwe dag vlak voor Kerstmis, ging ik te voet en op eigen initiatief op bezoek bij mijn grootmoeder. We hadden met zijn allen de avond na mijn aankomst in hun appartement gegeten – een beleefde en vormelijke aangelegenheid – maar noch zij noch mijn grootvader was in de tussenliggende dagen langsgekomen. Ze begroette me bij de deur (Zohra was al vertrokken), en haar hand op mijn schouder was zo koud dat ik hem door mijn trui heen kon voelen. Ik vond mijn grootmoeder er ouder uitzien, met nieuwe lijnen en groeven op haar wangen die nu het craquelépatroon van oud porselein hadden. Haar ogen brandden in hun kassen, en hoewel ze me glimlachend aankeek, voelde ik geen warmte in haar blik. Ik voelde me een verraadster.

We zaten tegenover elkaar aan de eetkamertafel, de plaats van zo veel moeizaam verlopen maaltijden en – voor mij – van zo veel in stilte geleden angst. Buiten vormde zich een nevel om de horizon en de staalgrijze zee ging ziedend tekeer. In het zwembad beneden ons lagen overal dode bladeren; het was er verlaten vanwege de tijd van het jaar en het turkooizen water lag er roerloos en troosteloos bij. De kamer was koud, net als mijn grootmoeder: het tochtte bij de raamkozijnen en langs de vloer voelde ik bij mijn enkels tochtvlagen.

'Dus je moeder heeft je over haar minnaar verteld?' De neus van mijn grootmoeder trilde van minachting en door haar Parkinson maakte ze allerlei ongecontroleerde huiverende bewegingen.

'Dat kun je zo zeggen.'

'En wat vind je ervan?'

'Ik weet het niet. Ik heb hem nog niet ontmoet.'

'Heb je er niet meer over te zeggen?'

'Wat vinden Grand-père en u ervan?'

'Het lijkt erop dat het ons niets aangaat. Ik vind – ik ben geschokt, namens je arme vader. Over hoe verkeerd zijn keuze van een vrouw is geweest, hetgeen nu pas duidelijk is. Nu begrijp ik misschien waarom hij gedaan heeft wat hij heeft gedaan.'

'Wat afschuwelijk om dat te zeggen.'

'Je moeder is er in een tijdsbestek van een paar maanden in geslaagd om een familie uit elkaar te drijven. Een familie die zo lang bij elkaar gebleven was, ondanks verschrikkelijke beproevingen. Het is een slechte vrouw.'

'Dat weet ik niet...'

'Ik heb vooral te doen met jou en je broer. Al lijk jij er niet onder te lijden, met je snoepreisje naar Amerika. Het geluk van Etienne telt voor jou blijkbaar niet. Maar ja, jij bent nog een kind.'

'Niet echt meer.'

'Je moeder is degene die hiervoor verantwoordelijk is. Jij kunt er niets aan doen. Jij bent mijn kleindochter, en ik zal altijd van je houden, en je zult hier altijd welkom zijn. Maar die vrouw...'

'Het is mijn moeder.'

'Als je er zo over denkt...' Mijn grootmoeder maakte een geërgerde duikbeweging met haar hoofd.

'Is het zo'n vreselijke vent?'

'Ik ken hem niet. Ik wil hem niet kennen. Om maar iets te noemen, hij is van de gaullistische partij.'

'Ja maar...'

'En ik kan hem niet kwalijk nemen dat hij zijn geluk beproeft, al doet hij dat wel ongepast snel. Maar je moeder schijnt hem zonder blikken of blozen in haar slaapkamer te hebben toegelaten.'

'Het is moeilijk om alleen te zijn.'

'Wat weet jij daar nu van? En ze is nooit alleen geweest. Jij hoefde niet weg te gaan – ze heeft je gestuurd. En je grootvader en ik, wat zijn wij dan? Niets? En Etienne?'

'Maar ze voelt zich hier niet thuis. Ze heeft zich hier nooit thuis gevoeld.'

'Dan is dat haar beslissing geweest.'

'Maar u heeft haar nooit gemogen.'

'Heb ik ooit zoiets gezegd? Heeft je grootvader dat ooit gezegd?'

'En ik dan?'

'Jij zult hier altijd thuis zijn, bij ons, als je daarvoor kiest. Het is aan jou.'

De stilte in het appartement was als een loden last, de zieltogende kamers met hun snuisterijen en hun kleedjes op de meubels drukten op ons, de koude lucht was zo dicht dat het leek of hij tussen ons tastbaar was. Er hing een flauwe baklucht, nog van de lunch, en ook rook het een beetje naar de zeep waarmee Zohra de vloeren schrobde.

'Bedankt,' zei ik. 'Daar ben ik dankbaar voor.' Maar de keus was – is dat niet altijd het geval? – al gemaakt.

6

Mijn moeder was er niet, toen ik thuis kwam. Iris zat in de huiskamer te breien; ze zat op het tweezitsbankje van roze fluweel dat haar donkere huid lichter deed lijken; Etienne zat met zijn geruite omslagdoek om bij het raam te dommelen.

'Hij vindt het fijn om naar buiten te kijken,' zei ze. 'Ook al is het geen echt mooi weer. Ik weet dat het daar kouder is, maar hij vindt het daar het fijnst, dus pak ik hem warm in en dan heeft hij wat hij wil.'

'Is hij naar buiten geweest?'

'Het is vandaag te fris. Met zijn longen moeten we nu extra oppassen. Als hij het weer zou krijgen, zou dat afschuwelijk zijn.'

'Hoe is het geweest?'

'Hij kan ons dat niet vertellen, hè, de arme schat. Maar hij was zo bleek als spaghetti, en net zo slap, en hij hoestte zijn longen uit zijn lijf. De ene minuut ijskoud, dan weer gloeiend heet. Hij werd magerder, dat kun je nu nog zien. Hij kon de energie niet opbrengen om te eten. Je kon het aan zijn ogen zien, hij was bang. Gewoon bang.'

'Is moeder bij hem in het ziekenhuis gebleven?'

'Ze is er iedere dag geweest.'

'En 's nachts?'

Iris stopte met breien en keek mij aan. 'Twee weken is een hele tijd. Je kunt niet twee weken lang de hele nacht in een stoel op blijven zitten, zeker niet als je nog andere dingen aan je hoofd hebt.'

'Dus hij was alleen.'

'Soms was ik bij hem. Er kon altijd een zuster geroepen worden.'

'Maar Etienne kan niet roepen.'

'Hij is nu helemaal beter, dat is belangrijk. We moeten 's winters alleen oppassen.'

Ik weet niet waarom het erger was om aan Etienne te denken als helemaal alleen in het donker in een vreemde omgeving. Op een bepaalde manier waren we dat immers allemaal. Maar het leek mij toe dat mijn broers isolement iets speciaal verdrietigs, iets speciaal waars had. Ik vroeg me af of ze hem hadden vastgebonden bij zijn polsen en enkels, zodat hij zijn infuus er niet uit kon trekken, en ik vroeg me bezorgd af of ze wel ergens een nachtlichtje hadden laten branden, al was het maar in de verte, zodat hij niet, als hij wakker werd, zijn nek zou draaien en dan, als hij niets zag – geen vage omtrekken, geen schaduwen op de muren – met bonzend hart zou twijfelen of hij wel wakker geworden was. Maar misschien was het als toen in de lift: misschien was hij niet bang voor het volkomen donker, zoals ik dat wel was, maar gaf dat hem een zwevend gevoel van onzichtbaarheid en van vrij te zijn van misvormingen. Ik nam vaak aan – en doe dat nog steeds; hoe zou ik dat niet kunnen? – dat we hetzelfde zijn, behalve dat ik uiting kan geven aan onze paniek en onze angst.

Maar misschien heb ik het verkeerd: misschien vond Etienne het ziekenhuisbed niet erg, met de spijlen waar hij niet doorheen kon vallen en eromheen de verpleegsters met hun zachte huid. Misschien miste hij mijn moeder niet wanneer ze wegging, en ook mijn vader niet; en zelfs mij niet, maar was hij tevreden in zijn huidige wereldje, hoe dat ook was, zolang hij geen pijn had. We geloven over Etienne datgene waaraan we behoefte hebben om te geloven. Hij is voor ons een vat en neemt alles op, elke projectie, elke inconsistentie: vreugde, tragedie, geschiedenis en het verlies ervan, het niets, het alles – en waarom niet? En wie zal het zeggen?

En toch, als dat zo is, als hij al onze behoeften omvat en belichaamt, is dat omdat hij zelf geen eigen ik heeft? Ik weet dat dat niet zo is, hoewel ik niet goed weet wat een eigen ik is en evenmin hoelang het bestaat, of het een zaak van het lichaam of de geest is, van het verleden, of van dromen – maar al die dingen staan onbetwistbaar gekerfd in zijn huid en in zijn hart. Hij heeft ze allemaal doorleefd, net als ik.

Bij het bestuderen van de hersenen, zo heb ik op de universiteit geleerd, heeft een Canadese wetenschapper op verschillende plekken met heel kleine naaldjes in de blootliggende grijze cellen van zijn proefpersoon, die bij bewustzijn was, gepord, en daardoor (maar zij kon er iets bij zeggen – de proefpersoon was een 'zij') bepaalde en vergeten dagen uit de kinderjaren naar boven gehaald – een gewone middag in juni, in een kano op een meer; een winteravond bij het door de adem beslagen raam, de blik gericht op het silhouet van het kreupelbosje aan de voet van de heuvel, met achter haar het sputterende vuur in de haard – elk flonkerend als een juweel, barstensvol. Alles was er, elke keer dat het flanel langs haar vaders elleboog streek, elk zandkorreltje op de tong, elke wolk die in de vorm van een hond overtrok en elke rimpeling in het water. Al deze dingen, elke seconde, elk uur, elke dag, dragen we met ons mee; ergens; precies zoals Etienne.

En als dat waar is, dat hij plaats heeft om zichzelf te zijn, met alle specifieke geheimen die daaraan te pas komen, en toch ruimte genoeg heeft om zonder morren alles wat wij van hem eisen te dragen, elke behoefte, elke angst, alle onschuld, alles – aangezien hij de vergaarplaats is voor precies al die herinneringen die in het web van onze eigen hersenen gevangen zitten en daaruit niet gered kunnen worden (er is geen wetenschapper die klaarstaat om die van mij naar de oppervlakte te porren; en ik zou dat ook niet noodzakelijkerwijs willen), als dat zo is, wat is hij dan? Dan is Etienne Parfait, *plus-que-parfait*, niet minder dan ik; dan is hij in zijn zwijgende wijsheid oneindig veel meer omvattend.

En toch vond ik het naar om aan hem als alleen te denken. Die avond, de avond voor Kerstmis, deed ik de spijlen omlaag en kroop ik, zoals ik dat vroeger had gedaan, in zijn smalle bed, waar hij lag te slapen, zodat we samen konden zijn, één konden zijn. Ik legde zijn gladde voorhoofd in de holte van mijn sleutelbeen, paste zijn lichaam in de welvingen van mijn eigen lichaam, streelde zijn mooie haar (mijn moeder hield het bijna zo lang als dat van een meisje; hij kromp ineen bij het zien van een schaar) en ademde gelijk met hem. Hij leek zo licht, bijna hol; en veilig in zijn vel, alsof hij mij toestond daar te liggen en daar zelf geen behoefte aan had. Ik beschermde hem niet. Misschien beschermde mijn broer mij wel, hoewel ik zo lang getracht had aan hem te ontkomen.

Ik viel in slaap met zijn hoofd onder mijn kin gestopt, en werd wakker voor het krieken van de morgen, toen de eerste vogels buiten in de bomen riepen en de eerste tinten van de dag een blauwe streep over de vloer trokken. Etienne lag in de holte van mijn elleboog en voelde warm aan, zijn voorhoofd was vochtig, zijn adem slijmerig en vol. Hij rook naar zweet, het zweet van een man, niet van een jongen, scherp en stinkend, en zijn penis drukte hard tegen mijn been, als een klein armpje of beentje. Ik was vergeten dat hij niet langer een kind was, had me hem als kind willen herinneren, had gewild dat hij gaaf was. Ontzet, en ontzet over mijn walging, trok ik me bij hem weg, en hij kreunde een beetje, maar werd niet wakker. Mijn eigen bed was te strak opgemaakt en voelde kil aan; maar ik sliep meteen, opgelucht dat ik alleen was.

7

Toen de hoogbejaarde Augustinus perkamentachtig en koortsig zijn laatste adem uitblies in zijn bed in Hippo aan het einde van de zomer van het jaar 430, had hij zijn aardse huis nog niet verwoest zien worden. Maar hij wist dat de verwoesting nabij was: de Vandalen stonden aan de poorten. Binnen het jaar stond Hippo in brand en was alles wat hem vertrouwd was geweest platgebrand en aan vergetelheid ten prooi. De bibliotheek – de verhalen, de woorden van Augustinus – bleef gespaard; en zo zou zijn wereld, zijn Romeinse, Afrikaanse wereld, een levenswerk, in de verbeelding blijven voortleven.

Ook Camus ging eerder dood dan zijn geboorteland, zijn Frans Algerije; maar ook hij zag vol afschuw de doodstrijd van zijn land, het moorden en het martelen dat er in dat land aan beide zijden plaatsvond. En hij stierf, op die absurde middag in januari 1960, vierentwintig kilometer buiten Sens op autoweg 5, in die verkreukelde Facel-Vega, met zijn woorden op de bladzijden in zijn aktetas in de kofferbak van zijn auto, waar zij gered en doorgegeven konden worden.

Dat zij wisten dat hun Algerijes aan het sterven waren, deed er in het brede continuüm even weinig toe als dat zij zelf stierven, mannen die zich schuldig hadden gemaakt aan kwaad zowel als goed, die van gemeenschappen hielden die zich schuldig hadden gemaakt aan meer kwaad dan goed. Want een land overleeft, net als de feniks, net als de ziel, de vuurzee. Maar het lijdt geen twijfel dat het belangrijk was dat zij spraken.

--- 8

Ik ben nu een Amerikaanse; het is een leven dat, zoals dat van vele anderen, bijvoorbeeld dat van mijn vader of mijn grootvader, gekozen lijkt te zijn. En na verloop van tijd wordt Amerika een soort van thuis, zonder de verlammende, verwarmende omarming van de geschiedenis. Ik maakte de middelbare school af; ik schreef mij als student in aan Columbia University; ik volgde een pad dat net zo logisch was voor mijn klasgenoten, voor mijn slonzige kamergenote Pat, als het pad van Thibaud of dat van Aline en Ariane voor hen was geweest. Ik hield mijn oog gericht op Becky en Rachel, Amerikaanse nichtjes die hun leven leidden zonder daar vraagtekens bij te zetten, en trachtte het gemak waarmee ze dat deden na te volgen. Ik liet mij gemakkelijk meevoeren in de maalstroom van de stad, dankbaar voor de onverschilligheid die daar heerste. Om dwars te zijn studeerde ik voor mijn *bachelor's degree* geschiedenis, het onstuimige idealisme van de grondleggers van de Verenigde Staten, het steen voor (recente) steen opbouwen van een cultuur die bekend staat om zijn gerichtheid, niet op het verleden, maar op de toekomst; een andere, een Amerikaanse, manier van denken.

Een tijd lang deelde ik het bed met een student die bezig was met zijn *master's degree* en holle wangen had, een rebelse yeshivajood die altijd wallen onder zijn ogen had, een man die geobsedeerd was door filmtheorie om toch maar vooral niets van doen te hebben met de verschrikkelijke last van de geschiedenis van zijn eigen familie. We praatten over ideeën, over film-montage en opnames met tegenlicht en theorieën over vrouwelijke narrativiteit; we spraken over professoren en studenten en de geografie van New York (met uitzondering van Brooklyn, waar hij geboren was, dat hem naar zijn smaak te veel aan thuis deed denken); we zochten buitenlandse restaurants op en probeerden er de exotische gerechten en voerden daar ook pretentieuze gesprekken over. En toen de tijd kwam dat we niet langer over andere onderwerpen konden blijven praten en dat uitstel niet langer mogelijk was, toen we de gesloten mappen met onze eigen geschiedenis hadden moeten openen (hetgeen toch zeker iets is waarmee andere vrijende paartjes beginnen), deinsden we hier alle twee voor terug en begonnen we ons geleidelijk aan elkaars gezelschap te onttrekken, totdat onze toevallige ontmoetingen in de bibliotheek of op slecht verlichte bijeenkomsten waar veel wijn gedronken werd een marteling werden, omdat over onze verkrampte gesprekjes de loden last lag van alles waarvan we wisten dat we het niet van elkaar wisten en wat we niet hadden willen vertellen.

Daarna zorgde ik ervoor dat mijn verhoudingen kortstondig waren. Ik loog. Ik zweeg natuurlijk over de dood van mijn vader, over mijn broer; maar ook over de kronkelwegen van de geschiedenis van mijn familie; ik hield mijn eigen, al te echte, nooit geziene Algerije verborgen. Vaak heb ik mannen wier geur zich met mijn geur vermengde tussen de klamme lakens verteld dat de aquarel aan de muur maar een goedkoop schilderij uit een rommelwinkel in Greenwich Village was of zomaar een cadeau van een reeds lang vergeten vriend. Ik gaf – en geef – geen antwoorden op vragen; wat niet moeilijk is, omdat de meesten die niet stellen. En als ze aandringen, dan verzin ik wat, mij er – als ik dat doe – van bewust dat de puzzelstukjes van mijn leven op drift gaan, in de taal zo niet feitelijk veranderen en een andere vorm krijgen in het vertrek om mij heen.

Het vaakst ben ik een Française geweest; maar ook een Frans-Canadese of simpelweg een Amerikaanse (het huis van de Robertsons komt in dat opzicht goed van pas, omdat het mijn leugens substantie geeft) en af en toe, gewoon voor de grap, een Argentijnse of een Venezolaanse. Ik was bijzonder gesteld op een man die vol verbazing luisterde naar mijn beschrijving van de pampa's, die met mij mee wandelde door de lanen van mijn denkbeeldig Buenos Aires. Ik had hem in een bar ontmoet, had met hem een lang weekend doorgebracht waarin we rondhingen aan de oevers van de Hudson en ik mij aan zijn smalle, vrijwel onbehaarde borst vlijde; en waarin ik, toen ik aan mijn Zuid-Amerikaanse fantasieverhaal begon, besloot om hem na die middag nooit meer te zien; wat hij natuurlijk niet kon weten. Ik bedekte hem des te tederder en uitgebreider met mijn kussen, opdat hij zich zijn Argentijnse geliefde altijd als een lieve en ervaren minnares zou herinneren, en niet het nauwelijks waarneembare glimpje medelijden in haar ogen zou ontdekken.

9

Afgelopen augustus heeft mijn grootvader een beroerte gehad. Mademoiselle Marceau trof hem halverwege de middag voorovergezakt aan zijn mooie, brede bureau aan; zijn wangen waren blauw en in zijn handen vol levervlekken hield hij nog een stapeltje papieren die door de zomerhitte vochtig waren. Het hotel zat helemaal vol, in het zwembad was het een gespetter van een nieuwe generatie lawaaiige jongelui, van wie de ouders op het met een zonnescherm overdekt terras een drankje zaten te drinken. Mijn grootmoeder vertelde het mij over de telefoon met een stem die net zo trilde als haar lichaam, en terwijl zij sprak zag ik het verblindende licht van de mediterrane zon voor mij en de zilverkleurige, flonkerende uitgestrektheid van de zee die eens mijn hele leven hadden vorm gegeven.

Ik moest mijn moeder op de hoogte stellen, waardoor het nieuws via geheimzinnige luchtgolven niet eenmaal maar tweemaal de aarde rondging. Zij was in haar prachtige villa in Nice, waar ze wachtte tot Paul zou terugkeren zoals ze eens op de komst van mijn vader had gewacht. Ze liet niets merken van enige emotie, maar zuchtte, en zei: 'Etienne zal er wel heen moeten.'

'Ik kom over,' zei ik. 'Ik neem hem wel mee. Ik weet hoe jij ertegenover staat. Maak je maar geen zorgen. Ik dacht alleen dat je het wel zou willen weten.'

Paul betaalde mijn ticket, maar ik logeerde maar één nacht bij hen. In plaats daarvan logeerde ik bij mijn grootmoeder in het Bellevue, waar ik sliep in het bed dat van mijn vader geweest was toen hij zo lang geleden gearriveerd was als de verloren zoon zonder doodkist. Mijn tante Marie was er ook, in haar oude kamer, met haar lichaam dat eruitzag als een kussen met ervoor haar enorme boezem; ze liep een beetje zinloos druk te doen en de baas te spelen over de gebochelde Zohra en zette mijn grootmoeder onder druk om toch vooral te eten en te slapen. We bezochten samen mijn grootvader in het ziekenhuis, met zijn vieren, vrouwen die zo weinig tegen elkaar te zeggen hadden. Hij kon niet praten. Hij lag op zijn rug; zijn ene ooglid hing naar beneden; de linkerkant van zijn lichaam was helemaal verlamd en de rechterkant probeerde met veel pijn en moeite om stukje bij beetje te blijven leven. Maar met zijn goede oog, hetzelfde oog, het oog waarin hij nog steeds zichzelf was, keek hij mij strak aan, zoals hij dat eens had gedaan vanaf de andere kant van het onmetelijke lange vloerkleed, en hij kende mij, hij bezat mij zoals hij dat altijd gedaan had; hij hield mij – hij was de een na laatste persoon die dat deed – aan mijn historische ik.

Ik was van plan met Etienne bij hem op bezoek te gaan; maar ik merkte dat ik het niet kon. Mijn grootmoeder wilde het zelf niet doen; mijn tante, die mijn broer niet helemaal als een mens beschouwde (en dat nooit gedaan had) zag het als een zinloze onderneming waarvoor veel acrobatische toeren moesten worden uitgehaald en die maar beter vermeden kon worden. Mijn moeder ging te zeer op in haar nieuwe leven en bood niet aan om te helpen. Ik moest het dus doen. En toen ik met Etienne in de appelgrauwe tuin van zijn eigen inrichting zat en bezweet zijn slanke, op een varenblad lijkende hand vastpakte, terwijl de sterke geur van zijn kamer in golven van hem afkwam en hij mij als een vogel aankeek vanuit zijn trillende hoofd en het leek of er om zijn mond een natte, geduldige, veelbetekende glimlach speelde, toen wist ik dat ik deze twee mannen (want er bestond toen geen twijfel over: ook Etienne was een man) niet samen kon brengen, elk naar de ander kijkend, zo alleen, en dan zichzelf in de ander ziend.

Ik bleef een middag bij mijn broer, en praatte tegen hem over mijn leven in New York (het leek of hij – misschien wilde ik dat het zo was – al glimlachend welbewust knikte), en met een lepel voerde ik hem chocoladepudding, die vermengd met spuug in bruine straaltjes langs zijn kin liep. Maar ik wilde hem niet, toen het daar tijd voor was, in bad doen, omdat ik zijn mannenlichaam niet ongekleed wilde of kon zien, en terwijl hij flirterig naar de verzorgster giechelde, stapte ik op en begroef alleen nog even mijn gezicht in zijn haren en snoof tot diep in mijn keel zijn echte geur op – niet de geur van zijn omgeving, met al die weeë verhullende luchtjes, maar de geur van hemzelf, een deel van mijzelf, die ik altijd gekend had. Het was als een lange teug nemen uit een bron ergens ver weg in de bergen, waarvan je weet dat je ermee verder kunt en waarop je eindeloos, misschien wel voor altijd, moet teren, omdat de reis zo moeilijk is dat je hem wellicht wel nooit meer zult maken, niet tijdens je leven en misschien ook wel niet tijdens het bestaan van de bron. De bron kan immers, net als alle andere dingen, opdrogen.

Mijn grootvader zit nu zelf in een tehuis, waar hij kan rusten. Het staat buiten Genève, een grimmig, enorm groot negentiende-eeuws gebouw dat uitkijkt over het meer daar. Mijn grootmoeder, die zelf hulpbehoevend is, is ingetrokken bij haar dochter, het kind dat het minst bij haar in de gratie stond: de familie LaBasse moet immers bijeenblijven. De vader van Thierry is aangesteld als interim-directeur van het Bellevue voor de tijd dat er over de verkoop onderhandeld wordt; en het gaat weer goed met het hotel, het huis van mijn grootvader dat op een rots is gebouwd.

10

De eeuw, het millennium, loopt ten einde. Overal verspreid, in ons eentje, wacht elk van ons in zijn eigen hoekje op het slaan van de klok, op de schone lei, op de volgende stap, op de doodkist – we weten niet wat er zal komen, maar we weten allemaal dat we wachten. Weldra zal er niemand meer zijn om de verhalen te vertellen, niemand behalve Etienne en ik.

En toch zijn het niet alleen onze verhalen. Ze sijpelen door. Misschien gaat dat sijpelen door haarscheurtjes, maar als je goed kijkt, kun je het zien. Ze sijpelen door naar de zelfmoord van de trouwe adjudant van Mitterrand, Pierre Bérégevoy, bijvoorbeeld, in de lente van 1993, waarin ik niet de vroegere minister-president van Frankrijk zie, maar alleen maar mijn vader, die in zijn eentje even buiten Nevers langs de rivier loopt, met boven hem de grauwe lucht, terwijl de uitbottende bomen in hun verfijnde dans treuren om zijn naderende einde; en het stille ruisen van het bruine water, slechts even onderbroken door het verschrikkelijke pistoolschot. En, veel later, naar het proces tegen de oorlogsmisdadiger Maurice Papon, de vroegere secretaris-generaal van de prefectuur van de Gironde, waarover ik in de Amerikaanse kranten gelezen heb. Die oude man op de wazige foto's, een *pied-noir* net als mijn eigen familie, met wijdopen gesperde ogen, met zijn haar om zijn verweerde wangen wapperend en met een uitdrukking op zijn gezicht die tegelijk uitdagend en bang is – die man is voor mij mijn grootvader. Hij is mijn geschiedenis, wat ik ben, hoe ik ook probeer deze geschiedenis weg te poetsen of te verhullen. Ook hij is onontkoombaar; hij maakt deel uit van mijn verhaal.

Voor mijn *master's degree* is mijn terrein dat van de 'ideeëngeschiedenis', een handige term waarmee je veel kanten uit kunt en waarbij het om gedachten gaat, niet om feiten. Ik heb gekozen voor eeuwen van reflectie boven eeuwen van actie, alsof die twee zaken van elkaar te scheiden zijn. Maar de visies van de geest, en niet zozeer de puinhopen van steden of de beenderen van mensen – het leven dat achter het oog ligt, dat is wat blijft. Ik zoek tastend naar een stelling, vol angst dat het onderwerp ervan, net als een godsdienstige roeping, mij gevonden heeft in weerwil van mijzelf, of dat zou doen, als ik maar wilde luisteren.

De poging om al die waarheden, mijn waarheden, buiten te sluiten is de laatste maanden alleen maar moeilijker geworden; niet simpelweg omdat de universiteit mij bombardeert met deadlines en formulieren, maar omdat er nu een man is die ik wil kennen. Ik wil hem niet strelen en medelijden met hem hebben, niet tegen hem liegen, niet met hem naar bed gaan en hem verlaten; maar hem kennen. Ik zie hem in de bibliotheek, zie hem vluchtig in de delicatessenwinkel of in de Poolse patisserie; zijn dunne, ouderwetse aktetas bungelt aan zijn zij, zijn mouwen zijn te kort voor zijn knokige polsen, in zijn trieste voorhoofd staan de rimpels van het moeizame vertalen. We hebben elkaar nog niet ontmoet, maar ik heb navraag naar hem gedaan, en ik weet wat op een of andere manier moet blijken. Hij is een tikkeltje jonger dan ik en slungelachtig, en zijn zwarte haar ligt als astrakan op zijn fraai gevormde schedel. Zijn huid is korrelig, alsof er donker zand op zit, en onder hun krullende wimpers zijn zijn ogen groen als de zee. Hij is nog niet lang in Amerika; hij is hier aangespoeld als Phlebas de Feniciër, maar levend, weg uit de oorlogen van zijn land – en het mijne – van een thuis dat slechts in de verbeelding bestaat. Hij heet Hamed. Hoe moet ik hem, die mijn neef had kunnen zijn, de verhalen die ik ken vertellen? Hoe zou ik dat kunnen vermijden?